KB058440

MERLIN,

아발론의 위대한 나무

THE GREAT TREE OF AVALON

MERLIN₉

아발론의 위대한 나무

THE GREAT TREE OF AVALON

토머스 A . 배런 지음 | 박혜진 옮김

T. A. BARRON

arte

고통받으면서도 여전히 너그러운 어머니 대지에 이 책을 바칩니다.

함께 중간 세계 영토를 탐험한 동료
디날리 배런과 퍼트리샤 리 고쉬에게
특별히 감사를 전합니다.

차 례

아발론은 살아간다. 수 세기 동안 이야기와 노래 속에서 찬양받았다. 아발론의 마법, 안개, 무엇보다 유한한 삶의 슬픔 속에서 기억되는 진실과 치유의 시간. 이야기와 장소는 계속해서 자란다. 이 이야기 속 위대한 나무처럼 가지는 높이 솟고 뿌리는 깊이 뻗는다.

우리 마음속에 깊이 뿌리박은 모든 신화처럼, 아발론은 계속해서 새로운 해석을 싹틔운다. 새로이 꽃피우고 가지를 뻗는다. 이 이야기는 그중 하나다. 새로운 해석의 모양과 색깔이 다양할지 몰라도, 그들은 모두 똑같은 나무와 연결된 채, 똑같은 고대의 땅에서 생명을 얻는다. 내가 이 책에서 아발론을 재해석하기는 했지만, 한편으로 이 이야기는 거대하고 경이로운 나무의 자그마한 잔가지일 뿐이다. 그 나무는 활기차게 살아 있다.

토마스 A. 배런

스크리는 거대한 날개를 뒤로 접은 채 아래로 돌진했다. 노란색 테두리가 쳐진 눈이 가늘어졌다. 스크리는 발톱으로 지팡이를 꽉 잡았다. 그러고는 독수리 종족의 날카로운 울음소리를 냈다. 그 울음소리가 의미하는 건 단 하나뿐이었다.

죽음.

두 침입자가 그 자리에 얼어붙었다. 먹잇감들은 늘 그랬다. 스크리는 속으로 미소를 지었다.

키가 작고 통통한 침입자가 겁에 질려 비명을 지르며 새까맣게 탄 바위 뒤로 몸을 던졌다. 바로 옆 화염 분출구에서 불과 연기가 뿜어져 나왔지만, 침입자는 아랑곳하지 않고 그 자리에 그저 웅크리고 있었다.

또 다른 침입자의 반응은 달랐다. 도망치거나 숨거나 가만히 서 있거나 두려움에 굳어 버리지 않았다. 아니, 이 침입자는 곧장 활을 뽑아 화살을 끼웠다.

스크리는 방향을 틀지 않았다. 운동거리를 찾아 이 위까지 올라온 플레임론 궁수를 마주하는 건 처음이 아니었다. 이 속도라면 궁수가 활을 쏘기도 전에 궁수에게 닿을 수 있었다. 설령 활을 쏜다고 하더라도 궁수는 움직이는 표적을 맞히지 못할 것이다. 스크리의 공격에서 살아남아 활을 다시 쏘지도 못할 것이다.

궁수가 활을 쐈다. 예상대로 스크리는 가뿐히 화살을 피했다.

스크리는 다시 아래로 돌진했다. 마음속에서 분노가 차올랐다. 스크리는 이전보다 더 크게 울었다. 연기 자욱한 절벽을 가로질러 울음소리가 메아리쳤다.

두 번째 화살이 빠르게 날아오는 게 보였다. 그렇지만 때는 이미 늦었다.

음유시인 윌레니아의 〈아발론 역사〉 속 유명한 머리글

하나의 세상이 죽고 또 다른 세상이 태어난다. 어두운 동시에 밝은 시간, 기적의 순간이다.

안개로 뒤덮인 핀카이라 땅에서 오랫동안 잊힌 섬이 갑자기 발견된다. 아이들은 죽음의 군대를 물리치고, 명예를 잃은 자는 마침내 날개를 얻는다. 무엇보다 놀라운 기적은 멀린이라는 젊은 마법사가 진짜 이름을 얻은 것이다. 올로 에오피아, 수많은 세상과 수많은 시간을 사는 위대한 인간. 하지만 핀카이라는 구원받는 즉시 사라진다. 영원히 정령 세계의 일부가 되어 버린다.

바로 그 순간 새로운 세상이 나타난다. 마법의 거울 속 여정에서 멀린이 구해 온 씨앗, 심장처럼 고동치는 씨앗에서 태어난다. 이 세상은 나무다. 이 위대한 나무는 땅과 하늘, 필멸과 불멸, 움직이는 바다와 영원한 안개를 잇는 다리다.

이 세상의 풍경은 거대하고, 경이와 놀라움으로 가득하다. 이 세상의 주민은 높은 하늘 별처럼 멀리 퍼져 있다. 이 세상의 본질은 희망과 비극과 신비다.

이 세상의 이름은 아발론이다.

어둠의 예언

아발론 694년, 호수 여인이 처음으로 언급하다

별들이 어두워지는 해가 오고
곧 믿음이 사라지리라.
아발론에 종말을 가져올 아이가
태어날 것이니.

그 아름다운 세상을 구할
별 아래 유일한 희망은
살아 있는 멀린이리라.
마법사의 진정한 후계자이리라.

아발론은 어떻게 될 것인가?
우리의 꿈, 가장 깊은 욕구는 어떻게 될 것인가?
멀린이 심은 마법 씨앗에서
어떤 영광 또는 절망이 싹틀 것인가?

절벽 위 화염 분출구가 폭발하면서 성난 용처럼 어둠을 밀어냈다.

한 번 더. 또 한 번 더. 파이어루트의 가장 높은 절벽 여기저기에서 불의 혓바닥이 위로 솟구치며 공기를 핥았다. 그러고는 재와 연기의 장막 뒤로 유유히 사라졌다. 썩은 달걀 같은 유황 냄새가 사방에 진동했다. 이쪽 산등성이의 검은 바위보다도 더 시커먼 연기가 절벽 아래에서 소용돌이치다가 크레바스 밖으로 뿜어져 나왔다. 악마의 손처럼 생긴 파이어 플랜트가 기괴하게 깜빡거리며, 움직이는 모든 물체로 빛나는 손가락을 뻗었다.

하지만 절벽 위에서는 아무것도 움직이지 않았다. 연기와 재, 지글거리는 화염뿐이었다. 그리고…… 천천히 위로 기어 올라가는 시커먼 형체 둘이 있었다.

날은 어두웠다. 건장한 인간 남자 둘은 어두울 때 더 위험하다는 사실을 매우 잘 알았다. 하지만 이 밤은 몇 달째 이어지고 있었다. 절벽 위에서 꺼지지 않고 활활 타오르는 화염만이 이 암흑을 갈라놓았다. 지금은 어둠의 해였다. 호수 여인은 아발론의 모든 별이 빛을 잃어 1년 내내 어두워지는 시기가 올 것이라고 예언했다. 호수 여인이 그 악명 높은 예언을 한 이후, 이 시기는 오랫동안 모두를 두려움에 떨게 했다.

하지만 어둠의 예언에서 가장 끔찍한 부분은 컴컴한 밤이 일곱 영토를 집어삼킨다는 대목이 아니었다. 아니, 더 무시무시하게도 호수 여인은 어둠의 해에 한 아이가 태어날 것을 예언했다. 아발론에 종말을 가져올 아이. 유일한 희망은 다른 이에게 있다고도 했다. 호수 여인은 그를 '멀린의 진정한 후계자'라고 불렀다. 그게 누구인지, 그자가 어둠의 예언 속 아이를 어떻게 물리칠지는 아무도 몰랐다.

"아야!"

남자의 고통스러운 울부짖음이 절벽 위로 울려 퍼졌다.

"망할 놈의 화산암 때문에 발을 데었어."

"입 다물어, 이 멍청한 놈아! 전부 다 망치고 싶어?"

근처에 웅크리고 있던 일행이 쏘아붙였다.

첫 번째 남자는 밑창이 타버린 신발 사이로 발을 문지르며 일행의 말에 대꾸하려 했다. 그러다가 머리 위 절벽 꼭대기에서 무언가를 발견하고는 작게 속삭였다.

"저기 봐."

남자는 커다랗게 얽힌 나뭇가지 뭉치를 올려다보았다. 화염에 반쯤 밝혀진 나뭇가지 뭉치는 마치 검은 하늘을 할퀴는 듯 보였다.

"어디?"

"저 위에. 둥지가 있어. 내가 뭐랬어? 둥지가 있을 거라고 했잖아."

남자는 연기 기둥에 숨이 막혀 기침을 했다.

또 다른 남자가 머리를 내젓자 머리카락에 앉은 검은 재가 구름처럼 피어올랐다.

"우리는 둥지를 찾는 게 아니야, 오바, 이 돌머리야! 어떤 꼬마랑 막대기 하나를 찾는 거라고. 잊었어?"

"알아. 하지만 그 둘이 바로 저기 있다니까. 오신, 네가 내 멍청한 동생만 아니었으면 난 진작에 널 절벽 밑으로 던져 버렸을 거야. 죽은 벼룩도 너보다는 똑똑하겠다."

투덜거리는 동생을 무시하며 오바가 계속 말했다.

"잘 들어. 하얀 손 영감이 우리를 여기로 보내면서 자기가 찾는 아이가 여기 있다고 했어. 마법사의 진정한……"

"그 아이가 뭐라고 불리는지는 관심 없어. 약속대로 하얀 손에게서 돈만 받으면 된다고. 대체 하고 싶은 말이 뭐야?"

오바는 너덜너덜한 망토 소매로 눈에 흐르는 땀을 닦으며 대답했다.

"하얀 손이 한 말을 잘 생각해봐. *불타는 절벽 꼭대기에서 아이를 찾을 것이다.* 정확히 그렇게 말했어. 그리고 이런 말도 했지. *독수리 어미를 조심해라. 자식을 지키기 위해 무슨 짓이든 할 것이다.* 너무나 명확하지 않아? 아이는 둥지에 있는 거야."

동생이 손을 내저어 연기 기둥을 물리치며 대꾸했다.

"명확하긴 개뿔. 저 위에 독수리 아이가 숨어 있다 해도, 그 아이가 아닐 수도 있어. 그냥 평범한 아이일 수도 있고, 모두가 얘기하는 어둠의 아이일 수도 있다고."

오바는 손을 뻗어 동생 소매를 잡았다.

"제발 머리 좀 써라. 올해는 모든 영토에서 아이가 거의 태어나지 않았어. 태어나면 곧바로 죽임을 당했지. 어둠의 아이일지도 모른다는 두려움 때문에 말이야. 그러니까 여기에 아이가 있다면 바로 그 아이일 가능성이 훨씬 커."

오바의 눈빛이 불꽃을 비추며 사납게 빛났다.

"사실 그 아이든 아니든 우리한테는 별로 상관없어. 하얀 손 영감이 아이를 데려오면 돈을 주겠다고 했으니, 우리는 아이만 데려가면 돼. 진정한 후계자가 그렇게 어리다고 믿고 싶다는데, 영감이 그렇게 멍청한 걸 낸들 어쩌겠어? 게다가 동물 내장 점괘에 따르면 아이는 어차피 열일곱 살이 돼야 힘이 생긴다잖아. 돈을 받아서 도망칠 시간은 충분해."

오신 얼굴에 천천히 미소가 번졌다.

"형도 그렇게 돌머리는 아닌가 보네."

뜨거운 재 한 덩어리가 눈으로 들어가자 오신이 비명을 질렀다.

"이런, 오거의 눈알 같으니! 이런 일이라면 돈을 태산만큼 받아도 한참 부족하겠어."

오신은 욕을 하며 연기 자욱한 허공에 주먹을 휘둘렀다. 그러다가 형의 한쪽 귀를 퍽 휘갈겼다.

오바는 울부짖으며 동생 배를 주먹으로 때렸다.

"이 어설픈 트롤 자식아! 너 같은 멍청이는 얼마를 받아도 적다고 하겠지."

오바는 어깨에 멘 사냥용 활을 잡아당기며 갈라진 바위 위로 털썩 주저앉았다.

"하지만 성공하지 못하면 돈은 한 푼도…… 으악!"

오바는 불타는 손가락 세 개에 엉덩이를 꼬집히고는 바위에서 벌떡 일어섰다. 그러다가 발을 헛디뎌 균형을 잃고 팔다리를 휘휘 내저었다. 돌 몇 개가 덜거덕거리며 절벽 아래로 떨어졌다. 오바는 검게 그슬린 엉덩이로 엉덩방아를 찧으며 꽝 넘어졌다.

"아야, 베이컨처럼 익을 뻔했네!"

오바는 몸을 돌려 무릎을 꿇고 앉았다. 한 손으로는 쓰라린 엉덩이를 움켜잡고, 다른 손으로는 엉덩이를 지진 파이어 플랜트를 향해 주먹을 휘둘렀다.

"이 망할 놈의 식물 같으니! 내가……."

"쉿!"

갑자기 오신이 위에 있는 둥지를 가리켰다.

바스락거리는 소리가 들리더니, 이내 거대한 날개 한 쌍이 나타나 허공을 때렸다. 인간 남자 셋의 키를 합친 것만큼이나 기다란 날개가 밑에 있는 불꽃을 받아 주황색으로 빛나며 둥지 밖으로 날아올랐다. 점점 떠오르는 날개 밑에는 깃털로 덮인 독수리 여인의 몸이 있었다. 깃털 달린 다리와 날카로운 발톱은 축 늘어지고, 여전히 인간 모습을 하고 있는 머리는 절벽을 향했다. 흩날리는 은빛 머리카락 아래에서 두 눈이 매섭게 빛났다.

독수리 여인은 한쪽 날개를 치켜들고 곧장 방향을 틀어 산등성이를 따라 날았다. 날카로운 울음소리가 절벽에 부딪혔다. 인간 같기도 하고 독수리 같기도 한 울음소리는 두 남자의 심장을 얼어붙게 할 정도로 크게 울렸다. 독수리 여인은 돌투성이 절벽 뒤로 날아올라 밤하늘로 사라졌다.

마침내 두 형제는 참았던 숨을 다시 내쉬며 안도의 눈빛을 주고받았다. 다음 순간 똑같은 생각이 둘의 머리를 스쳤다. 둘은 둥지를 향해 허둥지둥 절벽을 오르기 시작했다. 다만 오바는 잠시 멈춰 파이어 플랜트 하나를 사납게 노려보았다. 요란하게 식식거리는 파이어 플랜트 소리는 마치 짓궂은 웃음소리 같았다.

두 남자는 점점 더 높이 올라갔다. 그렇게 몇 분 후 꼭대기에 도착했다. 가파른 절벽 기다란 산등성이에는 중간중간 뾰족한 바위가 솟아 있었다. 그리고 거대한 둥지 옆에는 부러진 나뭇가지와 비비 꼬인 나무줄기가 한 무더기 쌓여 있었다. 모두 독수리 여인이 저지대 숲에서 강력한 발톱으로 옮겨 온 것이었다. 형제는 둥지 한쪽으로 기어 올라가 경계하는 눈빛으로 하늘을 한 번 훑어본 뒤 안으로 뛰어내렸다.

부드럽고 폭신폭신한 깃털이 충격을 막아주었다. 어떤 깃털은 손만큼 작았고, 어떤 깃털은 양쪽으로 쭉 뻗은 팔만큼이나 길었다. 사방이 깃털이었다. 회색 배설물 더미와 깨진 알껍데기도 있었다. 날카로운 부리에 살점이 깨끗이 뜯겨 나간 뼈 수백 개가 절벽 불꽃을 받아 빨갛게 빛났다.

한 가지가 더 있었다. 둥지 저편에 작은 남자아이가 발가벗은 채 누워 있었다. 분출구에서 나오는 따뜻한 연기 덕분에 이불은 필요하지 않았다. 커다란 깃털 두 개만 가슴 위에 올려두면 충분했다. 겉모습은 대여섯 살 된 인간 아이 같았지만, 사실 이 아이는 이제 막 알에서 나온 상태였다. 일시적으로 목 아래 온몸을 뒤덮고 있는 주근깨가 그 증거였다. 어른이 되면 이 아이는 그 자리에서 마음대로 날개를 뻗을 수 있을 것이다. 매부리코, 털북숭이 팔뚝, 날카로운 발톱과 달리, 주근깨는 머지않아 모두 사라질 것이다.

"잡아! 난 위험한 게 있는지 살펴볼게."

오바가 활을 잡으며 속삭였다.

"어미를 경계하려는 거야, 파이어 플랜트를 경계하려는 거야?"

오신이 장난스럽게 형을 밀쳤다.

"빨리 가."

오바가 으르렁거렸다. 그러면서도 혹시 몰라, 불꽃이 있는지 슬쩍 뒤를 살핀 후에야 하늘을 올려다보았다.

그사이 오신은 허리에 둘러둔 천 자루를 풀었다. 바람에 날려 온 연기 기둥 때문에 기침이 날 것 같았지만 꾹 참았다. 오신은 은밀하게 둥지 건너편으로 기어가 독수리 소년 위에 섰다. 아이를 내려다보던 오신의 미소가 조금씩 희미해졌다.

"이 빼빼 마른 새 소년을 데리고 가면 그 사람이 정말 돈을 줄까?"

"그냥 자루에 담기나 해."

오바가 다급하게 속삭였다. 오바는 머리 위로 피어오르는 연기 기둥을 보며, 움직이는 것은 무엇이든 쏴 버릴 심산으로 활을 조준했다.

오신은 고개를 끄덕였다. 재빨리 잠자는 아이의 발목을 잡아 높이 들어 올린 뒤 자루 속으로 집어넣었다.

그 순간 아이가 깨어났다. 아이는 독수리 특유의 재빠른 반사 신경을 발휘해, 한 팔을 뻗어 자루 가장자리를 잡았다. 몸을 비틀어 한쪽 다리를 빼내고는, 시끄러운 비명을 내지르며 날카로운 발톱으로 공격자 얼굴을 베었다.

"으악!"

오신은 고통에 울부짖었다. 벌써 피가 흐르기 시작한 뺨으로 손을 가져갔다. 자루가 바닥으로 떨어졌다.

자루가 미처 바닥에 닿기도 전에 독수리 소년은 꿈틀대며 자루를 빠져나왔다. 노란색 테두리가 쳐진 눈이 분노로 번득였다. 소년은 벌떡 일어나 다시 한번 날카로운 비명을 내질렀다.

그때 묵직한 주먹이 독수리 소년의 머리를 강타했다. 소년은 휘청거리다가 균형을 잃고 깃털 더미 안으로 쓰러졌다.

"됐어. 이제 푹 잘 거야."

오바가 주먹을 문지르며 말했다. 오바는 화를 내며 동생 쪽으로 몸을 홱 돌렸다.

"네가 무슨 짓을 했는지 봐, 이 어설픈 트롤 자식아! 어미가 돌아오기 전에 얼른 자루에 담아."

오신은 투덜거리며 의식 없는 소년을 자루에 밀어 넣은 뒤 어깨에 휙 둘러멨다. 그러다가 문득 동작을 멈추었다.

"잠깐만. 막대기는? 하얀 손이 아이 옆에 막대기가 있을 거라고 말했잖아."

오바는 나뭇가지 하나를 주워 동생에게 던졌다.

"천하의 바보 같으니! 이 빌어먹을 둥지 전체가 막대기로 만들어졌잖아. 막대기만 수백 개라고. 아무거나 집어서 자루에 넣어. 네 귀에 꽂아 버리기 전에."

"하지만 그 막대기가 아니면……."

날카로운 소리가 밤하늘을 갈랐다. 두 남자는 얼어붙었다.

"어미가 돌아왔어!"

"조용히 해, 멍청한 놈아. 아직 화살이 두 개 남았어."

오바는 둥지 벽 뒤에 쭈그리고 앉아 활시위에 화살을 메겼다. 화살 끝에 달린 새까만 흑요석이 화염 분출구의 빛을 받아 희미하게 반짝였다. 시위를 천천히 팽팽하게 당겨놓고 커다란 날개가 사정거리 안으로 들어오기를 기다렸다. 이마에서 땀이 흘러 눈을 찔렀다. 하지만 오바는 가만히 기다렸다.

"빨리 쏴."

오바가 활을 쏘았다. 화살이 연기 자욱한 하늘 속으로 쌩 날아가 사라졌다. 독수리 여인은 방향을 틀며 전보다 더 큰 소리로 날카롭게 울었다. 그러고는 두 남자를 향해 돌진했다.

"젠장, 너무 어두워! 조준을 못 하겠어."

"빨리 둥지 밖으로 나가! 어쩌면……."

강한 돌풍이 두 남자를 뒤로 날려 보냈다. 거대한 그림자가 밤하늘을 뒤덮더니, 날카로운 발톱이 단검처럼 머리 위 허공을 갈랐다. 발톱 하나가 오신의 팔을 베자 오신이 비명을 질렀다. 오신은 푹신한 나뭇가지 위에 자루를 떨어뜨리고 비틀거리며 뒤로 물러섰다. 찢어진 팔에서 피가 솟구쳤다.

독수리 여인은 이글거리는 눈빛으로 오신을 향해 내려왔다. 감히 제 아이를 훔치려 한 남자 위에서 넓은 날개를 퍼덕였다. 오신은 낑낑대며 황금빛 눈을 올려다봤다. 그 안에 자비란 없었다. 여인은 둥지를 이루는 나뭇가지가 흔들릴 정도로 사납게 울었다. 발톱을 치켜들고는……

갑자기 옆으로 홱 뒤집혔다. 검은 화살촉이 갈비뼈에 꽂히면서 그 힘에 밀려난 것이다. 날개 아래가 나뭇가지에 끌리며, 잔뜩 웅크린 오신의 몸을 쓸어갔다. 둘은 함께 바닥을 굴러 둥지 가장자리를 부수고 나갔다. 그러고는 밑에 있는 바위로 곧장 떨어졌다. 비명 소리가 허공에서 고동치며 울려 퍼졌다.

그리고…… 침묵. 화염 분출구가 식식거리는 소리만이 절벽 위로 올라왔다.

오바는 활을 내려놓고 떨리는 다리로 가장자리를 향해 걸어갔다. 새까만 아래를 내려다보며 고개를 내저었다.

"어설픈 멍청이."

오바는 껍질 없는 나뭇가지에 턱을 올려놓고 한참 동안 그 자리에 서 있었다. 그러다가 마침내 독수리 소년의 축 처진 몸이 담긴 자루를 돌아보고는 천천히 미소 지었다.

"저런, 불쌍한 내 동생. 네 돈은 그냥 내가 써야겠구나."

오바는 자루를 집어 들려고 몸을 수그리다가 문득 동작을 멈추었다. 오신이 막대기 얘기를 했던 게 떠올랐다. 바닥에서 곧고 튼튼한 나뭇가지 하나를 주워 독수리 소년 옆으로 던져 넣었다. 자루를 어깨에 둘러 메고 둥지 옆으로 기어 올라간 다음, 나뭇가지를 엮어 만든 벽을 타고 미끄러져 내려왔다. 신발이 단단한 바위 위로 쿵 떨어졌다.

오바는 절벽 꼭대기에 서서 조심스레 화염 분출구를 살폈다. 망할 놈의 성가신 파이어 플랜트는 더 꼼꼼히 살폈다! 그러고는 절벽 산등성이에 있는 나선형 돌탑을 바라보며 성큼성큼 걸어가기 시작했다.

이제 쉬운 일만 남았군.

오바는 생각했다. 기거나 오를 일은 더 이상 없었다! 산등성이를 따라 저 탑으로 가기만 하면 됐다. 지금부터는 악취 나는 화염 분출구는 무시한 채 저녁 산책을 하듯 가볍게 걸을 수 있었다. 마을 어른이 그러는 것처럼. 머지않아 그 어른은 엄청난 부자가 될 것이다.

그러니 이 시간을 조금 즐겨도 되지 않겠는가? 오바는 걸음을 멈추고 자루를 내려놓은 뒤 작은 술병의 뚜껑을 열었다. 마을 사람들은 이 술을 '불맥주'라고 불렀다. 그럴 만도 했다! 한 모금을 꿀꺽 들이켜니, 타는 듯한 느낌이 목구멍을 쓸고 내려갔다. 한 모금 더 들이켰다.

아, 좋다.

오바는 꺼억 트림을 하고 다시 미소 지었다. 이번에는 살짝 뒤틀린 미소였다. 아래를 보니 바위에 놓인 자루가 살짝 꿈틀거리는 것 같았다. 신발로 툭 차서 금세 해결했다. 안에 있는 소년이 잠깐 신음하더니, 자루가 돌처럼 잠잠해졌다.

27

오바는 다시 짐을 들었다. 이상하게도 걷는 게 더 힘들어진 느낌이었다. 작은 진동 때문에 발아래 바위가 흔들리는 것 같았다. 하지만 걱정할 필요는 없었다. 가파른 절벽 끝에서만 멀리 떨어져 있으면 괜찮았다.

나선형 탑 아래쪽에서 초록색 불꽃이 보였다. 하얀 손이 말한 대로였다. 그 늙은 책략가는 이 모든 일을 미리 알고 있었다. 절벽, 아이, 심지어 독수리 여인까지. 오바는 암울하게 고개를 끄덕이며 텅 빈 화살통 끈을 쓰다듬었다. 그러면서 마지막 지시를 떠올렸다.

초록색 불꽃의 관문을 통해 아이를 데려와라. 주문을 외우면 나의 힘이 너를 집으로 이끌 것이다.

손가락 한 쌍이 지글지글 소리를 내며 갈라진 틈으로 튀어나와 오바의 신발을 움켜쥐었다. 오바는 손가락을 피하려다가 하마터면 넘어질 뻔했다. 다시 진동이 느껴졌다! 산등성이 전체가 발아래에서 흔들리는 듯했다. 이렇게 흔들리는 땅에서 나선형 탑은 어떻게 똑바로 서 있는 것인지 오바는 무척이나 궁금했다.

하지만 지금은 다른 문제를 생각해야 했다. 더 중요한 일이었다. 보상금. 벌써 동전의 무게가 느껴지는 것 같았다. 손바닥 위에서 짤랑거리는 소리가 들리는 것 같았다. 오신의 몫도 모두 오바 차지였다.

하! 내가 돌머리라고?

오바가 갑자기 멈춰 섰다. 바로 앞에 탑이 있었다. 생각보다 높아 보였다. 다 자란 참나무만큼이나 높았다. 곧 무너질 것만 같았다. 그런데 저게 뭘까? 초록색 불꽃 앞에서 무언가가 움직였다.

오바는 눈을 깜빡였다. 자신 말고 누군가가 또 있었다!

오바는 그 형체를 빤히 바라보았다. 연기 자욱한 밤하늘처럼 새까만 형체가 나선형 돌탑을 향해 다가가고 있었다. 돌탑 아래에서 깜빡이는 초록색 불꽃에 다다르자 마침내 형체가 또렷이 보였다.

여자였다! 젊은 여자. 여기저기 찢긴 옷과 들쭉날쭉한 빨간 머리를 보니 농민 출신 같았다. 오바는 입맛을 다셨다. 일이 너무도 잘 풀리고 있었다! 전리품을 들고 관문으로 들어가기 전에 재미나 좀 봐야겠다고 생각했다.

오바는 살금살금 조용히 다가가 검게 탄 바위 뒤에 숨었다. 먹잇감을 살폈다. 여자는 오바에게 등을 돌린 채 초록색 불빛을 마주하고 있었다. 아마도 손을 녹이는 중이리라. 오바는 갑자기 빽 고함을 지르며 불쌍한 여자에게로 돌진했다. 여자는 깜짝 놀라 소리를 지르며 몸을 홱 돌리다가, 하마터면 이불에 싼 채 안고 있던 갓난아기를 떨어뜨릴 뻔했다.

오바는 몇 발짝 떨어진 곳에 멈춰 섰다. 한쪽 입꼬리를 올리며 자루를 내려놓았다. 자루가 땅에 쿵 떨어졌다. 오바는 두 팔을 벌리고 거친 목소리로 말했다.

"이리 와, 예쁜이. 밤공기도 찬데 내가 따뜻하게 해줄게."

오바의 삐뚤빼뚤한 이가 초록색으로 빛났다.

여자는 부스스한 빨간 머리를 세차게 내저으며 공통어로 외쳤다. 오바가 한 번도 들어본 적 없는 억양이었다.

"저리 가! 안 그러면 밤공기보다 차가운 죽음을 맛보게 될 거야."

"용감하네. 예쁜데 용감하기까지 하면 더 좋지."

오바는 더 가까이 다가갔다. 여자는 오바와 탑 사이에 갇혀 있었다. 초록 불이 관문이라는 걸 안다고 해도 여자가 그쪽으로 탈출할 리는 없었다. 아기를 보호할 수 있는 특별한 주문을 아는 게 아니라면 말이다. 마법사의 수염에 맹세코, 이건 식은 죽 먹기였다!

여자는 오바를 사납게 노려보았다.

"가까이 오지 마! 가까이 오면…… 가까이 오면……."

"어쩔 건데, 예쁜이?"

오바는 처음으로 여자의 눈을 알아보았다. 이글거리는 주황색 눈동자, 위를 향한 눈꼬리. 플레임론 눈이었다.

인간이 아니군. 불의 종족이야.

"화내기 전에 얼른 이리 와. 안 그러면 네 자식이 다쳐."

오바는 몸을 굽혀 돌 하나를 집었다.

"안 돼!"

여자가 보따리를 더 꽉 움켜쥐었다.

오바는 여자에게 다가갔다.

"예쁜 꽃을 꺾을 시간이다. 헤헤."

"저리 가라니까!"

여자는 벌벌 떨며 왼손을 들어 올렸다. 손끝이 석탄처럼 빛나기 시작했다. 손끝은 밝은 주황색으로 변하더니 지글지글 탁탁 소리를 내며 점점 뜨거워졌다. 여자는 공격자의 심장으로 불 번개를 던질 준비를 했다. 팔을 쫙 펴고 손가락을 겨누는데…….

오바가 던진 돌이 여자 팔뚝으로 날아와 뼈를 부러뜨렸다. 여자는 고통에 울부짖었다. 손가락에서 빛이 사라졌다. 여자는 뒤로 휘청거리다가 벌러덩 넘어지면서 아기를 바닥에 떨어뜨렸다. 그러고는 곧장 큰 소리로 우는 보따리를 향해 엉금엉금 기어갔다.

하지만 오바가 그 자리에 먼저 닿았다. 오바는 여자의 손이 닿지 않도록 아기를 허공에 높이 들었다. 오바의 눈이 화염 분출구처럼 불타올랐다.

"저런, 저런. 꼬마 녀석을 좀 조용히 시켜야겠군."

"그만해!"

여자는 여전히 땅에 넘어진 채로 오바에게 발길질을 했다. 오바는 한 발짝 옆으로 가볍게 물러서며 키득거렸다. 오바의 손 위에서 아이가 더 크게 울었다.

오바는 땅을 단단히 딛고 서서, 이 시끄러운 녀석을 산등성이 바위로 던져 버릴 준비를 했다.

"머리통이 쩍 열릴 거야. 달걀처럼 말이야."

"안 돼!"

오바의 팔 근육이 움츠러들었다. 오바는 팔을 내던지기 시작했다.

그 순간 딱딱한 무언가가 오바를 들이받았다. 바위가 아니라 머리였다. 독수리 소년 머리였다!

오바는 뒤로 휘청거리다가 넘어지며 탑에 쾅 부딪쳤다. 손에서 아기가 미끄러졌다. 여자는 재빨리 뛰어올라 아들을 잡고 옆으로 굴렀다.

독수리 소년은 화를 내며 날카롭게 울었다. 멍든 뺨이 빵빵하게 부어 있었다. 오바보다 덩치는 훨씬 더 작았지만, 소년은 이 끔찍한 밤에 자신을 둥지 밖으로 데리고 나온 남자를 공격하고 싶은 마음뿐이었다. 소년은 달려들 준비를 했다. 그때 갑자기 위에서 우르릉거리는 소리가 들렸다. 소년은 얼어붙었다.

돌탑이 흔들리고 휘더니 조금씩 쪼개지기 시작했다. 꼭대기 부분이 한꺼번에 와르르 무너졌다. 오바보다 큰 돌이 밑에 있는 이들을 향해 우수수 떨어졌다. 도망치기는커녕 소리를 지를 시간도 없었다. 독수리 소년은 숨을 죽였다. 여자는 바닥에 누워 마지막으로 아기를 꼭 끌어안았다.

무언가가 독수리 소년의 어깨를 찔렀다. 발톱! 발톱 하나가 살을 베지는 않으면서 어깨를 단단히 움켜잡았다. 소년은 불안한 눈빛으로 위를 올려다보았다가 어미 얼굴을 보고 안심했다.

잠깐, 어미가 아니었다! 폭포처럼 쏟아지는 바위 사이에서 흐릿하게 보일 뿐이었지만, 소년의 머리 위로 가까이 내려온 것은 분명 강인한 독수리 사내였다. 독수리 사내는 한쪽 발톱으로 소년 어깨를 잡고, 다른 발톱으로 웅크린 여자와 아이를 잡았다. 독수리 사내의 커다란 날개는 바람처럼 빠르게 모두를 안전한 곳으로 데려갔다.

끝없이 이어지는 꽝음과 함께 나선형 탑이 무너졌다. 바위 파편과 검댕 구름이 하늘 위로 터져 올라 연기 기둥과 합쳐졌다. 구조된 이들은 깃털 하나 너비 차이로 아슬아슬하게 그 자리를 탈출했다. 오바는 운이 없었다. 오바는 고통스럽게 죽어가면서도 절대 받아보지 못할 귀중한 동전들을 떠올렸다.

독수리 사내는 방향을 틀어 날개를 한 번 퍼덕인 다음, 절벽 끝에 있는 넓고 평평한 돌 위에 모두를 내려놓고 자신은 몇 발짝 떨어진 곳에 착지했다. 사내는 한동안 세 사람을 가만히 바라보았다. 금빛 눈이 환히 빛났다. 주변에서 깜빡거리는 불 때문이 아니라 안에서부터 타오르는 기이한 불 때문이었다.

독수리 소년과 여자는 경이로운 표정으로 조용히 사내를 쳐다보았다. 작은 아기도 이 순간만큼은 아주 조용했다.

갑자기 독수리 사내 몸이 희미하게 빛나기 시작했다. 커다란 날개가 사라지고 작아져 팔이 되었다. 가슴 깃털은 빠르게 녹아 없어졌다. 독수리 소년은 깜짝 놀라 소리를 질렀고, 여자는 놀란 눈을 크게 떴다.

이제 두 사람 앞에는 한 남자가 서 있었다. 아주 늙은 노인이었다. 헝클어진 흰 수염이 허리 아래까지 내려왔다. 세월이 느껴지는 눈은 웃는 동시에 우는 듯 보였다. 코는 독수리 부리처럼 휘어 있었다. 기다란 하늘색 옷에는 룬 문자가 드문드문 새겨져 아침 햇살 속 안개처럼 희미하게 빛나고 있었다. 머리 위에는 반쯤 찌그러진 초라한 모자가 뾰족한 끝을 한쪽으로 기울인 채 얹혀 있었다.

여자는 숨을 헉 들이쉬며 손을 입으로 가져다 댔다.

"당신이 누군지 알아요. 당신은……."

노인이 경고하듯 손을 들어 올렸다.

"더는 말하지 말거라. 여기서 할 얘기가 아니다."

노인의 검은 눈이 산등성이 위를 훑으며, 연기 나는 돌무더기를 잠시 바라보았다. 나선형 돌탑의 잔해였다.

"지금 이 순간에도 우리를 지켜보는 눈과 우리 말을 듣는 귀가 있을지 모른다."

노인은 한 손으로 수염 몇 가닥을 비비 꼬며 여자 쪽으로 몸을 기울였다.

"그래, 너는 내가 누구인지 안다. 내가 그 먼 길을 거쳐 여기까지 올 만한 이유가 있었다는 것도 아주 잘 알 것이다. 바로 소중한 이의 목숨을 구하기 위해서다. 나에게 소중한 이가 아니라 아발론 전체에 소중한 이지."

노인은 갑자기 슬픈 표정을 지으며 독수리 소년을 내려다보았다.

"이 아이를 잘 돌봐다오. 네 아들을 지키면서 이 아이도 지켜다오. 이 끔찍한 밤에 이 아이는 어미를 잃었다."

독수리 소년은 노인의 말에 움찔했다. 온몸이 파르르 떨렸지만 똑바로 서 있으려 노력했다. 여자는 소년의 어깨에 부드럽게 손을 올렸다. 소년은 여자를 쳐다보지도 않고 손을 뿌리쳤다. 노란색 테두리가 쳐진 눈은 오로지 노인에게만 고정돼 있었다.

노인은 이상한 모자를 벗으며 한쪽 무릎을 꿇고 앉았다. 기다란 매부리코가 독수리 소년 코에 닿을 듯했다.

"네 이름은 스크리다. 그렇지?"

소년은 뻣뻣하게 고개를 끄덕였다.

"너는 이 세상에서 큰 역할을 할 운명이란다. 아주 중요한 역할이지. 안타깝게도 내가 너를 도울 방법은 없단다. 하지만 네게 이걸 주마."

노인은 능숙하게 흰 수염 한 가닥을 뽑았다. 손바닥에 놓인 수염이 밤바람에 흔들렸다. 노인이 고개를 살짝 기울이자 수염이 갑자기 어두운 적갈색으로 변했다. 그와 동시에 점점 두꺼워지고 길어져, 꼭대기에 옹이가 진 나무 막대기 모양이 되었다.

막대기는 계속해서 자라났다. 깜짝 놀란 독수리 소년 눈앞에서 점점 더 두꺼워지고 길어졌다. 막대기는 여기저기 옹이가 지고 비비 꼬인 지팡이가 되었다. 옆쪽에 새겨진 이상한 룬 문자가 신비롭게 빛났다. 노인은 잠시 멈춰 지팡이를 천천히 돌리며 가만히 살펴보았다. 그러다가 한숨을 푹 내쉬고는 옹이 진 꼭대기를 톡톡 두드렸다. 룬 문자가 희미하게 빛나다가 완전히 사라졌다.

"네 지팡이다. 오랜 시간 나를 많이 도와준 친구란다. 이제는 이 녀석이 너를 도와줄 것이다."

노인은 독수리 소년의 작은 손을 잡더니 자루 아래 나무를 쥐여주었다.

독수리 소년의 손가락이 지팡이를 감싸 쥐었다. 노인은 이 모습을 보며 덥수룩한 흰색 눈썹을 가운데로 모았다.

"이 지팡이를 안전하게 지키겠다고 약속해다오. 네가 생각하는 것보다 훨씬 더 귀중한 물건이란다."

소년은 고개를 끄덕였다.

"그래. 독수리 소년의 말 한마디는 마법사 주문 백 개만큼의 가치가 있지."

소년은 어깨를 쫙 펴고 지팡이를 들어 가슴 가까이 가져다 댔다.

노인의 표정이 잠시 밝아지더니 이내 다시 암울해졌다.

"어둠의 예언을 들어봤다고 하기에는 아직 너무 어린가?"

소년은 인상을 썼다.

노인은 더 가까이 허리를 굽혀 소년 귀에 속삭였다. 소년은 놀라워하며 천천히 눈썹을 치켜떴다. 여자 귀에는 끊어진 말 몇 마디밖에 들리지 않았다.

"한 아이가…… 너무도 끔찍한 위험이…… 마침내 마법사의 진정한 후계자가……."

귓속말을 마친 노인이 심각한 표정으로 자리에서 일어났다. 노인은 한 손을 골반 뒤에 얹고 뻐걱거리는 허리를 쭉 펴며 아쉬운 듯 말했다.

"아, 이제는 계속 독수리로 살아야겠구나. 서 있거나 걸어 다니는 것보다 하늘을 나는 게 훨씬 즐겁거든! 허리에도 좋고 말이야."

노인은 다시 한번 독수리 소년에게 시선을 고정했다.

"얘야, 내가 너에게 맡긴 일은 작은 임무가 아니란다. 많이 외롭고 아주 위험할 거야. 그리고 17년이라는 긴 세월이 걸릴 거야. 하지만 이거 하나만은 확실하단다. 너는 언젠가 커다란 날개를 갖게 될 거야. 그리고 하늘을 날 거야! 아주 높이, 아주 멀리."

노인은 울퉁불퉁한 지팡이를 마지막으로 한 번 더 어루만졌다. 그런 다음 여자에게 몸을 돌려 아기 위로 허리를 굽히며 물었다.

"남자아이냐?"

여자가 고개를 끄덕였다.

"이름은?"

여자의 뺨이 붉어졌다.

"탬윈입니다."

노인은 생각에 잠겨 수염을 쓰다듬었다.

"흠, 그래. 탬윈. 안타깝게도 이 아이 미래에는 구름이 자욱하구나."

이 말에 여자 몸이 뻣뻣하게 굳었다.

"이 아이 이름은 너희 종족 언어로 '어둠의 불꽃'을 의미한다. 그게 맞느냐?"

여자가 머뭇거리며 고개를 끄덕였다.

노인은 한숨을 쉬었다.

"오늘 같은 밤에 딱 어울리는 이름이구나. 하지만 그 이름이 이 아이에게도 잘 어울릴까? 이 아이가 아발론에 불꽃의 빛을 가져올까, 밤의 어둠을 가져올까?"

노인은 갓난아기에게 손을 뻗어 앙상한 손가락 끝을 작은 이마에 올렸다.

"새로 만난 네 형과 달리 너는 날개를 갖지 못할 것이다. 하지만 아마…… 하늘을 나는 너만의 방법을 찾게 될지도 모르겠구나."

노인은 살짝 웃으며 한 걸음 물러나 절벽 끝에 섰다. 그리고 낭랑한 목소리로 말했다.

"잘 있거라, 좋은 친구들이여. 우리는 다시 만나지 못할 것이다."

노인은 잠시 멈춰 독수리처럼 빛나는 눈으로 세 사람을 바라보았다.

"하지만 나는 항상 너희와 함께할 것이다."

여자는 다시 한번 독수리 소년 어깨에 손을 올렸다. 이번에는 소년도 가만히 있었다.

"나는 이제 떠나야 한다. 다른 세계로, 다른 시간으로."

노인은 자기 자신에게 속삭였다.

"그것이 올로 에오피아의 운명이니."

"하지만…… 어떻게 가실 건가요? 관문이 사라졌잖아요."

여자가 물었다. 여자는 커다란 돌무더기를 향해 손짓했다. 초록색 불꽃을 내뿜는 분출구가 그 아래 묻혀 있었다.

노인은 여자 말을 듣지 않는 것 같았다. 온몸에서 희미한 불빛이 일렁이더니 노인이 다시 거대한 독수리로 변신했다. 독수리는 날개를 넓게 펴고 허공으로 뛰어들어 위로 솟구쳤다. 높이 더 높이. 그러다가 갑자기 절벽 쪽으로 다시 휙 방향을 틀었다. 산등성이를 가로지르는 날카로운 울음소리와 함께, 독수리는 연기 나는 돌무더기를 향해 돌진했다.

독수리 소년은 겁에 질려 소리쳤고, 여자는 소년의 어깨를 꽉 움켜잡았다.

바위에 부딪치기 직전, 독수리 사내는 거대한 날개를 등 뒤로 접었다. 속력을 높이며 아래로 곤두박질쳤다. 하지만 충돌은 하지 않았다. 대신 돌무더기 속으로 곧장 스며들었다. 바람 소리만이 남았다. 그리고…… 적막이 찾아왔다.

1부

1
종소리의 땅

"조심해, 이 멍청한 굼벵이야!"

롯 사부는 군살이 축 늘어진 허리에 주먹을 올렸다. 벨트에 달린 종이 딸랑거렸다. 롯 사부는 사다리를 오르는 청년을 노려보았다.

"그러다가 짐 또 떨어지겠다. 그러면 오늘만 다섯 번째야. 게다가 지금 속도라면 오늘 안에 절대 옥상에 도착 못 해. 저런 멍청한 녀석!"

탬윈은 앓는 소리를 냈다. 그것이 지금 할 수 있는 유일한 반응이었다. 사막도마뱀 등처럼 입 안이 바싹 말랐다. 흔들리는 사다리 발판을 천천히 하나 더 올라갔다. 커다란 짚 더미를 어깨에 짊어지지 않았더라도 충분히 힘겨웠을 일이었다. 심지어 탬윈의 손에는 망치와 못 주머니까지 들려 있었다.

사다리가 무게를 이기지 못하고 삐걱거리며 갑자기 움직였다. 탬윈은 손에 힘을 꽉 주고, 사다리를 묶고 있는 낡은 덩굴 밧줄을 슬쩍 내려다보았다. 곧 끊어질 것 같았다. 탬윈은 조용히 애원했다.

조금만 버텨줘. 지금 끊어지면 안 돼. 이게 마지막 짚 더미란 말이야.

탬윈은 머리를 흔들어 눈에 붙은 머리카락을 떼어내려 했다.

이엉장이로 일하는 것도 오늘이 마지막이야. 맹세해.

오늘 롯의 일꾼으로 일하겠다고 한 건 크나큰 실수였다. 끊임없이 쏟아지는 모욕은 아무것도 아니었다. 허리가 아프고 다리가 욱신거렸다. 수많은 볏짚이 날카로운 창처럼 목과 뺨을 찔렀다. 그리고 그 망할 놈의 이…….

탬원은 이를 생각하며 으르렁거렸다. 여행하며 만난 생명체 대부분과 달리 이는 말을 듣지 않았다. 말을 하지도 않았다. 아무것도 하지 않고 깨물기만 했다. 그것들은 그냥 작은 오거나 마찬가지였다. 또 한 놈이 귀 안으로 기어들어 오기만 하면 탬원은 그놈을 옆 영토까지 던져 버릴 것이다! 위대한 나무의 껍질에 맹세코, 그렇게 할 것이다.

"정신 차려, 이 쓸모없는 게으름뱅이야! 일 안 끝낼 거야?"

밑에서 롯이 소리쳤다. 거대한 배가 출렁거렸다.

탬원은 다시 사다리를 오르기 시작했다. 하지만 겨우 두 계단을 오르고는 멈춰 서서 헐떡거렸다. 열일곱 살치고 호리호리하고 힘이 센 편이었지만, 종일 무거운 짚 더미를 짊어진 채 사다리를 오르고 나니 온몸에 힘이 다 빠진 느낌이었다. 마룻대와 지지대, 노끈 두루마리도 수없이 날랐다. 그 많은 재료들을 반쯤 완성된 이 돌집 지붕에 올려놓아야 했다.

"좀 서둘러, 이 생각 없는 멍청이야! 다섯 살짜리 내 딸이 일했어도 벌써 몇 시간 전에 다 끝냈겠다."

롯은 갑자기 궁금한 게 생긴 듯, 포동포동한 아랫입술을 깨물며 물어보았다.

"그나저나 넌 몇 살이지?"

"아…… 열여덟 살요."

탬윈은 거짓말을 했다. 어둠의 해에 태어났다는 사실을 밝히면 불안한 눈빛과 의심만이 돌아왔다. 이미 오래전에 몸소 배웠다. 남쪽 마을에서는 등에 칼이 날아온 적도 있었다. 어둠의 해가 끝나고 빛이 돌아온 지 한참이 지났지만, 몇몇 사람은 아직도 아발론의 뿌리-영토 일곱 개를 샅샅이 뒤져 어둠의 예언 속 아이의 흔적을 찾으려 했다. 평화를 사랑하는 '모두를 위한 공동체' 사제들조차 그랬다. 우드루트 요정 집단이 어둠의 아이를 찾아 죽이는 자에게 큰 보상을 하겠다고 발표했다는 소문까지 들려왔다. 그러니 그해에 태어난 아이라면 누구든 목숨이 위험했다.

탬윈은 마른 목구멍으로 침을 꿀꺽 삼켰다.

"확실해?"

의심에 찬 이엉장이 다시 한 번 되물었다. 롯은 탬윈을 유심히 살펴보았다. 퉁퉁한 볼살 위로 깊이 꺼진 두 눈은 흡사 밀가루 반죽 덩어리에 꽂아놓은 아몬드 두 개 같았다.

"네, 막돼먹은 사부님. 아니, 이 같은 사부님. 아니, 롯 사부님!"

이엉장이 얼굴이 잘 익은 사과처럼 새빨개졌다.

"몇 살이든 상관없어. 넌 어차피 멍청한 저능아니까. 파렴치한 건달이라고! 빨리 안 끝내면 돈도 못 받을 줄 알아."

"끝낼 거예요."

탬윈이 투덜거렸다.

"그럼 빨리해."

탬윈은 뻣뻣한 목을 한 바퀴 돌렸다.

"잠깐 스트레칭 좀 할게요."

롯이 짜증스럽게 발을 굴렀다. 하지만 탬윈은 무시했다. 목 근육을 풀려고 노력했지만 잘 되지 않았다.

탬윈은 한숨을 쉬었다. 등에 짊어진 짚 더미보다 더 큰 무언가에 짓눌리는 느낌이었다. 이엉장이는 황무지 길잡이와는 너무도 먼 직업이었다. 탬윈은 황무지 길잡이 일을 진심으로 즐겼다. 단순히 스톤루트의 거친 황무지로 들어갈 수 있기 때문만은 아니었다. 이 영토는 워낙 커서 7년 내내 바위투성이 언덕을 걸어 다녔어도 절반도 채 돌아볼 수 없었다. 아니, 탬윈이 계속 이 영토를 떠도는 이유는 따로 있었다. 이슬 뿌린 꿀풀 향기보다 매혹적인 동시에 트롤의 눈보다 무서운 이유였다.

스크리를 찾는 것. 이 영토에 있는 미지의 땅으로 사람들을 안내하면, 잃어버린 형을 계속해서 찾아볼 수 있었다. 하지만 가뭄이 시작되면서, 황무지를 탐험하는 사람 수가 크게 줄어들었다. 그래서 다시 길잡이 일을 할 수 있게 되기 전까지 탬윈은 다른 일을 해야만 했다.

그중 하나가 짚을 엮는 일이었다. 탬윈은 이리저리 떠돌다가 어제 이 마을로 흘러 들어왔다. 롯을 도와주면 이엉장이 일을 배울 수 있겠다고 생각했다. 하지만 지금까지 탬윈이 한 일이라고는 짐 나르는 황소가 하는 일뿐이었다. 물론 짐 나르는 황소는 아주 영리해서 사다리 따위는 오르지도 않는다.

탬윈은 바짝 마른 아랫입술을 핥았다. 소금과 검댕이 섞인 쏠쏠한 맛이 났다. 가장 더운 여름날보다 훨씬 더 목이 탔다. 망할 놈의 가뭄! 벨트에 걸어둔 물통에서 물 한 모금만 마실 수 있다면 뭐든 할 수 있을 것 같았다. 하지만 물통은 또 비어 있었다. 무성한 풀 사이로 흘러내리는 깨끗한 개울물을 마실 수 있다면 더 좋겠지. 아니면 작년에 찾은 개울처럼 흰 백합 사이로 흐르는…….

"빨리 움직여! 짚 더미가 옥상까지 제 발로 올라갈 줄 알아?"

롯이 밑에서 또다시 소리쳤다. 세 겹 턱이 덜렁덜렁 흔들렸다.

"네, 롯 사부님."

"또 떨어뜨리기만 해. 그럼 돈도 못 받고 저녁도 못 먹는 거야."

'저녁'이라는 단어를 말할 때 롯은 거의 숭배하는 듯한 말투였다. 세 겹 턱이 활짝 웃는 입 세 개처럼 한껏 위로 올라갔다.

"오늘 내가 지붕 위에서 고생했다고 아내가 토끼고기를 구워주겠대."

탬윈은 혀를 깨물었다.

"가서 어떻게 되고 있는지 한번 봐야겠다. 부엌에 손이 필요할지도 모르니까. 음, 구운 토끼라."

롯은 입맛을 쩝쩝 다신 뒤, 죽일 듯한 눈빛으로 일꾼을 쳐다보았다.

"내가 돌아올 때까지 다 끝내놔."

"네."

음식 얘기를 듣고 보니 탬윈은 목만 마른 게 아니라 배도 고픈 상태였다.

통통하고 과즙 넘치는 신선한 문베리 한 움큼! 하지만 구운 토끼라니…… 육즙을 뚝뚝 흘리며 불 위에서 지글지글 익고 있는 토끼고기 냄새가 나는 듯했다. 황무지에서 본 곰이나 매처럼 탬윈은 다른 동물 고기를 먹는 걸 개의치 않아 했다. 단, 동물은 빠르게 죽여야 하고, 버리는 부분 없이 모두 먹어야 하며, 꼭 감사 기도를 해야 했다. 배고픈 곰도 드루마디안 감사 기도를 할지 문득 궁금해졌다. 탬윈은 웃음이 나왔다.

하지만 물을 마시고 저녁을 먹으려면 일을 끝내야 했다. 탬윈은 이 일을 하겠다고 롯에게 약속을 했다. 스크리에게 확실히 배운 점이 하나 있다면, 약속은 중요하다는 것이었다. 독수리 종족은 자기가 뱉은 말을 반드시 지키는 종족이었다! 엄마가 죽던 날 스크리도 약속을 했다. 두 형제는 절대 헤어지지 않을 거라고.

이마에서 뭔가가 눈을 찌르는지 자꾸 눈물이 나려고 했다. 탬원은 갈색 옷소매로 이마를 닦았다. 어깨 위에 짊어진 짚 더미 위치를 살짝 바꾸고 발판 하나를 더 올랐다. 그리고 하나 더. 검댕 가루 몇 조각이 속눈썹에 내려앉았지만 무시했다. 적어도 이는 아니니 괜찮았다.

세 개만 더 올라가면 돼. 그러면 이 짐을 영영 내려놓을 수 있어.

짚 더미 무게에 몸을 떨자 손에 쥔 못 주머니에서 짤랑짤랑 소리가 났다. 스톤루트 마을마다 달랑달랑 낭랑하게 울리는 크고 작은 종처럼 이상하게 위안이 되는 소리였다. 이유는 설명할 수 없었지만, 탬원은 스크리를 잃어버린 뒤 수년간 이곳 종소리의 땅에서 지낸 데 대해 감사하는 마음이 들었다. 그게 바로 스톤루트의 가장 뚜렷한 특징이었다. 평평한 돌로 벽을 세운 초가집만큼이나 전통적이고, 영토 내 거의 모든 지역에서 볼 수 있는 북쪽 산만큼이나 눈에 띄는 특징이었다.

종. 종은 쟁기 끄는 말의 목에도, 심지어 쟁기에도 달렸다. 돼지, 양, 염소의 발걸음에 맞춰 짤랑짤랑 울렸다. 돌집, 헛간, 풍향계 그리고 커다란 맥주 통을 보관하는 지하실 문 꼭대기에도 달렸다. 롯 같은 사람 벨트에서도 달랑거렸다. 탬원도 허리춤에 작은 석영 종을 달아놓았다. 탬원이 바람에 날리는 깃털처럼 자유롭게 숲과 계곡을 뛰어다닐 때마다 그 종이 끊임없이 울렸다.

탬원은 짚 더미 아래에서 고개를 살짝 돌려 마을을 내려다보았다. 똑같이 생긴 집이 수도 없이 많았다. 모두 똑같이 평평한 돌로 벽을 세운 채 줄지어 서 있었다. 집은 커다랗고 네모난 호박 같았고 마을은 그런 호박을 키우는 호박밭 같았다. 가을이라 더 그렇게 느껴졌다. 스톤루트 다른 지역처럼 이곳 바위도 계절에 맞춰 주황색과 금색으로 물들었다. 북쪽 지역은 가뭄 때문에 전체적으로 색이 흐려지고 있었지만, 바위만큼은 여전히 계절에 따라 변했다.

탬윈은 입술을 깨물었다. 문득 궁금해졌다. 스톤루트 바위가 가을, 겨울, 봄, 여름마다 색을 바꾼다면, 아발론의 다른 영토에서도 똑같은 일이 일어날까? 일곱 영토는 모두 위대한 나무의 뿌리였다. 하지만 다른 영토도 계절마다 변하는지는 수수께끼였다. 워터루트 개울과 연못도 색을 바꿀까? 섀도루트의 어두운 동굴은? 우드루트의 전설적인 나무들은?

탬윈은 고개를 내저었다. 나무! 상상도 할 수 없는 일이었다. 나무가 색을 바꾼다니!

탬윈은 한숨을 쉬었다. 다른 영토는커녕 자신이 사는 영토에 관해서도 너무 몰랐다. 스크리를 찾아 7년 동안이나 스톤루트의 황무지를 탐험했지만 형의 흔적조차 찾지 못했다. 게다가 이 영토는 끝도 없이 탬윈을 놀라게 했다. 다채로운 풍경도 수많은 생명체도 놀라움의 연속이었다. 산꼭대기에 사는 거인은 키가 언덕만 했고, 작은 진드기 요정의 가장 큰 마을은 겨우 탬윈의 엄지손톱만 했다.

스톤루트가 얼마나 큰지는 짐작밖에 할 수 없었다. 어느 지역에서 출발해 어느 방향으로 가든, 한 달 내내 걸어도 해안을 감싼 안개 바다에 닿을 수 없었다. 위대한 나무의 뿌리 하나가 이렇게 큰데 나무 자체는 얼마나 방대할까? 뿌리-영토 일곱 개, 알려진 게 거의 없는 둥치, 심재 안에 있는 마법의 관문, 어떻게 존재할지 모르는 가지, 저 높이 떠 있는 신비로운 별. 그 정도 크기와 규모는 상상조차 할 수 없었다.

"산 거야, 죽은 거야, 이 멍청한 굼벵이야? 이것 좀 봐. 아직도 그 자리잖아."

탬원은 롯의 목소리에 정신이 번쩍 들어 다시 일을 시작했다. 힘겹게 발판을 하나 더 올랐다. 이제 두 개밖에 안 남았다.

웃차.

딱 하나 남았다. 탬원은 허벅지를 들어 마지막 발판에 맨발을 올렸다. 그리고……

으악!

이 한 마리가 탬원의 귀 뒤를 물었다. 탬원은 눈을 감고 화를 참으려 애썼다.

대체 왜 이러는 거야? 난 네 식사거리가 아니라고.

탬원은 머릿속으로 따졌다. 이 무언의 언어로 거의 모든 생명체와 대화할 수 있었다.

이는 한 번 더 무는 것으로 대답을 대신했다. 이번에는 귓불이었다.

그만해. 이런 천 개의 숲 같으니, 그만하라고!

탬원의 마음속 목소리가 말했다. 탬원은 짚 더미를 떨어뜨리지 않으려 온 정신을 다 쏟았다. 손을 올려 따끔거리는 귀를 긁을 수도 없었다. 오로지 마지막 발판을 오르는 것만 생각했다. 옥상에 도착하기만 하면 이 지긋지긋한 짐을 내려놓고 곧장 드루마디안 첫 번째 규칙을 깨 버릴 것이다. 다른 생명체를 죽이면 안 된다는 규칙. 탬원은 살생을 즐길 것이다.

탬원은 다리를 쭉 폈다. 사다리가 삐걱거렸다. 갑자기 발아래 발판이 둘로 쪼개지면서 탬원을 벽으로 내동댕이쳤다. 코와 뺨이 벽에 쾅 부딪혔다. 탬원은 필사적으로 사다리를 움켜잡았다. 그런 다음 어깨 아래로 미끄러지는 짚 더미를 움켜잡았다.

너무 늦었다! 짚 더미가 땅으로 곤두박질쳐 롯의 발 앞에 쿵 떨어졌다. 시커먼 검댕이 구름처럼 피어올랐다.

"이런 멍청이…… 중에서도…… 가장 멍청한 놈! 도토리도 너보다는 똑똑하겠다."

롯은 온몸을 부들부들 떨며 탬원을 노려보았다. 그 뜨거운 눈빛에 짚 더미가 불탈 것 같았다.

탬원은 아래 발판에 두 발을 디뎠다.

"죄송합니다, 롯 사부님. 이렇게 될 줄……."

"몰랐겠지. 아무 생각이 없으니까!"

"아니요. 사다리가……."

탬원은 부러진 발판을 가리켰다. 그런데 탬원이 팔을 움직이는 순간 못 주머니가 무릎에 부딪히면서 매듭이 풀려 버렸다. 사방으로 못이 날아갔다. 집 벽에 부딪치고 사다리에 튕기고 롯의 머리 위로 쏟아졌다. 탬원은 주머니를 잡으려다가 망치를 떨어뜨렸다. 손으로 통통 튀기다가 결국은 놓쳐서 발과 발판 사이로 겨우 붙잡았다.

롯은 머리에서 못을 한 움큼 들어내고 나서 탬원을 향해 주먹을 휘둘렀다.

"이 빌어먹을 해충 같은 놈! 지독한 전염병 같은 놈!"

롯은 탬원에게 못을 던졌다. 탬원은 못을 피하려 고개를 숙이다가 망치를 건드렸다. 망치가 아래로 떨어졌다. 그러고는 롯의 퉁퉁한 발 위로 쿵 떨어졌다.

"아야!"

이엉장이가 펄쩍펄쩍 뛰며 소리를 질렀다. 다친 발을 잡으려 허리를 굽혔지만, 산만 한 배 때문에 손이 닿지 않았다. 롯이 할 수 있는 거라곤 한 발로 쿵쿵 뛰며 욕하고 식식거리고 소리치고 괴로워하는 것뿐이었다. 세 겹 턱 아래로 침이 줄줄 흘렀다.

롯은 마을 반대쪽에 있는 자기 집을 향해 어정쩡한 자세로 비틀비틀 걸어갔다.

"다시 오겠어, 이…… 멍청하고 느러터진 미치광이 망나니야! 내가 돌아올 때까지 저 짚 더미 다시 지붕 위에 올려놔. 안 그러면 널 네모나게 썰어서 벼룩 먹이로 던져 버릴 테니까!"

탬윈은 화를 내며 한쪽 발을 허공에 뻥 찼다. 사다리가 흔들리면서 탬윈이 땅에 떨어질 뻔했다. 탬윈은 자기 자신에게 욕을 퍼부었다. 허리에 달린 종이 부드럽게 울리는 소리는 들리지도 않았다.

2

추방

탬원은 여전히 식식거리며 귀를 문 이를 찰싹 때렸다. 하지만 이는 이미 떨어져 나간 뒤였다.

그놈의 해충. 저주해 버릴 거야. 이 사다리도. 이 일도!

탬원은 사다리 위쪽 끝을 잡고 지붕 가장자리에 있는 나무 단으로 올라갔다. 그곳에 앉아 다리를 흔들며 땅에 흩어진 짚 더미를 내려다보았다. 화가 나 주먹을 불끈 쥐었다. 저 뚱보가 저지른 일을 왜 탬원이 수습해야 하는가? 왜 여기에 더 있어야 하는가?

드디어 답을 찾았다. 그냥 떠나는 것. 동쪽으로 달리다 보면 밤중에는 해안가 습지에 도착할 것이다. 몇 년 동안 못 가봤지만 탬원은 졸졸 흐르는 물웅덩이를 생생히 기억했다. 아무리 가뭄이라도 그곳에는 어느 정도 물이 남아 있을 것이다. 지난 몇 주 동안 본 물보다는 많을 것이다. 엘프베리도 있을 것이다. 계절이 계절이니만큼 조금 많이 익었겠지만, 맛은 여전히 좋을 것이다.

탬원은 거의 어깨에 닿을 정도로 긴 검은 생머리를 손으로 빗어 지푸라기 몇 뭉치를 떼어냈다. 그러고는 한숨을 푹 쉬었다. 탬원은 오늘

51

밤 엘프베리를 먹을 수 없다는 걸 알고 있었다. 아니, 탬윈은 일이 끝날 때까지 이곳에 머물 것이다. 그러고 싶어서가 아니다. 롯을 위해서도 아니다.

약속을 했기 때문이다.

탬윈은 무릎을 탁 쳤다. 이 보잘것없이 작은 마을에 들르지 말았어야 했다. 탬윈은 황무지를 돌아다니며 예상치 못한 일에 맞닥뜨리는 것이 매우 즐거웠다. 성난 땅의 요정이 사는 구덩이에 발을 들이는 일처럼 말이다.

그래. 너무 어두워지기 전에 빨리 시작하자.

최근 들어 밤 별이 뜬 후에 영토를 배회하는 생명체가 많아졌다. 정처 없이 떠도는 정령 부랑자든, 술을 훔치거나 문제를 일으키려 어슬렁대는 곱스켄이든, 일단 피하는 게 상책이었다.

우선 이 망할 놈의 사다리부터 고쳐야겠어.

탬윈은 허리로 손을 뻗어 단검 바로 옆에 둘둘 말아둔 덩굴을 찾았다. 탬윈은 항상 벨트에 덩굴을 걸고 다녔다. 덩굴을 풀던 손이 허리춤에 달린 석영 종을 스치자 부드러운 소리가 났다.

바로 그때 마을 뒤에 있는 커다란 하켄프루트 나무에서 부엉이 한 마리가 조용히 울었다. 탬윈은 하던 일을 멈추고 위를 올려다보았다. 별에서 뿜어져 나오는 아름다운 금빛이 하루의 끝을 알렸다. 밝은 빛줄기가 나무 위로 쏟아지며 굵고 가는 가지들을 비추었다. 빛줄기 그 자체가 나무 같았다. 얇은 잎사귀가 바람에 흔들리며 금빛으로 반짝였다. 나무 뒤 지평선에는 높은 산봉우리가 솟아 있었다. 산등성이 위에 또 산등성이. 마치 빛나는 바다에서 줄줄이 물결치는 파도 같았다.

회색 바위가 빛을 받아 반짝거렸다. 바로 이 순간 마을은 화려한 보석으로 장식한 듯 보였다. 탬원은 그 이상의 무언가를 깨달았다.

이 마을은 돌과 나무와 지푸라기처럼 이 땅이 아낌없이 내어주는 재료로 만들어졌다. 이 마을은 그저 이곳에 속해 있었다. 하켄프루트 나무처럼 이 장소에 뿌리박혀 있었다. 귀리와 보리가 잘 익은 밭처럼, 여름 건초 더미처럼, 지하실마다 보관된 흑갈색 맥주처럼, 드루마디안 추종자들이 지은 엘런의 성지처럼, 커다란 퇴비와 배설물 더미처럼. 공동 외양간 옆에서 거대한 어미를 살아 있는 침대 삼아 그 위에 대자로 누워 있는 작은 새끼돼지들처럼.

보리, 배설물, 돼지 냄새가 지푸라기 냄새와 뒤섞여 허공으로 흩어졌다. 그 냄새도 이곳에 속해 있었다. 모든 집 마룻대에 달린 네모난 쇠종처럼. 나무에서 우는 부엉이처럼. 마을 벽을 이루는 거친 바위처럼.

탬원은 고개를 한쪽으로 기울이며 생각에 잠겼다. 이 마을, 이 풍경, 심지어 허리에 달린 작은 석영 종까지, 주변에 있는 모든 것이 이 장소와 꼭 어울렸다. 이 장소에 속해 있었다.

자신과는 너무도 달랐다. 그는 검댕 묻은 지푸라기 몇 가닥을 이마에서 떼어냈다. 탬원은 도대체 어디에 속해 있을까?

탬원은 지붕 끝에 앉아 다리를 흔들며 저 멀리 반짝이는 산봉우리를 다시 한번 바라보았다. 저기에 속한 것일지도 몰랐다. 탬원이 뛰어다니기 좋아하는 저 숲과 들판과 산등성이. 이런 마을에서 탬원은 모든 일에 서툴렀다. 하지만 돌과 개울을 뛰어넘으며 자유롭게 달리면 무언가가 깨어났다.

마법 같은 무언가가.

탬원은 뻣뻣한 목을 길게 빼 별을 올려다보았다. 별은 정말 많고 정말 아름다웠다. 탬원은 가장 좋아하는 별자리 윤곽을 쫓았다. 페가수스가 귀를 뒤로 젖히고 눈을 이글거리며 높이 솟구쳤다. 트위스티드 트리는 어두운 하늘을 가로질러 긴 가지를 뻗었다.

탬윈은 저 별 사이를 달리는 게 어떤 기분일지 상상하며 미소를 지었다. 나무숲을 헤치며 달리듯 빛의 무리를 이리저리 헤치며 달리고 싶었다. 저 별밭을 성큼성큼 걷고 싶었다!

그가 하늘을 보는 동안 별이 어두워지고 밤이 찾아왔다. 밝은 빛이 서서히 사라지면서 별 하나하나의 위치는 더욱더 또렷해졌다. 별을 이어 별자리를 찾기가 더 쉬워졌다. 종종 떠올렸던 궁금증이 또다시 솟아났다. 아발론 별의 실체는 무엇일까? 언젠가 누군가가 별을 탐험할 방법을 찾아낼까?

탬윈은 입술을 오므리고 생각했다. 하루가 끝나면 왜 별이 마지막 금빛 섬광을 내뿜은 뒤 곧장 어두워지는지 아무도 알지 못했다. 왜 매일 아침 다시 밝아지는지도 몰랐다. 떠돌이 음유시인에게 들은 바로는 다른 영토보다 스톤루트에서 유독 별이 밝게 빛난다고 한다. 그 이유 또한 아무도 알지 못했다. 아예 별이 빛나지 않는 섀도루트는 여기와 어떻게 다를까? 이 모든 의문은 풀리지 않는 거대한 수수께끼로 수렴했다. '별의 실체는 무엇인가?' 아발론의 모든 시대에 걸쳐 사람들은 이것을 궁금해했다.

수많은 밤, 탬윈은 바람이 들지 않는 빈터나 이끼 긴 바위 위에서 별을 올려다보며 그런 의문들에 관해 곰곰이 생각했다. 별은 언제나 너무도 멀어 보였다. 너무도 신비로웠다. 왠지 모르게 무서우면서 동시에 매력적이었다. 마치 탬윈을 부르는 것 같았다.

탬윈은 별을 여행하고 싶었다. 물론 아발론의 다른 영토도 마찬가지였다. 정확한 관문을 찾아서 다른 영토로, 다른 사람에게로, 마음껏 달릴 수 있는 다른 길로 떠날 것이다. 어쩌면 아발론 위쪽, 다시 말해 나무둥치와 그 너머에 있는 무언가를 탐험할 방법까지 찾아낼지도 모른다! 그곳에 가면 새로운 생명체를 발견하게 될 것이다. 일곱 영토 생명체들은 알지 못했던 또 다른 생명체가 있을 것이다. 탬윈은 위대한 탐험가가 될 수 있다. 멀린의 유명한 아들 크리스탈루스 에오피아처럼.

아야!

이가 팔뚝을 물자 탬윈이 움찔했다.

탬윈은 작은 악당을 노려보며 손가락으로 튕겨냈다. 정말이지 대단한 탐험가였다! 오늘만 해도 부서질 듯한 롯의 사다리를 타고 맨 위 발판까지 올라오지 않았는가. 식인 이 몇 마리와 전투까지 치렀다.

탬윈은 지붕 가장자리 허공을 발로 뻥 찼다. 지금 탬윈의 삶은 크리스탈루스의 삶과 달라도 너무 달랐다. 자신의 어두운 시작과도 전혀 달랐다. 탬윈은 입술을 깨물며 가장 오래된 기억을 떠올렸다. 희미하고 어렴풋한 이미지. 불타는 산, 독수리 날개를 단 노인…… 그리고 한 여자의 따뜻한 품.

탬윈은 고개를 가로저었다. 그 기억이 어떻게 진짜일 수 있단 말인가? 불타는 산에서의 그날 밤은 점점 더 꿈처럼 느껴졌다. 뒤틀린 꿈같았다. 탬윈은 이 기억에 관해 스크리와 이야기할 엄두도 내지 못했다. 그간 두 형제가 겪은 일을 생각하면 도저히 그럴 수 없었다. 하지만 이 문제는 유령처럼 두 사람 사이를 맴돌았다. 보이지 않지만 늘 그 자리에 있었다.

하지만 이 말 못 할 기억이 두 사람의 시간을 망친 것은 아니었다. 아니, 전혀 그렇지 않았다. 스크리와 탬은 (스크리는 탬윈을 그렇게 불렀다.) 여기저기 돌아다니며 파이어루트 화산 지형 구석구석을 탐험했다. 산봉우리를 오르고, 용암 터널을 기어서 지나가고, 유리처럼 매끈한 흑요석 비탈을 미끄러져 내려가고, 서로의 머리에 재 덩어리를 던지고, 화염 분출구 사이에서 씨름을 하고…… 그 외에도 아주 많은 일을 했다. 전쟁을 좋아하는 플레임론과 마주치지 않고 어두워지기 전에 동굴 집으로만 돌아온다면 형제는 충분히 자유를 누릴 수 있었다. 둘에게는 진정한 가족도 있었다. 두 사람 모두에게 엄마였던 여인 덕분이었다. 스크리의 양어머니이자 탬윈의 생모. 엄마는 언제나 주황색 눈을 반짝이며 집에 돌아온 형제를 반갑게 맞아주었다.

그러던 어느 날 엄마가 죽고 형제에게는 서로만이 남았다.

그리고 7년 전 두 형제는 그마저 잃어버렸다.

별이 갑자기 흐릿해져 탬윈은 눈을 깜빡였다. 뭐 하러 그 생각을 했을까? 이제 스크리는 곁에 없었다. 이미 죽었을지도 모른다. 아직 살아 있다 하더라도 스크리를 찾는 건 불가능했다.

하지만 탬윈은 생각도 수색도 멈출 수 없었다. 그래서 지난 7년간 수많은 시간을 쏟아 스톤루트 이곳저곳을 돌아다녔다. 바위투성이 언덕을 넘어 초원, 습지, 숲, 눈밭으로 스크리의 흔적을 찾아다녔다. 아직 아무것도 찾지 못했지만, 마음속에서는 여전히 희망이 불타올랐다. 아무리 멀고 위험한 길이라도 포기하지 않고 쉼 없이 달린다면 언젠가는…….

"이히 이히, 저것 봐라. 숯으로 만든 인간이 살아 움직이네! 달빛 없는 밤 꺼진 횃불보다도 시커멓잖아. 이히 후후후 아하하하."

시끄러운 웃음소리가 탬윈의 생각을 가로막았다. 지붕 아래를 내려다보니 누군가 흩어진 짚 더미 위에 서서 탬윈을 올려다보고 있었다. 인간의 모습이었지만 인간 키의 절반밖에 되지 않았고 몸은 마룻대처럼 비쩍 말라 있었다. 손은 거의 머리만큼이나 크고 팔은 길고 둥근 눈썹은 은색 눈 주위로 빙 둘러져 있었다. 자루 모양 옷을 입고 새총 달린 벨트를 차고 빨간 헤드밴드를 쓰고 있었다.

훌라 녀석.

탬윈은 암울하게 고개를 저으며 생각했다. 이 순간 전혀 필요하지 않은 존재였다. 훌라는 체면 따위는 전혀 몰랐다. 기본적으로 아예 생각이라는 게 없었다. 어디를 가든 늘 장난만 쳤다.

탬윈은 지붕 가장자리로 움직여 이를 털어내듯이 손을 내저었다.

"저리 가, 훌라. 난 지금 할 일이 산더미야."

깡마른 녀석도 커다란 손을 흔들었다.

"무슨 일을 하는데, 더러운 인간아? 검댕 욕조에서 목욕하는 일? 이히 이히, 깨끗이 씻으려고? 이히야하하하. 검댕. 깨끗이. 넌 그렇게나 더러운 놈이야! 이히 하하하."

훌라는 허벅지를 때리며 박장대소했다.

탬윈은 화가 치밀어 올라 으르렁거렸다.

"저리 가라니까. 안 그러면 이거 네 머리 위로 떨어뜨려 버린다."

탬윈은 롯의 무거운 나무 양동이를 들어 올려 훌라 머리 위에서 흔들었다.

훌라가 뭐라고 대답하기도 전에, 점점 짙어지는 집 옆 어둠 속에서 누군가가 걸어 나왔다. 아주 어리고 아주 뚱뚱한 소녀였다. 몸은 바위처럼 둥글었고, 적어도 두 겹은 되는 두꺼운 턱살이 목깃에 달린 구리 종 위로 쏟아져 내렸다.

탬윈은 숨이 턱 막혔다. 롯의 딸이었다!

소녀가 사다리 밑으로 뒤뚱뒤뚱 다가오자 훌라는 짚 더미에서 뛰어

내려 어둠 속으로 사라졌다. 멀리 간 건 아니었다. 집 모퉁이에서 은색 눈이 여전히 빛났다.

소녀는 포동포동한 손으로 부러진 사다리를 때렸다.

"우리 아빠가 오빠한테 경고해주래."

소녀는 말을 멈추고 손가락 마디를 빨았다.

"아빠가……."

쪽쪽.

"곧 다시 올 거라고. 블랙베리 파이를……."

쪽쪽.

"다 먹은 다음에."

탬윈은 눈살을 찌푸렸다. 롯이 파이로 무슨 짓을 할 수 있는지 소녀에게 얘기하려던 찰나에, 아래쪽에서 거친 목소리 한 쌍이 새로이 들려왔다.

"이런, 이런, 이것 봐!"

딸꾹.

"귀여운 꼬마야."

"그러게. 이 시간에 혼자……."

딸꾹.

"밖에 나와 있네."

탬윈의 심장이 쿵쾅거렸다. 곱스켄이었다! 목소리를 들어보니 반쯤 취한 듯했다. 아마도 보리 맥주를 훔쳐 먹었으리라.

아니나 다를까, 옥상에서 내려다보니 어깨가 굽고 팔이 아주 긴 커다란 형체 둘이 빈집을 향해 다가오고 있었다. 둘 중에 더 큰 녀석이 두 손을 비비며 쉰 목소리로 키득거렸다.

"이리 와, 꼬마야. 예쁜 얼굴 좀 보자."

곱스켄이 소녀에게 손을 뻗었다.

소녀는 비명을 질렀다. 겁에 질려 벌벌 떨며 집의 돌벽 쪽으로 뒷걸음질 쳤다. 소녀는 손가락 마디를 빨며 훌쩍거렸다.

"저리 가세요. 안 그러면 우리 아빠가……."

쪽쪽쪽.

"쫓아올 거예요."

"아이고, 무서워 죽겠네."

덩치 큰 곱스켄이 겁먹은 목소리를 흉내 내며 말했다. 곱스켄은 낄낄거리며 한 발짝 다가섰다.

"나 지금……."

딸꾹.

"엄청나게 배고파. 이 꼬마 정도면 맛있는 식사거리가 되겠어."

친구 곱스켄이 말했다.

탬윈은 벌떡 일어나 사다리 꼭대기를 잡으며 소리쳤다.

"둘 다 물러서!"

두 곱스켄이 깜짝 놀라 얼어붙었다. 곱스켄들이 위를 올려다볼 때 탬윈은 사다리를 내려오기 시작했다. 재빨리 맨 위 발판을 디뎠다. 그런데 맨 위 발판이 없었다. 탬윈은 외마디 비명과 함께 팔을 마구 휘저으며 뒤로 휘청했다. 그러다가 사다리 아래로 떨어졌다.

덩치 큰 곱스켄 바로 위로. 둘은 그대로 넘어져 땅에 쾅 부딪혔다. 지푸라기와 검댕이 구름처럼 피어올랐다. 탬윈은 옆으로 굴러 몸을 일으켰다. 그 순간 또 다른 곱스켄이 고함을 지르며, 하늘에서 떨어진 공격자를 향해 몸을 던졌다.

탬윈은 균형을 잡으려 안간힘을 쓰다가 흩어진 짚 더미에 발이 걸려 넘어졌다. 탬윈은 옆으로 벌렁 나자빠졌다. 달려오던 곱스켄은 탬윈을 지나쳐 돌벽에 머리를 쿵 박았다.

소녀는 겁에 질려 또다시 소리를 질렀다. 그러면서 곱스켄 하나에게 발길질을 하려다가 탬윈의 정강이를 걷어찼다. 탬윈은 정강이가 너무 아팠다. 하지만 집 옆에 숨은 홀라의 자지러지는 웃음소리만큼 아프지는 않았다.

탬윈은 몸을 휙 돌렸다. 두 곱스켄에게만큼이나 홀라에게도 화가 났다. 그런데 몸을 돌리는 순간 탬윈 어깨가 사다리를 툭 쳐 버렸다. 사다리가 벽을 따라 미끄러지면서 지붕 가장자리에 놓인 나무 양동이와 부딪쳤다. 양동이는 잠시 흔들거리다가 아래로 굴러떨어졌다.

소녀 머리 바로 위로! 소녀는 곧장 의식을 잃고 쓰러졌다. 얼굴을 아래로 한 채, 쓰러지는 나무처럼 묵직하게 땅 위로 쿵 엎어졌다. 홀라는 이 모습을 보고 더 크게 웃었다.

그사이 두 곱스켄은 휘청이는 다리로 다시 일어섰다. 덩치 큰 곱스켄이 얼굴을 찌푸리며 축 처진 팔을 가슴으로 끌어당겼다. 생각보다 훨씬 더 요란한 싸움이었다. 둘은 눈빛을 주고받은 뒤 마을 너머 들판으로 비틀비틀 걸어갔다. 시커먼 형체는 이내 어둠 속으로 사라졌다.

"맙소사! 이게 다 무슨 일이야?"

벼락같은 롯의 목소리가 들려왔다. 탬윈 무릎에 힘이 빠졌다. 이 일을 어떻게 설명하지? 탬윈은 의식 없는 소녀 옆에 무릎을 꿇고 앉았다. 소녀는 잠든 돼지처럼 팔을 쫙 벌린 채 배를 깔고 납작 엎드려 있었다.

롯이 달려왔다. 발 위에 떨어졌던 망치 때문에 여전히 절뚝거렸다. 딸을 발견한 롯의 표정이 더 극적으로 고통스럽게 일그러졌다. 롯은 불같이 화를 내며 탬윈을 옆으로 밀었다.

"우리 애한테 무슨 짓을 한 거야, 이 멍청한 놈아?"

"그러니까…… 그게요…….'

"저놈이 때렸어! 커다란 양동이로 꼬마를 때렸어."

집 옆 어둠 속에서 목소리가 흘러나왔다.

몇 초간 목소리가 들리지 않았다. 숨이 막혔거나 웃음을 참는 것 같았다. 잠시 후 목소리가 말을 이었다.

"얼마나 잔혹하던지. 정말 끔찍했어."

흐릿한 별빛 아래에서도 롯의 퉁퉁한 얼굴이 분홍색, 빨간색, 짙은 보라색으로 변하는 게 보였다. 터지기 직전의 커다란 만두처럼 거대한 몸집이 부들부들 떨렸다. 탬윈은 벌떡 일어나 뒷걸음질 쳤다.

소녀가 신음을 내뱉었다. 롯은 소녀에게로 고개를 돌려 소녀 손목에 자기 엄지를 갖다 대고 맥을 짚었다. 딸이 살았다는 사실에 마침내 안심하고는 다시 탬윈을 바라보며 소리쳤다.

"꺼져! 이 마을에서 당장 떠나, 이 끔찍한 건달 자식아. 그리고 절대 돌아오지 마. 알아들어? 절대 돌아오지 말라고!"

탬윈은 침을 꿀꺽 삼키고 천천히 물러났다. 깊어지는 밤 속으로 사라지며 한숨을 쉬었다. 어둠 속에서 요란한 웃음소리가 들려왔다.

3

창백한 손짓

남자 형체 하나가 거대한 석탑 그림자에 숨어 서성거렸다. 모자 달린 망토가 어둠과 완전히 뒤섞였다. 형체는 마치 어둠 위에 덮인 어둠 한 겹 같았다. 별빛 없는 하늘의 까마귀처럼 거의 보이지 않았다.

손만이 예외였다.

손톱이 깔끔하게 다듬어진 창백한 손은 이따금씩 그림자 밖으로 짧게 모습을 드러냈다. 길고 가는 손가락의 매끈한 피부에는 흉터는커녕 굳은살 하나도 없었다. 매서운 돌풍이 땅을 채찍질하며 탑의 가느다란 틈새를 뚫을 때마다, 두 손은 망토 목깃을 꽉 움켜쥐고 모자를 끌어내렸다.

이곳 워터루트 북쪽 끝에서는 그런 돌풍이 자주 불었다. 음유시인들은 이 지역을 '하이 브린칠라'라고 불렀다. 방문객이 거의 없는 이 땅에서는 바람과 물만이 변하지 않았다. 아발론 탄생 이래 늘 그랬듯 바람과 물은 자유롭게 흘렀다. 옛말에 이런 말도 있었다.

긴 바람이 불고

물이 흐르는 곳,
하이 브린칠라
아무도 가지 않는 곳.

기류가 치솟고
급류가 포효하는 곳,
바람과 물 외에는
아무도 모르는 곳.

그림자 속 망토 쓴 형체가 높은 벽으로 둘러싸인 거대한 협곡을 내려다보았다. 형체는 의기양양하게 두 손으로 깍지를 끼었다. 아발론 역사에서 누구도 감히 시도하지 못한 일을 해내기 직전이었다. 형체는 이 외진 협곡의 풍경을 영원히 바꿔놓았다. 협곡이 담고 있는 마법의 물을 영원히 바꿔놓았다.

영토 북쪽 끝에 위치한 이 붉은 바위 협곡에서는 오랜 세월 동안 많은 물이 흘러내렸다. 워터루트의 거의 모든 지역을 채울 정도로 많은 양이었다. 가느다란 실개천부터 드넓은 호수까지, 너무 커서 해안도 바닥도 없을 것 같은 무지개 바다 심해까지, 모두 이 협곡에서 흘러간 물로 채워졌다. 협곡 물 일부는 지하 강으로 떨어져 이웃 영토인 스톤루트와 우드루트로 들어갔다. 하지만 물의 최종 목적지가 어디든, 이 협곡을 흘러 내려가는 물방울 하나하나는 전부 한 장소에서 시작되었다. 크리스틸리아의 흰 간헐천.

망토 쓴 형체는 천천히 몸을 돌려 북쪽을 마주 보았다. 그곳 협곡 꼭대기에 바로 그 물보라 탑, 전설적인 흰 간헐천이 있었다. 물살이 너무

세서, 거품 이는 물마루에는 오직 바람만이 다가갈 수 있었다. 높은 절벽 아래로 끊임없이 내리치는 천둥처럼 간헐천은 끊임없이 우르렁거렸다. 워낙 외진 곳에 있다 보니 간헐천을 찾는 이는 거의 없었다. 마찬가지로 이 협곡을 내려다본 이도 거의 없었다. 이곳은 탐험가 크리스탈루스의 일기나 떠돌이 음유시인의 노래를 통해서만 알려졌다.

흰 간헐천 물은 끝을 알 수 없을 정도로 깊은 곳에서 뿜어져 나와 참나무 백 개 높이까지 솟아올랐다. 아발론의 모든 시대 동안 매년 매계절 밤낮으로 그랬다.

"하지만 이제 넌 나의 것이다. 음, 그래. 아발론의 것도, 워터루트의 것도, 그 누구의 것도 아닌, 나의 것이다."

모자 달린 망토 아래에서 거친 목소리가 흘러나왔다.

남자는 창백한 손으로 주먹을 움켜쥐며 지금까지 들은 발라드를 떠올렸다. 크리스틸리아 협곡을 칭송하는 발라드, 협곡을 물로 가득 채우는 흰 간헐천을 칭송하는 발라드. 분수처럼 쏟아지는 수많은 발라드가 이곳 물의 으스스한 빛을 찬양했다. 그 빛은 위대한 나무 속 마법 수액인 엘라노에서 나는 빛이었다. 발라드들은 이곳에서 터져 나오는 물의 어마어마한 양도 찬양했다. 새하얀 물이 저 아래 프리즘 골짜기에 닿으면서 일곱 빛깔 띠로 쪼개지는 모습도 찬양했다. 남쪽으로 흐르면서 영토 구석구석으로 색을 나른 뒤 마침내 무지개 바다에 이르는 물의 운명 또한 찬양했다. 무엇보다 이 물의 자유, 영속성, 막을 수 없는 힘을 찬양했다.

"더는 아니지. 내가 너를 막았으니까. 음, 그래. 역사상 가장 위대한 이 주술사님이 말이야."

남자는 기분 좋게 두 손을 비볐다. 전망 좋은 이곳, 협곡 가장자리에 있는 탑 그림자 안에서는 프리즘 골짜기를 가로지르는 거대한 돌 댐이 보였다. 댐 위에는 거대한 흰색 호수가 거의 협곡 끝까지 잔잔하고 음산하게 차올라 있었다. 반면 댐 아래에는 더 이상 물이 흐르지 않았다. 저 너머 땅과 바다로 이어지는 아래쪽 일곱 골짜기에는 더 이상 다양한 빛깔이 춤추지 않았다.

남자는 혼자 낄낄거렸다. 몇 주만 있으면 댐이 완성되고 호수가 가득 찰 것이다. 오랫동안 기다렸던 승리의 순간이 찾아올 것이다. 지금 남자에게 부족한 것은 딱 한 가지였다. 전리품. 남자는 그것이 어디 있는지 마침내 알아냈다.

망토 모자를 움켜쥐며 바람을 막아낸 주술사는 들뜬 마음으로 협곡 가장자리를 서성거렸다. 몇 달 전까지만 해도 전설적인 크리스틸리아 협곡은 위대한 나무 깊숙한 곳에서 나온 엘라노와 뒤섞여 깨끗한 물 냄새를 풍겼다. 하지만 지금, 이곳 주술사의 협곡에서는 전혀 다른 냄새가 났다. 그 냄새는 노천광에서 퍼져 나왔다. 우드루트 경계 숲에서 베어낸 나무의 그루터기와 파편에서, 발굽과 날개 수백 개를 적신 피에서 퍼져 나왔다. 아발론의 다른 지역에서는 절대 맡을 수 없는 냄새가 이 댐에서 진동했다.

그것은 노예 냄새였다.

주술사는 누군가 다가오는 모습을 보고 살짝 동요하더니 다시 그림자 속으로 들어갔다. 주술사 쪽으로 다가온 이는 웬 남자였다. 참나무처럼 몸통이 두툼한 전사였다. 넙데데한 얼굴이 댐처럼 단단해 보였다. 허리에 찬 넓은 가죽 벨트에는 넓죽한 칼, 양날검, 단검 두 개, 못 박힌 방망이가 달려 있었다.

전사는 걸음을 멈추고 탑 옆에 있는 노천광을 내려다보았다.

"빨리 움직여! 오늘 안에 그 바위를 다 옮겨야 한다고!"

전사는 말과 황소 대여섯 마리를 향해 소리쳤다. 동물들은 거대한 바위 한 쌍을 있는 힘껏 끌고 있었다. 그 바위를 깎아낸 건 족쇄를 찬 채 침울한 표정을 짓고 있는 소인 한 무리였다.

주술사의 창백한 손 하나가 전사를 불렀다. 덩치 큰 남자는 갑자기 긴장한 표정으로 몸을 꼿꼿이 세웠다. 그러고는 탑 쪽으로 빠르게 성큼성큼 걸어가 그림자 바로 앞에 멈춰 섰다. 두 눈에 두려움이 비쳤다.

"부르셨습니까, 주인님?"

"음, 그래, 나의 할렉아. 네가 가져다줘야 할 것이 있다."

어둠 속에서 날카로운 목소리가 흘러나왔다.

땀방울 하나가 할렉의 이마를 흘러, 눈썹을 돌아, 넓은 턱에 주름처럼 난 흉터 안으로 사라졌다. 노천광에서 돌을 깎고 긁어내는 소리 위로 할렉 목소리가 겨우 들렸다.

"무엇이 필요하십니까, 주인님?"

"노예다. 음, 그래."

할렉은 안도하며 이마를 닦은 뒤, 노천광을 향해, 그 너머 협곡 전체를 막은 거대한 댐을 향해 손짓했다.

"네, 물론입니다. 노예는 많습니다. 매일매일 더 많아지고 있습죠. 제가……."

"입 다물거라. 그냥 아무 노예나 찾는 것이 아니다."

꾸짖는 목소리였다.

할렉은 초조하게 노천광을 흘끗 돌아보았다. 저 아래에서 말 우는 소리와 발굽이 돌에 세게 부딪치는 소리가 들려왔다. 뒤이어 한 남자가 목소리를 높였다. 노예 감독관 중 하나였다. 더 큰 말 울음소리 그리고 고함 소리. 날카로운 채찍 소리와 다친 말의 고통스러운 신음 소리가 이어졌다.

할렉은 얼굴을 찡그리고 다시 그림자를 향해 고개를 돌렸다.

"저놈의 짐승들이 점점 더 반항을 합니다, 주인님."

"걱정 말거라. 이제 얼마 남지 않았다."

"어떤 노예가 필요하십니까? 네발 달린 짐승은 많습니다. 특히 말이랑 암사슴, 수사슴요. 곰도 한두 마리 있고 지난주에는……"

"입 다물어라, 이 멍청한 녀석! 당장! 음, 그래. 조용히 하지 않으면, 그 텅 빈 머리에서 혀가 뽑혔을 때 과연 어떤 소리가 나는지 확인해볼 것이다."

할렉은 마른침을 꿀걱 삼켰다.

"네, 주인님."

비명 같은 돌풍이 갑자기 협곡을 휩쓸고 지나갔다. 바람이 모자를 잡아당기고 망토를 때리자 주술사의 하얀 손이 목깃을 꽉 움켜쥐었다. 바람은 높이 더 높이 비명을 지르며 호수 표면에서 소용돌이쳤다. 협곡은 쩍 벌린 입처럼 하얀 입김을 내뿜으며 괴로움에 울부짖었다. 몇 분이 지나서야 공기가 잠잠해지고 협곡이 조용해졌다. 하지만 강제 노동의 소리는 이쪽 끝에서 저쪽 끝으로 계속해서 울려 퍼졌다.

주술사가 마침내 손을 내렸다.

"잘 들어라, 나의 할렉아. 나는 아주 똑똑한 노예가 필요하다. 음, 그래. 내 구울라카보다 똑똑한 노예 말이다. 내가 만든 구울라카는 포악하고 복종도 잘하지만 그리 똑똑하지는 않거든."

노련한 전사 할렉도 킬러 새 이름을 들으면 움찔했다. 예전에 구울라카 두 마리가 재미 삼아 할렉을 공격하는 바람에 할렉의 턱과 양쪽 팔에 커다란 흉터가 생겼다. 구울라카의 날개와 몸통은 거의 투명하고, 거대한 발톱과 부리는 피처럼 붉었다. 그때 할렉은 전투 기술과 무기를 모두 동원해 구울라카에게서 겨우 벗어났다.

"그래, 너도 녀석들을 기억하는구나, 나의 할렉아. 그럼 내가 오래전부터 녀석들을 일곱 영토로 보내 무언가를 찾으려 한 것도 기억하겠지. 지금 내게 필요한 유일한 한 가지 말이다. 하지만 녀석들은 매번 나를 실망시키기만 했다. 나의 가장 큰 적을 죽이지도 못했다. 처음 예언을 들은 후로 그렇게나 기다린 나의 가장 큰 협력자도 찾지 못했다. 그러나 이제 그런 건 중요하지 않다. 내가 원하는 것, 나의 전리품. 오로지 그것만이 중요하다. 이번에는 절대로…… 실패해서는 안 된다. 알겠느냐?"

"네, 주인님."

"나는 이 임무에 너를 보낼 수도 있다. 안 그러느냐, 할렉?"

"네, 주인님."

할렉은 턱에 난 흉터를 걱정스럽게 쓰다듬었다.

"하지만 난 그러지 않을 것이다. 너와 네 부하들은 이곳에 남아 노예를 통제해야 한다. 지금은 반란을 받아줄 시간이 없거든. 노예가 할 일은 거의 끝났다. 댐이 완성되면…… 그것들도 끝장낼 것이다."

할렉은 작게 미소를 지었다. 그 말만큼은 완벽하게 이해했다.

하얀 손이 허공을 갈랐다.

"그러니 내가 말한 것을 가져오너라! 내가 시키는 일을 무사히 해낼 만큼 똑똑한 노예. 가족이나 사랑하는 이가 있어야 충성을 보장받을 수 있다. 투지도 남아 있어야 한다. 긴 여정에서 살아남아야 하니까. 음, 그래."

할렉은 인상을 썼다.

"투지가 남아 있어야 한다고요? 그런 노예는 많지 않습니다, 주인님. 건방지게 덤비는 노예는 검술 연습에 써먹습니다. 그러면 놈들은 잘 걷지도 못하게 됩니다. 도망치지도 못하고요. 덕분에 지난 3개월간 탈출한 노예는 하나도 없습니다. 적어도 살아 나간 놈은 없습죠."

그림자 속 목소리가 투덜거렸다.

"일만 제대로 시킬 수 있다면 노예를 어떻게 다루든 상관없다. 하지만, 나의 할렉아, 내게는 그런 노예가 필요하다."

할렉이 자세를 바꾸자 넓죽한 칼이 단검 하나에 부딪혀 쨍그랑 소리를 냈다.

"이번 임무에 관해 조금 더 얘기해주실 수는 없으신가요, 주인님?"

어둠 속에서 낮은 억지웃음이 흘러나왔다.

"전리품을 가져오는 일이다. 음, 그래! 그것은 아주 특별한 물건이다, 나의 할렉아. 한때 찾았다가 잃어버렸지만, 결국은 다시 찾아냈지."

"무엇을 말씀이십니까, 주인님?"

또다시 웃음소리가 흘러나와 석탑을 때리는 바람과 한데 합쳐졌다. 창백한 손이 누군가의 목을 조르듯 허공을 움켜쥐었다.

"멀린의 힘을 가진 물건을."

4

뜨거운 촛농

댕!

커다란 쇠 종이 울리는 소리가 드루마디안 주거지 전체에서 메아리 쳤다. 이것은 결코 작은 소리가 아니었다. 주거지가 수 킬로미터까지 뻗어 있기 때문이었다. 주거지에는 정원, 나무가 늘어선 길, 기념물, 회관, 기숙사, 공예 센터, 성지 그리고 모두를 위한 공동체의 다른 시설들이 모두 포함되었다. 가끔 바람이 세게 불면 종소리는 외벽을 넘어 스톤루트 시골까지 닿았다.

수많은 음유시인이 이 종 이야기를 노래했다. 이 종은 거인의 벨트 버클로 만들었다. 용이 내뿜는 불꽃으로 녹여 소인이 모양을 빚고 요정 장인이 정교하게 장식했다. 이 종은 드루마디안의 가장 기본적인 이상을 상징했다. 모든 생명체의 통합과 협력. 조금 허황되지만, 버클 종을 생각해낸 사람이 설립자 엘런이라고 믿는 이도 있었다. 그 주장이 사실이라면 이 종은 주거지 내 위대한 신전을 이루고 있는 원형 돌무더기만큼이나, 그리고 아발론 자체만큼이나 오래된 물건이었다.

종 옆에는 나이 든 여자 사제 하나가 서 있었다. 얼마 안 남은 청력을 보호하기 위해 양털 귀마개를 쓴 허웰 사제는 정말이지 나이 그대로 늙어 보였다. 종이 울릴 때마다 몇 가닥 남지 않은 흰 머리카락이 통통 튀어 올랐다. 손을 휘두를 때도 마찬가지였다. 순종적인 개 요정 여덟이 사제 손짓에 맞춰 종에 달린 밧줄을 잡아당겼기 때문이다. 개 요정은 황갈색 털에 흰 날개를 단 채 분홍색 혀를 달랑거렸다.

허웰은 그 누구보다 주거지에 오래 살았다. 이제 거의 2백 살이 된 코에리아 대사제보다도 오래 살았다. 몇몇 원로가 태어나기도 전부터 원로로 있었다. 허리가 땅까지 굽었지만, 날카로운 눈은 소동이 일어날 징조가 없는지 근처를 샅샅이 훑었다. 허웰은 자신의 직책을 매우 진지하게 여겼다. '정확한 시간 및 예절 분과' 주임 사제. 정확한 시간과 예절은 젊은 수습생에게 특히나 중요했다.

마지막 종소리가 사라지는 동안 스무 명 넘는 수습생이 사방에서 달려왔다. 수업, 암기 작업, 공예 프로젝트, 멘토 보조 등 하던 일을 모두 멈추고 공식 기도를 시작할 시간이었다. 그 누구도 절대 공식 기도를 빼먹을 수 없었다.

허웰은 수습생이 버클 종으로 모여드는 모습을 유심히 바라보며 허리를 살짝 폈다. 사랑하는 사제단의 새로운 세대를 보니 자부심이 밀려들었다. 물론 수습생에게는 그 자부심을 절대 드러내지 않을 것이다. 믿음의 불꽃 성일인 오늘 모든 고위 사제는 양초를 하나씩 들고 다녔다. 수습생을 바라보는 노인의 눈이 발 옆 촛대에서 타들어 가는 촛불처럼 환하게 빛났다.

수습생은 남녀 구분 없이 똑같은 드루마디안 전통 의복을 입었다. 녹갈색 옷, 가죽 샌들, 목 아래 꽂는 참나무 모양 나무 핀. 그리고 자신의 메리스와 동행했다. 메리스는 사제가 드루마디안으로 사는 동안 끝까지 충성으로 함께하는 독특한 동반자였다. 허웰의 메리스인 고대 풀뱀은 허웰 팔뚝에 몸을 둘둘 감고 다가오는 군중을 지켜보았다.

실로 엄청난 군중이었다! 드루마디안 법에 따라, 인간을 제외한 모든 종족은 메리스가 될 수 있었다. 암사슴, 수사슴, 새, 딱정벌레, 개, 고양이, 도마뱀, 요정, 소인을 비롯한 다양한 종족이 젊은 사제들과 함께했다. 나무 정령도 두엇 있었다. 과거에 드루마디안과 결속했던 수많은 메리스처럼 지금의 메리스도 아발론에 존재하는 생명체만큼이나 매우 다양했다. 흔히 하는 말로, 메리스의 공통적인 특징은 '완전한 헌신' 딱 하나뿐이었다.

수습생들이 원로에게 차례차례 정중히 인사했다. 몇 초 전 10대 소년 하나가 장난스럽게 친구를 밀쳤는데, 소년이 인사하는 순간 친구가 소년을 되밀어 버렸다. 그 바람에 소년 발이 허웰의 양초를 걷어차면서 뜨거운 밀랍 촛농이 정강이에 튀었다. 소년은 움찔했다. 하지만 뜨거운 촛농에 덴 것보다 나이 든 사제의 뜨거운 눈빛을 받는 것이 더욱 고통스러웠다.

수습생과 메리스들이 나무 계단 아래로 내려오면서 군중은 서서히 줄어들었다. 복잡한 무늬를 새긴 나무 계단 아래에는 작은 노천극장이 있었다. 엘런의 성지였다. 이곳에서 군중은 참나무 줄기로 만든 엘런 동상 앞에 무릎을 꿇었다. 엘런은 트롤 아이의 다친 다리를 붕대로 감아주고 있었다. 마지막 수습생까지 도착하자 군중 전체가 기나긴 호칭 기도의 가장 앞부분을 외우기 시작했다. 설립자에게 바치는 이 기도는 오전 내내 계속될 것이다.

모두가 완벽하게 입을 맞추었다. 허웰은 종 옆에 꽂힌 기둥에서 그 소리를 들으며 희미하게 미소 지었다. 아무도 뒤처지지 않았다. 아무도 구절을 잊어버리지 않았다. 물론 빠진 이도 없었다.

엘리만이 예외였다.

새로 들어온 이 3등급 수습생은 종이 울리기 시작할 때 아무도 모르게 슬쩍 빠져나왔다. 기숙사 뒤에서 몸을 숙이고 늙은 느릅나무의 굵직한 뿌리 사이에 숨어 종소리가 끝날 때까지 기다렸다. 다음 순간 엘리의 녹갈색 눈이 이상한 빛으로 반짝였다. 엘리는 요정의 정원만큼이나 풍성한 갈색 곱슬머리를 손으로 한 번 빗어 내린 뒤 곧장 내달렸다. 아무 소리도 내지 않고 숲의 요정처럼 조용히 움직였다. 등에 둘러맨 수제 하프만이 부드럽게 달그락거렸다.

한 가지 소리가 더 있었다. 엘리 어깨에 앉은 작은 산봉우리 요정이 이따금씩 '흠' 하며 걸걸한 소리를 냈다. 작은 팔다리만 빼고 완벽히 동그란 뉴익의 몸은 지금 이 순간 갈색으로 어두워져 있었다. 마치 어깨 위에 놓인 또 다른 머리 같았다.

"흠. 또 기도를 빼먹는 거야?"

"당연하지. 다들 그 조그만 성지에 모여 있어서 제가 없어진 것도 모를 거야. 툭하면 수습생한테 소리치는 그 늙은 염소도."

엘리는 노래하듯 부드럽게 웃으며 일곱 분수 신전을 지났다. 일곱 분수는 이제 일곱 개의 작은 물줄기가 되어 있었다.

"이런, 원로를 그렇게 부르면 쓰나! 얼마 전 낭송 시간에 몰래 나와 라즈베리를 따 먹다가 허웰한테 걸린 건 알아. 그렇다고 그렇게 무례하게 굴면 안 되지."

뉴익이 몸 색깔을 밝히며 낄낄거렸다.

엘리가 갑자기 방향을 틀어 호박, 당근, 토마토가 가득 담긴 수레 뒤로 몸을 숨겼다. 근엄한 표정으로 길쭉한 양초를 들고 지나가는 사제를 아슬아슬하게 피했다. 사제 바로 옆에는 메리스인 짙은 파란색 유니콘이 뿔에서 흐릿한 빛을 내뿜으며 함께 걷고 있었다.

엘리는 뉴익을 돌아보며 속삭였다.

"내 기억이 맞는다면 내가 라즈베리를 따 먹는 동안 너도 바로 옆 개울에 몸을 담그고 있었어."

뉴익의 둥근 몸이 아직도 개울 속에 있는 것처럼 뿌연 파란색으로 변했다.

"맞아. 2주 동안 네 메리스로 일했으니 그 정도 목욕은 누릴 자격이 있었지! 내 평생 그렇게 열심히 일한 적이 없다니까. 너한테 약초에 대해 가르쳐주고, 언제 어디로 가야 하는지 매번 알려주고, 무엇보다 네가 사제단에서 쫓겨나지 않게 하려고 얼마나 노력했는지 몰라. 내가 왜 그랬을까! 이런 식이라면 언젠가는 일어날 일인데 말이야."

뉴익의 색깔이 다시 갈색으로 어두워졌다.

"흠. 늙은 염소가 나더러 당장 나와서 너를 좀 더 잘 감시하라고 했을 때, 그냥 그 초라한 개울 안에서 계속 버틸걸 그랬어."

엘리가 눈을 가늘게 떴다.

"왜 너는 늙은 염소라고 부르면서 나한테는 그러지 말라고 해?"

그러고는 장난스럽게 덧붙였다.

"원로한테 그렇게 무례하게 굴면 되겠어?"

"우선 나는 그 여자보다 최소 6-7세기는 더 살았어. 그러니까 그 여자는 내 원로가 아니야. 원로 축에도 못 낀다고! 잘 알아두렴, 이제 겨우 열여섯 살 된 꼬마야. 그리고 다른 이유도 있어."

요정은 목소리를 낮춰 속삭였다.

"그 늙은 염소는 사실 진짜 늙은 염소야."

엘리는 소리 내 웃었다. 그때 사제 두 명이 대화에 열중한 채 채소 수레 옆을 지나갔다. 둘 다 한 손으로 밀랍 양초를 가려 바람을 막고 있었다. 한 사제 뒤에는 부엉이 한 마리가 회색 날개를 퍼덕거리며 미끄러지듯 날고 있고, 다른 사제 뒤에는 중간 크기 불곰이 어기적어기적 걷고 있었다. 곰은 수레를 지나다가 당근 하나를 집어 들고 우적우적 씹어 먹기 시작했다. 그러면서 수레 뒤에 숨은 두 도망자를 향해 몰래 윙크를 했다.

"누가 또 보기 전에 얼른 가."

엘리가 풍성한 곱슬머리를 흔들며 말했다.

"그래. 널 쫓아내고 날 영영 산으로 보내 버릴 수 있는 사람한테는 절대 들키면 안 돼. 코에리아 대사제 같은 사람 말이야! 아니면 차기 대사제를 노리는 그 젊은 멍청이나."

이번에는 엘리 피부가 어두워졌다. 발그레하던 안색이 비트처럼 검붉어졌다.

"리니아. 아무리 코에리아 뒤를 이을 '선택받은 자'라고 해도 그렇게나 자기애가 강하다니."

뉴익이 손을 뻗어 작은 토마토 하나를 집었다. 그러고는 토마토를 씹으며 생각에 잠겼다.

"오랜만에 나타난 최연소 '선택받은 자'라잖아. 엘런의 딸 리아 이후로 처음이니 거의 천 년 만이지."

"리니아는 오랜만에 나타난 가장 멍청한 사제야. 당신이 주거지로 오기 전날 나한테 목공소 바닥이랑 창문을 전부 닦으라고 시켰어. 두 번이나! 왜 그랬는지 알아? 내가 감히 허락도 없이 자기 메리스인 나무 정령한테 말을 걸었기 때문이래!"

엘리가 투덜거렸다.

"흠. 허웰이 늙은 염소라면 리니아는 젊은 당나귀군."

엘리는 활짝 웃었다. 평소 뉴익은 산에 있는 바위만큼이나 거칠고 잘 웃지도 않았다. 하지만 엘리는 뉴익과 함께하는 시간이 정말 즐거웠다. 뉴익이 좋기까지 했다.

"그나저나, 뉴익, 당신은 여기 왜 온 거야? 왜 언덕 위에 있는 집을 떠나 메리스가 됐어?"

"지루해서."

엘리는 인상을 찌푸렸다. 조금도 믿을 수 없는 대답이었다. 하지만 엘리는 뉴익이 더 얘기하지 않으리라는 걸 알았다. 뉴익이 왜 모두를 위한 공동체에 왔는지는 본인만 아는 비밀이었다. 어쩌면 코에리아 대사제도 알지 몰랐다. 무슨 이유에서인지 엘리를 콕 집어 뉴익을 메리스로 배정해줬으니까.

우리 둘 다 비밀이 있네.

엘리는 침울하게 한숨을 쉬었다. 적어도 엘리의 비밀은 아무도 몰랐다. 지난 9년간 어디에서 누구와 지냈는지! 엘리는 마침내 탈출했다. 하지만 그 모든 일은 대사제도 몰랐다. 알았다면 엘리를 사제단에 받아주지 않았을 것이다. 그것만은 확실했다.

엘리는 주변을 둘러보며 아무도 없는지 확인한 뒤, 수레 뒤에서 뛰쳐나와 방앗간으로 달렸다. 주거지 이쪽 구역을 흐르는 낮은 강줄기 위로 거대한 물레바퀴가 겨우 돌아가고 있었다. 엘리는 강둑을 뛰어넘어 가까운 나무숲으로 내달리기 시작했다. 그러다가 돌연 걸음을 멈추고 몸을 돌려 다시 강을 향해 성큼성큼 뛰어갔다. 그러고는 재빨리 진흙탕 수로 안으로 뛰어든 뒤 손으로 물을 떠 뉴익 얼굴에 끼얹었다.

"뭐야? 왜 이래?"

뉴익이 식식거렸다.

"목욕하고 싶다며."

엘리는 알아채지 못했지만, 엘리가 다시 강둑을 오르는 사이 어깨에 앉은 요정은 기분 좋은 청록색으로 변해 있었다.

엘리는 산비탈 전체를 뒤덮은 이끼 정원 사이로 계속해서 달려 나갔다. 뉴익이 알려준 바에 따르면 (그때 뉴익의 말투는 숭배에 가까울 정도로 진지했다) 이 정원에는 모든 뿌리-영토에서 가져온 이끼가 5천 종도 넘게 심어져 있었다. 상상할 수 있는 모든 종류의 초록빛이 돌과 나무줄기, 오솔길과 벤치를 뒤덮었다. 그보다 더 많은 이끼가 나뭇가지에 수염처럼 매달리고, 바위틈을 메우고, 지친 행인을 위해 정강이까지 푹신푹신한 쿠션을 만들어주었다. 이끼 요정 수백 명이 산비탈을 가로질러 쌩 날아갔다. 반투명 날개가 달린 작은 초록 인간 같았다. 요정들은 정원을 정성껏 보살피고 다듬었다. 속을 파낸 도토리에 물을 가득 담아 열심히 날랐다. 요정의 노력 덕분에 이 무성한 정원은 아직 가뭄 피해를 보지 않았다. 갈색으로 변한 부분들이 산비탈 전체로 조금씩 퍼지기 시작했지만 말이다.

엘리는 속도를 늦추고 이쪽저쪽을 조심스레 살피며, 흰 돌들이 어슴푸레 빛나는 넓은 통로로 다가갔다. 그 통로는 주거지의 두 번째와 세 번째 고리를 구분 짓는 경계였다. 엘리는 아무도 없는 것을 확인한 뒤 통로를 뛰어넘었다. 발아래 돌이 반짝거렸다. 이 돌은 엘라노로 코팅되었기 때문에 늦은 밤 어두워진 별 아래에서도 밝게 빛났다.

엘리는 분홍색과 보라색 수정 동굴로 들어가는 입구를 지나 계속 달리며 이곳의 순수한 아름다움에 감탄했다. 모든 설계가 경이로웠다. 아발론의 일곱 가지 신성한 요소를 상징하는 일곱 개의 동심원부터, 모든 뿌리-영토에서 골라 온 놀라운 나무들, 주거지의 안쪽 고리인 동시에 심장부 위대한 신전인 웅장한 원형 돌무더기까지. 이곳은 엘리가 살면서 본 가장 고무적인 장소였다. 물론 그게 오래전 이곳을 설계한 엘런과 리아논의 목표였다.

엘리는 달리면서도 웃음을 멈출 수가 없었다. 아빠가 드루마디안 사제로 있는 동안 왜 그렇게 이곳을 사랑했는지 이제야 이해가 갔다. 하지만 아빠도 엘리처럼 때때로 규칙을 어겼다. 엘리는 입술을 깨물었다.

아빠 엄마를 더 잘 알았더라면 좋았을 텐데.

엘리는 계속 달리며 들키지 않기 위해 중간중간 몸을 숨겼다. 나무 뒤로, 바위 뒤로, 룬 문자 기도문이 새겨진 나무판 뒤로. 한번은 너무 급하게 방향을 트는 바람에 어깨에서 뉴익을 떨어뜨릴 뻔했다. 요정의 작은 발이 엘리 살을 꽉 꼬집었다. 요정이 물었다.

"명상만 할 거면서 왜 이렇게 멀리까지 가는 거야?"

엘리는 속도를 유지하며 대답했다.

"전에도 말했잖아. 아침에는 위대한 신전이 텅텅 비어. 아무도 오지 않으니 나를 방해할 사람도 없지. 모두 기도하러 갔을 때가 절호의 기회야."

"흠. 어차피 기도랑 명상은 별 차이 없잖아."

"있어."

"뭔데? 말씀해보시지요, 높으신 주인님."

엘리는 속도를 줄여, 한때 수련 연못이었던 둥근 진흙탕 가장자리에 멈춰 섰다. 그러고는 돌 하나를 주워 진흙탕 한가운데로 휙 던졌다. 축축한 진흙 위로 돌이 철퍼덕 떨어졌다.

"좋아. 이렇게 생각해봐. 기도는 주로 말을 하는 느낌이야. 다그다든 로리란다든, 신들에게 이런저런 이야기를 하는 거지. 하지만 명상은…… 명상은 달라. 명상은 말하는 게 아니라, 뭐랄까, 듣는 것에 가까워."

뉴익은 몸을 부르르 떨며 작은 팔을 흔들었다.

"내 귀에는 똑같이 들리는데."

"그거 알아, 뉴익? 넌 정말 구제 불능이야."

"2주 넘게 같이 있었는데 그걸 이제 알았어? 흠, 오거의 눈알보다 흐리멍덩한 녀석이군."

엘리는 다시 출발했다. 길고 평평한 돌로 지은 도예장 건물을 지났다. 굴뚝 몇 개에서 연기가 흘러나왔다. 그다음 엘리는 흰 자작나무 숲 사이를 내달렸다. 흰 자작나무는 저 멀리 우드루트에서 옮겨 온 것이었다. 확실하지는 않지만, 잎사귀 색깔이 이 지역 바위처럼 주황빛 감도는 황금색으로 변하는 것 같았다. 참 이상했다.

엘리는 대사제 거주지를 높이 둘러싼 나무 울타리 뒤로 방향을 확틀었다. 이 여정에서 가장 위험한 구간이었다. 원로와 다른 사람들이 종종 거주지를 방문하며 평범한 참나무 입구로 성큼성큼 드나들었기 때문이다. 엘리는 입구 가까이에서 갑자기 멈춰 섰다. 자기 머리카락만큼이나 두꺼운 산사나무 가지 뒤에 조용히 웅크리고 앉아 문제 될 게 없는지 살펴보았다.

아무도 없군.

엘리는 벌떡 일어나 입구로 질주했다.

바로 그때 누군가 입구로 들어섰다. 화려한 촛대에 커다랗고 빨간 양초를 받쳐 들고 가던 여자 사제였다. 엘리는 사제와 정면으로 충돌했다.

뜨거운 촛농이 사방으로 흩어졌다. 고위 사제가 소리를 질렀다. 두 사람은 땅으로 벌러덩 넘어지고 말았다. 뉴익은 가시덤불 안으로 데굴데굴 굴러갔다.

"이런 멍청한 것! 한심한 것!"

사제가 두 팔을 마구 흔들며 화를 냈다. 얼굴과 목과 머리카락에 촛농이 튀어 있었다. 엘리는 사제를 바로 알아보았다.

"저기…… 죄송합니다, 리니아 사제님."

"죄송하다면 다야? 으으! 끓는 물에 넣어 죽여 버리겠어. 때려죽여 버리겠어. 그런 다음 여기서 쫓아내 버리겠어!"

리니아는 금빛 생머리에서 커다란 촛농 덩어리를 떼어냈다.

엘리는 유쾌한 분홍빛으로 변한 뉴익을 슬쩍 돌아보았다. 곤경에 처했지만 웃음을 참을 수가 없었다. 지금 리니아는 모두를 위한 공동체의 서열 2위 사제처럼 보이지 않았다. 그보다는 온몸에 체리파이가 튄 시골 마을 어릿광대 같았다.

"으, 절대 그냥 넘어가지 않을 거야."

리니아가 악의 넘치는 목소리로 말했다. 머리에서 또 다른 촛농 덩어리를 잡아당기자 머리카락 몇 가닥이 뿌리째 뽑혔다.

"아악! 설립자 엘런의 숨결에 맹세코 반드시 널 처벌할 거야. 익사시키고 고문하고 또…… 더 고문할 거야. 내 메리스 페얼린이 지금 여기 없는 게 다행인 줄 알아. 페얼린이 있었으면 넌 벌써 저세상으로 갔어."

엘리가 천진난만하게 말했다.

"그건 드루마디안 첫 번째 규칙에 반하는 일 아닌가요?"

리니아가 엘리를 노려보았다. 머리를 흔들자 코에 붙은 커다란 촛농 조각이 펄럭거렸다.

"모든 규칙에는 예외가 있는 법이야. 멍청이와 암살자에게는 그 규칙이 적용되지 않아!"

"이게 대체 무슨 일인가요?"

키 크고 호리호리한 남자 사제가 두 사람을 바라보며 성큼성큼 다가왔다. 어깨에 앉은 은빛 날개 매처럼 예리한 눈빛이었다. 사제는 양초를 내려놓고 리니아를 일으켜 세웠다. 리니아는 사제 손을 뿌리치며 불같이 식식댔다. 턱 아래로 침이 줄줄 흘렀다. 그때 얼굴이 누런 여자 사제 하나가 합류했다. 사제는 리니아를 보고 숨을 혁 들이쉬었다. 손에 든 양초는 물론, 팔에 앉은 연한 적갈색 고양이까지 땅에 떨어뜨릴 뻔했다.

촛농으로 뒤덮인 리니아 손이 엘리 얼굴을 가리켰다.

"이 녀석이…… 나를 공격했어요. 나를요! 이 선택받은 자를요."

얼굴이 누런 여자 사제가 한 번 더 숨을 들이쉬었다. 팔에 앉은 고양이가 으르렁거리며 허공을 할퀴었다.

엘리는 손사래를 쳤다.

"공격한 거 아니에요! 그냥 사고였어요."

"아주 치명적인 사고였지. 네가…… 네가……."

리니아는 추처럼 눈썹에서 달랑거리던 빨간 촛농 한 덩이를 떼어내 땅바닥에 내던졌다.

"네 이름이 뭐지? 전에 만난 후로 굳이 외워두지 않아서 말이야."

엘리는 마른침을 꿀꺽 삼키며 대답했다.

"엘리리아나 레일로켄입니다."

이 말에 키 큰 남자 사제 몸이 뻣뻣하게 굳었다. 사제는 고개를 돌려 이상한 눈빛으로 엘리를 바라보았다.

"무슨 일 있나요?"

입구에서 속삭이듯 조용한 목소리가 들려왔다.

리니아가 몸을 돌리며 빽 소리쳤다.

"일? 물론 있고말고……."

리니아는 목소리 주인을 보고 갑자기 말을 멈추었다. 엘리와 다른 사람들도 조용해졌다.

나무 문 옆에 나이 든 여자 사제 하나가 서 있었다. 허웰과 또래처럼 보였지만 허웰보다 훨씬 정정했다. 엘리 기준으로 훨씬 아름답기도 했다. 사제 곁에는 메리스가 없었다. 적어도 눈에는 보이지 않았다. 엘리는 사제의 메리스가 사제만큼이나 놀라운 생명체일 것이라고 추측했다.

사제의 길고 흰 머리카락은 등 한가운데까지 떨어져 내렸다. 수정처럼 파란 눈이 프리즘처럼 빛을 흡수해 굴곡시킨 뒤 다시 내뿜었다. 사제는 아주 우아하고 아름답게 움직이며 네 사람에게 다가왔다. 투쟁을 통해서만 얻을 수 있는 우아함, 시간이 흘러야만 깊어지는 아름다움이었다.

"코에리아 대사제님."

리니아는 고함치지 않으려 목소리를 억눌렀다. 리니아가 고개를 숙여 인사하자 촛농 부스러기가 우박처럼 우수수 떨어졌다.

"리니아."

늙은 대사제가 고개를 숙이며 부드럽게 말했다.

길고 흰 머리카락이 찰랑거렸다. 대사제 예복도 마찬가지였다. 이 예복은 엘런이 직접 입은 가운으로 알려졌다. 순수하게 거미 실크로만 짠 이 가운은 드루마 숲에 사는 커다란 흰 거미가 엘런에게 준 선물이었다. 잃어버린 핀카이라에 있는 그 마법 숲은 아주 오래전 엘런의 딸 리아를 품어주었다. 엘런은 그 아름다운 숲을 자주 언급하고 이 옷을 자주 입었다. 엘런의 추종자를 '드루마디안'이라고 부르게 된 것도 그 때문이었다.

대사제는 키 큰 남자 사제에게도 고개를 숙여 인사했다.

"류, 볼 때마다 반갑군요. 당신 친구 카타도요."

류는 미소를 지었다. 어깨에 앉은 매가 자랑스럽게 두 날개를 퍼덕거렸다.

"저희도 반갑습니다, 대사제님."

"임볼카, 당신과 메브도 별일 없죠?"

대사제가 또 다른 여자 사제에게 물었다.

"없었죠, 대사제님. 이…… 이 몹쓸 수습생을 만나기 전까지는요. 이 아이가 선택받은 자를 공격했습니다!"

임볼카가 비난하듯 엘리를 가리켰다.

고양이가 사납게 으르렁거렸다.

코에리아가 하얀 눈썹 한쪽을 치켜 올렸다.

"그랬나요? 네가 엘리리아나지?"

코에리아가 엘리를 바라보았다.

"아, 네, 대사제님. 하지만 저는 사제님을 공격하지 않았어요. 그건 그냥…… 그냥 사고였어요."

엘리가 대답했다. 엘리는 등 뒤로 깍지를 끼고 초조하게 두 손을 만지작거렸다.

리니아가 귀에서 두꺼운 촛농 덩어리를 뜯어내며 소리쳤다.

"사실대로 말해! 날 망신 주려 한 거잖아. 더 끔찍한 짓을 하려 했거나! 당장 사실대로 말하지 않으면……."

코에리아가 손을 들어 리니아를 조용히 시켰다. 그러고는 엘리에게 한 발짝 다가가 그 짙은 파란색 눈으로 엘리를 가만히 들여다보았다. 고양이가 시끄럽게 가르랑대는 소리 말고는 한동안 아무 소리도 들리지 않았다.

마침내 코에리아가 작게 말했다.

"그래. 넌 어떤 악의도 없었던 것 같구나. 네가 부딪친 사람이⋯⋯."

코에리아는 비꼬듯이 덧붙였다.

"이렇게 품위와 유머가 넘치는 사람이라니, 얼마나 다행이니?"

리니아가 분노로 어쩔 줄 몰라 하며 부들부들 떨었다. 쏟아진 촛농만큼이나 새빨개진 눈이 불룩 튀어나왔다.

"이 아이를 처벌하지 않으실 건가요?"

코에리아는 고개를 내저었다. 흰 머리카락이 어깨를 스쳤다.

"이런 일로 처벌하진 않을 거예요. 나도 바로 이 자리에서 다른 사람과 여러 번 부딪쳤거든요."

"하⋯⋯ 하지만⋯⋯ 제가 다칠 뻔했다고요."

리니아가 식식거렸다.

"하마터면 죽을 뻔했죠. 이 아이를 당장 내쫓아야 합니다."

임볼카가 거들었다. 임볼카의 누런 피부가 더 어두워졌다.

대사제는 턱을 쓰다듬었다.

"실수를 저질렀다고 해서 전부 내쫓으면 이 주거지에는 아무도 남지 않을 거예요."

대사제의 반짝이는 눈이 통로 가장자리 덤불 옆에 선 작고 둥근 형체를 향했다.

"아마도 너만 빼고 말이야, 뉴익."

늙은 요정은 아무 말 없이 엷은 미소만 지었다.

코에리아 눈길이 엘리에게 옮겨갔다. 코에리아 목소리가 사뭇 진지해졌다.

"실수는 그렇다 치고, 공식 기도를 빼먹은 건 또 다른 문제겠지?"

리니아와 임볼카가 눈빛을 주고받았다. 두 사람 얼굴에 만족스러운 표정이 번졌다.

엘리는 눈을 내리깔고 샌들만 바라보았다.

대사제는 잠시 엘리를 관찰하더니 가볍게 말했다.

"조금만 더 노력하렴. 너도, 뉴익."

엘리가 놀라서 고개를 들었다.

"그게…… 다예요?"

대사제가 고개를 끄덕였다.

"그게 다야. 위대한 신전에서 너를 여러 번 봤단다. 저 거대한 원형 돌무더기에 메리스와 단둘이 있더구나."

"보셨어요?"

"그래. 네가 뭘 하고 있었는지도 안단다."

엘리는 마른침을 꿀꺽 삼켰다.

"정말요?"

"그럼. 기도가 영혼의 양식이듯, 명상도 그렇지."

두 사람은 말없이 서로를 가만히 바라보았다.

"그건 용납할 수 없는 일이에요."

임볼카가 쏘아붙였다. 임볼카가 뭔가 더 이야기하려 하자 리니아가 손짓으로 제지했다.

선택받은 자는 상관에게 가까이 다가갔다. 결코 공손한 태도는 아니었다. 코에리아 얼굴에 코를 가까이 들이댄 채 사납게 노려보았다.

"중요한 일이 많으신 거 압니다, 대사제님. 그래서 지금까지 이 수습생과 관련된 작은 문제 몇 가지는 일부러 말씀드리지 않았어요."

엘리는 초조하게 몸을 움직였다. 리니아가 목공소에서 있었던 일을 문제 삼으려는 걸까?

"그런데 대사제님은 이 아이의 과거를 잘 모르시는 것 같네요. 이 아이가 주거지에 오기 전에 어떻게 살았는지 말이에요."

리니아가 사악하게 입술을 말아 올렸다.

엘리는 얼어붙었다. 숨을 쉴 수가 없었다. 리니아가 정말 알까? 안다면 정말 대사제에게 폭로할까? 그러면 모든 것이 엉망이 된다. 전부 다!

코에리아가 흔들림 없이 무섭게 쳐다보자 젊은 사제는 한 발 뒤로 물러섰다.

"잘 알기 때문에 한 번 더 기회를 주는 거예요."

엘리 가슴이 고마움으로 벅차올랐다. 대사제에게 뽀뽀하는 것이 부적절한 행동만 아니었다면 그렇게 하고 싶었다.

리니아가 파란 눈을 가늘게 떴다.

"이 아이가 몇 년 동안 노예로 살았다는 걸 아신다고요? 이 아이는 땅의 요정의 노예였어요! 잠자는 인간을 죽이고 도둑질을 일삼는 땅의 요정요."

리니아는 엘리는 흘끗 보았다.

"그런 놈들과 지냈으니 예절을 못 배웠을 만하죠. 그런데 그냥 모른 척하시겠다고요, 대사제님? 우리 모두를 위험에 빠트릴 작정이세요?"

엘리 몸이 부들부들 떨렸다. 사제가 될 유일한 기회가 사라졌다는 슬픔 때문이 아니었다. 분노 때문이었다. 리니아와 임볼카를 향한 분노. 9년이라는 긴 시간 동안 자신을 잡아둔 그 지독하고 끔찍한 생명체를 향한 분노.

엘리의 목소리가 분노로 떨렸다. 엘리는 리니아를 정면으로 바라보았다.

"땅의 요정은 내 부모님을 죽였어요. 두 분 다요. 그런 다음 날 납치해 지하 동굴로 끌고 갔어요. 놈들은 나한테서 모든 걸 빼앗아갔어요. 내 집, 내 가족. 이것만 빼고 전부 다요."

엘리는 등에 둘러맨 하프를 홱 잡아당겼다. 한 손으로 하프를 든 채, 소리통 역할을 하는 단풍나무 옹이 옆구리를 쓰다듬었다. 엘리는 목멘 소리로 다시 한 번 말했다.

"이것만 빼고 전부 다요."

리니아는 촛농투성이 머리를 절레절레 흔들며 동정하는 척 말했다.

"그렇게 불행한 일이 있었다니 유감이구나. 진심이야. 하지만 네 배경을 고려할 때 너는 이곳에 어울리지 않는단다. 네 폭력적인 성향은 말할 것도 없고. 이 공동체의 근본은 생명을 경외하는 마음, 모든 생명체를 존중하는 마음이야. 네가 배운 가치와는 정반대지. 이런 초라한 하프를 가지고 있다고 해서 상황이 달라지지는 않아."

엘리가 눈을 번득였다.

"이 하프는 우리 아빠가 만든 거예요. 아빠는 드루마디안 사제였어요."

이 말을 듣고 리니아가 두 눈을 깜빡였다.

"우리 사제단의 사제였다고?"

"훌륭한 사제였죠."

류가 호리호리한 몸을 살짝 굽혀 엘리 어깨에 손을 얹었다.

"나는 네 아빠를 안다. 아주 잘 알았지."

"정말…… 요?"

엘리는 뿌연 눈을 깜빡였다.

"네 아빠는 좋은 사람이었단다."

류는 리니아를 날카롭게 쳐다보며 덧붙였다.

"그러니 딸에게도 참되고 영원한 가치를 가르쳤을 거야. 적어도 살아 있는 동안에는."

류는 인상을 쓴 뒤 다시 엘리를 바라보았다.

"그런 끔찍한 소식을 들어 유감이구나. 우리는 좋은 친구였단다. 하지만 네 아빠가 맬록으로 떠난 이후 연락이 끊겨 버렸지."

"아빠를 아셨다고요?"

엘리의 턱이 파르르 떨렸다. 다른 말은 나오지 않았다.

키 큰 사제는 고개를 끄덕였다.

"그래, 엘리. 내가 아는 네 아빠라면 내 증조부이신 '한쪽 귀의 류'도 분명 높이 평가하셨을 거야."

"사제님이…… 그 류의 후손이세요? 멀린과 설립자 엘런의 친구였던 류요? 이곳 사람들이 모두 들고 다니는 그 책의 작가요?"

"'시클로 아발론'. 내 증조부는 누구처럼 야망이 넘치거나 정치에 능하지 않으셨거든."

류는 한 번 더 리니아를 슬쩍 쳐다보았다.

"대신 귀를 잘 기울이셨지. 그래서 '시클로 아발론'에는 일곱 가지 신성한 요소, 엘라노의 힘, 관문 추적에 관해 증조부가 배우신 모든 내용이 들어 있단다. 심지어……."

"흥미롭네요. 하지만 지금은 더 중요한 문제가 있는 것 같은데요."

리니아가 빈정대며 끼어들었다.

코에리아가 말했다.

"맞아요. 가뭄 같은 문제가 있죠. 그 문제와 다른 여러 문제를 논의하기 위해 원로 회의가 소집됐고요. 회의가 바로 내일인 거 잊지 않았죠, 리니아? 일곱 영토 전체에서 원로들이 속속 도착하고 있어요. 지금 이 순간에도요."

젊은 사제가 고개를 치켜들었다.

"대사제님도 제가 한 말 잊지 않으셨죠? 땅의 요정 때문에 고통받은 그 긴 세월을 깡그리 무시할 참이신가요? 수많은 영토에서 일어난 살인, 도둑질, 드루마디안 영사관 약탈 사건들을요? 고작 사제 한 명의 감상적인 의견 때문에요? 정말 이 골칫덩이 소녀를 우리 사이에 그냥 두실 건가요?"

모두가 대사제를 바라보았다. 대사제는 괴로운 표정으로 네 사람을 바라보며 조용히 말했다.

"아니요. 그냥 두지 않을 겁니다."

리니아 눈이 의기양양하게 빛났다. 리니아는 임볼카에게 몰래 윙크했다.

코에리아는 허리를 곧게 펴고 머리카락을 어깨 뒤로 넘겼다. 그런 다음 엘리를 정면으로 마주 보며 말했다.

"미안하지만 생각이 바뀌었단다. 용서해다오. 하지만……"

엘리가 목을 가다듬었다.

"하지만 뭐요?"

"이 모든 걸 고려할 때, 지금은 네 상황이 바뀌어야만 하겠구나."

리니아가 확신에 차 키득거렸다.

"바뀌다니, 어떻게요?"

엘리가 물었다.

"아무래도 너에게 멘토가 필요할 것 같구나."

대사제가 대답했다.

리니아의 턱이 툭 떨어졌다.

"멘토요? 사제단 생활을 잘 배울 수 있게 도와주는 멘토 말씀이신 가요?"

엘리는 자신을 내려다보며 활짝 웃고 있는 류를 슬쩍 쳐다보았다.

코에리아 눈빛이 갑자기 환해졌다.

"그렇단다. 그래서 나는 누구보다 너를 잘 가르쳐줄 사람, 더불어 너에게서 배움을 얻기도 할 사람을 선택했단다."

류가 고개를 숙였다.

"영광입니다."

하지만 코에리아는 고개를 내저었다.

"당신이 아닙니다, 류. 내가 엘리리아나의 멘토로 선택한 사람은……."

코에리아는 몸을 돌려 촛농투성이 여자 사제를 마주 보았다.

"당신입니다, 리니아."

5

질투쟁이 초록 괴물

"내 눈앞에서 썩 꺼져, 이 쓸모없는 녀석아!"

리니아는 목욕탕을 둘러싼 울타리의 나무 문 밖으로 엘리를 밀쳤다. 원로들 명령으로 천연 온천 탕 세 개에 물이 채워져 있었다. 오늘만을 위해서. 리니아만을 위해서.

리니아는 한술 더 떠 엘리 엉덩이에 발길질을 했다. 발길질은 표적을 빗나갔지만 리니아의 말은 표적에 정확히 꽂혔다.

"이전 생활이 힘들었다고 생각하지? 두고 봐. 하! 진짜 노예 생활이 어떤 건지 제대로 알려주겠어."

엘리는 목욕탕을 가로질러 걸으며 혀를 깨물었다. 등에 맨 하프가 시끄럽게 달그락거렸다. 김이 모락모락 나는 탕 세 개, 라벤더 향 안개 기둥, 사방에서 타오르는 향초, 싱싱한 양치식물, 꽃핀 덩굴식물. 엘리는 이 모든 것을 지나 성큼성큼 걸었다. 하지만 엘리 눈에는 아무것도 들어오지 않았다. 밝게 반짝이는 머리 위 별도 마찬가지였다. 엘리는 반대쪽 끝에 있는 폭포에 가까워져서야 걸음을 멈추고 주변을 둘러보았다.

폭포 꼭대기 물보라 구름 속에 뉴익이 앉아 있었다. 엘리를 바라보는 짙은 보라색 눈만 빼면 뉴익은 거의 그 자체로 물보라 구름 같았다.

"흠, 왜 이제 와?"

엘리가 눈을 흘겼다. 하지만 퉁명스러운 뉴익을 노려본 건 아니었다.

"그 여자가 긴 여정에 가져갈 옷을 산더미만큼 쌓아놓고 나더러 다 개라고 시켰어. 그러더니 한참 있다가 다가와서는 전부 바닥에 던져놓고는 다시 개라는 거야."

엘리가 주먹을 움켜쥐었다.

"그 여자가 소위 내 멘토가 된 지 겨우 이틀 지났는데, 벌써 2년은 된 것 같아. 원로들의 팔꿈치 같으니, 뉴익! 더는 못 참겠어. 코에리아는 대체 나한테 왜 그랬을까? 나는 코에리아가 나를 좋아하는 줄 알았어."

엘리는 주변을 떠다니던 연보라색 안개에 주먹을 휘둘렀다.

"흠. 이유가 있겠지."

수증기 같은 뉴익의 몸이 색깔을 바꾸었다. 산봉우리 요정 특유의 보라색 눈과 초록색 머리카락만이 그대로였다.

"이러다가 분홍 눈 거인으로 변해 버릴 것 같아!"

엘리가 화를 내며 소리쳤다.

"조용히 해, 이 멍청한 녀석아! 입 다물고 그 폭포 옆에 가만히 있어. 얼굴 팩 할 때 부를 테니까."

리니아가 명령했다.

엘리는 그저 고개만 끄덕였다. 그러면서 뭔가를 결심했는지 녹갈색 눈을 가늘게 떴다. 뉴익은 그 표정을 알아챘다. 하지만 무슨 생각인지는 묻지 않기로 했다.

그사이 첫 번째 탕에서 커다란 수증기 구름이 피어올랐다. 리니아는 김이 모락모락 나는 뜨거운 물속으로 들어갔다. 몇 달간 이어진 스톤루트의 가뭄은 지금 이 순간 리니아의 흐릿한 기억 속으로 사라졌다.

"아……."

리니아는 뜨거운 물 아래로 가라앉으며 한숨을 쉬었다. 지난여름 이후 처음 하는 목욕이자, 태어나서 처음 하는 3단계 약초 목욕이었다. 이 목욕의 첫 번째 단계는 지금 들어와 있는 정화의 탕이었다. 다음은 물 마사지 탕, 마지막은 휴식 탕이었다. 이 모든 혜택을 누릴 수 있는 건 어제 원로 회의에서 생긴 일 덕분이었다. 회의 전에는 일이 이렇게 잘 풀리리라고 상상조차 하지 못했다.

하지만 일단 지금은…… 목욕을 즐길 시간이었다. 녹갈색 옷을 벗자마자 곧바로 기분이 좋아졌다. 이 옷은 선택받은 자가 입기에 너무도 평범했다. 리니아가 견뎌야 하는 코에리아의 모욕 중 하나였다.

하지만 그것도 잠깐이었다. 승리의 순간이 빠르게 다가오고 있었다.

"수도꼭지 열어! 전부 다!"

리니아가 탕 가장자리에 있는 날개 달린 요정 둘에게 명령했다. 잘 익은 배보다 작은 남자 요정 둘이 자욱한 수증기 속으로 쌩 날아 들어왔다. 요정들은 주름 장식이 달린 흰 셔츠 소매를 부풀리며 두 팔을 미친 듯이 내저었다.

리니아가 소리쳤다.

"가뭄 걱정은 하지 마! 못 들었어? 난 선택받은 자이자 차기 대사제야. 내일 중요한 여정을 떠나야 한다고. 그러니까 시키는 대로 해."

요정들은 뒤로 물러나 수도꼭지 위를 맴돌았다. 수도꼭지가 끝까지 열리자 리니아가 만족스럽게 미소 지었다. '차기 대사제'. 정말 듣기 좋은 말이었다! 리니아가 사제단과 충직한 이에게 해줄 수 있는 수많은 일을 생각해보라. 적에게 실현할 정의를 생각해보라.

리니아는 더 깊이 가라앉으며 더 활짝 미소 지었다. 치유의 온기 속에 허리가 푹 잠겼다. 그다음 척추, 그다음 어깨, 마지막으로 목. 리니아는 주변을 둘러보았다. 라벤더 향이 나는 나선형 수증기 기둥에 촛불이 흐릿하게 반사돼 주변을 은은하게 비추었다. 저 위에서 반짝이는 별도 거의 보이지 않고, 이슬을 가득 머금은 덩굴 잎사귀가 머리 바로 위에서 부드럽게 바스락거리는 소리도 거의 들리지 않았다.

탕으로 물을 쏟아내는 작은 폭포 아래 계단이 몇 개인지도 자욱한 수증기에 가려 거의 보이지 않았다. 하지만 리니아는 계단이 일곱 개라는 걸 잘 알고 있었다. 신중하게 설계되고 조각된 그 계단은 아발론의 일곱 요소를 상징했다. 땅, 공기, 불, 물, 생명, 명암, 마지막으로 신비. 한때 엘런은 그것들을 '전체를 이루는 일곱 가지 신성한 부분'이라 불렀다.

작은 폭포는 그 구불구불한 돌계단 아래로 흐르며 스톤루트 산꼭대기 빙하 물을 탕으로 쏟아냈다. 그 차가운 물은 수도꼭지에서 나오는 뜨거운 물과 섞였다. 위대한 나무 깊은 곳에서 부글부글 끓어 올라오는 뜨거운 샘물이었다. 탕에는 아주 귀한 세 번째 물도 들어 있었다. 머리 근처 작은 은색 수도꼭지에서 엘라노로 빛나는 가는 물줄기가 떨어졌다. 크리스틸리아의 전설적인 흰 간헐천에서 흘러온 물이었다. 이 물들이 모두 섞여 온도, 힘, 기운, 영양 면에서 완벽한 균형을 이루었다.

완벽한 목욕이었다.

리니아는 손을 뻗어 탕 가장자리를 둘러싼 두껍고 무성한 이끼를 손가락으로 꾹 눌렀다. 수 세기 동안 특별히 재배해온 이 이끼에는 근육통을 완화하고 멍을 없애고 피로를 씻어주는 치유 오일이 가득 들어 있었다.

벽을 따라 늘어선 선반에서 수많은 요정이 날아올라 향 나는 비누와 약초 크림, 마법 거품 혼합물을 나르며 탕 위를 바쁘게 돌아다녔다. 대부분의 요정이 그렇듯 이 요정들에게도 은빛이 도는 초록색 반투명 날개가 있었다. 요정 날개만이 낼 수 있는 듣기 좋은 소리가 났다. 끊임없이 흐르는 폭포를 오르내리는 소리. 이보다 더 사랑스러운 소리는 상상조차 할 수 없었다.

리니아는 생각했다.

무세오 노래도 이보다 좋지는 않을 거야. 게다가 무세오 노래는 이제 어디에서도 들리지 않잖아.

발목까지 내려오는 노란색 옷차림 여자 요정이 리니아 이마에 앉았다. 요정은 가죽 주머니에 작은 두 손을 넣어 담갈색 크림 한 덩어리를 꺼냈다. 코코아와 계피 향이 희미하게 퍼졌다.

"귀를 닦아드리겠습니다, 사제님."

요정이 노래하듯 말했다. 리니아가 한쪽 머리를 이끼 위로 기울이자, 요정은 샴푸질 이후 아직 젖어 있는 머리카락을 옆으로 밀어내며 귀 안팎으로 구석구석 크림을 문지르기 시작했다. 청력을 좋게 해주는 크림이었다. 하지만 지금 리니아는 그저 귀에 닿는 차가운 감촉과 요정의 부드러운 손길을 즐겼다.

그사이 다른 요정들은 수증기 구름을 뚫고 이리저리 날아다녔다. 몇몇은 근육 경련을 막고 유연성을 높여주는 알록달록한 가루를 가져와 탕 안에 넣었다. 발가락을 닦던 요정 둘은 하던 일을 거의 마무리 지었다. 날개가 유독 큰 요정 둘이 작은 폭포 아래로 약초 가방을 가져와 탕 안에 쏟아 넣자, 갑자기 분홍색 거품이 보글보글 일었다. 선홍색 조끼를 입은 건장한 남자 요정은 탕 가장자리에 내려앉아 얼굴에 바를 진흙을 휘젓기 시작했다.

분주한 요정들 너머로 리니아의 메리스 페얼린이 보였다. 페얼린은 팔 열두 개를 모두 사용해 요정들 일을 하나하나 바쁘게 지휘했다. 탕 주변 어디에서든 페얼린이 보였고 페얼린 냄새가 났다. 페얼린은 평범한 나무 정령이 아니었다. 우드루트의 전설적인 숲 '페얼린 숲'에서 온 라일락 느릅나무 정령이었다. 페얼린 숲 열매와 오솔길 향기는 수 킬로미터 밖에서도 맡을 수 있었다. 수많은 방문객은 그 숲의 향기가 모든 영토 숲을 통틀어 가장 풍부하다고 확신했다. 그리고 세상에서 가장 황홀한 향기는 단언컨대 라일락 느릅나무 향기라고 주장했다.

페얼린이 팔 두 개를 뻗어 리니아 머리와 목 주변으로 분홍색 거품을 끌어왔다. 리니아는 미소를 지었다.

이 모든 건 나를 향한 페얼린의 애정 표현이야.

리니아는 생각했다. 사실이었다. 나무 정령에게는 목소리가 없기 때문이었다. 페얼린은 잎사귀 없이 여기저기 보라색 싹만 난 기다란 팔로 말을 했다. 커다란 갈색 눈으로, 무엇보다 향기로 말을 했다.

지금 페얼린에게서는 고지대 들장미 향기가 강하게 풍겼다. 확실히 달콤하고 기분 좋은 향이었다. 나무 정령이 만족스러워한다는 의미였으므로 요정에게도 좋은 신호였다. 적어도 당장은 그랬다. 혹시라도 불타는 나무 냄새가 (더 나쁜 경우, 으스러진 요정 날개 냄새가) 나면 큰 문제가 생겼다는 뜻이었다.

리니아는 페얼린에게 완전히 몸을 맡긴 채 꿈꾸듯이 숨을 내쉬었다. 모든 메리스가 그렇듯 페얼린에게도 특별한 능력이 있었다. 그 능력 덕분에 리니아는 놀라울 정도로 감각적인 목욕을 할 수 있었다.

페얼린이 얼굴에 바를 진흙에 가느다란 가지를 살짝 담갔다. 장미 향이 강해졌다. 진흙은 거의 다 준비되었다. 몇 분만 더 기다리면 얼굴 팩을 할 수 있었다. 이번 목욕탕 경험에서 리니아가 가장 좋아할 단계였다. 저 어린 멍청이의 서툰 손이 얼굴 팩을 망쳐서는 안 됐다! 확실히 하기 위해 페얼린이 옆에서 감시할 것이다.

리니아는 탕 위로 조금 올라와 이끼 베개에 뒤통수를 대고 누웠다. 따뜻한 물속에서 발을 철벅거리며, 발가락을 닦고 떠나는 요정들에게 물을 튀겼다. 그러면서 꿈을 꾸듯, 어제 원로 회의에서 생긴 일을 회상했다.

리니아가 원형 돌무더기 안으로 성큼성큼 들어갔을 때 위대한 신전은 정말 웅장해 보였다. 아발론 초기, 엘런과 추종자들이 잃어버린 핀카이라에서 그 돌들을 가져와 처음 여기 가져다 놓은 이래, 그 돌들이 그렇게 아름답고 장엄해 보인 적은 없을 것이다. 원 전체가 한낮의 별빛으로 밝게 빛났다. 일곱 영토에서 모인 원로들 덕분에 이 회의가 매우 중요하게 느껴졌고 그만큼 기대가 됐다.

리니아의 예상대로였다. 메리스와 동행한 원로들은 회의가 시작되자마자 점점 심각해지는 가뭄에 관해 이야기를 나눴다. 스톤루트와 우드루트의 여러 지역은 물론이고, 흔히 '하이 브린칠라'라고 불리는 워터루트 위쪽 지역도 큰 타격을 입었다. 무섭게도 그 지역들은 그냥 말라가는 게 아니라 회색으로 변하고 있었다. 색깔마저 말라 죽어가는 듯했다. 무언가가 기후를 바꾼 것일까? 깊은 땅속 수로로 흘러 이웃 영토로 들어간다는 하이 브린칠라의 물을 바꾼 것일까? 아무도 알 수 없었다.

더 많은 목소리와 문제가 원로들 이목을 사로잡는 동안 리니아는 점점 더 불안한 마음으로 귀를 기울였다. 모든 영토에서 이상하고 충격적인 이야기가 들려왔다. 하늘을 나는 새로운 품종의 짐승이 외딴 마을까지 가서 주민들을 공격했다. 몸은 투명하고 발톱은 치명적인 이 짐승은 관문을 통해 이동했다. 따라서 어디에서 왔는지, 다음에는 어디에서 나타날지, 전혀 알 수 없었다. 파이어루트에서는 독수리 종족 한 무리가 나머지 고결한 무리에서 떨어져 나와 무자비하게 살인과 도둑질을 일삼았다. 화가 난 플레임론은 독수리 종족 전체를 상대로 전면전을 펼치겠다고 협박했다.

그뿐이 아니었다. 땅의 요정의 피비린내 나는 습격도 점점 더 심해졌다. 특히 머드루트에서 그랬다. 사제를 포함해 수많은 인간이 잠자는 동안 살해당했다. 하지만 가장 충격적인 소식은 따로 있었다. 이런 공격에 분노하고 겁을 먹은 몇몇 인간이 무리를 지어, 인간이 아닌 생명체를 죽이고 있었다. 모든 영토에 적용되는 드루마디안 기본 원칙을 직접적으로 어기는 행위였다.

이쯤 되자, 위대한 신전에 감도는 공포와 혼란은 손에 만져질 듯 또렷해졌다. 비통한 울음소리와 정의를 부르짖는 소리에 토론 소리가 묻혀버렸다. 원로 한 명이 땅의 요정을 불쌍히 여기자고 주장하자 모두가 원로를 거칠게 저지했다. 코에리아 대사제가 자리에서 일어나 우드루트의 유명한 스승 한완 벨라미르가 보낸 위로 편지를 읽었다. 원로들은 그제야 조용해졌다. 하지만 그것도 잠깐이었다.

그 자리에 있는 모두가 어두운 진실을 알고 있었다. 올해는 어둠의 해로부터 17년째 되는 해였다. 호수 여인의 예언이 사실이라면 그해에 한 아이가 태어났을 것이다. 아발론을 완전히 파괴할 아이. 마법사와 주술사가 대부분 그렇듯 그 아이는 열일곱 살에 힘을 얻을 것이다. 그게 바로 올해였다.

리니아는 탕 속으로 더 깊이 가라앉았다. 발가락으로 따뜻한 물을 찰박거리며 활짝 웃었다. 리니아는 지금 회의에서 가장 즐거웠던 순간, 모든 것이 뒤바뀐 순간을 기분 좋게 회상하고 있었다.

리니아는 앞으로 나가 손을 들고 원로들 시선을 끌었다. 자신이 그렇게 대담하게 행동하고 당당하게 이야기했다니, 지금 생각해도 놀라웠다. 리니아는 원로들에게 전날 저녁 기도가 끝나고 환영을 보았다고 말했다. 호수 여인의 환영. 호수 여인은 모든 영토에서 존경받는 인물인 동시에 두려움의 대상이었다. 이 위대한 마법사의 이름이 언급되자 회의장이 조용해졌다. 원로와 메리스들 위로 침묵이 흘렀다. 원형 돌무더기의 거대한 기둥조차 이야기를 들으려 리니아에게 몸을 기울이는 듯했다.

호수 여인의 마법의 은신처는 우드루트 어딘가에서 소용돌이치는 자욱한 안개에 둘러싸여 있었다. 호수 여인은 그 안개만큼이나 자욱한 신비에 둘러싸여 있었다. 호수 여인이 어디에서 왔는지, 어떻게 힘을 얻었는지, 아무도 몰랐다. 은신처의 정확한 위치도 수수께끼였다. 많은 이가 호수 여인을 찾으려 노력했지만 모두 실패했다. 심지어 몇몇은 영영 돌아오지 못했다.

하지만 호수 여인에 관해 두 가지 사실은 확실히 알려졌다. 첫째, 호수 여인은 나이가 무척 많았다. 위대한 마법사 멀린이 아발론을 떠나기 전, 호수 여인은 멀린과 아는 사이였다. 둘은 힘을 합쳐 마침내 끔찍한 폭풍의 전쟁을 끝내고 그 유명한 '일렁이는 바다 조약'을 만들었다. 땅의 요정, 곱스켄, 오거, 트롤, 체인질링, 죽음의 몽상가를 제외하고, 모든 생명체가 조약에 서명했다. 둘째, 호수 여인은 늘 모두를 위한 공동체에 특별히 관심을 보였다. 이유는 아무도 설명할 수 없었지만, 호수 여인은 드루마디안을 매우 존경하는 듯했다.

그래서 호수 여인은 수 세기에 걸쳐 환영 속에서 종종 모습을 드러냈다. 단, 대사제 혹은 곧 대사제가 될 사람에게만 그랬다. 이렇게 환영이 보이는 건 아주 중요한 일이 있을 경우였다. 하지만 코에리아가 드루마디안 지도자가 된 이후 백 년이 훌쩍 넘는 시간 동안 환영은 한 번도 나타나지 않았다. 언젠가 호수 여인이 환영에 모습을 드러내는 걸 넘어 사제를 은신처로 맞이할 거라는 말도 있었다. 소문대로라면 그 사제는 모두를 위한 공동체를 탈바꿈하고 엘런 이래 가장 위대한 지도자가 될 것이다.

물론 실제로 마법의 은신처에 간 사제는 한 명도 없었다. 호수 여인에게 초대받는 환영을 본 사제도 없었다.

지금까지는 그랬다.

리니아는 턱에 묻은 분홍색 거품을 후후 불며 조용히 키득거렸다. 위대한 신전에 있던 사람들이 숨죽인 채 흥분하던 모습이 떠올랐다. 특히 코에리아의 놀란 표정, 아니, 충격받은 표정이 떠올랐다. 호수 여인 환영이 리니아에게 왔다는 건 리니아가 곧 대사제가 된다는 뜻이었다. 게다가 코에리아는 한 번도 그런 환영을 본 적이 없었다. 드디어 코에리아의 시간이 끝나가고 있었다.

그게 다가 아니었다! 리니아는 이끼 긴 탕 가장자리를 손으로 쓸었다. 무성한 이끼를 손가락으로 빗어내며 풍성하고 부드러운 감촉을 느꼈다. 리니아는 고개를 끄덕이며 회상을 이어갔다. 원로 회의에 마지막 소식을 전하는 순간은 정말이지 짜릿했다. 환영 속 호수 여인이 리니아를 은신처로 데려가고 있었다는 소식이었다.

이 말이 끝나자마자 회의장에서는 환호성이 터졌다. 물론 코에리아와 코에리아를 따르는 류 같은 멍청이 몇 명은 가만히 있었다. 원로들은 재빨리 리니아에게 우드루트로 떠날 권한을 주었다. 호수 여인을 찾아 이 어려운 시기에 관해 현명한 조언을 구하라고 했다.

하지만 그 전에…… 드루마디안만의 준비 방식대로 목욕을 하라고 했다. 리니아는 따뜻한 물속에서 손가락을 움직였다. 머지않아 이 손가락이 아발론에서 가장 위대한 마법사의 손에 닿을 것이다. 다음 순간 리니아는 입술을 깨물었다. 자신을 의심하는 건 아니지만, 다소 불확실한 부분이 있었다.

환영에서 본 게 정말 뭐였을까? 그것은 그저 스치듯 짧게 지나간 일 그러진 형상이었다. 호수 여인은 안개로 둘러싸인 마법의 호수 위에서 리니아를 향해 다가왔다. 그러고는 손을 들어 인사한 뒤…… 순식간에 사라졌다.

그게 끝이었다. 리니아 생각대로 그게 정말 모두가 오랫동안 기다리던 초대였을까? 아니었을까?

리니아를 심란하게 하는 건 이것만이 아니었다. 더 근본적인 문제가 있었다. 리니아는 꽤 오래전부터 예언자로서의 자기 재능이 무척이나 걱정스러웠다. 환영은 어릴 때부터 종종 리니아를 찾아왔다. 세 살도 안 됐을 때 나타난 첫 번째 환영은 우박을 동반한 거센 폭풍을 경고했다. 리니아는 그 재능 덕분에 어린 나이에 엄청난 지위와 권력을 얻었다. 그런데 최근 들어 그 능력이 조금씩 사라지는 것 같았다. 호수 여인 환영이 나타나기 전까지 리니아는 거의 1년간 아무 환영도 보지 못했다. 이 사실은 아무도 몰랐다. 새로 나타난 이번 환영이 마침내 능력이 돌아오고 있다는 신호이기를 리니아는 간절히 바랐다.

리니아는 주먹을 말아 쥐고 이를 악물었다. 세심한 페얼린이 이 모습을 보고 라일락꽃 향기와 백리향 향기를 퍼뜨리기 시작했다. 라일락꽃 향기는 마음에 평화를 가져다주고, 백리향 향기는 마음속 걱정을 덜어주었다.

리니아는 서서히 평안을 되찾았다. 지금쯤 준비가 끝났을 얼굴 팩으로 생각이 돌아왔다. 특별히 제작된 진흙이 뺨과 턱, 코와 이마에 닿는 짜릿한 감촉. 그 감촉이 벌써 느껴지는 듯했다. 강렬한 별빛으로부터 피부를 보호해줄 온기가 깊이 스며드는 듯했다.

마침 반갑게도 페얼린이 진흙 담긴 질그릇을 들어 올렸다. 때가 된 것이다.

그 수습생은 어디 있는 걸까?

"이리 와!"

리니아의 고함이 얼마나 컸는지, 주변을 떠다니던 요정 몇이 덜컥 겁을 먹고 폭포 옆으로 쌩 날아가 숨었다.

"당장 오라니까! 얼굴 팩 굳기 전에."

리니아는 혼자 투덜거렸다. 그 꼴 보기 싫은 녀석을 목욕탕에 데리고 온 건 순전히 얼굴 팩 때문이었다. 재빨리 진흙을 펴 발라야 했으므로 요정 손보다 훨씬 큰 손이 필요했다. 가능하면 인간 손이 좋았다. 그런데 엘리가 이렇게 여유를 부려서 모든 걸 망쳐놓으면 무슨 소용이란 말인가?

문득 리니아 머릿속에 위안이 되는 생각이 떠올랐다. 페얼린의 근사한 향기보다 훨씬 기분 좋은 생각이었다. 대사제가 되면 리니아는 가장 먼저 그 계집아이를 공동체 밖으로 쫓아낼 것이다. 가장 가까운 도랑으로 던져 버릴 것이다.

엘리가 달려왔다.

"저 왔어요, 사제님."

"그래."

리니아가 쏘아붙였다. 그러고는 혼자 낄낄대더니 걱정스러운 목소리를 흉내 내며 말했다.

"걱정했잖니."

엘리의 표정이 굳었다.

"그럴 리가요. 늘 그렇듯 본인 걱정만 하셨겠죠."

리니아가 깜짝 놀라 숨을 헉 들이쉬자 분홍색 거품이 입안으로 들어갔다. 리니아는 기침을 하며 페얼린 몸통에 거품을 잔뜩 튀겼다. 나무 정령은 썩은 달걀 냄새를 풍기기 시작했다.

"빨리 할 일이나 시작해. 당장! 그 건방진 태도는 나중에 혼내줄 테니까."

리니아는 이끼에 누워 눈을 감았다.

"잊지 마. 최대한 빨리 발라야 해. 빼먹는 데 없이 꼼꼼하게."

"걱정 마세요."

엘리가 투덜거렸다.

엘리는 그릇에서 진흙을 퍼내 리니아 얼굴에 펴 바르기 시작했다. 슬쩍 올려다보니 페얼린이 의심 가득한 커다란 눈으로 감시하고 있었다. 엘리는 나무 정령이 안심하고 자리를 뜨기를 바라며 다정하게 미소 지었다. 하지만 페얼린은 꼼짝도 하지 않은 채, 엘리 손이 리니아의 뺨, 관자놀이, 이마 위에서 왔다 갔다 하는 모습을 유심히 살폈다. 엘리는 입술을 깨물었다. 계획이 실패할까 봐 걱정되었다.

그때 문 옆에서 소동이 벌어졌다. 쨍그랑. 오일 병 하나를 두고 옥신각신하던 요정 둘이 병을 떨어뜨리면서 유리가 산산조각 났다. 페얼린

103

은 유리 조각을 치우러 잠깐 자리에서 일어났다. 요정들을 향해 팔을 휘두르는 페얼린에게서 곰팡이 핀 벌레 냄새가 났다.

엘리에게는 그 시간이면 충분했다. 뉴익은 여전히 폭포 물보라에 몸을 담그고 있었다. 엘리는 뉴익을 슬쩍 쳐다본 뒤 옷에서 작은 가죽 가방을 꺼냈다. 가방 안에 든 반짝이는 초록색 가루를 재빨리 질그릇에 넣고 휘휘 저었다.

페얼린이 돌아왔을 때 엘리는 사제 이마에 부드럽게 진흙을 더 펴 바르고 있었다. 계속해서 코 위 빈틈을 채우고 관자놀이를 마사지하고 눈꺼풀을 덮었다. 그러면서 웃지 않으려 안간힘을 썼다. 의심을 살 만한 행동은 하지 말아야 했다. 그래서 혼자 드루마디안 첫 번째 기도문을 암송했다. 엘런이 직접 썼다고 알려진 '겸손한 첫 번째 기도'였다.

오, 세상에 존재하는 모든 신이시여,

저를 지켜주소서.

가장 낮은 뿌리처럼 겸손하게 하시고

살아 있는 씨앗에 감사하게 하시고

가장 먼 가지를 잊지 않게 하시고

저 멀리 별이 있음에 기뻐하게 하소서.

"자, 다 됐어요."

마침내 엘리가 말했다.

"조아. 으제 느가! 혼자 으쓸 그야."

사제가 으르렁거렸다. 하지만 진흙 팩 때문에 입은 전혀 벌릴 수 없었다.

"알겠습니다."

엘리는 자리에서 일어나 목욕탕 반대쪽 끝에 있는 폭포를 향해 다시 씩씩하게 걸어갔다.

폭포에 도착한 엘리는 꼭대기 쪽 물보라를 들여다보았다. 그곳에서 뉴익이 발가락을 꼼지락대고 있었다. 뉴익 몸에서 청록색과 보라색 파도가 일렁였다. 고지대 개울에 만족스럽게 몸을 담근 채 대부분의 시간을 보냈을 뉴익의 모습이 머릿속에 쉽게 그려졌다.

"다 했어."

엘리가 말했다.

뉴익이 눈을 떴다.

"리니아가 물에 빠져 죽었어?"

"아니. 아직 살아 있어."

"흠, 아쉽군. 더 좋은 친구가 될 수 있었는데."

엘리는 입을 막고 웃음을 참았다.

"얼굴 팩 하면서 저기서 쉬고 있어."

"푹 쉬었으면 좋겠네. 한 2천 년 정도."

다음 순간 엘리의 미소를 본 요정이 둥근 얼굴을 찌푸렸다.

"뭔가 있구나. 얘기해봐, 이 말괄량이 녀석. 무슨 짓 했어?"

엘리가 속삭였다.

"글쎄. 이번 얼굴 팩을…… 잊지 못할 경험으로 만들어주려고 최선을 다했다고만 해둘게. 그러니까…… 나만의 재료를 좀 섞었어."

뉴익의 보라색 눈이 커졌다.

"아, 그랬어? 혹시나 해서 묻는 건데, 설마 마지막 남은 내 초록 가루는 아니겠지? 아침에 찾았는데 안 보이더라고. 코에리아 정원 양치식물을 생기 돌게 할 때 쓰는 가루거든."

엘리는 옷에서 빈 가방을 꺼내, 뉴익 발 앞에 있는 젖은 바위 위로 던져 올렸다.

요정은 화난 표정을 지으려 애썼지만, 엘리는 요정이 깜짝 놀랐다는 걸 알 수 있었다.

"정말 이걸 썼다고?"

엘리는 명랑하게 고개를 끄덕였다.

"얼굴 팩이 끝나면 리니아는 모두의 부러움을 한 몸에 받을 거야."

뉴익이 요란하게 웃었다.

"특히 양치식물들이 부러워하겠지! 녀석들은 질투쟁이 초록 괴물이 될 거야."

엘리도 웃음을 터뜨렸다.

"하지만 리니아만큼 짙은 초록색은 아니겠지."

"이런 못되고 짓궂은 녀석 같으니. 그건 정말 끔찍하고, 소름 끼치고, 잔인하고, 완전히 무시무시한 짓이었어."

뉴익은 엘리를 꾸짖었다. 그러고는 눈을 반짝였다.

"잘했어, 엘리리아나. 아주 잘했어."

엘리는 활짝 웃었다.

"다 네 덕분이야. 약초 전문가를 메리스로 두니 이런 장점이 있네."

뉴익이 퉁명스럽게 대답했다.

"내 탓으로 돌릴 생각 하지 마. 저기 있는 초록 얼굴 사제가 이 일을 알면……."

"그럴 일 없어. 리니아는 그냥 목욕 재료에 라벨이 잘못 붙어 있었다고 생각할 거야. 자주 있는 일이거든. 요정들이 그랬어."

"흠. 그래도 리니아가 이 일을 알면, 그 여자는 너한테 저주를 퍼부어 네 머리통에서 이를 다 뽑아내려 할 거야! 그건 시작일 뿐이라고."

뉴익이 물보라 속에서 몸을 떨었다.

엘리는 리니아를 돌아보았다. 리니아는 소용돌이치는 물속에 조용히 누워 있었다. 분홍색 거품이 목깃의 주름 장식처럼 리니아 얼굴을 에워쌌다. 눈 아래 진흙에서 조금씩 초록색이 보이기 시작했다.

요정들은 탕 가장자리를 따라 죽 늘어서 있었다. 수다를 떨고 반투명 날개를 말리며 모처럼 휴식을 취하는 동시에 페얼린의 다음 지시를 기다리고 있었다. 페얼린의 팔들은 바쁘게 움직이며 비누, 가루, 약초 수십 개를 다시 선반 위에 올렸다. 페얼린의 눈이 만족스럽게 빛나자, 한낮의 별빛으로 따뜻해진 알밤 냄새가 목욕탕에 가득 퍼졌다.

엘리는 궁금했다. 얼굴 팩 색깔이 바뀌는 걸 보면 페얼린은 어떤 냄새를 풍길까? 팩 아래 얼굴을 보면 어떻게 될까?

한 가지는 확실했다. 리니아는 이번 얼굴 팩을 절대 잊지 못할 거다.

갑자기 목욕탕 나무 문이 벌컥 열리며 누군가가 들어왔다. 함께 들어온 차가운 돌풍에 수증기 구름이 흩어졌다.

6

꺼진 횃불과 배설물 더미

탬윈은 어둠 속으로 성큼성큼 들어갔다. 롯의 마을과 그 망할 놈의 홀라로부터 빨리 벗어나고 싶었다. 음식과 물을 찾고 싶었다. 땀으로 쫄딱 젖은 옷과 각반 아래, 차고 뻣뻣해진 팔다리를 움직이고 싶었다.

탬윈은 두 주먹을 불끈 쥐고 홀라의 조롱과 불쾌한 웃음소리를 떠올렸다. 그 악동의 버릇을 제대로 고쳐주고 싶었다. 녀석의 앙상한 목을 비틀어 버리고 싶었다! 생각만 해도 몸이 따뜻해지는 듯했다. 언젠가는 그 기쁨을 맛볼 수 있으리라.

탬윈은 거의 매일 밤 밖을 걸으며 별을 올려다보았다. 별은 너무도 신비롭고 매력적이었다. 물론 가끔 나뭇가지에 부딪히거나 발가락을 찧기도 했지만, 탬윈은 개의치 않았다. 검은 종이 위에서 타오르는 글자를 읽듯, 그저 별을 보고 읽는 게 좋았다. 밤하늘은 마치 위대한 힘이 아주 오랫동안 쓴 책의 한 페이지 같았다. 그 책은 멀린이 심은 마법 씨앗이 아발론의 위대한 나무가 되기 이전부터 쓰인 책이었다.

하지만 오늘 밤 탬윈은 아래만 내려다보았다. 검댕으로 더러워진 맨발이 마을 길 위에서 단단히 다져진 흙을 찰싹찰싹 때렸다. 새벽이 오고 별이 다시 밝아지면, 이 흙은 서리를 맞아 하얗게 변할 것이다.

탬윈은 계속해서 터벅터벅 걸었다. 마을 끝에 있는 공동 외양간이 점점 가까워졌다. 외양간은 이 지역의 평평한 돌로 지어진 채 수 세기 동안 이곳에 서 있었다. 하지만 조금씩 허물어지는 모습을 보건대 한 세기를 더 버티기는 힘들 것 같았다. 탬윈은 외양간을 더 자세히 들여다보았다. 군데군데 갈라진 틈 사이에 시든 이끼가 끼어 있었다. 그저 상상이었을까? 아니면 실제로 돌이 색깔을 잃어가는 것이었을까? 보통 이 시기에 외양간 돌은 짙은 주황색을 띠었다. 그런데 지금은 이번 여름 북쪽 지역에서 본 여러 풍경처럼 이 돌도 색이 바래 밋밋해 보였다. 이번 가뭄은 대체 어떤 녀석이기에 이 땅에서 물과 색을 모두 빼앗아 가버린 것일까?

탬윈은 고개를 절레절레 흔들었다. 색이 사라지는 건 아닐 것이다. 적어도 이 남쪽 지역은 그랬다. 이것은 그저 희미한 빛의 속임수일 뿐이다. 아니면 너무 피곤해서 또렷하게 보이지 않는 것이리라. 탬윈이 외양간에 다가가자 별꽃 요정 둘이 벽에서 날아올랐다. 버터 같은 날개가 별빛을 받아 노랗게 반짝였다.

탬윈은 팔로 가슴을 두드려 검댕과 지푸라기를 날려 보냈다. 맙소사, 오늘 밤은 너무도 추웠다! 탬윈은 허연 입김을 내뱉었다. 몸을 기울여 뻣뻣한 허리를 늘였다. 나무 몇 그루를 통째로 끌고 종일 롯의 사다리를 오른 느낌이었다. 배가 고프고 목이 말랐지만, 지금 무엇보다 가장 필요한 건 지친 몸을 누일 수 있는 푹신하고 따뜻한 장소였다. 잠을 자고 싶었다.

탬윈의 눈이 가까이 있던 염소 눈과 마주쳤다. 염소는 외양간 울타리 안에 있는 다른 대여섯 마리와 멀찍이 떨어져 서 있었다. 귀는 짧고 검은 털은 덥수룩했다. 머리에 살이 너무 없어서 눈이 퀭해 보였다. 곧 머리 밖으로 튀어나올 것 같았다.

안녕, 친구. 너도 춥니?

초췌한 염소가 꼬리 끝까지 몸을 바르르 떨었다.

매애애.

탬윈은 활짝 웃었다.

나보다 더 춥다고? 그럼 가족들 곁으로 가. 너를 따뜻하게 감싸줄 거야.

염소는 날카롭게 코웃음을 쳤다. 아니면 재채기였나? 구분이 잘 되지 않았다.

탬윈은 더 크게 미소 지었다.

가족이랑 사이가 안 좋구나? 있잖아, 세상에는 갈 곳이 아주 많아. 문은 활짝 열려 있어.

탬윈은 열려 있는 나무 문을 가리켰다. 드루마디안 법에 따르면 모든 생명체는 고의로 남에게 해를 끼치지 않은 이상 자신의 의지에 반해 갇혀 있을 수 없었다. 염소, 거위, 돼지, 심지어 쟁기 끄는 말조차 순전히 자신의 선택으로 인간 마을에 머물렀다. 인간이 음식을 주고 곱스켄과 트롤의 습격으로부터 보호해주면, 동물은 인간에게 젖과 알, 가끔은 고기까지 내주었다. 이 덥수룩한 친구의 경우, 질 좋은 뜨개실도 많이 내주었다.

매애애.

탬윈은 눈썹을 치켜 올렸다.

그래? 아마 녀석들도 너랑 같은 마음일 거야! 할 수만 있다면 너를 저 고약한 배설물 더미 속으로 밀어 넣어 버릴걸.

탬원은 잠시 말을 멈추었다.

좋은 생각이 있어. 배설물 더미는 따뜻하잖아. 아예 저 안으로 기어
들어 가는 건 어때?

또 한 번의 날카로운 코웃음.

그래, 품위. 사실 그건 고집스러운 자존심일 뿐이야! 고약한 냄새가
배면 좀 어때? 정말 몸을 녹이고 싶다면……

문득 어떤 생각이 스쳤다. 탬원은 염소가 아니라 자기 자신에게 하는
말로 마무리를 지었다. 정말 몸을 녹이고 싶다면, 그냥 배설물 더미 안
으로 기어들어 가면 된다.

탬원은 염소 배설물과 쓰레기, 뭔지 모를 것들이 뒤섞인 무더기 쪽
으로 고개를 돌렸다. 외양간 벽면에 쌓인 배설물 더미에서는 고약한 냄
새가 났다. 정말이지 지독했다! 하지만 생각해보면, 종일 땀 흘리며 일
한 탬원 냄새도 만만치 않았다. 배설물 더미는 냄새가 끔찍하기는 해
도…….

일단 따뜻했다. 아주 따뜻했다.

녹초가 된 탬원은 마을 사람이나 그 못된 홀라가 보고 있지 않은지
어깨 너머로 확인했다. 아무도 없는 걸 확인한 뒤 염소에게 윙크를 날
렸다. (그러자 무례한 코웃음이 돌아왔다.) 탬원은 배설물 더미를 향해 성큼
성큼 걸어갔다. 탬원을 유혹하듯 배설물 더미에서 김이 모락모락 피어
올랐다.

탬원은 무더기 위로 기어 올라가 따뜻한 배설물 속에 다리를 넣었다.
지독한 악취가 온몸을 뒤덮었다. 잠깐 속이 메스꺼웠다. 하마터면 다시
차가운 밤공기로 나올 뻔했다.

하지만 메스꺼움은 금방 지나갔다. 맨발이 따뜻해지면서 발가락이

따끔거렸다. 탬윈은 꿈틀거리며 더 깊숙이 들어갔다. 스톤루트의 다른 지역에서 리니아 사제가 약초 탕에 몸을 담근 바로 그 순간, 탬윈은 전혀 다른 무언가에 몸을 담갔다.

탬윈은 썩은 옥수수자루 몇 개를 옆으로 밀어내며, 가슴 전체가 파묻힐 때까지 배설물 안으로 미끄러져 들어갔다. 팔을 밖으로 뻗자 긴 머리카락이 배설물 더미 꼭대기에 스쳤다. 마침내 허리가 편안해졌다. 코도 점차 냄새에 익숙해졌다. 탬윈은 한숨을 쉬며 무릎 높이 강아지풀 화단에 누워 있는 상상을 했다. 그 화단 근처 앙게누 온천은 탬윈이 가장 좋아하는 야영 장소였다.

갑자기 재채기가 나왔다. 이 몇 마리가 콧구멍으로 기어 올라왔다! 탬윈은 코를 세게 문질렀다. 비웃는 눈빛으로 쳐다보며 서 있는 염소를 무시하려 애썼다.

탬윈은 얼굴을 찌푸렸다. 이건 분명 야영이었다.

배설물 더미 야영. 썩은 채소와 염소 배설물이 뒤섞인 무더기에서의 야영.

심지어 이도 있었다.

그 쓸모없는 홀라 녀석이 한 말 중 한 가지는 맞는 말이었다. '달빛 없는 밤 꺼진 횃불보다도 시커멓다.' 녀석은 그렇게 말했다. 하지만 홀라는 탬윈의 진짜 어둠을 전혀 알지 못했다. 그 어둠은 얼굴, 발, 온몸에 묻은 검댕과는 아무 관련이 없었다. 칠흑 같은 머리카락이나 눈동자와도 완전히 별개였다.

그렇다. 탬윈의 진짜 어둠은 눈에 보이지 않았다. 오직 느껴질 뿐이었다. 그 어둠은 기억도 잘 나지 않는 엄마로부터, 사무치게 그리운 형으로부터, 상상조차 할 수 없는 미래로부터 비롯되었다. 가끔은 그 어둠이

112

정말 어둡게 느껴졌다. 꺼진 횃불보다도 새카만 것 같았다.

따뜻한 배설물에 둘러싸여 있는데도 몸이 부들부들 떨렸다. 탬원의 이름은 엄마의 종족인 플레임론 언어로 '어둠의 불꽃'을 의미했다. 탬원은 그 이름을 간직했다. 유일하게 지금까지 가지고 있는 엄마 유품이기 때문이었다. 하지만 가끔 탬원은 엄마가 다른 이름을 지어주면 좋았겠다고 생각했다. 더 밝은 이름, 집 없는 떠돌이보다 별 탐험가에게 더 어울리는 이름을 말이다.

탬원은 눈을 감고 기억을 더듬어, 자신이 태어난 머나먼 땅에서 밝게 타오르는 불꽃을 떠올렸다. 엄마는 파이어루트를 '라나윈'이라고 불렀다. 지금 그곳은 너무도 멀게 느껴졌다. 거의 상상 속 장소 같았다. 불타는 산에서의 그날 밤 꿈처럼. 하지만 탬원은 파이어루트가 실재한다는 걸 마음으로 알았다. 그곳은 탬원이 그렇게 찾고 싶어 하는 형만큼이나 실재했다.

분화구 가장자리를 따라 타오르던 불꽃이 지금도 눈에 선했다. 탬원과 스크리는 삐뚤빼뚤한 이빨 모양 탑에서 함께 놀았다. 그만큼 자주 싸우기도 했다. 탬원은 7년 전 형과 함께한 마지막 날을 떠올리며 움찔했다. 형제는 크게 싸운 직후 공격을 받았다. 그 순간 스크리가 대담한 선택을 했다. 그 선택으로 탬원은 목숨을 건졌고, 결국 새로운 영토로 보내졌다.

그날 그 선택이 모든 것을 바꿔놓았다. 전부 다. 덕분에 탬원은 수많은 의문 속에서 몸부림치게 되었다.

스크리는 아직 살아 있을까? 살아 있다면 어디 있을까? 스톤루트 어딘가에 있을까, 아니면 다른 영토에 있을까? 7년 전 탬원이 알던 모습대로 여전히 강인한 청년일까? 탬원과 나이는 같지만 덩치는 더 크고 근육도 더 발달한 독수리 종족, 그 모습 그대로일까?

지팡이는 어떻게 됐을까? 스크리는 어디를 가든 지팡이를 들고 다녔다. 하늘을 날 때도 마찬가지였다. 다른 사람은 지팡이에 손도 대지 못하게 했다. 그 울퉁불퉁한 나무 막대기에는 뭔가 이상한 게 있었다. 말로는 절대 설명할 수 없는 무언가였다. 그 막대기는 늘 탬윈의 호기심을 자극했다.

탬윈은 눈을 뜨고 배설물 속으로 손을 넣었다. 벨트에 달린 칼집에서 단검을 뽑으며, 몇 년 전 이 칼을 준 늙은 농부를 떠올렸다. 탬윈은 농부를 도와 쟁기질을 하다가 옥수수밭 한가운데에서 이 단검을 찾았다. 노인은 단검을 '땅이 준 선물'이라고 불렀다. 그때도 칼날은 닳고 자루는 녹슬어 있었다. 하지만 탬윈은 단검을 잘 활용했다. 신선한 거머리말 줄기를 자르거나 피스트넛을 가르거나 물통을 만드는 데는 이 정도면 충분했다.

그저 나무를 깎기에도 충분했다.

탬윈은 배설물 더미 위에서 부러진 나뭇가지 한 조각을 발견했다. 흐릿한 별빛 아래 나뭇가지는 배설물보다 더 시커메 보였다. 그리고 바로 손이 닿는 거리에 있었다. 탬윈은 꿈틀꿈틀 팔을 뻗어 나뭇가지를 붙잡았다.

나무를 깎으면 왜 항상 기분이 좋아지는지, 탬윈은 설명할 수 없었다. 하지만 이 방법은 절대 실패하지 않았다. 엄지손가락을 수도 없이 많이 베였지만, 이렇게 하면 왠지 모르게 마음이 차분해졌다.

탬윈은 손으로 나무를 돌리며 윤곽을 느낀 뒤 껍질을 깎기 시작했다. 얇게 돌돌 말린 껍질이 떨어져 나왔다. 나무를 더 세게 잡고 아래쪽에 깊은 홈 몇 개를 파냈다. 배설물 더미 악취만 아니었으면 냄새로 어떤 나무인지 맞혔을 것이다. 밤만 아니었으면 색깔과 결을 보고 맞혔을 것이다.

아마 물푸레나무일 거야. 맨날 내 옷을 찢어놓는 가시나무거나.

탬원은 씩 웃었다. 벌써 기분이 좋아지고 있었다.

외양간 옆에서 들리는 소리에 탬원은 나무 깎기를 멈추고 고개를 들었다. 염소 우리 저쪽 너머에서 어두운 형체 대여섯이 지나가고 있었다.

탬원은 눈을 가늘게 뜨고 어둠 속을 들여다보았다. 그 형체는 인간이 아니었다. 요정도 아니었다. 곱스켄도 역시 아니었다. 그 형체는 두 발 달린 생명체처럼 위아래나 좌우로 흔들리지 않았다. 네발 달린 동물처럼 움직이지도 않았다. 수사슴이나 암사슴도 저렇게 꼿꼿이 설 수는 없었다.

혹시 어린 오거 떼인가? 아니다. 뭔지 모르지만 이 종족은 너무도 부드럽고 조용하게 움직였다. 걷는 게 아니라…… 구르는 것 같았다. 마법의 숨결 위를 둥둥 떠가는 것 같았다.

나무 정령이다.

탬원의 심장이 경이로움에 쿵쾅거렸다. 키는 다 달랐지만, 정령들은 모두 풍성한 머리카락을 양옆으로 늘어뜨린 채 미끄러지듯 나아가며 좌우로 몸을 획획 움직였다. 유연한 몸과 우아한 몸짓을 보고 탬원은 정령들이 한때 버드나무였으리라 추측했다.

황무지를 떠돌던 방랑자로서, 탬원은 자유롭게 돌아다니는 나무 정령을 보는 게 얼마나 드문 일인지 잘 알고 있었다. 긴 시간 스톤루트 이곳저곳을 여행하며 본 나무 정령은 드루마디안 사제의 메리스였던 단풍나무 정령 딱 하나였다. 이렇게 한 번에 여럿을 보는 건 정말 특별한 경우였다. 나무 정령은 숙주 나무가 죽거나 큰 병에 걸렸을 때만 자유롭게 돌아다녔다. 그마저도 보통은 오랫동안 뿌리내린 장소 바로 근처에서만 머물렀다. 속이 빈 나무둥치나 버려진 굴 안에 숨어 지냈다.

탬윈 머릿속에 또 다른 생각이 번뜩 떠올랐다. 나무 정령이 타지에서 돌아다닌다면, 그건 대개 숙주 나무와 그 주변 환경이 심각하게 훼손되거나 살 수 없는 지경이 되었기 때문이었다. 그런 경우 나무 정령은 더 이상 그곳에 머물지 못했다. 우아한 몸짓에도 불구하고 저렇게 슬퍼 보이는 건 아마 그런 이유였으리라.

탬윈은 마른침을 꿀꺽 삼켰다. 이 생명체는 정말 아름다웠다. 하지만 이건 신호이기도 했다. 어떤 의미인지 알 수는 없지만…… 좋은 신호는 확실히 아니었다.

바로 그때 새로운 형체가 나타나 반대 방향으로 성큼성큼 걸어갔다. 인간 남자였다. 그런데 실루엣을 보니 뭔가가 좀 이상했다. 남자의 걸음걸이는 이제 막 성인이 된 청년처럼 경쾌하고 태평했다. 하지만 남자 얼굴에는 위아래 길이보다 양옆으로 더 넓어 보이는 덥수룩한 수염이 있었다. 뾰족한 수염 끝이 별빛을 받아 은색으로 반짝였다. 청년일까, 노인일까? 탬윈은 더 자세히 보기 위해 배설물 더미 안에서 몸을 앞으로 숙였다. 그래도 잘 구별되지 않았다.

남자는 모자를 쓰고 있었다. 그걸 모자라 부를 수 있다면 말이다! 남자의 모자는 챙이 넓고, 탬윈이 깎아낸 나무껍질처럼 꼭대기가 돌돌 말린 채 한쪽 귀 위로 축 늘어져 있었다.

놀랍게도 나무 정령은 흩어져 숨지 않았다. 그릇에서 쏟아지는 꿀처럼 부드럽게 남자 주위를 맴돌기만 했다. 갑자기 정령들이 긴 팔을 이어 잡고 남자를 동그랗게 에워쌌다. 그렇게 밤 별 아래 서서 기대에 부푼 몸을 이리저리 흔들었다. 마치 남자의 공연을 기다리는 것 같았다.

그렇다! 남자는 음유시인이었다.

아니나 다를까, 남자가 망토에서 작은 류트*를 꺼내더니 줄을 튕겨 낭랑한 화음을 냈다. 그러고는 심각하면서도 공손한 표정으로 버드나무 정령에게 깊이 허리를 숙여 인사했다.

남자가 허리를 굽히자 모자가 떨어졌다. 탬윈은 낄낄대기 시작했다. 그러다가 숨을 헉 들이쉬었다. 음유시인의 대머리 위에 눈물방울처럼 생긴 작은 생명체가 앉아 있었다. 푸르스름한 피부에는 금색 반점이 박혀 있고, 몸에는 별빛을 받아 희미하게 반짝이는 기다란 반투명 옷만을 걸치고 있었다. 좁은 얼굴에 달린 이목구비는 섬세하면서도 매우 유연해 보였다. 표정도 아주 풍부해 보였다. 바로 지금 그 생명체의 커다란 입은 아래로 축 말려 내려와 있었다. 조바심과 지루함이 뒤섞인 표정이었다. 아니면 모자 밑에 너무 오래 있느라 숨이 막혀서 그런 것일 수도 있었다.

그 순간 생명체가 콧노래를 시작했다. 층층이 완만하게 굴러가는 노랫소리는 탬윈이 들어본 그 어떤 소리보다 훨씬 깊고 한없이 높았다. 탬윈의 귓속에서, 나아가 뼛속에서 소리가 진동했다. 탬윈은 벌꿀 술을 너무 많이 마셨을 때처럼 약간 어지러웠다. 이름 붙일 수 없는 이상한 감정이 휘몰아쳤다. 탬윈은 이 생명체가 무엇인지 정확히 알았다.

무세오.

탬윈은 생각했다. 경외심이 새로이 밀려들었다. 물론 탬윈은 무세오를 알았다. 아발론에서 무세오를 모르는 이가 어디 있겠는가? 하지만 무세오를 직접 본 적은 한 번도 없었다. 무세오의 놀라운 노랫소리를 들어

---

* 만돌린과 비슷한 모양을 한 현악기.

117

본 적도 없었다. '무세오 목에서 나오는 선율처럼 드물다'는 옛말이 이제야 진정으로 이해되었다.

무세오는 개체 수 자체로도 매우 드물었다. 서식지인 섀도루트에서조차 그랬다. 그 이유에 관해서는 의견이 분분했다. 원래 수가 적었다는 주장도 있고, 노래를 싫어하는 어둠의 요정, 죽음의 몽상가, 그리고 섀도루트에 사는 다른 야만적인 생명체에게 사냥당했다는 주장도 있었다. 수 세기 전 폭풍의 시대 혈전에서 몇몇 무세오가 인간, 숲의 요정, 독수리 종족 편에 섰는데, 그 일로 무세오 전체가 섀도루트에서 쫓겨났다고 믿는 이도 있었다.

진실이 무엇이든, 한 가지만큼은 모든 이가 동의했다. 이 세상에 존재하는 몇 안 되는 무세오는 더 이상 섀도루트에 살지 않았다. 아발론의 다른 영토에서는 지난 수 세기 동안 무세오가 종종 목격되었다. 심지어 저 멀리 우드루트에서도 소식이 들렸다. 무세오는 보통 음유시인과 함께 다녔다. 하지만 아무 음유시인이나 선택받는 건 아니었다. 가장 현명하고 솜씨 좋은 음유시인만이 무세오의 충성을 얻을 수 있었다.

탬윈은 배설물 더미 안에서 몸을 움직였다. 갑자기 의아했다. 수염이 옆으로 자라는 저 우스꽝스러운 노인이 정말 무세오와 함께 다닐 정도로 훌륭한 음유시인일까?

그 질문에 대답이라도 하듯, 음유시인이 류트로 새로운 화음을 연주하며 경쾌하게 몸을 흔들었다. 표정은 여전히 진지했다. 가로로 뻗은 수염에 별빛이 반사되었다. 음유시인은 여름날 아침 종달새보다 맑은 목소리로 노래를 시작했다.

가장 오래된 노래를 이제 시작하리다.

지금까지 살아남은 꿈에 관하여,

갈망과 고통, 오래전 잃어버린 희망에 관하여,

여전히 살아 숨 쉬는 영혼에 관하여.

저 노래를 선택했구나.

템윈은 생각했다. 이 노래는 아발론에서 가장 오래되고 가장 많이 사랑받는 '아발론의 탄생 발라드'였다. 템윈은 이 노래를 여러 번 들어보았다. 하지만 이런 느낌은 처음이었다.

템윈은 몸을 더 앞으로 기울였다. 아주 오래된 동시에 전혀 새로운 노래를 향해 마음을 활짝 열었다.

7

아발론의 탄생 발라드

탬윈은 몸을 앞으로 뻗은 채 귀를 기울였다.

밤공기는 여전히 차가웠지만, 탬윈은 그 어느 때보다 따뜻했다. 온몸을 감싼 배설물의 온기 때문만이 아니었다. 머리 위에 아름답게 떠 있는 수천 개의 별 때문도 아니었다. 이 새로운 온기는 음악에서 나왔다. 음유시인 목소리, 무세오 콧노래 소리, 류트 튕기는 소리가 하나의 음악으로 어우러졌다. 그리고 무언가가 더 있었다. 훨씬 더 마법 같은 무언가가……

가장 오래된 노래를 이제 시작하리다.
지금까지 살아남은 꿈에 관하여,
갈망과 고통, 오래전 잃어버린 희망에 관하여,
여전히 살아 숨 쉬는 영혼에 관하여.

아발론의 신화적인 탄생,
씨앗에서 시작한 세상이

우리가 될 수 있는 모든 것을 포용하네.
아, 우리에게 필요한 모든 것을 포용하네.

하지만 씨앗 안에는
탐욕과 분노와 두려움도 있다네.
그들이 실개천처럼 자유롭게 흘러
눈물 자국을 남기네.

아발론은 어떻게 될 것인가?
우리의 꿈, 가장 깊은 욕구는 어떻게 될 것인가?
멀린이 심은 마법 씨앗에서
어떤 영광 또는 절망이 싹틀 것인가?

심장처럼 고동치는 씨앗은
멀린의 손에 쥐어졌다네,
그가 마법의 거울을 구하고
머나먼 땅을 찾았을 때.

마법사 멀린은 고향을 잃었고,
핀카이라는 안개 속에 파묻혀 버렸네.
하지만 그는 동그란 씨앗을 얻었네,
끝없는 경이로움의 입맞춤을 받은 씨앗.

핀카이라가 무너지며

작별 인사를 듣는 순간,
닿을 수 없던 해안에
잊힌 섬이 이어졌네.

한겨울 가장 긴 밤에서
기적의 날이 떠올랐네.
날개의 날, 용감한 아이들의 날,
눈부시게 밝은 꿈의 날.

하지만 이 모든 것은
씨앗의 비밀보다 밝게 빛날 수 없었네.
씨앗은 한없이 커다란 나무를 품었네.
아, 완전히 새로운 신념을 품었네.

모든 생명체는 평화롭게 살리라.
자연의 너그러움은 그들 것이리라.
바로 이곳, 다른 세상 사이에
새로운 세상이 존재하리라.

걷거나 헤엄치거나 하늘을 나는
다양한 생명을 찬양하는 세상,
숨 쉬고 자라고 죽는
모든 생명을 존중하는 세상.

아름다운 아발론, 생명의 나무,
모든 생명체가 아는 그곳.
일부는 하늘이오, 일부는 땅이오,
일부는 부드럽게 부는 바람인 세상.

음유시인이 노래를 멈췄다. 노랫말이 밤을 뚫고 메아리쳤다. *일부는 부드럽게 부는 바람인 세상······ 바람인······ 세상······ 세상······ 세상.*

음유시인의 눈이 어둡게 반짝였다. 음유시인은 몸을 약간 틀어 외양간과 배설물 더미를 거의 마주 보았다. 확신할 수는 없었지만, 탬윈은 음유시인이 자신을 봤을지도 모른다는 느낌이 들었다. 그 새카만 눈 가장자리로 계속해서 자신을 보는 것 같았다.

탬윈은 감히 숨 쉴 엄두도 내지 못한 채 꼼짝 않고 앉아 있었다. 탬윈은 생각했다.

제발요. 제발 가지 마세요. 더 듣고 싶어요!

바로 그 순간 음유시인을 둘러싼 나무 정령들이 춤을 추기 시작했다. 호리호리한 형체들은 천천히 우아하게 원을 그리며 돌았다. 긴 머리카락이 밖으로 흐르며 별빛을 받아 반짝거렸다. 정령들은 뿌리 같은 다리를 동시에 차올리며, 쌓여 있는 눈 아래 휘어 버린 묘목처럼 등을 동그랗게 말았다. 표정은 변함없이 고요하고 진지했다. 정령들은 음유시인 주변을 돌고 또 돌았다. 그러면서도 가느다란 발은 절대 땅에 닿지 않았다.

한편 음유시인의 대머리에 앉은 무세오는 고개를 살짝 젖혀 좁은 얼굴을 별 쪽으로 향했다. 무세오는 아까보다 더 크게 콧노래를 부르기 시작했다. 딱 하나의 음계가 음유시인의 메아리 바로 아래를 구르며 노랫말을 멀리멀리 실어 날랐다. 마치 끝없는 바다 위에서 점점 부풀어 오르는 파도 같았다.

음계는 탬윈의 심장을 뚫고 가슴을 비워낸 뒤 다시 가득 채워놓았다. 여러 감정이 차례차례 탬윈을 휩쓸고 지나갔다. 처음에는 외로움, 그다음은 희망, 그다음은 강력한 무언가에 대한 동경. 그 무언가는 정확히 이해하거나 이름 붙일 수 없는 것이었다. 하지만 탬윈은 그것을 원하고 열망하고 간절히 바랐다.

마침내 음유시인이 다시 류트를 연주했다. 무세오의 콧노래가 작아지고, 나무 정령은 춤을 멈추었다. 음유시인은 한쪽으로 살짝 고개를 기울인 채 노래를 시작했다. 수염 절반이 별빛에 반짝였다.

이제 안개가 또 다른 세상을 둘러싸네,
아발론의 세상.
거대한 뿌리는
모든 생명이 살아갈 영토이니.

뿌리-영토 위에는 둥치가 서 있다네,
우리 모두를 하나로 묶어주는 다리이지.
지구와 사후 세계 사이,
우리의 아발론이 우뚝 서 있네.

나무의 토대는
설화 속 일곱 영토.
첫째는 머드루트, 새 생명이 시작되는 곳,

그 옛 이름은 맬록이라네.

다음은 섀도루트, 너무도 춥고 어두운 곳,
그 이름은 라스트라엘이었다네.
그리고 스톤루트, 산이 높이 솟은 곳,
한때는 올라나브람이었지.

이제 워터루트, 넓고 깊은 곳,
처음엔 브린칠라라 불렸다네.
그리고 파이어루트, 아름다운 라나윈,
너무도 자주 적에게 저주를 받지.

다음은 에어루트, 공기 요정의 고향,
그들은 이 스윌라나의 하늘을 둥둥 떠다닌다네.
그리고 우드루트, 가장 머나먼 땅,
현명한 엘 우리엔이여.

전에도 물었던 오래된 질문을
또다시 묻노라,
한 번도 대답이
예견되지 않은 질문을.

아발론은 어떻게 될 것인가?
우리의 꿈, 가장 깊은 욕구는 어떻게 될 것인가?

멀린이 심은 마법 씨앗에서
어떤 영광 또는 절망이 싹틀 것인가?

이 대목에서 탬윈은 다시 한번 음유시인의 시선을 느꼈다. 이번에는 확실히 자신을 본 것 같았다. 하지만 음유시인은 다른 건 아무것도 중요하지 않다는 듯 계속해서 노래를 이어갔다.

개화의 시대가 시작됐다네,
아발론의 첫 번째 시대.
신념의 설립자가 도착했다네,
엘런과 리아논.

생명체가 번창하며 이 땅을 가득 채웠네,
참으로 경이롭고 다양하도다.
아발론 별이 밝게 빛나며
알쏭달쏭한 노래를 불렀네.

마법의 관문이 영토를 연결하고
세렐라가 길을 이끌었네.
멀린은 떠났지만 언젠가 돌아오리라,
모두가 기도했다네.

그러던 중 별들이 사랑받던 형태를 파괴하고
이상하게 새로이 정렬했다네.

얼마 후 일곱 영토에는
폭풍의 시대가 시작되었네.

탐욕과 오만의 바람이
혹독하게 불어대며,
나무 깊숙한 곳에서 나온
소중한 생명의 수액을 빨아먹었네.

오랜 시간이 흐른 뒤 멀린의 도움으로
전쟁의 폭풍은 잠잠해졌네.
하지만 이제 아발론의 바람은
미묘한 냉기를 품었네.

이러한 고통 속에서
성숙의 시대가 탄생했다네.
아발론 전역에서
커다란 희망이 날개를 펼쳤네.

그리고 예언이 태어났다네.
우리의 호수 여인이
모두가 듣도록 자리에서 일어나
어둠의 예언을 이야기했네.

"별들이 어두워지는 해가 오고

곧 믿음이 사라지리라.

아발론에 종말을 가져올 아이가

태어날 것이니.

그 아름다운 세상을 구할

별 아래 유일한 희망은

살아 있는 멀린이리라.

마법사의 진정한 후계자이리라."

아발론은 어떻게 될 것인가?

우리의 꿈, 가장 깊은 욕구는 어떻게 될 것인가?

멀린이 심은 마법 씨앗에서

어떤 영광 또는 절망이 싹틀 것인가?

음유시인과 무세오가 조용해졌다. 산들바람이 불어와, 둥글게 선 나무 정령의 머리카락과 마을 너머 보리밭을 살랑살랑 흔들었다. 하지만 밤공기의 차분한 속삭임 외에는 아무 소리도 들리지 않았다.

탬윈의 머릿속에 한 구절이 박혔다. 각반에 달라붙은 밤송이처럼 탬윈의 생각에 딱 달라붙었다. *마법사의 진정한 후계자.* 분명 아주 오래전에 그 구절을 들어본 적이 있었다. 떠돌이 음유시인이 부르는 발라드를 듣기 훨씬 전이었다.

탬윈은 눈을 감고 기억을 더듬었다. 꿈에서 들었나? 혹시 그 꿈? 존경심과 약간의 두려움이 섞인 목소리가 쩌렁쩌렁하게 들리는 듯했다. *마법사의 진정한 후계자.* 누가 왜 그 구절을 언급했을까?

탬윈은 머리를 절레절레 흔들었다. 기억이 나지 않았다. 하지만……

탬윈은 뭔가가 움직이는 소리를 듣고 두 눈을 떴다. 모두 떠나고 있었다! 나무 정령들은 정중히 인사를 하고 어둠 속으로 미끄러지듯 사라졌다. 음유시인은 한쪽으로 축 늘어진 모자를 다시 써서 머리 위에 앉은 무세오를 가렸다. 그러고는 옆으로 자란 수염을 배배 꼬며 성큼성큼 걸어갔다.

탬윈은 침을 꿀꺽 삼켰다. 평화로운 순간과 어렴풋한 기억이 동시에 사라졌다. 이제 탬윈은 다시 배설물 속에 있었다. 늘 그렇듯 혼자였다.

아니, 잠깐. 혼자가 아니었다. 탬윈은 시선을 들어 별을 올려다보았다. 별들이 아직 곁에 있었다! 드넓은 밤하늘에서 수천수만 개의 빛이 반짝거렸다. 탬윈이 아주 잘 아는 별자리들도 보였다. 페가수스, 황금가지, 트위스티드 트리, 흰 용.

그리고 저기 지평선 언덕 바로 위에 마법사의 지팡이가 있었다. 마법사의 지팡이는 고작 별 일곱 개로 이루어진 별자리였다. 다섯 개가 줄지어 있고 그 위에 두 개가 왕관처럼 얹혀 있었다. 모두 거의 닿을 정도로 가까이 붙어 있었다. 가장 아름다운 별자리는 아니지만, 저 별들은 아마 아발론에서 가장 유명할 것이다. 수 세기 전 저 별들이 하나씩 어두워지면서 끔찍한 폭풍의 시대가 시작되었기 때문이다.

그 전까지는 하늘에서 생긴 일로 그렇게 큰 혼란이 야기된 적이 없었다. 마법사의 지팡이가 사라지자 파이어루트 소인 사이에서는 폭동이 일어났고, 이곳 스톤루트에서는 모두를 위한 공동체의 위대한 신전으로 대규모 행진이 이어졌다. 마침내 평화 조약이 맺어졌을 때도 많은 이는 폭풍의 전쟁이 끝나지 않았다고 생각했다. 그들은 멀린이 강력한 마법으로 일곱 별을 다시 밝힌 뒤에야 비로소 종전을 받아들였다.

탬윈은 입술을 깨물었다. 그때를 제외하고 아발론 별이 어두워진 유일한 시기는 성식*이 일어난 아발론 985년이었다. 그해는 어둠의 해이자 탬윈이 태어난 해였다. 소문이 사실이라면 아발론에 종말을 가져올 누군가가 태어난 해이기도 했다.

어둠의 예언 속 아이는 누구일까? 그 아이의 가장 큰 적, 멀린의 진정한 후계자는 누구일까? 탬윈은 지난 몇 년간 여관과 농장에서, 후계자가 정말 존재하는지에 관한 토론을 수도 없이 들었다. 후계자가 존재한다면 과연 누구일지도 의견이 분분했다. 몇몇은 호수 여인이 후계자라고 믿었다. 결국 멀린을 도와 폭풍의 전쟁을 끝낸 인물이었으니까. 하지만 점점 더 많은 이가 우드루트에 사는 겸손한 스승이 멀린의 후계자라고 주장했다. 그 스승의 이름은 한완 벨라미르였다.

탬윈은 시선을 낮췄다. 스크리도 그런 문제에 관해 토론하는 걸 무척이나 좋아했다. 다음 날 아침 별이 다시 밝아질 때까지 둘은 밤새도록 토론했다. 스크리는 그저 열띤 논쟁을 좋아했다. 팔을 흔들며, 혹은 소중한 지팡이를 흔들며, 자신의 주장을 열렬히 내세웠다.

그 고집 센 수다쟁이 되게 보고 싶네. 땅의 요정처럼 멍청한……

탬윈은 침을 꿀꺽 삼켰다.

우리 형.

탬윈은 다시 별을 올려다보며 흐릿해진 눈을 깜빡였다. 처음에는 마법사의 지팡이에 무슨 일이 일어나고 있는지 알아채지 못했다. 그런데 뭔가가 이상했다.

탬윈은 한 번 더 눈을 깜빡였다. 숨이 턱 막혔다. 별자리가 변했다.

---

* 별빛이 다른 천체에 의하여 가려지는 현상.

바로 눈앞에서. 조금 전까지 별 일곱 개가 있던 자리에 지금은 별이 여섯 개뿐이었다. 별 하나가 어두워졌다!

이게 무슨 의미인지, 탬윈은 짐작밖에 할 수 없었다.

8

그림자 밖으로

할렉은 덩치 큰 전사치고는 놀라운 속도로 한 발짝 물러섰다. 워터루트에서 가장 깊은 크리스틸리아 협곡, 그 가장자리 위로 불쑥 솟은 석탑의 밑동으로부터 멀어졌다. 시커먼 구덩이보다 어두운 그림자로부터 멀어졌다. 그 안에 숨은 망토 쓴 형체로부터 멀어졌다.

"멀린요? 마법사 멀린에게서 물건을 훔치신다고요?"

할렉이 침을 튀기며 말했다.

"아니다, 이 멍청한 놈아. 멀린은 이미 오래전에 떠났다! 나는 예언에 나오는 '멀린의 진정한 후계자'에게서 그 물건을 빼앗을 것이다. 하지만 결과는 똑같을 것이다, 나의 할렉아. 음, 그래."

망토 쓴 형체는 낮고 걸걸하게 웃었다.

"그놈은 지팡이를 들고 다닌다. 자기 스승의 지팡이를! 보기에는 그저 평범한 지팡이다, 나의 할렉아. 그래서 찾는 데 이렇게 오랜 시간이 걸렸지. 하지만 그 지팡이에는 엄청난 힘이 있다. 음, 그래. 머지않아 내가 그 힘을 갖게 될 것이다."

망토 쓴 형체의 하얀 손이 허공을 찔렀다. 그러고는 발아래 협곡을 가로지르는 거대한 돌 댐, 그 댐이 만든 거대한 흰색 호수, 노예가 된 말, 사슴, 노새, 소인, 늑대, 황소 무리를 가리켰다. 노예들은 노천광에서 새로 캐낸 돌을 끌어내고, 갓 베어낸 뼈대용 나무를 옮기고, 호수에 떠 있는 무거운 바지선을 끌고, 댐 꼭대기에 난 좁은 길을 보수했다. 채찍 소리가 끊임없이 들려왔다. 멀린의 마법 씨앗에서 아발론이 탄생한 이래 늘 그랬듯, 저 멀리서 크리스틸리아의 흰 간헐천이 우르릉거리다가 공중으로 높이 물을 쏘아 올렸다.

하지만 지금 간헐천의 흰 물은 워터루트와 이웃 영토로 흘러들어 가지 않았다. 댐 뒤에 갇힌 채 여기 멈춰 있었다. 이 외진 지역까지 와본 적 있는 몇 안 되는 탐험가가 댐과 호수, 그리고 프리즘 골짜기 아래 바짝 마른 풍경을 봤다면, 그들은 엄청나게 충격을 받았을 것이다. 게다가 노예까지 봤다면 그 충격은 배가 되었을 것이다.

"나는 그 지팡이를 이용할 것이다. 음, 그래, 나의 할렉아. 가장 특별한 일에 쓸 것이다. 그런 다음…… 그것을 파괴할 것이다! 그와 동시에, 이 세상을 움켜쥐고 있는 멀린의 영향력도 영원히 없애 버릴 것이다."

할렉은 고개를 갸우뚱거리며 턱을 가로질러 들쭉날쭉하게 난 흉터를 긁었다.

"그러면 마법사가 좋아하지 않을 텐데요, 주인님. 마법사의 진정한 후계자도 마찬가지고요."

주술사는 흡족해진 뱀이 쉭쉭거리듯 휘파람처럼 높은 웃음을 터뜨렸다.

"그게 중요하다고 생각하느냐? 지팡이를 잃어버린 건 놈에게 문젯거리도 되지 않을 것이다. 나의 할렉아, 나는 그 지팡이를 이용해 더 위대한 일을 할 것이다. 나는 아발론을 지배할 것이다."

"어떻게 말씀이십니까, 주인님? 제게 얘기해주실 수 있나요?"

할렉은 그림자 쪽으로 조금씩 다가갔다.

주술사가 하얀 손을 문질렀다.

"너의 미약한 마음이 감당할 수 있을 만큼만 이야기해주마. 나는 그 지팡이로 강력한 무언가를 만들 것이다. 그러면 머지않아 위대한 나무의 일곱 뿌리-영토를 모두 지배할 수 있게 된다. 뿌리는 나무 전체를 지지하고, 나무에 힘을 주고, 맥을 따라 흐르는 엘라노를 만든다. 뿌리가 무너지면 나무도 무너진다, 나의 할렉아. 가장 먼 나뭇가지에 이르기까지 아발론 전체가 내 손아귀에 들어올 것이다! 음, 그래. 정령의 장군 리타 고르 님이 저 높은 곳을 통치하시는 것만큼이나 확실하게 그렇게될 것이다."

할렉은 관자놀이에서 땀방울을 닦아냈다.

"하지만 주인님, 적이 주인님을 막으려 속임수를 쓰지 않겠습니까?"

"속임수, 음, 그래. 하지만 내게는 속임수보다 나은 것이 있다. 정보! 아발론 주민 누구도 내가 이곳 하이 브린칠라 원천에 무엇을 지었는지 알지 못한다. 멀린의 지팡이가 아직 아발론에 있다는 사실 역시 아무도 모르지."

"진정한 후계자는……."

"그래, 아마 후계자는 알겠지. 하지만 그 외에는 아무도 모른다. 어둠의 예언 속 아이도 마찬가지다. 나는 그 아이의 도움을 오랫동안 기다렸다. 하지만 그 아이도 지팡이의 존재는 알지 못한다. 나처럼 동물 내장 점괘를 읽을 줄 아는 게 아니라면 말이다."

또 한 번 억지웃음이 흘러나왔다.

"나의 할렉아, 너도 알다시피 나는 오늘 아침 새로운 정보를 알아냈다. 내 구울라카가 파이어루트에서 찾아온 멧돼지 덕분이었지. 17년 동안 찾아 헤맨 정보를 이 멧돼지의 피투성이 내장이 알려주었다."

주술사는 기분 좋게 하얀 손가락 관절을 꺾어 우두둑 소리를 냈다.

"나는 그것이 어디 있는지 안다, 나의 할렉아. 지팡이가 어디 숨었는지 안다."

협곡에서 거친 바람이 일었다. 바람이 지나가며 비명을 질렀다. 노천광에서 모래와 돌조각이 날아왔다. 돌풍이 온몸을 휩쓸자 할렉이 움찔했다. 날카로운 돌조각 때문인지, 주인의 말 때문인지, 아니면 둘 다 때문인지 알 수 없었다.

바람이 다시 잦아들면서 그림자 속 목소리가 재미있다는 듯 혀를 찼다.

"걱정할 것 없다, 나의 할렉아. 그냥 네 주인이 시키는 대로 하거라. 그러면 네 내장은 무사할 것이다."

할렉은 확신 없는 표정으로, 가죽 벨트에서 달랑거리는 단검, 방망이, 양날검, 넓죽한 칼의 손잡이를 초조하게 만지작거렸다.

"알겠습니다, 주인님."

바로 그때 어미 동고비 한 마리가 두 사람 머리 위로 날아가다가 강한 바람에 휩쓸려 탑에 부딪힐 뻔했다. 동고비는 몸부림치는 민달팽이를 부리에 물고 있었다. 배고픈 새끼 세 마리에게 줄 먹이였다. 새끼들은 가장 가까운 우드루트 변두리에서 삼나무 가지 위 둥지에 앉아 쩍쩍거리고 있었다. 동고비는 그림자 속 주술사와 댐 위에서 일하는 노예무리를 보고 깜짝 놀라 날개를 퍼덕였다. 그러면서 비명을 빽 지르는 바람에 민달팽이를 떨어뜨렸다.

할렉은 재빠른 동작으로 넓죽한 칼을 꺼내 허공을 갈랐다. 새의 비명이 갑자기 끊기고, 머리 없는 몸이 빙글빙글 돌며 그림자 안으로 떨어졌다. 뒤이어 깃털 한 쌍이 둥둥 떠내려왔다. 머리는 붉은 석탑 옆면에 부딪쳐 땅으로 떨어졌다.

할렉은 머리를 흘끗 내려다보았다. 두 눈이 공포로 휘둥그레진 채 얼어붙어 있었다. 할렉은 세게 발길질을 했다. 머리는 마지막으로 짧은 비행을 한 뒤 돌투성이 땅을 굴러 노천광으로 떨어졌다.

"빠르게 잘 처리했다, 나의 할렉아. 우리가 지금껏 안전했던 건 이곳이 외진 장소이기 때문이었다. 물론 작은 짐승이 이 협곡과 우리 계획에 가까이 다가오지 못하도록 주문을 걸어둔 것도 한몫했지. 하지만 이 지긋지긋한 바람이 자꾸 나를 방해하려 드는구나. 그렇다고 우리 계획을 첩자에게 들킬 수는 없지 않느냐?"

할렉은 만족스러운 듯 윗입술을 말아 올렸다. 그러고는 칼날에서 피묻은 깃털을 불어낸 뒤 칼집에 칼을 꽂았다.

"물론입니다, 주인님."

"그래, 내가 말한 노예는 찾았느냐?"

할렉은 다시 긴장했다. 안절부절못하며 머리를 바삐 굴렸다.

"그게…… 잘 모르겠습니다, 주인님. 투지 있는 노예가 필요하다고 하셨죠? 다른 조건은 없으십니까?"

주술사가 불길하게 목소리를 낮췄다.

"머리도 좋아야지. 너보다 말이다! 음, 그래. 그래야 언어를 알아들을 수 있다."

"언어요? 어떤 언어 말씀이십니까? 황소는 황소 언어를 쓰고, 곰은 곰 언어를 쓰고, 망할 놈의 늑대는 늑대 언어로 울부짖습니다. 특히 녀석들이……."

"입 다물어라! 내게 중요한 언어는 딱 하나뿐이다. 진정으로 언어라 불릴 자격이 있는 유일한 언어."

"아, 인간 언어 말씀이시군요."

"그래. 참고로 어떤 인간은 지금보다 더 빨리 움직이지 않으면 머지않 아 아예 말을 하지 못하게 될 것이다."

할렉은 마른침을 꿀꺽 삼켰다.

"주인님, 죄송합니다만…… 그러니까…… 아시다시피 여기에 인간 노 예는 없습니다. 오래전에 주인님께서 그렇게 명령하지 않으셨습니까. 멍 청한 짐승만 데려오라고요."

주술사는 창백한 손가락을 뻗어 누군가의 목을 조르듯 허공을 움켜 쥐었다.

"그래, 멍청한 짐승만 데려오라고 했지! 나는 그 노예가 인간이어야 한다고 말하지 않았다. 인간 말을 알아듣기만 하면 된다. 내 명령을 제 대로 이해해야 하니까!"

할렉은 조금씩 물러나기 시작했다.

"소…… 소인은 있습니다. 놈들 친척이 인간 언어를 씁니다. 하…… 하 지만 그것들은 명령을 잘 따르지 않습니다. 눈먼 외눈박이 당나귀처럼 고집불통이죠! 오늘 아침에도 한 놈 귀를 잘라……."

"할렉!"

"그…… 그럼…… 야생마는 어떠십니까, 주인님? 똑똑한 암말입니다. 아…… 아마 잘할 겁니다. 두 다리를 조금 절기는 하지만요."

할렉이 초조하게 마지막 말을 덧붙였다.

하얀 손 하나가 그늘진 벽에서 튀어나와 할렉의 손목을 꽉 잡았다.

"더 쓸 만한 노예가 필요하다, 할렉. 빨리 생각하거라."

"으악!"

팔을 타고 밀려드는 고통에 덩치 큰 전사의 얼굴이 일그러졌다. 이마에서 땀이 마구 쏟아져 따끔따끔 눈을 찔렀다.

"모…… 모르겠습니다, 주…… 주인님."

하얀 손에 살짝 힘이 들어갔다. 할렉은 다시 한 번 울부짖으며 무릎을 꿇었다. 할렉이 몸부림치자 칼날이 땅에 부딪혀 쨍그랑거렸다.

"요정요!"

할렉이 빠져나오려고 몸을 비틀며 불쑥 말했다.

하얀 손이 할렉을 놓아주었다.

"요정? 여기서 그런 종족을 본 기억은 없는데. 언제 잡아 왔느냐?"

할렉은 타 버린 셔츠 소매 아래로 손목을 문질렀다.

"며칠 전에 잡아 왔습니다, 주인님. 늙은 남자 하나, 어린 여자 하나, 총 두 명입니다. 아마 가족일 겁니다. 너무 마르고 약해서 노천광에서는 쓸모가 없습니다. 여자 요정은 너무 건방지기도 하고요. 그래서 그 둘에게는 바지선 밧줄을 끌도록 시켰습니다. 물론 명령 따르는 걸 그리 좋아하지는 않습니다."

할렉이 심술궂게 씩 웃었다.

"요정은 어떻게 찾았느냐?"

"우드루트에서 덫으로 요정의 말을 잡았더니, 놈들이 쫓아와서는 활과 화살로 저를 막으려 하지 않겠습니까? 결국 제가 이기긴 했지만, 아쉽게도 실력 좋은 부하 둘을 잃었습니다. 처음에는 곧장 죽여 버리고 싶었죠. 그런데 문득 이런 생각이 들었습니다. '아니야, 할렉. 더 좋은 생각이 있어. 놈들을 데려가서 노예로 만들자.'"

"음, 그래, 잘했다. 요정은 자신이 인간과 똑같다고 생각할 정도로 거

138

만한 종족이다. 하지만 요정의 지능이라면 이 일을 충분히 해낼 수 있을 것이다. 게다가 네 말을 들어보니…… 설득하기도 아주 쉽겠구나. 놈들을 전망대로 데려오너라."

어두운 형체는 탑 그림자에서 나와 회색 망토 모자를 꽉 움켜쥔 채 협곡 가장자리를 따라 살금살금 걸어갔다. 할렉은 주술사가 떠나는 모습을 잠시 지켜보다가, 조용히 욕을 내뱉고 몸을 일으켰다. 그러면서 소매에 난 구멍 사이로 아픈 팔을 계속 문질렀다.

할렉은 노천광을 슬쩍 내려다보았다. 부하 둘이 제멋대로 구는 암말에게 채찍을 휘두르고 있었다. 할렉은 만족스러운 듯 고개를 끄덕인 뒤, 댐 위로 이어진 길을 걸어 내려가기 시작했다. 지금 작업은 대부분 그곳에서 이루어졌다. 마지막 바위층이 제자리로 옮겨지고 있었다. 그 요정들은 분명 거기에서 게으름을 피우고 있을 것이다.

무거운 신발이 길바닥을 쿵쿵 두드리자 붉은 흙먼지가 구름처럼 피어올랐다. 노예들이 이 길을 만든 지 겨우 몇 달밖에 지나지 않았지만 벌써 여기저기서 홈과 구멍이 보였다. 나무줄기와 돌덩이를 하도 끌고 다닌 탓이었다. 계획은 거의 끝나갔지만, 할렉은 노예를 데려와 길을 보수해야겠다고 생각했다. 노예는 주인님에게 더 이상 쓸모없어질 때까지 계속 바쁘게 부리는 게 좋았다. 그때가 오면……. 할렉은 잔인하게 미소 지었다.

언덕 아래 마지막 모퉁이를 도는 순간 호리호리한 형체가 반대쪽에서 달려와 할렉과 정면으로 충돌했다. 둘은 흙 위에 나뒹굴었다. 할렉은 깜짝 놀라 즉시 단검 두 개를 뽑았다. 몸을 굴려 상대 위에 올라타서는 화난 얼굴을 향해 칼을 겨누었다. 짙은 녹색 눈과 뾰족한 귀, 베일 듯 날카로운 말투의 주인공이었다.

"내려와, 이 더러운 거인아! 안 그러면……"

"이런, 그 여자 요정이잖아. 억지로 끌고 와야 하는 수고를 덜었네."

할렉이 잔인하게 씩 웃었다.

"어림없는 소리."

젊은 요정이 단호하게 말했다. 요정은 몸을 비틀어 빠져나오려 했다. 하지만 할렉은 요정의 길게 땋은 꿀색 머리를 움켜쥐고 뒤로 홱 잡아당겼다. 요정은 할렉을 노려보았다. 그러고는 할렉 눈에 침을 뱉었다.

할렉은 분노로 으르렁대며 요정 목에 칼끝을 바짝 댔다.

"용케 사슬을 풀었나 봐? 도망치려고? 내 마음대로 네 뾰족한 귀를 잘라버릴 수 없는 상황인 걸 다행으로 알아, 이 뱀 같은 계집아. 안 그랬으면 넌 지금쯤 네 피로 목욕을 하고 있었을 거야."

"뱀한테는 뾰족한 귀가 없거든, 이 멍청이야."

요정은 무슨 말을 더 하려다가 전사 뒤에 있는 무언가를 보고 갑자기 얼어붙었다. 요정이 소리쳤다.

"안 돼요, 할아버지! 그냥 도망치세요!"

할렉은 순식간에 뒤로 돌아 나무 지팡이를 피했다. 그런 다음 팔을 내던져, 자신을 공격하려 한 늙은 요정을 넘어뜨렸다. 요정이 다시 일어나기도 전에 할렉은 단검을 칼집에 꽂고 두 요정 목을 움켜쥐었다. 할렉의 손가락이 목을 조르자 두 요정은 숨이 막혀 캑캑거렸다.

할렉은 요정들을 끌고 다시 길을 올라갔다. 삐죽빼죽한 돌과 깊게 팬 홈에 요정 몸이 부딪혔다. 목을 잡은 손은 절대 느슨해지지 않았다. 석탑에 다다른 할렉은 몸을 홱 돌려 협곡 가장자리를 따라 요정들을 끌고 갔다. 꽤 먼 거리를 걸어가니 절벽 위로 돌출된 평평한 바위가 나타났다. 그 바위에서는 가장 가파른 협곡 벽이 훤히 내려다보였다. 할렉은 요정들을 바위에 떨어뜨렸다. 한때 초록색이던 나무껍질 옷이 너덜너덜 피투성이가 되어 있었다. 두 요정은 꼼짝 않고 누워 있었다.

바위 한쪽에는 커다란 직사각형 돌이 세워져 있었다. 그 아래 그림자에서 낮게 키득거리는 소리가 흘러나왔다. 돌기둥 표면에는 복잡한 룬문자가 새겨져 있었다. 살아 있는 짐승의 내장을 꺼내는 흑마술 주문이었다. 이 주문을 외우면 제물의 몸부림을 최대한 억누를 수 있었다. 주문을 외우며 심장이나 위장을 던지면 장기와 피로부터 숨겨진 진실이 드러났다. 물론 고통은 가능한 한 센 강도로 유지됐다. 때때로 고통이 제물의 생명을 연장해주기 때문이었다. 돌기둥 아래 바닥에 죽은 지 얼마 안 된 멧돼지의 잔해가 흩어져 있었다.

"잘했다, 나의 할렉아. 아주 훌륭해."

할렉이 노예들의 축 처진 몸을 지켜보는 동안, 망토 쓴 형체는 몸을 돌려 협곡 가장자리로 다가갔다. 협곡은 이제 흰 물로 거의 가득 차 있었다. 형체는 협곡 가장자리에 서서 눈앞 풍경을 향해 창백한 손을 뻗었다. 바위와 회반죽으로 지은 거대한 댐이 골짜기를 가로질러 붉은 암벽을 연결했다. 댐에 들어간 회반죽은 흰 물을 섞어 마법으로 더 단단하게 만든 재료였다. 댐의 한쪽 면은 온통 뼈대용 나무로 뒤덮여 있었다. 모두 우드루트와 가장 가까운 변두리에서 베어 온 나무였다. 반대쪽 면은 호수를 막고 있었는데, 그 호수에는 크리스틸리아의 흰 간헐천에서 나온 물이 가득 차 있었다. 바람이 호수 수면을 때리자 파도가 일어 돌벽에 부딪쳤다. 새하얀 물 깊은 곳에서 형광색 반점이 반짝였다. 커다란 호수는 마치 우리에 갇힌 짐승처럼 이곳을 탈출하려는 듯 거품을 내며 들썩거렸다.

댐 아래 프리즘 골짜기는 불을 뿜는 용의 목구멍만큼이나 메말라 보였다. 공사가 시작되기 전인 1년 전까지만 해도, 흰 물은 밤낮으로 형광색 불빛을 반짝이며 이곳을 지났다. 그런 다음 서로 다른 색의 세찬 강 일곱 줄기로 갈라졌다. 하지만 지금은 어두운 댐 그림자만이 골짜기 위로 우뚝 솟아 있었다. 작은 골짜기 일곱 개에는 더 이상 물이 흐르지 않았다. 실개천 하나 없었다. 움직이는 형체라고는 댐 아래에서 여전히 힘들게 일하는 수많은 노예뿐이었다.

뼈대, 협곡 벽, 댐 꼭대기에는 노예 수백이 더 보였다. 말, 사슴, 황소, 염소, 소인은 다리와 목에 사슬이 감긴 채 노천광에서 바지선까지 돌덩이를 끌었다. 초췌한 부엉이, 두루미, 까마귀, 콘도르 무리는 밧줄, 판자, 도구, 그리고 다른 가벼운 재료를 날랐다. 몸집이 작은 경쾌한 비행사는 어두운 곳을 날아다니며, 돌을 맞추는 석공에게 불을 밝혀주었다. 노예 감시자는 계속해서 채찍을 휘둘렀다. 무슨 일을 하든, 노예들은 자신이 일하는 목적을 알지 못했다. 그저 자유를 영영 잃었다는 사실만 알았다. 노동, 굶주림, 학대의 고통에서 벗어날 유일한 방법은 죽음뿐이었다.

망토 쓴 형체는 모자 아래에서 만족스럽게 혀를 찼다. 거대한 프로젝트가 거의 끝나갔다. 이제 겨우 2주밖에 남지 않았다. 노예들이 꾸물대는 것까지 고려하면 3주 정도였다. 2-3주 후 멀린의 지팡이 힘을 이용하고 나면 일생일대의 위대한 꿈이 실현될 것이다. 리타 고르의 도움을 받아 아발론을 지배하고, 적을 파멸시키고, 멀린의 영향력을 영원히 없애 버릴 것이다. 그런 다음 이 세상을 새로이 설계할 것이다. 역사상 가장 위대한 주술사에게 어울리는 세상을 만들 것이다.

갑자기 젊은 여자 요정이 기침을 하며 옆으로 돌아누웠다. 땋은 머리가 흙과 피로 뒤덮여 있으면서도 여전히 빛을 받아 반짝거렸다. 망토 쓴 형체는 손을 내리고 가까이 다가와 그림자 안에서 요정을 내려다보았다. 요정은 발작적으로 기침을 몇 번 더 한 뒤 눈을 떴다.

가장 먼저 보이는 광경에 요정은 구역질을 할 뻔했다. 내장, 방광, 조각난 간이 피에 흠뻑 젖은 채 평평한 바위 여기저기에 흩어져 있었다. 그 너머에는 어린 멧돼지 한 마리가 배가 갈라진 채 쓰러져 있었다. 고기 때문에 죽임을 당한 것이 아니었다. 불타는 듯한 주황색 엄니 때문도 아니었다. 그보다 훨씬 더 비열한 목적 때문이었다. 동물 내장 점괘! 필멸의 땅 지구에서 사악한 주술사가 그런 행위를 한다는 이야기는 들은 적이 있었다. 하지만 여기 아발론에서?

요정은 이를 악물고 반대쪽으로 돌아누웠다. 그곳에 할아버지가 누워 있었다! 돌처럼 꼼짝도 하지 않은 채. 요정은 힘없이 기어가, 할아버지의 덥수룩한 흰 수염 바로 아래 가슴에 머리를 가져다 댔다.

"숨 쉬세요, 할아버지. 숨 쉬세요!"

반응이 없었다.

요정은 할아버지 갈비뼈 위에 손을 얹고 세게 눌렀다. 하나, 둘, 셋.

"숨 쉬세요! 제발…… 숨 좀 쉬어보세요."

여전히 반응이 없었다.

"이봐, 그렇게 약하게 눌러서 되겠어? 이렇게 해봐!"

할렉이 묵직한 신발로 늙은 요정 옆구리를 뻥 찼다. 우지끈하는 끔찍한 소리와 함께 갈비뼈 몇 개가 부러졌다. 호리호리한 요정 몸이 땅 위로 붕 떠올라 공중에서 빙글 돈 다음 다시 쿵 떨어졌다.

"안 돼! 그만해!"

요정 소녀가 할렉의 다리를 잡으려 몸을 던졌다.

할렉은 소녀를 가볍게 피한 뒤 축 늘어진 노인에게 다가갔다.

"한 번만 더 하면 될 것 같은데."

할렉은 다리를 들어 다시 한번 노인 옆구리를 뻥 찼다. 늙은 요정이 공중을 날아 다시 바위 위로 떨어지며 고통스러운 신음을 내뱉었다. 입에서 한 줄기 피가 흘러나왔다.

"그만해! 그만!"

손녀가 울부짖으며 할아버지의 망가진 몸을 감싸 안았다.

"조금만 더 해보자. 아니면 이 칼로 좀 찔러볼까?"

할렉은 소녀 옆에 서서 양날검 자루에 손을 얹었다.

"안 돼. 제발."

할렉은 칼을 뽑았다. 소녀의 녹색 눈에 공포가 서렸다. 그 모습을 본 할렉의 심장이 두근거렸다. 높이 치켜든 칼날에 워터루트 별빛이 반사되었다.

"안 돼!"

소녀가 소리쳤다.

할렉은 늙은 요정의 갈비뼈를 겨냥해 칼을 곧장 내리꽂았다······.

그러다가 갑자기 얼어붙었다. 칼끝이 노인 가슴 바로 위에서 멈췄다. 팔을 움직이려 했지만 소용없었다. 할렉은 욕을 하고 몸을 비틀고 힘을 주며 앓는 소리를 냈다. 하지만 할렉은 마치 보이지 않는 끈에 꽁꽁 묶인 것 같았다.

돌기둥 옆 그림자에서 거친 목소리가 흘러나왔다.

"자, 나의 할렉아, 그만하면 되었다. 누가 보면 네가 저 불쌍한 노인을 해치려 하는 줄 알겠구나."

하얀 손이 신호를 하자 덩치 큰 남자가 뒤로 자빠지며 평평한 바위 위에 칼을 떨어뜨렸다.

요정 소녀는 망토 쓴 형체를 향해 고개를 돌렸다. 두 뺨이 눈물범벅이었다.

"당신 누구야?"

"나는 너를 도울 수 있는 사람이다. 음, 그래."

할렉이 칼을 주우며 작은 소리로 욕을 내뱉었다. 소녀는 할렉을 흘 끗 돌아본 뒤 의심 가득한 눈으로 그림자 속 형체를 쳐다보았다.

"왜 모습을 드러내지 않는 거지?"

그림자 속 목소리가 암울해졌다.

"그럴 만한 이유가 있다. 나도 오래전에는 별빛 아래를 자유롭게 걸어 다녔지. 머지않아 다시 그렇게 될 것이다."

망토 쓴 형체가 하늘을 살피듯 고개를 치켜들고 작은 소리로 중얼거 렸다.

"구울라카들은 대체 어디 있는가? 많이 늦는구나. 물론 예언 속 아이 만큼은 아니지만 말이다."

말의 내용을 떠나, 망토 쓴 형체의 목소리는 그 자체로 요정 소녀를 벌벌 떨게 했다. 하지만 할아버지를 구할 가능성이 조금이라도 있다면 소녀는 방법을 알아내야 했다.

"저를 도울 수 있다고 했나요?"

"물론 도울 수 있지. 음, 그래."

"저기 저 멧돼지를 도와준 방식으로 말고요."

망토 쓴 형체가 혀를 찼다.

"이런, 이런, 요정 꼬마야. 얼굴은 예쁘다만…… 조금 더 예의를 갖춰 주면 좋겠구나. 저 멧돼지는 오늘 나를 아주 많이 도와주었다. 그래서 녀석을 잡아 온 내 구울라카에게 녀석의 무리를 전부 잡아 오라고 시 켰다. 하지만 이제 정보는 다 얻었으니 더는 기다릴 필요가 없다. 아이도, 다른 무엇도.”

망토 쓴 형체가 걸걸하게 웃었다.

“음, 그래. 저 늙은 요정을 살리고 싶다고?”

소녀는 할아버지 이마에 뺨을 가져다 댔다.

“정말…… 할아버지를 살릴 수 있어요? 당신한테 그런 힘이 있나요?”

날카로운 돌풍이 협곡 가장자리를 가로지르며 윙윙 울부짖었다. 주술사 머리 위 높은 곳에서 돌기둥 조각이 떨어져 땅으로 곤두박질쳤다. 바람이 갑자기 방향을 바꿔 호수에서 거대한 물보라를 일으켰다. 평평한 바위 위로 물이 쏟아져 내리자 주술사는 모자를 꽉 움켜쥐었다.

마침내 물보라 비가 그치고 다시 목소리가 들려왔다. 이제 목소리에는 날카로운 분노가 섞여 있었다.

“내게는 힘이 있다. 음, 그래. 장담컨대 머지않아 그 힘은 더 강해질 것이다. 훨씬 더 강해져 바람의 방향까지 바꿀 수 있게 될 것이다!”

목소리는 몇 초간 멈추었다가 차분하게 말을 이었다.

“그래서 내가 이 댐을 지은 것이다. 이 댐 뒤에는 아주 귀한 물뿐 아니라…… 됐다. 너는 더 듣지 않아도 된다. 네가 알아야 할 것은…….”

“이 댐은 당신이 지은 게 아니에요.”

소녀가 화를 참지 못하고 끼어들었다.

“이 댐은 노예가 지은 거예요! 자유로운 생명체가 사슬에 묶이고 채찍을 맞고 구타를 당하며 당신 일을 대신 한 거라고요! 이렇게 물을 훔쳐서 뭘 하려는지 모르겠지만, 이건 그만한 가치도 없는 짓이에요.”

그림자 속에서 웃음이 터져 나왔다.

“네 할아버지 목숨 정도의 가치는 있겠느냐?”

소녀가 등을 꼿꼿이 세웠다. 요정으로서 소녀는 태어날 때부터 모든 생명이 소중하다고 배웠다. 가늠조차 할 수 없는 크기로 모두를 아우르는 위대한 나무의 가지부터 가장 작은 곤충까지. 하지만 소녀에게 한 사람의 목숨은 다른 무엇보다 소중했다. 소녀가 쉰 목소리로 속삭였다.

"네. 있어요."

"좋다. 네 이름이 무엇이냐?"

"브리오나요."

브리오나는 할아버지의 피 묻은 입술을 쓰다듬었다. 따뜻하게 손에 닿는 희미한 숨결만이 할아버지가 아직 살아 있다는 증거였다.

"제발요. 당신이 누구인지는 모르겠지만, 제발 할아버지를 살려주세요!"

"물론이다, 브리오나. 내가 네 할아버지를 살려줄 것이다. 음, 그래. 너는 그저 내게 작은 도움만 주면 된다, 나의 예쁜 요정아."

브리오나는 마른침을 꿀꺽 삼켰다.

"어떤 도움요?"

"물건 하나를 가져다다오. 음, 그래. 오래전부터 내가 그토록 원했던 물건을."

9
위험한 여정

목욕탕 나무 문이 벌컥 열리며 높은 선반에 쾅 부딪쳤다. 오일과 약초가 담긴 유리병들이 흔들거리다가 떨어졌다. 어떤 병은 무성한 양치식물 사이로 떨어졌지만, 바닥에 떨어진 병은 유리 조각으로 산산이 부서져 버렸다. 요정들이 깜짝 놀라 날아올라서는 날개를 윙윙거리며 자욱한 수증기 구름 사이로 쏜살같이 도망쳤다. 페얼린이 팔을 흔들며 몸을 홱 돌렸다. 이제 페얼린에게서는 썩은 쥐 사체 냄새와 깨진 콘도르 알 냄새가 뒤섞여 났다.

리니아가 물, 거품, 진흙 덩어리를 사방으로 튀기며 재빨리 바로 앉았다. 소용돌이치는 탕 안으로 진흙이 떨어지자 물이 잠깐 암녹색으로 변했다가 다시 분홍색으로 돌아왔다. 리니아의 뺨과 이마, 한때 금색이었던 머리카락 일부가 담녹색으로 빛났다. 시간이 지날수록 색이 점점 짙어지는 듯했다. 리니아는 자신의 피부색이 변하는 건 몰랐지만 누군가 무례하게 자신의 목욕을 방해했다는 사실만큼은 확실히 알았다.

"설립자 엘런이시여, 맙소사! 누가 감히 차기 대사제의 목욕을 방해하는 거야?"

리니아가 고함을 치자 초록빛 관자놀이의 핏줄이 분노로 팔딱팔딱 뛰었다.

"한낱 엘런의 제자일 뿐이죠."

자욱하게 피어오르는 안개 속에서 조용한 목소리가 대답했다.

목소리를 알아챈 리니아는 깜짝 놀라 숨이 턱 막혔다. 리니아는 뒤로 휘청하며 탕 가장자리 무성한 이끼에 물을 더 튀겼다. 진흙 팩이 더 떨어졌다. 이제 진흙 팩은 볼품없는 수염처럼 턱에 붙은 커다란 덩어리를 포함해 몇 군데밖에 남지 않았다.

"코에리아 대사제님."

리니아가 변명하는 목소리로 말했다.

"그래요. 현 대사제예요."

늙은 대사제의 희고 긴 머리카락이 어깨 위로 흘러내렸다.

리니아는 급하게 일어나려다 미끄러져 탕 속으로 철퍼덕 넘어졌다. 페얼린이 뻗은 팔의 도움을 받아 다시 일어선 리니아는 겁에 질린 채 젖은 수건 위에 앉아 있던 요정들을 물리치고 수건을 집어 옷처럼 몸에 둘렀다.

"죄…… 죄송합니다. 대사제님이…… 오실 줄은 몰랐어요."

리니아는 최대한 침착하게 말하려고 노력했다.

"네, 그랬겠죠."

코에리아가 대답했다.

목욕탕 반대쪽 끝에 있는 폭포에서 엘리가 더 잘 보려고 몸을 앞으로 기울였다. 코에리아가 수증기에서 나와 탕 가장자리로 다가가는 모습이 보였다. 코에리아의 실크 가운이 우아하게 물결쳤다. 그런데 대사제가 몸을 돌리는 순간 새로운 무언가가 엘리 눈에 들어왔다. 호박벌처럼 생긴 작은 생명체가 대사제 머리 바로 뒤를 맴돌며 머리카락을 한 올 한 올 바쁘게 땋고 있었다.

엘리는 미소를 지었다. 저 작은 생명체가 대사제의 메리스였을까? 엘리가 지금까지 알아채지 못한 것도 당연했다.

고지대 호수처럼 새파란 대사제 눈이 리니아를 살폈다.

"나도 방해할 생각은 없었어요, 어린 사제님. 그런데⋯⋯."

대사제가 걱정스러운 표정으로 잠시 말을 멈추었다.

"괜찮아요? 얼굴이 좀⋯⋯ 초록빛이네요."

폭포의 물보라 속에서 뉴익이 돼지 코웃음 소리를 냈다.

그사이 페얼린은 리니아 가까이로 허리를 굽혀 꽃핀 팔로 리니아 뺨을 쓸었다. 쥐 사체 냄새가 갑자기 더 심해졌다. 탕 근처에 남아 있던 요정들이 목욕탕 구석이나 밤하늘로 쌩 날아가 버렸다.

리니아는 영문도 모른 채 큰 소리로 말했다.

"네, 괜찮습니다. 괜찮아요."

그러고는 페얼린 팔을 옆으로 밀어내며 쏘아붙였다.

"멍청한 메리스 같으니! 그런 냄새 좀 그만 풍겨. 너 때문에 속이 메스꺼워질 것 같잖아."

페얼린이 물러서자 멍든 멜론 냄새와 비슷한 향이 수증기 사이로 퍼져 나갔다.

대사제는 잠시 생각에 잠긴 듯하더니 이내 매우 심각한 표정을 지어 보였다.

"아까도 말했지만, 나도 방해할 생각은 없었어요. 그런데 문제가 생겼어요."

"무슨 문제요? 대사제님이 이렇게 불쑥 찾아오실 정도로 중요한 일이 대체 뭔가요?"

리니아가 원래의 건방진 모습으로 돌아와서는 따져 물었다.

"저거요."

코에리아가 밤하늘을 향해 가녀린 팔을 들어 올렸다. 피어오르는 안개 사이에서 셀 수 없이 많은 별이 희미하게 빛나고 있었다. 이런 밤은 시와 노래에 많은 영감을 주어 아발론 별의 방대함과 신비로움을 찬양하게 했다.

하지만 코에리아가 가리킨 건 별 일곱 개짜리 별자리였다. 그 별 중 하나가 어두워져 있었다.

리니아가 숨을 헉 들이마셨다.

"마법사의 지팡이가……."

"맞아요. 별 하나를 잃었어요."

대사제가 침울하게 말한 뒤 작은 소리로 덧붙였다.

"어둠의 아이가 태어난 지 17년째 되는 해에 말이죠."

목욕탕에 남아 여기저기 숨어 있던 요정들은 이 말을 듣고 공포에 떨었다. 모두 안개 자욱한 허공으로 동시에 떠올라 부산스럽게 날아다니며 미친 듯이 비명을 지르고 서로에게 부딪쳤다. 페얼린은 팔 열두 개를 모두 휘저어, 목욕탕을 둘러싼 나무 울타리 너머로 요정들을 겨우 쫓아냈다.

엘리는 정신이 아뜩해져 뒷걸음질 치다가 폭포 속으로 곧장 들어가 버렸다. 등에 맨 하프가 돌에 부딪혀 시끄럽게 달그락거렸다. 뉴익이 놀라서 소리를 질렀다.

리니아가 몸을 홱 돌렸다. 턱에 붙은 진흙 수염이 분노로 파르르 떨렸다.

"당장 여기서 나가, 이……."

리니아는 꾸짖는 듯한 대사제의 표정을 보고 급히 말투를 바꿨다.

"이…… 이 아이야."

리니아는 문 쪽으로 팔을 들어 올리다가 지나가던 빨간 옷 요정의 날개를 툭 쳤다. 요정이 분홍색 거품 속으로 떨어졌지만 리니아 눈은 엘리에게만 고정돼 있었다.

"어서 나가!"

엘리는 인상을 쓰며 뉴익을 올려다보았다. 뉴익은 폭포의 물보라 속에 꼭꼭 숨어 있었다. 엘리가 팔에 묻은 물을 털어내다가 하프 줄을 튕기자 댕 하고 울리는 소리가 났다. 엘리는 고개를 푹 숙인 채 두 사제를 지나 성큼성큼 걸어갔다. 지나가면서 슬쩍 보니 리니아 얼굴은 이제 확실히 초록색으로 변해 있었다.

나무 문에 도착한 엘리는 높은 선반 옆에서 망설이다가 그 뒤로 재빨리 몸을 숙였다. 리니아는 다시 밤하늘을 올려다보느라 엘리가 숨은 걸 알아채지 못했다. 페얼린은 거품 속에서 익사할 뻔한 불쌍한 요정을 도와주고 있었다. 하지만 코에리아 대사제의 눈은 놓치는 것이 거의 없었다. 대사제는 희미하게 미소 지었다.

리니아가 믿을 수 없다는 듯 젖은 머리를 가로저었다.

"언제 저렇게 된 거죠?"

코에리아는 참나무 의자에 앉아 리니아에게도 앉으라고 손짓했다.

"불과 몇 분 전이에요. 별 일곱 개는 멀린의 지팡이에서 빛나는 룬 문자를 상징해요. 젊은 시절 멀린이 찾아낸 일곱 노래를 상징하기도 하고요. 그런데 이제 별이 여섯 개가 되었어요."

리니아는 탕 가장자리에 깔린 이끼 위에 앉아 물속에서 발을 움직였다.

"전에도 이런 일이 있었죠."

"맞아요. 폭풍의 시대가 시작된 아발론 284년에요. 마법사의 지팡이 별 하나가 어두워지더니, 그다음에는 다른 별이, 그리고 또 다른 별이…… 그렇게 일곱 개가 전부 사라졌어요. 그 모든 일이 고작 3주 만에 벌어졌답니다. 3주 만에요! 그 후로 온갖 사악한 일이 터졌죠."

"몇 세기가 지나고 멀린이 아발론에 돌아와서야 모든 문제가 해결됐고요."

리니아가 덧붙였다.

"그때 멀린은 평화를 되찾고 성숙의 시대를 열었어요."

코에리아는 한숨을 쉬며, 오목한 돌에 놓인 촛불이 깜빡이는 모습을 가만히 바라보았다. 코에리아의 흰 머리를 맴돌던 벌 같은 생명체가 하던 일을 멈추고 뺨 쪽으로 윙 날아와, 길고 부드러운 더듬이로 코에리아 피부를 쓰다듬었다. 하지만 대사제는 알아채지 못한 듯했다. 한참 뒤 대사제가 다시 입을 열었다.

"멀린은 아발론을 영원히 떠나기 전에 마법처럼 저 별들을 다시 밝혀 놨어요. 일곱 개 모두를요. 이후 3백 년이 넘는 시간 동안 지팡이 별자리는 우리 하늘에서 밝게 타올랐어요. 어둠의 해만 빼고 말이죠. 그 긴 시간 동안 모든 영토에서는 드루마디안의 평화가 번창했답니다."

대사제는 리니아를 똑바로 쳐다보았다.

"이게 무엇을 의미하는지는 아무도 몰라요. 나도, 허웰도, 심지어 밤낮으로 별을 연구하는 루딘도요."

대사제는 선택받은 자를 유심히 들여다보았다.

"아마 당신도 모르겠죠. 또 다른 환영을 본 게 아니라면요."

리니아는 고개를 치켜들었다. 코에리아가 의심을 하는 걸까? 환영이 드물고 불확실해졌다는 사실을 아는 걸까?

아니야. 저 늙은이는 그저 내가 실수하기만을 바라는 거야. 어떻게든 창피당하기만을 기다리는 거라고. 흥, 그럴 일은 절대 없을걸.

리니아는 고개를 절레절레 흔들었다. 물과 진흙 덩어리가 이끼 위로 떨어졌다.

"네. 회의에서 말씀드린 환영 이후로 다른 환영은 없었어요."

"그렇다면 이 현상의 의미를 알 만한 유일한 사람은……."

"호수 여인이에요."

리니아가 말을 끊었다. 그 이름이 수증기 가득한 허공을 나방처럼 맴돌았다. 리니아 얼굴에 자랑스러운 표정이 스쳤다.

"이제 호수 여인을 찾는 제 임무가 더 중요해졌네요."

코에리아는 리니아를 암울하게 바라보았다.

"아니요, 덜 중요해졌어요."

젊은 사제의 몸이 뻣뻣하게 굳었다.

"무슨 말씀이세요, 대사제님?"

폭포에서 뉴익이 대화를 더 잘 들으려 물보라 밖으로 나왔다. 선반 뒤에 웅크리고 있던 엘리도 유혹을 이기지 못하고 옆으로 고개를 내밀어 두 사람을 훔쳐보았다.

"임무가 바뀌었다는 말입니다."

대사제가 말했다.

"바뀌었다고요? 그럼 제 임무가 뭔가요?"

리니아가 몸을 앞으로 기울였다.

늙은 사제는 대답하지 않았다. 대신 손바닥을 위로 펼쳤다. 뺨 옆을 맴돌던 작은 생명체가 손바닥에 내려앉았다. 자그마한 보라색 날개가 뒤로 접혔다. 코에리아는 부드럽게 미소를 지었다.

"이제 좀 쉬렴, 우줄라, 나의 충직한 메리스야. 분주한 벌집 정령도 가끔은 쉬어줘야 한단다."

작은 생명체는 불쾌한 듯 고개를 내젓더니 윙 날아가 다시 머리를 땋기 시작했다. 작은 팔로 머리카락 한 가닥을 잡아 다른 가닥 위에 올린 뒤, 세 번째 가닥을 들어 가운데 가닥 위에 조심스레 내려놓았다. 사제 머리 바로 뒤에서 이리저리 날아다니며 머리카락을 계속 포개 가늘고 섬세하게 땋아 내렸다.

코에리아는 고개를 끄덕였다.

"일은 곧 네 삶이자 전부지, 작은 친구야."

대사제님이랑 똑같네요.

엘리는 그 광경을 보며 생각했다.

리니아가 탕 안에서 초조하게 발을 움직이며 가장자리로 물을 튀겼다.

"제 질문에는 대답을 안 해주실 건가요? 제 임무가 정확히 뭐냐니까요?"

대사제의 눈이 커졌다.

"가능하다면 멀린의 진정한 후계자를 찾아주세요. 별의 상태를 봤을 때 이 임무는 3주 안에 완수해야 합니다."

초록색으로 물든 리니아 뺨이 창백해졌다.

"하지만…… 하지만 어떻게요? 그런 사람이 존재하는지조차 아무도 모르잖아요!"

대사제의 목소리가 거칠어졌다.

"맞아요, 어린 사제님. 멀린의 후계자를 찾지 못한다면 남는 선택은 하나뿐이에요. 멀린을 찾는 거요. 물론 그건 멀린이 살아 있어야 가능하겠죠."

페얼린의 팔들이 얼어붙었다. 울타리 너머로 요정을 쫓아내던 팔조차 제자리에 멈춰 섰다. 페얼린이 뭔지 모를 이상한 냄새를 풍겼다. 곧 둥지 위로 날아오를, 혹은 땅으로 떨어질 새끼 새의 젖은 날개 냄새 같았다.

"하지만……."

리니아가 입을 열었다.

코에리아는 손으로 리니아의 말을 막았다.

"안타깝지만 우리 세계를 구할 다른 방법은 없어요. 원로들이 하는 말 들었잖아요. 아발론의 문제들이 비 온 뒤 버섯처럼 거침없이 자라나고 있어요! 진정한 폭풍은 이제 막 시작되었을 뿐이에요."

"진정한 폭풍요?"

"이건 아주 위험한 여정이 될 거예요, 리니아. 어두운 날과 어둠의 적이 당신을 기다리고 있어요. 아마 예언 속 아이도 그럴 거고요. 그들은 당신을 막기 위해 무슨 짓이든 할 거예요. 살인까지 저지르겠죠. 당신 예지력이 당신을 도와주기만을 바랄 뿐입니다. 그리고…… 호수 여인의 초대도 꼭 도움이 되기를 바라요. 나는 당신이 이 여정을 떠나주었으면 좋겠어요. 당신의 성공은 우리 모두에게 매우 중요해요. 하지만 그만큼 당신이 걱정됩니다. 그래서 이 거대한 임무를 억지로 맡길 수는 없어요. 그저 부탁할 뿐이죠."

리니아는 마른침을 꿀꺽 삼켰다. 어둠의 적…… 살인…… 이런 건 생각해보지도 못했다.

갑자기 리니아 눈이 가늘어졌다.

"대사제님 의도를 알겠어요. 그냥 저를 겁주시려는 거죠? 무서워서 도망치게 하시려는 거죠? 대사제님은 제가 여정을 떠나기를 바라지 않으세요. 임무를 완수하는 건 더더욱 싫으시고요. 이 일이 저한테 어떤 의미인지 잘 아시니까요."

리니아는 표독스럽게 마지막 말을 덧붙였다.

코에리아 눈에서 섬광이 일었다. 하지만 화가 났다기보다는 슬픈 표정이었다.

"정말 그렇게 생각하나요?"

"대사제님은 제가 후임자인 걸 늘 탐탁지 않아 하셨어요. 항상요! 선택받은 자를 뽑을 때도 제가 뽑힐 게 확실했기 때문에 어쩔 수 없이 마지막으로 찬성표를 던지신 거잖아요."

"그렇지 않아요, 어린 사제님. 내가 마지막으로 찬성표를 던진 이유는, 충분히 시간을 갖고 생각해본 결과 당신이 성숙한 지도자로 성장하겠다는 믿음이 생겼기 때문이에요. 재능에 걸맞은 지혜를 얻게 되리라는 믿음요."

코에리아는 흰 머리를 가로저었다.

"그런데 당신은⋯⋯."

"완전히 멍청이로 성장해 버렸지."

폭포에서 걸걸한 목소리가 흘러나왔다.

모든 시선이 뉴익을 향했다. 작고 둥근 요정은 폭포 꼭대기 물거품 안에 선 채 모두를 노려보았다.

리니아가 검붉은 빛이 도는 초록색 얼굴로 으르렁거렸다.

"거기서 뭐 하는 거야? 너도 네 수습생도 여기서 나가라고 했잖아!"

뉴익의 몸 색깔이 점점 어두워지더니 리니아 얼굴색과 거의 비슷해

157

졌다.

"네 말은 듣지 않았어."

엘리는 선반 뒤에서 몸을 움츠렸다.

안 돼, 뉴익. 제발 얘기하지 마.

요정은 작은 손으로 엘리가 숨은 곳을 가리켰다.

"그건 쟤도 마찬가지야."

엘리가 입술을 깨물며 앞으로 나왔다.

"이 한심한 것! 네가 엿듣고 있다는 걸 알아챘어야 하는데. 가만두지 않겠어."

리니아가 소리를 지르며 두 발을 굴렀다. 그 바람에 온몸에 물이 튀었다.

"그만하세요."

대사제 목소리에서 새로운 분위기가 풍겼다. 리니아도 무시할 수 없는 근엄한 말투였다.

젊은 사제는 분노로 부들부들 떨며 대사제 말대로 했다. 그러면서 마지막으로 한 번 더 엘리를 사납게 노려보았다. 리니아는 다시 코에리아를 돌아보며, 이 늙은 여자가 자신의 상관이 아니면 정말 좋겠다고 진심으로 생각했다. 지도자가 이 모양이니 사제단이 그렇게 힘들어할 수밖에! 리니아는 온 힘을 다해 침착해 보이려 노력했다.

"하지만 이 아이가…… 이 아이가 임무 얘기를 들어 버렸습니다."

리니아는 적당한 단어를 찾으려 애쓰며 더듬거렸다.

대사제는 고개를 끄덕였다. 흰 머리카락이 거미 실크로 짠 가운만큼이나 희미하게 빛났다.

"그러게요. 오히려 잘됐네요. 이 아이에게도 선택권이 있으니까요. 여정을 함께할지 말지 선택할 권리요."

리니아는 하마터면 숨이 막힐 뻔했다.

"이 아이가요? 여정을 함께한다고요? 맙소사, 그건 상상도 못 할 일이에요!"

늙은 사제의 눈이 이글거렸다.

"맞아요. 그래서 내가 이렇게 명령하는 겁니다. 당신이 가면 이 아이도 갈 거예요. 본인이 그렇게 선택한다면요."

대사제는 수습생을 향해 고개를 돌렸다.

"그래, 엘리리아나, 너는 어떻게 생각하니? 이 여정은 아주 위험할 거야. 네가 가기 싫다고 해도 아무도 널 흉보지 않는단다."

엘리는 갑자기 바싹 말라 버린 입술을 핥았다.

"만약…… 그게 아발론을 돕는 일이라면…… 그렇다면…… 저도 갈게요, 대사제님."

대사제는 고개를 끄덕였다.

"그러려무나."

"그런데 전…… 어떻게 도와야 할지 잘 몰라요."

엘리가 말했다.

"넌 도울 수 없어. 방해만 될 거야."

리니아가 코에서 진흙을 떼어내며 투덜거렸다.

"어쩌면 생각보다 더 많이 도움이 될지도 몰라요."

코에리아가 부드럽게 말했다.

리니아가 화를 내며 소리쳤다.

"어쩌면 대사제님은 정신 나간 어릿광대일지도 몰라요!"

목욕탕에 있는 모두가 조용해졌다. 끊임없이 이어지는 폭포 소리, 탕 안에서 소용돌이치는 물소리, 우줄라의 조용한 날갯짓 소리 외에 아무 소리도 들리지 않았다. 숨소리조차 들리지 않았다.

한참 뒤 코에리아가 다시 입을 열었다.

"잊지 말아요, 리니아. 당신은 아직 대사제가 아니에요."

코에리아가 리니아를 빤히 쳐다보자 마침내 리니아가 시선을 떨궜다.

"이번 임무를 맡는다면 마법사만큼 귀중한 무언가를 꼭 찾기 바랍니다. 겸손의 미덕 같은 것 말이죠."

리니아는 주먹을 꽉 쥐고 억지로 고개를 끄덕였다.

"네, 대사제님. 정말…… 죄송합니다. 허락해주신다면 이번 임무는 제가 맡겠습니다."

주름진 얼굴이 굳어졌다.

"예의를 갖추는 척하며 날 속이려 들지 마세요. 지금은 당신도 나도 솔직해져야 할 때입니다. 다시는 이런 기회가 없을지도 몰라요."

리니아 눈에 불꽃이 튀었다.

"예의를 갖추는 척하다니요? 저는 항상 대사제님께 진실했어요. 제 진실함은……."

"고작 체인질링 수준이었죠! 정말 내가 그렇게 우둔한 줄 알았나요? 당신의 그 모든 계획과 진짜 욕망도 못 볼 정도로요?"

젊은 사제는 대사제를 가만히 바라보았다. 관자놀이가 고동쳤다. 옆에서 페얼린이 벌벌 떨었다. 목욕탕에서 탄내가 진동했다.

"잘 들어요, 어린 사제님. 당신에게는 아주 대단한 재능이 있어요. 하지만 가장 큰 재능은 가장 큰 결점이 되기도 한답니다."

백발 사제의 목소리는 작아졌지만, 여전히 강렬했다.

리니아가 발끈했다.

"솔직해지자면서요. 그럼 수수께끼 같은 말은 그만하세요. 진짜 하고 싶은 말을 하시라고요."

리니아가 얼굴을 닦자 턱에 붙은 진흙 덩어리가 마침내 떨어지면서 그 자리에 암녹색 얼룩이 남았다.

"좋아요. 당신은 특별한 능력으로 미래를 볼 수 있어요. 하지만 자신이 본 걸 이해할 수 있는 지혜는 여전히 부족하죠. 그래요! 당신은 너무 확신에 차 있어요. 너무도 오만해요."

대사제는 허리를 굽혀 리니아에게 더 가까이 다가갔다.

"당신은 아직도 진실과 순수함을 혼동하고 있어요. 진실은 좀처럼 순수하지 않고, 순수함은 좀처럼 진실하지 않아요."

리니아는 탕 속의 물을 발로 뻥 찼다.

"또 수수께끼! 무슨 말인지 하나도 모르겠다고요."

"아아, 어린 사제님, 나는 당신이 내 말을 이해하기를 바랐답니다."

"어린 사제라고 부르지 마세요!"

코에리아는 알 수 없는 표정으로 리니아를 바라보더니 아쉬운 목소리로 말했다.

"시간이 지나면 그럴 수 있겠죠."

"시간이라니! 우리한테는 시간이 없어요."

리니아는 땅에 물을 튀기며 자리에서 벌떡 일어났다. 그러고는 페얼린의 팔을 밀어내며 흠뻑 젖은 수건을 몸에 더 단단히 둘렀다.

"한 가지만 알아두세요, 대사제님. 저는 이 위험한 여정을 떠날 거예요. 어디로든지요. 하지만 대사제님을 위해 가는 건 아니에요."

리니아는 숨을 들이마셨다.

"전 신성한 사제단을 위해 떠나는 거예요. 저한테 중요한 건 그뿐이에

161

요. 그거 하나뿐이라고요!"

리니아는 옷을 건네주는 페얼린도 무시한 채 목욕탕 밖으로 성큼성큼 걸어 나갔다. 그런데 문을 홱 열어젖히다가 그만 자작나무에 걸린 거울로 자기 모습을 보고 말았다. 리니아의 온몸이 갑자기 뻣뻣해졌다.

"이게…… 무슨…… 하지만…… 어떻게……?"

리니아는 횡설수설했다. 그러고는 한참 동안 가만있다가 빽 소리를 질렀다.

"으아아악!"

리니아는 몸을 휙 돌려 이글거리는 눈빛으로 페얼린을 쳐다보았다.

"저 망할 놈의 요정들! 저것들이 나한테 무슨 짓을 했는지 봐! 어디 내 손에 잡히기만 해. 내가…… 내가……."

리니아는 한동안 침을 튀기며 알아들을 수 없는 말을 내뱉은 뒤 다시 소리쳤다.

"바드 카타의 삐뚤빼뚤한 이빨에 맹세코, 반드시 그렇게 할 거야!"

리니아는 쿵쿵거리며 문밖으로 나갔다. 페얼린은 상한 양배추 더미 냄새를 풍기며 머뭇거리다가 슬픈 눈으로 대사제를 한 번 돌아본 뒤 서둘러 리니아를 따라갔다.

10

멀린의 지팡이

참나무 의자에 앉은 대사제는 천천히 몸을 돌려 목욕탕을 둘러보았다. 연기가 모락모락 피어나는 탕, 목욕 가루와 오일이 잔뜩 진열된 선반. 콸콸 쏟아지는 폭포에서는 뉴익이 푸르스름한 회색 몸으로 물보라를 맞고 있었다. 대사제는 마지막으로 엘리를 마주 보았다. 갈색 곱슬머리가 탕을 둘러싼 양치식물보다도 풍성했다.

"너는 어떠니, 엘리? 리니아의 여정도 힘들겠지만 네 여정은 그보다 더 힘들 것 같구나."

젊은 수습생은 허리를 곧게 펴고 엉클어진 곱슬머리를 이마에서 밀어냈다.

"최선을 다하겠습니다, 대사제님."

코에리아는 엘리를 따뜻하게 바라보았다. 코에리아가 고개를 기울이자 길게 늘어진 백발이 안개 속에서 빛났다.

"안다."

"그런데…… 그런데요……."

"왜 그러니?"

"그게…… 저한테 같이 가라고 하신 이유를 정말 모르겠어요."

"그건 내가 널 믿기 때문이란다."

샘물이 물병을 채우듯, 그 짧은 문장이 엘리의 마음을 채웠다. 그러다가 갑자기 의구심이 돌아왔다.

"제 과거를 알게 됐는데도 절 믿으세요? 사제단에 들어오기 전 생활을 아셨잖아요."

코에리아가 흰 머리를 끄덕였다.

"얘기해보렴. 네가 머드루트에서 자란 게 네 잘못이었다고 생각하니? 네 부모님이 살해당하고 네가 납치당해 노예가 된 것도?"

엘리의 입술이 떨렸다.

"그곳에서 일어난 일은 모두 잘못된 거였어요! 땅의 요정으로부터 탈출하기 전까지 벌어진…… 모든 일요."

코에리아는 얼굴을 찌푸렸다.

"하지만 그 잘못된 일이 네 탓은 아니었지."

대사제는 두 팔을 벌렸다. 엘리는 어색하게 참나무 의자 옆에 무릎을 꿇고 앉아 코에리아 어깨에 이마를 댔다. 부드러운 실크 가운이 피부에 닿았다. 엉겅퀴 씨앗 솜털이 잔디에 내려앉듯, 코에리아의 가는 팔이 엘리를 부드럽게 감쌌다. 하지만 엘리에게 코에리아의 팔은 아주 크고 강하게 느껴졌다. 사랑과 온기가 가득한 것 같았다. 그리고…… 엘리는 눈을 깜빡이며 이 느낌을 설명해줄 표현을 생각해보았다.

엄마와 아빠의 품 같아.

한참 뒤 엘리는 코에리아에게서 떨어졌다. 늙은 사제의 진파란색 눈동자를 가만히 들여다보았다. 오래전 엘런의 눈동자도 이런 사파이어빛이었다고 사람들은 말했다.

마침내 엘리가 입을 열었다.

"이만 가볼게요."

그러고는 눈을 반짝이며 덧붙였다.

"리니아가 저만 두고 떠나면 안 되잖아요."

코에리아가 미소를 지었다.

"그럼, 안 되지."

백발 사제는 일어나려는 엘리를 멈춰 세웠다.

"잠깐. 네게 할 얘기가 있단다."

대사제가 목소리를 낮춰서 속삭였다.

"비밀 얘기야."

대사제의 목소리가 작아져 속삭임이 되었다.

엘리가 눈썹을 치켜 올렸다.

"말씀하세요."

대사제의 눈에 이상한 빛이 비쳤다.

"조금만 이따가. 그 전에 네 얘기를 먼저 듣고 싶구나, 엘리리아나. 머 드루트에서 탈출한 후에 왜 여기로 왔니?"

엘리가 얼굴을 붉히며 옆으로 몸을 돌렸다. 그때 엘리의 작은 하프가 코에리아 무릎에 부딪혔다. 부드럽게 울리는 소리가 안개 가득한 허공 으로 퍼져 나갔다.

"아, 그 생각을 못 했구나. 아빠 때문이지?"

대사제가 말했다.

엘리는 천천히 고개를 끄덕였다.

"아빠가 여기를 정말 사랑하셨거든요."

코에리아가 하프 옆면을 쓰다듬었다.

"정말 이걸 직접 만드셨니?"

"제가 다섯 살 때요. 단풍나무 옹이로 만드셨어요. 줄은 맬록 남쪽 해안에서 찾은 해초로 만드셨고요."

"땅의 요정이 이건 그냥 가지라고 했니?"

엘리의 표정이 어두워졌다.

"녀석들이 시킬 때마다 제가 연주해줬거든요."

엘리는 침을 꿀꺽 삼키고 이어 말했다.

"땅의 요정들은 몰랐지만, 전 이걸 연주한 덕분에 그 긴 시간 동안 용기와 추억과 희망을 지켜낼 수 있었어요."

늙은 사제는 손가락으로 엘리 뺨을 쓸어내렸다.

"그랬구나. 있지, 나도 네 아빠를 알았단다."

"정말요?"

"아쉽게도 조금밖에 알지 못했지만 말이야. 네 아빠는 꽤 자주 여행을 다녔단다. 주로 류와 함께했지. 이곳 주거지에 있을 때는 공식 기도도 종종 빼먹었어. 하지만 네 아빠가 좋은 사람이라는 건 나도 충분히 알 수 있었단다."

코에리아가 고개를 끄덕이자 바쁘게 머리를 땋던 우줄라가 흰 머리카락 몇 가닥을 놓쳐 버렸다. 작은 메리스는 화를 내며 코에리아 머리 주변을 빙빙 돌았다. 보랏빛 날개가 수증기를 뚫고 획획 날아다녔다.

엘리는 이를 알아채지 못한 채 밤하늘을 보며 말했다.

"아빠랑…… 함께 산 시간이 좀 더 많았으면 좋았겠다 싶어요."

엘리는 주먹을 움켜쥐고 허공을 향해 휘둘렀다.

"전 땅의 요정을 정말로 저주해요! 그것들은 아발론에 살 자격도 없어요."

코에리아는 천천히 길게 숨을 들이쉬었다.

"내가 이야기 하나 해줄까? 아발론에 관해서."

엘리가 고개를 치켜들었다.

"비밀 얘기인가요?"

"아니, 그건 나중에. 그 비밀을 이해하고 여정에서 써먹으려면 이걸 먼저 이해해야 한단다."

대사제는 나무 의자에 등을 기댔다.

"너도 알다시피 아발론에는 온갖 종류의 생명체가 살고 있단다. 방대한 일곱 뿌리-영토에만 해도 하나하나 이름을 댈 수 없을 정도로 많은 생명체가 살고 있지! 위대한 나무의 둥치 위쪽이나 가지는 아직 아무도 탐험해보지 못했지만, 저 위에는 훨씬 많은 생명체가 살지도 몰라. 하지만 어쨌든 이곳 일곱 영토에는 생명체가 아주 많단다. 너와 나 같은 인간 말고도 필멸의 땅 지구의 동물, 새, 곤충이 모두 여기 있어. 게다가 아발론에만 사는 필멸의 생명체들도 있지. 무세오, 경쾌한 비행사, 물용, 숲의 요정, 살아 있는 바위…… 정말 끝도 없어. 거품물고기 같은 생명체는 심장 박동보다도 짧은 생을 살고, 다른 생명체는 이 세상만큼이나 오래 산단다."

폭포에서 뉴익이 헛기침을 했다.

코에리아 입꼬리가 살짝 올라갔다.

"맙소사, 저 산봉우리 요정들은 정말이지 오래 살아!"

코에리아는 엘리 쪽으로 고개를 숙이고 작게 속삭였다.

"그만큼 뻔뻔하기도 하고."

뉴익이 다시 한 번 더 크게 헛기침을 했다.

대사제가 말을 이었다.

"어디 보자, 오래 사는 생명체가 또 뭐가 있더라? 거인. 물론 마법사와 그 후손들도. 그들은 인간이지만 마법의 피 덕분에 우리보다 훨씬 오래 산단다. 이 모든 필멸의 생명체 외에 불멸의 존재들도 있어. 그 존재들은 아발론의 진흙, 공기, 물이 아니라 정령의 세계에서 왔지."

코에리아는 엘리의 표정을 가만히 살폈다.

"이렇게나 종이 다양하지만 그중에서도 가장 드문 존재는 따로 있단다. 다른 생명체와 진정으로 소통하고 연결될 수 있는 존재. 서로 다른 종, 또는 필멸과 불멸 사이에 다리를 놓을 수 있는 존재. 맙소사, 그런 능력을 인간에게서 찾기란 특히나 더 어렵단다. 그래서 우리 설립자 엘런과 리아가 사제와 메리스를 짝짓는 전통을 시작한 거야. 우리 모두가 잊지 않고 다른 노래에 귀를 열게 하기 위해서. 아무리 선율이 다르고 리듬이 낯설더라도 말이지."

엘리가 고개를 내젓자 곱슬머리가 통통 튀었다.

"그게 다 저랑 무슨 상관인가요?"

코에리아가 미소를 지었다.

"엘리, 넌 아주 큰 고통을 받았단다. 하지만 그 땅의 요정들은 자기도 모르게 너에게 선물을 줬어."

엘리의 등이 뻣뻣하게 굳었다.

"선물요?"

대사제가 고개를 끄덕이자 섬세하게 땋은 머리 수백 가닥이 가운 어깨 아래로 미끄러졌다.

"너와 전혀 다른 종족을 이해할 수 있는 능력. 언제 어떻게 될지는 모르겠지만, 넌 분명 그 선물을 고마워하게 될 거야."

"땅의 요정에게서 뭘 받았든 전 절대 고마워하지 않을 거예요."

"그럴지도 모르지. 때가 되면 알게 될 거다."

둘은 오랫동안 아무 말도 하지 않았다. 한참 뒤 대사제가 의자 위에서 자세를 바꿨다. 가운이 바다 위 별빛처럼 물결쳤다. 이 모습을 보고 엘리의 표정이 밝아졌다. 엘리는 손으로 조심스럽게 가운의 단을 훑어보았다.

"정말 아름다워요. 아발론에서 가장 아름다운 물건이에요."

엘리가 감탄하며 말했다.

"그렇지 않단다, 엘리. 엘라노의 기적에 비하면 이건 그저 죽은 잎사귀에 불과해. 엘라노는 아발론 뿌리 깊은 곳에서 흘러나와 우리 모두에게 생명을 주거든. 물론 이 옷도 놀라운 옷이기는 하지. 잃어버린 핀카이라의 거대한 흰 거미가 오래전 엘런에게 지어준 옷이니까. 이걸 입으면 정말 경이로운 기분이 든단다."

대사제는 호기심 가득한 엘리의 눈을 가만히 들여다보았다.

"아발론이여, 맙소사! 비밀을 얘기해주긴 할 거야?"

뉴익이 폭포 꼭대기에서 왔다 갔다 하며 물었다.

"알겠어, 고대 요정님. 이제 얘기할 거야."

코에리아가 쾌활하게 말했다.

"드디어 하는군. 알다시피 저 밖에서 많은 일이 벌어지고 있다고! 별은 죽고, 가뭄은 심해지고, 원로들은 겁에 질려 어쩔 줄 몰라 하고……."

산봉우리 요정이 투덜거렸다. 그러다가 잠시 멈춰 생각에 잠겼다.

"어떤 사제는 초록색으로 변하고. 물론 그건 전문가의 도움을 조금 받았지."

엘리의 녹갈색 눈이 커졌다. 엘리는 뉴익에게 조용히 하라고 손짓한 뒤 걱정스럽게 대사제를 흘끗 쳐다보았다. 놀랍게도 늙은 사제는 화나 보이지 않았다. 염려하는 기색조차 보이지 않았다. 오히려 아주 즐거워하는 것 같았다.

엘리가 입을 열려 하자 코에리아가 손을 들었다.

"그 얘기는 안 듣는 게 좋겠구나."

엘리가 고개를 끄덕였다.

"그럼…… 비밀은요?"

늙은 사제의 표정이 심각해졌다. 사제는 숨을 깊게 들이쉬었다.

"환영을 본 사제는 리니아가 처음이 아니었단다."

"대사제님도 보셨어요?"

"그래. 대사제가 된 직후에 봤지. 처음이자 마지막이었어. 리니아처럼 나도 호수 여인의 환영을 봤단다."

엘리가 인상을 썼다.

"리니아가 정말 호수 여인을 봤을까요? 리니아를 은신처로 맞이하는 모습을요? 원로 회의에서 리니아가 그렇게 말했다고 들었어요."

코에리아는 천천히 고개를 저었다. 하지만 우줄라가 잔소리하듯 윙윙대자 곧장 움직임을 멈추었다.

"나도 모르겠구나, 엘리. 정말 모르겠어. 하지만 리니아가 환영을 봤기를 진심으로 바란단다. 리니아가 아니라 아발론을 위해서. 호수 여인은 외진 곳에 사는 신비로운 존재이지만, 그만큼 우리 공동체와 우리 세상에 늘 특별한 관심을 보여줬단다. 지금 우리에게는 그 어느 때보다 호수 여인의 도움이 필요해."

엘리가 턱을 문지르며 물었다.

"그런데 호수 여인은 정말 누구인가요?"

"우리가 아는 거라고는 나이가 아주 많고 무척이나 현명한 마법사라는 것뿐이야. 어디 있는지 찾기도 너무나 어렵지! 많은 이가 시도했지만 아무도 성공하지 못했단다. 사람들은 호수 여인이 우드루트 동쪽에 산다고 믿고 있어. 요정들이 엘 우리엔이라고 부르는 가장 깊은 숲속에 말이야. 하지만 아무도 확신할 수는 없단다. 그 지역에 학교를 세운 벨라미르도 마찬가지고."

코에리아의 눈이 프리즘처럼 반짝였다.

"내게 왔을 때 호수 여인은 푸른빛으로 빛났단다. 그러면서 오래전 자신이 이야기한 어둠의 예언을 다시 한번 일깨워줬지.

별들이 어두워지는 해가 오고
곧 믿음이 사라지리라.
아발론에 종말을 가져올 아이가
태어날 것이니.

그 아름다운 세상을 구할
별 아래 유일한 희망은
살아 있는 멀린이리라.
마법사의 진정한 후계자이리라."

엘리가 침을 꿀꺽 삼킨 뒤 물었다.

"그럼 비밀이 뭐예요?"

대사제의 목소리가 폭포 소리보다 부드러워졌다.

"폭풍의 시대가 끝나고 아발론을 떠날 때 멀린이 귀중한 무언가를 두고 갔다는 거야."

"그게 뭔데요?"

"멀린의 진정한 후계자를 찾을 방법."

"정말요?"

코에리아는 생각에 잠겨 입술을 오므렸다.

"호수 여인은 예언을 읊은 다음 이렇게 덧붙였단다.

멀린의 진짜 지팡이를 찾아라,

그러면 후계자를 찾을 것이니.

어둠의 아이의 형제처럼

별빛은 견뎌낼 것이다."

엘리가 이마를 찡그렸다.

"그거예요? 그게 다예요?"

"많은 정보는 아니지. 그저 하나의 단서일 뿐. 하지만 이 단서 하나로 온 세상이 바뀔 수 있단다. 한 사람이 온 세상을 바꿀 수도 있고."

대사제의 눈가 주름이 깊어졌다.

젊은 사제는 손가락으로 곱슬머리 한 가닥을 빙빙 돌려 노끈처럼 돌돌 말았다.

"형제 얘기가 나오는 부분은 어떻게 생각하세요? 진정한 후계자가 어둠의 예언에 나오는 아이랑 형제일 리는 없잖아요. 둘은 적이니까요. 안 그런가요?"

"'형제'라는 단어에는 한 가지 이상의 의미가 있을 수 있지."

"전부 너무 혼란스러워요! 별빛은 또 무슨 상관이죠? 원로들의 팔꿈치 같으니! 이해도 못 하는데 이 비밀이 무슨 쓸모가 있겠어요?"

엘리가 소리쳤다.

코에리아가 더 가까이 몸을 기울였다.

"인내심을 가지렴, 엘리. 나도 너처럼 마지막 부분이 뭘 의미하는지는 모른단다. 하지만 앞부분은 아주 명확하잖니. *멀린의 진짜 지팡이를 찾아라.* 멀린의 지팡이가 아발론 어딘가에 있는 거야! 그걸 찾으면 멀린의 후계자도 찾을 수 있어."

엘리가 고개를 저었다.

"하지만 그걸 어디서 찾아요? 어디부터 시작하느냐고요. 위대한 나무 어디든 있을 수 있는 거잖아요!"

"맞아. 하지만 멀린 시대를 연구한 사람으로서 이거 하나만은 확실히 알려주마. 멀린이 정말 지팡이를 두고 갔다면 그만한 이유가 있는 거란다. 그 지팡이는 그냥 평범한 물건이 아니야. 그 이상이지. 지팡이의 마법은 우리 상상을 뛰어넘어. 어떤 이는 그 마법을 지혜라고 부른단다. 멀린은 그 지팡이에 이름까지 지어줬어. '오니알레이', 옛 핀카이라 언어로 '은혜의 정령'이라는 뜻이지."

대사제는 엘리 손을 꼭 잡았다.

"한 가지만 더 알려주마. 지팡이를 숨기고 싶었다면 멀린은 자루에 새겨진 신성한 룬 문자를 감춰봤을 거야. 예전에 리타 고르로부터 지팡이를 숨길 때 그랬던 것처럼. 그 룬 문자는 지팡이의 가장 중요한 표식이란다. 그걸 감춰놓으면 그저 평범한 지팡이처럼 보이게 돼. 룬 문자는 잃어버린 핀카이라에서 푸른색으로 빛나다가 아발론에 온 뒤 초록색으로 변했어. 그때 멀린은 지팡이를 안전하게 지키기 위해 문자를 완전히 사라지게 했단다. 멀린이 다시 지팡이를 잡고 '나는 멀린이다'라고 말한 후에야 문자가 되돌아왔지."

엘리는 곱슬머리를 한 가닥 더 비비 꼬았다.

"지금도 룬 문자가 그렇게 숨겨져 있다면 똑같은 방식으로 다시 나타나게 할 수 있겠네요."

"맞아."

"자격 있는 사람이 지팡이를 잡고 '나는 멀린의 진정한 후계자다'라고 말하면 룬 문자가 되돌아오는 거예요."

엘리는 잠시 말을 멈췄다. 심장이 쿵쾅거렸다.

"신분을 속이려는 어둠의 예언 속 아이와 진정한 후계자를 그 방법으로 구분할 수 있겠어요."

"그렇단다, 엘리. 그 둘이 매우 닮았다면 이 방법이 특히나 유용할 거야."

엘리가 천천히 고개를 끄덕였다.

"형제라고 할 정도로 닮았다면 말이죠."

대사제는 살짝 미소 지었다.

"공식 기도를 빼먹어도 손해가 그리 크지는 않은 듯하구나."

대사제의 표정이 갑자기 암울해졌다.

"잊지 말거라, 엘리리아나. 어둠의 해로부터 17년째 되는 해, 예언 속 아이가 태어난 지 17년째 되는 해가 시작하면서 우리 문제들이 더 심각해졌어. 그 아이가 살아 있다면 올해 마침내 힘을 얻게 될 거야."

"전혀 우연 같지 않네요."

"맞아, 우연이 아니야. 이제 내게 약속 하나만 해다오."

늙은 사제는 엘리 손을 다시 한번 꼭 쥐었다.

"말씀만 하세요, 대사제님."

"어둠의 예언 속 아이를 조심해야 한다. 그뿐이 아니야. 그 아이를 만

174

난다면…… 너는 드루마디안 첫 번째 규칙을 깨야만 해."

엘리의 턱이 떡 벌어졌다.

"어둠의 아이를…… 죽이라는 말씀이세요?"

"그래. 어둠의 아이를 죽여야 한다. 약속해다오."

코에리아는 젊은 수습생을 뚫어져라 쳐다보았다.

말라 버린 강바닥처럼 목이 바짝 탔지만 엘리는 대답했다.

"약속할게요."

엘리의 표정이 더 어두워졌다.

"너무 걱정돼요, 대사제님."

"나도 그렇단다."

"호수 여인도 멀린의 진정한 후계자도 찾기가 쉽지 않을 거예요."

"맞아."

"그리고…… 사실 다른 문제도 있어요. 전 아직도…… 대사제님이 저한테 같이 가라고 하신 이유를 모르겠어요."

엘리가 입술을 핥으며 말했다.

"아, 그럼 그것도 알게 될 거다. 하지만 이 얘기는 해주는 게 좋겠구나. 난 본능적으로 알 수 있단다. 넌 언젠가 어떤 방식으로든 모두를 위한 공동체를 영원히 바꿔놓을 거야."

젊은 사제는 믿을 수 없다는 듯 대사제를 바라보았다.

코에리아가 이어 말했다.

"이것도 알아두렴. 너를 보면 아주 오래전 내 모습이 떠오른단다."

엘리는 얼굴을 붉혔다.

늙은 사제는 자리에서 일어났다. 가운이 희미하게 빛났다. 엘리도 일어나 대사제를 부축했다. 그때 폭포 옆에서 크게 '흠' 하는 소리가 들려

175

왔다.

두 사람이 몸을 돌리자 뉴익이 말했다.

"내 의견은 안 물어볼 거야? 보아하니 나도 이 정신 나간 여정을 함께하게 될 듯한데."

대사제가 동의하며 고개를 숙였다.

"물론이죠, 뉴익. 말해봐. 너는 어떻게 생각해?"

뉴익의 색깔이 조금 밝아졌다.

"나는……. 엘리리아나에게 어둠의 아이를 죽일 권한을 줄 거면, 나한테도 리니아를 죽일 권한을 줘."

11

흔적

탬윈은 홀라의 흔적을 쉽게 찾아냈다. 마을 밖 들판의 메마른 땅에서도 발가락 네 개짜리 평평한 발은 잘못 볼 수가 없었다.

탬윈을 골탕 먹여 불명예스럽게 쫓겨나게 만든 뒤 홀라가 뭘 하고 다녔는지도 불 보듯 뻔했다. 경험이 훨씬 적은 추적꾼도 홀라가 지나간 길을 따라갈 수 있을 정도였다. 홀라는 지붕이 아직 완성되지 않은 초가집을 떠나 가장 가까운 옥수수밭에서 옥수수 껍질 몇 개를 훔쳤다. 표지판을 짓밟듯, 옥수숫대 한 줄을 모두 부러뜨려 놓기까지 했다. 분명 자기가 다녀간 걸 보여주려는 의도였으리라.

탬윈은 옥수숫대를 보며 고개를 저었다.

롯은 마을 사람들한테 내가 자기 집을 무너뜨리고 자기 발을 부러뜨리고 자기 사다리를 망가뜨리고 사랑스러운 자기 딸을 양동이로 내리쳤다고 얘기할 거야. 그러면 여기가 쑥대밭이 된 것도 다들 내 짓이라고 생각하겠지.

탬윈은 맨발로 홀라의 발자국을 쾅 밟았다.

그 골칫덩어리는 분명 이것까지 다 계획했을 거야.

탬윈은 흔적을 따라 북쪽으로 향하기 시작했다. 작은 언덕들이 솟아올라 수 킬로미터 떨어진 곳에서 스톤루트의 높은 산봉우리를 이루고 있었다.

그 해충 같은 녀석을 반드시 찾아내겠어. 둔 타라 설원까지 따라가서라도. 할리아의 봉우리 꼭대기까지 따라가서라도!

탬윈은 길을 걸으며 지난 몇 시간을 돌이켜보았다. 탬윈은 새벽이 오기 직전, 별이 밝아지기 시작한 바로 그 순간에 잠에서 깼다. 몇 년간 야외 생활을 하면서 생긴 습관이었다. 돌집 풍향계에 달린 종들이 새로운 하루의 첫 산들바람을 맞아 딸랑딸랑 울리기 시작했다. 그 느리고 나른한 소리가 염소, 소, 말, 거위 목에 달린 종들을 깨워 함께 소리를 냈다. 농부의 낡은 손수레에 달린 종이 땡그랑거리는 소리와 공동 외양간 문에 달린 쇠 종이 깊게 뎅뎅거리는 소리도 합류했다. 이내 마을 공기는 짤랑, 뎅, 달가닥, 딸랑 하는 소리로 진동을 했다.

그 순간 탬윈 마음속에 훌라는 없었다. 들어가서 밤을 보낸 배설물 더미도 없었다. 처음 눈을 떴을 때, 마음속에서는 수염이 옆으로 자라는 음유시인과 무세오의 마법 같은 목소리가 다시 들렸다. 나무 정령들의 우아한 춤도 다시 보였다.

다음 순간 갑작스러운 고통과 함께, 마법사의 지팡이 별자리에 벌어진 일이 떠올랐다. 훌라때문에 망신을 당해 마을에서 쫓겨날 때, 훌라가 자신을 보며 미친 듯이 웃던 모습도 떠올랐다.

탬윈은 훌라의 뒤를 쫓으며, 염소 배설물과 썩은 과일이 줄줄이 붙어 있는 소매의 냄새를 맡았다. 그러고는 깜짝 놀라 코를 찡그린 뒤 큰 소리로 선언했다.

"그 훌라 녀석을 끝장낸 다음 목욕을 해야겠어. 옷도 빨고 머리도 감아야지.”

그리고 작은 소리로 덧붙였다.

“물이 충분히 흐르는 개울을 찾기만 한다면.”

탬원은 발가락 네 개짜리 발자국을 따라 북쪽으로 걸었다. 얼마 후 저 멀리 들리던 마을의 마지막 종소리가 사라졌다. 가시금작화로 가득한 비탈진 들판을 가로질렀다. 가시금작화의 노란 꽃은 평소보다 색이 옅어 보였다. 훌라가 탬원처럼 자기만의 길을 즐겨 만든다는 사실이 참 다행스러웠다. 잘 다듬어진 길의 단단한 흙바닥에는 다른 흔적과 바퀴자국이 너무 많아서 누군가를 따라가기가 무척 힘들었다. 게다가 더는 사람이 다니지 않는 오래된 오솔길을 걷더라도, 가장 예쁜 시골 풍경은 항상 길이 끝나는 곳에서 시작됐다.

탬원은 쓰러진 가문비나무를 폴짝 뛰어넘어 목초지를 성큼성큼 걸어갔다. 털북숭이 갈색 양 떼가 이곳 풀을 모두 뜯어 먹은 후였다. 탬원은 하늘을 향해 고개를 들어 눈부신 아침 별을 흘끗 보았다. 지팡이의 일곱 번째 별이 여전히 자리에 없었다! 불 꺼진 모닥불 연료처럼 감쪽같이 사라져 버렸다.

대체 어떻게 된 거지?

목초지를 떠나 오리나무와 단풍나무 숲을 지나는 동안에도 이 문제는 계속해서 탬원의 마음을 갉아먹었다.

어쨌든 좋은 징조는 아니야.

탬원은 긴 풀줄기 하나를 뽑아 씹으며 생각에 잠겼다. 탬원도 다른 누구도 별에 관해서는 할 수 있는 일이 없었다. 별에 닿는 방법은커녕 그 실체조차 아무도 알지 못했다! 하지만…….

탬원은 풀줄기를 입에 물었다.

정말 뭐라도 하고 싶어. 방법만 안다면.

탬윈은 부러진 채 땅에 떨어져 있는 나뭇가지를 발견하고 몸을 굽혀 자세히 살펴보았다. 역시 홀라의 발에 밟혀 움푹 꺼진 부분이 있었다. 탬윈은 심각하게 고개를 끄덕였다. 별에 관해서는 할 수 있는 일이 없을지 몰라도, 그 홀라는…… 그 문제만큼은 손을 쓸 수 있었다.

탬윈은 흙 속에서 통통한 덩이줄기 두어 개를 뽑아 허겁지겁 먹었다. 배가 차지는 않았지만 수분은 충분했다. 오늘 아침 식사는 이게 전부였다. 저녁에는 반드시 복수의 만찬을 즐기리라.

탬윈은 가볍게 성큼성큼 달리기 시작했다. 눈으로는 계속 발자국을 좇았다. 흙바닥이 너무 메말라 발자국이 보이지 않을 때는 부러진 풀잎이나 멍든 나뭇잎, 헝클어진 조약돌을 보며 홀라가 지나간 길을 찾았다. 걸을 때마다 허리에 찬 작은 종이 규칙적으로 울렸다. 탬윈은 새끼 사슴처럼 가볍게 달렸다.

탬윈은 그저 달리는 게 좋았다! 바람이 머리카락을 뒤로 날리는 느낌, 발의 무게로 땅을 살짝 누르는 느낌, 발을 내딛기 전 허벅지 근육에 쌓이는 긴장감. 무엇보다 규칙적인 리듬이 가장 좋았다. 잔디를 두드리는 발, 새로운 공기를 들이마시는 폐, 위아래 위아래 위아래로 허공을 가르는 팔. 끝없이 이어지는 그 리듬이 좋았다.

탬윈은 계속해서 달렸다. 한때 개울이었던 마른 도랑 몇 개를 뛰어넘었다. 아직 둥글게 모여 자고 있는 수선화 요정 무리를 지나 성큼성큼 달리며 너도밤나무 줄기에 뚫린 구멍으로 요정들의 금빛 날개를 흘끗 보았다. 한번은 낯익은 커다란 삼각형 돌을 피하느라 뛰는 도중에 방향을 홱 틀었다. 몇 년 전 탬윈은 블랙베리 관목 뒤에 숨어 있다가, 검은 수염 소인들이 그 돌을 옮겨 지하 거처로 이어지는 비밀 통로를 여는 모습을 보았다.

탬윈은 북쪽으로 갈수록 풍경이 메말라간다는 사실을 깨달았다. 이번 가뭄은 초여름에 시작해 몇 달간 지속되고 있었다. 특히 이곳 스톤루트 위쪽 구릉지에서는 가뭄이 점점 심해지기만 했다.

도대체 말이 되지 않았다! 전에도 메마른 시기는 있었지만 그건 늘 영토의 남쪽 지역 이야기였다. 이 위쪽 높은 산봉우리의 기슭에는 여름 내내 힘차게 강이 흘렀다. 녹은 눈까지 더해진 강물은 워터루트 하이 브린칠라에서 깊은 땅속 수로로 흘러들었다. 적어도 그게 에오피아 지도 제작 학교에서 공부했다는 음유시인을 만났을 때 탬윈이 들은 이야기였다. 심지어 그 음유시인은 강물 일부가 크리스틸리아의 전설적인 흰 간헐천에서 나오는 것일지도 모른다는 말까지 했다.

탬윈은 이끼 밭을 가로질러 달렸다. 맨발 아래에서 연약한 이끼가 탁탁 쓰러지는 소리가 났다.

여기서 무슨 일이 일어나고 있는 걸까? 혹시 별이 꺼진 것과 관련이 있을까?

무슨 일인지는 몰라도 한 가지는 확실했다. 이제는 물이 귀했다. 이 영토 황무지를 돌아다니며 봤던 그 어떤 경우보다도. 거인의 발자국 호수마저 거의 말라버렸다. 탬윈은 이런 가뭄을 보기도 싫었고, 마른 풀과 죽은 나뭇잎이 발밑에서 바스러지는 소리도 듣기 싫었다. 몇 주 전부터 그랬듯 지금도 몹시 목이 말랐지만, 땅이 느끼는 갈증만큼은 아니라는 걸 잘 알았다. 적어도 탬윈은 자유롭게 달리며 물을 찾아다닐 수 있었다. 한 자리에 뿌리박힌 나무와 땅에게는 그런 선택권조차 없었다.

탬윈은 속도를 줄이며 늙은 마가목을 바라보았다. 이맘때면 선홍색으로 익었어야 할 열매가 희미한 분홍빛을 띠었다. 옥이나 운모 같은 돌도 가을에는 밝은 금색으로 변했는데 지금은 그저 우중충한 노란색이었다. 이 땅은 단순히 메말라가는 게 아니었다. 점점 잿빛으로 변하고 있었다. 서서히 색이 빠져나가듯 갈수록 단조로워지고 있었다.

한때 푸르렀지만 지금은 푸석푸석한 갈색이 되어 버린 골짜기와 바싹 말라 버린 연못 몇 개를 지나 탬윈은 흔적을 쫓았다. 연못 자리 사이로 뻗어 있는 진흙탕 한가운데 더 이상 뚜렷할 수 없는 발자국이 찍혀 있었다. 이 훌라는 마치 잡히기를 원하는 것 같았다.

하지만 탬윈은 알고 있었다. 다른 훌라처럼 이 훌라도 그저 신경을 안 쓰는 것뿐이었다.

멍청한 짐승 같으니! 나이, 성별, 둥근 눈썹의 색깔과 상관없이 모든 훌라에게는 한 가지 공통점이 있었다. 그들에게 삶은 놀이에 불과했다. 녀석들은 최대한 많이 장난칠 기회만 노렸다.

진실? 명예? 목적? 그런 건 훌라에게 아무 의미도 없었다. 훌라는 그저 위험을 조롱하기를 좋아했다. 그래서 자주 곤경에 처했다. 살아남아서 훗날 그 곤경에 대해 깔깔대며 이야기할 수만 있다면 상관없었다. 다른 생명체, 특히 인간이 가뭄, 전염병, 전쟁 같은 사소한 일로 왜 그렇게 흥분하는지 훌라는 이해하지 못했다. 훌라에게 이 문제들은 또 다른 놀잇거리일 뿐이었다.

이런 이유로 훌라는 아발론을 통틀어 가장 사랑받지 못하는 존재였다. 땅의 요정, 오거, 트롤과 막상막하였다. 떠돌이 훌라는 치통을 앓는 두 겹 턱 용만큼이나 친구가 없었다.

탬윈은 겅중겅중 달려, 높은 절벽으로 골이 진 가파른 언덕을 올랐다. 키 큰 벌룬베리 나무숲을 지나며 주먹을 움켜쥐었다.

머지않아 훌라 한 놈은 더 이상 말썽을 부리지 못하게 될 거야.

탬원은 갑자기 멈춰 섰다. 훌라의 흔적이 사라졌다!

허리를 숙여 마지막 발자국을 살펴보았다. 나무뿌리 사이 마른 땅에 찍힌 발자국은 너무도 평범해 보였다. 발가락도 발날도 모두 또렷했다. 실랑이를 벌인 흔적은 없었다. 그런데 발가락 바로 뒤쪽이 평소보다 살짝 더 깊게 파여 있었다. 마치 이 걸음을 끝으로 위로 뛰어오른 듯이.

뛰어올랐다. 하지만 어디로? 탬원은 고개를 들어 나뭇가지를 훑었다.

철퍼덕!

커다랗고 과즙 넘치는 벌룬베리가 탬원의 이마에서 터졌다. 성인 남자 주먹만 한 열매의 힘에 밀려 탬원은 뒤로 벌러덩 자빠졌다. 평소보다는 연하지만 여전히 보랏빛을 띤 과즙이 눈과 머리카락에 스며들어 수액처럼 들러붙었다. 탬원이 입을 열어 소리를 치려는데…….

철퍼덕. 열매가 입 안으로 떨어졌다!

철퍼덕. 철퍼덕. 벌룬베리가 가슴과 허벅지에 후드득 떨어졌다.

"배고프지, 덜렁이야?"

나뭇가지 사이에서 목소리가 들렸다.

"저녁도 못 먹었잖아. 이히 이히 후후야 하하! 여기, 열매 좀 더 먹어 봐라!"

붕, 철퍼덕.

탬원은 때맞춰 옆으로 굴렀다. 열매가 나무둥치에 부딪치면서 사방으로 보라색 과즙을 뿌렸다.

"너 이 자식…… 으악!"

탬원은 혀에 붙은 열매껍질을 뱉어냈다.

"이 역겨운 자식! 머리에 피도 안 마른 쪼그맣고 멍청한 벌레 같으니라고!"

탬윈은 폴짝 뛰어 훌라가 있는 나무의 가장 낮은 가지를 잡고 위로 오르기 시작했다. 다음 가지를 향해 손을 뻗는 동시에 고개를 숙여 날아오는 열매를 피했다. 손, 옷, 각반에 찐득거리는 보라색 과즙이 묻어 나무껍질이 들러붙었지만 탬윈은 빠르게 올라갔다. 수년간 황무지에서 지낸 덕분에 나무 타기에는 선수가 되어 있었다.

하지만 훌라도 노련하기는 마찬가지였다. 커다란 손 덕분에 더 꽉 잡을 수 있었고, 긴 팔 덕분에 더 멀리 닿을 수 있었다. 탬윈이 가지를 하나씩 오를 때마다 훌라도 똑같이 했다.

"조심해, 덜렁이! 이히 이히 우후후하. 여기서 떨어지면 그 짚 더미처럼 온몸이 부서져 버릴 거야!"

탬윈은 위를 올려다보았다. 한쪽 눈에 엉겨 붙은 과즙 때문에 눈을 가늘게 뜰 수밖에 없었다.

"내가 널 부숴 버릴 거야, 이 변만도 못한 자식아! 두고 봐!"

"후후히히. 냄새로 보아하니 변으로 가득 찬 건 바로 너 같은데."

훌라가 어깨 너머로 깔깔 웃었다

둘은 계속해서 경쟁하듯 위로 올라갔다. 탬윈은 훌라가 가장 높은 가지에 도착한 모습을 보고 속도를 줄였다. 훌라는 이제 오도 가도 못하는 신세였다. 마침내 복수의 순간이 찾아왔다.

하지만 훌라는 그저 탬윈을 흘끗 내려다보며 활짝 미소 지었다.

"잘 있어라, 덜렁이!"

놀랍게도 훌라는 나뭇가지 위로 올라서서 균형을 잡고 줄기 반대쪽으로 걸어가기 시작했다. 자기 몸무게에 가지가 위태롭게 처졌지만, 그런 건 전혀 신경 쓰지 않는 듯했다. 혼자 낄낄대며 새총을 벨트에 단단히 꽂아 넣더니, 가지를 위아래로 세게 흔들고는 곧장 허공으로 뛰어올랐다.

"이히이이!"

홀라가 하늘을 날며 소리쳤다. 나무숲을 가로지른 홀라는 팔을 던져 다른 나무의 가지를 잡았다. 그러고는 새로운 가지로 몸을 끌어 올린 뒤 탬윈을 돌아보았다.

"좀 더 노력해야겠어, 덜렁이! 후후하하하하하 이히 호호."

탬윈의 눈이 분노로 이글거렸다. 탬윈은 지금 매달려 있는 가지가 얼마나 튼튼한지 확인도 하지 않은 채 자리에서 벌떡 일어나 앞으로 걸어갔다. 발밑에서 가지가 튀어 오르는 게 느껴졌다. 가지가 가장 높이 올라갔을 때 탬윈은 다리에 힘을 주고 몸을 힘껏 밀어냈다.

"으아악!"

탬윈은 하늘로 날아올랐다. 다른 나무에 있는 자신의 원수를 향해.

홀라는 깜짝 놀라 그 자리에 얼어붙었다. 분노에 찬 탬윈의 얼굴이 빠르게 다가오고 있었다.

그때 갑자기 홀라의 은색 눈이 반짝였다. 탬윈의 무거운 몸은 아래쪽 가지로 떨어지고 있었다! 탈출할 수 있다는 생각에 홀라는 다시 활짝 웃었다.

하지만 나무에 착지한 탬윈은 홀라가 예상하지 못한 행동을 했다. 손을 뻗어 홀라의 발목을 잡아 버린 것이다. 탬윈은 벌룬베리가 주렁주렁 열린 나뭇가지에 부딪친 뒤, 비명을 지르는 홀라를 붙잡고 아래로 떨어졌다.

둘은 나뭇가지를 부러뜨리고 열매를 터뜨리며 요란하게 떨어졌다. 나뭇잎, 나무껍질, 부러진 잔가지, 보라색 과즙, 그리고 운 나쁜 새의 둥지까지 모두 함께 떨어졌다. 두 명의 몸이라기보다는 소용돌이치는 보라색 토네이도 같았다. 둘은 맨 아래쪽 나뭇가지 사이를 뚫고 땅에 떨어져 가파른 비탈을 굴렀다. 그러고는 절벽 위 툭 튀어나온 바위 너머로 돌진했다.

12

여행자의 노래

"저기서 멈춰!"

리니아가 절벽 아래 평평한 돌을 가리키며 명령했다. 머리 위로 가파르게 높이 솟은 암벽은 가을을 알리는 황금빛 갈색이라기보다 칙칙한 잿빛에 가까웠다.

"몇 분만 쉬자. 많이는 안 돼, 시간 없어. 내 발은 일주일간 쉬어야 할 상태지만."

리니아는 살짝 몸을 돌려 페얼린을 노려보았다. 나무 정령의 가는 팔은 짐말 두 마리의 고삐를 잡고 있었다. 말 등에는 요리 도구와 말린 음식, 며칠은 버틸 수 있는 물병 여러 개가 가득 실려 있었다. 리니아의 여벌 옷 보따리와 소지품은 말할 것도 없고, 가죽으로 제본한 낡은 '시클로 아발론' 책도 있었다. 이 책의 여백에는 한쪽 귀의 류가 직접 쓴 메모가 남아 있었다.

"잊지 말고 말들 잘 묶어놔, 페얼린! 조심성 없는 너 때문에 말들이 우리 짐을 싣고 다른 데로 가 버리면 안 되잖아. 어제 목욕탕에서 네가 저지른 일을 생각해봐."

페얼린이 눈을 가늘게 뜨면서 머리카락 타는 냄새를 풍겼다. 그러면서도 아무 말 없이 절벽 아래 있는 어린 마가목으로 말들을 끌고 갔다. 몇 걸음 뒤에서 엘리가 따라왔다. 엘리의 왼쪽 어깨에는 뉴익의 흐릿한 형체가 앉아 있었다.

평평한 돌에 도착한 리니아는 크게 끙 하는 소리를 내며 자리에 앉았다. 그러고는 가죽신을 벗고 발을 문지르기 시작했다. 시종일관 우거지상이었다.

리니아는 엘리에게 소리쳤다.

"내 눈에 안 보이는 곳으로 가, 이 쓸모없는 게으름뱅이야. 너처럼 건방진 녀석한테는 말 대신 짐을 지게 해야 하는데. 널 데리고 다니니까 목에 맷돌을 걸고 다니는 기분이야."

엘리의 녹갈색 눈이 가늘어졌다. 하지만 엘리가 한마디 하기도 전에 뉴익이 조언을 건넸다.

"저 여자 말은 신경 쓰지 마. 오늘 안색이 좀 안 좋잖아."

리니아가 고개를 들었다. 초록색 피부가 분노로 더 어두워졌다.

"뉴익, 또 까불 생각이면……."

"그럴 리가. 네가 걱정돼서 그렇지."

산봉우리 요정은 동정하듯 몸을 초록색으로 바꾸었다.

리니아는 턱을 긁으며 뉴익을 유심히 바라보았다. 짙어진 초록색 삼각형은 꼭 수염처럼 보였다.

"그럼 저 쓸모없는 3등급 수습생이랑 같이 가서 그 약초 좀 더 찾아와. 피부색을 돌아오게 하는 약초 말이야. 오늘 아침에 네가 준 건 벌써 다 먹었어."

"기꺼이."

뉴익은 살짝 허리를 숙여 인사하고는 거의 입을 벌리지 않은 채 엘리에게 속삭였다.

"디시민트는 피부색을 돌아오게 한다기보다는 피부색을 바꾸는 약초니까."

엘리의 눈썹이 올라갔다.

"설마……."

메리스는 조용히 낄낄거렸다.

"맞아. 그걸 먹으면 색이 짙은 부분에서 색소가 더 나와. 다시 말해 이 뉴익 님이 약속한 대로 얼굴 대부분은 초록색이 옅어지겠지만, 작은 수염은 더 짙어지는 거지. 훨씬 더."

페얼린을 도와 마가목에 말을 묶던 엘리는 웃음을 참으려 입술을 깨물었다.

"리니아 기분도 점점 더 안 좋아지는 것 같아."

이 말을 들은 페얼린은 여기저기 보라색 싹이 난 기다란 팔을 엘리 얼굴 앞에 대고 흔들었다. 자신의 인간 짝을 편드느라 심각한 표정을 짓기는 했지만, 페얼린의 냄새는 옥수수 알이 터지는 고소한 냄새로 변해 있었다. 확실히 기분 좋은 냄새였다.

엘리는 뉴익이 편히 내려올 수 있도록 몸을 낮춰주었다. 엘리와 눈이 마주치자 늙은 요정이 말했다.

"따라올 거 없어. 넌 디시민트랑 더러운 민트도 구분 못 하잖아! 안 그래도 바로 저기 블랙베리 관목 옆에서 몇 개 봤어."

"하지만……."

뉴익은 흐릿한 손을 흔들어 엘리를 물리쳤다.

"가서 다른 일이나 찾아봐, 엘리리아나."

엘리는 미소를 지을 수밖에 없었다. 한결같이 퉁명스러운 뉴익의 태도 때문이기도 했고, 자신의 본명을 부르는 뉴익의 말투 때문이기도 했다. 뉴익이 엘리 본명을 부르는 소리는 마치 산골짜기 개울에서 물이 튀는 소리 같았다.

하지만 뭘 하라는 거지? 엘리는 절벽 그늘 안에서 발을 주무르고 있는 리니아를 흘끗 본 뒤, 평평한 돌 반대쪽 끝으로 가서 앉았다. 하프가 돌에 부딪혀 불협화음을 냈다.

그래. 연주나 해야겠다.

엘리는 표면이 거친 하프를 무릎 위에 올려 안고, 늘 그랬듯 아빠 손에서 탄생한 단풍나무의 섬세한 형태를 느꼈다. 이렇게 종일 리니아 뒤를 따라 걷기 전부터 지난 며칠간 너무 많은 일이 일어났다. 그 바람에 오랫동안 한 번도 하프를 연주하지 못했다.

엘리는 하프의 울퉁불퉁한 밑동을 두드렸다. 한 달도 채 안 되는 시간 전에 엘리는 맬록에서 먼 길을 걸어와 드루마디안 주거지의 커다란 참나무 문을 지났다. 버클 종이 울리는 순간 도착한 엘리는 앞으로 영원히 주거지에서 지낼 수 있으리라고 생각했다. 그런데 벌써 원정을 떠나 이곳에 와 있었다. 어디로 가는지, 돌아갈 수는 있는지조차 알 수 없었다. 원로들의 팔꿈치 같으니, 이건 엘리가 예상했던 상황이 전혀 아니었다!

허나 뉴익을 만나리라는 것도 예상 못 했잖아. 코에리아 대사제님도.

엘리는 산사나무 줄감개를 감으며 줄 하나하나를 차례로 튕겼다. 그렇게 음을 모두 맞춘 뒤 재빨리 리니아를 훔쳐보았다. 리니아는 아직도 아픈 발을 주무르며 투덜대고 있었다.

그리고 저 여자도.

엘리는 손가락으로 해초 줄을 쓸어내리며 아빠를 생각했다. 아빠는 직접 만든 노래를 연주하는 걸 좋아했다. 이 하프 위에 올려진 아빠 손을 떠올리면 엘리는 힘이 났다. 덕분에 그 손가락 세 개짜리 더러운 손에 그렇게 오래 잡혀 있으면서도 끝까지 살아남을 수 있었다.

엘리는 절벽 아래 있는 마가목의 나뭇가지를 올려다봤다. 나뭇잎이 방황하는 산들바람을 맞으며 소곤대고 있었다. 엘리는 줄을 튕기기 시작했다. 그 소리가 얼마나 부드러운지 마치 산들바람이 직접 노래하는 것 같았다. 이윽고 엘리는 음계에 노랫말을 붙였다. 아빠가 가장 좋아하는 노래의 가사였다.

'여행자의 노래'. 아빠는 이 노래를 그렇게 불렀다. 전에도 여러 번 들어봤지만, 오늘은 노랫말이 새로운 의미로 다가왔다.

깊이를 알 수 없는 바다 위를 날았네,
내가 놓친 무언가를 찾아서.
아직 알려지지 않은 그리움의 땅,
아무도 거부할 수 없는 매력적인 곳.
아발론…… 그곳은 존재하는가?
아발론…… 그곳은 존재하는가?

이제 하늘도 어둡고 내 마음도 어둡네.
양초의 심지가 낮게 타오르네.
부분이 아닌 전체의 신비를 찾는 것,
가장 신성한 관계의 세계.
연약한 희망일지라도 간절히 바라네.

연약한 희망일지라도 간절히 바라네.

안개가 주변을 소용돌이치고, 어둠이 가득하네.
그 무엇도 나를 구할 수 없네.
갑자기 나타난 별빛! 사방이 초록으로 물들고
놀라움을 넘어선 삶이 쏟아져 내리네.
꿈의 나무, 그리고 세계.
꿈의 나무, 그리고 세계.

이 모든 세상은 하나의 씨앗에서 시작했으니,
경이와 침묵 속에 심어진 씨앗.
씨앗은 살아 있듯 두근대고 심장처럼 고동쳤네.
운명은 도울 준비를 마쳤네,
멀린의 마지막 밀회를.
멀린의 마지막 밀회를.

폭발하는 힘과 함께 씨앗은 깨어났네.
가장 깊은 중심부에서
신비로 가득한 위대한 아발론이 탄생했으니.
누구도 길들일 수 없는 야생,
하나하나 이름 댈 수 없는 수많은 경이.
하나하나 이름 댈 수 없는 수많은 경이.

이제 장엄한 나무 세상이 높이 솟았네.

일부는 영혼, 일부는 육신…… 일부는 그 중간.
너무도 방대하고 너무도 거대하여 모두를 품었네,
내 꿈의 영토들까지.
마법의 초록빛이 꼭 안아주었네.
마법의 초록빛이 꼭 안아주었네.

아발론은 살아간다! 살아 있는 창조물의 모든 노래를
고이 간직할 마지막 장소.
모든 음계를 노래하라, 높고 깊게 노래하라.
희망찬 목소리는 번창하리니.
노래하는 이들도 살아남으리라.
노래하는 이들도 살아남으리라.

이 세계는 어떤 수수께끼와 어떤 혼란을 품고 있는가?
정답은 안개처럼 잡히지 않는다네…….
새로우면서도 아주 오래된 세상,
운명의 입맞춤을 받은 풍경.
아발론은 여전히 존재한다네.
아발론은 여전히 존재한다네.

마지막 음계가 허공으로 떠올라 속삭이는 나뭇가지와 합류했다. 엘리는 하프에서 고개를 들었다. 놀랍게도 리니아가 엘리를 가만히 바라보고 있었다. 화난 표정이 아니었다. 초록색으로 얼룩진 얼굴은 평화로운 것까지는 아니더라도 무척 편안해 보였다.

하지만 음악이 사라지자 리니아의 표정이 바뀌었다. 눈빛이 딱딱해졌다.

"쓸모 있는 일 좀 하면 안 되겠니? 거기 앉아서 하프나 튕기지 말고……."

절벽 위 어딘가에서 들려오는 무서운 굉음에 리니아가 말을 멈췄다. 비명 섞인 울부짖음도 함께 들렸다. 리니아는 위를 올려다보았다.

부러진 나뭇가지, 나뭇잎, 잔가지, 뭉개진 열매, 몸부림치는 두 형체, 그리고 새 둥지 잔해가 한데 뭉쳐 빙글빙글 돌며 절벽 꼭대기에 있는 바위 너머로 떨어지고 있었다. 나무껍질, 흙, 머리카락, 돌, 찢어진 옷 조각도 아래로 돌진했다. 끈적끈적한 보라색 과즙이 비처럼 쏟아졌다.

이 모든 것이 쾅 하는 요란한 소리와 함께 여행자들 머리 위로 떨어졌다. 누군가의 발에 머리를 가격당한 리니아가 소리를 질렀다. 엘리는 폴짝 뛰어 뒤로 물러서며, 떨어지는 나뭇가지가 소중한 하프를 박살 내기 전에 하프를 낚아챘다. 짐말들은 앞다리를 들어 일어서 밧줄을 끊고 짐을 사방으로 흐트러뜨린 뒤, 곧장 숲속으로 달아났다.

약초를 한 움큼 쥐고 막 돌아오던 뉴익은 뒤로 펄쩍 뛰어 날아오는 파편을 재빨리 피했다. 그러고는 즐거운 표정을 숨기지 않은 채, 리니아가 머리에서 끈적거리는 새 둥지 덩어리를 떼어내는 모습을 지켜보았다. 페얼린은 긴 팔을 뻗으며 겁에 질린 말들을 따라갔다.

그사이 땅에 착지한 두 형체는 본격적으로 몸싸움을 시작했다. 여기저기를 굴러다니며 흙덩어리, 나뭇잎, 찢어진 옷을 사방으로 내던졌다. 마침내 긴 머리카락에 보라색 과즙이 줄줄이 묻은 지저분한 청년이 승리를 거머쥐었다. 청년은 작고 빼빼 마른 상대를 완전히 제압했다. 상대는 손이 크고 표정이 거만한 홀라였다.

탬원은 훌라가 울부짖는 소리는 무시한 채 훌라의 팔을 등 뒤로 비틀었다.

"너…… 이…… 구더기 같은 놈! 아니, 너한테는 구더기도 과분해. 넌 구더기가 먹는 썩은 시체 같은 놈이야!"

"아야! 덜렁이가 날 죽이네!"

훌라가 빠져나오려 발버둥 치며 소리쳤다.

탬원은 고개를 흔들어 머리카락에 붙은 잔가지를 떨어뜨렸다.

"그래, 그럴 거야. 후회하게 만들어주겠……."

"그만!"

리니아가 꽉 쥔 주먹을 허리에 올린 채 둘 옆에 서서 소리쳤다.

"살인 따위는 일어나지 않아. 싸움도 이제 그만해."

탬원이 항의하기도 전에 나뭇가지 같은 힘센 팔 한 쌍이 탬원을 땅 위로 들어 올렸다. 동시에 다른 팔 두 개는 훌라를 들어 올렸다. 짐말 없이 혼자 숲에서 방금 돌아온 페얼린이 둘을 꽉 잡고 있었다. 커다란 눈에는 빨간 테두리가 쳐져 있었고, 몸에서는 구더기도 손대지 않을 시체 냄새가 났다.

훌라는 페얼린 냄새에 코를 찡그렸다.

"이런, 이봐, 나무! 너한테서 이 덜렁이보다도 끔찍한 냄새가 나."

페얼린은 훌라를 거칠게 흔들었다. 썩은 냄새가 훨씬 더 심해졌다.

탬원은 허공에서 다리를 흔들며 따지고 들었다.

"내려줘! 무슨 권리로 이러는 거야?"

엘리가 탬원 앞으로 다가왔다.

"너는 무슨 권리로 우리 머리 위에 떨어진 건데? 너 때문에 말들이 겁먹고 도망쳤잖아."

"내 머리도 후려쳤지. 너 때문에 죽을 뻔했어."

리니아가 아픈 광대뼈를 어루만졌다.

뉴익이 모두에게 들릴 만큼 큰 소리로 투덜거렸다.

"다음에는 조준을 더 잘해야겠군."

리니아는 뉴익을 향해 몸을 휙 돌렸다. 하지만 리니아가 뭐라고 말하기도 전에 홀라가 소리쳤다.

"생각보다 세게 맞았나 봐, 아가씨. 많이 아파 보이네. 도랑에 가득 찬 개구리보다도 초록빛이야! 이 이 후후후 하하하."

리니아는 눈빛을 이글거리며 홀라와 탬윈을 마주 봤다.

"내가 신성한 사제단의 사제인 걸 다행으로 여기거라. 난 한 번도 다른 생명체에게 고통을 주고 싶다는 유혹을 느껴본 적이 없어. 지금까지는 그랬지."

리니아는 숨을 들이쉬고 기도를 시작했다.

"오, 로리란다, 경애하는 여신이시여, 제게 힘을 주소서. 지혜의 샘이신 다그다시여, 제게 인내심을 주소서."

그러고는 페얼린에게 돌아섰다.

"말 흔적은 찾았어?"

라일락 느릅나무 정령이 몸통을 좌우로 비틀었다. 페얼린이 고개를 가로젓는 방식이었다.

리니아는 하늘에서 떨어진 두 떠돌이를 다시 노려보았다.

"너희가 무슨 짓을 했는지 알아? 바드 카타의 삐뚤삐뚤한 이빨에 맹세코…… 너희가 모든 걸 망쳐놨어! 말이 없으면 짐을 나를 수가 없단 말이야. 짐이 없으면 우리 임무를……."

페얼린이 날카로운 눈빛으로 리니아의 말을 끊었다. 리니아는 조심스럽게 말을 이었다.

"우리 여정을 끝마칠 수가 없고."

아주 조금 화가 식은 탬윈이 입을 열었다.

"저기요, 말이 도망간 건 미안하게 됐어요. 하지만 그건 사고였어요, 믿어주세요. 도움이 될지는 모르겠지만, 제가 짐꾼으로 일한 적이 있어요. 길잡이로는 더 많이 일해봤고요. 제 이름은 탬윈이에요."

엘리는 찬성의 의미로 하프 뒷면을 톡톡 두드린 뒤 리니아에게 돌아섰다.

"도움이 되겠네요, 안 그래요?"

블랙베리 관목 옆에서 뉴익이 코웃음 쳤다.

"이 여자 옷을 나르는 데만 한 명 이상이 필요할걸."

리니아는 눈을 흘기면서도 아무 말도 하지 않았다.

탬윈은 독기 가득한 눈빛으로 홀라를 흘끗 쳐다봤다.

"저놈한테 도움받을 기대는 하지도 마세요. 선천적으로 남을 도울 줄 모르는 놈이에요."

홀라가 모욕적인 말에 기분이 상한 듯 턱을 치켜들었다. 모두가, 특히 탬윈이 그 모습을 보고 깜짝 놀랐다. 홀라의 둥근 눈썹에서 한낮의 별빛이 반짝였다. 홀라는 이마에 두른 빨간 헤드밴드를 똑바로 고쳐 쓰며 말했다.

"덜렁이가 하는 건 나도 다 할 수 있어! 내 이름은 헤니와시나크티피그 홀라야. 나도 이 녀석만큼이나 일을 잘해."

"헤니…… 뭐?"

엘리가 물었다.

"그냥 헤니 홀라라고 불러도 돼. 난 너희의 새로운 짐꾼이야."

"믿지 마세요! 다 속임수예요. 이 녀석은 구덩이를 보자마자 짐을 던져 넣고 깔깔대며 도망칠 거예요."

탬윈이 경고했다.

"아니야!"

"맞아!"

"아니야!"

리니아는 손을 흔들어 둘을 조용히 시켰다. 리니아의 눈빛이 조금 누그러졌다.

"짐꾼 둘이라. 상상도 못 할 정도로 지저분한 오합지졸이군. 짐말이 더 좋기는 하지만…… 너희가 짐을 나르면 여정은 계속할 수 있으니까."

"후회하실 거예요."

탬윈이 투덜거렸다.

"너 때문에 후회하겠지, 이 덜렁이야."

"그러셔? 난 우드루트로 가는 길 중간까지 사람들을 안내하고 돌아온 적도 있다고!"

리니아는 다시 한번 손을 흔들어 둘의 싸움을 중단시켰다. 그러고는 탬윈을 경멸하듯 쳐다보며 말했다.

"넌 이제 내 짐꾼일 뿐 그 이상도 이하도 아니야. 안내할 생각은 하지도 마. 대장은 나야. 설사 내가 예지력이 없다 하더라도 너 같은 것들 도움은 필요 없어."

헤니가 격렬하게 고개를 끄덕였다.

"현명한 생각이야, 초록 수염 아가씨. 이 덜렁이는 나처럼 나이가 많거나 지혜롭지 않거든. 이 녀석을 따라가면 늪이나 용의 굴로 곧장 들어가게 될 거야."

"덜렁이라고 좀 그만 불러! 네가 몇 살인지는 모르겠지만, 그러다 더는 나이를 먹지 않게 되는 수가 있어."

탬윈이 소리쳤다.

리니아가 실눈을 뜨고 탬윈을 바라보았다.

"그러는 너는 몇 살인데, 짐꾼?"

탬윈이 마른침을 꿀꺽 삼켰다.

"음, 열여덟 살요."

사제는 고개를 끄덕였지만, 블랙베리 관목 옆에 있던 뉴익은 뭔가가 의심스러운 듯 몸 색깔을 적갈색으로 바꾸었다.

바로 그때 헤니가 입에서 벌룬베리 한 조각을 뱉어냈다. 그 조각은 우연히도 탬윈의 미간에 정통으로 맞았다.

탬윈은 화를 내며 홀라에게 주먹을 휘둘렀다. 주먹이 표적에 닿지는 않았지만, 탬윈은 팔을 휘두르는 힘으로 몸을 비틀어 페얼린의 손아귀에서 빠져나왔다. 그런데 땅에 떨어진 뒤 넘어지지 않으려 휘청거리다가 그만 엘리와 부딪혀 버렸다.

엘리 손에서 하프가 미끄러졌다. 엘리는 소리를 질렀다. 하프는 팅 하고 시끄럽게 줄을 울리며 땅에 떨어졌다. 그사이 다시 균형을 잡은 탬윈은 정확히 하프 위에 발을 쿵 디뎠다. 나무가 우지끈 쪼개지는 소리, 경악에 찬 엘리가 숨을 헉 들이켜는 소리, 탬윈이 끙 신음하는 소리.

그리고 홀라가 낄낄대는 소리.

이내 모두가 조용해졌다. 엘리는 산산이 부서진 하프의 잔해를 말없이 바라보았다. 탬윈은 자신이 저지른 일에 아연실색하여 그 자리에 얼어붙었다. 마가목 가지조차 속삭임을 멈췄다.

엘리는 한 번의 재빠른 동작으로 몸을 휙 돌려 탬윈 코에 주먹을 날렸다. 탬윈은 고통으로 울부짖었다. 무릎에 힘이 풀려 흙 위로 픽 쓰러졌다. 아발론 하늘 그 어디에서보다 더 많은 별이 보였다.

"엘리! 방금 그건 전혀 사제답지 않은 행동이었어."

리니아가 꾸짖었다.

"맞을 만했어요."

엘리는 씩씩거리며 탬윈을 노려보았다.

"넌 정말 덜렁이야. 살아 있는 인간 중에서 가장 덜렁댄다고! 아니, 죽은 인간까지 통틀어서! 엄마한테 걷는 법도 못 배웠어? 아니면 너희 엄마도 너처럼 멍청하고 덜렁대니?"

탬윈은 빠르게 부어오르는 코에서 손을 떼고 엘리를 노려보았다. 눈 밑에도 까맣게 멍이 들고 있었다. 탬윈이 막 모욕적인 말을 퍼부으려는데 뉴익이 고함을 치며 끼어들었다.

"쟤는 신경 쓰지 마, 친구! 걱정할 거 전혀 없어. 네가 방금 부서뜨린 물건은 저 아이의 유일한 소지품이자 쟤네 아빠가 돌아가시기 전에 주신 마지막 선물일 뿐이거든. 아, 맞다, 노예로 붙잡혀 있던 6년 동안 제정신을 유지하게 해준 물건이기도 하지."

요정은 둥근 어깨를 으쓱했다.

"왜 저렇게 화를 내는지 모르겠네."

탬윈의 표정이 갑자기 하프처럼 찌부러졌다. 탬윈은 천천히 엘리를 향해 돌아섰다.

엘리는 그저 탬윈을 빤히 쳐다봤다. 거의 울먹이는 듯했지만 두 눈은 이글거렸다. 다음 순간 엘리는 몸을 홱 돌려 성큼성큼 멀어졌다.

13
피 묻은 손

브리오나는 툭 튀어나온 바위 끝을 잡고 협곡 벽 위로 몸을 끌어 올렸다. 적갈색 흙먼지가 길게 땋은 꿀색 머리 위로 흩뿌려지며 눈을 찔렀다. 하지만 브리오나는 멈추지 않았다. 두 시간 전 그림자 속 주술사가 브리오나를 놓아준 그 순간부터 한 번도 멈추지 않았다. 할아버지 목숨이 위태로웠다. 할아버지가 살지 죽을지는 브리오나에게 달려 있었다.

오직 브리오나에게.

브리오나는 거대한 거미처럼 암벽을 올랐다. 가파른 표면 위로 몸을 끌어 올리며 힘겨운 신음을 내뱉었다. 하지만 갑작스레 불어온 돌풍 때문에 신음 소리는 다시 목구멍으로 쏙 들어갔다. 자갈과 흙이 머리 위로 쏟아졌다. 거친 바위 모서리가 허벅지를 밀고 들어오며 피부를 찢었다. 새로운 핏자국이 헐렁한 요정 옷으로 스며들었다. 한때 우드루트 숲만큼이나 푸르렀던 옷은 이제 새로운 핏자국이 거의 보이지 않을 정도로 붉은색과 갈색으로 더러워져 있었다.

브리오나는 넓적한 바위 위로 올라가 숨을 헐떡이며 두 손을 내려다보았다. 검붉은 먼지가 손톱 가장자리를 피처럼 두르고 있었다. 이게 신호일까? 실패하면 할아버지의 피가…… 영원히 이 손에 남게 되리라는 징조일까?

브리오나는 손을 뒤집었다. 그러고는 붉은 먼지가 바람에 날려 휙 날아가는 모습을 가만히 지켜보았다.

아니면 혹시 내가 지팡이를 훔쳐야 하는 그 청년의 피일까? 이건 그 사람 혹은 다른 사람의 죽음을 뜻하는 걸까?

아니, 그런 생각을 할 시간이 없었다. 임무에만 집중해야 했다. 지팡이를 찾아서 이곳으로 가져와야 했다. 이 끔찍한 하이 브린칠라로. 살아 있는 생명체와 살아 있는 땅이 학대받는 곳으로. 그 주술사가 창백한 손만 드러낸 채 모습을 감추고 있는 곳으로.

그것이 브리오나의 임무였다. 존경받는 숲의 요정 역사가 트레시미르를 구할 유일한 기회였다. 모두가 트레시미르로 알고 있는 그 요정은 브리오나의 할아버지였다. 브리오나가 언제든 기댈 수 있는 단 한 사람이었다. 어릴 때부터 브리오나를 키워주고, 아플 때 돌봐주고, 요정과 다른 아발론 종족의 풍부한 전통에 대해 전부 알려준 사람이었다. 무엇보다 브리오나에게 가족의 의미를 가르쳐준 사람이었다.

갑자기 바람이 사납게 몰아쳤다. 흙과 모래가 브리오나를 세게 때렸다. 오르락내리락하는 협곡 가장자리를 따라 붉은 먼지가 소용돌이쳤다. 바람은 몹시 강하고 차가웠다. 너무 차가워 브리오나는 몸을 떨었다.

마침내 바람이 잦아들었다. 브리오나는 위를 올려다보았다. 몇 분만 있으면 협곡 가장자리 꼭대기에 닿을 것이다. 그곳에서 사랑하는 우드루트의 동쪽 경계를 다시 볼 것이다. 브리오나는 숲의 영토에서 다시 평화롭게 살고 싶었다. 하지만 당분간 브리오나에게 평화는 없을 것이다. 할아버지가 안전해지기 전까지는.

브리오나는 몸을 돌려 힘겹게 올라온 협곡 너머를 가만히 바라보았다. 반대편에 피투성이 뱀의 머리처럼 우뚝 솟은 석탑이 보였다. 주술사가 그 불쌍한 짐승을 난도질한 뒤 브리오나에게 명령을 내렸던 바위도 보였다. 협곡 가장자리 아래에는 작은 바다처럼 깊은 흰색 호수가 이상하게 반짝이고 있었다. 마지막으로 브리오나의 녹색 눈이 저주받은 댐을 향했다. 노예 수백 명이 무거운 바윗덩어리를 깎고 끌고 끼워 만든 댐이었다. 팔다리와 목숨을 희생하며 만든 댐이었다.

브리오나는 다시 몸을 떨었다. 이번에는 추위 때문이 아니었다. 브리오나는 사흘간 노예로 일하며 바위를 댐 꼭대기로 올려 보내는 바지선의 밧줄을 끌었다. 겨우 사흘이었지만, 그사이 벌써 감독관이 휘두르는 채찍을 맞아 등에 평생 남을 흉터가 생겼다. 잘 보이지는 않지만, 똑같이 평생 남을 다른 흉터도 여러 개가 생겼다.

그 주술사는 왜 물을 가두는 걸까? 그 생각이 머릿속을 떠나질 않았다. 그저 물이 필요한 땅과 사람들을 마음대로 통제하려고? 물이 없으면 모두 말라 죽을 테니까? 그렇다면 주술사는 분명 힘을 얻을 것이다. 이곳 워터루트뿐 아니라 이웃한 영토들에서도. 할아버지한테 들은 바로는 브리오나의 고향인 우드루트도 대부분 이 지역에서 물을 끌어다 썼다. 여름 내내 이어진 가뭄이 이 댐과 관련 있을까? 브리오나가 좋아하는 숲길들이 바싹 마르고 단조로워진 것도? 마르지 않는 강조차 평소보다 물이 반으로 줄어 있었다.

하지만 주술사가 진짜 원하는 건 물이 아닌 듯했다. 그게 목적이었다면 왜 그렇게 지팡이를 찾으려 애를 쓰겠는가? 그 지팡이가 진짜 마법사의 지팡이라고 해도 물과는 전혀 관련이 없었다. 아니, 관련이 있나? 브리오나 마음속에서 질문들이 메아리쳤다.

브리오나는 눈을 감고 다시 한번 할아버지의 얼굴을 떠올렸다. 고요한 잿빛 얼굴, 입가에 흐르는 피, 덥수룩한 흰 수염에 박힌 흙 부스러기. 하지만 심장은 여전히 뛰고 있었다. 할아버지 목숨을 겨우 지탱할 정도로.

그러나 오래 버티진 못할 것이다. 브리오나는 바위 위에서 할아버지 손을 꼭 잡았던 마지막 순간을 떠올렸다. 할아버지 손은 따뜻했지만, 그 따뜻함도 곧 사라지리라는 걸 브리오나는 매우 잘 알았다.

그때 마음속에서 할아버지 손이 변하기 시작했다. 점점 길어지고 깨끗해지고 매끈해졌다. 점점 하얘졌다. 그러다가 주술사의 손이 되었다.

"반드시 지팡이를 찾아오너라."

주술사가 손을 휘두르며 돌벽 아래 그림자를 갈랐다.

"빨리 움직여야 한다! 3주도 채 남지 않았다. 음, 그래, 예쁜 요정아. 바로 어제 하늘에 떠 있는 지팡이의 별들이 어두워지기 시작했다. 그건 내가 아주 오랫동안 기다린 신호다. 음, 그래. 나의 주인님이신 리타 고르 님이 보낸 신호지. 아, 놀랐느냐? 그 이름을 듣고? 리타 고르……. 머지않아 그 이름을 더 자주 듣게 될 것이다, 어린 요정아."

주술사의 하얀 손이 댐을 가리켰다.

"3주만 더 있으면 나의 위대한 창조물이 완성되고 별들이 사라질 것이다. 마지막 별빛이 꺼지는 날 나는 네가 가져온 지팡이를 사용할 것이다. 사용한 다음 파괴할 것이다! 참 시적이지? 음, 그래. 그날 땅 위의 지팡이와 하늘의 지팡이는 둘 다 영원히 사라질 것이다."

그림자 속 목소리가 쉭쉭거리며 높게 웃었다.

"반드시 성공하거라, 브리오나. 그러면 네 할아버지는 살 것이다. 하지만 실패하면 네 할아버지는 죽는다. 음, 그래. 가장 고통스럽게 죽을 것이다."

주술사의 손이 시커먼 벽에서 불쑥 튀어나와 브리오나 팔뚝을 움켜
잡았다.

"나는 17년간 그 지팡이를 찾아다녔지만 매번 좌절했다. 음, 그래. 나
의 적만큼이나 멍청한 녀석들 때문이었지! 처음에는 그 머저리 두 놈이
멀린의 지팡이와 멀린의 진정한 후계자 꼬마를 데려올 기회를 놓쳐 버
렸다. 내 구울라카들은 수년간 일곱 영토를 샅샅이 뒤지면서도 전혀 성
과를 내지 못했다. 내가 동물 내장 점괘를 읽을 때마다 나를 방해하려
한 다른 세력도 있었다. 하지만 이제 나는 지팡이를 찾았다! 음, 그래.
이게 다 파이어루트에서 잡아 온 그 불쌍한 짐승 덕분이다. 정말 역설적
이지 않느냐."

주술사는 색색거리며 다시 한번 웃었다.

"그러니 내게 지팡이를 가져오거라, 쓸모 많은 꼬마야."

"왜 직접 가지 않는 거죠?"

브리오나가 물었다.

"나는 내 창조물이 완성되는 마지막 단계를 감독해야 한다. 음, 그래.
그리고 다른 이유도 있다. 아주 훌륭한 이유지."

주술사가 손을 움켜쥐자 브리오나 팔뚝이 불화살을 맞은 듯 뜨거워
졌다.

"마법사의 지팡이를 찾아오너라. 지팡이는 멀린의 진정한 후계자가
보관하고 있다. 점괘에 따르면 그 후계자는 한낱 젊은 남자일 뿐이다.
하지만 놈의 힘이 자라기 시작했을 테니 조심해야 한다. 놈이 너를 막으
려 한다면 죽여 버려라. 그놈은 내게 멀린과 똑같은 적이다! 그리고 절
대 네 임무를 발설하지 말거라. 아무에게도! 혹시……."

주술사는 잠시 망설였다.

"혹시 어둠의 예언 속 아이를…… 아니, 그럴 일은 없을 것이다."

"지팡이를 어디에서 찾나요?"

"파이어루트로 가서 삐뚤삐뚤한 이빨 모양 탑이 있는 분화구 근처를 살펴보거라. 마지막 별이 사라지기 전에 지팡이를 가져와야 한다. 음, 그래. 안 그러면 늙은 요정은 죽을 것이다."

브리오나는 눈을 떴다. 울부짖는 바람이 눈앞에 펼쳐진 바위투성이 협곡을 매섭게 할퀴었다. 하지만 브리오나 눈에는 아직도 유령 같은 손의 형상이 보였다. 그 마지막 말의 고통이 아직도 생생히 느껴졌다.

브리오나는 몸을 돌려 눈에서 먼지를 닦아낸 뒤 다시 암벽을 오르기 시작했다.

2부

14

남동생

동굴 바닥 화염 분출구에서 덩굴 모양 불꽃이 뿜어져 나왔다. 사방에서 울퉁불퉁한 암벽이 주황빛으로 고동쳤다. 거대한 지하 뱀의 송곳니처럼 천장에 매달린 종유석도, 동굴 바닥에 놓인 숯 덩어리도, 모두 마찬가지였다. 유황 냄새가 코를 찌르는 공기까지도 주황색으로 빛났다.

외로운 형체 하나가 분출구 옆에 앉아 있었다. 인간 모습을 한 독수리 종족이 늘 그렇듯 윗도리 없이 레깅스만 입은 차림이었다. 불빛이 얼굴 반쪽을 비추자 강한 턱과 날카로운 매부리코가 드러났다. 사내는 나뭇조각을 부러뜨리려 넓은 근육질 어깨를 구부렸다. 그저 힘을 시험해 보기 위함이었다. 이 조각은 다른 조각보다 두꺼웠다. 두 손으로 양 끝을 움켜쥔 채 나무 섬유를 파고들었다. 사내가 힘을 주자 강인한 몸이 부들부들 떨렸다.

뚝! 나뭇조각이 반으로 쪼개지면서 동굴 저편으로 부스러기가 날아가 버렸다.

사내는 만족스러운 웃음을 내뱉으며 나무를 옆으로 던지고 한쪽 다리를 뻗었다. 발가락을 이용해 불 위에 올려둔 꼬챙이를 뒤집었다. 이 발가락의 기다란 발톱은 언제든 자유롭게 독수리 발톱으로 바뀔 수 있었다. 해 뜨기 직전에 잡아 온 절벽 토끼의 고기가 지글지글 익기 시작했다.

하지만 사내는 알아채지 못했다. 갑자기 분노가 치밀어 작은 돌을 집어 들고 동굴 벽을 향해 힘껏 던졌다. 먼지 한 가닥과 함께 숯 조각 수백 개가 떨어져 나왔다.

"얼마나 더 기다려야 하는 거야?"

혼자 사는 것이 너무도 익숙한 사내는 혼잣말에도 익숙해졌다.

"절벽에서의 그날 밤 이후 계속…… 난 약속을 지켰어! 그 노인이 시키는 대로 다 했다고."

그림자가 얼굴을 지나간 것처럼, 노란색 테두리가 쳐진 커다란 눈이 어두워졌다.

"뭐, 거의 다 했지."

사내는 꼬챙이를 뒤집었다.

"그 실수 하나만 빼면 난 노인이 하라는 대로 다 했어. 그 이상도 했다고."

스크리의 눈길이 벽에 세워둔 울퉁불퉁한 나무 지팡이를 향했다.

"고작 나무 막대기 하나 때문에."

스크리는 근육질 팔의 간지러운 부분을 긁었다. 하지만 훨씬 깊은 마음속 더 심하게 간지러운 부분은 도저히 긁을 수 없었다.

스크리는 물통으로 손을 뻗었다. 곰 한 마리를 잡아 지난겨울 내내 고기로 배를 채우고 방광으로 이 물통을 만들었다. 꿀꺽 물을 한 모금 마셨다. 이곳 불의 영토에서 물은 항상 귀했다. 발가락으로 꼬챙이를 꽉 잡았다. 다리를 구부려 얼굴 앞으로 꼬챙이를 들어 올린 뒤 육즙이 넘치는 고기를 한 덩이 베어 물었다. 그러고는 생각에 잠긴 채 우걱우걱 고기를 씹었다.

"넌 이제 열일곱 살이야, 스크리. 그 정도면 이 동굴과 이 영토를 영원히 떠날 때도 되지 않았어?"

스크리의 질문이 동굴 안에서 메아리쳤다. 스크리는 목소리를 낮추며 덧붙였다.

"어디 있는지는 몰라도 녀석을 찾아야 하잖아."

스크리는 고기를 한 입 더 베어 물었다. 7년이라는 긴 시간 동안 혼자 살면서 동생의 흔적은 한 번도 보지 못했다. 처음에는 숨어 지내는 게 옳은 일이라고 확신했다. 어쨌든 그 킬러 새 구울라카가 쫓는 건 스크리 아니면 노인의 지팡이였으니까. 그러니 탬윈은 자신과 멀어질수록 안전했다.

스크리는 꼬챙이를 뒤집어 고기 한 덩이를 더 떼어냈다. 하지만 이제 모든 일에 확신이 서지 않았다. 이 임무는 평생 끝나지 않는 것인가? 지팡이를 지키기 위해 할 만큼 하지 않았던가? 실수도 전혀…… 아니, 거의 하지 않고? 스크리는 지금 당장 탬윈을 찾고 싶었다. 시도라도 해보고 싶었다. 하지만 그러다가 지팡이를 잃어버리면? 그러면 그 긴 세월 동안 약속을 지키기 위해 했던 모든 노력이 허사가 된다.

스크리가 뱉어낸 뼈 몇 개가 동굴 바닥에 투두둑 떨어졌다.

"스크리, 이 멍청한 트롤 같은 놈아, 어서 마음을 정해!"

스크리는 인상을 쓴 채 화를 내며 투덜거렸다.

"나한테 필요한 건 신호야."

벽 쪽에서 탁탁거리는 소리가 났다. 스크리는 지팡이를 돌아보았다. 분출구에서 나오는 주황색 빛이 지팡이 위에서 물결쳤다. 그때 갑자기 다른 무언가가 눈에 들어왔다. 지팡이 안 어딘가에서 더 강렬한 빛이 반짝이고 있었다. 스크리는 의심스러운 눈으로 지팡이를 바라보았다. 이런 적은 없었다. 이런 비슷한 일도 일어난 적 없었다.

이제 자루 전체가 더 밝게 빛나며 이상하게 고동쳤다. 이유는 설명할 수 없었지만 스크리는 지팡이에서 빛 이상의 무언가가 나오고 있음을 감지했다. 메시지처럼 명확한 것이 아니라 느낌 같은 것이었다. 허락하는 느낌, 오히려 격려하는 느낌.

스크리는 숨을 크게 들이마시고 믿을 수 없다는 듯 속삭였다.

"내가 가기를 바라는 거야! 동굴을 떠나길 바라는 거야."

지팡이가 깜빡이더니 더 밝게 빛났다.

스크리는 지팡이를 향해 자신 없게 고개를 끄덕이며 말했다.

"넌 그냥 나무 막대기가 아닌가 보구나."

스크리는 고기를 옆에 내려놓고 자리에서 일어나 손가락으로 조심스레 지팡이를 감쌌다. 나무가 변한 건지 손이 변한 건지 모르겠지만 분명 전과 다른 느낌이었다. 스크리는 지팡이를 꽉 움켜쥐고 몸을 돌려 동굴 밖으로 성큼성큼 걸어 나갔다.

머리 위에서 밤 별이 반짝거렸다. 연기 자욱한 하늘에서 빛나는 화염 분출구처럼 별 수천 개가 불타고 있었다. 하지만 어떤 별도 젊은 독수리 사내의 눈만큼 밝게 빛나지는 않았다. 오랜 시간 고민한 끝에 스크리는 결정을 내렸다. 지팡이로부터 약간의 도움을 받아서.

스크리는 울퉁불퉁한 나무 자루를 내려다보았다. 지팡이는 다시 평소 모습으로 돌아와 있었다. 빛도 느낌도 없었다. 그냥 모두가 상상이었을까?

그래도 상관없었다. 결정은 내려졌다. 스크리는 분화구 가장자리에 있는 관문으로 갈 것이다. 오늘 밤 지금 당장. 그 안으로 뛰어들어 잃어 버린 동생을 찾기 시작할 것이다. 드디어.

스크리는 연약한 화산암을 발로 밟아 으스러뜨리며 큰 소리로 말했다.

"내가 널 찾을 거야, 탬윈. 어떻게든 찾아낼 거야."

스크리는 동생 이름을 듣고 두 입술을 앙다물었다. 7년 전 형제가 함께한 마지막 순간은 어제 일처럼 생생했다. 바로 이 동굴 밖 분화구에서 이빨처럼 생긴 탑이 스크리에게 남은 유일한 가족을 집어삼켰다.

"저리 가, 이 오거 같은 놈아!"

스크리가 탬윈 위로 올라타자, 바위투성이 땅에서 꼼짝도 못 하게 된 탬윈이 소리쳤다.

스크리는 그저 히죽거리며 탬윈을 내려다봤다.

"명령하는 거야, 내 동생?"

탬윈의 검은 눈이 절벽에서 자라는 뜨거운 파이어 플랜트처럼 활활 타올랐다. 탬윈은 있는 힘껏 몸을 비틀었지만 스크리 무게에 짓눌려 빠져나올 수가 없었다. 탬윈이 쏘아붙였다.

"동생 아니야. 우리 동갑이잖아. 둘 다 열 살이라고! 네가 좀 더 크다고 해서……."

탬윈은 계속해서 빠져나오려 애썼다.

"언젠간 따라잡을 거야. 두고 봐."

탬윈이 갑자기 등을 동그랗게 구부려 형의 균형을 흐트러뜨렸다. 한쪽 팔을 비틀어 뺀 뒤 스크리가 고개를 돌리려는 순간 주먹으로 옆머리를 세게 쳤다. 스크리가 옆으로 굴렀다. 탬윈도 똑같이 했다. 스크리가 벌떡 일어서자 다리 하나가 아래를 쓸고 지나가며 스크리를 다시 넘어뜨렸다. 하지만 탬윈이 덤비기 직전, 스크리가 발을 휘둘렀다.

탬윈은 입술에서 피를 흘리며 비틀거리다가 무릎으로 털썩 주저앉고 말았다.

스크리는 숨을 헐떡이며 동생을 바라보았다. 그러고는 손을 올려 귀를 만지며 투덜거렸다.

"새빨간 불과자처럼 땡땡 부었잖아."

통증으로 인상을 쓰던 두 형제의 눈이 마주쳤다. 둘은 몇 초간 눈싸움을 하다가 특별한 이유 없이 웃음을 터뜨렸다.

"네 귀가…… 홀라 손만큼이나 커졌어!"

탬윈이 침을 튀기며 말했다.

"네 입술은 뭉개진 자두 같아."

스크리가 받아쳤다.

"으으, 느낌도 그래. 어쨌든 나도 너한테 제대로 한 방 먹였어."

탬윈이 아직 움직일 수 있는 쪽 입으로 겨우 미소 지었다.

"그건 순전히 운이었단다, 동생아."

잠시 후 두 형제는 분화구 가장자리로 올라갔다. 스크리는 늘 그렇듯 지팡이를 들고 있었고 탬윈은 새 덫을 만들 덩굴 밧줄을 들고 있었다. 전에 놓아둔 덫에 석탄민달팽이나 절벽 토끼가 아닌 불의 요정이 잡혔는데, 그 작은 요정이 덩굴을 태우고 도망치는 바람에 덫이 완전히 망가져 버렸다. 일이 더 많아졌지만 형제는 불평하지 않았다. 불의 요정이 원한 건 결국 자유였으니까.

"그 쓸모없는 지팡이는 왜 늘 갖고 다니는 거야? 이렇게 잠깐 나올 때도 꼭 챙기잖아."

이미 여러 번 물은 질문이지만 탬윈은 또 물었다.

스크리는 지팡이를 부드럽게 휙 돌려 탬윈 자리를 톡톡 두드렸다.

"너처럼 성가신 파리를 잡으려고."

탬윈이 얼굴을 찌푸렸다.

"나 지금 진지해, 스크리. 대체 뭘 걱정하는 거야? 여기는 우리 말곤 아무도 없어. 적어도 사방으로 10km 안에는 독수리 종족 둥지 하나 없다고."

스크리는 가장 높은 돌탑 쪽으로 고개를 기울였다. 돌탑 아래에서 이상한 초록색 불꽃이 빛나고 있었다.

"알아. 하지만 저기 관문이 있잖아, 이 바보야. 저런 관문은……."

탬윈이 검은 눈을 가늘게 뜨며 문장을 끝맺었다.

"'불타 버린 언덕'에도 있지."

형제는 서로를 흘끗 보며 그 관문을 떠올렸다. 구울라카 두 마리가 관문에서 날아 나와 엄마를 공격했던 그 끔찍한 순간을 떠올렸다. 그때 형제는 구울라카를 막지 못했다. 엄마의 목숨도 구하지 못했다.

스크리는 목을 가다듬었다. 생모는 아니었지만, 독수리 소년은 엄마를 많이 사랑했다. 엄마를 잃고 얻은 마음의 상처도 깊었다.

"적어도 엄마가 잡아먹히기 전에는 놈들을 죽였잖아."

탬윈은 그저 눈길을 돌렸다.

둘은 한동안 아무 말도 하지 않았다. 덫을 고정한 뒤 길게 솟은 바위에 앉아 연기 자욱한 파이어루트 하늘의 불그스름한 구름을 바라보았다. 마침내 탬윈이 입을 열었다.

"나 해보고 싶어. 딱 한 번만."

"뭘?"

탬윈은 으스스한 초록빛으로 빛나는 이빨 모양 탑을 향해 손짓했다.

"관문. 엄마가 우리한테 관문 추적법을 가르쳐주려고 했잖아, 기억 안 나? 우리 자신을 지키려면 알아두는 게 좋다고 말이야."

"안 돼, 탬. 저쪽은 올라가는 것만으로도 너무 위험해."

"제발, 스크리. 그냥 올라가서 잠깐만 보고 돌아오자."

"그것도 위험해. 관문 추적은 왜 하고 싶은 거야? 난 여기서 지내는 게 좋아. 다른 영토는 관심 없어."

스크리는 손가락으로 지팡이를 두드렸다.

"무슨 소리야? 우드루트 숲속에서 걷고 싶지 않아? 워터루트 바다에서 수영하고 싶지 않느냐고. 스톤루트 산을 오르고 싶지 않아?"

스크리는 고개를 가로저었다.

"난 점심이나 먹고 싶어."

"에이, 좀 솔직해져라. 너도 여행하고 싶잖아, 안 그래? 세상엔 가볼 곳이 정말 많아. 하늘에 뜬 별만큼이나."

"바보 같은 소리 하지 마, 탐험가 탬! 너 지금 엄마가 말해준 그 사람 같아. 크리스…… 음, 크리스트……."

탬윈이 한숨을 쉬었다.

"크리스탈루스. 엄마는 그 사람을 진짜 만나본 것처럼 얘기했어. 잘 아는 것처럼."

스크리는 동생 어깨를 툭 밀쳤다.

"맞아! 어쩌면 네 아빠였을지도 몰라."

스크리는 탬윈이 장난을 가볍게 받아줄 거라고 생각했다. 하지만 탬윈은 스크리 눈을 똑바로 바라보며 말했다.

"진짜 그랬을지도 몰라."

스크리는 큰 소리로 웃고 싶었다. 누군지는 몰라도 탬윈의 아버지는 탬윈이 태어나기도 전에 자식을 버린 사람이었다. 그 사실을 다시 한번 일깨워주고 싶었다. 탬윈의 눈이 플레임론보다 인간과 더 닮았다고 해도 달라질 건 없었다. 두 소년은 숲에서 만난 다른 플레임론처럼 탬윈의 아버지도 야만적이고 위험한 플레임론 건달일 뿐이었다고 추측했다. 안 그러면 왜 엄마가 아버지에 관해 한마디도 하지 않았겠는가?

물론 플레임론은 그 유명한 대장간에서 물건을 만들어내는 솜씨가 매우 뛰어났다. 특히 타오르는 횃불을 쏘는 새총처럼 전쟁에 유용한 물건을 잘 만들었다. 하지만 플레임론은 항상 먼저 싸움을 걸었다. 가족끼리도 자주 싸웠다. 엄마가 체념한 듯 얘기하지 않았던가? 몇몇 플레임론은 다른 신보다 리타 고르를 더 숭배했다. 그들에게 리타 고르는 단순히 전쟁의 신이 아니라 그들을 권력과 정복의 새로운 정점으로 이끌어줄 승리와 부활의 신이었다.

하지만 스크리는 그런 말을 하나도 하지 않았다. 그냥 자리에서 일어나 관문이 있는 탑을 향해 터덜터덜 걸어 올라가기 시작했다. 왜 그랬는지 이유는 설명할 수 없었다.

스크리는 깜짝 놀란 동생에게 큰 소리로 말했다.

"뭐 해? 안 갈 거야?"

"그건 멍청한 짓이었어."

스크리는 분화구 가장자리로 성큼성큼 올라가며 투덜거렸다. 유황 연기 기둥을 피해 옆으로 물러서다가 그 망할 놈의 파이어 플랜트를 또 밟을 뻔했다. 파이어 플랜트의 사악한 손가락에 다리를 덴 게 한두 번이 아니었다.

"탬을 여기로 데려오다니 난 정말 돌대가리야!"

스크리는 더 높이 올라갔다. 이제 두 눈은 저 앞에 어렴풋이 보이는 이빨 모양 탑을 향해 있었다. 탑 밑동에 있는 초록색 불꽃이 밤하늘 아래에서 더 밝게 깜빡거렸다. 하지만 스크리의 마음은 다른 곳에 있었다. 탬원과 함께 관문에 다다랐을 때 연속적으로 일어난 세 가지 일이 떠올랐다.

첫 번째는 경이의 순간이었다. 입을 벌린 채 관문을 들여다보니 고동치는 빛의 강이 언뜻 보였다. 그 강은 여행자를 위대한 나무 깊은 곳으로 끌고 들어가 어디든 원하는 곳으로 데려다주었다. 아니, 원하지 않는 곳으로 데려가기도 한다고 엄마는 경고했다. 관문 추적을 할 때는 반드시 집중해야 했다. 그래서 아기나 지능이 떨어지는 생명체는 마법 주문으로 보호받지 않는 이상 안전하게 관문을 이용할 수 없었다. 관문 추적은 어른에게도 위험했다. 온몸이 조각난 채 목적지에 도착한 이도 많았다.

두 번째는 심장이 멎을 듯한 구울라카 울음소리였다. 킬러 새들은 관문 밖으로 쏟아져 나와 깜짝 놀란 두 소년의 얼굴로 돌진했다. 이번에는 고작 두 마리가 아니라 열두 마리도 훨씬 넘는 수였다. 눈에 거의 보이지 않는 날개를 퍼덕이고 핏빛 발톱을 휘두르며 구울라카들은 즐거운 비명을 내질렀다.

세 번째는 스크리가 순간적으로 내린 결정이었다. 그렇게 많은 적을 이길 수 없다고 판단한 스크리는 탬원의 팔을 잡고 관문 안으로 뛰어들었다! 탬원이 저항하거나 돌아서려고 하기도 전에 초록색 불꽃은 두 소년을 집어삼켰다. 불행히도 탬원은 목적지에 집중할 시간조차 없었다.

스크리는 다시 한번 관문으로 다가가며 속도를 늦췄다. 산등성이 밖으로 솟아오르는 초록색 불꽃을 가만히 들여다보다가 으르렁거리는 불

속으로 숯 몇 개를 차 넣었다.

"어디로 간 거니, 동생아? 내 목적지보다는 좋은 곳이었길 바라."

어디로 떨어졌든 탬윈은 스크리도 같은 영토 어딘가에 있다고 생각했을 것이다. 분명 지난 7년 중 대부분의 시간 동안 형을 찾아다녔을 것이다. 관문으로 뛰어든 순간 스크리가 다른 목적지에 집중했다는 걸 탬윈이 어떻게 알았겠는가? 스크리는 곧장 파이어루트 분화구로 되돌아왔다.

스크리는 왠지 구울라카가 우연히 나타난 게 아니라는 느낌이 들었다. 구울라카는 스크리 또는 지팡이를 쫓고 있었다. 따라서 동생이 안전할 수 있는 유일한 장소는 자신에게서 멀리 떨어진 곳이었다.

출발점으로 되돌아간 스크리의 전략은 대성공이었다. 관문으로 다시 나왔을 때 구울라카는 모두 사라진 뒤였다. 먹잇감이 도망쳤다는 사실에 분노한 구울라카들은 추적을 다짐하며 다시 초록색 불꽃으로 뛰어들었다. 구울라카가 자신을 찾아볼 가능성이 가장 낮은 장소는 바로 추적을 시작한 장소일 거라고 스크리는 확신했다.

스크리는 관문을 가만히 들여다보았다. 노란색 테두리가 처진 눈 안에서 깜빡이는 초록빛이 춤을 췄다. 오랫동안 이 순간을 기다렸다. 스크리는 손으로 지팡이를 꽉 움켜쥔 채 모든 정신을 우드루트에 집중했다. 마지막 날 탬윈이 그 영토를 언급했으니 거기서부터 시작하는 게 가장 합리적이었다. 동생이 거기 없으면…… 그냥 계속 찾으면 된다. 필요한 만큼 많은 영토를 뒤져볼 것이다.

스크리는 불꽃으로 들어가기 위해 한쪽 발을 들어 올렸다.

"내가 갈게, 탬. 너는…… 으악!"

스크리는 뒤로 펄쩍 뛰며 지팡이를 떨어뜨렸다. 그러고는 발이 걸려 넘어져 바위 위를 구르다가 마침내 멈춰 섰다. 천천히 몸을 세워 앉아 뜨거운 손을 움켜쥐었다. 지팡이가 열기로 빨갛게 빛나며 옆에 놓여 있었다.

스크리는 화끈거리는 손바닥을 핥으며 따졌다.

"왜 그래, 지팡이야? 너 미쳤어? 너한테 이렇게 얘기하는 내가 미친 건가? 아발론이여, 맙소사, 모르는 사람이 봤으면 네가 날 저 안에 못 들어가게 하려는 줄 알았겠다!"

지팡이 빛이 희미해졌다. 스크리는 어리둥절한 표정으로 고개를 내저었다.

"그럼 왜 동굴을 떠나라는 것처럼 빛났던 거야?"

그때 문득 한쪽 눈 끝으로 달라진 밤하늘이 들어왔다. 밝은 별 하나가 갑자기 빛을 잃었다. 순식간이었다. 그냥 두꺼운 연기구름에 가려진 거겠지.

하지만 그건 아니었다. 그 자리는 평소보다 연기가 자욱하지는 않았다. 스크리는 턱을 문지르며 하늘을 노려보았다. 의심의 여지가 없었다. 별 하나가 어두워진 것이었다. 마법사의 지팡이 별 하나가.

15

스컹크 잡초

"이쪽으로 와, 이 게으른 멍청이들아! 내가 어디로 가는지 안 보여?"

리니아의 거친 목소리가 평평한 돌을 긁는 단검처럼 탬윈의 귀를 긁었다. 탬윈은 난쟁이소나무 숲을 지나고 있었다. 소나무 위쪽 마른 가지가 탬윈의 허리를 스치자 허리춤에 달린 작은 석영 종이 딸랑거렸다. 탬윈은 리니아 목소리를 듣고 그 자리에 멈춰, 어깨에 짊어진 거대한 짐 더미, 물병, 냄비 아래에서 목을 동그랗게 들어 올렸다.

"물론 보이죠. 하지만 아까도 말했듯이 나뭇가지에 진흙이끼가 매달려 있는 건 이 근처에 습지가 있다는 뜻이에요. 바로 거기, 사제님 머리 위 삼나무 가지를 보세요. 적어도 가뭄 전에는 습지가 있었다는 뜻이라고요. 이렇게 마르고 색깔 없는 진흙이끼도 문제가 될 수 있어요, 제 말 믿으세요. 난쟁이소나무는 주로 마른 땅에서 자라니까 여기 있는 게 안전……."

"짐꾼은 입 다물어!"

리니아가 허리에 손을 올린 채 탬윈을 노려보았다.

"다시 한번 말하지만 네 일은 짐을 나르는 거지 우리를 헤매게 하는 게 아니야. 게다가 지금 우리는 낭비할 시간도 없어."

리니아는 슬쩍 하늘을 보고 인상을 찌푸렸다. 변해 버린 마법사의 지팡이는 밝은 대낮에도 또렷이 보였다. 별이 사라진 빈자리가 공허함으로 고동치는 듯했다. 리니아는 다른 사람에게 말한다기보다 혼잣말로 중얼거렸다.

"시간이 전혀 없다고."

"하지만……."

"조용!"

뉴익이 준 약초 덕분에 지난 사흘간 리니아 얼굴은 원래 색을 거의 되찾았다. (턱에 있는 삼각형 자국만 빼고.) 하지만 지금 리니아의 뺨은 짙은 보라색으로 변해 있었다.

"당장 이리 오라니까. 나만 따라와."

헤니가 커다란 홀라 손으로 흠뻑 젖은 이마를 닦았다. 헤니는 탬윈의 짐만큼이나 큰 짐을 지느라 허리가 잔뜩 굽어 있었다.

"지난 며칠간 한 짓이랑 똑같아, 이히 이히. 안 그래, 초록 수염 아가씨? 너를 따라가다 보니 평생 본 것보다 훨씬 많은 블랙베리밭, 토탄 늪지, 끈적거리는 수액 구덩이 속으로 들어가게 되더라고."

헤니는 바로 앞에 서 있는 탬윈을 향해 고갯짓했다.

"그래도 난 이 덜렁이처럼 내 짐을 여기저기 떨어뜨리지는 않았어."

헤니는 벨트에서 새총을 꺼내 가죽 패드에 난쟁이 솔방울을 걸었다. 그런 다음 어깨에 올린 짐이 떨어지지 않도록 조심스레 균형을 잡고 탬윈 엉덩이에 솔방울을 날렸다.

"아야!"

탬윈이 소리치며 몸을 휙 돌렸다. 너무 빨리 돌아서는 바람에 보따리

몇 개와 냄비가 떨어져 나무에 쨍그랑 부딪쳤다.

"후후 히하하하하하. 덜렁이가 또 사고를 쳤네."

이 모든 상황을 본 엘리는 낄낄 웃을 수밖에 없었다. 저 멍청한 탬윈은 이런 일을 당해도 쌌다! 엘리는 사흘째 탬윈에게 온갖 잡일을 시키고 모욕을 퍼붓고 있었다. 하프를 잃은 사건은 조금도 만회되지 않았지만 이렇게 하면 기분은 좋아졌다.

"정말 덜렁이네."

엘리가 조롱했다. 그러고는 어깨에 탄 작고 둥근 요정에게 윙크를 하며 덧붙였다.

"바보들이 원래 그렇죠, 뭐."

헤니는 다시 한번 폭소를 터뜨리다가 하마터면 보따리를 땅에 떨어뜨릴 뻔했다.

탬윈은 홀라를 노려보았다. 헤니가 왜 아직 이 무리에 남아 있는지 짐꾼이 된 후로 계속 궁금했다. 단체로 여행하는 건 전혀 홀라답지 않은 행동이었다. 무거운 짐을 날라야 한다면 더더욱 그랬다. 하지만 이제 모든 게 확실해졌다. 이 지긋지긋한 생명체가 떠나지 않는 이유는 딱 하나였다. 탬윈을 괴롭히기 위해. 그리고 그 계획은 성공하고 있었다!

"두고 봐, 이 곰 배설물처럼 역겨운 자식! 이 일이 끝나자마자 널 돌돌 말아 매듭지어서 오거 장식물로 만들어 버리겠어!"

탬윈이 으르렁거렸다.

보라색 꽃이 핀 나뭇가지 두 개가 엄하게 경고하듯 두 사람 얼굴 앞에서 흔들렸다. 페얼린의 커다란 눈이 두 사람을 바라보았다. 페얼린에게서 으스러진 해골 같은 냄새가 희미하게 풍기기 시작했다.

"알았어."

탬윈은 투덜대며 몸을 굽혀 떨어진 보따리를 주웠다. 페얼린은 그 보따리를 받아 탬윈의 짐 더미 위에 다시 올렸다.

"앞장서서 길을 안내해주세요, 사제님."

리니아가 만족스러운 듯한 소리를 냈다.

"사흘 내내 얘기했듯이 우리는 북쪽으로 간다. 스톤루트 꼭대기에 있는 둔 타라 설원으로. 거기에 분명 우드루트로 가는 관문이 있을 거야."

탬윈이 얼어붙었다.

"하지만 그 관문은⋯⋯."

"조용히 해, 짐꾼! 이 문제에 대해선 아무 말도 하지 마."

"잠깐만요. '관문이 있을 거야'라니요? 사제님은 확실히 아시는 거 아니었어요?"

엘리가 물었다.

"확실히 알아. 출발하기 전에 페얼린이 지도에서 관문 위치를 알려줬어. 우드루트에서 올 때 그 관문을 썼대."

선택받은 자가 대답했다.

"하지만 제대로 작동하지 않을 수도 있잖아요. 관문은 예측할 수가 없어요. 여러 관문이 아니라 딱 한 장소로만 이어졌을지도 모른다고요. 우드루트 서쪽 끝에 있는 페얼린 고향으로 돌아가면 어떻게 해요? 전설에 따르면 우리가 가야 할 곳은 그 영토 반대쪽이에요. 가장 깊은 숲속이라고요."

엘리가 탄력 있는 갈색 곱슬머리를 흔들며 집요하게 물고 늘어졌다.

"전설은 나도 잘 알아! 그러니 3등급 수습생의 조언 따위는 전혀 필요 없어."

리니아가 고함쳤다. 그러고는 탬윈을 향해 몸을 홱 돌렸다.

"하찮은 짐꾼의 조언도 필요 없고."

"예지력을 이용해서 길을 찾으면 되잖아."

뉴익이 무심하게 제안했다.

눈이 불룩 튀어나왔지만 리니아는 아무 말도 하지 않고 마음을 가라 앉히기 위해 깊게 심호흡했다.

"내게 필요한 건 설립자 엘런의 믿음과 후계자 리아논의 용기뿐이야."

리니아는 이를 악물고 덧붙였다.

"그리고 그 두 사람의 인내심도."

엘리 어깨 위에서 뉴익이 속삭였다.

"머리가 없으면 그것도 다 소용없을걸."

엘리는 풋 하고 터져 나온 웃음을 숨기려 기침하는 척을 했다.

"북쪽으로 간다."

리니아가 확신에 찬 목소리로 다시 말했다. 리니아는 한 번 더 별을 올려다봤다. 사라진 별을 제외한 나머지 별들은 너무도 밝게 빛나고 있 었다.

"허비할 시간 없어."

리니아는 확신 없는 표정으로 몸을 돌려 삼나무 사이를 앞서 걸었 다. 말라 버린 삼나무 잎이 발밑에서 바스락거렸다. 페얼린이 바짝 뒤를 따랐고, 이어서 엘리와 뉴익, 짐꾼 둘이 따라왔다.

탬윈은 고개를 내저었다.

"노예가 되면 이런 기분이구나."

엘리가 몸을 홱 돌려 녹갈색 눈으로 탬윈을 뚫어져라 쳐다봤다.

"노예에 대해 절대 농담하지 마. 알아들어? 안 그러면 네 벨트에 달 린 종을 빼서 네 코에 쑤셔 넣어 버릴 거야!"

탬원도 엘리를 노려보았다. 사흘 동안 욕을 먹다 보니 엘리를 향한 연민도 모두 사라져 버렸다. 엘리 때문에 멍든 눈이 분노로 부풀었다.

"그게 협박하는 거야? 하프 실력만큼이나 싸움 실력도 형편없네."

엘리 머리가 탬원의 가슴으로 돌진했다. 뉴익은 마른 침엽 더미 안으로 굴러떨어졌지만 탬원은 삼나무 가지 위로 쿵 하고 넘어졌다. 자루, 보따리, 물통, 냄비가 사방으로 흩어졌다. 탬원이 옆으로 몸을 굴리기도 전에 엘리의 주먹이 아직 멍들지 않은 탬원의 눈을 강타했다.

탬원은 고함을 치며 벌떡 일어나 엘리 어깨를 밀쳤다. 엘리가 뒤로 나자빠졌다. 탬원은 허리춤에서 덩굴을 빼내, 아직 상황 파악도 하지 못한 엘리의 두 발목을 단단히 묶었다. 그런 다음 덩굴 반대쪽을 튼튼한 나뭇가지 위로 던져, 엘리 머리가 땅 위로 붕 뜰 때까지 잡아당겼다. 탬원은 덩굴을 나무줄기에 빙 둘러 묶었다. 이 모든 일은 단 몇 초 만에 벌어졌다.

엘리는 고치 안에 갇힌 애벌레처럼 나무에 매달린 채 빠져나오려 발버둥 쳤다. 탬원은 잠깐 엘리를 바라보다가 만족스러운 듯 고개를 끄덕였다.

"계속 내 야영지를 들쑤시는 새끼 곰한테 이렇게 한 적이 있지. 하지만 그 곰은 주먹질을 하진 않았어."

탬원은 얼굴에 새로 생긴 멍 자국을 조심스럽게 만졌다.

"지금 내려가면 주먹질로 끝나지 않을 줄 알아!"

엘리는 꿈틀꿈틀 몸을 비틀며 덩굴이 묶인 곳으로 손을 뻗었다.

탬원은 고개를 돌렸다.

"이제 좀 조용해지겠군."

"쟤가 빠져나오기 전까지는 그렇겠지!"

이 광경을 아주 즐겁게 관람한 헤니가 탬윈의 손이 닿지 않는 곳으로 총총 물러났다.

"재가 내려오면 넌 도망치는 게 좋을 거야, 이히 이히. 안 그러면 눈 주변에 커다란 고리가 생겨서 훌라처럼 보이게 될걸! 후후후 호호호히."

삼나무 숲 깊은 곳에서 리니아가 소리쳤다.

"짐꾼들, 어디 있어? 따라오라고 했잖아!"

잠시 아무 말 없이 나뭇가지가 획획 움직이는 소리만 들려왔다. 리니아가 이어 말했다.

"그건 그렇고, 황무지 전문 길잡이님, 이 길은 완전히 멀쩡해. 이런 가뭄에 습지라니! 만약 네가…… 뭐야? 으악!"

탬윈은 흩어진 자루들을 뒤로한 채 삼나무 사이를 달렸다. 낮은 나뭇가지 아래로 고개를 숙이고 부러진 나뭇가지 위로 뛰어올랐다. 숲 가장자리에 다다른 탬윈은 갑자기 걸음을 멈췄다. 그리고 가만히 앞을 바라보았다.

리니아가 탁한 웅덩이에 거꾸로 처박혀 있었다. 다시 일어나려고 발버둥 치는 리니아의 머리카락 사이로 걸쭉하고 시커먼 진흙이 줄줄 흘러내렸다. 진흙은 그렇게 얼굴 아래로 뚝뚝 떨어져 팔, 다리, 가슴 절반을 뒤덮었다. 습지 풀 한 무더기가 어깨에서 달랑거렸다. 리니아는 방금 삼킨 무언가를 뱉어내려고 필사적으로 입을 움직였다. 리니아를 도우려던 페얼린에게도 진흙이 튀었다. 헤니가 웅덩이 옆에서 박장대소했다.

탬윈은 웅덩이 안으로 뛰어들었다. 다리를 잡아당기는 시커먼 진흙을 뚫고, 몸을 지탱할 평평한 돌을 간신히 찾았다. 그런 다음 손을 뻗어 암흑 속에서 리니아를 끌어낸 뒤 웅덩이 밖으로 데리고 나왔다. 마침내 리니아는 단단한 땅 위로 털썩 쓰러졌다.

바로 그때 탬윈이 벌레를 발견했다. 살을 뜯어 먹는 벌레였다! 한두 마리가 아니라 수십 마리가 리니아의 머리와 귀 위를 기어 다니고 있었다. 리니아는 진흙 속에 파묻힌 작은 벌레들을 아직 알아채지 못한 상태였다.

하지만 곧 알아챌 것이다! 탬윈은 저 벌레에게 물리면 얼마나 아픈지 경험을 통해 알고 있었다. 저 벌레는 새로운 몸으로 파고들기 위해 먹잇감의 피부를 겹겹이 벗겨냈다. 그래서 한번 물리면 피가 철철 흘렀다.

탬윈은 필사적으로 숲을 훑으며 스컹크 잡초의 흔적을 찾았다. 강한 냄새로 벌레를 쫓을 수 있는 유일한 식물이었다. 벌레가 파고들기 전에 잎사귀를 으깨서 올려야 했다. 그다음에는 한 마리씩 떼어내는 수밖에 없었다. 피 묻은 피부 덩어리도 같이 떨어져 나오겠지만.

탬윈은 인상을 썼다. 스컹크 잡초가 없었다! 몇 초밖에 남지 않았다.

그 순간 탬윈은 웅덩이 밖으로 힘겹게 걸어 나오는 페얼린에게 돌아섰다.

"페얼린! 스컹크 잡초 냄새 낼 수 있어? 빨리. 사제님을 위한 일이야!"

나무 정령은 몸통을 펴고 의심스러운 눈초리로 탬윈을 바라보았다. 줄기에서 시큼한 우유 냄새가 희미하게 퍼져 나왔다.

"아니야. 내 말 믿어."

탬윈은 웅크리고 앉아 있는 사제를 가리켰다. 리니아는 눈과 귀에 들어간 진흙을 닦아내려 애쓰고 있었다.

"살을 뜯어 먹는 벌레야! 스컹크 잡초 냄새가 유일한 희망이라고."

페얼린은 즉시 리니아를 향해 가지를 뻗었다. 그러는 동시에 숨 막힐 정도로 강한 악취를 내뿜었다. 화가 잔뜩 난 스컹크 가족보다도 훨씬 고약한 냄새였다.

탬윈은 리니아 머리카락에서 몸부림치며 떨어지는 벌레 한 무더기를 피해 옆으로 펄쩍 물러섰다. 벌레들은 흙 속으로 파고들거나 허둥지둥 웅덩이로 돌아가려고 했다. 어떻게든 이 냄새에서 벗어나려 했다. 불행히도 리니아가 그 모습을 봐 버렸다. 리니아는 벌떡 일어나 목청껏 소리를 지르며 격렬하게 온몸을 흔들었다. 빨리 움직이지 못한 벌레는 모두 리니아의 신발에 밟혀 죽었다.

탬윈은 한 시간도 넘게 주변을 샅샅이 뒤진 끝에 가느다란 개울물 한 줄기를 찾아냈다. 삼나무 숲 위쪽 산비탈에 있는 갈라진 돌에서 물이 흘러나와 좁은 도랑을 따라 구불구불 내려가다가 다시 땅속으로 스며들었다. 하지만 여행자들에게는 그 정도면 충분했다. 모두 이 기회를 알차게 활용했다. 헤니만이 예외였다. 헤니는 씻는다는 생각 자체를 비웃었다.

리니아는 뉴익이 찾아준 비누뿌리로 강력한 스컹크 냄새와 진흙을 벗겨냈다. 그러는 내내 지금은 드루마디안 목욕을 해도 완전히 깨끗해지지 않을 거라며 투덜거렸다. 다음 차례는 마침내 덩굴에서 벗어난 엘리였다. 엘리는 머리카락에 묻은 끈적끈적한 삼나무 수액을 문질러 닦다가 중간중간 멈춰 단검처럼 날카로운 눈빛으로 탬윈을 쏘아보았다. 마지막으로 탬윈이 몸을 씻었다. 벌룬베리 얼룩과 배설물 냄새가 드디어 사라졌다. 세 사람이 목욕을 하는 동안 페얼린은 물속에 뿌리를 담그고 기분 좋게 물을 마셨다. 뉴익은 그저 상류에 앉아 등에 닿는 물보라의 시원한 감촉을 즐겼다.

두 사제는 개울을 찾은 탬윈에게 굳이 감사 인사를 하지 않았다. 사실 아예 한마디도 하지 않았다. 하지만 탬윈은 개의치 않았다. 다시 깨끗해진 것만으로도 만족스러웠다.

다만 모두가 그랬듯 탬원도 여전히 목이 말랐다. 갈라진 돌에서 한참 동안 물을 마셨지만 소용없었다. 갈증은 혀와 목구멍보다 더 깊은 곳으로 흘러 들어갔다. 가뭄 때문에 피까지 걸쭉해진 느낌이었다.

탬원은 목마른 땅 때문에도 가슴이 아팠다. 이 모든 나무와 풀, 양치식물과 이끼가 얼마나 물을 필요로 하는지는 황무지 길잡이가 아니더라도 알 수 있었다. 덤불에서 구슬프게 노래하는 새도, 바위 위에서 허둥지둥 도망치는 도마뱀도 물이 필요하기는 마찬가지였다. 높은 산봉우리에 새로운 눈이 내리기 시작하는 이맘때쯤이면 이 언덕은 맑은 개울과 함께 노래를 했다. 하지만 지금 색깔 없는 돌과 마른 도랑은 전혀 노래를 부르지 않았다.

16

신들의 특사

이렇게 시끄러운 길동무들은 처음이야.

탬윈은 실망스러운 마음에 고개를 가로저었다. 등에 쌓인 짐을 떨어뜨리고 싶지는 않았으므로 아주 살짝만 움직였다. 짐이 떨어지면 헤니에게 새로운 놀림거리만 주게 될 것이다.

정말이지, 땅의 요정 군대만큼이나 시끄러워.

하루하루 지날수록 실망감은 커져만 갔다. 숲으로 뒤덮인 언덕과 마른 강바닥을 따라 터벅터벅 걸어가는 동안 여행자들은 틈만 나면 싸워댔다. 리니아는 귀중한 시간을 낭비하고 있다며 투덜거렸다. 엘리는 그 말에 동의하며 리니아에게 좀 더 빨리 걷는 게 어떠냐고 제안했다. 물론 리니아는 그런 말을 듣고 싶지 않아 했다. 헤니는 탬윈을 괴롭힐 기회를 단 한 번도 놓치지 않았다. 페얼린은 끔찍한 냄새를 풍겼고, 뉴익은 지난 몇 세기 동안 세상이 (특히 사제와 짐꾼들이) 얼마나 퇴보했는지에 관해 끊임없이 불평했다. 탬윈에게 실제로 조언을 구한 적은 없지만, 리니아는 가끔 탬윈을 앞세워 일행을 북쪽으로 안내하도록 했다. 항상 그렇게 뒤에 서서 탬윈이 덜렁댄다며 잔소리했다. 물론 헤니는 그 모습을 보며 더더욱 즐거워했다.

일행은 둔 타라 설원을 향해 북쪽으로 터덜터덜 걸어갔다. 리니아는 거기 있는 관문을 통해 우드루트로 갈 수 있다고 고집스럽게 우겼지만, 짐꾼이 있는 자리에서는 우드루트로 가는 비밀스러운 이유를 절대 말하지 않았다. 탬윈은 며칠 동안 계속해서 그 관문에 관해 자신이 알고 있는 사실을 알려주려고 노력했다. 하지만 리니아는 들으려 하지도 않았다. 그 고집에 진저리가 난 탬윈은 그냥 리니아가 스스로 알아내도록 내버려두기로 했다. 꽤 재미있는 결말이 될 것이다. 짐꾼으로 고생한 며칠을 그것으로 보상받으리라.

탬윈은 7일째 되는 날 밤을 보낼 야영지로 낮고 둥근 둔덕을 골랐다. 빛바랜 노란색 뭉툭한 잔디가 꼭대기를 뒤덮고 있었다. 아래쪽에서는 작은 물웅덩이가 거품을 내고 있었다. 일행에게 필요한 물을 겨우 충족시켜줄 정도의 크기였다. 너무 작을 뿐 아니라 움푹 꺼진 땅에 꼭꼭 숨어 있기까지 해서, 그 위를 맴도는 물의 요정 가족이 아니었다면 탬윈도 알아채지 못했을 것이다.

요정의 선명한 파란색 날개가 빛을 받아 투명한 사파이어처럼 반짝거렸다. 요정 가족은 어른 둘과 아이 셋, 총 다섯 명이었다. 물의 요정이 으레 그렇듯, 모두 은빛이 도는 파란색 옷을 입고 이슬방울 모양 신발을 신고 있었다. 아빠는 바짝 말린 레드커런트 열매로 벨트를 만들어 차고 있고, 엄마는 고둥껍데기로 만든 가방에 막내를 태워 등에 메고 있었다.

탬윈은 가족에게 다가가 고갯짓으로 인사했다.

안녕하세요.

늘 그렇듯, 인간이 아닌 생명체와 소통할 때 쓰는 말이 간단하게 마음속에 그려졌다. 탬윈은 다른 인간들이 왜 이 침묵의 언어를 쓰지 않는지 궁금했다. 너무 어렵나? 그럴 리는 없었다. 탬윈에게 이 언어는 인간 언어만큼이나 쉽게 느껴졌다. 그보다는 너무 오랫동안 다른 생명체와 떨어진 마을에 사느라 침묵의 언어를 잊어버렸을 가능성이 더 컸다.

아빠 요정이 웅덩이에서 날아오르며 날개 끝으로 물방울이 튀겼다. 아빠 요정은 탬윈에게 화난 몸짓을 해 보였다.

말 한번 잘 꺼냈다. 주변에 이렇게 물이 없는데 어떻게 안녕하겠어?

젊은 요정이 대답했다. 탬윈은 요정의 말에 귀 기울였다.

너는 마음에 드는 장소를 꼭 찾길 바라! 듣자 하니 둔 타라 설원에서 녹은 물로 멋진 폭포가 생겼다더라.

요정이 손을 흔들었다. 이번에는 화난 몸짓은 아니었다. 요정은 다시 웅덩이로 내려가 아내와 함께 아이들을 모은 뒤 멀리 날아갔다. 선명한 파란색 날개가 부드럽게 윙윙대더니 둔덕 뒤로 사라졌다.

탬윈은 짐을 내려놓고 야영 준비를 시작했다. 평소처럼 가장 먼저 불을 피웠다. 주변에 마른 불쏘시개가 마땅히 없어도 탬윈에게는 어려운 일이 아니었다. 숲에 오래 산 경험 때문일 수도 있고…… 플레임론 혈통 덕분에 원래 불과 친한 걸 수도 있다. 어느 쪽이든, 모닥불을 피우는 건 소원을 비는 것만큼이나 탬윈에게 자연스러운 일이었다.

탬윈은 둔덕 가까이에서 본 늙은 산사나무를 향해 걸어갔다. 폭풍에 부러진 아래쪽 가지 하나가 나무껍질 몇 조각으로 간신히 매달려 있었다. 산사나무는 엄청난 열기에 타 버린 상태였고, 이 가지는 오래도록 석탄으로 쓰기에 알맞은 두께였다.

탬윈은 나무 앞에 서서 고개를 숙여 인사했다. 그런 다음 아발론 초기부터 불을 피우는 사람들 사이에 이어진 관습대로 이렇게 물었다.

강하고 높고 친절하신 나무여,

솔직히 대답해주소서. 제가

그대의 가지로 몸을 녹이고

음식을 요리하고 집을 덥혀도 되겠나이까?

가장 멀리 떨어진 잔가지가 살짝 흔들렸다. 갑자기 나무 전체가 몸을 움츠렸다. 돌풍 때문인지 나무의 의지 때문인지는 구별하기 힘들었다. 하지만 덕분에 남아 있던 나무껍질이 분리되면서 가지가 땅으로 떨어졌다. 탬윈은 감사의 의미로 고개를 한 번 끄덕인 뒤 가지를 들고 둔덕으로 돌아왔다.

필요한 나무를 구했으니 이제 불을 피우는 건 쉬웠다. 늘 주머니에 가지고 다니던 철광석을 꺼내 몇 번 부딪치자 부싯깃용 풀 뭉치에 불꽃이 붙었다. 탬윈은 둔덕 꼭대기 근처 벌거벗은 땅에 풀 뭉치를 내려놓았다. 머리 위로 드리운 나뭇가지에서 멀찍이 떨어져야 했다. 요즘 같은 가뭄에 불을 피울 때는 불을 안전하게 통제하는 일이 가장 어려웠다.

탬윈이 따뜻한 채소 스튜를 만들기 시작하자, 엘리만이 나서서 저녁 식사 준비를 도왔다. 엘리는 숲에서 찾아온 노란 덩이줄기 껍질을 깠다. 하지만 모닥불 반대쪽에서 반대 방향을 향해 앉아 있었으므로 탬윈을 마주 보기는커녕 대화를 나눌 가능성도 전혀 없었다. 탬윈도 불만은 없었다.

얼마 후 뉴익이 월계수 잎과 마늘풀을 한 아름 껴안고 둔덕 위로 느긋하게 올라왔다. 작은 요정은 탬윈의 냄비에 재료를 쏟아 넣은 뒤 엘리 옆 잔디에 털썩 앉았다. 뉴익은 신랄하게 투덜거렸다.

"모르는 사람이 봤으면 리니아가 진짜 어둠의 예언 속 아이인 줄 알았을 거야."

뒤에 있던 탬윈은 번뜩 정신이 들었다. 모두를 위한 공동체에서 가져온 말린 채소, 곡물, 나무껍질 조각, 오일을 썰고 섞으며 계속해서 스튜를 만들었지만, 동시에 산지기의 밝은 귀로 관심 있게 둘의 대화를 엿들었다.

"나도 같은 생각이야. 근데 리니아는 나이가 너무 많잖아. 한 20년 정도. 그리고 듣자 하니 리니아는 스톤루트 출신이래. 드루마디안 사람 대부분은 어둠의 아이가 스톤루트에서 태어나지 않았다고 생각하는 것 같더라고."

엘리는 말을 멈추고 손가락으로 짧은 잔디를 쓰다듬었다.

"왜 다들 그 아이가 파이어루트에서 태어났다고 생각할까?"

탬윈은 움찔하며 당근 몇 개를 떨어뜨렸다.

"흠. 정말 몰라? 그해에 아이가 태어난 장소가 몇 군데 안 되는데 그중 하나가 파이어루트잖아. 플레임론은 출산 금지령을 따르지 않았거든. 인간이 플레임론 수를 줄이려고 예언을 운운하며 속임수를 쓴다고 생각했으니까."

"플레임론은 늘 전쟁만 생각하지? 평화를 사랑하는 플레임론을 만나면 정말 충격적일 거야."

엘리가 곱슬머리 무성한 머리를 가로저었다.

탬윈은 크게 소리치고 싶었다.

우리 엄마는 평화를 사랑했어!

하지만 꿀꺽 말을 삼켰다.

산봉우리 요정의 색깔이 어두워졌다.

"틀렸어, 엘리리아나. 평화를 사랑하는 플레임론을 만났을 때 충격받으면 안 돼. 두려워해야 해. 그건 있을 수 없는 일이거든. 위장일지도 몰라."

엘리가 숨을 크게 들이쉬었다.

"그 말은……."

"맞아. 어둠의 아이일 수도 있어."

회색과 검은색 띠가 뉴익의 몸을 뒤덮었다.

둘은 오랫동안 말없이 앉아 있었다. 마침내 엘리가 일어나 뉴익을 들고 비탈 아래로 걸어 내려갔다.

탬윈이 냄비 속 스튜를 휘젓는 동안 번쩍이는 별빛이 나뭇가지와 돌 사이로 금실을 엮었다. 하지만 탬윈은 그 광경을 거의 보지 못했다. 방금 들은 말이 머릿속에서 맴돌았다. 자신도 절반은 플레임론이니, 절대 진심으로 평화를 사랑할 수 없을까? 진정으로 평온해질 수 없을까?

탬윈의 생각은 이내 가장 두려운 질문으로 이어졌다. 자신에 대한 믿음에도 불구하고 탬윈이 진짜 어둠의 예언 속 아이라면? 아발론에 종말을 가져올 바로 그 사람이라면?

아니다! 탬윈은 고개를 저었다. 길고 검은 머리카락이 어깨를 스쳤다. 그건 불가능했다. 하지만…… 탬윈에게는 재앙을 일으키는 특별한 재주가 있었다. 스크리를 잃어버린 일, 롯에게서 쫓겨난 일, 엘리의 하프를 망가뜨린 일. 온갖 문제가 그림자처럼 탬윈을 따라다니는 듯했다. 예전부터 항상 그랬다.

탬윈은 스튜를 더 세게 휘저었다. 둔덕 아래를 보니 엘리는 늙은 너도밤나무 옆에 서 있고 헤니는 잠을 청하려는 너구리에게 조약돌을 던지고 있었다. 리니아가 그 둘을 지나 성큼성큼 걸어왔다. 사제는 계속

비탈을 올라 아무 말 없이 탬원을 지나치더니 꼭대기에 도착해서야 멈춰 섰다.

리니아는 다리를 접고 등을 곧게 편 채 자리에 앉아 저녁 기도 준비를 마쳤다. 이 의식을 치를 때마다 늘 그렇듯, 오늘도 깨끗한 옷으로 갈아입은 후였다. 오늘의 선택은 초록 실로 수놓은 흰옷과 은색 띠, 얼룩덜룩한 갈색 구슬 목걸이였다. 손에는 '시클로 아발론' 책이 들려 있고, 그중에서도 엘라노 전설이 시작되는 부분이 펼쳐져 있었다.

리니아의 표정은 어딘지 불안해 보였다. 탬원은 알지 못했지만 리니아는 지금 임무의 성공 여부나 허비한 시간을 걱정하는 게 아니었다. 더 큰 걱정거리는 자기 자신, 자기 능력과 관련돼 있었다.

내 환영은 도대체 언제쯤 완전히 돌아올까?

리니아는 초조하게 자문했다.

리니아는 목을 길게 빼고 '원'이라고 불리는 별자리를 올려다보았다. 큰 고리 안에 작은 고리가 들어간 모양이었다. 드루마디안은 이 별자리를 다르게 불렀다. '신비'. 이 별자리는 다른 어느 별자리보다 일곱 번째 신성한 요소에 더 많은 영감을 주었다. 바깥 원은 초록빛과 진홍빛이 도는 별 21개로 이루어졌고 '삶의 신비'라고 불렀다. 리니아는 보통 이 별들을 향해 기도했다. 이 원을 보면 항상 보석 박힌 왕관이 떠올랐다. 안쪽 원은 푸르스름한 보랏빛이 도는 별 11개로 이루어졌고 '영혼의 신비'라고 불렀다. 예쁘기는 했지만 너무 차갑고 멀어 보여서 리니아에게 별로 영감을 주지는 않았다.

리니아는 기도를 시작했다. 위로 치켜든 얼굴에 별빛이 쏟아졌다.

"오, 신들이시여, 모든 존재들이시여. 오늘 밤 저는 제 몸과 목적의 힘 이상을 위해 기도합니다. 오늘 밤 저는 아발론 전체를 위해 기도합니다.

우리 세상을 받치고 다른 모든 세상과 연결 짓는 위대한 나무를 위해 기도합니다."

리니아는 잠시 멈춰 시원한 저녁 공기를 깊이 들이마셨다.

"부활의 정령 로리란다 님께 청합니다. 지혜의 정령 다그다 님께 청합니다. 이 깊어지는 어둠의 시간 속 저의 위대한 빛이시여, 부디 저를 인도해주소서. 필요한 것을 찾게 도와주소서! 그래야만 제가 이 고통의 밤에서 사람들을 이끌 수 있습니다. 당신의 모든 창조물이 최고의 형태에 다다를 새날, 새 세상으로 그들을 안내할 수 있습니다. 이 세상과 다른 이를 지배하려는 무리가 있는 반면, 자유로운 이에게 스스로 운명을 선택할 권리를 주려는 당신 같은 분도 계십니다. 해서 당신의 도움과 축복을 청합니다. 늘 그렇듯 당신께 제 삶과 감사의 마음을 바칩니다."

리니아는 신비 별자리에 시선을 모았다. 두 눈뿐 아니라 마음속 예지력으로도 반짝이는 두 원을 바라보았다. 여정을 시작한 날부터 매일 밤 마음을 완전히 비우려 노력했다. 아직도 끈질기게 머리카락에 들러붙어 있는 스컹크 잡초 냄새 때문에 쉽지는 않았다. 하지만 어떻게든 내면의 눈을 떠 잠깐이라도 미래를 보려고 애썼다. 너무도 만나고 싶은 호수 여인을 보려고 애썼다.

리니아는 쌍둥이 원에 더 집중했다. 하나씩 별을 센 다음 초록빛, 진홍빛, 푸르스름한 보랏빛을 응시했다. 그러다가 갑자기 멈췄다. 유독 밝게 빛나는 진파랑 별 하나가 주의를 끌었다. 가만히 들여다보는데 갑자기 그 별이 번쩍이는 것 같았다.

폭발하는 파란빛이 리니아 마음을 가득 채웠다. 그뿐이 아니었다. 신비 별자리만큼이나 또렷한 이미지가 나타났다. 안쪽 원 한가운데서 안개 소용돌이로 뒤덮인 넓고 푸른 호수가 보였다. 다음 순간 한 여인의 형체가 안개 밖으로 모습을 드러냈다. 그 여인은 아주 늙었지만 여전히 키가 크고 생기가 넘쳤다. 그리고 매우 아름다웠다. 풍성한 은색 곱슬머리가 양 갈래로 묶인 채 어깨를 지나, 질감이 살아 있는 짙은 녹색 가운과 숄 위로 떨어졌다. 목에는 나뭇잎으로 만든 부적 같은 것이 걸려 있었다.

호수 여인. 그녀였다! 리니아가 숨을 죽이고 바라보자 여인이 손바닥을 내밀며 인사했다.

리니아의 심장이 빠르게 뛰었다. 원로 회의 전에 봤던 바로 그 환영이었다! 다만 이번에는 훨씬 더 생생하고 구체적이었다. 그때 리니아는 정말 여인을 본 것이었다. 확실히 능력이 돌아오고 있었다.

갑자기 이미지가 흐릿해졌다. 호수에서 안개가 피어올라 여인의 가운, 얼굴, 마지막으로 손까지 집어삼켰다. 잠시 후 여인은 완전히 사라져 버렸다.

하지만 리니아는 기쁨의 박수를 쳤다. 리니아는 환영을 보았다. 호수 여인의 환영을! 그렇다. 위대한 마법사가 손을 벌려 리니아를 맞이했다. 그러니 결국 리니아는 그곳에 가게 될 것이다! 비밀스러운 은신처, 안개로 뒤덮인 파란 호수를 찾을 것이다. 이건 어떤 일이 닥치든 리니아가 반드시 차기 대사제가 된다는 뜻이었다. 리니아는 호수 여인을 대면하는 최초의 인간이 될 것이다.

한편 둔덕 아래에서는 또 다른 영적 행위가 이루어지고 있었다. 말을 줄이고 귀를 더 기울이는 행위였다.

엘리는 너도밤나무에 등을 기댄 채 앉아 있었다. 별빛을 받아 은색으로 변한 넓은 나무줄기는 수많은 계절을 거치며 생겨난 옹이와 혹으로 가득했다. 이 언덕에 있는 다른 나무들처럼 이 나무도 가지가 바짝 말라 부러질 듯했고 잎사귀 색깔도 단조로웠다. 하지만 늙은 나무는 여전히 튼튼해 보였다. 나무껍질 대부분이 개울물에 씻긴 돌처럼 매끄러웠다. 엘리는 늘 그렇듯 눈을 감고 긴장을 풀면서 명상을 시작했다. 천천히 숨을 쉬었다. 살아 있는 땅, 뿌리 깊은 나무, 모두를 아우르는 공기에 온 힘을 다해 귀 기울였다.

엘리는 그 장소 그 순간에 중심을 잡은 채 더 멀리 감각을 뻗었다. 마치 그물을 던지듯, 대사제의 가운에 쓰인 실만큼이나 가벼운 거미줄을 던지듯, 발 옆에 놓인 바위, 그 가장자리를 따라 난 갈색 이끼의 잔가지, 그곳을 지나 집으로 가는 딱정벌레 한 마리를 향해 의식을 뻗었다. 감각이 확장하면서 마른 장미열매와 둔덕 아래 단풍나무 숲 냄새가 났다. 너도밤나무 위 높은 곳에서 속삭이는 참새의 날갯짓 소리가 들렸다. 수분을 원하는 땅의 갈망이 희미하게 느껴졌다. 그것은 피부에서도 똑같이 느껴지는 갈증이었다.

설립자 엘런의 딸 리아가 오래전에 쓴 글이 마음속에 떠올랐다.

온 세상의 아침이
사방에서 깨어나는 소리를 들어라.
마음속 새벽의 불꽃을 느껴라.
새날이 그대를 찾았느니라.

이게 바로 리아가 말한 진짜 명상이었다. 이 글을 떠올리면 초기 드루마디안 사람들이 세상과 연결되던 방식을 이해할 수 있을 것 같았다. 엘리는 리아와 간절히 대화하고 싶었다! 아발론이 탄생한 이래 이 땅에 살았던 모든 사람 중 엘리를 가장 설레게 하는 이는 리아논이라 불리기도 했던 리아였다. 엘리의 아버지는 엘리에게 리아 이야기를 많이 해 주었다. 잃어버린 핀카이라에 있는 거대한 참나무에 살며 어린 시절 대부분을 보냈다는 이야기, 일곱 노래를 찾는 여정에서 멀린의 목숨을 구했다는 이야기, 어머니 엘런을 도와 모두를 위한 공동체를 세우고 2대 대사제가 되었다는 이야기. 화를 내며 대사제 자리를 사임하고, 다시는 돌아오지 않겠다는 맹세와 함께 드루마디안 주거지를 뛰쳐나갔다는 이야기도 들었다. 하지만 그게 사실이라 하더라도 그 이유는 아무도 알지 못했다.

뭔가가 무릎에서 파닥거렸다. 엘리는 눈을 떴다. 낡은 옷 위에 아름다운 나방 한 마리가 앉아 있었다. 흰색 테두리가 쳐진 연녹색 날개 뒤쪽이 우아하게 가늘어졌다. 엘리는 나방의 흑갈색 눈을 들여다보았다. 솜털로 뒤덮인 더듬이가 파르르 떨리고 날개가 살포시 접혔다.

엘리는 조심스레 손가락을 뻗어 나방의 다리를 쓰다듬었다.

"작은 친구야, 너도 명상 중이구나. 안 될 것도 없지. 너도 나처럼 살아 있는 생명체인걸. 너도 사제가 될 수 있어! 너희 종족의 사제 말이야. 위대한 나무로부터 배울 것도 많고 나 같은 사람에게 가르쳐줄 것도 많으니까."

갑자기 옷 위로 그림자가 드리워지며 별빛을 가렸다. 놀란 나방이 날개를 퍼덕이며 날아갔다. 뒤이어 리니아의 목소리가 정적을 깼다.

"그런 터무니없는 말을 하다니, 엘리."

엘리는 사제의 심각한 표정을 올려다보고 고개를 내저었다.

"터무니없다니요? 왜요?"

리니아는 아이를 훈계하듯 엘리 얼굴 앞에 손가락을 가져다 댔다.

"왜긴 왜야? 사제는 인간이어야 하니까 그렇지! 아발론의 모든 생명체 중에서 신의 특사가 될 수 있는 지식과 기술과 지혜가 있는 건 우리뿐이야. 사제단의 신성한 임무를 수행할 수 있는 건 우리뿐이라고."

엘리가 코를 찡그렸다.

"우리가 신의 특사라고 생각하세요?"

엘리는 자리에서 일어나 '선택받은 자'라는 칭호를 얻은 사제를 마주보았다.

"전 동의 못 해요. 코에리아 대사제님도 저랑 같은 생각이실 거예요."

리니아는 그 이름을 듣고 눈을 흘겼다.

"너한테는 그런…… 뭐라도 될…… 권리조차 없어! 넌 사제가 아니야, 엘리리아나. 집 없는 떠돌이일 뿐이지! 힘없는 노인네가 불쌍히 여기는 꼬마, 그 이상도 이하도 아니라고."

엘리의 얼굴이 붉어졌다.

"대사제님은 사제님보다 만 배는 더 사람답고 사제다운 분이세요!"

"그래? 하지만 넌 내가 어떤 사제가 될지 구경도 못 해볼 거야. 내가 직접 그렇게 만들 테니까."

리니아의 눈이 복수심으로 빛났다.

페얼린의 기다란 팔이 레몬밤 향기를 풍기며 리니아 어깨를 붙잡았다. 하지만 리니아는 그 팔을 뿌리치고 엘리를 더 매섭게 노려보았다. 그러고는 마침내 다시 둔덕 위로 성큼성큼 올라가며 중얼거렸다.

"나방이 사제라니. 나방이!"

탬윈은 모닥불 옆에 앉아 두 사람이 다투는 모습을 모두 지켜보았다. 너도밤나무 아래 혼자 서 있는 엘리를 보니 며칠 만에 처음으로 분노 외에 다른 찌릿한 감정이 느껴졌다. 동정 같은 것이었다. 엘리는 일주일도 안 되는 시간 동안 탬윈의 두 눈을 모두 멍들게 했다. 그러니 사제에게 심한 꾸지람을 들어도 쌌다. 하지만 탬윈은 엘리가 그저 폭력적인 다혈질 소녀만은 아닐지도 모르겠다고 생각했다. 그러면서도 엘리가 고개를 돌려 탬윈 쪽을 바라보았을 때는 자기도 모르게 시선을 피했다.

갑자기 작은 물체 하나가 밤하늘에서 미끄러져 나와 스튜 냄비를 홱 피하더니 탬윈 어깨에 쿵 부딪쳤다. 뭔지 모를 그 물체는 탬윈의 무릎 위로 툭 떨어졌다.

아래를 내려다보니 꾸깃꾸깃한 나뭇잎 뭉치 같은 게 보였다. 탬윈은 그 주위를 둘러싼 미묘한 초록빛을 감지했다. 손가락으로 조심스레 만져보니 얇은 덮개 한 쌍이 드러났다. 하나는 단단히 접혀 있었고 다른 하나는 쥐처럼 생긴 작은 얼굴과 찻종처럼 생긴 두 귀를 덮고 있었다. 날개였다!

그럼 박쥐겠구나. 아니면 박쥐 정령 같은 생명체거나. 페얼린이 라일락 느릅나무 모양인 것처럼 정령은 숙주와 똑같은 형태를 띨 수 있었다. 하지만 많은 면에서 숙주와는 달랐다. 정체가 뭔지는 몰라도 이 녀석은 끔찍할 정도로 뼈만 앙상했다. 그래도 아직 살아 있었다.

탬윈은 박쥐 같은 녀석의 목덜미, 북실북실한 귀 바로 뒤를 부드럽게 쓰다듬었다.

괜찮아, 작은 친구야. 푹신한 곳으로 잘 착지했어. 조금 더럽긴 해도 여기는 아주 푹신해.

초록빛이 조금씩 강해졌다. 생명체의 눈이 미묘하게 밝아지는 게 보였다. 작은 친구는 갑자기 움찔하더니, 몸을 뒤집어 고개를 흔들고 쭈글쭈글한 날개를 퍼덕거렸다.

녀석은 초록빛을 내뿜으며 탬윈을 돌아봤다. 그러고는 말을 하기 시작했다. 다른 동물처럼 마음속으로가 아니라 공통어로 크게 말했다. 탬원이 처음 들어보는 이상한 억양으로 속사포처럼 떠들어댔다.

"너너두 내 묘기 한번 보볼래? 난 묘기를 어엄청 좋아해! 보볼래 보볼래 보볼래?"

박쥐 같은 녀석이 얼마나 열정적인지 탬원은 저절로 미소가 나왔다.

"묘기 부리는 걸 좋아한다고? 멋지다. 근데 지금은 안 돼. 요리를 마저 해야 하거든."

"우이 우이 우이, 인간! 내가 진짜 끄끝내주는 묘기를 하알 줄 아안다니까."

"알았어, 나중에. 내 스튜가······."

"걸쭉한 스튜. 이것 좀 봐봐봐! 제발."

박쥐 같은 생명체가 머리를 거꾸로 뒤집었다.

"제바아아알, 제발. 아이, 인간아, 제바아아알."

탬원은 냄비를 흘끗 내려다보았다. 스튜가 기분 좋게 보글보글 끓고 있었다. 시간이 지날수록 맛있는 냄새가 났다.

"알았어. 하나만 보여줘. 대신 빨리해야 해."

생명체의 초록빛이 곧장 더 밝게 부풀어 올랐다. 녀석은 힘차게 날개를 퍼덕이며 공중으로 날아올라, 탬원의 머리 주변에서 불규칙한 모양으로 휙휙 날기 시작했다. 공중 구르기와 회전이 합쳐진 동작은 탬원 코에 날개가 스친 것만 빼면 거의 완벽했다. 그때 탬원이 갑자기 재채기를 했다. 그 힘에 튕겨 나간 생명체가 통제력을 잃고 빙글빙글 돌다가 스튜 냄비 안으로 철퍼덕 떨어졌다.

"아야 우와, 뜨거워!"

작은 짐승은 날카로운 비명을 지르며 냄비 밖으로 뛰어올라 땅으로 떨어졌다. 그리고는 날개에 묻은 뜨거운 스튜 몇 방울을 떼어내려 세차게 푸드덕거린 뒤, 뒤로 홱 돌아 냄비에 대고 저주를 퍼부었다.

"이 더럽고 역겹고 멍청한 냄비!"

탬윈은 크게 웃지 않으려 최선을 다했다.

"저런, 뜨거웠겠다. 하지만 내 스튜는 먹으려고 만든 거지 착지하라고 만든 게 아니야. 어쨌든 그 전까지는 아주 잘했어. 멋진 묘기였어!"

"인간이 내 몸에 재채기하지만 않으면 더더 잘할 수 있어."

박쥐 같은 녀석이 침울하게 말했다.

"맞아, 분명 그럴 거야."

탬윈은 다시 스튜를 저으려 팔을 뻗었다.

하지만 이 작은 괴짜는 붕 날아오르더니 탬윈 팔뚝에 살포시 내려앉았다.

"정말 내 묘기가 마음에 들었어? 솔직하게 말해줘."

"그래, 마음에 들었어. 그러니까 이제 일 좀 하자."

탬윈이 대답했다.

초록 눈이 또다시 밝아졌다.

"좋아 좋아 조오아! 그럼 더더 보여줄게!"

"안 돼."

탬윈이 애원했다.

"하지만 이제 더더 잘할 수 있어. 재채기도 안 하잖아."

탬윈은 깊게 한숨을 쉬었다.

"좋아, 그럼 이렇게 하는 게 어때? 넌 저기서 묘기를 부리고 난 여기서 계속 요리를 하는 거야. 그러면 나도 널 볼 수 있고 재채기할 일도 없어."

"멍청한 냄비에 들어갈 일도 없지."

작은 짐승이 덧붙였다.

"맞아. 어때? 괜찮은 계획이지?"

박쥐 생명체는 날개 끝으로 얼굴을 문질렀다.

"음…… 아니! 나난 계획 싫어해. 이제 너무너무 졸려서 묘기 못 부리겠어."

녀석이 작은 입을 벌려 하품을 했다.

탬윈은 고개를 내저었다.

"좋아. 어디 가서 잠 좀 자고 와. 난 요리나 마저 할 테니까."

"잠잠을 자라고? 좋은 생각이야! 오, 그래, 야야야. 보다시피 내가 박쥐 방랑자잖아. 박쥐 방랑자는 잠잠을 좋아해."

털북숭이 녀석은 두툼한 풀 무더기로 비틀비틀 걸어가 벌러덩 누운 뒤 날개로 몸을 감쌌다. 가죽 담요 아래에서 작은 하품 소리와 목소리가 들렸다.

"여기 참 푹신하고 따뜻하고 좋다, 야야야."

탬윈은 활짝 웃을 수밖에 없었다. 탬윈은 새 친구를 내려다보며 말했다.

"박쥐 방랑자라고? 내가 보기엔 그냥 박쥐 녀석인걸! 그래, '박쥐 녀석'이라는 뜻의 '배티 래드'. 어떤 녀석인지 잘은 모르겠지만 그 이름이 딱 어울린다."

탬윈은 스튜를 저어 맛을 보고 마늘풀 한 자밤을 더 넣었다. 그런 다음 스튜가 보글보글 끓는 동안 별을 올려다보았다.

별은 정말 많았다. 반짝이는 들판이 끝없이 이어진 것 같았다. 늘 보이던 별 하나가 사라지긴 했지만 밤하늘은 여전히 눈부시게 빛났다. 페가수스가 날개를 뻗은 채 독수리처럼 솟구쳐 올랐다. 갑자기 독수리 사내가 떠올랐다.

작은 움직임 하나가 탬윈의 시선을 끌었다. 약하게 깜빡이는 빛이었다. 그 빛은 다른 별자리에서 나왔다. 지평선 가까이 일렬로 줄지어 있는 별 여섯 개, 마법사의 지팡이였다. 하지만 이제 그곳에는 별 다섯 개만이 반짝이고 있었다.

또 다른 별이 어두워졌다.

17
발굽 자국

탬윈은 남은 나무껍질 조각 전부와 월계수 잎 몇 개를 스튜에 넣고 더 저었다. 하지만 생각은 밑에 있는 냄비가 아니라 위에 있는 밤하늘에 가 있었다.

대체 별들이 왜 저러는 걸까? 저게 다 무슨 의미일까?

탬윈은 모닥불에 빨갛게 달아오른 석탄을 낡은 숟가락으로 쿡 찔렀다. 불꽃 한 쌍이 튀어 오르더니 어두워진 별 두 개처럼 빛을 잃었다.

탬윈은 가죽 날개에 싸인 채 잔디에 누워 있는 작은 털북숭이를 향해 시선을 돌렸다. 배티 래드는 어떤 동물일까? 반은 박쥐, 반은 다른 무언가⋯⋯. 녀석의 초록색 눈은 불꽃처럼 밝게 빛났다. 정체가 뭔지는 몰라도 배티 래드는 지금 완전히 곯아떨어져 있었다.

탬윈은 냄비 아래 장작더미 안으로 석탄을 밀어 넣었다. 앞으로 20분 동안은 스튜를 따뜻하게 유지할 수 있을 것이다. 그 정도 시간이면 충분했다.

탬윈이 지금 하려는 일도 마찬가지였다. 마음이 복잡할 때 머리를 맑게 하려면 이 방법이 직방이었다. 탬윈은 마법사의 지팡이를 보기 전부터 종일 이걸 하고 싶었다. 아니, 이번 주 내내 하고 싶었다.

달리기.

그냥 달리고 싶었다.

둔덕 아래를 내려다보며 페얼린에게 손을 흔들었다. 페얼린의 가지는 늙은 너도밤나무 가지와 뒤엉켜 있었다.

"잠깐만 저어줄래?"

키 큰 메리스는 탬윈을 진지하게 바라보았다. 저녁 별빛이 눈에 비쳤다. 벌레 사건 이후로 탬윈에 대한 태도가 확실히 누그러지긴 했지만, 페얼린은 여전히 리니아를 제외한 다른 사람은 모두 냉담하게 대했다. 그래도 이내 너도밤나무에서 가지를 빼고는 수락의 의미로 몸통을 구부렸다.

탬윈은 미소를 지었다. 페얼린이 둔덕 위로 올라오는 동안 탬윈은 아래로 총총 내려갔다. 비탈 아래 넘어져 있는 나무줄기를 껑충 뛰어넘어 여기저기 바위가 흩어진 긴 골짜기를 따라 달리기 시작했다. 처음에는 땅을 쿵쿵 두드리던 맨발이 속도를 높이면서 점점 더 부드럽게 땅에 부딪쳤다. 시원한 밤공기가 얼굴을 지나며 어깨 뒤로 머리카락을 밀어냈다. 탬윈은 키 큰 풀밭 사이로 성큼성큼 달렸다. 지푸라기처럼 뻣뻣하지만 보리처럼 달콤한 풀이 각반을 휙휙 스쳤다. 탬윈은 별빛을 받아 반짝이는 촘촘한 거미줄을 폴짝 뛰어넘었다.

가파른 오르막을 달려 올라가자 탬윈의 다리가 더 격렬하게 움직였다. 한 발 한 발 내디딜 때마다 심장이 쿵쾅거리고 숨이 가빠졌다. 산마루에 다다른 탬윈은 속도를 조금 줄였다. 솜털에 뒤덮인 흰 씨앗이 바람에 날리고 있었다. 탬윈도 씨앗과 똑같은 속도로 달리고 있었다. 돌풍이 일며 바람이 빨라졌다. 탬윈도 속도를 높였다. 씨앗과 청년과 바람은 다 함께 앞으로 질주했다. 하나가 된 듯 나란히 움직이며 부드럽게 땅 위를 흘렀다.

이제 탬윈은 바람의 일부였다.

탬윈은 더 빨리 달렸다. 봉긋 솟은 오소리 굴을 뛰어넘은 다음, 저녁 산책을 나온 들꿩 가족을 피해 방향을 홱 틀었다. 높이 뛰어올라 바위를 넘어가며, 음유시인들이 노래하던 사슴 종족 이야기를 떠올렸다. 잃어버린 핀카이라에 살며 언제든 사슴으로 변신할 수 있었던 종족.

정말 놀라웠다! 전율이 일었다. 남자와 여자로서 한가롭게 걸어 다니다가, 다음 순간 수사슴과 암사슴이 되어 폴짝폴짝 뛸 수 있다니. 이야기에 따르면 멀린 인생의 유일한 사랑이었던 할리아도 사슴 여인이었다. 하지만 그 둘의 아들이자 유명한 탐험가인 크리스탈루스는 사슴으로 변신하지 못했다. 훗날 두 사람의 후손에게 마법의 피가 다시 흐르기를 음유시인들은 간절히 바랐다.

탬윈은 마른 개울 바닥을 따라 성큼성큼 달리며 생각했다.

나도 마찬가지야! 그러면 멀린의 옛 세상에 살던 사슴 종족이 다시 존재하게 되겠지. 바로 여기 아발론에.

탬윈은 입술을 오므린 채 생각에 잠겼다. 개울 바닥 반대쪽으로 넘어가자 향나무 관목 냄새가 났다. 향나무의 뒤틀린 나뭇가지에는 작은 블루베리가 점점이 매달려 있었다.

하지만 그러려면 크리스탈루스에게 아이가 있어야 하는데.

탬윈은 엄마, 마을 사람들, 떠돌이 음유시인들로부터 이 용감한 탐험가에 관한 이야기를 수도 없이 들었다. 최초로 일곱 영토와 연결된 관문을 찾았다는 이야기, 유일하게 위대한 나무의 심재까지 갔다가 살아 돌아왔다는 이야기, 폭풍의 전쟁 이후 인간으로서는 처음으로 플레임론을 찾아갔다는 이야기. 하지만 크리스탈루스가 아버지가 되었다는 이야기는 한 번도 들어본 적 없었다.

빼빼 마른 작은 새 한 마리가 하늘에서 갑자기 튀어나와 가까스로 탬원의 코를 비껴갔다. 탬원은 한쪽으로 몸을 홱 틀다가 하마터면 마르모트 굴을 밟을 뻔했다. 탬원은 멈춰 서서 새를 돌아보았다. 새는 빙 돌아 다시 탬원에게 달려들기 시작했다.

뭐 하는 거야, 이 멍청한 새야?

팔을 들어 얼굴을 가리려는 순간 빛나는 초록 눈과 박쥐 같은 날개가 언뜻 보였다. 이 녀석은 그냥 새가 아니었다.

"배티 래드! 경고 좀 해주면 어디가 덧나?"

하늘을 나는 생명체는 급격하게 방향을 틀어 탬원 팔뚝에 내려앉았다. 기진맥진한 털북숭이 배가 위아래로 들썩거렸다.

"인간한테 경고하러 온 거야. 오, 그래, 야야야! 엄청난 경고를 하러 왔어. 진짜진짜 위험해!"

똑같이 가쁜 숨을 몰아쉬던 탬원이 배티 래드의 으스스한 초록색 눈동자를 뚫어져라 쳐다봤다.

"뭐가 위험해?"

"인간 너 말고 다른 사람들. 그래, 야야야. 우이 우이…… 클랐어, 큰일 났어."

배티 래드가 날개를 들어 작은 얼굴과 찻종 모양 귀를 가렸다.

탬원이 팔을 들어 횡설수설하는 생명체의 코에 자기 코를 들이댔다.

"뭐? 누가 위험한데? 뭐 때문에?"

"모두 위험해, 야야야! 용 때문에!"

배티 래드가 소리쳤다.

탬윈은 더 듣지도 않았다. 야영지에 용이 나타났다고? 배티 래드를 옷 주머니에 던져 넣고 뒤로 돌아 달리기 시작했다. 이번에는 아까보다 더 빨리 달렸다. 지금껏 살면서 달렸던 그 어느 때보다 더 빠르게. 바람보다 더 빠르게.

탬윈은 다리가 보이지 않을 정도로 빠르게 골짜기를 달려 내려갔다. 가는 길에 있는 모든 것을 뛰어넘으며 바위, 관목, 도랑을 쏜살같이 지나쳤다. 귀에서는 휙휙거리는 바람 소리만 들렸다. 야영지에서 흘러나오는 비명 소리가 점점 커졌다.

탬윈은 마지막 비탈 아래로 돌진했다. 둔덕 아래 작은 물웅덩이에 다다라서야 발을 쿵 디뎌 멈춰 섰다. 바로 저기 둔덕 위에 용이 있었다.

그때, 용이 거대한 몸을 움직였다. 스튜 냄비는 용의 기다란 초록색 혀에 탐색당해 이미 텅 빈 상태였다. 용이 냄비에서 등을 돌리자 말 머리보다 세 배나 큰 머리가 보였다. 눈 사이에 난 진홍색 혹만 빼고 온통 노란색과 파란색 비늘로 무장돼 있었다. 혹이 있는 거로 봐서 이 용은 아직 어린 녀석이었다. 그렇다고 몸집이 작은 건 아니었다. 석탄보다 밝게 빛나는 눈은 각각 탬윈의 머리만 했다. 단검처럼 날카로운 이빨 수백 개가 쫙 벌린 입 안에서 반짝거렸다. 커다란 파충류 몸은 둔덕 아래까지 뻗었고, 가시 돋친 꼬리 끝은 얼마 전까지 엘리가 기대앉았던 너도 밤나무의 가지를 짓눌렀다.

용의 등에는 앙상하지만 거대한 날개 한 쌍이 붙어 있었다. 굵직하고 시퍼런 혈관이 불어난 강처럼 흐르고 있었다. 날개를 펼치면 둔덕 전체가 덮일 것 같았다. 하지만 날개는 움츠린 상태에서도 크르 세렐라 물의 요정이 만든 돛만큼이나 커다랬다. 워터루트 모든 바다를 횡단한 전설적인 배의 거대한 돛 말이다. 탬윈은 마른침을 꿀꺽 삼켰다. 이 거대한 가죽 날개는 자그마한 배티 래드의 연약한 날개와 너무도 달랐다.

용은 탬원을 전혀 알아채지 못한 듯했다. 엘리와 뉴익도 마찬가지였다. 그 둘은 막대기로 용의 꼬리를 때리며 야영지에서 용을 쫓아내려 애쓰고 있었다. 용은 헤니도 신경 쓰지 않았다. 헤니는 너도밤나무 위로 기어 올라가 싱글벙글하며 가시 돋친 용 꼬리에 올라타려 하고 있었다.

용은 몸을 돌리다가 리니아를 발견했다. 리니아는 둔덕 꼭대기 근처에 놓인 바위에 올라가 주먹을 흔들고 발을 구르며 짐승을 향해 소리치고 있었다. 어린 용은 개의치 않고 비늘 덮인 목을 사제 쪽으로 뻗기 시작했다.

페얼린이 그 사이로 뛰어들었다. 느릅나무 정령은 용의 입에서 나는 매캐한 냄새를 풍기며 리니아 앞에 떡 버티고 서서 사납게 가지를 흔들었다. 다행히 이 용은 너무 어려서 불을 뿜을 수는 없었다. 하지만 용이 커다란 머리를 좌우로 홱홱 움직이는 바람에 페얼린은 비탈 아래로 굴러떨어져 버렸다.

용의 주둥이가 이를 드러내고 다가오자 리니아가 갑자기 고함을 멈췄다. 두려운 표정이 얼굴을 가득 뒤덮었다. 초록색 턱마저 훨씬 더 창백해졌다.

용이 입을 쩍 벌렸다. 다 벌린 건 아니었다. 바위 위에 서서 귀찮게 하는 작은 생명체의 머리를 뜯어 먹을 수 있을 정도로만 벌렸다. 용은 까만 입술과 줄줄이 늘어선 이빨 사이로 혀를 날름거렸다. 리니아는 공포로 얼어붙은 채 그 자리에 가만히 서 있었다.

"안 돼! 그만해!"

엘리가 막대기를 내려놓고, 무장된 용의 꼬리를 향해 미친 듯이 주먹을 휘둘렀다.

용의 턱이 더 벌어졌다. 그리고 더 벌어졌다. 뾰족한 이빨 수백 개가 고기 조각과 점액 덩어리를 길게 늘어뜨린 채 반짝거렸다. 용의 입이 리니아 머리 위에서 닫히기 시작했다.

높게 울부짖는 비명이 허공을 꿰뚫었다. 용이 갑자기 동작을 멈췄다. 비명이 점점 커지자 불타는 듯한 용의 눈이 작은 틈처럼 가늘어졌다. 용은 느닷없이 목을 움츠리더니 혀로 리니아의 뺨을 핥았다.

용은 거대한 날개를 끌어당겨 등 뒤에 딱 붙였다. 돌투성이 골짜기 위 어딘가에서 들려오는 소리에 대답이라도 하듯 그쪽을 향해 우렁차게 포효했다. 동시에 커다랗게 휜 발톱으로 땅을 파, 있는 힘껏 뒤로 밀었다. 흙과 바윗덩어리들이 허공으로 날아올랐다. 용은 앞으로 살짝 미끄러져 나아가더니 둔덕 옆면을 지나 골짜기로 달려 내려갔다.

몇 초간 아무도 입을 열지 않았다. 페얼린은 부러진 팔 두 개를 껴안고 절뚝거리며 다시 비탈을 올라왔다. 그사이 리니아의 얼굴색이 서서히 돌아왔다. 엘리는 놀라고 어리둥절한 표정으로 자리를 뜬 짐승의 뒷모습을 물끄러미 바라보았다. 헤니는 용 꼬리에 올라탈 기회를 놓친 데 실망해 고개를 가로저었다. 하지만 뉴익은 탬윈을 정면으로 바라보고 있었다. 탬윈은 입 주변에 두 손을 동그랗게 모아놓고 있었다.

"어떻게 한 거야?"

늙은 요정이 물었다. 삼홍색이던 요정의 색깔은 고동치는 노란색으로 변해 있었다.

탬윈은 손을 내렸다.

"아, 어쩌다 알게 된 소리야…… . 거의 2년 전에 용 가족을 뒤쫓다가. 큰 용은 아니고 서쪽 동굴에서 온 비룡이었어. 일주일 가까이 지켜봤거든."

"너였어? 네가 그 소리를 낸 거야?"

엘리가 끼어들었다. 엘리는 두 눈이 똑같이 멍든 덜렁이 짐꾼을 빤히 쳐다봤다.

탬윈은 어깨를 으쓱했다.

"별로 어렵지도 않아."

"무슨 소리인데? 전투할 때 내는 함성 같은 거야?"

탬윈이 살짝 웃었다.

"아니."

"그럼 포식자 울음소리? 무서워서 도망친 건가?"

"겁을 먹은 건 맞아. 덕분에 당분간은 여기 오지 않을 거야. 하지만 포식자 소리는 아니야."

엘리는 의심 가득한 얼굴로 탬윈을 바라보았다.

탬윈은 한쪽 손을 주머니에 넣고 배티 래드의 북실북실한 머리를 쓰다듬었다.

"그건 어미 용이 부르는 소리야. 그 한 주 동안 꽤 자주 들었어. 대충 이런 뜻이지. '비늘 덮인 꼬리를 끌고 당장 돌아오지 않으면 엄마가 널 저녁으로 먹어 버릴 거야.'"

뉴익이 여전히 신기한 듯 탬윈을 쳐다보며 투덜거렸다.

"애정이 넘치는군. 하지만 넌 아직 내 질문에 답하지 않았어. 어떻게 한 거냐니까?"

"글쎄. 이렇게 손가락을 감싸서 여기 갖다 대고……."

"아니, 이 바보야! 소리를 어떻게 냈는지가 아니라 어떻게 멀리 던졌 는지 묻는 거야."

뉴익의 노란 몸에 빨간 핏줄이 비쳤다.

탬윈은 이마를 찌푸리고 어깨를 으쓱했다.

"그냥 속임수야. 그냥…… 딱히 할 일이 없을 때 익혀놨어. 그런 날이 꽤 자주 있었거든."

"그건 그냥 속임수가 아니야. 그건 환영이야. 멍청한 초보자치고 썩 나쁘지도 않았어."

뉴익이 작은 팔을 흔들며 말했다.

엘리는 다른 걸 물어보려다가 문득 멈췄다. 설마? 엘리의 퉁명스러운 메리스가 방금 칭찬 비슷한 말을 했다. 그것도 저 멍청한 탬윈에게! 분명 실수일 것이다. 아니면 장난이거나.

엘리는 뭉뚝한 잔디를 발로 밟아 으스러뜨리며 탬윈에게 좀 더 가까이 다가갔다. 그러고는 의심스러운 듯 물었다.

"그 소리가 그런 뜻인지 네가 어떻게 알아? 그건 용의 언어잖아."

탬윈은 또다시 어깨를 으쓱했다. 어떻게 숨을 쉬느냐는 질문에 답하기가 차라리 더 쉬울 듯했다.

"나도 몰라. 그것도 속임수인가 보지, 뭐. 딱히……."

"할 일이 없을 때 익혀놓은 속임수."

뉴익이 말을 맺었다. 다시 심술궂은 말투로 돌아왔지만 뉴익은 확신이 없는 듯 이상한 표정을 지었다.

탬윈의 시선이 둔덕 위에 놓인 텅 빈 스튜 냄비로 옮겨갔다.

"저녁 준비를 다시 시작해야겠어. 안 그러면 밤이 되기 전까지 다들 쫄쫄 굶을 거야."

"저녁?"

모두의 눈이 너도밤나무에 앉아 있는 홀라를 향했다. 헤니는 격렬하게 고개를 끄덕였다.

"드디어 알아들을 수 있는 언어가 나왔네! 후후후 헤헤 후후."

탬원은 고개를 내저으며 식료품이 있는 곳으로 걸음을 옮겼다. 식료품 절반은 배고픈 새끼 용이 이미 삼켜 버린 후였다. 이제는 안전하다고 확신했지만 탬원은 혹시나 하는 마음에 어깨 너머로 용이 도망친 골짜기를 확인했다. 얼마 전까지 탬원도 그곳을 자유롭게 달렸다.

용이 나타날 기미는 보이지 않았다. 거대한 몸이 훑고 지나간 땅에 남은 건 납작해진 흙과 부서진 돌뿐이었다. 근처에 있는 작은 웅덩이 옆 진흙에 탬원의 발자국이 찍혀 있었다. 골짜기를 달려 올라올 때 생긴 것이었다.

그때 다른 무언가가 눈에 들어왔다. 탬원의 심장이 얼어붙었다.

급하게 야영지로 돌아오면서 찍힌 발자국이 진흙 속에 파묻혀 있었다. 적어도 그래야만 했다. 탬원은 믿을 수 없다는 듯 발자국을 내려다 보았다. 이 발자국은 모양이 달랐다. 달라도 너무 달랐다.

이건 수사슴 발굽 자국이었다.

18

완전히

브리오나는 마침내 협곡 가장자리에 가까워졌다. 오랜 등반에 지쳐 두 다리가 부들부들 떨렸지만, 마지막 붉은 바위 절벽을 오르기 전까지 단 한 번도 멈추지 않았다. 나무줄기를 오르는 다람쥐처럼 높이 더 높이 올라갔다. 정상 바로 아래 툭 튀어나온 돌을 손으로 감싸 쥐고 몸을 끌어 올리며 한쪽 다리를 위로 던졌다. 마지막으로 힘주어 끙 하는 소리를 내며 협곡 가장자리 위로 몸을 굴려 올라왔다.

브리오나는 거기에 등을 대고 누워 거친 숨을 몰아쉬었다. 그때마다 누더기가 된 옷에서 붉은 흙먼지가 피어올랐다. 두 손이 창백한 주술사를 떠난 이후 몇 시간 만에 처음으로 쉬는 것이었다.

일어나 앉기 전, 브리오나는 사랑하는 우드루트를 떠올렸다. 끝없이 이어진 녹색 숲을 이제 곧 다시 보게 될 것이다. 풍요롭고 활기 넘치는 숲은 파릇파릇한 수풀, 달콤한 냄새를 풍기는 열매, 수많은 생명체, 매혹적인 오솔길로 가득했다. 주술사의 댐에서 보낸 고통스러운 사흘 동안 영혼이 망가질 대로 망가져 버렸지만, 숲을 보면 영혼은 분명 다시 회복될 것이다. 팔다리가 묶이고 두 눈이 가려진 채 할아버지와 함께 우드루트에서 납치됐지만, 두 요정의 일부는 그 향긋한 숲길을 절대 떠날 수 없었다.

여전히 숨이 가쁘고 팔다리가 노천광 바위처럼 무거웠지만, 브리오나는 억지로라도 다시 생각을 현재로 되돌렸다. 브리오나에게는 할 일이 있었다. 살려야 할 목숨이 있었다. 할아버지의 목숨!

브리오나는 몸을 일으켜 앉았다. 하지만 눈앞에 펼쳐진 광경 때문에 다시 바위 위로 쓰러질 뻔했다. 협곡 가장자리까지 자라던 무성한 경계 숲이…… 우드루트와 워터루트, 혹은 할아버지 표현대로 엘 우리엔과 브린칠라를 경계 짓던 숲이…… 사라져 버렸다.

사라졌다!

협곡 벽을 따라 2킬로미터 정도의 경계 숲이 모두 베어져 있었다. 뿌리째 뽑혀 있었다. 대량으로 학살당했다.

원래 협곡 근처 파릇파릇한 수풀에서는 언제나 동물들이 자유롭게 달렸다. 밧줄이끼에 매달리고 나뭇가지 위를 뛰어다녔다. 그런데 지금 그 자리에 남은 건 죽음의 불모지뿐이었다. 잘린 나무둥치, 부러지고 베인 나뭇가지, 찢긴 나무껍질 조각이 사방에 흩어져 있었다. 이 숲의 심장이 무참히 난도질당한 채 썩어가고 있었다. 여우, 고슴도치, 딱따구리, 사슴, 그 많은 동물은 다 어디로 갔을까?

협곡 아래로 불어온 바람이 댐 뒤에 있는 흰색 호수 표면을 채찍질한 뒤 울부짖으며 붉은 바위 절벽을 지나갔다. 바람 소리는 살해당한 숲에 이르러 더 깊고 비통한 신음으로 바뀌었다. 한때 그곳에 살았던 나무와 동물이 고통과 괴로움에 울부짖는 소리였으리라. 그들은 이제 모두 사라져 버렸다.

댐에 쓰인 뼈대. 바지선에 쓰인 통나무. 다 여기서 가져온 거였어!

브리오나는 이를 악물었다. 브리오나나 할아버지와는 달리 나무에게는 살아남을 기회조차 없었다. 전혀 기회가 없었다.

요정 소녀는 잘려 나간 그루터기 너머로 시선을 옮겼다. 저 멀리 우드루트 언덕의 녹지를 바라보니 마음이 놓였다. 끝없이 이어진 산등성이를 따라 살아 숨 쉬는 나무들이 솟아 있었다. 이전보다 건조하고 색깔도 흐릿해 보였지만 숲은 여전히 생기가 넘쳤다. 그 녹지 안에서 나뭇가지들은 여전히 딸깍거리고 바스락거리고 휙휙거렸다. 새끼 사슴은 여전히 어미보다 빨리 달리려 폴짝폴짝 뛰어다녔다. 종달새는 여전히 자유롭게 휘파람을 불었고 노란 호랑나비는 맛난 꽃을 찾아 날아다녔다. 그 언덕에서는 여전히 숲의 노래가 하나의 선율로, 동시에 여러 선율로 들려왔다.

하지만 지금 그 노래에는 다른 음계가 섞여 있었다. 고통과 상실, 그리고 신음하는 바람의 음계였다.

그 황폐한 땅을 지나는 데 얼마나 걸렸는지 브리오나는 알 수 없었다. 그저 피 나는 상처 위를 걷는 것 같았다. 그 상처는 앞으로 절대 온전히 낫지 못할 것이다. 브리오나는 무고한 생명의 끔찍한 잔해 위로 발을 옮기며 깨끗이 잘려 나간 숲을 터덜터덜 걸었다. 속이 울렁거렸다. 지독하게 울렁거렸다. 그리고 화가 났다. 이 경악스러운 일을 저지른 주술사에게, 그 일에 가담한 자기 자신에게.

어떻게 그 천벌 받을 주술사를 도와줄 수가 있어? 이런 짓까지 눈감아줄 이유가 대체 뭔데?

브리오나는 한숨을 쉬었다. 답은 이미 알고 있었다. 트레시미르. 할아버지. 지금껏 본 광경에도 불구하고 할아버지의 목숨은 충분한 이유가 됐다.

잠시 후 브리오나는 살아 있는 숲으로 들어섰다. 관문을 통해 새로운 영토로 넘어온 듯, 한 걸음 사이에 모든 것이 바뀌었다. 브리오나의 맨발이 부드럽고 비옥한 영토를 밟았다. 작은 생명체들이 굴을 파거나 땅 위를 기어 다녔다. 평소보다는 훨씬 마른 듯했지만, 이곳 흙은 바싹 마른 협곡 바위에 비하면 거의 연못처럼 느껴졌다.

그리고 냄새……. 아, 이 냄새! 강렬한 송진 냄새, 달콤한 양치식물 냄새, 나무껍질 냄새, 그윽한 버섯 냄새, 견과류 껍데기 냄새, 은은한 이끼 냄새, 톡 쏘는 열매 냄새, 그 밖에 수많은 냄새가 브리오나의 코와 폐를 가득 채웠다.

재잘대는 다람쥐와 스르르 미끄러지는 뱀 소리가 들렸다. 폭발하는 초록빛과 진홍색의 흔적이 보였다. 경이와 놀라움과 회복의 기운이 사방에서 느껴졌다. 브리오나는 살아 있는 숲으로 들어왔다. 집으로 돌아왔다.

적어도 당분간은 그랬다. 브리오나는 우드루트의 가장 깊은 숲을 등지고 서쪽으로 몸을 돌렸다. 그쪽 방향으로 멀지 않은 곳에 잘 아는 관문이 있었다. 할아버지와 많이 가본 곳이었다. 할아버지는 지긋한 나이에도 불구하고 늘 다른 생명체와 다른 영토에 대해 더 많이 알고 싶어 했다. 특히 여기저기 흩어진 요정 종족에 관심이 많았다. 그래서 브리오나를 데리고 관문을 통해 남부 브린칠라에 사는 바다 요정을 여러 번 방문했다. 위험한 어둠의 요정을 만나러 라스트라엘로 간 적도 있었다.

하지만 이제 브리오나는 그 관문을 통해 라나윈으로 갈 것이다. 파이어루트는 처음이었다. 이빨 모양 탑이 있는 분화구로 가서 마법사의 지팡이를 찾아야 한다. 그래야 할아버지 목숨을 살릴 수 있다.

브리오나는 말라붙은 개울 바닥을 폴짝 뛰어넘었다. 주술사의 댐에 갇힌 강물처럼 이 개울물도 모두 사라져 버린 상태였다. 브리오나는 입술을 앙다물었다.

그 지팡이가, 그 마법에 걸린 나뭇조각이 그렇게나 귀중하다고 생각하다니. 멍청한 주술사 같으니라고! 그보다 훨씬 위대한 마법이 여기 있는데. 바로 여기 살아 있는 숲에.

브리오나는 눈에 띄어서도 안 되고 시간을 지체해서도 안 됐다. 그래서 안개 조각처럼 가볍게 나무 사이로 움직였다. 숲의 요정이 종종 이용하는 오솔길은 조심히 피해 갔다. 자신이 하는 일을 친구들에게 어떻게 설명할 수 있겠는가? 친구들은 브리오나가 주술사를 돕지 못하도록 막으려 들지도 모른다.

브리오나는 바쁘게 아몬드와 호두를 수확하고 있는 요정들의 눈을 피해 비좁은 산사나무 가지 사이로 기어갔다. 그런 다음 발톱풀이 가득한 초원으로 빙 둘러 이동했다. 나무껍질 옷자락을 꽉 움켜쥐는 발톱풀을 보니 커다란 요정 마을이 너무도 그리웠다. 거대한 느릅나무 여덟 그루의 가지 안에 나무 집들이 지어져 있었다. 그 모습을 흘끗 보니 덜컥 목이 메었다.

혹시 잠깐 들를 수 있을까? 가장 높은 나무 집에 친구 에일린이 있을 것이다. 에일린은 차근차근 목공 장인이 될 준비를 하고 있었다. 브리오나가 찾아가면, 에일린은 지금껏 수없이 그랬듯 이번에도 도구를 옆에 내려놓고 따뜻한 개암차에 달콤한 꿀과 계피를 섞어 브리오나에게 내줄 것이다. 잠깐 만나고 가는 건 괜찮겠지…….

브리오나는 정신을 차리고 입술을 깨물었다. 그리고 계속해서 나아갔다.

초원의 인동덩굴은 서리가 내리기 전에 꽃을 피웠다. 브리오나는 초원을 지나다가 갑자기 멈춰 섰다. 단풍나무에 기다란 활이 기대어 세워져 있었다. 재료는 탄력 있는 삼나무였고, 줄이 끊어진 것만 빼면 상태도 좋아 보였다. 덜렁대는 궁수가 두고 간 게 분명했다. 단풍나무 뿌리 위에는 날씬한 화살통도 놓여 있었다. 브리오나는 망설였다. 궁수가 돌아올지도 몰랐다. 궁수에게는 활과 화살이 필요할 것이다.

그래도 나만큼 필요하진 않을 거야.

브리오나는 암울하게 생각했다. 그렇게 무기를 집어 들고 여정을 이어갔다.

브리오나는 마침내 관문에 도착했다. 커다란 바위 두 개 사이에 초록색 원형 불꽃이 있었다. 으스스한 빛이 끊임없이 일렁이며 바위 옆면과 우뚝 솟은 가문비나무 가지 위에서 춤을 췄다.

관문으로 들어가기 전, 브리오나는 옷에서 튼튼한 실을 뽑아 활시위를 갈아 끼우기 위해 가문비나무 아래에 앉았다. 협곡 벽을 오르는 동안 풀려나온 실 한 가닥을 어렵지 않게 찾아 뽑아내며, 머릿속으로 계획을 떠올렸다. 아니, 계획이 없음을 깨달았다. 브리오나는 이 지팡이가 어떻게 생겼는지조차 몰랐다!

하지만 상관없었다. 브리오나는 방법을 찾아낼 것이다. 그래야만 했다. 어떻게든 지팡이를 찾아 그걸 지키고 있는 사람에게서 빼앗은 다음 별자리가 완전히 사라지기 전에 돌아갈 것이다. 할아버지를 다시 집으로 데려갈 것이다.

활시위를 거의 다 묶었을 때 이상한 소리가 들려왔다. 우르릉 콸콸 으르렁대는 소리가 모두 섞인 목소리 같았다. 이런 목소리는 한 번도 들어본 적 없었다. 브리오나는 무릎을 가슴으로 끌어당기고 가문비나무 둥치에 등을 딱 붙인 채 숲의 요정만이 할 수 있는 방법으로 가만히 앉아 있었다.

시간이 지날수록 소리가 점점 더 커졌다. 그리고 더 이상해졌다. 그때 놀랍게도 늙은 소인 하나가 나무 사이에서 성큼성큼 걸어 나왔다. 적어도 키는 소인만큼 작았다. 하지만 감자만 한 주먹코와 이상하리만치 넓적한 엉덩이는 더 큰 존재에게나 어울릴 법했다. 하얗게 센 더벅머리 아래에서 분홍색 거친 눈이 반짝거렸다. 엉덩이를 가리기 위해 입은 것으로 보이는 두꺼운 양털 조끼가 헐렁한 각반 아래까지 내려왔다.

소인은 노래를 부르려 했다. 아니, 다른 이들을 겁주어 쫓아내려 했을지도 모른다. 소인이 관문에 가까워져오자 노랫말이 또렷이 들렸다.

자, 내 코를 꼬집어요, 나는 날갯짓하는 새가
아닐 거예요.
내 노래는 음정이 전혀 맞지 않아요.
당신이 지금껏 들었던 노래와는 전혀 다르죠!
나는 모든 노랫말을 말라 죽게 해요.

이제 내 입술을 잡아당겨요, 나를 혹 달린 낙타라고
놀리지 말아요.
내 뒤에 보이는 그 혹은
사실 그냥 내 엉덩이예요!
그루터기보다 넓적하기는 하지만요.

'나는 누구일까?' 진심 어린 나의 외침.
삶이 나를 비웃어요.

나는 작지도 크지도 않고 대단하지도 않아요.

나는 신비가 싫어요!

확실히, 분명히, 완전히.

자, 내 귀를 비틀어요, 내가 물갈퀴 달린 오리인지는

확실하지 않아요.

내 수영 실력은 형편없어요.

그저 진흙 속에서 꿈틀거릴 뿐이죠!

정말 역겨운 운명이에요.

이제 나를 벌거벗겨요, 내가 침을 쏘는 벌이라고

결론짓지는 않을 거예요.

그래도 나는 꿀나무 안에서

잔치하는 걸 매우 좋아해요!

거기는 내가 가장 좋아하는 장소예요.

'나는 누구일까?' 진심 어린 나의 외침.

삶이 나를 비웃어요.

나는 작지도 크지도 않고 대단하지도 않아요.

나는 신비가 싫어요!

확실히, 분명히, 완전히.

브리오나의 짙은 녹색 눈이 휘둥그레졌다. 이게 정말 실화가 맞을까?
할아버지에게서 열심히 역사를 배운 브리오나는 아주 먼 옛날 '확실히,

분명히, 완전히'라는 구절을 유명하게 만든 인물의 이름을 잘 알고 있었다.

심. 심은 소인만큼이나 작았지만 늘 자신이 거인이라고 주장했다. 그저 작은 거인일 뿐이라고 말이다! 심은 잃어버린 핀카이라에서 멀린과 친하게 지내던 친구이기도 했다. 멀린과 리타 고르의 첫 번째 전투에서 전설 속 거인의 춤이 실현되고 결국 멀린이 승리한 것도 모두 심의 용감한 희생 덕분이었다.

바로 그 승리의 순간, 심이 몸을 던진 커다란 돌무더기에서 깊은 마법이 소용돌이쳤다. (그 돌무더기는 훗날 드루마디안의 위대한 신전이 되었다.) 그 결과 심은 다시 살아났을 뿐 아니라 몸집까지 커졌다. 심의 표현대로 '가장 높은 나무만큼' 우뚝 서게 되었다. 진짜 거인만큼 커진 것이다.

브리오나는 고개를 가로저었다. 항상 그 이야기를 좋아하기는 했지만 그 일은 천 년도 전에 일어난 일이었다! 거인은 아발론에서 가장 오래 사는 생명체였다. 그 사실은 모두가 잘 알았다. 마법사 혈통만큼 오래 살지는 않더라도 천 년 이상 사는 경우는 종종 있었다. 요정보다 두 배는 더 긴 수명이었다. 심지어 요정들도 아발론의 인간보다 두 배나 더 오래 살았다.

하지만……. 이 소인이 진짜 심이라면 어떻게 다시 작아진 걸까?

갑자기 브리오나가 입술을 깨물었다. 이 소인이 정말 심이라면 분명 멀린과 오랜 시간을 함께 보냈을 것이다. 거인의 춤은 그 둘이 함께한 모험의 시작일 뿐이었다. 잃어버린 핀카이라 주민들이 날개를 되찾고 아발론이 탄생한 이후까지 둘의 모험은 계속됐다. 폭풍의 전쟁에서도 심과 멀린이 나란히 서서 싸웠다고 할아버지가 얘기하지 않았던가?

멀린을 그렇게 오래 봤다면 멀린의 지팡이도 많이 봤을 것이다! 지팡이를 알아보는 방법을 알지도 모른다. 아니, 사용법까지 알지도 모른다.

브리오나 심장이 흥분으로 두근거렸다. 브리오나는 우아한 동작으로 가문비나무 아래에서 일어났다. 소인이 바위 사이에 있는 초록색 원형 불꽃을 들여다보다가 깜짝 놀라 뒤로 펄쩍 뛰었다. 분홍색 눈이 브리오나를 노려보았다.

"너는 무슨 괴상한 생명체길래 키 큰 나무처럼 땅에서 불쑥 튀어나오는 거야?"

"그냥 요정이에요."

"금을 고장 낸다고? 왜 그런 짓을 해?"

소인이 하얗게 센 머리를 긁적거렸다.

"아마 내가 잘못 들었나 봐. 요즘은 이 심 할아버지 귀가 당최 제대로 들리질 않아."

브리오나는 그 이름을 듣고 숨이 턱 막혔다.

"전 그냥 요정이에요! 제 이름은 브리오나예요!"

브리오나는 심이 들을 수 있도록 큰 소리로 말했다.

소인은 허리를 숙여 인사했다. 너무 깊이 숙이는 바람에 주먹코가 가문비나무 가지에 부딪혔다.

"만나서 반가워, 시오나."

"브리오나요."

소인이 다시 허리를 숙였다.

"로와나."

브리오나는 자기 이름을 제대로 알려주기를 포기하고 상대의 이름을 재차 확인하기로 했다. 그래서 소인의 귀에 대고 소리쳤다.

"당신이 정말 심인가요? 그 유명한 심요?"

분홍색 눈이 갑자기 어두워졌다.

"맞아, 오래전에는 그랬지. 확실히, 분명히, 완전히."

심은 발을 내려다보며 얼굴을 찡그렸다.

"그런데 몸이 다시 작아져 버렸어! 왜 그런 끔찍한 일이 일어났는지는 나도 몰라. 내 몸은 70년 전쯤 작아지기 시작했어. 그리고 점점 더 작아졌지. 이제는 너무 작아져서 거인들도 나를 못 알아봐. 나를 '용감한 심 선생님'이라고 부르던 녀석들조차 말이야. 아예 나를 보지도 못해!"

브리오나는 자신의 문제만으로도 충분히 괴로웠지만 심의 사연에 또다시 마음 아파할 수밖에 없었다. 브리오나는 심의 축 처진 어깨에 손을 올렸다.

"당신은 여전히 아주 용맹해요."

심이 기분 나빠하며 브리오나 손을 뿌리쳤다.

"여전히 아직도 맹하다고? 그런 무례한 말을 하다니. 확실히 얘기해 주지. 나는 여전히 아주 용맹해."

심의 얼굴에 결연한 표정이 가득 차올랐다.

브리오나는 표정을 감추려 혀를 깨물었다.

"알아요. 제가 그렇게 말했어요."

"네가 그물을 팔았다고? 고작 그런 이유로 관문에 들어가면 안 돼, 로와나. 위험해질 수도 있어."

브리오나는 너무 답답한 나머지 아무 말 없이 심을 바라보았다.

심의 표정이 밝아졌다.

"난 정당한 이유가 있어."

"뭔데요?"

브리오나가 소리쳤다.

심이 고개를 가우뚱했다.

"널 믿어도 될까?"

브리오나는 격렬하게 고개를 끄덕였다.

심은 조심스럽게 양쪽을 흘끗 돌아본 뒤 속삭였다.

"난 마법이 깃든 물건을 찾을 거야. 마법사의 마법 말이야."

브리오나가 심의 팔을 움켜쥐었다.

"설마…… 지팡이는 아니죠?"

심은 고개를 저었다.

"아니, 지렁이는 아니야. 난 멀린의 지팡이를 찾을 거야! 물론 몇 년이 걸릴 수도 있고, 지팡이가 아발론에 있는지도 확실하지 않아. 하지만 멀린이 지팡이를 놓고 갈지도 모른다고 말한 적이 있어. 언젠가 지팡이가 진정한 후계자를 도와줄 거라고 말이야. 그 말이 정말, 진짜, 진정으로 사실이라면, 아발론에서 나를 다시 가장 높은 나무만큼 커지게 할 마법은 오직 그 지팡이뿐일 거야!"

브리오나는 꼬박 한 시간에 걸쳐 심에게 같이 가고 싶다는 의사를 전달했다. 지팡이가 어디 있는지 알고 있으며, 목적지인 파이어루트에 생각을 집중하도록 심을 도와주겠다고도 했다.

이건 간단한 일이 아니었다. 둘 다 확실히 마음을 집중하지 않으면 완전히 엉뚱한 곳으로 떨어질 수도 있었다. 아니, 더 나쁜 상황이 펼쳐질 수도 있었다. 관문은 마법으로 여행자를 분해해 위대한 나무의 가장 안쪽 잎맥을 따라 이동시킨 다음 도착지에서 다시 하나로 합쳤다. 분해된 조각들이 이동하는 동안 명확하게 목적지를 떠올리지 않으면 여행자는 쉽게 길을 잃거나…… 목숨을 잃을 수 있었다. 완벽하게 집중한다고 해도 잘못될 가능성은 여전히 있었다. 어떤 관문은 자기만의 생각이 있는 듯했다. 특히 에어루트에 있는 관문들은 여행자의 목적지를 무작위로 정해주기도 했다.

요약하자면, 관문을 통해 여행하는 것은 아주 섬세한 작업이었다. 유명한 숲의 요정 세렐라는 아발론 51년에 최초로 마법의 관문을 통해 여행하고 살아남은 뒤 이런 말을 남겼다. "관문 추적으로 여행하기는 어려우나, 그것으로 죽기는 너무도 쉽다."

두 사람 이상이 관문으로 들어갈 때 여행자들은 통례적으로 서로의 손을 잡았다. 브리오나와 심은 손을 맞잡고 희미하게 빛나는 원형 불꽃 속으로 성큼 걸어 들어갔다. 요정은 굳은 얼굴로 한 단어를 말했다.

"파이어루트."

심은 숨을 깊게 들이쉬며 중얼거렸다.

"반드시 찾을 거야! 확실히, 분명히, 완전히."

19

송진 냄새

초록색 불꽃이 브리오나와 심 위로 펑 터지며 빛과 열 그리고 신비를 내뿜었다.

두 여행자는 갑자기 사라졌다. 소각되었지만 불타지는 않았다. 삼켜졌지만 파괴되지는 않았다. 살아 숨 쉬는 아발론 나무의 잎맥 깊은 곳으로 떨어졌다.

브리오나가 마지막으로 기억하는 건 관문으로 들어설 때 들린 요란한 불꽃 소리였다. 그 순간 브리오나는 우드루트 숲에 있는 특정한 공간에서만 사라진 것이 아니었다. 더 심오한 의미로 자기 자신에게서 사라진 것이었다. 고동치는 초록빛 강이 브리오나를 휩쓸자 브리오나는 위대한 나무와 하나가 되었다. 몸, 마음, 영혼까지. 브리오나가 아직 존재한다면, 그건 그저 아발론의 숨과 피로 존재하는 것이었다.

브리오나는 아래로 안으로 떨어졌다. 깊이 더 깊이, 멀리 더 멀리. 완전히 완벽하게 위대한 나무 안으로 들어갔다. 가장 작은 물방울, 흙 알갱이, 불꽃이 되었다.

진한 송진 냄새가 브리오나를 집어삼켰다. 숲속 빈터, 싹 나는 씨앗,

삼림 지대 버섯, 촉촉한 실개천 냄새. 거기에 나뭇잎과 작은 새순, 오래된 털과 갓 태어난 가죽, 따뜻한 나무껍질과 산들바람에 떠다니는 깃털 냄새가 그 안에 섞여들었다. 이것이 엘라노 냄새임을, 엘라노는 생명을 주는 가장 본질적인 나무의 수액임을 브리오나는 너무도 잘 알았다.

고동치는 강은 내내 브리오나를 옮기고 당기고 감싸주었다. 이 모든 일은 움직임 없이 이루어졌다. 적어도 물리적인 움직임은 하나도 없었다. 숨 쉬는 사람 몸속으로 숨결이 녹아들듯, 지금 브리오나의 존재는 아발론 안으로 녹아들어 있었다. 브리오나는 공기인 동시에 폐였고, 피인 동시에 핏줄이었고, 심장인 동시에 영혼이었다.

브리오나는 나무 안에 있었다.

나무의 일부였다.

나무였다.

브리오나는 아래로 아래로 아래로 흘러갔다. 더욱더 깊이 들어갔다. 그러는 동안 내내 송진 냄새에 둘러싸여 있었다. 초록빛이 번쩍이더니 잠시 어두워졌다가 다시 번쩍거렸다. 암적색과 짙은 갈색 광선이 반짝이다가 사라졌다. 노란 반점이 나타나 나비 떼처럼 날개 치더니 끝없이 흐르는 초록빛 안으로 스며들었다.

사방에서 소리가 들렸다. 들썩이는 소리, 밀려드는 소리, 빠르게 흐르는 소리가 끝없이 이어졌다. 빛과 흙과 공기가 하나로 합쳐지는 소리였다. 싹트고 자라고 죽었다가, 다시 태어나 싹을 틔우는 생명의 소리였다. 나뭇가지는 하늘을 향해 뻗거나 굽거나 부러진다. 하지만 호흡은 계속된다. 호흡은 멈추지 않는다. 다시 또다시, 다시 또다시. 모든 생명체를 위해, 모든 시간 동안.

갑자기 송진 냄새가 강해졌다. 브리오나는 오래전 잊어버린 자아가 돌아오는 듯한 느낌을 받았다. 그보다 더 강한 통증과 고통이 몸 또는 마음 깊은 곳에서 느껴졌다. 과거의 존재에 대한 상실의 고통, 뒤에 남겨두고 떠날 무언가에 대한 슬픔의 고통이었다.

초록빛이 점점 커졌다. 브리오나 바로 앞에서 부풀어 오르고 희미하게 빛나며 시끄럽게 탁탁거렸다. 너무 시끄러워서 브리오나는 자신과 아발론의 숨소리를 듣기 위해 안간힘을 써야만 했다.

불꽃! 브리오나는 심과 함께 관문 밖으로 곤두박질쳤다. 수많은 계절 동안 불에 그슬려 새카매진 땅 위에 몇 초간 엎드려 있었다. 여기가 어디인지 자신이 누구인지 알 수가 없었다.

갑자기 모든 기억이 돌아왔다. 브리오나는 고개를 들고 눈앞에 펼쳐진 풍경을 바라보았다. 용솟음치는 불꽃과 분출하는 연기, 불에 탄 산등성이와 화산재 기둥. 파이어루트. 이곳 절벽에는 나무 하나 풀 한 포기 자라지 않았다. 고약한 유황 냄새가 브리오나 몸 위를 떠다녔다.

그때 코보다 더 깊은 곳에서 또 다른 냄새가 희미하게 풍겨왔다. 살아 숨 쉬는 진한 송진 냄새 같았다. 브리오나는 두 손에 얼굴을 묻고 흐느끼기 시작했다.

20

경이로운 일

스크리는 동굴 안을 서성였다. 화염 분출구에서 나온 주황빛 파도가 돌벽 위에서 물결쳤다. 스크리의 몸 위에서도 마찬가지였다. 인간 모습을 한 독수리 종족이 늘 그렇듯 스크리는 윗도리를 입고 있지 않았다. 훤히 드러난 어깨, 근육질 팔, 매부리코 콧등에 불빛이 닿았다.

하늘로 솟구치는 독수리가 저 아래 들판에서 도망치는 토끼를 매섭게 살피듯, 스크리는 벽에 세워놓은 지팡이를 면밀히 살폈다. 울퉁불퉁한 자루와 옹이 진 꼭대기가 화염 분출구에서 나오는 빛으로 고동쳤다. 하지만 지팡이 안에서는 빛이 나오지 않았다. 지금 지팡이는 지난 17년 동안 그랬듯 그저 평범한 나뭇조각처럼 보였다.

평범한 나뭇조각……. 며칠 밤 전까지는 그랬다. 그날 밤 지팡이는 그 자체의 빛, 안에서 나오는 마법으로 반짝였다.

스크리는 노란색 테두리가 쳐진 눈으로 어두운 나뭇결, 꼭대기에 있는 단단한 옹이, 자루를 따라 난 미묘한 선들을 자세히 들여다보았다. 깜빡이는 동굴 불빛 아래에서 보니 그 선들은 마치 룬 문자로 새겨진 자국 같았다.

하지만 마법 같은 건 보이지 않았다. 너무도 이상했던 그날 밤 이후, 지팡이에는 특별한 일이 전혀 일어나지 않았다. 모든 게 그저 상상이었을까? 스크리는 손을 들어 새까맣게 탄 피부와 손바닥에 잡힌 물집을 살펴보았다. 아니, 이건 상상일 리가 없었다!

그날 밤 이후 스크리는 분화구 가장자리에 있는 관문으로 다시 올라가지 않았다. 하지만 기억 속 초록색 불꽃은 스크리의 생각을 끊임없이 핥아댔다. 그 오랜 시간 잠들어 있던 지팡이가 왜 갑자기 깨어났을까? 정말 스크리를 밖으로 내보내려는 것이었을까? 탬윈을 찾으라고? 아니면 별이 사라지는 걸 보라고? 마법사의 지팡이 별자리가 변한 건 대체 무슨 의미였을까?

스크리는 날카로운 발톱으로 바닥을 긁으며 얼굴을 찌푸렸다. 그렇게 오랫동안 지팡이를 옆에 두고 지켰는데, 지금 지팡이는 그 어느 때보다 이해하기 힘들었다. 오래전 어느 어두운 밤 자신에게 지팡이를 맡겼던 그 노인처럼.

"그 노인은 대체 누구였을까?"

스크리가 큰 소리로 물었다.

스크리 말이 동굴 안에서 메아리쳤다. 스크리는 불타는 산비탈에 불쑥 나타났던 흰 수염 노인을 떠올렸다. 그 노인은 독수리로 변할 수 있었다. 돌벽 안으로 곧장 날아 들어갈 수도 있었다. 스크리는 그 노인을 사랑했다. 이유는 알 수 없었지만, 노인의 눈을 들여다보는 순간 곧바로 사랑에 빠졌다. 너무도 젊은 동시에 너무도 나이 들어 보이는 눈이었다. 무엇보다 스크리는 그 노인에게 목숨을 빚졌다.

검게 탄 손이 지팡이를 향해 천천히 다가갔다. 그러다가 지팡이를 움켜잡기 직전에 멈춰 섰다.

"난 아직도 그 노인을 사랑해. 나한테 끝나지 않을 임무를 맡기긴 했지만 말이야."

스크리는 허공에서 손가락을 움직였다.

"하지만 수수께끼는 오늘로 끝이야. 오늘은 반드시 그 노인이 누구였는지 알아내고 말겠어."

짐작 가는 사람이 있었다. 해가 지날수록 직감은 더 강해졌다. 그 노인이 정말 마법사였다면? 그냥 마법사가 아니라 '바로 그 마법사'였다면? 그 마법사의 이름은……

"멀린."

스크리가 속삭이자 천장이 낮은 동굴에서 그 소리가 가볍게 메아리쳤다.

"그 노인이 정말 멀린이라면 이건……."

스크리는 다시 한번 손가락을 움직였다.

"이건 진짜 멀린의 지팡이야."

스크리는 마른침을 꿀꺽 삼켰다.

"혹시……"

스크리의 목소리가 잦아들었다. 자신이 뱉을 말의 무게에 짓눌린 듯했다.

"내가 멀린의 진정한 후계자인가?"

그 순간 지팡이 전체에서 희미한 빛이 깜빡거렸다. 나무 안 깊은 곳에서 나오는 빛이었다.

스크리의 심장이 요동쳤다. 그날 밤 불타는 절벽에서 지팡이를 처음 만졌던 순간이 떠올랐다. 스크리의 작은 손이 나무를 감싸 쥐었을 때 노인은 이렇게 말했다.

이 지팡이를 안전하게 지키겠다고 약속해다오. 네가 생각하는 것보다 훨씬 더 귀중한 물건이란다.

그런 다음 노인은 귓속말로 어둠의 예언 속 아이에 관해 이야기해주었다. 아발론에 종말을 가져올 아이라고 했다. 마법사의 진정한 후계자가 희망을 가져다줄 거라고도 했다. 노인의 말에 따르면 두 아이는 모두 그해에 태어났다. 그 사실은 아무도 모르는 듯했다.

스크리와 탬윈은 둘 다 그해에 태어났다. 하지만 스크리가 생각하기에 동생은 예언 속 아이 중 어느 쪽도 아니었다. 해가 지날수록 점점 더 확신이 들었다. 탬윈은 너무 순진하고 남을 잘 믿었다. 덜렁대는 성격은 말할 것도 없었다. 하지만 스크리 자신은 종종 의심스러웠다. 혹시 자신이 예언 속 아이 중 하나일까? 어쨌든 노인에게서 막대기를 받은 건 자신이었으니까. 만약 그렇다면 둘 중 누구일까? 한때 스크리는 자신이 어둠의 아이일지도 모른다고 생각했다. 끔찍한 실수를 저질러 지팡이를 잃어버릴 뻔했을 때 특히 더 그랬다. 하지만 스크리는 내심 다른 아이가 되고 싶었다. 아발론을 이롭게 할 인물이 되고 싶었다.

노인은 스크리에게 다른 말도 해주었다.

지팡이를 지키는 아이, 언젠가 지팡이를 휘두를 인간에게는 끔찍하고 끔찍한 위험이 닥칠 것이다. 하지만 마침내 마법사의 진정한 후계자가 나타나면 이 지팡이는 주인을 알아볼 것이다. 어쩌면 후계자가 스스로 알아채기도 전에 말이다. 후계자가 지팡이에 손을 대고 '나는 멀린의 진정한 후계자다'라고 말하면 경이로운 일이 일어날 것이다. 정말로 경이로운 일이 일어날 것이다!

마법의 신호를 보이기까지 지팡이가 왜 그렇게 오랜 시간을 기다렸는지 스크리는 알 수 없었다. 이유야 어찌 됐든 이제는 때가 되었다. 관자놀이로 땀 한 방울이 흘러내렸다. 지팡이는 더 밝게 빛났다. 스크리의 생각을 읽기라도 한 듯 지팡이 빛이 스크리의 심장 박동에 맞춰 고동쳤다.

스크리는 손가락을 지팡이 쪽으로 더 가까이 가져갔다. 이제 준비가 되었다. 그렇다. 멀린의 지팡이를 잡고 그 문장을 소리 내어 말할 준비가 되었다. 아발론의 운명…… 그리고 자신의 운명에 엄청나게 큰 의미가 될 그 문장을.

21

크리스탈루스의 아이

별빛 아래에서 둔덕 잔디가 연노란색으로 빛났다. 탬윈은 둔덕 위에 서서 걱정스럽게 수사슴 발굽 자국을 내려다보았다. 그렇다. 새로 생긴 발굽 자국이 그곳에 선명하게 찍혀 있었다. 탬윈이 쿵쾅거리는 심장으로 골짜기를 따라 달려온 바로 그 자리였다. 하지만 이게 정말 탬윈의 발자국일까? 어떻게 그럴 수 있지?

"짐꾼, 내일은 북쪽으로 가는 더 빠른 길로 안내해. 시간이 없어."

리니아가 연기 나는 모닥불 옆 잔디에 앉아 쏘아붙였다.

탬윈은 마지못해 발굽 자국에서 등을 돌렸다. 그러고는 마지막으로 한 번 더 뒤를 흘끔 쳐다본 뒤 리니아에게 다가갔다. 리니아는 죽어가는 깜부기불 옆에 무릎을 꿇고 앉아 있었다. 탬윈은 약한 바람에 다시 불이 붙지 않도록 단검으로 숯을 뒤적거렸다. 그런 다음 칼집에 칼을 꽂으며 리니아를 마주 보고 앉았다.

"그럼 정확히 어디로 가려는 건지 말해주세요."

"어림없어. 네가 용을 쫓아내는 법을 안다고 해도 아직 이 여정의 대장은 나야."

279

리니아가 금발 머리를 흔들며 받아쳤다. 그러다가 목소리를 낮춰 나직하게 투덜댔다.

"물론 가끔 도움이 필요하기는 하지만."

탬윈은 텅 빈 스튜 냄비를 톡톡 두드렸다. 페얼린이 수도 없이 냄비를 문질러 닦았지만, 냄비에서는 여전히 희미하게 용 혀 냄새가 났다.

"최종 목적지가 어디인지도 모르는데 가장 좋은 길을 어떻게 골라요?"

리니아의 초록색 턱이 어두워졌다.

"건방 떨지 마, 짐꾼! 네가 알아야 할 건 이미 알려줬어. 우리는 북쪽 설원에 있는 관문으로 가는 거야."

"거기 상황을 보고 싶지 않으실 텐데요."

"조언하려 들지 마! 넌 거기로 가는 가장 빠른 길만 알려주면 돼. 다른 건 필요 없어."

탬윈은 리니아를 향해 인상을 썼다.

"지난봄에 산사태가 나서 그 관문이 묻혀 버렸는데, 그 얘기도 별로 듣고 싶지 않으시겠네요."

"뭐? 그걸 왜 이제 말해?"

리니아가 경악하며 탬윈을 바라보았다.

"맙소사, 계속 말하려고 했죠! 적어도 대여섯 번은요. 그런데 사제님은 하찮은 짐꾼 조언 따윈 듣지도 않으시잖아요."

엘리가 어깨에 뉴익을 앉힌 채 늙은 너도밤나무에서 비탈을 따라 올라오며 탬윈을 노려보았다.

"그 말이 사실일지도 모르지만, 내가 볼 땐 너도 그렇게 애쓰지 않았어. 우리가 도착해서 직접 확인하도록 내버려 둔 거 아니야?"

탬윈이 새까만 눈을 가늘게 떴다.

"그럴지도 모르지. 땅의 요정만큼이나 멍청한 인간은 그래야 정신을 차리니까."

엘리 얼굴이 납빛이 되었다.

"그 이름 나한테 갖다 대지 마!"

"참아, 엘리리아나. 저 녀석 얼굴에는 더 이상 시커멓게 만들 눈조차 없어."

뉴익이 단호한 말로 탬윈에게 달려들려는 엘리를 겨우 말렸다.

탬윈은 부어오른 뺨 한쪽을 어루만졌다.

"네가 거기서 어떻게……."

"이럴 시간 없어!"

리니아가 소리쳤다.

"벌써 귀중한 일주일을 낭비했는데 관문이 막혔다는 사실을 이제야 얘기하다니! 정말 어떻게 해야 할지를 모르겠다."

"내가 알려줄게."

너도밤나무 가지에서 생 순무를 우적우적 씹던 헤니가 소리쳤다.

"네가 계속 우리를 이끌어, 초록 수염 아가씨. 가고 싶은 곳으로 가! 길을 잃고도 이렇게 즐거운 적은 처음이야. 이히 이히 아하하하."

리니아는 헤니를 쏘아보았다.

"다시는 그렇게 부르지 마, 훌라!"

헤니는 진지하게 고개를 끄덕였다.

"알았어, 초록 수염 아가씨."

헤니가 히죽거리자 둥근 눈썹이 쪼글쪼글해졌다.

"어이쿠, 미안. 후후 히히히. 다시는 실수 안 할게, 초록수염 아가씨. 후후히 후…… 아야!"

페얼린이 휘두른 한 방에 헤니는 하마터면 나뭇가지에서 떨어질 뻔했다. 페얼린은 리니아의 모직 목도리로 붕대를 만들어 부러진 팔 두 개를 감싸고 있었지만, 여전히 휘두를 팔이 많이 남아 있었다. 게다가 지금 페얼린은 잔뜩 화가 나 있었다. 부러진 홀라 뼈 냄새가 공기 중에 강하게 퍼지는 걸 보면 알 수 있었다.

탬윈은 마른 흙덩이를 집어 들고 꽉 움켜쥐었다. 흙덩이가 흙먼지를 날리며 펑 하고 터졌다.

"잘 들으세요, 사제님. 제가 사제님을 돕겠다고 한 이유는……."

"네가 덜렁이였기 때문이지, 이히."

홀라가 끼어들었다.

탬윈이 이를 악물고 이어 말했다.

"제가 그렇게 선택했기 때문이에요. 전 언제든 떠날 수 있어요. 그러면 사제님이 도움받을 곳이라곤 나무 위에 앉아 있는 저 정신 나간 짐승뿐일 거예요."

"그럴 리가. 나는 너만 따라다닐 거야, 덜렁이! 네가 옆에 있어야 인생이 훨씬 재미있거든."

헤니가 말했다.

탬윈은 원수를 노려본 뒤 다시 리니아를 마주했다.

"도울 수 있는 건 도와드릴게요. 하지만 가장 빠른 길을 찾고 싶다면 더 얘기해주셔야 해요. 우드루트로 가신다는 건 들었어요. 어느 지역으로 가세요? 남은 시간은 정확히 며칠이고요?"

엘리는 입술을 한번 깨문 뒤 리니아에게 말했다.

"얘기해주는 게 좋겠어요."

엘리가 자기 말에 동의를 하자 탬윈은 놀라기도 하고 만족스럽기도

했다. 하지만 탬윈이 그런 마음을 내비치기도 전에 엘리가 덧붙였다.

"물론 이 녀석이 아발론에서 가장 무례하고 멍청하고 덜렁대는 얼간이라는 사실은 의심할 여지가 없어요. 그래도 이 녀석은 우리 목적지까지 가는 더 좋은 방법을 알지도 몰라요. 이제 별이 다섯 개밖에 남지 않았어요."

엘리는 불안한 표정으로 하늘을 가리켰다.

"그건 나도 알아."

사제가 으르렁댔다. 리니아는 탬윈을 향해 고개를 돌렸다.

"내가 너한테 도움을 요청하는 것만으로는 부족해? 나한테는 그것도 충분히 굴욕적이라고."

"그러게 말이야, 리니아. 심지어 저 녀석은 커다란 진흙 구덩이와 용목구멍에 너를 밀어 넣기까지 했잖아."

뉴익이 빈정대며 말했다.

리니아가 요정을 바라보았을 때 요정은 이미 가장 동정 어린 초록빛으로 몸 색깔을 바꾼 뒤였다. 리니아가 입을 열려고 하자 뉴익이 투덜거렸다.

"게다가 우리가 호수 여인을 만나러 간다는 건 어떤 바보라도 다 알아낼 수 있어."

"이런 멍청한 것! 너한텐 아무 권리도 없어!"

리니아 얼굴이 분노로 일그러졌다.

뉴익은 더 짙은 초록빛으로 반짝일 뿐이었다.

탬윈은 깜짝 놀라 숨이 턱 막혔다. 호수 여인? 하루도 빠짐없이 생각하고 꿈꾸던 모험이 눈앞에 있었다! 하지만 그동안은 스크리를 찾으러 다니지 못할 텐데, 그래도 괜찮을까? 이런 원정은 몇 주, 아니, 몇 달이

걸릴 수도 있었다. 그래도…… 너무나 솔깃했다. 우드루트를 방문해 전설적인 마법사를 볼 기회가 황무지 길잡이에게 몇 번이나 오겠는가? 그 마법사는 어둠의 예언을 처음 언급한 인물이었다.

탬윈의 눈이 다시 발굽 자국을 향했다. 발굽 자국은 별빛 아래에서 으스스하게 빛나고 있었다. 땅에 달린 두 눈이 탬윈을 빤히 쳐다보는 듯했다. 탬윈은 발굽 자국을 마주 보며 확신 없이 숨을 한 번 들이쉬었다. 어쩌면…… 어둠의 해에 파이어루트에서 태어난 꼬마의 운명을 호수 여인에게 물어볼 수 있을지도 몰랐다. '어둠의 불꽃'이라는 이름을 가진 꼬마의 운명을.

리니아가 팔을 뻗어 탬윈을 밀쳤다.

"아무한테도 말하면 안 돼. 절대로!"

리니아는 탬윈의 어깨를 움켜잡았다.

"넌 이제 모두를 위한 공동체의 의무를 진 거야. 어서 맹세해, 짐꾼. 어서!"

탬윈은 리니아 손을 뿌리쳤다.

"알았어요. 사제님은 빌어먹을 멍청이에요! 다그다도 용서 못 할 머저리, 시끄럽고 형편없는 통제 불능 어릿광대! 이 정도로 맹세했으면 충분하죠?"

리니아는 충격을 받아 입을 떡 벌리고 거친 숨을 몰아쉬었다. 마침내 목소리를 되찾은 후에도 엘런의 겸손한 첫 번째 기도 몇 마디만을 중얼거릴 뿐이었다.

헤니가 너도밤나무 가지에서 즐거워하며 휘파람을 불었다. 심지어 감탄까지 한 눈치였다. 하지만 페얼린이 밑에 서서 살이 타는 냄새를 풍기기 시작하자 다시 입을 다물었다.

엘리 어깨에 앉아 있던 뉴익이 아무 일도 없었다는 듯 차분하게 말했다.

"목적지를 공개했으니 말인데, 혹시 최근에는 환영 본 적 없어, 리니아? 흠, 호수 여인은 더 못 봤지?"

리니아는 산봉우리 요정을 향해 몸을 휙 돌렸다.

"아니, 봤어! 그것도 바로 오늘 저녁에."

리니아는 집게손가락을 펼쳐 뉴익의 피부에 거의 닿을 정도로 내밀었다. 뉴익은 이제 심술궂어 보이는 황록색으로 변해 있었다.

"저번이랑 똑같은 환영을 봤어. 호수 여인이 나를 은신처로 맞이했지. 그래! 나한테 손을 들고 인사까지 했어."

뉴익의 색깔이 어두워졌다.

"정말 그랬다고?"

"응. 완전히 또렷했어."

리니아가 자랑스럽게 말했다.

늙은 요정은 그저 얼굴만 찡그렸다.

엘리가 머뭇거리며 슬쩍 쳐다봤지만 뉴익은 딱 한마디만 던질 뿐이었다.

"내려줘, 엘리리아나."

엘리는 걱정스러운 표정으로 뉴익을 내려놓았다. 뉴익은 둔덕에 있는 작은 웅덩이로 가 물에 발을 담그고 혼잣말로 투덜거렸다.

리니아는 다시 탬원에게 돌아섰다.

"나도 너를 실컷 모욕하고 싶어, 짐꾼. 하지만…… 난 성스러운 여자라 그럴 수 없어!"

리니아는 주먹을 꽉 쥔 채 벌떡 일어나 둔덕 반대쪽으로 성큼성큼 걸어갔다. 페얼린은 너무 오래 구워 타 버린 음식 냄새를 풍기며 리니아를 따라갔다.

탬원은 멀어지는 둘의 뒷모습을 바라보았다. 그런 다음 옷 주머니에서 곤히 자고 있는 배티 래드를 깨우지 않으려고 조심하며 자리에서 일어나 뉴익에게 다가갔다. 탬원은 요정 옆에 앉으며 침울하게 고개를 저었다.

"정말 엄청난 여정이네."

요정의 맑은 보라색 눈이 잠시 탬원을 살폈다.

"난 더한 여정도 봤어. 몇 세기 전이긴 했지만 없진 않았지."

탬원은 한숨을 쉬었다. 수많은 질문으로 머리가 터질 듯했다. 호수 여인, 별, 무엇보다 웅덩이 옆 진흙에 찍힌 의문의 발굽 자국. 탬원은 걱정스럽게 발굽 자국 하나에 발가락을 가져다 댔다. 마치 그렇게 하면 진실을 느낄 수 있다는 듯이. 하지만 아무것도 느껴지지 않았다. 그저 혼란스러울 뿐이었다.

탬원은 용의 꼬리에 부러진 너도밤나무 가지 하나를 멍하니 주워들었다. 그러고는 벨트에서 단검을 꺼내 가지를 깎기 시작했다. 기다란 나뭇조각이 돌돌 말려 발 옆으로 떨어졌다.

뉴익의 둥근 얼굴이 탬원을 향했다.

"호수 여인이 사는 우드루트 동쪽 끝으로 가려면 어떤 관문을 사용해야 해?"

탬원은 유독 돌돌 말린 나뭇조각 하나를 잘라냈다.

"솔직히 관문을 사용하는 게 좋은 방법인지 모르겠어."

어느새 다가와 뉴익 뒤에 서 있던 엘리가 미심쩍다는 듯 곱슬머리를 뒤로 휙 넘겼다.

"관문을 이용하지 말자고? 그게 무슨 소리야?"

탬윈은 고개도 들지 않고 대답했다.

"관문은 믿을 수가 없어. 며칠 전에 너도 그렇게 말했잖아. 그리고 여기 스톤루트 북쪽 지역은 관문이 많지도 않아. 내가 아는 건 세 개뿐이야. 하나는 둔 타라에서 바위 아래 묻혀 버렸고, 두 번째 관문은 해안가에 있는데 그건 우드루트 북서쪽 끝이랑만 연결됐다고 들었어. 거기서 요정들이 마법 악기를 만든대. 우드루트가 이 영토만큼이나 크다면 너희가 가려는 곳까지 걸어서 몇 주는 걸릴 거야. 그 이상도 걸릴지 몰라."

"세 번째 관문은?"

뉴익이 물었다.

"그건 이제 아무도 사용하지 않아."

"왜?"

탬윈은 나무 안으로 칼날을 깊게 찔러 옹이를 잘라냈다.

"내가 쫓던 용 가족의 굴 안에 있거든."

뉴익은 웅덩이 물 안에서 발을 휘휘 저었다.

"흠. 우리 친구 리니아가 아주 마음에 들어 하겠군."

엘리가 두 사람 옆에 한쪽 무릎을 꿇고 앉았다.

"잠깐만. 이 위쪽에 관문이 더 없는 게 확실해?"

탬윈은 나무에 단검을 밀어 넣고 두꺼운 조각을 베어냈다.

"아니, 확실하진 않아."

"다른 영토에 자주 가지는 않는 모양이네."

탬윈은 나무 깎기를 멈추고 엘리를 똑바로 바라보았다.

"다른 영토에는 한 번도 가본 적 없어. 7년 전에 여기 온 이후로."

"뭐? 그러면서 길잡이 노릇을 하는 거야?"

"참고로 난 누구를 좀 찾고 있어."

"그래. 네 안내를 받다가 절벽 아래로 떨어진 사람이겠지."

관자놀이가 쿵쾅거렸지만 탬윈은 애써 마음을 가라앉혔다. 탬윈은 나뭇조각 몇 개를 더 잘라낸 뒤 슬쩍 뉴익을 바라보았다.

"대신 시도해볼 만한 게 있긴 해. '험준한 길'."

늙은 요정의 색깔이 둔덕 아래 수많은 돌처럼 회색으로 변했다.

"험준한 길? 그 길에 대해 잘 알아?"

"음유시인들한테 들은 게 다야. 성숙의 시대에 처음 발견됐다는 것 같더라고."

"흠. 정확히 말하면 아발론 33년이야. 인간들은 도무지 제대로 기억을 못 한다니까."

뉴익은 자세를 고쳐 앉고 작은 다리를 웅덩이에 더 깊이 담갔다.

"퍼거스라는 양치기 소년이 그 길을 찾았지. 어느 날 웬 이상한 동물을 따라가 보니 그 길이 나온 거야. 그 길로 들어선 소년은 스톤루트에서 우드루트로 이동했어. 반대 방향이었나? 어쨌든 전설은 그래."

엘리가 눈썹을 치켜 올렸다.

"어떤 동물을 따라갔는데?"

"사슴."

뉴익은 말을 멈추고 탬윈을 흘끗 쳐다보았다. 탬윈은 그 단어를 듣고 온몸이 굳어 버린 상태였다.

"머리부터 발굽까지 새하얀 암사슴이었어. 몇몇 음유시인은 출생과 번영의 신 로리란다가 사슴의 모습으로 정령 세계에서 방문한 거라고 말하기도 해. 근데 내 생각에는 그냥 다 소문 같아. 별로 믿을 만한 소문도 아니고."

"왜?"

엘리가 물었다.

"흠. 우선, 전설에 따르면 험준한 길은 한 방향으로만 열려 있어. 하지만 어느 방향인지 확실히 아는 사람은 아무도 없지. 우드루트로 가는 방향일 수도 있고 우드루트에서 출발하는 방향일 수도 있지만, 둘 다는 아니야. 게다가 그 길이 실제로 존재하는지조차 아무도 확신을 못 해! 나도 수 세기 동안 산에 살면서, 그 길을 찾았다는 이야기는 몇 번밖에 못 들어봤어. 그마저도 믿을 만한 건 하나도 없었고."

엘리는 또다시 경멸하는 표정으로 탬원을 바라보았다.

"그래, 네가 제안할 수 있는 게 고작 그거야? 존재하지도 않는 길?"

탬원은 나무 깎기를 멈추고 말했다.

"그 길은 실제로 존재해. 내가 직접 봤어."

뉴익의 색깔이 살짝 밝아졌다. 회색 바탕에서 노란 띠가 이리저리 움직였다.

"확실해?"

탬원은 천천히 길게 숨을 들이쉬었다.

"아니, 확실하진 않아."

엘리가 회의적으로 코웃음 쳤다.

탬원은 계속해서 요정에게 말했다.

"하지만 거의 확실해. 그 길은 동굴 같은 거야. 둔 타라보다 높은 산봉우리에 있어. 거기서 온몸이 뾰족뾰족한 털로 뒤덮인 고슴도치 요정을 만났는데, 그 늙은 요정이 그 길을 '퍼거스 길'이라고 불렀어."

"고슴도치 요정은 허무맹랑한 이야기를 잘하고 다른 요정들 정원에서 맨날 음식을 훔쳐 먹기로 유명한 종족이야. 넌 그런 녀석이 한 말을 믿어?"

뉴익의 색깔이 다시 어두워졌다.

탬윈은 바보가 된 기분이 들기 시작했지만 천천히 고개를 끄덕였다.

"그 요정은 스톤루트를 떠나서 새 삶을 시작할 거라고 했어."

엘리가 얼굴을 찡그렸다.

"용뿐 아니라 요정이랑도 대화를 해?"

탬윈은 엘리를 무시했다. 엘리는 그 태도에 더 화를 냈다.

"그렇게 말하고 동굴로 날아 들어가서는 돌아오지 않았어."

"흠. 아마 도둑질을 해서 쫓기던 중이었을 거야."

"그럴지도 모르지."

탬윈은 유독 돌돌 말린 나뭇조각 하나를 깎아냈다.

"나도 인정해. 난 이런 것들에 관해 잘 몰라. 그래도 험준한 길에 관해서는 생각해본 가설이 있어. 그 요정한테 들은 말이랑도 딱 맞아떨어져."

"네 가설이 뭔데?"

"우리 모두 알다시피 아발론은 나무야, 그렇지? 각 영토는 뿌리고. 크리스탈루스는 수년간 관문을 추적하면서 우드루트가 가장 바깥쪽에 있다는 사실을 알아냈어. 워터루트, 스톤루트와 가깝다는 사실도. 그러니까…… 만약 세 영토 맨 위쪽이 모두 연결되어 있다면? 나무뿌리가 둥치에 연결되는 것처럼! 모르겠어? 그 말은 스톤루트 꼭대기에 있는 가장 높은 산이 사실은 일종의 장벽일 수도 있다는 뜻이야. 영토 간의 경계. 저 위에 정말 길이 있다면, 한 영토에서 다른 영토로 충분히 넘어갈 수 있어."

"그렇다 해도 왜 길이 한 방향으로만 이어지는지는 여전히 설명이 안 돼. 그게 어느 방향인지도 알 수 없고."

엘리가 반박했다.

"천재 나셨네. 그러는 넌 더 나은 가설이라도 있어?"

탬윈은 조롱하는 말투로 대답했다.

"넌 사기꾼이야! 리니아를 모욕할 때 썼던 말은 다 너를 가리키는 말이었어. 넌 그보다 만 배는 더 최악이야!"

엘리가 팔을 흔들며 고함을 쳤다.

탬윈의 옷에서 작고 앙상한 날개 하나가 삐져나왔다. 뒤이어 반짝이는 초록 눈 한 쌍이 모습을 드러냈다. 배티 래드가 꽥 소리쳤다.

"쉬잇! 나난 낮잠을 자야 해. 그래, 야야야. 지금 쉬어야 밤새 사냥할 수 있단 말이야."

탬윈은 배티 래드의 둥근 귀 한쪽을 잡아당겼다.

"그럼 다행이네. 지금이 밤이야. 하늘을 봐."

박쥐 같은 생명체는 어두워진 하늘을 올려다보았다. 녀석의 두 눈이 환하게 빛났다.

"좋아 좋아! 맛있는 파리를 잡아먹어야지."

배티 래드는 주머니 밖으로 완전히 기어 나와 쭈글쭈글한 날개를 펴고 밤하늘로 날아갔다.

탬윈이 다시 엘리를 돌아보고 욕을 하려는 순간, 마법사의 지팡이가 탬윈 눈에 들어왔다. 그 별자리는 둔덕 가장자리, 냄비의 어두운 윤곽 바로 위에 앉아 있는 것 같았다. 별은 여전히 다섯 개였지만 맨 위에 있는 별 하나가 힘없이 깜빡이고 있었다. 그 별도 머지않아 빛을 잃을 터였다.

엘리도 그 별을 발견했다. 엘리는 걱정스러운 표정으로 별자리를 올려다보며 물었다.

"뉴익, 이게 무슨 의미일까?"

"좋은 의미는 아니지. 그냥 산에나 남아 있을걸."

산봉우리 요정은 작은 물웅덩이를 내려다보았다.

나도 그럴걸.

탬윈이 생각했다.

엘리는 암울하게 고개를 끄덕였다.

"벌써 일주일이나 지났는데 아무것도 해낸 게 없어."

"아니야, 엘리리아나. 네가 우리 새로운 길잡이의 두 눈을 새까맣게 만들었잖아."

"그랬지. 그럴 만했으니까."

엘리는 지금 너도밤나무 아래 앉아 하프를 연주하고 싶었다. 모든 걸 잊고 평온해지고 싶었다. 하지만 하프를 떠올리자 다시 화가 치밀어 올랐다.

엘리는 탬윈을 바라보았다.

"지금은 너를 따라 그 멍청한 동굴로 들어가는 것 말고는 선택권이 없는 것 같네! 다른 방법을 찾을 시간조차 없으니까. 네가 너무 멍청해서 이해를 못 했을까 봐 말해주는데, 우리는 저 별자리의 마지막 별이 빛을 잃기 전에 호수 여인을 만나야 해. 그리고 이 문제를 해결해야 해."

"너 같은 천재한테는 어려운 일도 아니잖아."

탬윈이 히죽거리며 말했다.

엘리는 웅덩이를 철썩 때려 탬윈에게 물을 흠뻑 끼얹었다.

탬윈은 나뭇조각 두 개를 집어 들었다. 그러고는 재빨리 나뭇조각을 묶어 손 위에서 굴렸다. 작은 매듭에 반짝이는 별빛이 닿자 탬윈은 그 빛에 집중했다. 그 빛이 진짜 불꽃이라고 상상했다. 불타는 석탄, 불붙은 양초 심지라고 상상했다. 나뭇조각에서 불길이 솟구치는 듯했다.

탬윈은 손목을 튕겨 불타는 나뭇조각 매듭을 엘리에게 던졌다. 매듭은 불덩어리처럼 탁탁거리며 엘리의 허벅지에 떨어졌다.

"뭐야? 으악!"

엘리는 펄쩍 뛰어올라 불꽃을 찰싹찰싹 때렸다.

하지만 불꽃은 없었다. 완전히 무해한 나뭇조각 매듭이 땅 위로 굴러 떨어졌다. 엘리는 금방이라도 불이 붙을 듯한 눈빛으로 탬윈을 노려보았다. 그러고는 분노로 부들부들 떨며 탬윈 쪽으로 매듭을 뻥 찬 뒤, 너도밤나무를 향해 성큼성큼 걸어갔다.

"넌 정말 놀라운 재주가 많구나."

뉴익이 퉁명스럽게 말했다.

탬윈은 만족스러운 미소를 지으며 엘리가 너도밤나무 뿌리에 털썩 앉는 모습을 지켜보았다.

"그냥 속임수인데 가끔 아주 요긴하게 쓰여."

"흠. 이것도 어쩌다 알게 됐나 보군. 적어도 이 기술을 쓸 땐 제대로 된 이름으로 부르도록 해."

"그게 뭔데?"

"몇 번이나 얘기해줘야 해? 그건 속임수가 아니라 환영이라고! 용의 소리를 허공으로 던진 것처럼 그 나무에 불의 형상을 투영한 거야."

"속임수든 환영이든, 이건 진짜가 아니야. 그게 핵심이지. 핏속에 진정한 마법이 흐르는 사람만이 진짜로 사물을 변하게 할 수 있으니까."

탬윈은 진흙에 찍힌 발굽 자국을 발가락으로 다시 한번 쿡 찔렀다.

뉴익은 탬윈을 가만히 바라봤다.

"고대 사슴 종족처럼?"

탬윈의 입이 바싹 말랐다. 이번에는 가뭄 때문이 아니었다. 탬윈은 잠시 발굽 자국을 내려다본 뒤 물었다.

"뉴익, 할리아가 정말 사슴 종족의 마지막 생존자였어?"

"아발론에서는 그랬지."

탬윈의 마음속 어딘가가 갑자기 텅 빈 것 같았다. 하지만 탬윈은 그 감정을 표정으로 드러내지 않으려 노력했다.

뉴익은 툴툴거리며 말을 이었다.

"설화도 못 들어봤나, 젊은이? 그 얘기는 꼬마들도 다 아는데. 잃어버린 핀카이라가 사후 세계로 들어갔을 때 멀린은 할리아에게 함께 가자고 했어. 하지만 할리아는 자기 종족과 유산을 두고 떠날 수 없었고, 그래서 멀린과 헤어져야만 했지. 그러다가 결국 자신이 젊은 마법사를 정말 사랑한다는 사실을 깨달은 거야. 그래, 멀린도 한때는 젊었으니까! 할리아는 멀린을 너무 사랑해서 멀린 없이는 살 수가 없었어."

둥근 요정의 몸 위로 서서히 연보라빛이 퍼졌다.

"다그다는 직접 수사슴으로 변해 할리아를 정령 세계 밖으로 데리고 나왔어. 다그다의 도움으로 할리아와 멀린은 마침내 재회했지. 둘은 아발론 27년에 일곱 영토에서 가장 높은 산꼭대기로 올라가 결혼을 했어. 자신 있게 말하는데 그 결혼식은 정말 대단한 행사였어. 불멸과 필멸의 존재들이 전부 다 참석했거든. 그 어리바리한 거인 심도 거대한 모자에 아이들을 가득 싣고 나타났고, 이름이 '겁나 러블리해'인가 뭔가 하는 밸리맥도 왔었어."

탬윈은 늙은 요정을 쿡 찔렀다.

"마치 거기 있었던 것처럼 얘기하네."

"흠. 물론 나도 거기 있었지, 이 무식한 얼간이야! 내가 수영하기 가장 좋아하는 개울 근처였으니까. 내가 제일 명당에 앉았어."

뉴익의 색깔이 평온한 파란색으로 변했다.

"어쨌든 할리아는 멀린을 너무도 사랑해서 남은 인생을 멀린과 함께 보냈어. 필멸의 땅 지구도 몇 번 같이 다녀왔지. 멀린과 떨어지고 싶지 않아서 엄청난 희생을 감수한 거야."

산봉우리 요정의 목구멍에서 거친 소리가 나왔다. 마치 낄낄거리는 소리 같았다.

"물론 그 둘에게는 아들도 있었어. 크리스탈루스. 평범한 장난꾸러기 소년이었지! 처음부터 장난을 부추긴 게 나였으니 내가 제일 잘 알아."

"크리스탈루스를 직접 만났어?"

뉴익은 그저 활짝 웃기만 했다.

"하지만 크리스탈루스는 사슴으로 변하지 못했지?"

뉴익은 몸을 떨었다.

"그래. 녀석도 늘 그걸 아쉬워했어. 대신 두 발로 아발론 전역을 뛰어 다녔지! 지도 제작 학교도 세우고 말이야. 아마 여행 다닌 곳을 기록하려고 그랬을 거야. 어쨌든 사슴이었던 엄마처럼 우아하고 빠르게 달리지는 못했어."

탬윈은 목을 가다듬었다.

"음유시인들이 하는 얘기를 들었는데, 크리스탈루스가 아이를 낳았다면 그 아이에게는 할리아의 마법이 있을지도 모른대. 마법사 혈통처럼 세대를 건너뛸 수도 있는 거지. 적어도 마법사들이 살았던 옛날에는 그랬다고 하더라고. 그런데 크리스탈루스에게 아이가 있다는 이야기는 한 번도 못 들어봤어."

뉴익은 맑은 보라색 눈으로 별이 총총 빛나는 아발론 하늘을 올려다보았다.

"나처럼 오래 살다 보면 정말 많은 걸 보게 돼. 어떤 일은 평생 딱 한 번밖에 일어나지 않아. 씨앗 하나에서 우리 세상이 탄생한 것처럼. 반면에 어떤 일은…… 한 번으로 끝나지 않지."

뉴익은 탬윈을 바라보았다.

"크리스탈루스에게는 아이가 있었어."

뉴익은 넋을 놓은 채 듣고 있는 탬윈을 보며 무심한 듯 말했다.

"그 일은 여기서 멀리 떨어진 곳에서 일어났어. 파이어루트에서."

탬윈의 심장이 마구 뛰었다.

"크리스탈루스는 폭풍의 시대 전쟁 이후 처음으로 플레임론을 마주한 인간이었어. 아주 용감하거나 아주 멍청했던 거지. 인간의 피가 섞였으니 아마 후자였을 거야. 크리스탈루스는 플레임론에게 붙잡혀 화형을 선고받았어. 그런데 처형 전날 누군가 녀석을 구해줬어."

"누가?"

"어떤 여자. 크리스탈루스가 사랑한 여자. 훗날 둘의 아이를 낳은 여자. 안타깝게도 둘의 사랑은 오래가지 않았어. 무슨 이유에선지 여자가 아이를 데리고 도망쳐 버렸거든. 어디로 갔는지는 아무도 몰라. 크리스탈루스조차 아내와 아이를 찾을 수 없었어. 소문에 따르면 크리스탈루스는 그 둘을 찾아 여기저기를 샅샅이 뒤졌대. 별들 사이까지도. 결국 그게 마지막 죽음의 항해로 이어졌지."

뉴익은 생각에 잠겨 잠시 말을 멈췄다.

"이 이야기를 전부 아는 사람은 그리 많지 않아. 그래서 이 이야기를 아는 사람도 그 여자가 누구였는지는 확실히 모르는 거야. 플레임론 왕족이었다는 주장도 있고 독수리 여인이었다는 주장도 있어. 후자였다면 크리스탈루스가 처형당하기 전에 녀석을 안전히 대피시키기가 훨씬용이했겠지."

"너는 어느 쪽이었다고 믿어?"

탬윈이 떨리는 목소리로 물었다.

"글쎄. 그래도 이것만은 확실해. 그 아이는 아들이었어. 그리고 17년전 어둠의 해에 태어났어."

탬윈은 숨을 헉 들이쉬었다.

"그럼 그 아들에게는……."

"맞아."

뉴익이 말을 잘랐다.

"그 아들에게는 엄청난 힘이 있을지도 몰라. 그 힘은 이제 막 나타나기 시작했을 거야. 사슴으로 변하는 힘도 마찬가지고. 결국 그 아이는할리아와 마법사 멀린의…… 손자니까."

뉴익의 색깔이 어두워졌다.

"하지만 동시에 그 아이는 어둠의 예언 속 아이일 수도 있어."

22

죽음의 덫

원정대에 속한 인간 중 누구도 그날 밤 편히 자지 못했다. 다음 날도, 그다음 날도.

리니아가 편히 자지 못한 이유는 바위보다 크고 평평한 잠자리를 찾지 못했기 때문이었다. 낙석이 덜거덕거리는 소리가 산등성이를 따라 밤새 울렸기 때문이기도 했다. 높은 산봉우리의 희박한 공기 때문에 가끔 숨을 헐떡이며 잠에서 깨기도 했다. 리니아는 간절히 잠들고 싶었다. 온몸의 근육이 쑤시고 팔꿈치와 무릎이 여기저기 까져서 정말이지 제대로 휴식을 취하고 싶었다. '험준한 길'이 괜히 그런 이름을 얻었겠는가! 산길과 빙하 계곡을 따라 걸어 올라가야 하는 이 경로는 그 전설 속 길이 아니었다. 탬윈이 매일 이야기했듯이 이 길은 그저 험준한 길에 이르는 가장 빠른 경로일 뿐이었다.

엘리에게 험난한 지형은 전혀 문제가 되지 않았다. 두 손을 번갈아 짚으며 가파른 비탈을 오르는 게 점점 즐거워지기 시작했다. 다만 탬윈의 머리에 무거운 돌을 떨어뜨리고 싶은 유혹이 한두 번 생긴 게 아니었다. 엘리는 아직도 씩씩거리고 있었다. 탬윈이 가짜 불로 장난친 일만 생각하면 스스로 깜부기불이라도 된 듯 속이 부글부글 끓었다. 어깨에 앉은 뉴익이 탬윈에게 너그러워졌다는 사실을 깨달았을 때는 더욱더 화가 났다. 심지어 뉴익은 가끔 탬윈 말을 들어주기까지 했다. 엘리는 매일 밤 바위투성이 땅에 누워 몸을 뒤척이며, 하늘에서 쏟아지는 커다란 불덩이를 이리저리 피하는 꿈을 꿨다. 불덩이는 대부분 엘리를 비껴갔지만, 대신 엘리의 소중한 수제 하프를 계속해서 망가뜨렸다.

탬윈이 밤을 힘들어한 이유는 바쁘게 일행을 안내할 때만큼 쉽게 생각을 떨칠 수가 없었기 때문이었다. 탬윈은 그저 별이 있던 자리와 남아 있는 별들을 올려다보며 궁금해했다. 아발론에 대해…… 그리고 자기 자신에 대해. 자신은 정말 누구인지, 자신의 운명은 무엇인지, 자신이 정말 아발론에 종말을 가져올 운명인지.

하루하루 지날수록 전날보다 힘들어졌다. 일행은 불안정한 바위로 가득한 넓은 들판을 가로질렀다. 발만큼이나 두 손을 많이 쓰며 엉금엉금 기어 올라갈 때마다 바위는 끊임없이 흔들리고 미끄러졌다. 빙하도 건너갔다. 얼음 표면 아래에는 차가운 강이 고동치며 흐르고, 꼭대기에는 흐릿한 파란색 얼음 탑이 왕관처럼 씌워져 있었다. 깊은 크레바스 몇 개도 뛰어넘었다. 리니아만이 예외였다. 리니아는 페얼린이 크레바스 위에 누워 다리를 만들어주지 않으면 건너가지 않겠다고 고집을 부렸다.

일행은 점점 더 높이 올라가 '거인의 발자국'이라고 알려진 호수 여러 개를 지났다. 지금껏 본 호수들과 마찬가지로 이 호수도 거의 말라 있었다. 맑은 청록색이던 호수가 우중충한 갈색으로 변했고 바닥은 온통 거미줄처럼 금이 가 있었다. 어느 오후, 날개 달린 커다란 생명체 하나가 하늘 높이 날아오르기에 탬윈은 희망을 품고 그 생명체를 유심히 바라보았다. 하지만 그 새는 수년간 찾아 헤맨 형이 아니라 그냥 협곡 독수리였다.

고지로 올라가자 올라나브람의 높은 산봉우리가 눈앞에서 우뚝 솟았다. 꼭대기에는 아직 눈이 있기는 했지만, 바위투성이 정상은 탬윈이 지금껏 본 것보다 훨씬 많이 드러나 있었다. 오래전 멀린과 할리아가 결혼식을 올렸던 들쭉날쭉한 할리아의 봉우리도 눈이 거의 없어진 상태였다.

높은 산봉우리 너머, 북쪽으로 평행하게 뻗은 흑갈색 산등성이가 언뜻 보였다. 급하게 치솟은 산등성이는 저 멀리 끝없이 소용돌이치는 안개 속으로 서서히 사라졌다. 그 산등성이는 사실 아발론 둥치의 가장 아랫부분이었다. 이곳은 모든 뿌리-영토를 통틀어 유일하게 위대한 나무의 둥치가 보이는 장소였다. 물론, 일렁이는 바다는 논외였다. 그 이상한 부속지를 어떤 사람은 아발론의 가장 높은 뿌리로 보았고 어떤 사람은 가장 낮은 가지로 보았다.

안개 긴 산등성이를 보고 있자니 탬윈은 위대한 나무의 줄기가 얼마나 높이 솟아 있을지 궁금했다. 뿌리만큼이나 방대하고 다채로운 가지를 떠받치고 있을까? 그 가지를 지나고 소용돌이치는 안개를 지나…… 별까지 뻗어 있을까?

여정을 시작한 지 11일째 되는 날, 마침내 일행은 험준한 길 입구에 도착했다. 입구는 바람받이 산등성이 꼭대기 근처에서 땅 위로 불쑥 솟은 울퉁불퉁한 바윗덩어리에 가려져 있었다. 바윗덩어리에 올라서지 않는 이상 동굴은 아예 보이지도 않았다. 용 이빨보다 날카로운 종유석이 천장에 매달려 있어서 동굴은 마치 시커먼 바위 입처럼 보였다. 가까이 다가오는 이는 누구든 삼켜 버릴 준비가 된 것 같았다.

"저기로 가는 거야? 저 안으로?"

턱만 빼고 별빛에 빨갛게 탄 리니아 얼굴이 더욱더 새빨개졌다.

녹초가 된 탬윈은 고개를 끄덕였다. 이제 물 몇 병과 말린 약초 조금밖에 남지 않은 짐을 내려놓고 쌀쌀한 산 공기에 차가운 입김을 내뱉었다. 그런 다음 아래에 넓게 펼쳐진 설원, 빙하, 빙퇴석을 향해 손짓했다. 끝없이 펼쳐진 새하얀 광야에서는 빛바랜 회색 바위 꼭대기만이 드문드문 눈 위로 솟아 있었다.

"원하시면 저 아래에서 들어가는 길을 찾아보셔도 돼요. 누가 알아요? 착한 눈표범을 만나 도움을 받게 될지."

리니아는 이맛살을 찌푸렸다.

"이게 맞는 길인지 너도 정확히 모르잖아!"

"맞는 방향으로 이어지는지도."

엘리가 끼어들었다. 엘리는 조약돌 하나를 집어 들고 쩍 벌어진 입 안으로 휙 던졌다. 조약돌은 몇 초 동안 달그락거리며 미끄러졌다. 잠시 후 모든 소리가 갑자기 멈췄다. 커다란 입이 소리를 삼켜 버렸다.

"이건 그냥…… 그냥 죽음의 덫일지도 몰라."

리니아는 심하게 해진 옷소매로 이마를 닦았다.

"오, 그래? 난 죽음의 덫이 좋아."

헤니가 바위 위에 짐을 떨어뜨렸다. 헤니는 은색 눈을 반짝이며 동굴 입구로 느긋하게 걸어가 안을 들여다보았다.

"만약 홀라에게 좌우명이 있다면 바로 그거겠지. 잘됐다. 그럼 네가 먼저 가."

탬윈이 말했다.

헤니는 긴 팔을 높이 뻗어 커다란 손으로 종유석 한 쌍을 움켜잡았다. 그러고는 다리를 들어 이리저리 몸을 흔들었다. 동굴 안으로 떨어져 산비탈 심장부로 곤두박질칠 것만 같았다. 헤니는 은색 눈을 반짝이며 깔깔 웃었다.

"이히 이히 후후히히 하하하! 나 먼저 간다, 덜렁이."

"잠깐만!"

탬원이 소리치더니 동굴 입구로 성큼성큼 걸어갔다.

"나는 진심으로 너를 없애 버리고 싶어. 하지만 혹시나 이게 진짜 죽음의 덫이라면, 난 네가 좀 더 오래 살았으면 좋겠어."

탬원은 어리둥절한 헤니의 표정을 보고 다시 덧붙였다.

"그래야 나중에 내가 직접 너를 죽일 수 있으니까."

훌라는 키득거리며 종유석에 매달려 몸을 흔들었다.

탬원이 이어 말했다.

"그래서 날 수 있는 배티 래드한테 먼저 들어가서 확인해달라고 부탁할 생각이야."

탬원이 주머니를 흔들었지만 깊이 잠든 짐승은 꿈쩍도 하지 않았다.

"어젯밤 늦게까지 사냥을 했나 봐. 이 위에는 곤충이 많지 않아서…… 으아아악!"

탬원이 미처 손을 쓰기도 전에 헤니가 다리를 차올려 탬원의 허리를 감쌌다. 훌라는 몸을 뒤로 젖혀 탬원과 함께 동굴 안으로 굴러떨어졌다. 비명 소리, 종유석이 산산조각 나는 소리가 들려오더니 이내 정적이 흘렀다.

23
험준한 길

 탬원과 헤니는 아래로 아래로 아래로 곤두박질치며 미친 듯이 소리를 질렀다. 청년은 분노의 고함을, 홀라는 환희의 고함을 질렀다. 하지만 둘은 같은 운명을 공유하고 있었다. 둘의 추락은 바닥에 닿기 전까지 절대 멈추지 않을 것이다. 바닥이 있기나 하다면 말이다.

 동굴 안으로 굴러떨어진 직후, 둘은 들쭉날쭉 줄지어 솟은 수정에 쾅쾅 부딪혔다. 수정은 고드름처럼 뚝뚝 부러졌다. 영원 같던 잠깐의 시간 동안 둘은 자유롭게 낙하하며 더 깊은 어둠의 세계로 쌩하니 들어갔다. 갑자기 통로가 꺾이는 바람에 둘은 벽에 쿵 하고 부딪혔다. 그 충격으로 탬원의 어깨가 헤니 가슴을 강타했다. 홀라는 고통스러운 비명을 지르며 탬원의 허리를 감싼 다리를 풀었다.

 탬원은 산속 깊은 곳으로 돌진했다. 석회석 기둥에 쿵 부딪히자 기둥이 산산이 부서졌다. 탬원은 자신의 등뼈도 똑같이 됐으리라 확신했다. 탬원은 무시무시한 속도로 기나긴 통로를 미끄러져 내려갔다. 모퉁이를 빙 돌아 갈라진 틈 위를 곧장 뛰어넘었다. 그 틈은 옆으로 빠지는 터널이거나 크레바스였을 터였다.

쾅! 또 다른 벽에 머리를 박았다. 데굴데굴 구르며 날카로운 돌에 얼굴을 긁혔다. 그러고는 다시 빙글빙글 아래로 떨어졌다.

탬원은 폭풍에 흩날리는 눈송이처럼 마구 돌았다. 그러다가 툭 튀어나온 바위에 어깨를 부딪혔다. 핑그르르 돌아 딱딱한 물체와 쾅 충돌했다. 몸 아래에서 두 다리가 비틀렸다. 축축한 무언가가 이마를 흘러 눈으로 들어가는 게 어렴풋이 느껴졌다.

탬원은 계속해서 산의 목구멍 안을 굴러 내려갔다. 다시 속도가 붙었다. 와장창! 머리 위에서 평평한 바위 하나가 부서졌다. 그 힘에 밀려 몸이 빙글빙글 돌았다. 어지러웠다. 생각을 할 수가 없었다. 의식을 잡고 있기조차 힘들었다.

우당탕!

탬원은 줄지어 매달린 종유석을 부수고 나아가 햇빛 속으로 들어갔다. 산비탈을 데굴데굴 굴렀다. 바닥은 돌보다 부드러운 무언가로 뒤덮여 있었다. 탬원은 쿵 하는 소리를 내며 단단한 물체에 부딪힌 뒤 그 자리에 멈췄다.

탬원은 다시 눈을 떴다. 시간이 얼마나 지났는지는 알 수 없었다. 갑작스레 온몸에서 통증이 밀려왔다. 뼈와 팔다리, 눈꺼풀까지 모든 부위가 부러지고 멍들고 두들겨 맞은 느낌이었다.

탬원은 옆으로 굴러 몸을 일으키려 했다. 하지만 등과 허벅지를 찌르는 듯한 날카로운 통증 때문에 다시 누울 수밖에 없었다. 탬원은 그대로 눈을 감고 힘없이 생각했다.

지금은 도저히 못 움직이겠어. 도저히.

갑자기 방금 벌어진 일이 모두 기억났다. 그렇다. 탬원에게는 만신창이가 된 몸을 다시 움직이게 할 정도로 중요하고 강력한 동기가 있었다.

복수.

탬윈은 눈을 떴다. 속눈썹에 들러붙은 마른 피를 닦아내고 억지로 머리를 들어 주변을 둘러봤다. 탬윈은 담녹색 풀로 뒤덮인 산비탈에 누워 있었다. 언덕 꼭대기 아래에서 좁은 동굴이 입을 벌리고 있었다. 험준한 길의 밑부분이었다. 그 앞 경사진 풀밭에는 흙먼지와 부서진 바위, 수정이 여기저기 흩어져 있었다.

탬윈 머리 위에서 키 큰 밤나무가 섬세하게 엮인 가지를 들어 올렸다. 들꿩 같은 새가 낮은 가지에 앉아 쉬고 있었다. 바로 거기, 나무뿌리 위에 그 망할 놈의 훌라가 대자로 뻗어 있었다!

탬윈은 온 힘을 다해 몸을 뒤집었다. 고통을 견디며 훌라를 향해 조금씩 기어가기 시작했다.

"당장 해치워 버리겠어, 이 배설물 더미보다도 못한 자식! 쓸데없이 머리에 똥만 가득 찬……."

"우후 이히, 정말 끝내주는 미끄럼틀이었어!"

정신을 차린 헤니가 눈을 가리고 있던 빨간 헤드밴드를 밀어냈다. 헤니는 멍든 팔꿈치에 기대 몸을 일으켜 앉았다. 그러다가 자신을 향해 다가오는 탬윈을 발견하고는 몸을 굴려 도망가기 시작했다.

하지만 너무 느렸다. 탬윈은 헤니가 입고 있는 자루 모양 옷의 목깃을 움켜잡고 거칠게 흔들었다.

"너를 직접 죽일 때까지 살려두겠다고 했던 말 기억나?"

"응, 이히, 진짜 웃긴 말이었어."

"이제 그 말은 잊어버려! 더는 안 기다릴 거니까."

탬윈은 이글거리는 눈빛으로 으르렁댔다.

헤니는 활짝 웃었다. 둥근 눈썹이 쪼글쪼글해졌다.

"좋아, 우후 이히. 죽는 건 나도 아직 못 해봤어."

"농담 아니야, 홀라! 이번에 넌 정말로 선을 넘었어."

탬윈은 헤니 목깃을 비틀어 올렸다.

갑자기 탬윈 위로 커다란 그림자가 드리워졌다. 한여름 라일락의 달콤한 향기가 코를 찔렀다. 탬윈은 헤니를 잡은 손을 놓지 않은 채 고개를 돌렸다. 목과 등의 모든 근육이 너무도 아팠다.

탬윈 뒤에는 페얼린이 우뚝 서 있었다. 가지와 잔가지가 몇 개 더 부러지고 껍질도 벗겨졌지만, 갈색 눈에는 분명 고마워하는 마음이 담겨 있었다. 페얼린 옆에는 겉으로 보기에 멍 하나 들지 않은 리니아가 서 있었다. 심지어 미소까지 짓고 있었다.

"탬윈, 네가 해냈어."

리니아가 말했다.

탬윈은 눈을 끔뻑거렸다. '하찮은 짐꾼'이 아니라 이름으로 불린 것, 리니아가 행복해하는 모습을 보는 것, 둘 중 뭐가 더 이상한 일인지 감히 판단할 수가 없었다.

"제가요? 뭘요?"

탬윈이 자신 없게 물었다.

리니아는 페얼린의 호리호리한 몸통에 손을 얹었다.

"우리를 여기로 데려왔잖아. 네가 우드루트로 오는 길을 찾아냈어. 이제 내 임무는 확실히 성공할 거야. 내 희망도……."

리니아는 잠시 말을 멈췄다.

"너희 둘 다 온몸이 멍투성이 피투성이구나."

탬윈은 숨을 깊게 들이쉬었다. 갈비뼈가 욱신거렸다.

"괜찮아질 거예요."

"나도. 지금 살해당하지만 않는다면. 이히 이히."

헤니가 덧붙였다.

탬윈은 으르렁거리며 헤니 목깃을 더 꽉 움켜쥐었다.

"안 다치셨어요?"

리니아가 다시 미소를 지었다.

"응. 내 메리스의 가지가 워낙 튼튼하거든. 페얼린이 나를 안고 내려왔어. 물론 너희 둘의 용기도 한몫했지."

"용기요?"

"먼저 내려왔잖아! 너희가 우리 모두를 위해 길을 터줬어. 그렇게 동굴 안으로 곧장 뛰어들다니 둘 다 정말 용감해."

탬윈은 헤니와 눈빛을 주고받았다. 헤니 역시도 탬윈만큼이나 놀란 눈치였다.

"아, 그게…… 뛰어든 게 아니라……."

"지금은 겸손하지 않아도 돼. 나와 공동체를 위해 훌륭한 일을 했으니까. 설립자 엘런이 여기 계셨다면 감사 인사로 너희를 꼭 안아주셨을 거야."

"너무 세게 껴안지는 않으셨길 바라요."

탬윈이 갈비뼈를 문지르며 중얼거렸다.

리니아는 위엄 있게 몸을 곧추세웠다.

"너를 향한 나의 믿음이 정당하다는 걸 네가 증명해주었구나."

"믿음요?"

"그래. 네 길잡이 능력에 대한 믿음 말이다."

갈비뼈가 너무 아프지만 않았다면 탬윈은 크게 웃었을 것이다.

리니아는 계속해서 품위 있는 말투로 말했다.

"난 네가 고난에 잘 대처하리라는 걸 늘 알고 있었어. '시클로 아발론' 에서는 진실한 신자의 믿음에 관해 이렇게 말하지.

돌보다 단단하고

빗장보다 튼튼하고

바다보다 깊고

별보다 높다."

리니아는 페얼린의 몸통을 토닥거렸다.

"여기 이 친구는 나와 달리 너를 믿지 않았어. 하지만 넌 내 소중한 친구에게 커다란 선물을 주었어. 고향 풍경! 페얼린은 위대한 신전에 처음 온 이후로 사랑하는 우드루트를 오랫동안 보지 못했거든."

달콤한 라일락 꽃향기가 더 짙어졌다. 페얼린의 커다란 눈이 밤나무 너머를 향했다. 탬윈은 처음으로 그쪽 방향을 바라보았다. 그러자 눈앞에 펼쳐진 풍경에 숨이 턱 막혔다.

녹색 숲으로 뒤덮인 언덕이 끝없이 뻗어 있었다. 파랗고 완만한 산등성이가 언덕에서 솟아올라 마침내 하늘로 녹아들었다. 나무에서는 나선형 안개가 피어올랐다. 노랫소리, 휘파람 소리 그리고 지금껏 들어본 것보다 훨씬 많은 종류의 새소리가 들려왔다. 어떤 나무는 가을을 맞아 잎사귀를 떨궜고, 어떤 나무는 눈부신 빛깔의 잎사귀를 입고 있었다. 참나무, 단풍나무, 자작나무가 특히 그랬다. 믿을 수가 없었다. 이곳 나무도 정말 계절에 따라 색을 바꾸는 모양이었다.

아, 하지만 이 숲의 색은 너무도 다양했다! 스톤루트나 파이어루트와는 비교도 되지 않았다. 금색, 주황색, 진홍색, 분홍색 띠가 초록색 그물에 엮여 들어갔다. 다른 색도 있었다. 늦게 핀 꽃이나 열매가 나뭇가지에서 달랑거렸다.

저 숲 어딘가에 소모사 나무가 있을지도 몰라. 음유시인들 노래에 따르면 그 나무에서는 상상할 수 있는 온갖 열매가 다 열린다고 했어.

귤 요정 한 무리가 가까운 나뭇가지에서 날아올랐다. 요정의 날개는 그들이 평생 돌보는 열매와 똑같은 주홍색이었다. 스톤루트에서보다 조금 더 흐리고 안개 낀 파란 하늘을 배경으로 요정들이 밝게 빛났다. 별의 밝기를 보니 오전의 중간쯤 된 듯했다. 탬윈은 자신이 난생처음으로 우드루트 하늘을 보고 있다는 사실을 깨달았다. 음유시인 표현을 빌리자면 탬윈은 지금 엘 우리엔 하늘을 보고 있었다.

탬윈은 고개를 들어 이 영토의 별을 훑어보았다. 놀랍게도 여기서는 별자리 위치가 달랐다. 저 높이 나는 페가수스는 하늘 가장자리 모퉁이를 돌고 있는 것 같았다. 여전히 긴 가지를 뻗고 있는 트위스티드 트리는 서쪽 지평선에 더 가까웠다. 새로운 별자리들도 있었다. 다만 그 별자리가 무슨 모양인지는 알아볼 수 없었다.

마법사의 지팡이만이 익숙한 자리에 익숙한 모습으로 놓여 있었다. 탬윈은 그 별자리를 보고 움찔했다. 대체 무슨 일이 벌어지고 있는 걸까? 왜 이런 일이 벌어지는 걸까? 왜 지금일까?

탬윈은 걱정스럽게 하늘을 올려다보았다. 이틀 전 세 번째 별이 어두워진 이후 별자리 전체가 분해된 듯했다. 남은 별 네 개는 둘씩 짝지어 서로에게서 멀찍이 떨어져 있었다. 탬윈은 고개를 가로저었다. 마법사의 지팡이가 부러져 버렸다.

탬윈은 끝없이 펼쳐진 숲의 전경을 다시 바라보았다. 친구의 얼굴을 바라보듯 희망찬 마음으로. 하지만 라일락으로 달콤해진 숲의 공기를 들이마셔도 걱정은 여전했다. 별들이 죽고 있었다! 아발론도 죽어가고 있을지 몰랐다.

갑자기 새로운 소리가 들렸다. 새들이 노래하는 소리, 나뭇가지가 딸깍대는 소리 아래로 멀리서 강하게 우르릉거리는 소리가 들려왔다. 급류를 쏟아내는 거대한 강처럼 아주 깊은 소리였다.

탬윈은 고개를 돌렸다. 하얀 간헐천 꼭대기가 지평선에서 거품을 내고 있었다. 그냥 간헐천이 아니었다. 지금껏 들어본 수많은 이야기에 따르면 아발론 전체에서 저렇게 방대하고 강력한 원천은 오로지 하나뿐이었다. 워터루트 북쪽 지역 가까이 있는 크리스틸리아의 흰 간헐천.

내 생각이 맞았어! 세 영토가 이 꼭대기에서 모이는 거야. 나무뿌리가 둥치로 이어지는 것처럼.

탬윈은 만족스럽게 활짝 웃었다.

"저것 봐요."

탬윈은 마침내 헤니를 잡고 있던 손을 놓고 모두에게 말했다. 수 킬로미터 밖에서도 보이고 들릴 정도로 커다란 간헐천을 손가락으로 가리켰다.

"흰 간헐천이에요. 그리고 저기 붉은 바위 협곡 보이세요? 분명 크리스틸리아 협곡일 거예요. 바로 저기에서 흰 물이…… 잠깐. 저게 뭐지?"

일행은 일제히 협곡 안에 있는 커다란 장애물을 바라보았다. 험준한 길 반대편, 스톤루트 위쪽 산이었다면 탬윈은 그 넓고 하얀 물체가 설원인 줄 알았을 것이다. 하지만 고도가 낮은 이 지역에는 설원이 있을 리가 없었다. 혹시 낮게 뜬 구름이 협곡 가장자리까지 가득 찬 걸까? 아니다. 흰색 장애물은 너무도 평평하고 고르게 협곡을 가로질러 펼쳐져 있었다.

"저건 호수잖아. 간헐천에서 나온 흰 물로 호수가 만들어졌어. 그런데…… 뭔가 이상해."

탬원이 말했다.

"이상해."

리니아가 따라 말했다.

페얼린도 같은 생각인 듯했다. 페얼린의 냄새는 이제 짙은 연기 냄새로 변해 있었다. 페얼린은 리니아와 탬원의 어깨를 톡톡 두드리더니 여기저기 꽃이 핀 팔 하나를 들어 협곡 가장자리 저쪽 끝을 가리켰다. 우드루트 숲과 호수가 맞닿은 지점이었다. 아니, 맞닿아 있어야 하는 지점이었다.

탬원은 입술을 깨물었다. 그곳 삼림 지대도 뭔가가 단단히 잘못돼 있었다. 정확히 보이지는 않았지만 그곳은 초록색이 아니라 갈색과 회색으로 뒤덮여 있었다. 돌풍이 불자 먼지구름이 피어올랐다. 안개 소용돌이는 어디에도 없었다. 바람이 그 메마른 땅을 지나가자, 끝없이 우르릉거리는 원천의 소리보다 더 깊은 소리가 저 멀리서 들려왔다. 분명 비통한 신음 소리였다.

"이게…… 이게 다 뭐죠?"

탬원이 큰 소리로 물었다.

아무도 대답하지 않았다. 바람만이 길고 낮은 신음을 내뱉었다.

"뭔지는 모르지만 아주 사악한 일이 벌어졌어. 질병일지도 몰라."

리니아는 이렇게 말한 뒤 자랑스럽게 덧붙였다.

"내가 호수 여인에게 물어볼게. 오늘 오후 아니면 늦어도 내일 호수 여인을 만날 테니까."

"흠. 험준한 길이 어느 방향으로 이어지는지 이제 알게 됐군."

익숙한 목소리가 투덜거렸다.

일행은 일제히 뒤로 돌았다. 엘리가 뉴익을 어깨에 앉힌 채 풀 위에 서 있었다. 둘 다 조금도 다치지 않은 것 같았다. 심지어 흐트러져 보이지도 않았다. 산봉우리 요정은 자랑스러운 보라색으로 빛나고 있었다.

리니아는 그 둘이 반갑지 않은 듯 얼굴을 찌푸렸다. 탬윈은 그 모습이 고마웠다. 리니아가 도착하자마자 활짝 웃었을 때 탬윈은 오히려 너무나 불편했다.

고개를 돌려보니 엘리가 탬윈을 유심히 살펴보고 있었다. 엘리는 히죽거리며 말했다.

"멋지네. 우여곡절이 많았나 봐."

탬윈의 눈이 가늘어졌다.

"너 때문에 생긴 멍 색깔에 맞추느라 온몸에 멍 자국을 낸 거야."

"잘했어."

엘리가 웃었다. 놀랍게도 그 소리가 종달새처럼 달콤하고 경쾌했다. 탬윈은 엘리의 웃음소리를 처음 들어봤다. 하지만 이건 탬윈이 예상한 소리가 전혀 아니었다. 이렇게 옹졸한 아이에게서 어떻게 이런 즐거운 웃음소리가 나올 수 있을까?

"둘은 여기까지 어떻게 왔어? 우리처럼 떨어진 게 아니라 그 통로를 둥둥 떠내려온 것처럼 보이는데."

탬윈이 물었다.

"잘 찍었어, 길잡이 친구."

뉴익의 보라색이 더 짙어졌다. 뉴익은 한쪽 팔을 들어 반짝이는 은색 실 하나를 손에서 털어냈다. 탬윈은 그제서야 뒤쪽 풀밭에 놓인 커다란 은색 실 덩어리를 발견했다. 그 덩어리는 거의 동굴 입구에 닿을 정도로 커다랬다. 조금 구겨지기는 했지만, 여전히 낙하산 모양을 유지하고 있었다. 탬윈은 황무지에서 이런 걸 본 적이 있었다. 바람에 날리는 씨앗, 구름 사이를 뛰어다니는 새의 등에 이런 낙하산이 달려 있었다.

"낙하산을 만들었어?"

탬윈이 믿을 수 없다는 듯 물었다.

뉴익은 탬윈을 향해 인상을 찌푸렸다.

"너한테만 쓸 만한 기술이 있는 게 아니거든."

탬윈의 멍든 얼굴이 새빨개졌다.

"우리처럼 산에 사는 요정이 한 봉우리에서 다른 봉우리로 어떻게 이동하겠어? 올라가는 건 힘들지, 흠. 하지만 내려올 땐 걷는 것보다 떠내려오는 게 훨씬 쉽다고."

엘리가 생기 가득한 녹색 언덕을 바라보며 말했다.

"저것 봐. 이 숲 정말 아름답다."

뉴익이 이상한 흰색 호수를 쳐다보며 중얼거렸다.

"이런 아름다움 속에도 무시무시한 위험이 숨어 있을 수 있어, 엘리리아나."

"위험?"

헤니가 열정적으로 주변을 둘러보았다.

탬윈이 훌라를 때리려는 순간, 초록빛으로 밝혀진 작은 얼굴이 주머니 밖으로 삐죽 튀어나왔다. 배티 래드가 늘어지게 하품을 했다.

"후와아. 나는 꿀잠이 정말 좋아."

"지금까지 쭉 잔 거야? 너처럼 잘 자는 녀석은 내 평생 처음이다."

탬윈은 경이로운 듯 고개를 내저으며 배티 래드의 커다란 찻종 모양 귀를 쓰다듬었다.

"우이, 그래, 인간. 그런데 우당탕탕 요란한 꿈을 꾸긴 했어."

"그랬구나. 이만 다시 들어가서 자는 게 어떨까? 여기는 아직 아침이거든."

"아후와아."

배티 래드는 대답 대신 하품을 한 뒤 주머니 속으로 사라졌다.

"이렇게 자는 걸 보면 정말 순수한 녀석인 게 틀림없어."

탬윈이 말했다.

"아니면 두개골이 아주 단단하거나. 자, 이제 수수께끼 여인을 만나러 가볼까, 아니면 종일 여기 서서 수다나 떨까?"

뉴익이 말했다.

"안 그래도 가자고 하려던 참이었어. 저 아래 가장 깊은 숲속으로. 분명 저쪽일 거야."

리니아가 말했다.

"흠. 길 잃을 준비는 다 됐지?"

요정이 투덜거렸다.

사제는 요정을 죽일 듯 쏘아본 뒤 울창한 녹지를 향해 언덕 아래로 걸어가기 시작했다.

"어서 가자, 페얼린."

나무 정령은 그 말을 듣지 못한 듯했다. 페얼린은 여전히 저 멀리 협곡 가장자리의 메마른 땅을 바라보고 있었다. 페얼린에게서 꺼지다 만 산불 냄새가 풍겨 나왔다.

24

가만히 들어봐

리니아는 풀로 뒤덮인 언덕을 절반쯤 내려가다 걸음을 멈추고 일행을 기다렸다. 최선을 다해 화를 참는 표정이었다.

"빨리 와! 별들이 너희를 기다려줄 줄 알아?"

가장 먼저 엘리가 왔다. 눈앞에 펼쳐진 숲처럼 암녹색으로 변한 요정이 어깨 위에 앉아 있었다. 엘리는 험준한 길로 내려오기 전에 챙겨둔 물통 두 개를 품고, 이제 곧 들어설 울창한 삼림 지대에 매혹된 표정으로 서 있었다. 바로 뒤에서 헤니가 따라왔다. 다리를 약간 절었지만 새로운 지역을 탐험한다는 사실에 한껏 들뜬 모습이었다. 페얼린은 부러진 가지를 단단한 가지에 기대 안은 채 알 수 없는 수렁 냄새를 풍기며 뒤를 따랐다.

마지막은 탬윈이었다. 탬윈은 노련한 산지기라기보다 그저 만신창이가 된 방랑자 같았다. 온몸에 통증을 느끼며 절뚝절뚝 언덕을 내려왔다. 허리춤에 달린 석영 종에서는 아무 소리도 들리지 않았다. 험준한 길을 지나면서 흙이 잔뜩 끼었기 때문이었다.

"이 길이 확실해. 가장 깊은 숲속으로 들어가기만 하면 돼. 그러면 환영에 나온 호수 여인 은신처를 알아볼 수 있을 거야."

리니아가 자신 있게 말했다.

리니아는 회의적인 뉴익의 표정과 걱정스러워하는 페얼린의 눈, 노골적으로 의심의 기색을 드러낸 엘리와 탬원의 얼굴을 차례로 돌아보았다. 그래서 조언을 구하려는 듯 입을 열다가, 생각을 고쳐먹고 당당히 가슴을 폈다.

"가자."

일행은 리니아 뒤를 따라 언덕 아래로 행군하다가 이내 빽빽한 양치식물 숲으로 들어섰다. 양치식물은 인간의 허리, 홀라의 턱까지 자라 있었다. 평지가 시작되고 얼마 뒤, 달콤한 향이 나는 삼나무가 머리 위로 우뚝 솟았다. 나무와 관목, 잎이 무성한 식물이 뒤죽박죽 섞여 갑자기 주위를 둘러싸는 바람에 일행은 두 걸음 앞도 볼 수가 없었다. 층층이 겹쳐진 나뭇가지 사이로 하늘도 드문드문 모습을 드러낼 뿐이었다. 숲 바닥에 닿는 별빛은 얼마 되지 않았다. 흐릿한 빛줄기가 허공을 좁게 비추는 게 전부였다. 숲속은 마치 밤처럼 어두웠다.

리니아는 일행들을 신경도 쓰지 않은 채 식물을 헤치며 거침없이 앞으로 나아갔다. 나뭇가지를 구부려 지나간 다음 경고도 없이 놓아서 뒤따라오는 일행을 철썩 때렸다. 담녹색 요정 무리 사이로 곧장 걸어 들어가기도 했다. 요정들은 배나무 숲 주위를 맴돌며 이번 계절 마지막 열매가 맛있는 즙으로 가득 차도록 정성스레 돌보고 있었다. 하지만 리니아가 갑자기 나타나는 바람에 무리 전체가 깜짝 놀라 후다닥 날아가 버렸다.

리니아는 땅에 떨어진 나뭇가지, 이끼로 뒤덮인 돌부리에 계속 걸려 넘어지며 힘겹게 전진했다. 그러다가 잎이 무성한 단풍나무 가지에 가려져 있던 산사나무와 정면으로 충돌했다. 산사나무 가지 하나가 리니아 눈 바로 위를 쿡 찔렀다.

리니아는 고통에 비명을 질렀다. 그러고는 뒤도 돌아보지 않은 채, 창피한 듯 떨리는 목소리로 말했다.

"이 지긋지긋한 밀림에서 빠져나갈 방법 아는 사람 없어?"

탬윈이 한숨을 쉬었다.

"제가 방법을 알아요. 귀를 기울여보세요. 가만히 들어보세요."

"제정신이야? 우리는 잘 듣는 게 아니라 잘 봐야 한다고."

사제가 씩씩거리며 얼굴 앞에서 얼쩡대는 단풍잎을 쳐냈다.

탬윈은 산사나무 가지 아래로 몸을 숙여 리니아에게 다가갔다.

"틀렸어요. 나무와 식물에게도 언어가 있어요. 요정이나……."

탬윈은 침을 꿀꺽 삼켰다.

"사슴처럼요. 나무의 소통 방식을 배울 땐 말하는 것보다 듣는 게 더 중요해요. 가장 깊은 숲을 찾고 싶다면 잘 들어보세요. 숲이 직접 얘기 해줄 거예요."

엘리는 자기도 모르게 탬윈의 말에 감동을 받았다. 엘리가 뉴익에게 속삭였다.

"저런 멍청이도 리니아보다는 똑똑하네."

늙은 요정은 그저 얼굴만 찌푸렸다.

"놀랄 일도 아니지."

"자, 보여드릴게요."

탬윈이 리니아 다리에 뒤엉킨 덩굴을 잡아당기며 말했다.

탬윈은 숲속으로 더 깊이 들어가며 감각을 뻗었다. 발아래 땅의 경사와 감촉을 느꼈다. 나무의 종류와 높이에 주목했다. 시시각각 변하는

317

송진, 열매, 여우 굴 냄새를 맡았다. 무엇보다 귀를 기울였다. 휙휙 스치고 덜거덕 부딪치는 나뭇가지 소리, 위아래로 너울대는 바람의 속삭임, 종종걸음 치는 동물의 발소리, 날갯짓하는 새의 울음소리, 그리고 더 많은 소리.

이건 숲 그 이상이야. 이건 세상이야. 아발론만큼이나 복잡하고 스스로 연결되어 있는 세상.

탬윈은 탄력 있는 청록색 이끼 위에 맨발을 디뎠다. 그윽한 향기가 도는 공기를 깊게 들이마셨다. 스톤루트를 덮친 가뭄이 이 땅에도 닿았을지 궁금했다. 이 숲은 탬윈이 살면서 본 숲 중 가장 무성하고 활기찼다. 혹시 이것도 사실은 평소보다 더 메마르고 색이 희미해진 모습일까?

그때 구불구불 이어진 사슴의 흔적이 눈에 들어왔다. 온몸이 멍투성이였지만 탬윈은 갑자기 그 흔적을 따라 달리고 싶은 강한 욕구에 휩싸였다. 다리를 뻗어 껑충껑충 달리고 싶었다. 하지만 그 욕구를 억눌렀다. 지금은 인간의 발로 걸어야 할 때였다.

흔적은 고지대로 이어졌다. 나뭇가지는 더 가늘어지고 땅은 더 단단해지고 걷기는 더 쉬워졌다. 이내 꿀 양치식물의 진하고 달콤한 냄새가 풍겨왔다. 일행은 작은 빈터에 이르렀다. 열매로 가득한 마가목의 둥치를 긴 풀이 간질이고 있었다. 빈터 뒤쪽에서는 늙은 벚나무 한 그루가 수많은 계절의 무게로 허리를 굽히고 있었다.

탬윈은 욱신거리는 허리를 쫙 폈다.

"여기서 잠깐 멈출까요? 쉬면서 뭐 좀 먹어요."

배가 고팠던 혜니는 즉시 동의했다. 엘리도 마찬가지였다. 창피를 당한 뒤 계속 부루퉁해 있던 리니아는 아무 말도 하지 않았다. 페얼린은 벚나무 줄기에 사는 늙은 요정과 대화를 시작했다. 기분 좋은 향기가 나는 걸 보니 대화가 즐거운 모양이었다. 뉴익은 먹을 것을 찾아 빈터 주위를 둘러보았다.

일행은 자리를 잡고 앉아 뉴익이 찾아온 열매와 미나리냉이를 먹었다. 열매는 시큼했지만 과즙이 넘쳤고, 미나리냉이는 조금 매콤했다. 식사를 하는 내내 탬윈은 끊임없이 자세를 바꿨다. 온몸이 긁히고 멍들어서 도무지 편한 자세를 찾을 수가 없었다. 결국 탬윈은 자리에서 일어나 이리저리 걸어 다녔다. 그러다가 벚나무 줄기에서 이상하게 툭 튀어나온 부분을 발견했다. 울퉁불퉁한 옹이처럼 보였지만, 신기하게 생긴 혹과 주름이 이렇게 많은 옹이는 처음이었다.

탬윈은 더 자세히 살펴보려 벚나무 쪽으로 성큼성큼 다가갔다. 옹이 바로 위 거칠거칠한 껍질에 손을 올려놓고 자세히 들여다보았다. 갑자기 탬윈이 뒤로 펄쩍 물러섰다. 옹이와 그 주변 나무줄기가 움직였다!

탬윈은 두 눈을 크게 뜨고 바라보았다. 옹이가 점점 더 크게 부풀어 올랐다. 뜨거운 우유를 넣은 통이 빵빵해지는 것처럼 바깥쪽으로 불룩해졌다. 가운데에서 서서히 좁은 산등성이가 올라왔다. 양옆에서는 나무껍질이 움푹 꺼지며 갈라진 틈이 생겼다. 틈 속 깊은 곳에서 불그스름한 불꽃이 반짝거렸다. 옹이 맨 밑에서 얇은 줄이 나타나 점점 길어지더니 한쪽으로 축 처졌다.

"얼굴. 이건 얼굴이야."

탬윈이 놀라워하며 말했다.

얇은 줄 같은 입이 살짝 열리며 주름진 초록색 입술을 드러냈다.

"너처럼 매끈하지는 않지만, 늙은 나무 정령치고는 그럭저럭 괜찮은 얼굴이지."

불타는 벚나무 가지처럼 탁탁 터지는 듯한 목소리가 들려왔다.

탬윈은 마가목 옆에 모여 있는 일행을 돌아보았다. 자신이 찾은 걸 보여주고 싶었다. 하지만 엘리와 헤니는 풀 위에 뻗어 있고, 리니아는 페얼린 몸통에 기대앉아 있었다. 모두 낮잠을 자고 있었다. 뉴익도 눈을 감고 엘리의 허벅지에 기대 쉬고 있었다. 자욱한 회색 안개가 일행에게 다가와 담요처럼 몸을 덮었다. 안개는 마치 마가목에서 나오는 것 같았다. 안개는 탬윈을 향해 움직였다.

탬윈은 다시 벚나무를 바라보며 말했다.

"나이가 아주 많으신가 봐요."

나무의 입꼬리가 살짝 올라가더니 나무껍질 긁는 소리가 났다.

"싹과 꽃이여, 맙소사, 젊은이! 너보다는 나이가 많겠지만 그렇게 늙지는 않았어. 위대한 나무에 비하면 묘목에 불과하지! 현명해지기에는 부족하고 슬퍼하기에는 충분한 나이야."

탬윈은 허리를 숙여 더 가까이 다가갔다. 하품이 나면서 잠이 쏟아졌다. 탬윈은 지친 몸을 쉬게 하려 조심스럽게 나무의 얼굴을 피해 둥치에 몸을 기댔다.

"슬프다고요, 정령님? 왜인지 여쭤봐도 될까요?"

늙은 나무는 가지를 으쓱해 보이고는 한숨을 쉬듯 잎사귀를 바스락거렸다.

"젊은이, 지금껏 겨울 뒤에는 항상 봄이 따라왔어. 하지만 이제는 더이상 봄이 오지 않을지도 몰라."

"봄이 오지 않는다고요? 왜요?"

탬윈은 덜컥 겁이 나 있는 힘껏 하품을 참았다.

"젊은이는 아직 모르나?"

"뭘요?"

나뭇가지가 불안스레 흔들렸다.

"자유로운 나비는 영원히 살지만, 잡혀 있는 나비는 죽은 흙먼지일 뿐이야."

"무슨 말인지…… 모르겠어요."

붉은 눈이 반짝였다.

"잘 들어, 젊은이! 지금 이 숲에 있으면 모두가 위험해……."

탬윈은 갑자기 어지러웠다. 회색 안개가 몸 위로 흐르는 순간 탬윈은 한쪽 무릎을 꿇고 주저앉았다. 나무 정령의 다음 말은 듣지 못했다. 자신의 몸이 땅 위로 털썩 쓰러지는 소리도 듣지 못했다.

25

작아지고 벌에 쏘인

"다른 얘기도 해주세요, 할아버지! 제발요. 하나만 더요."

"절대 포기를 안 하는구나. 좋은 자세다, 브리오나. 다섯 살짜리에게도 그런 태도가 필요해. 너희 엄마도 그랬어."

"엄마는 항상 제가 할아버지를 닮았다고 했어요."

할아버지는 그 빛나는 초록 눈으로 나를 가만히 바라보았다. 나와 색이 똑같은 눈이었다. 그렇다. 나는 할아버지의 손녀다. 그리고 언젠가는 할아버지 글을 베껴 쓰는 필사생이 될 것이다. 물론 글 쓰는 법을 배운 뒤에 말이다. 그러면 나는 '유명한 요정 역사가 트레시미르의 개인 필사생 브리오나'가 될 것이다. 그건 엄청난 영광이다!

나는 할아버지 무릎에 앉아 미소를 지었다. 사실 무엇보다 큰 영광은 바로 그 순간 그 자리에 있는 것이었다. 나는 숲의 요정 세계에서 유일하게 할아버지 이야기를 들을 수 있는 꼬마였다. 가끔 할아버지는 글을 쓰기도 전에 이야기를 들려주셨다! 나는 팔을 뻗어 할아버지의 폭신한 흰 수염을 쓰다듬었다.

"제발요, 할아버지."

할아버지는 한쪽 귀를 잡아당겼다. 꼭대기가 유독 뾰족한 그 귀는 할아버지 표현에 따르면 '산봉우리에 서 있는 가문비나무' 같았다.

"브리오나, 이야기가 끝날 때까지 깨어 있을 수 있겠니? 자는 아이에게는 이야기를 들려줄 수가 없어."

"그럴 일 없어요, 할아버지! 진짜예요."

할아버지의 초록 눈이 반짝거렸다.

"깨어 있을 수 없다고?"

"안 잔다고요! 절대로요. 평생. 영원히 안 잘 거예요! 그러니까 제발요, 네?"

나는 가장 예쁜 미소를 지어 보였다. 할아버지는 그 미소를 보면 들꿩 둥지에서 알을 훔칠 방법을 찾아낸 여우가 떠오른다고 했다.

할아버지는 다시 한번 자기 귀를 잡아당겼다.

"네 엄마가 싫어할 거야. 한 번도 어기지 않고 늘 정해진 시간에 너를 재웠잖아. 밤 별이 뜨고 한 시간 뒤에. 아이는 그렇게 키워야 하니까! 그런데 어떻게 내가 널 재우지 않고 늦게까지 이야기를 들려주겠니?"

나는 할아버지 수염을 잡아당기며 소리쳤다.

"할아버지가 재우지 않으시는 게 아니에요. 전 할아버지 이야기가 정말 좋아요. 할아버지도 아시잖아요! 엄마도 제가 안 자고 할아버지 이야기를 듣길 바랄 거예요. 이제 이만큼이나 컸으니까요. 보세요. 거의 어른이에요."

나는 할아버지 무릎 위에서 몸을 꼿꼿이 세웠다.

할아버지는 나를 내려다보며 활짝 웃었다. 하지만 왠지 그 표정이 슬퍼 보였다. 눈 속 어딘가에 슬픔이 있었다. 할아버지는 잠시 나를 바라보기만 하다가 다시 말했다.

"네가 이렇게 큰 걸 보면 네 엄마도 정말 기뻐하겠구나."

할아버지 목소리가 떨렸다. 나는 두 팔을 벌려 할아버지 허리를 꼭 끌어안았다. 할아버지도 나를 안아주었다. 그때 바보 같은 일이 일어났다. 내가 울기 시작한 것이다. 나는 그 자리에서 할아버지 가슴에 얼굴을 묻고 훌쩍거렸다.

"엄마가, 흑, 보고 싶어요."

이제는 내 목소리가 떨렸다.

"나도 그렇단다."

할아버지가 속삭였다.

우리는 한참 동안 겨울나무처럼 조용히 앉아 있었다. 할아버지는 내 머리를 쓰다듬어주었다. 아침에 내가 만든 양치식물 화관을 토닥여주었다. 그러고는 마침내 다시 입을 열었다.

"그래, 브리오나. 이야기를 들려주마. 숲의 요정 최초의 여왕 세렐라가 관문 여행법을 알아낸 이야기를 해줄까? 아니면 호수 여인이 처음으로 엘 우리엔 숲에 나타난 이야기를 해줄까?"

나는 할아버지 옷으로 뺨을 닦았다. 할아버지가 가장 좋아하는 옷이었다. 강풀로 만든 이 옷은 아주 부드럽고 항상 레몬밤 향기가 났다.

"아니요. 커지고 싶어 했던 작은 거인 이야기 해주세요."

할아버지는 나를 보며 활짝 웃었다. 이번에는 슬퍼 보이지 않았다.

"심 말이지? 멀린이 마법사가 되도록 도와준 거인. 네 말대로 심은 늘 커지고 싶어 했단다. 가장 높은 나무만큼이나."

"네, 할아버지! 심 이야기 해주세요."

할아버지는 숨을 깊게 들이쉬었다.

"어디 보자, 그 이야기는 아주 오래전으로 거슬러 올라간단다. 멀린이 마법 씨앗을 심기도 전으로. 심장처럼 고동치는 그 씨앗이 싹을 틔워 아발론이 되기 훨씬 전으로 안개가 자욱한 어느 이상한 아침……."

브리오나는 깜짝 놀라 잠에서 깼다. 이상하리만치 따끔거리고 퉁퉁 부은 눈을 깜빡였다. 라나윈을 가득 채운 이 망할 놈의 먼지 때문이리라. 아마 이 먼지는 전부 화산재일 것이다. 소위 삼림지라 불리는 이 아래쪽도 온통 먼지투성이였다. 이 영토가 공통어로 파이어루트라 불리는 데는 그만한 이유가 있었다!

브리오나는 몸을 일으켜 경질 나무의 매끈하고 단단한 껍질에 등을 기대고 앉았다. 아침의 첫 산들바람에 빨간 침엽이 흔들렸다. 브리오나는 혼잣말로 중얼거렸다.

"이게 무슨 숲이야? 산불에서 살아남은 거라곤 고작 나무 몇 그루, 파이어 플랜트 몇 개, 까맣게 타 버린 그루터기뿐인걸."

브리오나는 경질 나무의 뿌리 사이에 핀 작은 주황색 꽃을 발견하고는 고개를 끄덕였다.

"물론 너도, 작은 불꽃아. 이 영토에 하나밖에 없는 꽃을 내가 어떻게 잊겠니?"

브리오나는 뾰족한 주황색 꽃잎을 만졌다. 파이어루트에서 지낸 지 8~9일이 지난 지금에야 여기 사는 플레임론 종족의 새로운 면이 보이기 시작했다. 플레임론 문화가 그토록 맹렬하고 난폭한 이유는 아마 혹독한 화산 지대 때문일 것이다. 플레임론이 전쟁의 신 리타 고르를 숭배하는 이유도 화재와 전투 이후 새로운 것들이 자라기 시작했기 때문이리라. 화염에 불타 버린 땅에서도 잘 자라는 이 작고 연약한 꽃처럼 말이다.

어제저녁 식사의 잔해가 발 옆에 놓여 있었다. 브리오나와 심은 일주일이 넘도록 매일 똑같은 저녁을 먹었다. 도롱뇽. 다른 음식이 있었다면 절대 도롱뇽을 먹지 않았을 것이다. 도롱뇽을 먹으려면 그 기다란 가죽 꼬리와 함께 채식주의 원칙도 꿀꺽 삼켜 버려야 했다. 하지만 이미 자신만의 원칙을 대부분 깨 버린 후였으므로 브리오나는 육식을 그리 고민하지 않았다.

도롱뇽을 잡는 일은 무척이나 어려웠다. 도롱뇽은 뜨거운 열기를 좋아해서 종종 화염 분출구 한가운데 앉아 휴식을 취했다. 하지만 푸르스름한 가죽이 열을 받아 밝은 주황색으로 변하면 도롱뇽이 잘 보이지 않아 잡기가 더 힘들었다. 브리오나와 심은 경질 나무의 가지를 이용해 그 작은 짐승을 화염 밖으로 튕겨내 잡아야 했다.

그다음 문제는 요리였다! 할아버지가 해준 이야기에 따르면 파이어루트 도롱뇽은 반드시 끓여 먹어야 했다. 구워 먹기에는 화염 분출구 불이 너무 약하기 때문이었다. 심은 경질 나무의 껍질 조각으로 냄비를 만들자고 제안했다. (심은 그 냄비를 '작은 그릇'이라고 불렀다.) 경질 나무의 껍질은 아주 단단해서 불을 잘 견뎌냈다. 껍질과 따뜻한 적갈색 샘물만 찾으면 나머지는 간단했다.

브리오나는 어깨를 움직였다. 등에 난 기다란 상처가 아직도 얼얼했다. 할렉의 못된 부하가 채찍질로 준 선물이었다. 할렉에 대한 증오가 여전히 불타올랐다. 주술사에 대한 증오는 더더욱 그랬다. 주술사는 왜 항상 망토 속에 웅크린 채 숨어 있을까? 왜 그 많은 물을 통제하려고 할까? 크리스틸리아 강에서 필요한 만큼 가져다 쓰면 안 되는 걸까?

나는 왜 주술사를 돕는 걸까?

브리오나는 입술을 깨물었다. 답은 이미 알고 있었다. 마음속으로 이 질문을 수없이 되뇌었지만 답은 늘 똑같았다.

할아버지.

브리오나는 고개를 들고 경질 나무 침엽 사이로 절벽의 검은 윤곽을 가만히 바라보았다. 산등성이 전체에서 불의 혓바닥이 치솟아 올랐다. 시커먼 연기 기둥이 동굴과 크레바스 밖으로 뿜어져 나와 하늘로 올라갔다. 주술사 말에 따르면 저 위 어딘가에 삐뚤빼뚤한 이빨 모양 탑이 있는 분화구가 있었다. 그 분화구 어딘가에…… 할아버지 목숨과 맞바꿀 지팡이가 있었다.

브리오나는 목을 길게 빼고 하늘을 올려다보았다. 연기로 어두워진 하늘에 불그스름한 구름이 줄지어 떠 있었다. 실안개 사이로 반짝이는 별자리가 보였다. 그 별자리는 걸음마다 따라다니며 브리오나를 괴롭혔다. 이제 마법사의 지팡이에는 별이 다섯 개뿐이었다. 그중 하나는 이미 깜빡이고 있었다. 머지않아 별 네 개만이 남을 것이다. 할아버지를 구할 시간이 얼마 남지 않았다. 길어야 열흘이었다.

브리오나는 뺨에 묻은 검댕을 소매로 닦아냈다.

소용없어, 이 멍청한 요정아. 옷에 검댕이 더 많이 묻었잖아.

브리오나는 어젯밤 심이 잠든 얕은 도랑으로 몸을 돌렸다.

사라졌다!

브리오나는 삼나무 활과 화살통을 들고 벌떡 일어나 성큼성큼 돌아다니며 작은 거인의 흔적을 찾았다. 멀리 갈 필요는 없었다. 야영지로 삼은 언덕 바로 아래를 보니, 늙은 경질 나무의 줄기에 난 구멍 밖으로 작은 다리 한 쌍과 커다란 엉덩이가 삐죽 나와 있었다.

브리오나가 다가가자 두 다리가 거칠게 발길질하기 시작했다. 엉덩이는 움찔거리며 이리저리 흔들렸다. 고함치는 심의 목소리가 줄기 안에서 작게 들려왔다.

브리오나는 인상을 찌푸렸다.

끼었구나! 이 거인이 정말 할아버지가 얘기한 영웅 심이랑 같은 인물일까?

브리오나는 성큼성큼 나무로 다가가 활과 화살을 내려놓고 심의 다리를 잡았다. (헐렁한 각반과 격렬한 발길질 때문에 쉽지는 않았다.) 브리오나는 다리를 당기고 또 당겼다. 하지만 심은 꼼짝도 하지 않았다. 브리오나는 나무줄기에 발을 대고, 있는 힘껏 몸을 뒤로 젖혔다.

뻥! 심이 줄기 밖으로 튀어나왔다. 둘은 땅으로 쿵 떨어졌다. 재 구름이 피어올랐다. 브리오나는 몸을 돌려 심을 바라보다가…… 하마터면 숨이 막힐 뻔했다.

분홍색 눈부터 흰 머리카락, 감자만 한 코까지 머리 전체가 끈적거리는 노란색 시럽으로 뒤덮여 있었다. 꿀이었다! 귀와 어깨를 지나 두꺼운 양털 조끼 아래로 꿀이 뚝뚝 떨어졌다. 재 덩어리, 부러진 침엽, 나무껍질 조각이 온몸에서 사방으로 삐져나왔다. 지금 심은 살아 있는 생명체라기보다 이상하게 반짝이는 노란색 끈끈이 언덕 같았다.

마침내 심이 입을 열었다. 심은 주먹코 아래 묻은 꿀을 핥아 먹으며 말했다.

"아이, 행복해! 왠지 저 나무 안에 맛있는 꿀이 한가득 있을 것 같은 느낌이 들었어, 로와나."

심은 두 손으로 땅을 짚으며 앞으로 몸을 숙였다.

"그거 알아? 파이어루트 꿀은 불에 구운 것처럼 따뜻해. 몸이 작아지기 시작한 이후로 이렇게 기분 좋은 적은 처음이야."

심은 코에 묻은 꿀을 조금 더 핥으며 미소를 지었다.

브리오나는 심란한 마음에도 웃을 수밖에 없었다.

"당신 지금 꿀이 자라는 나무 같아요."

갑자기 심의 얼굴에서 미소가 사라졌다.

"꿀이 날아간 꿀벌 같다고? 이봐! 말조심해, 로와나. 요정이라 예쁘긴
하지만 예절은 좀 더 배워야겠군."

브리오나는 심의 오해를 굳이 바로잡으려 하지 않았다. 어차피 헛수
고였다. 브리오나가 할 수 있는 일이라고는 따뜻한 샘으로 심을 데려가
깨끗이 씻도록 도와주는 것뿐이었다. 안 그러면 심은 흙과 나무껍질과
막대기가 온몸에 들러붙어 꼼짝할 수 없게 될 것이다. 맹한 바위처럼
땅에 딱 달라붙어 버릴 것이다.

하지만 심은 다른 생각을 하고 있었다. 심이 머리를 긁으려 하자 끈
적거리는 머리카락이 한 움큼 뽑혔다.

"꿀벌이라고 했지? 네 말이 맞을지도 몰라. 파이어루트 벌은 가장 아
프게 침을 쏜다고 들었어. 활활 타는 석탄처럼 화끈거린대."

심은 꿀방울을 사방으로 튀기며 몸을 부르르 떨었다.

"으, 나는 벌에 쏘이는 게 정말 싫어. 진짜로! 늘 그랬어, 그랬고말고.
앞으로도 쭉 그럴 거야. 확실히, 분명히, 완전히."

브리오나는 일어나서 손을 내밀었다.

"가요. 좀 씻어야겠어요."

심은 꿀 사이로 실눈을 뜨고 브리오나를 쳐다보았다.

"찢어야겠다고? 됐어, 사양할게. 내가 좀 작아지긴 했지만 쉽게 찢길
정도는 아니야! 그보다는 개울로 가서 좀 씻는 게 좋겠어."

브리오나는 연기가 자욱한 머리 위 검은 절벽을 올려다보며 고개를
절레절레 흔들었다.

26

하늘의 주인

커다랗고 검은 형체가 연기 자욱한 절벽 위로 솟아올랐다. 형체는 붉게 물든 구름을 단검처럼 갈랐다. 이쪽저쪽으로 획획 방향을 틀기도 하고 먹잇감을 향해 아래로 곧장 돌진하기도 했다. 절벽 토끼가 형체를 보고는 곧장 달아나 몸을 숨겼다. 독수리 같기도 하고 인간 같기도 한 그 날카로운 울음소리를 들으면 누구든 공포로 얼어붙어 수염 하나 까딱할 수 없었다. 그 소리는 하늘을 나는 독수리 사내의 울음소리였다. 깎아지를 듯한 절벽, 화염 분출구, 펄펄 끓는 화산으로 가득한 이 지역에서 가장 무시무시한 소리였다.

스크리는 오른쪽 날개를 치켜들고 산등성이 너머로 급격하게 방향을 틀었다. 인간의 머리에서 긴 갈색 머리카락이 바람에 휘날렸다. 가슴은 물론 강한 다리와 날카로운 발톱까지 줄줄이 뒤덮고 있는 은색 깃털도 바람을 맞아 납작해졌다. 스크리는 인간의 팔뚝에 해당하는 날개 위쪽을 구부려 산등성이를 낮게 쓸었다. 공기가 깃털을 훑고 지나가자 깃털의 빨간 끝부분이 밑에 있는 화염 분출구처럼 밝게 빛났다.

스크리는 비행이 정말 좋았다! 바람을 타고 미끄러지듯 하늘을 나는

330

것이 너무나도 좋았다. 깃털 달린 배가 되어 정박할 항구도 닻도 없이 떠도는 기분이었다.

"하지만 너도 알다시피 그건 사실이 아니야. 너한테는 닻이 있어."

스크리가 혼잣말을 했다.

스크리는 오른쪽 발톱을 슬쩍 내려다보았다. 지팡이가 쥐어져 있었다. 그 지팡이는 종일 마음속에서 스크리를 짓눌렀다.

절벽 위로 솟아오를 때 스크리는 보통 비행을 생각했다. 밀려드는 바람, 날개의 힘, 자유. 다음 식사거리를 생각하기도 했다. 절벽 토끼 또는 멧돼지. 물론 침입자가 있는지도 면밀히 살폈다. 인간처럼 걸어 다니든 구울라카처럼 날아다니든.

하지만 오늘은…… 온통 지팡이 생각뿐이었다. 마법사가 잘 지켜달라며 스크리에게 맡긴 선물. 새로운 마음으로 지팡이를 잡고 '나는 멀린의 진정한 후계자다'라는 강력한 말을 내뱉었을 때 무슨 일이 일어났는지, 스크리는 정확히 기억했다.

스크리는 왼쪽 날개를 기울여 검고 뾰족한 바위 근처를 빙글빙글 돌았다. 너무 가까이 나는 바람에 날개 끝이 바위 가장자리에 스칠 뻔했다. 유황 냄새를 풍기는 시커먼 연기가 바위 꼭대기에서 뿜어져 나왔다. 스크리는 상승 기류를 타고 별을 향해 쭉쭉 올라갔다. 한참 올라가고 보니 모든 풍경이 발아래 내려다보였다. 새까맣게 탄 산등성이, 연기 나는 분출구, 가장 높은 화산. 모두 저 아래 펼쳐져 있었다. 스크리는 하늘의 주인이었다.

스크리는 한쪽으로 몸을 기울여 솟구치는 바람의 힘을 온전히 느꼈다. 그런 다음 강력한 날개를 한 번, 두 번, 세 번 펄럭였다. 속도가 붙었다. 귀에서 바람이 울부짖었다. 스크리는 유성처럼 쌩하고 절벽 위로 날아올랐다. 검은 산등성이, 주황색 불꽃, 빨간 구름, 이 모든 것을 지나, 살아 있는 어떤 생명체보다도 빠르게 돌진했다.

자유로웠다! 스크리는 진정으로 자유로웠다. 그렇다. 지팡이를 쥐고 있었음에도 자유로웠다. 이제 자신에 대해, 그리고 자신의 운명에 대해…… 전부 알게 되었음에도 자유로웠다.

스크리는 노란색 테두리가 쳐진 눈을 반짝거리며 연기 자욱한 구름을 커다란 활 모양으로 잘라냈다. 그런 다음 한쪽 날개를 동그랗게 구부려 다시 방향을 홱 틀고는 하늘을 질주했다. 스크리는 이 지팡이에 묶여 있었다. 닻을 내린 배와 다를 바 없었다. 하지만 이제…… 그 이상을 알게 되었다.

스크리는 들쭉날쭉한 분화구 가장자리로 다가갔다. 그곳이 스크리의 집이었다. 그때 저 아래에서 어떤 움직임이 보였다. 두 개의 형체가 바위투성이 절벽을 오르고 있었다. 키가 크고 호리호리한 형체가 바위 위로 민첩하게 움직이는 반면, 키가 아주 작고 비율이 이상한 형체는 어딘가 어설퍼 보였다. 어찌 됐든 중요한 건 두 발 달린 형체들이 스크리의 동굴을 향해 올라가고 있다는 사실이었다. 침입자였다!

독수리 같기도 하고 인간 같기도 한 날카로운 울음소리가 절벽을 따라 메아리쳤다. 스크리는 커다란 날개를 끌어당겨 몸통에 찰싹 붙였다. 그러고는 죽이기 위해 아래로 돌진했다.

27

번영

템윈은 밝은 햇빛을 받으며 잠에서 깼다. 부드러운 표면에 등을 대고 누워 있었다. 혀에서 감초 같은 이상한 맛이 돌았다. 회색 안개는 사라진 후였지만 다른 안개가 뇌를 가득 채워 생각을 막았다.

일어나 앉아보니 두툼한 초록색 베개가 놓인 소파 위였다. 템윈은 방 안에 있었다!

이 방은 템윈이 살면서 본 것 중 가장 큰 방이었다. 롯의 마을에서 지붕을 얹던 집 전체보다도 컸다. 모든 벽에 창문이 달렸고 붙박이 나무 덧문은 전부 활짝 열려 있었다. 한쪽 구석에 놓인 커다란 난로는 아직 온기가 남은 석탄의 빛으로 반짝이고 있었다. 복잡한 석조물이 분홍색 화강암 판에 솜씨 좋게 맞춰진 모습으로 짐작하건대, 이 방은 석공의 대가가 지은 것이 분명했다. 창문 사이 한쪽 벽면에는 화려한 태피스트리*가 걸려 있었다. 형형색색 채소가 넘쳐나는 정원 그림이었다. 그 아래 커다란 참나무 탁자가 의자 열두 개에 둘러싸인 채 두꺼운 하늘

---

* 색실로 그림을 짜 넣은 직물로서 주로 실내 장식에 쓰인다.

색 양털 깔개 위에 놓여 있었다.

의자 두 개에 리니아와 엘리가 앉아 있고, 뉴익은 만족스러운 표정으로 탁자 위에 앉아 있었다. 모두 머리가 하얗게 센 늙은 남자 말을 듣고 있었다. 노인이 입은 옷은 소매가 길고 넓었으며 갈고리와 주머니가 여럿 달려 있었다. 주머니에는 삽, 가위, 식물 알뿌리, 묘목이 들어 있었다. 옷에 흙이 너무 많이 묻어서 탬원은 묘목 몇 개가 주머니 안에 뿌리를 내린 게 아닌지 잠시 의심했다.

탬원이 입을 열려고 목을 가다듬자 노인이 탬원을 돌아보았다. 노인은 미소를 지으며 고갯짓으로 인사했다. 목에 걸린 마늘 목걸이가 흔들렸다.

"아, 일어났군요."

탬원은 몽롱한 상태로 질문을 쏟아부었다.

"제가…… 오래 잤나요? 여기가 어디죠? 다들 괜찮아요? 그 안개는……."

"그래요. 다 얘기해줄게요."

노인은 일어나서 탬원 옆으로 사뿐사뿐 걸어왔다. 노인이 다시 미소를 짓자 둥글고 다정한 얼굴에 잔뜩 주름이 졌다.

"첫 번째 질문부터 시작하자면, 젊은이는 꽤 오래 잤어요. 내가 여러분을 발견한 이후로 밤새 잤고, 벌써 아침도 대부분 지나갔죠. 하지만 괜찮아요. 그동안 즐겁게 대화를 나눴어요."

노인은 눈에 띄게 밝아진 리니아를 슬쩍 바라보았다.

"네가 자서 오히려 좋았어. 일어나서 돌아다녔으면 가구 몇 개는 망가뜨렸을 테니까."

엘리가 곱슬머리를 휙 넘기며 말했다.

템윈이 눈을 흘겼지만 노인은 이 말이 악의 없는 농담이라고 생각하는 듯했다.

"여기는 망가질 게 별로 없어요. 참나무 탁자를 부수고 돌을 깨뜨릴 수 있는 게 아니라면요."

"아마 깜짝 놀랄걸."

뉴익이 중얼거렸다. 지금 뉴익의 작은 몸은 금빛이 도는 환한 갈색이었다.

엘리는 뉴익의 말을 듣고 키득키득 웃었다.

노인은 손을 뻗어 템윈 어깨에 살포시 얹었다. 손도 옷처럼 흙투성이였다. 손가락 마디와 손바닥에 잡힌 주름, 까맣게 때가 낀 손톱을 보니 영락없는 정원사의 손이었다. 땅을 파는 도구 때문인지 엄지손톱 하나가 부러져 있었다.

"나는 한완 벨라미르예요. 변변찮은 우리 학교와 정원에 온 걸 진심으로 환영해요."

노인의 목소리가 깊게 울렸다.

리니아가 끼어들었다.

"그런 말씀 마세요, 한완. 겸손하실 필요 없어요. 특히 여기 있는 제…… 짐꾼한테는요. 여기는 그냥 학교가 아니잖아요! 번영 아카데미라고요."

"네, 그렇죠."

노인이 조용히 대답했다.

리니아는 노인을 향해 극적으로 손을 흔들며 템윈에게 말했다.

"이분은 그냥 정원사가 아니야. 아카데미 설립자이자 '올로 벨라미르'라는 별명의 주인공이지. 오래전 멀린이 올로 에오피아가 된 이후, 그 이름을 얻은 사람은 벨라미르가 처음이야."

노인은 쑥스러워하는 듯했다.

"그런 이름은 아무 의미 없어요. 집중만 흐트러뜨릴 뿐이죠."

노인은 다시 탬윈을 바라보았다.

"정원 가꾸기를 가장 좋아하는 노인이라고만 알아둬요. 유용한 원칙 몇 개로 학교를 지었다는 것도요."

"흠. 개인적으로 난 그 원칙들이 아주 오만하다고 생각해."

뉴익의 색깔이 점점 빨개졌다.

엘리 얼굴도 덩달아 빨개졌다.

"뉴익! 어떻게 그런 말을 해? 이분이 원로 회의에 보낸 편지 내용 들 었잖아. 너도 그 편지가 도움이 됐다며. 그리고 지금 우리는 이분 손님 이야! 기억할지 모르겠지만 이분이 우리를 구해주셨다고."

벨라미르는 칭찬에 손사래를 쳤다.

"그냥 운이 좋았던 거예요. 마침 오후 산책 중이었거든요."

탬윈은 완전히 정신을 차리려 머리를 흔들었다.

"그 안개는 대체 뭐였어요?"

스승의 표정이 어두워졌다.

"끔찍한 물질이죠! 길들지 않은 숲의 여러 위험 중 하나예요. 마가목 에서 나오는 가스요. 열매를 따 먹는 동물을 쫓아내려는 목적일 거예 요. 고작해야 적을 잠들게 할 뿐이지만 때에 따라 치명적일 수도 있답니 다. 그 장소에서 나와 해독제를 먹지 않으면 다시는 못 깨어날 수도 있 거든요. 감초 뿌리와 클로버 꿀을 섞은 특별한 혼합물이 바로 그 해독 제예요."

탬윈은 입술을 핥으며 희미하게 남아 있는 감초 맛을 다시 한번 느졌다.

"선생님이 우리 목숨을 구해주셨군요."

"도움이 되어 기쁩니다."

벨라미르가 살짝 고개를 숙였다. 벨라미르는 쓸쓸한 미소를 지으며 덧붙였다.

"그런데 젊은이 주머니에 있는 그 친구에게는 해독제를 주기가 영 쉽지 않았어요! 결국 조금 마시기는 했는데, 그러고는 알아들을 수 없는 언어로 횡설수설하면서 멀리 날아가 버리더라고요."

"저도 그 녀석 말은 잘 못 알아들어요."

탬윈이 말했다. 탬윈은 주머니를 톡톡 두드려 배티 래드가 없는 걸 확인했다.

"괜찮을 거예요. 신생님 덕분에요. 지금은 아마 곤충을 사냥하거나 어딘가에서 낮잠을 자고 있을걸요."

"아까도 말했지만 도움이 되어서 정말 기뻐요. 나한테는 엄청난 행운이기도 하고요."

벨라미르는 다시 리니아를 바라보았다.

"이런 일이 아니면 모두를 위한 공동체의 차기 지도자인 선택받은 자를 언제 또 만나보겠어요?"

리니아가 얼굴을 붉혔다.

"이렇게 확실히 개선을 약속해주시는 분을요."

벨라미르가 낮은 목소리로 덧붙였다.

리니아는 자랑스럽게 활짝 웃었지만 엘리는 인상을 찌푸렸다.

"대사제님이랑 사이좋으신 거 아니었어요?"

벨라미르는 엘리를 다정하게 바라보았다.

"사이야 좋죠. 그런데 코에리아에게는…… 일종의 한계가 있어요. 젊은이처럼 어린 사람 눈에는 잘 안 보이겠지만요."

리니아가 만족스러운 표정으로 히죽거렸다.

하지만 엘리는 고개를 가로저었다. 엘리는 자신이 대사제의 모든 면을 속속들이 안다고 자신했다.

"이해가 안 가요. 코에리아 대사제님은 최고의 사제세요."

"코에리아 때는 그랬죠. 하지만 시대가 변했어요. 아주 극적으로요. 공동체도 아발론도 이제 더 나은 대접을 받아야 해요."

벨라미르는 입술을 앙다물었다.

벨라미르의 걱정스러운 말투를 듣자 탬윈은 갑자기 늙은 벗나무의 경고가 떠올랐다. 바람이 신음하던 협곡의 이상한 흰색 호수도 떠올랐다. 벨라미르에게 이 문제를 이야기하고 조언을 구하고 싶었다. 하지만 말로 설명할 수 없는 무언가가 탬윈을 말리는 것만 같았다.

"아발론에 필요한 게 뭔지 정확히 아나 보네."

뉴익이 투덜거렸다.

벨라미르는 자신의 더러운 손을 내려다보았다. 그리고는 창문으로 쏟아져 들어오는 빛 속에서 손을 뒤집었다.

"정원을 가꾸며 배운 만큼만. 그 지식이 아발론에 도움이 된다면 나한테야 큰 영광이지."

코에리아를 깎아내리는 말에 여전히 기분이 상해 있던 엘리가 다시 입을 열려고 하자 노인이 끼어들었다.

"자, 다들 배고프죠? 다른 친구 둘도 같이 식사하면 좋을 텐데 아쉽네요."

"걱정 마세요. 제 메리스는 어차피 아무것도 안 먹어요. 밖에 있는 게

더 좋을 거예요. 그리고 홀라는……. 식사는 그 녀석 없이 하는 게 훨씬
나아요."

리니아가 얼굴을 찌푸렸다.

"그래야 실컷 먹을 수 있거든. 그 녀석은 분명 알아서 신선한 농작물
을 찾아 먹고 있을 거야."

뉴익이 덧붙였다.

"괜찮아. 농작물은 충분해."

벨라미르가 말했다. 벨라미르는 구리종을 들어 두 번 울렸다.

정원 그림 태피스트리 옆에 있는 문이 열리면서 나이 든 하인이 절뚝
거리며 들어왔다. 하인은 바람을 맞아 휘어 버린 고목 같았다. 턱과 양
쪽 귀 위에 들쑥날쑥 털이 나 있고, 왠지 짜증스러워 보이는 한쪽 눈은
완벽한 분홍색으로 충혈돼 있었다. 늙은 하인은 벨라미르 손만큼이나
흙투성이인 손을 포개며 허리를 숙였다.

"부르셨습니까, 주인님?"

"그래, 모리곤. 손님 식사 좀 준비해줘."

"알겠습니다, 주인님."

하인은 허리를 숙여 인사한 뒤 다시 절뚝거리며 문밖으로 나갔다.

잠시 후 옆방에서 바삐 움직이는 소리와 달그락거리는 소리가 요란하
게 들려왔다. 접시, 쟁반, 무거운 그릇이 부딪치는 소리 같았다. 마침내
온전히 정신이 든 탬원은 자리에서 일어나 창문 쪽으로 걸어갔다. 그러
다가 소파 모서리에 발이 걸려 휘청했다. 민망해하며 엘리를 슬쩍 쳐다
봤지만 다행히 엘리는 아무것도 보지 못한 듯했다.

창밖에 보이는 건 그냥 학교가 아니었다. 고급 아카데미도 아니었다.
집, 다양한 거래가 이루어지는 건물, 농장이 모두 갖춰진 온전한 마을이

었다. 그런데 이 마을은 스톤루트에서 본 마을과 전혀 달랐다. 옥상, 풍향계, 출입구, 쟁기, 동물들 목에 종이 안 달렸기 때문만은 아니었다. 사실 탬윈은 모든 마을에 종이 있다고 생각했다. 하지만 가장 큰 차이점은 뭐니 뭐니 해도 '엄청난 풍족함'이었다.

이 마을 집들은 전부 튼튼한 나무판자로 벽을 세워 선명하고 밝은 색으로 칠해져 있었다. 탬윈은 어디에도 초가지붕이 보이지 않는다는 사실에 기분이 좋았다. 지붕도 모두 나무로 만들어져 있었다. 집마다 옆 마당에는 넓은 채소 정원이 있었다. 철조망으로 울타리를 치고, 어떤 작물을 심었는지 줄마다 표지판을 세워두었다. 보아하니 여기 사는 사람들은 도구와 씨앗과 알뿌리가 아주 많은 모양이었다. 노력의 결과물인 과일과 채소도 아주 많은 것 같았다. 포도나무에는 묵직한 보라색 포도송이가 주렁주렁 매달렸고, 호박과 멜론은 온 땅을 뒤덮었으며, 사람들은 상추, 당근, 무, 콩 등 다양한 작물을 바구니에 가득 담았다. 거의 모든 정원에서 과일나무가 자랐다. 대부분 사과나무, 배나무, 자두나무였다. 그중 한 나무에서 누가 봐도 확실한 훌라의 형체가 보였다. 훌라는 사과를 따는 속도만큼이나 빠르게 사과를 먹어 치웠다.

학교 건물 앞마당에서 아이 열여섯 명이 그네와 시소를 타고, 공을 쫓아 달리고, 줄넘기를 했다. 어른도 몇 명 보였다. 근처 대장간에서는 대장장이의 망치질 소리와 고함 소리가 규칙적으로 울려 퍼졌다. 각종 농기구와 수제 가구가 마을 집산지에 전시되고, 공동 외양간에는 통통한 양과 염소, 돼지 수십 마리가 들어앉아 있었다. 마을은 거대한 경작지에 둘러싸여 있었다. 마을과 그 너머 삼림지를 경계 짓는 높은 나무 울타리까지, 옥수수와 다양한 곡식이 넓게 펼쳐졌다.

이 마을은 모든 것이 생산적이었다. 모든 것이 번영했다. 탬윈이 지금껏 경험했던 것 이상으로 풍족했다. 벨라미르가 발전시킨 이념이 뭔지는 몰라도 그 이념은 분명 제대로 실현되고 있었다.

태피스트리 옆에 있는 문이 다시 열리더니 늙은 모리곤이 들어왔다. 남녀 네 명이 그 뒤를 따랐다. 모두 주머니로 뒤덮인 갈색 옷을 입고 있었다. 하인들이 가져온 쟁반, 그릇, 접시에는 음식이 가득 담겨 있었다. 과즙이 뚝뚝 떨어지는 멜론 조각들. 구운 양고기, 보리, 아몬드, 살구를 꽉꽉 채워 넣은 뜨끈뜨끈한 파이. 그릇 위로 흘러넘치는 샐러드. 다섯 가지 곡물빵. 딸기푸딩과 배푸딩. 꿀 바른 타르트*와 바삭바삭한 사과 페이스트리**. 음료도 들어왔다. 박하차, 오렌지차, 마늘차. 갓 짜낸 자두 주스와 사과주스. 커다란 병에 담긴 진홍색 벌꿀 술. 벨라미르는 벌꿀 술을 리니아 바로 앞에 놓았다.

배고픈 여행자들은 곧장 식탁으로 뛰어들었다. 뉴익은 물이 담긴 커다란 그릇에 들어앉아 신선한 샐러드를 입 안에 마구 쑤셔 넣었다. 리니아와 엘리는 양고기와 보리가 들어간 파이부터 시작했다. 둘 다 큼직한 파이를 두 조각씩 먹었다. 그동안 탬윈은 몇 달간 이어진 가뭄을 보상받기라도 하듯 과즙 넘치는 멜론을 양껏 먹었다.

일행은 꽤 긴 시간 말없이 식사를 이어갔다. 먼저 입을 연 건 리니아였다. 리니아는 벌꿀 술 세 번째 잔을 홀짝이며 말했다.

"한완, 정말 훌륭한 식사였어요! 이렇게 맛있는 음식을 생산해내는 비법이 대체 뭐예요?"

늙은 정원사는 얌전히 미소 지었다.

---

* 밀가루 반죽을 얇게 펴서 구운 후, 과일을 얹은 파이의 한 종류.
** 유지를 넣은 밀가루 반죽을 여러 번 밀대로 밀고 접어, 얇은 층이 생기도록 구운 과자 또는 빵.

"간단해요. 기본적인 규칙 하나만 절대 잊지 않으면 되죠. '이 세상을 돌보는 건 인간의 몫이다. 인간은 다른 생명체를 돕고 보호해야 한다.' 그게 우리의 책무이자, 우리가 다그다와 로리란다의 형상으로 만들어진 이유예요."

그럴듯하네.

탬원이 멜론 한 조각을 새로 집어 들며 생각했다.

리니아는 생각에 잠겨 고개를 끄덕였다.

"인간이 특별하다는 말씀이시군요. 재능과 책무라는 두 가지 면에서 모두요."

벨라미르는 리니아를 향해 활짝 웃었다.

"가장 똑똑한 내 제자도 그보다 더 잘 정리할 수는 없을 거예요."

하지만 엘리는 어리둥절했다.

"인간이 특별하다는 게 무슨 뜻이죠?"

"인간이 우월하다는 뜻이야."

뉴익이 양손으로 커다란 당근을 잡고 우적우적 씹어 먹으며 대답했다. 뉴익은 당근을 한 입 더 베어 물었다.

"인간만이 가질 수 있는 아주 비뚤어진 관점이지."

리니아가 요정을 노려보았다.

"예의를 지켜, 뉴익! 이분은 올로 벨라미르시라고."

노인이 손을 들었다.

"괜찮아요, 리니아. 내가 나의 관점을 명확하게 설명하지 못했나 보군요."

벨라미르는 잠시 생각에 잠긴 채 가장 가까운 창밖을 내다보았다. 그러고는 다시 입을 열었다.

"리니아 말대로 인간에게는 훌륭한 재능이 있어. 무한한 가능성도 있고. 물론 모두가 그 가능성을 알아차리지는 못하지. 하지만 인간은 우리보다 불행한 다른 생명체들을 도와줄 수 있어. 따라서 우리는 지혜와 창의력과 성실함을 이용해 모두가 살기 좋은 세상을 만들어야만 해."

"그러기 위해 다른 생명체에게 가장 좋은 선택이 뭔지를 인간이 결정해야 한다면? 인간이 원하는 걸 하도록 다른 생명체를 강요해야 한다면?"

"뉴익! 너무 무례하잖아."

리니아가 꾸짖었다.

"잠깐만요. 이건 물어볼 만한 질문이에요."

엘리가 말했다.

"3등급 수습생 주제에 뭘 안다고 나서?"

리니아 얼굴이 잔에 담긴 벌꿀 술처럼 진홍색으로 변했다. 물론 턱에 난 암녹색 자국은 예외였다.

탬윈은 턱에 흐르는 멜론즙을 닦았다. 이 대화를 반쯤 들으며 엘리 말에도 일리가 있다고 생각했다. 한마디할까 하다가…… 먹히기만을 기다리고 있는 다음 멜론 조각을 발견했다. 게다가 탬윈은 웬만하면 무슨 일이든 엘리 편에 서고 싶지 않았다.

벨라미르는 노련한 스승처럼 조용히 하라는 손짓을 보냈다. 그러고는 뉴익을 바라보았다.

"표현이 다소 거칠긴 하지만 어느 정도는 맞는 말이야, 산봉우리 요정. 인간은 아발론의 다른 생명체에게 가장 좋은 선택이 뭔지 아주 잘 알아. 환경에 대해서도. 그래서 우리는 세상을 위해 가장 좋은 일을 하도록 늘 노력해야만 해."

"인간을 위해서겠지."

뉴익이 싸늘하게 말했다. 이제 뉴익의 색깔은 새빨간 핏빛이었다.

벨라미르가 상냥하게 미소 지었다.

"인간을 위한 일은 결국 모두를 위한 일이야. 그래서 인간뿐 아니라 수많은 다른 생명체가 내 가르침을 받아들인 거지. 그 가르침 덕분에 다들 더 편하게 살고 있어."

벨라미르는 창문 쪽으로 팔을 뻗었다.

"멀리 볼 것도 없어. 내 작은 번영의 마을을 봐. 우리한테 이렇게 많은 음식을 내줬잖아. 심지어 가뭄이라 불리는 시기에 말이야!"

정원사의 둥근 얼굴에 동경의 표정이 비쳤다.

"인간의 재주에는 한계가 없어. 전혀. 정원이든 도구든 탈것이든, 필요한 건 모두 만들어낼 수 있지. 건물까지도! 예측건대 우리가 만든 건물들은 언젠가 아주 거대하고 편안해질 거야. 밖에 나갈 필요조차 없을 정도로."

탬윈은 씹던 걸 멈추었다. 밖에 안 나간다고?

벨라미르가 이어 말했다.

"인간이 재능과 환경을 잘 이용하기만 한다면 무슨 일이든 가능해."

뉴익은 남은 당근을 내려놓았다.

"환경이란 이 세상 모든 땅과 생명체를 의미하겠지?"

"맞아, 요정 친구."

"그러니까…… 인간이 염소를 가둬두는 게 최선이라고 생각한다면, 염소가 자유롭게 뛰어다니고 싶다고 해도 인간에게 염소를 가둬둘 권리가 있는 건가?"

"그래."

"인간이 유용하다고 생각하면 마지막 남은 고목도 베어 버릴 수 있는 거고?"

"그렇지."

엘리가 입을 열었다.

"하지만 그건 드루마디안 규칙에……."

"조용히 해, 수습생! 넌 이런 일을 이해 못 한다고 했잖아!"

리니아가 꾸짖었다. 리니아는 벨라미르에게 빈정거리는 눈짓을 보내며 말했다.

"이 아이는 나방도 사제가 될 수 있다고 생각해요."

노인은 눈썹을 치켜 올렸다.

"그래요? 하긴 우리도 한때는 젊었으니까요."

"절대 어른이 되지 않는 사람도 있죠."

리니아가 우쭐대며 잔을 들고 낄낄거렸다.

엘리는 자리에서 벌떡 일어났다.

"뉴익, 이제 갈 시간이 된 것 같아. 어디로 갈지는 모르지만 일단 여기서는 나가야겠어."

요정은 고개를 끄덕였다. 엘리는 요정을 어깨 위에 앉힌 뒤 벨라미르를 향해 퉁명스럽게 말했다.

"잘 먹었습니다."

흘낏 옆을 보니 탬윈은 멜론만 내려다보고 있었다. 엘리는 문밖으로 성큼성큼 걸어 나갔다.

리니아는 식탁 건너편에 앉은 집주인을 바라보았다.

"대신 사과드릴게요. 원래 아주 무례하고 형편없는 아이예요, 한완."

늙은 스승은 공감한다는 듯 고개를 내저었다.

"어깨가 아주 무겁겠어요, 리니아."

벨라미르는 팔을 뻗어 리니아 잔에 벌꿀 술을 더 따라주었다.

"그건 그렇고, 어디 가는 길이에요? 선택받은 자가 위대한 신전을 떠나 이렇게 멀리까지 여행을 왔다면 그만한 이유가 있을 텐데요."

"있고말고요."

리니아는 천천히 벌꿀 술을 한 모금 마셨다. 리니아의 다음 말에 탬원은 깜짝 놀랐다.

"호수 여인에게 가는 중이에요. 조언을 얻으려고요."

벨라미르는 리니아를 골똘히 살폈다.

"별이 달라진 문제 때문이군요."

"다른 문제도 있고요."

"그 문제는 나도 잘 압니다."

방금 쟁기질한 밭처럼 벨라미르 이마에 주름이 졌다.

"호수 여인을 찾는 일은 결코 쉽지 않을 거예요. 비밀스러운 인물이니까요."

리니아는 잔을 비웠다.

"제가 본 환영을 따라가고 있어요."

"환영! 정말 재능이 많군요."

벨라미르는 감탄하며 리니아를 바라보았다.

리니아는 기분 좋은 티를 내지 않으려 노력했다. 하지만 붉어진 얼굴이 모든 걸 말해주었다. 다음 순간 리니아의 표정이 갑자기 어두워졌다. 리니아는 식탁 너머로 몸을 기울여 걱정스럽게 말했다.

"호수 여인을 보긴 했는데 사실 제 환영이…… 예전 같지 않아요. 꽤 오래됐어요. 거의 나타나지도 않고, 혹시 나타나더라도 아주 흐릿하고 불확실해요. 저한테 조언 좀 해주실 수 있을까요?"

노인은 잠시 곰곰이 생각했다.

"리니아, 당신 재능의 원천은 주변 환경에 대한 풍부한 감수성이고, 아마 그 감수성은 축복인 동시에 저주일 거예요. 당신은 감수성을 통해 대단한 지혜를 얻어 언젠가 공동체를 이끌 거예요. 그건 축복이죠. 반면 감수성 때문에 내면에 있는 어리석음이나 무능함이 더 커질 수도 있어요. 그건 저주예요. 무슨 말인지 알겠어요?"

리니아는 천천히 고개를 저었다. 멍청해 보이고 싶지는 않지만 벨라미르의 조언은 절실히 원하는 것 같았다.

"아니요, 죄송해요."

"내 잘못이에요. 그냥 단도직입적으로 얘기할게요."

벨라미르는 한숨을 내쉬었다.

"내 생각에 당신 문제는 공동체 그 자체인 것 같아요."

리니아는 다시 의자에 똑바로 앉았다.

"정말요?"

벨라미르는 리니아 팔뚝에 손을 얹었다.

"네. 모두를 위한 공동체는 너무 발전이 더디고 옛날 방식에만 얽매여 있어요. 당신처럼 비범한 사람은 그런 곳과 어울리지 않아요. 안타깝지만 내가 볼 땐 공동체가 당신 재능을 방해하고 있는 것 같아요."

리니아는 마른침을 꿀꺽 삼켰다.

"그 말은……."

"언제든 원하면 우리 아카데미로 오라는 뜻이에요. 복잡한 마음을 정리하고 싶을 때 내 귀빈으로 잠깐 왔다 가요. 물론 더 오래 머물러도 되고요. 그래요, 리니아! 나랑 같이 더 위대한 새 신념을 세우는 것도 좋겠네요."

리니아는 확신 없이 벨라미르를 쳐다보았다.

"정말 저를…… 그렇게 높이 평가하시나요?"

벨라미르는 리니아를 향해 미소 지었다.

"그럼요. 이런, 내가 너무 오래 붙들고 있었군요. 이제 짐을 꾸려볼까요? 일행들도…… 다시 모아보고요."

리니아는 미소를 되찾았다.

"네, 한완. 방금 해주신 말씀 정말 감사합니다."

"아니에요."

두 사람은 자리에서 일어났다. 벨라미르가 팔을 뻗자 리니아가 그 팔을 잡았다. 둘은 뒤에 있는 탬윈을 돌아보지도 않은 채 함께 방 밖으로 나갔다.

28

환영

번영 아카데미의 무거운 나무 문이 시끄럽게 삐걱거리며 활짝 열렸다. 이른 오후의 강한 별빛 아래 여행자들은 마을을 뒤에 두고 줄지어 나아갔다. 눈앞에 펼쳐진 거대한 나무숲이 불안스레 속삭이는 것만 같았다.

벨라미르는 일행을 직접 배웅했다. 옆에 선 모리곤의 충혈된 눈이 고통스러울 정도로 부어 보였다. 늙은 스승은 걱정스러운 표정으로 문 옆에 서서 엄지손톱이 부러진 손을 흔들며 작별 인사를 했다. 나무 사이로 들어가는 여행자 중 둘만이 뒤를 돌아보았다. 헤니는 정원에서 포식하던 시간이 벌써 그리웠다. 반면 리니아는 다른 무언가를 그리워하는 듯했다.

리니아는 높은 곳에서 전망을 내려다보며 호수 여인의 환영을 떠올려보기로 했다. 탬윈은 이 주변에서 가장 높은 언덕을 찾아달라는 리니아의 요청을 들어주기로 했다. 황무지 길잡이에게 그건 어려운 임무가 아니었다. 하지만 지금 탬윈은 머릿속이 너무 복잡했다. 늙은 벚나무, 이상한 흰색 호수, 치명적인 회색 안개, 벨라미르에 대한 뒤섞인 감정이 좀처럼 머릿속을 떠나지 않았다. 탬윈은 심란한 마음으로 숲속을 걸었다.

쾅! 탬윈의 발이 마가목 뿌리에 걸리면서 탬윈이 앞으로 고꾸라졌다. 탬윈은 이끼로 뒤덮인 땅에서 몸을 뒤집었다. 그러고는 덜렁대는 자기 자신에 고개를 내둘렀다.

"시작이 좋군."

엘리가 말했다.

탬윈은 입에서 이끼를 빼내며 일어나 앉았다.

"네가 앞장설래?"

엘리가 웃으며 말했다.

"아니, 네가 앞장서는 게 훨씬 재미있어."

여전히 온몸이 새빨간 뉴익이 엘리 어깨에서 자세를 바꿨다.

"그 변변찮은 정원사랑 대화하고 나니까 재미있는 일이 필요해졌어."

탬윈은 얼굴을 찡그린 뒤 자리에서 일어났다. 허리에 달린 작은 종이 딸랑거렸다. 탬윈은 마을을 떠나자마자 돌아온 배티 래드가 떠올라 옷 주머니를 들여다보았다.

"괜찮아?"

탬윈이 물었다. 가늘게 코 고는 소리만이 들려왔다. 탬윈은 주머니를 닫고 다시 숲을 향해 돌아서며, 엘리에게 절대 웃을 거리를 주지 않으리라 다짐했다.

탬윈은 이내 여우가 지나다니는 좁은 길을 발견했다. 그 길은 가시덤불 사이를 지나, 탬윈이 바라던 대로 고지대까지 이어졌다. 구불거리는 좁은 언덕은 높이 솟은 땅이 아니라 커다란 뱀의 등 같았다. 한 시간 넘게 언덕을 따라 걸어도 숲은 도무지 끝나지 않았다. 일행은 넓게 트인 전망을 볼 수가 없었다. 그러다가 실망스럽게도 다시 내리막길이 시작되었고 숲은 이전보다 더 울창해졌다.

버드나무가 줄지어 서서 미묘한 바람에 야리야리한 가지를 흔들었다. 땅에 흠뻑 젖은 채 낙심해 있던 탬원은 그 모습을 보고 어디로 가야 할지 곰곰이 생각했다. 그러고는 버드나무가 주로 물 옆에서 자란다는 사실을 떠올리며 그쪽으로 몸을 돌렸다. 혹시 개울이 있을까? 이곳 우드루트 깊숙한 곳까지는 가뭄이 닿지 않은 듯했다. 적어도 아직은 아니었다. 그렇다면 저 가지 아래 정말 개울이 있을지도 몰랐다.

그랬다. 작은 은빛 샘물이 버드나무 사이로 흐르고 있었다. 샘물은 희미하게 빛나는 별의 흔적처럼 반짝였다. 탬원이 본 그 어떤 개울보다 눈부셨다. 탬원은 그 자리에 서서 빛나는 물을 가만히 바라보았다.

엘리도 그 광경에 사로잡혀 탬원 바로 뒤에 멈춰 섰다. 갑자기 엘리가 소리쳤다.

"저것 봐!"

둘은 개울 표면 전체가 날아오르는 모습을 놀란 눈으로 지켜보았다. 물의 목걸이가 큰 소리로 윙윙거리며 허공으로 떠올랐다. 이내 둘은 자신들이 착각했음을 깨달았다.

"물보라 요정이다."

두 사람이 동시에 말했다. 은빛 날개가 달린 생명체 수천이 하늘로 솟아올랐다. 요정치고도 작은 크기였다. 불과 몇 초 만에 요정 무리 전체가 역류하는 빗방울처럼 버드나무 잎사귀 사이로 떠올라 시야에서 사라졌다.

탬원과 엘리는 눈빛을 주고받았다. 너무 놀란 나머지 그 순간만큼은 서로가 앙숙이라는 사실도 까맣게 잊었다. 잠시 후 리니아, 헤니, 페얼린이 도착했다. 탬원과 엘리는 기분 좋게 콸콸 흐르는 개울물을 다시 돌아보았다. 일행은 무릎을 꿇고 앉아 목을 축였다. 페얼린만이 예외였다. 페얼린은 곧장 물속으로 걸어 들어갔다.

그 사이 뉴익은 엘리 어깨에서 폴짝 뛰어내렸다. 늙은 요정은 개울둑을 미끄러져 내려가 매끄러운 조약돌 위에 앉았다. 시원한 물이 등에 튀기자 뉴익의 색깔이 흐릿한 파란색으로 변했다.

탬윈은 두 손을 모아 얼굴에 물을 끼얹었다.

"아. 벨라미르가 차려준 밥상보다 훨씬 좋다."

엘리는 의심스러운 표정으로 탬윈을 바라보았다.

"진심이야? 입이 터져라 멜론을 쑤셔 넣던데."

탬윈이 대답을 하려는데 갑자기 비명이 들려왔다. 탬윈과 엘리 모두 깜짝 놀랐다. 독수리 종족의 날카로운 울음처럼 귀가 찢어질 듯한 소리였지만 그 소리는 더 높은 곳에서 더 거슬리게 들렸다. 일행은 버드나무가 늘어선 개울둑 위 하늘을 올려다보았다. 날카로운 비명이 또다시 들려왔다. 이번에는 더 시끄러웠다. 그 순간 탬윈 머릿속에 그 울음소리를 들었던 기억이 떠올랐다. 엄마가 죽었을 때와 스크리를 잃었을 때.

"구울라카다! 도망쳐!"

탬윈이 소리쳤다.

하지만 너무 늦었다. 허공이 금세 날개로 가득 찼다. 흐릿한 투명 날개가 탬윈 키의 절반만 한 투명 몸통을 나르고 있었다. 날개와 몸통은 거의 보이지 않았지만 핏빛 발톱과 커다랗게 흰 부리는 아주 잘 보였다. 느끼기는 더 쉬웠다. 발톱과 부리는 먹잇감을 갈가리 찢어 죽이기 위해 맹렬히 돌진했다.

나무 사이에서 날카로운 울음소리가 더 많이 울려 퍼졌다. 포악한 부리에 버드나무 가지가 뚝뚝 부러져 샘물 안으로 후드득 떨어졌다. 다른 이들보다 키가 큰 페얼린은 사납게 가지를 휘두르며 일행을 보호하려 했다. 이미 가지 몇 개가 부러지고 붕대도 감겨 있었지만 여전히 용감하게 싸웠다. 리니아는 페얼린 뿌리 옆에 웅크린 채 공포로 얼어붙어 있었다.

탬원과 엘리는 각자 버드나무 가지를 잡고 공격자들을 막아내려 애를 썼다. 하지만 칼처럼 날카로운 부리와 가차 없는 발톱 앞에서 나무 막대기는 거의 쓸모가 없었다. 페얼린이 가려주지 않았다면 둘 다 순식간에 피투성이가 됐을 것이다.

헤니는 훨씬 잘 싸웠다. 샘에서 주운 조약돌로 무장한 채 새총을 이용해 구울라카 여러 마리를 제압했다. 한 마리는 눈을 정통으로 맞아 버드나무로 추락했다. 하지만 피를 갈망하는 킬러 새가 적어도 다섯 마리는 더 있었다. 헤니가 발톱을 피해 개울둑 양쪽을 오가며 빠르게 새총을 쐈지만, 그것도 역부족이었다.

뉴익은 샘물 한가운데에서 은실 낙하산을 쏴 구울라카 한 마리를 깜짝 놀라게 했다. 구울라카는 성난 듯 깍깍거렸지만 헝클어진 줄에 걸려 부리를 열지는 못했다. 대신 발톱은 이전보다 더 난폭하게 허공을 갈랐다. 요정이 할 수 있는 일이라곤 수로를 따라 굴러 내려가 아슬아슬하게 발톱을 피하는 것뿐이었다.

탬원 다리에 부딪친 뉴익이 맑은 보라색 눈을 들어 탬원을 쳐다보았다. 그러고는 숨을 헐떡이며 말했다.

"지금이 바로 네 환영 기술을 쓰기에 딱 좋은 순간이야."

탬원은 머리 위를 맴도는 구울라카를 버드나무 가지로 쿡쿡 찌르다가 깜짝 놀란 눈으로 뉴익을 내려다보았다.

"뭐라고? 제정신이야? 이 상황에 속임수를 쓰라니!"

그때 갑자기 모든 것이 이해됐다. 어쩌면, 정말 어쩌면…… 나무 사이로 쏟아지는 강한 별빛을 이용해 가짜 불을 만들 수 있을지도 몰랐다. 그걸 킬러 새에게 던지면 된다.

탬윈은 나뭇가지를 높이 들어 끝부분에 빛이 닿도록 했다. 공격을 받으면서 속임수를 써본 적도 없지만, 이렇게 큰 물건으로 가짜 불을 만드는 건 정말 처음이었다. 지금까지 사용했던 가장 큰 물건은 엘리에게 던진 나뭇조각 매듭이었다. 하지만 탬윈은 시도해봐야만 했다! 페얼린이 팔을 휘둘러 구울라카를 조금 더 막아줄 수만 있다면…….

탬윈은 빛나는 나무에 온 정신을 집중했다. 나무가 더 밝아지도록, 더 밝아지고 또 더 밝아지도록. 탬윈은 큰 소리로 외쳤다.

"불꽃이 되어라! 불타는 별이 되어라!"

갑자기 나뭇가지 끝에 불꽃이 튀더니 가짜 불이 폭발했다. 가까이 내려와 있던 구울라카 한 마리가 겁에 질려 날카로운 비명을 지르고는 옆으로 방향을 홱 틀려고 했다. 탬윈은 고함을 지르며 구울라카를 향해 돌진했다. 불이 붙은 듯 보이는 막대기를 이리저리 휘둘렀다. 다른 구울라카들도 새로운 위험을 감지하고는 공격을 멈추었다.

그 순간 불이 꺼졌다. 탬윈은 욕을 내뱉으며 다시 나뭇가지에 생각을 집중했다. 이번에는 페얼린이 흔드는 팔의 보호를 받지 못한 채 완전히 노출돼 있었다. 아무리 애를 써도 집중할 수가 없었다. 구울라카들은 방금 본 상황에 겁을 먹고 여전히 머뭇거리고 있었다. 하지만 그것도 오래가지 않을 터였다.

"불타오르란 말이야!"

탬윈이 명령했다. 하지만 희미한 불빛조차 나타나지 않았다.

탬윈은 나뭇가지를 내팽개치고 일행에게 소리쳤다.

"따라와! 숲속으로 들어가자!"

페얼린은 계속해서 나뭇가지를 거칠게 흔들며 팔 하나를 뻗어 리니아를 일으켰다. 엘리가 뉴익을 잡아채는 동안 훌라는 마지막으로 조약돌 한 움큼을 챙겼다. 모두 탬윈을 따라 버드나무 사이로 뛰어들었다. 구울라카는 날카로운 비명을 지른 뒤 격렬하게 발톱을 휘두르며 다시 공격을 시작했다.

탬윈은 절박하게 숲을 둘러보며 가장 우거진 부분을 찾았다. 저기! 중간 크기의 가문비나무 몇 그루가 잎이 무성한 활엽수 몇 그루와 뒤섞여 있었다. 고작 나무 몇 그루로 공격자를 오래 막아낼 수 없다는 건 알고 있었지만 탬윈은 일단 그쪽으로 달렸다.

탬윈은 가문비나무 가지를 헤치고 나아가며 필사적으로 숨을 곳을 찾았다. 그때 리니아의 비명 소리가 들렸다. 페얼린의 부러진 가지 하나가 나무에 걸렸다! 탬윈은 뒤로 돌아 반대쪽으로 달렸다. 탬윈과 리니아는 양손으로 페얼린 가지를 잡고 나무에서 뽑아냈다. 구울라카가 머리 바로 위까지 쫓아와 나뭇가지를 부러뜨리고 있었다.

"저것 봐!"

엘리가 소리쳤다. 엘리는 가문비나무 사이에 열매를 가득 달고 서 있는 시커먼 나무 한 쌍을 가리켰다. 마가목이었다! 뭉게뭉게 피어오르는 자욱한 회색 안개가 그쪽에서 빠르게 흘러나왔다.

탬윈과 엘리의 눈길이 마주쳤다. 그들의 여정은 이것으로 끝이었다. 모든 것이 끝나 버렸다. 안개에 휩싸이면서 탬윈은 '좀 더 잘할걸' 하고 후회했다. 불 속임수를, 길 안내를, 무엇보다 헛되이 보내 버린 짧은 인생을.

사방이 어두워졌다. 사라진 별처럼, 꺼진 횃불처럼.

3부

29

인사하는 손짓

자욱한 안개에 휩싸이는 순간, 탬윈은 눈을 깜빡거렸다. 보이지도 들리지도 않고, 오로지 무겁게 내려앉은 축축한 안개만이 느껴졌다.

이런 천 개의 숲 같으니! 내가 아직 살아 있잖아!

이 안개는 마가목 숲에서 만난 치명적인 안개와 확연히 달랐다. 이 안개는 거의 고체처럼 느껴질 정도로 더 물질적이었다. 자기 의지도 있는 듯 보였다. 안개는 여행자들을 잡아당겨 알 수 없는 곳으로 데려갔다. 일행은 저항할 수가 없었다.

탬윈은 다리를 반대 방향으로 움직이며 안개에서 벗어나려 애썼다. 하지만 안개의 힘은 너무도 강했다. 탬윈은 나무뿌리와 가지에 수도 없이 걸리며 휘청휘청 끌려갔다. 석영 종이 물통에 부딪혀 딸랑거렸다. 안개는 자신이 원하는 곳으로 탬윈을 데려가고 있었다. 이전 안개처럼 탬윈을 기절시키지는 않았지만, 그에 못지않게 위험하게 느껴졌다.

일순간 안개가 걷혔다. 안개는 수증기 장막처럼 서서히 갈라지며 반짝이는 파편 수천 개를 허공에 뿌렸다. 찢어지는 안개 줄기 사이로 별빛이 빛났다. 왠지 평소보다 더 밝아 보였다. 별빛은 수증기에 반사돼 수많은 무지개로 흩어졌다. 갑자기 주위를 둘러싼 밝은 빛에 탬윈과 일행은 눈을 깜빡였다.

그때 눈부신 안개 속에서 파란 호수가 나타났다. 안개가 주변에서 소용돌이치는 동안, 사파이어보다 파란 호수가 반짝반짝 빛났다. 호수 한가운데 잔잔한 물에서 나선형 안개 기둥이 솟아올랐다. 물결치는 기다란 팔다리가 밖으로 뻗어져 나왔다. 마치…….

"나무다! 안개 나무야."

엘리가 소리쳤다.

뉴익은 습관적으로 얼굴을 찡그렸지만 뉴익의 맑은 보라색 눈에서는 광채가 났다. 엘리와 요정 옆에 서 있는 탬윈의 눈도 마찬가지였다. 페얼린의 가지가 근처에서 달콤한 사과꽃 향기를 풍겼다. 리니아는 메리스 몸통 옆에 선 채 비밀스럽게 미소를 짓기 시작했다.

신나는 전투를 더 즐기지 못해 실망한 헤니만이 침울한 표정을 지었다. 헤니는 새총을 장전한 채 안개 낀 호숫가를 둘러보며 기대에 찬 눈빛으로 구울라카의 흔적을 찾았다.

호수 한가운데서 솟아난 안개 나무가 눈앞에서 단단해졌다. 나무껍질부터 가지, 잎사귀까지 전부 다 딱딱해졌다. 수정처럼 깎인 면이 짙은 파란색 물빛을 반사했다. 이내 온전한 나무가 완성되었다.

다음 순간 반짝이는 나무줄기에서 형상 하나가 나타나기 시작했다. 여인의 형상이었다! 여인은 나이가 꽤 많았음에도 불구하고 나무줄기처럼 꼿꼿이 서 있었다. 안개 조각처럼 구불구불하고 긴 백발이 어깨에 걸친 숄 위로 떨어졌다. 질감이 살아 있는 짙은 녹색 가운이 숄 아래에서 빛나는 듯했다. 하지만 생기 넘치는 회청색 눈은 그보다 더 밝게 빛났다.

갑자기 여인의 형상이 나무줄기 밖으로 걸어 나왔다. 나무와 달리 여인은 단단해 보이지 않았다. 길게 늘어진 녹색 가운 사이로 그 너머 나무와 호숫가가 보였다. 여인은 일행을 향해 곧장 다가오기 시작했다. 맨발이 걸음걸음 물에 닿을 때마다 호수에 작은 파문이 일었다.

엘리는 숨을 헉 들이쉬며 탬원의 팔뚝을 잡았다가, 자신이 한 짓을 깨닫고는 즉시 손을 뗐다. 다행히 탬원은 안개 같은 여인의 기묘한 모습에 정신이 팔려 아무것도 알아채지 못했다.

"드디어 내 환영이 실현됐어! 저분은 호수 여인이야."

리니아가 만족스럽게 말했다.

리니아 얼굴에 미소가 퍼졌다. 구울라카에게 공격받으면서 생긴 공포와 수치심은 아침 안개처럼 흔적도 없이 사라졌다. 이제 대사제로의 승진이 확실해진 만큼 리니아는 그에 걸맞게 자신만만하고 자랑스러운 목소리로 말했다.

"우리를 맞이하러 오신 거야. 저것 좀 봐. 지금도 손을 들어 인사하시잖아."

수증기 같은 호수 여인의 형상이 호숫가에서 불과 몇 걸음 떨어진 물 위에 멈춰 섰다. 놀랍게도 호수 여인은 정말 손을 들어 올렸다. 그러고는 여행자들에게 손바닥을 보였다.

흑갈색으로 변한 뉴익이 리니아를 향해 얼굴을 찌푸렸다. 리니아도 손을 들어 여인의 인사에 화답했다. 그때 여인이 입을 열었다. 몽롱하지만 또렷한 목소리였다.

"들어오면 안 된다. 모두 돌아가거라!"

여인은 손바닥을 내밀었다. 인사가 아니라 멈추라는 명령이었다.

"하지만…… 저희를 여기로 데려오셨잖아요."

리니아가 갑자기 의기소침해져서는 말을 더듬었다.

"공격자로부터 너희를 구해주었을 뿐 내 은신처로 초대하지는 않았다. 너희와 더 이야기할 시간도, 이야기하고 싶은 마음도 없다."

여인은 뒤로 돌아 다시 호수를 가로질러 나무로 걸어가기 시작했다. 호숫가 안개가 점점 짙어졌다. 머지않아 이 안개가 여행자들을 덮쳐 다른 곳으로 데려갈 것이다.

"잠깐만요! 호수 여인님 도움이 필요해요."

리니아가 소리쳤다.

반짝이는 여인의 형체는 계속해서 멀어졌다. 리니아는 그 모습을 보며 주먹으로 손바닥을 내리쳤다.

"이건 다 코에리아 잘못이야! 그 여자가 날 속여서 이 여정을 떠나게 했어. 이런 멍청한 여정을……. 젠장! 그 여자가 모든 걸 망쳐놨어."

엘리가 홱 돌아서서 리니아를 마주 보았다.

"대사제님은 사제님을 속이지 않았어요! 주거지에 남을 기회를 주셨다고요. 떠나고 싶어 한 건 사제님이었잖아요. 공동체가 아니라 자기 자신을 위해서요."

리니아의 뺨이 붉은색에서 시뻘건 색으로 변하고, 리니아의 턱은 초록빛이 도는 진흙색으로 변했다.

"이런…… 건방진 것! 감히 상관한테 그런 식으로 말을 해? 네가 감히! 넌 머드루트에서 노예로 남아야 했어! 거기가 어울려. 진흙탕에 엎드려……."

엘리는 화가 났지만 씩씩거리는 사제를 그저 외면해 버렸다. 호수 여인이 사라지기 전에, 아직 기회가 있을 때, 다시 시도해봐야 했다. 엘리는 입 주변에 두 손을 모아 호수 너머로 소리쳤다.

"호수 여인님의 도움이 필요합니다! 멀린의 진정한 후계자를 찾아야 해요."

놀랍게도 멀어지던 마법사가 걸음을 멈추었다. 여인은 수정같이 맑은 나무 앞에 선 채 천천히 돌아섰다. 그러고는 경멸하는 목소리로 물었다.

"멀린의 진정한 후계자에 관해 아는 것이라도 있느냐? 어둠의 예언 속 아이에 관해서는?"

그 순간 엘리 머릿속에 코에리아 대사제가 알려준 비밀이 떠올랐다. 오래전 호수 여인이 직접 얘기한 비밀이었다. 뭐였더라? 형제에 관한 내용이었는데…….

엘리가 입을 열려는데 리니아가 팔꿈치로 엘리를 밀쳐냈다.

"이 노예 소녀의 주제넘은 행동을 용서해주십시오, 호수 여인님. 멀린의 후계자와 예언 속 아이는 누가 뭐래도 철천지원수입니다. 정반대의 인물이죠. 하나는 순수하고 하나는 불결합니다."

안개 같은 여인이 입술을 앙다물었다. 여인은 잠시 일행을 살피더니 다시 뒤로 돌아 걸어갔다. 나무줄기에 이르러 그 안으로 발을 들였다. 자욱한 회색 안개가 호숫가에서 안쪽으로 밀려왔다. 나뭇가지를 뒤덮고 여행자들을 향해 손을 뻗었다.

"잠깐만요! 그 둘은 반대가 아니에요!"

엘리가 절박하게 소리쳤다. 리니아가 반박하려 몸을 돌렸다. 자욱한 안개가 머리 위로 흘렀다. 엘리가 외쳤다.

"멀린의 후계자는……."

짙은 안개가 엘리 위로 내려앉아 목소리를 죽였다. 엘리는 온 힘을 다해 소리쳤다.

"형제 같은 존재예요! '어둠의 아이의 형제처럼'요."

안개가 희미하게 빛나더니 쩍 하고 갈라졌다. 그 사이에서 밝은 별빛이 나와 다양한 색깔로 모든 것을 씻어냈다.

헤니는 호숫가에 서서 환한 빛에 눈을 깜빡였다. 다시 앞이 보였다! 짙은 파란색 물 밖으로 반짝이는 나무가 자라 있었다. 초록 수염 아가씨는 단단히 화가 나 있었다. 분노로 시뻘게진 리니아 얼굴을 보는 건 언제나 즐거웠다! 이 상황에서 씩씩거릴 이유가 뭔지 헤니는 도무지 이해할 수 없었다.

그때 문득 뭔가가 떠올랐다. 리니아는 그 자리에 있었다. 페얼린도 마찬가지였다. 페얼린은 부러지지 않은 가지를 흔들며 마음을 안정시키는 냄새를 풍기고 있었다. 라벤더 향 같았다.

그런데 다른 이들의 흔적이 보이지 않았다. 엘리, 뉴익, 탬윈이 사라져 버렸다.

30

순수한 수정

엘리와 탬윈은 커다란 방바닥에 앉아 있었다. 바닥, 벽, 가구가 모두 촉촉한 은빛 광택으로 반짝거렸다. 마치 얼어붙은 안개 같았다. 지금껏 본 것과는 전혀 다르게, 이곳 천장은 점점 가늘어지며 머리 위로 높이 솟았다. 엘리와 탬윈은 단번에 진실을 깨닫고 서로를 바라보았다.

"나무 안으로 들어왔어!"

둘이 동시에 말했다.

"여기 의자도 있단다."

뒤쪽에서 장난기 어린 목소리가 울려 퍼졌다.

둘은 뒤를 홱 돌아보고 벌떡 일어섰다. 탬윈이 실수로 엘리의 발가락을 밟았지만 엘리는 알아채지도 못했다. 두 사람 앞에는 호수 여인이 앉아 있었다.

여인은 바닥에서 자라난 의자에 앉아 있었다. 나무의 일부인 수정 옹이였다. 수증기 같은 표면 아래는 여느 나무 의자만큼이나 단단해 보였다. 아니, 더 단단할지도 몰랐다. 이 의자는 아발론의 모든 시대를 살아온 것 같았으니까. 여인은 나이가 아주 많아 보였다. 하지만 회청색 눈은 젊은 활력으로 반짝거렸다. 여인은 은색 곱슬머리를 만지작거리며 손님들을 살폈다. 그러다가 마침내 그윽하고 온화한 목소리로 말했다.

"드디어 만났구나."

여인은 두 사람을 향해 차례로 고개를 끄덕였다.

"엘리리아나 레일로켄. 정말 길고 복잡한 이름이야! 다들 엘리라고 부를 만해."

여인은 깜짝 놀란 소녀를 바라보며 장난스럽게 활짝 웃었다. 그런 다음 탬윈에게로 시선을 돌렸다.

"탬윈. 너는 네 본명을 모르지."

여인은 불편한 듯 자꾸 자세를 바꾸는 탬윈을 바라보며 부드럽게 덧붙였다.

"하지만…… 나는 안단다."

탬윈은 깜짝 놀랐다. 몸을 앞으로 기울이며 더 얘기해달라고 부탁하려는데 호수 여인이 손을 들었다.

"나중에 얘기해주마, 탬윈."

마지못해 입을 다물었지만, 탬윈의 검은 눈은 경이로운 듯 여인을 응시했다.

여인은 마지막으로 엘리 옆 반짝이는 바닥에 서 있는 뉴익을 바라보았다. 이번에는 고개를 끄덕이는 데서 그치지 않았다. 여인은 어깨에 걸친 두꺼운 숄을 끌어당기며 안개 소용돌이처럼 우아하게 의자에서 일어섰다. 그러고는 산봉우리 요정을 향해 깊이 허리를 숙였다.

"뉴익, 다시 만나 정말 반가워."

엘리는 여인의 특별 대우에 깜짝 놀랐다. 뒤이어 뉴익의 입에서 나온 말은 더욱더 놀라웠다. 엘리의 심술궂은 메리스는 거칠거나 불손한 말을 하지 않았다. 오히려 아주 상냥했다.

"나도 반가워."

엘리는 강렬한 파란색과 초록색으로 물든 요정을 내려다보았다.

"아는 사이야?"

뉴익은 그저 어깨만 으쓱했다.

"그렇다고 할 수 있지, 엘리리아나."

여인은 뉴익을 바라보며 목에 걸린 부적을 만지작거렸다. 참나무, 재가루, 산사나무 잎사귀로 만든 부적이었다.

"그렇고말고."

탬윈과 엘리는 눈빛을 주고받았다. 엘리가 요정의 이상한 행동에 어리둥절하는 동안 탬윈은 다시 여인에게로 돌아섰다. 회색과 파란색으로 밝게 빛나는 두 눈을 보니 사파이어빛 호수에서 소용돌이치던 안개가 떠올랐다. 여인에게는 다른 무언가도 있었다. 마법 같은 무언가가 어느 밤 스톤루트에서 본 무세오를 떠올리게 했다. 그때 탬윈은 비록 배설물 더미에 빠져 있었지만, 수염이 옆으로 자라는 이상한 음유시인과 무세오 덕분에 탬윈의 사기는 배설물 밖으로 나와 별이 있는 곳까지 치솟았다.

지금 탬윈의 기분도 딱 그랬다. 이유를 설명할 순 없었지만 이대로라면 최대한 높이 가닿을 수 있을 것 같았다. 멀린의 진정한 후계자만큼이나 높이. 하지만 탬윈은 자신이 전혀 다른 사람일까 봐 두려웠다. 멀린의 후계자와 정반대 인물일까 봐 두려웠다.

호수 여인이 다시 자리에 앉으며 손님들에게도 앉으라고 손짓했다. 엘리와 탬윈은 마법사 옆에서 희미하게 반짝이는 옹이들을 발견했다. 멀지 않은 곳에서 넓은 난로가 끊임없이 빛나고 있었다. 하지만 빛을

내는 것은 불이 아니었다. 놀랍게도 빛의 원천은 경쾌한 비행사 한 무리
였다. 작은 날개가 달린 이 생명체는 아발론에서 아주 희귀한 종족이었
다. 경쾌한 비행사들은 난로 뒤를 기어 다니고 있었다. 주름진 날개가
황금빛으로 고동쳤다.

"정말 멋진 방법으로 방을 밝히셨네요."

엘리가 말했다.

"불을 붙일 필요도 없어요."

엘리 옆에서 황무지 길잡이가 말했다.

"흠. 적어도 이 녀석들은 아까 만난 날개 달린 짐승보다는 친절하지."

뉴익이 평소처럼 퉁명스러운 말투로 말했다. 뉴익은 여인의 맨발에서
멀지 않은 바닥에 앉았다.

여인의 눈빛이 갑자기 슬퍼졌다.

"아, 그래. 구울라카를 만났지."

"그것들은 어디서 온 건가요?"

탬윈이 물었다.

늙은 마법사는 한숨을 지었다.

"아발론에 새로 나타난 지 얼마 안 된 종족이야. 나도 모르는 손이
그것들을 만들었지. 하지만 한 가지는 확실해. 구울라카 피에는 고대의
사악한 힘이 흐른단다. 멀린이 심은 마법 씨앗만큼이나 오래된 악, 탐욕
과 증오의 불꽃을 피워 폭풍의 전쟁을 일으켰던 바로 그 악 말이야."

"하지만 그 전쟁과 그 시대는 오래전에 끝났잖아요."

탬윈이 반박했다.

늙은 여인은 허리를 더 곧게 폈다.

"그랬지. 멀린과 내가 일렁이는 바다 조약으로 전쟁을 끝냈지. 하지만

악은 그저 그림자 속으로 물러났을 뿐 죽지는 않았단다."

여인은 가운에서 초록 실 하나를 뽑아 난로 불빛에 가까이 가져갔다. 탬원과 엘리는 그것이 실이 아니라는 사실을 단번에 깨달았다. 그것은 살아 있는 덩굴이었다. 가운 전체가 잎이 무성한 녹색 새순과 덩굴로 짜여 있었다. 새순과 덩굴은 모두 탄력 넘치게 생생히 살아 있었다. 완전히 동급이라고 볼 수는 없지만 엘리 눈에 이 가운은 거미 실크로 짠 대사제의 가운만큼이나 아름다웠다.

"이 덩굴 보이니? 이 덩굴은 지금도 푸르고 앞으로도 계속 푸를 거야. 이 덩굴을 지지하고 돌볼 의지가 나에게 남아 있는 한 말이야. 우정이나 결혼…… 혹은 평화 조약도 마찬가지란다."

탬원은 난로를 들여다보았다.

"평화를 유지하려는 의지가 사라지면 구울라카 같은 일이 생긴다는 말씀이신가요?"

여인이 고개를 끄덕였다.

"그보다 더한 일도 생기지."

탬원은 입술을 깨물었다.

"기괴하게 신음하는 바람이랑…… 이상한 흰색 호수처럼요."

"그보다 더한 일도 있어요. 저 멀리 별이 어두워지는 일요."

엘리가 덧붙였다.

"보이지 않을 정도로 미묘한 일도 있지. 사제의 오만, 혹은 스승이라고 불리는 인간의 오만."

뉴익이 말했다.

난로보다 밝게 빛나는 여인의 눈이 뉴익을 가만히 바라보았다.

"맞아. 바로 그 오만 때문에 설립자 엘런의 딸 리아논도 오래전 대사제 자리에서 물러나 공동체를 떠나 버렸어. 그렇게 오랫동안 열심히 체계를 잡아놓고 말이야."

엘리는 깜짝 놀랐다.

"리아가 그것 때문에 떠난 거였어요?"

뉴익이 엘리 말을 바로잡았다.

"흠. 그냥 떠난 게 아니라 자리를 박차고 나가 버렸어. 소리를 지르고 욕을 퍼부으며 뛰쳐나가 버렸다고. 난 정확히 기억해. 직접 봤으니까."

"뉴익, 드루마디안 주거지에는 지난달에 처음 온 거 아니었어?"

엘리가 물었다.

요정이 언짢은 표정으로 엘리를 쳐다봤다.

"내가 평생 산속 개울물에 앉아 있기만 한 줄 알아? 머리 좀 써라."

여인의 주름진 뺨 아래로 미소가 번졌다. 탬원은 처음으로 여인이 얼마나 아름다운지 깨달았다. 여인은 그냥 밝고 마법 같고 신비로운 것이 아니었다. 여인은 아름다웠다.

젊을 때는 정말 눈이 부셨겠어.

탬원은 혼자 생각했다. 인간이 아닌 생명체만 이해할 수 있는 마음속 언어로 이야기했다.

놀랍게도 여인은 탬원을 돌아보며 생각으로 대답했다.

지금은 눈부시지 않고?

탬원은 사레가 들어 발작적으로 기침을 하다가 하마터면 옹이 의자에서 떨어질 뻔했다. 탬원은 기침이 잦아들자마자 더듬더듬 말했다.

"지금도…… 눈부시세요. 진심입니다, 여신님! 아니, 여인…… 호수 여인님. 정말이지……."

"재미있구나. 정말 즐거워. 칭찬해줘서 고맙다."

여인은 밝게 빛나는 얼굴로 탬원의 말을 잘랐다. 그러고는 팔을 뻗어 탬원의 어깨를 두드렸다.

엘리는 눈썹을 찡그렸다.

"칭찬요? 전 기침 소리밖에 못 들었는데요."

여인은 엘리를 바라보았다.

"탬원과 대화할 때는 자세히 귀를 기울여야 한단다. 숲의 목소리에 귀 기울이라는 훌륭한 길잡이의 조언처럼 말이야."

엘리와 탬원의 몸이 뻣뻣하게 굳었다. 엘리가 물었다.

"그동안…… 저희를 쭉 지켜보셨어요?"

"너희가 숲에 있는 동안만. 하지만 그 짧은 시간에도 다른 무언가가 네 마음을 괴롭히고 있다는 걸 알 수 있었단다. 구울라카와 사라진 별 말고 다른 무언가. 그게 뭐니?"

여인은 탬원을 마주했다.

탬원은 주저했다.

"그게……. 멀린의 진정한 후계자가 누구인가요? 정말……."

탬원은 엘리를 흘끗 쳐다보았다.

"정말 그 또 다른 인물과 형제 같은 사이인가요?"

여인은 한참 동안 아무 말 없이 탬원을 지그시 바라보았다.

탬원은 마른침을 꿀꺽 삼켰다.

여인이 마침내 입을 열었다.

"더 이야기하기 전에 식사부터 한 끼 대접하고 싶구나."

여인은 자리에서 일어나 손님들에게 따라오라고 손짓했다. 여인과 손님들은 방을 가로질러 바닥에 있는 둥근 구멍으로 다가갔다. 그 아래로 나선형 계단이 이어져 있었다. 엘리는 뉴익을 들고 여인의 뒤를 따랐다.

탬원은 맨 뒤에서 따라갔다. 세 사람은 안개 줄기처럼 연약해 보이는 반짝이는 계단을 한 발 한 발 디디며 아래로 내려갔다. 잠시 후 또 다른 방이 나왔다. 이 방을 밝히는 빛은 난로가 아니라 나무줄기의 옹이구멍으로 쏟아져 들어오는 별빛 광선이었다. 방 한가운데 탁자 하나와 의자 네 개가 나무에서 솟아올라 있었다. 모두 자리에 앉자 여인은 이마에서 은빛 곱슬머리를 밀어낸 뒤 허공에 대고 손을 흔들었다.

갑자기 요정 한 무리가 나무줄기 구멍으로 날아 들어왔다. 요정의 날개는 길게 늘어진 옷과 똑같이 흐릿한 파란색이었다. 별빛 통로 안에서 파란 날개가 윙윙거렸다. 손으로 잔잔한 물웅덩이를 헤치듯 날개가 별빛을 지나며 잔물결과 소용돌이를 일으켰다.

몇몇 요정이 벌집 조각을 날랐다. 달콤한 꿀이 뚝뚝 떨어졌다. 다른 요정들이 가져온 사과, 라즈베리, 블루베리, 귤, 배는 모두 풍부한 과즙으로 몸집이 불룩했다. 또 다른 요정들은 신선한 초록 새순, 버섯, 덩이줄기, 톡 쏘는 소금절이 나무껍질을 들고 왔다. 달콤한 견과, 오렌지 크림, 꿀 바른 호두, 딸기를 작게 잘라 채워 넣은 장미열매 빵이 그릇 위로 높이높이 쌓였다. 무엇보다 최고는 접시 밖으로 넘쳐흐르는 초콜릿이었다. 코코아콩과 사탕수수로 만든 초콜릿은 단풍잎, 솔방울, 라즈베리 모양으로 솜씨 좋게 빚어져 있었다. 마지막으로 마실 것이 들어왔다. 소박하지만 가장 기분 좋은 상이 나무 컵에 가득 채워져 있었다. 삼림지의 비밀 개울에서 방금 떠 온 깨끗한 물이었다.

"감사합니다."

탬원이 눈앞에 차려진 근사한 잔칫상을 뚫어져라 쳐다보며 말했다.

여인은 고개를 저었다.

"나한테 말고 숲에 감사하거라. 이 모든 건 땅이 아낌없이 내준 선물이니까."

여인은 두 팔을 뻗어 엘리와 탬윈의 손을 꼭 잡았다.

"식사를 시작하기 전에 잠시 명상부터 하자꾸나. 한때 리아논은 이렇게 말했지.

온 세상의 아침이
사방에서 깨어나는 소리를 들어라.
마음속 새벽의 불꽃을 느껴라.
새날이 그대를 찾았느니라."

엘리는 활짝 웃었다.

"전 그 말이 정말 좋아요."

"그래?"

여인은 엘리 손을 살짝 움켜쥐었다.

뉴익은 그저 '흠' 하는 소리만 낼 뿐이었다.

침묵의 시간이 이어졌다. 탬윈은 이 음식들을 만들어준 숲의 아름다움을 떠올리려 노력했다. 졸졸 흐르는 실개천, 과일이 잔뜩 열린 나뭇가지, 별빛을 받아 반짝이는 흐릿한 파란색 요정 날개. 하지만 아무리 애를 써도 이 자연물들에 계속 다른 모습이 겹쳐 보였다. 말라가는 실개천, 색을 잃고 죽어가는 과일, 별빛을 찾아 집을 떠나는 요정.

그건 명상이 아니라 걱정이야, 탬윈.

탬윈 머릿속에서 여인의 온화한 목소리가 들렸다.

탬윈은 여인을 바라보았다. 감히 이해할 수조차 없는 슬픔이 여인의 회청색 눈에 비쳤다. 그런데…… 저 깊은 곳에서 다른 무언가가 희미하게 깜빡였다. 확신할 수는 없었지만 그것은 마치 도전 정신 같았다. 어쩌면…… 희망일 수도 있었다.

여인의 고갯짓에 손님들은 식사를 하기 시작했다. 먹고 또 먹었다! 오렌지 크림을 바른 달콤한 견과와 꿀 바른 호두를 먹고 있을 때 여인이 말했다.

"너희에게 이야기를 하나 해줄게. 멈추지 말고 계속 먹으렴. 그냥 듣기만 해. 너희가 태어나지도 않은 아주 오래전에 아발론에서 실제로 일어났던 일이란다. 물론 너는 그때도 있었지, 뉴익."

여인은 수정처럼 맑은 물을 한 모금 마셨다.

"오래전 아발론 130년에 바로 여기 엘 우리엔 위쪽 지역에 끔찍한 마름병이 퍼졌어. 엘 우리엔은 숲의 요정 언어로 '가장 깊은 숲'을 의미한단다. 마름병이 훑고 지나간 자리는 모든 것이 시들고 죽어 버렸어. 가장 큰 나무부터 가장 작은 이끼까지. 어떤 이는 마름병이 숲속 습지에서 시작됐다고 생각했고, 어떤 이는 이 병이 다른 영토까지 퍼지지는 않을 거라고 믿으며 스스로를 위안했어. 하지만 당시 대사제였던 리아논은 다르게 생각했단다. 마름병이 퍼진 건 사악한 정령의 장군 리타 고르의 소행이라고 확신한 거야. 리타 고르는 아발론을 혼란에 빠뜨려 자기 것으로 만들고 싶어 했거든. 그래서 리아는 위대한 마법사 멀린에게 도움을 청했어."

"둘이 남매였죠?"

탬윈이 물었다.

"조용히 좀 해. 당연히 남매였지! 그 정도는 경쾌한 비행사도 다 안다고."

엘리가 꾸짖었다.

여인은 조용히 하라고 손짓한 뒤 계속해서 말했다.

"멀린은 마름병을 멈출 방법이 딱 하나뿐이라는 사실을 알아냈어. 순수한 엘라노 수정을 구하는 것. 엘라노는 아발론에서 가장 강력한 동시에 가장 이해하기 어려운 마법 물질이란다. 위대한 나무의 뿌리 깊은 곳에서 만들어져 모든 생명을 지탱하는 가장 본질적인 나무 수액이지. 그래, 너희와 나도 바로 그 수액 덕분에 사는 거야! 멀린은 엘라노를 '아발론에 생명을 주는 진정한 힘'이라고 불렀어. 엘라노의 힘을 전부 이해하지는 못했지만 한 가지는 확실히 알았단다. 엘라노는 스스로 치유 마법을 쓸 수 있고 강력한 마법을 통해 형태를 가질 수도 있다는 것."

여인은 천천히 숨을 들이쉬었다.

"엘라노 원액을 찾아 순수한 수정을 만들 수 있는 장소는 아발론에서 딱 한 군데뿐이야. 크리스틸리아의 흰 간헐천. 이 숲에서 그리 멀지 않은 곳이지. 그 간헐천은 하이 브린칠라 꼭대기에 있는 협곡에서 뿜어져 나오는데, 물에 엘라노가 풍부해서 밤에도 밝게 빛난단다."

이 말을 듣고 엘리가 덧붙였다.

"그 간헐천에서 나오는 물에는 색깔도 있어요. 그래서 그렇게 새하얀 거예요. 아빠한테 들었어요. 그 물이 프리즘 골짜기라는 커다란 협곡으로 흘러 내려가서 무지개색으로 흩어진다고요."

탬윈은 엘리가 그랬던 것처럼 조용히 하라고 얘기하려다가 참았다. 첫 번째 이유는 엘리의 주먹이 닿을 거리에 앉아 있기 때문이었다. 이미 엘리에게 맞아 여러 번 멍이 든 터라 탬윈으로서는 결코 무시할 수 없는 이유였다. 두 번째 이유는 엘리가 아빠 이야기를 하는 모습이 보기 좋았기 때문이었다. 그 순간 탬윈은 자신도 아버지를 잘 알면 좋겠다고 생각했다. 아니, 아버지가 누구인지만이라도 확실히 알고 싶었다.

"맞아, 엘리."

여인은 요정 한 쌍에게 손짓해 나무 컵을 다시 채우도록 했다. 요정들은 물로 가득 찬 물통을 들고 윙 날아왔다. 요정들이 물을 따르자 여인은 고맙다고 인사하고 물을 한 모금 더 마셨다.

"그래서 멀린은 흰 간헐천에서 수정을 구했나요?"

엘리가 물었다.

"아니. 순수한 엘라노 수정을 만들려면 완벽하게 잔잔한 물을 찾아야 했어. 간헐천은 적합하지 않았지. 크리스틸리아 협곡을 거쳐 프리즘 골짜기로 흘러내려 가는 강도 마찬가지고."

여인이 대답했다.

"그럼 어딘가에 이 엘라노 물로 만들어진 호수가 있나요?"

탬윈이 물었다.

놀랍게도 여인은 긍정의 의미로 고개를 끄덕였다.

"잘 추리했어. 그런 호수가 딱 하나 있었단다."

탬윈은 인상을 썼다.

"설마…… 간헐천 근처에 있던 그 흰색 호수는 아니죠? 그 호수는 왠지 이상해 보였거든요."

여인이 이맛살을 찌푸리며 단호히 말했다.

"이상하고말고. 그 얘기는 나중에 더 해줄게. 어쨌든 멀린 시대에는 그런 호수가 딱 하나 있었단다. 흰 간헐천보다 훨씬 아래, 뿌리 속으로 한참 내려간 곳에. 멀린은 혼자만 아는 관문을 이용해, 호수를 찾아 나무 속 깊은 곳으로 놀라운 여정을 떠났어. 리아논과 리아논의 충직한 메리스, 그리고 모두를 위한 공동체에서 온 믿음직스러운 동료도 함께 갔지. 젊은 시절 잃어버린 핀카이라에서 만난 오랜 친구이자 '한쪽 귀의 류'라 불리던 사제 말이야. 마침내 지하 호수에 도착했을 때 멀린은 마법으로 물처럼 새하얀 배를 만들었어. 그 배를 탄 채 깊고 잔잔한 물로 나아가 경이로운 지팡이 오니알레이를 물속에 집어넣었단다."

여인의 뺨이 열정으로 붉어졌다.

"그때 기적이 일어났어! 지팡이의 마법이 작은 엘라노 입자를 끌어당긴 거야. 꿀이 든 꽃이 나비를 끌어당기듯이! 어떻게 그런 일이 가능했는지는 멀린도 정확히 알지 못했어. 오니알레이의 힘과 엘라노의 힘이 완벽하게 정렬된 걸 보고 그 둘이 사실상 친척이었다고 믿을 뿐이었지. 멀린의 지팡이는 호수 깊은 곳에서 엘라노를 끌어내, 아주 작지만 엄청나게 강력한 수정을 만들었어."

엘리는 깊은 한숨을 내쉬었다.

"굉장해요. 순수한 엘라노 수정이라니! 그래서 마름병을 막았나요?"

"물론이지. 멀린과 리아논은 숲속 깊은 곳 마름병 근원지에 수정을 내려놓았어. 그랬더니 생명을 주는 수정의 힘이 점점 커지면서 흙 한 알 한 알과 모든 나무뿌리, 잎사귀가 회복되었단다. 땅에는 새로운 생명이 자라고 하늘에는 신선한 비가 내렸지. 덕분에 숲은 이전보다 훨씬 더 풍성해졌고. 한편 류 사제는 위대한 신전으로 돌아가, 이 세상에 영원한 선물을 남겼어. 모든 드루마디안을 위해, 엘라노 설화를 기록한 걸작 '시클로 아발론'을 쓴 거야."

엘리는 미소를 지으며, 류의 증손자가 이 이야기를 들으면 무척 뿌듯해하겠다고 생각했다. 엘리가 물었다.

"그럼 그 수정은 지금 어디 있어요?"

여인의 회청색 눈이 반짝거렸다.

"비밀을 지킬 수 있겠니? 리타 고르 부하를 포함해 수많은 이가 그걸 애타게 찾고 있거든."

"지킬 수 있어요."

엘리가 약속했다.

"저도요."

탬윈이 단호하게 말했다.

"난 못 지켜. 하지만 내가 얘기한다고 해도 어차피 늙은 산봉우리 요정 말은 아무도 안 믿을 거야."

뉴익이 퉁명스럽게 말했다.

여인은 뉴익에게 장난스러운 미소를 지어 보였다.

"좋아. 그럼 얘기해줄게. 세상에서 하나뿐인 순수한 엘라노 수정은……."

여인은 참나무, 재 가루, 산사나무 잎사귀로 만들어 목에 걸어둔 부적을 들어 올렸다. 잎사귀 몇 개를 벗겨내자 밝은 섬광이 일었다.

"바로 여기 있어."

손님들은 한참 동안 눈부신 수정을 가만히 바라보았다. 파란색과 초록색이 은은하게 섞인 새하얀 빛이 안개 나무 방 전체에서 반짝거렸다. 수증기 같은 벽, 울퉁불퉁한 옹이 탁자와 옹이 의자, 위층 난로 방으로 이어지는 연약한 나선형 계단, 무엇보다 여인의 풍성한 은색 곱슬머리가 환히 빛났다.

"어떻게 찾으셨어요?"

엘리가 물었다.

여인은 부적을 놓고 숨을 깊이 들이쉬었다.

"리아논이 줬어."

엘리는 한동안 아무 말 없이 이상한 눈으로 여인을 바라보았다. 그러고는 작은 목소리로 말했다.

"호수 여인님이 누구인지 알겠어요."

31

여인의 정체

탬윈은 어리둥절한 표정으로 엘리를 돌아봤다.

"호수 여인님이 누구인지 안다고?"

엘리는 탬윈을 무시했다. 나무 옹이구멍으로 들어온 별빛 줄기가 엘리 얼굴로 떨어지자 녹갈색 눈이 반짝였다. 다른 이유로 반짝이는 것같기도 했다. 엘리는 호수 여인을 가만히 바라보았다.

백발 여인은 두꺼운 숄의 주름 장식을 만지작거리며 한참 동안 엘리를 관찰했다. 그러고는 부드러운 미소를 지으며 마침내 입을 열었다.

"맞아. 제대로 추측했구나. 수 세기 동안 내 정체를 알아맞힌 사람은 네가 처음이야."

탬윈은 둘을 번갈아 보다가 불쑥 말했다.

"전 호수 여인님이 누구인지 몰라요! 얘기 좀 해주세요."

여인은 엘리에게 장난스러운 눈빛을 보냈다.

"그럴까?"

"그러는 게 좋겠어요. 얘가 맞힐 때까지 기다리려면 여기에 몇 년은 있어야 할 거예요."

탬원은 눈을 흘기면서도 계속해서 늙은 여인을 주시했다.

"이제 얘기해주세요. 호수 여인님은 누구신가요?"

호수 여인은 아무렇지 않게 대답했다.

"아주 오래전 사람들은 날 리아논이라고 불렀단다."

탬원은 또다시 의자에서 떨어질 뻔했다.

"누구요?"

여인은 유쾌하게 곱슬머리를 뒤로 젖히며 말했다.

"리아. 그 긴 세월을 살아남았지! 내 몸속에도 오빠처럼 마법사의 피가 흐르니까."

반짝이는 벽에서 여인의 웃음소리가 울려 퍼졌다.

"나한테는 다른 것도 있어. 오빠는 잠깐밖에 갖지 못했던 것."

여인은 우아한 동작으로 숄을 떨어뜨렸다. 그 자리, 여인의 등에 빛나는 날개 한 쌍이 있었다! 날개는 어깨 바로 뒤에서 몸 밖으로 튀어나왔지만 살과 뼈로 이루어져 있지 않았다. 그보다 훨씬 수명이 짧은…… 별빛 같은 물질로 이루어져 있었다. 날개가 조금만 움직여도 빛나는 깃털 수백 개가 눈부시게 반짝거렸다.

엘리가 활짝 웃었다.

"나무에서 사시는 이유가 있었네요!"

"그래, 맞아. 안개로 만든 나무. 드루마 숲에서 오랫동안 내 집이 되어준 거대한 참나무 아바사를 본떠서 만들었지."

탬원은 엘리를 돌아보았다.

"이걸 알아내다니, 너 정말 대단하다."

엘리는 탬원을 향해 처음으로 진심 어린 미소를 지어 보였다. 그러고는 특유의 쾌활한 웃음을 터뜨렸다.

"다른 것도 알아냈어."

탬원은 무슨 말인지 몰라 고개를 갸웃했다.

엘리가 활짝 웃었다.

"난 리아의 메리스가 누구였는지 알아."

탬원의 눈이 휘둥그레졌다.

"설마……."

"흠. 오래도 걸렸군."

뉴익이 투덜거렸다.

탬원이 믿기지 않는다는 듯이 물었다.

"그러니까…… 너였어?"

"그래."

"네가……."

"그래."

"정말……."

"그래, 이 멍청하고 어리바리한 돌머리야!"

여인은 손을 뻗어 요정의 초록색 머리에 손가락을 댔다.

"뉴익, 애정 표현은 그 정도면 충분할 것 같은데, 어떻게 생각해?"

"흠. 내가 원래 애정이 좀 과해."

뉴익은 엘리를 바라보았다.

"운 좋게 두어 가지 찍어 맞혔다고 잘난 척하지 마."

엘리는 미소가 나오는 걸 참을 수가 없었다.

"내가 너랑 같은 시기에 주거지로 간 것도 그냥 우연이 아니었어."

엘리의 얼굴이 빨개졌다.

"그러면……."

"난 네가 주거지로 갈 줄 알았어. 그러면 메리스가 필요할 테니 내가 믿을 수 있는 친구를 붙여주고 싶었단다."

여인이 설명했다.

늙은 요정의 색깔이 자랑스러운 보라색으로 변했다.

마법사가 이어 말했다.

"난 언젠가 너를 여기로 초대하고 싶었어. 내가 한 번도 누구를 초대한 적 없다는 사실은 너도 잘 알지?"

엘리의 얼굴이 더 빨개졌다. 나이가 아주 많은 여인과 아직 어린 여인. 둘은 끝없는 시간 동안 서로를 응시했다.

갑자기 탬윈이 호수 여인 리아를 향해 고개를 돌렸다.

"아까 제가 멀린의 진정한 후계자가 누구냐고 물어본 거 기억하시죠? 혹시…… 호수 여인님이신가요?"

여인이 빛나는 날개를 퍼덕였다.

"아니, 난 아니야. 하지만 네가 꼭 알고 싶다면 스스로 알아내도록 도와줄 수는 있어."

탬윈은 불안한 듯 몸을 움직였다.

"알고 싶어요."

"그렇다면 다른 것부터 보여줄게. 이걸 보면 왜 지금 그 어느 때보다 멀린의 후계자가 필요한지 알게 될 거야."

여인은 부적 잎사귀 안으로 손을 뻗어 반짝이는 수정을 꺼낸 뒤 손바닥 위에 올려놓았다. 아발론의 전설적인 마법 씨앗이 심장처럼 고동쳤듯, 이 수정도 여인의 손에서 빛과 함께 고동치는 것 같았다.

여인은 수정을 들여다보며 말했다.

짙푸른 파랑과 초록의 수정이시여,

오랜 선잠에서 깨어나소서.

우리에게 악행을 보여주시고

우리를 희망으로 이끌어주소서.

수정이 리아의 손에서 번쩍거렸다. 수정은 갑자기 부풀어 오르더니 머리 크기의 뿌연 공 모양 물체가 되었다. 공 안에서 증기구름이 소용돌이치며 팽창하더니 이내 사라졌다. 증기는 스스로의 힘과 의지로 움직였다.

서서히 공 안에서 형상이 나타났다. 드넓은 붉은 바위 협곡 너머 저 멀리서 거대한 분수가 뿜어져 나왔다. 크리스틸리아 협곡이었다! 협곡 중간쯤에서 새하얀 강이 좁은 골짜기를 향해 콸콸거리며 세차게 흘렀다. 프리즘 골짜기였다. 갑자기 형상이 바뀌고 강이 사라졌다. 그 자리에서 흰 호수가 협곡을 가득 채웠다. 물은 골짜기 아래로 흐르지 않았고 바위는 색이 희미해졌다. 거대한 돌 댐이 반쯤 뼈대로 뒤덮인 채 골짜기를 가로질러 서 있었다.

탬윈이 소리쳤다.

"우리가 본 흰색 호수예요! 이런 모습이었구나······."

탬윈은 공 속에 나타난 다음 형상을 보고 충격에 말문이 막혔다. 협곡 가장자리를 따라 이어진 거대한 숲 전체가 난도질당한 채 죽어 있었다. 키 큰 나무가 서 있고 수많은 생명체가 살아가던 숲에는······ 이제 뜯겨 나간 나무뿌리, 부러진 나뭇가지, 버려진 그루터기밖에 남아 있지 않았다.

"누가 이런 짓을 한 거죠? 저 댐은 누가 지은 거예요?"

엘리가 화를 냈다.

공 안에 먹구름이 끼더니 망토 모자를 뒤집어쓴 형체가 나타났다. 형체는 석탑 그림자 안에 서 있었다. 안개보다 하얀 손이 손짓을 하자 몇몇 사내가 황소, 말, 사슴, 소인 무리를 향해 채찍을 휘둘렀다. 노예임이 분명한 그 무리는 젖 먹던 힘을 다해 커다란 바윗덩어리를 노천광 밖으로 끌어냈다. 그러고는 힘겹게 협곡 아래로 끌고 가 흰 호수의 바지선에 실었다. 그곳에서는 더 많은 노예가 배에 짐을 싣고 있었다. 그러던 중 어린 암사슴 하나가 물에 빠져 바지선 아래로 빨려 들어갔다. 그 암사슴은 끝내 물 밖으로 나오지 못했다.

엘리는 몸을 부들부들 떨었다. 탬윈은 저도 모르게 엘리의 어깨를 잡았다. 엘리는 탬윈 손을 뿌리친 뒤 쉰 목소리로 속삭였다.

"난 노예로 사는 게 어떤 기분인지 누구보다 잘 알아."

엘리는 리아에게 물었다.

"노예를 부리는 저 사람…… 저 사람이 어둠의 예언 속 아이인가요? 아발론에 종말을 가져올 인물인가요?"

"아니. 예언 속 아이는 다른 사람이야."

탬윈은 시선을 떨어뜨렸다.

리아가 이어 말했다.

"하지만 저 노예 감독관에게는 엄청난 힘이 있단다. 확실히 느껴져. 게다가 저 사람은 자신의 힘을 사악한 마법에만 사용해."

리아는 다시 뿌연 공에 정신을 집중했다.

"한 가지만 더 알려주소서. 하얀 손 주술사가 얻으려는 것이 무엇입니까?"

새로운 형상이 공을 가득 채웠다. 울퉁불퉁하고 비비 꼬인 나무 막대기가 보였다. 지팡이였다. 그 지팡이는 동굴 같은 곳 돌벽에 기대어 있었다.

"멀린의 지팡이. 그래, 이게 바로 그거였어."

탬윈이 말했다. 탬윈이 고개를 젓자 검고 긴 머리가 어깨를 쓸었다.

리아가 고개를 끄덕였다. 손바닥 위에 놓인 뿌연 공이 다시 작아지기 시작했다.

"이 지팡이 본 적 있지?"

탬윈은 침을 꿀꺽 삼켰다.

"네. 아주 오랫동안 봤어요."

엘리는 깜짝 놀라 탬윈을 바라보았다.

리아는 수정을 감싸 쥐고 나뭇잎 부적에 도로 집어넣었다.

"주술사가 왜 그걸 노리는지 얘기해줄 수 있겠니?"

탬윈은 생각을 정리하며 대답했다.

"네. 흰 강이 흐르던 지역에 물이 줄어들고 색이 흐려진 건 분명 그 댐 때문일 거예요. 하지만 주술사가 댐을 지은 이유는 물 때문이 아니에요. 물속에 있는 것 때문이죠. 엘라노요."

리아는 심각한 표정으로 고개를 끄덕였다.

"이 순수한 수정도 멀린의 지하 호수도 찾지 못하게 되자 주술사는 직접 호수를 만들기로 했어."

"노예를 부려서요."

엘리가 쏘아붙였다.

"노예도 부리고, 구울라카도 풀고, 나무와 바위도 무분별하게 갖다 썼지. 이제 주술사에게 필요한 건 지팡이뿐이야."

"엘라노 수정은 왜 만들려는 건데요? 그거로 뭘 하려고요?"

탬원이 물었다.

리아는 인상을 찌푸렸다.

"그건 주술사 자신 말고는 아무도 모른단다. 물론 주술사가 섬기는 리타 고르는 제외하고 말이야."

"생명이 자라지 못하게 하려는 게 틀림없어요. 그건 리타 고르 방식이 아니니까요."

"분명 다른 계획이 있을 거예요. 엘라노의 힘이 필요한 다른 일요."

엘리가 말했다.

"천 개의 숲 같으니……. 그 일이 대체 뭘까?"

탬원이 중얼거렸다.

"아주 사악한 일이겠지."

리아가 대답했다. 다음 순간 리아의 표정이 살짝 누그러졌다.

"그건 그렇고, '천 개의 숲 같으니'라는 표현이 무슨 뜻인지는 아니?"

탬원이 자신 없이 대답했다.

"아니요."

리아의 눈이 묘하게 빛났다.

"너도 언젠가는 알게 될 거야."

"흠. 영영 모를 수도 있어. 열 발자국에 한 번씩 넘어지는 멍청이거든."

뉴익이 투덜거렸다.

탬원도 그 말을 듣고 웃을 수밖에 없었다.

"뉴익은 얼마 동안 호수 여인님 메리스로 있었던 거예요?"

리아는 어깨를 으쓱했다.

"별로 오래 있진 않았어. 그냥 몇 세기 정도?"

리아의 표정이 갑자기 암울해졌다.

"하지만 이제 우리에게는 그만한 시간이 없어. 시간이 턱없이 모자라."

리아는 위를 흘끗 올려다보았다. 마치 반짝이는 나무 벽 너머로 별을 보는 듯했다.

"마법사의 지팡이 별이 이제 세 개밖에 남지 않았어."

엘리와 탬윈의 몸이 뻣뻣하게 굳었다. 탬윈이 물었다.

"그 별자리는 이 일과 정확히 어떤 관련이 있나요? 그 마법사의 지팡이와 아발론에 있는 다른 지팡이가 어떻게 연결된 거예요?"

리아가 입술을 앙다물었다.

"그 둘이 연결된 건 확실해. 그것도 아주 놀라운 방식으로! 하지만 지금은 그 얘기를 할 때가 아닌 것 같구나. 지금 너희가 알아야 할 건 마지막 별이 사라지면 우리 희망도 모두 사라진다는 사실뿐이야."

리아는 두 사람의 손을 잡았다.

"적을 이기려면 너희가 아주 아주 어려운 일을 해줘야 해."

"노예를 풀어주는 일요! 그걸 해야 해요."

엘리가 소리쳤다.

"그래, 물론 그래야지. 하지만 그 전에 다른 일부터 해야 해. 지팡이를 찾는 일."

"멀린의 진짜 지팡이를 찾아라."

엘리는 코에리아가 해준 말을 떠올리며 말했다.

리아는 날개를 희미하게 빛내며 긍정의 의미로 고개를 끄덕였다.

"지팡이를 찾다 보면 멀린의 진정한 후계자도 찾게 될 거야. 그 후계자만이 지팡이를 사용할 수 있어."

"물론 너희가 성공한다면 말이지."

뉴익이 중얼거렸다. 뉴익의 색깔이 검은색에 가깝게 어두워졌다.

탬윈은 호수 여인 앞에서 한쪽 무릎을 꿇었다.

"전 진정한 후계자가 누구인지 알아요. 스크리예요! 저희 엄마가 데려다 키운 제 형요. 저희는 파이어루트에서 함께 자랐어요. 스크리는 어디를 가든 항상 지팡이를 들고 다녔어요. 독수리로 변해 하늘을 날 때도요."

탬윈은 손으로 머리카락을 쓸어 넘겼다.

"스크리는 제가 지팡이에 손도 대지 못하게 했어요. 단 한 번도요! 이제 그 이유를 알 것 같아요."

엘리가 부드러운 목소리로 물었다.

"네가 그렇게 찾던 사람이…… 네 형이야?"

"응. 구울라카한테 공격받았을 때 같이 관문으로 뛰어들었다가 스크리를 잃어버렸어. 그때 헤어신 거야! 둘 다 스톤루트로 떨어진 건 확실해. 그런데 아무리 노력해도 찾을 수가 없더라고."

"흠. 그야 네 형은 아직 파이어루트에 있으니까."

늙은 요정이 말했다.

탬윈은 충격받은 표정으로 요정을 빤히 바라보았다.

"스크리가 어디 있는지 알아? 어떻게?"

뉴익의 보라색 눈이 탬윈을 유심히 살폈다.

"내가 갓 태어난 아기 요정인 줄 알아? 난 수 세기 동안 산에 살면서 다른 생명체들을 지켜봤어. 독수리 종족도 그중 하나였지. 독수리 종족은 공격을 받거나 적에게 쫓기면 본능적으로 옆에 있는 사람부터 보호해. 자식이나 가족부터 말이야."

"맞아, 스크리도 그랬어. 그런데 왜 스크리가 아직 파이어루트에 있다고 생각해?"

"독수리 종족이 추격자를 따돌릴 때 가장 잘 쓰는 속임수가 왔던 곳으로 되돌아가는 거거든. 그래야 추격자를 자기 쪽으로 유인할 수 있고 그 사이 가족이……."

"무사히 도망칠 수 있으니까."

탬윈이 말을 끝맺었다.

"그럼 스크리는 혼자서 구울라카와 싸웠겠네."

뉴익의 색깔이 조금 밝은 색으로 바뀌었다.

"꼭 그랬으리라는 법은 없어, 이 바보야. 관문은 추격자가 이용하기에 특히나 어려운 이동수단이야. 구울라카보다 훨씬 더 똑똑한 추격자에게도 말이야. 구울라카는 관문 안에서 너희 둘을 다 놓쳤을 거야. 머리가 나쁘니 네 형이 왔던 곳으로 되돌아갔으리라는 생각은 하지도 못했을 거고. 네 형은 놈들을 완벽하게 따돌렸을 거야. 지금쯤 파이어루트에 앉아서 발톱이나 손질하고 있을걸."

"내가 어디 있는지 궁금해하면서."

탬윈은 암울한 표정으로 엘리를 돌아보았다.

"이 말이 사실이라면 넌 파이어루트로 가야 해. 지팡이는 거기 있어. 멀린의 진정한 후계자도."

엘리는 깜짝 놀라 탬윈을 바라보았다.

"넌…… 안 갈 거야?"

"응, 안 가."

탬윈은 단단한 안개 바닥으로 시선을 떨궜다.

"왜?"

탬윈은 리아를 가리켰다.

"호수 여인님은 알아. 호수 여인님이 말해주실 거야."

늙은 여인은 탬윈을 지긋이 바라보았다.

"아니, 탬윈. 네가 설명해보렴."

탬윈은 마른침을 꿀꺽 삼켰다.

"왜냐하면…… 내가…… 어둠의 예언 속 아이니까."

엘리가 의자에서 벌떡 일어섰다.

"네가?"

"내가. 스크리의 동생인 내가. 어딜 가든 재앙을 몰고 다니는 내가."

탬윈은 숨을 길게 들이쉬었다.

"엄마가 왜 내 이름을 '어둠의 불꽃'이라고 지었는지 이제 알겠어."

그러고는 리아를 똑바로 쳐다보며 단호하게 말했다.

"호수 여인님 예언이 정말 사실이라면 지금 당장 저를 죽이세요."

갑자기 엘리 머릿속에 코에리아와 했던 약속이 떠올랐다. *드루마디안 첫 번째 규칙을 깨야만 해. 어둠의 아이를 죽여야 한다.* 대사제는 분명 그렇게 명령했다.

코에리아의 결정이 옳은 것일까? 지금 여기서 탬윈을 그냥 죽여야 할까? 엘리는 탬윈의 단검을 뚫어져라 쳐다봤다. 단검은 너무도 가까이, 손을 뻗으면 바로 닿을 곳에 있었다. 손가락이 움찔거렸다.

엘리는 확신 없는 표정으로 뉴익을 흘끗 바라보았다. 뉴익은 두 눈을 빛내며 엘리를 향해 걱정스러운 표정을 지어 보였다.

엘리는 다시 탬윈에게로 시선을 돌렸다. 탬윈을 처음 보는 기분이었다. 자신이 했던 엄숙한 약속을 떠올렸다. 그리고 그 약속을 절대 지킬 수 없다는 사실을 깨달았다. 손가락에 긴장이 풀렸다.

뉴익이 따뜻한 노란색으로 바뀌었다.

엘리가 탬윈에게 단호히 말했다.

"잠깐만. 넌 내가 만난 사람 중 가장 멍청하고 덜렁대는 고집불통이야. 그런데 너한테 강력한 파멸의 힘이 있다고? 난 그 말 못 믿어."

탬윈이 쓴웃음을 지었다.

"네가 지금껏 나한테 해준 말 중 가장 다정한 말이다."

엘리는 얼굴을 찡그렸다.

"익숙해지지 마."

그때 리아가 탬윈의 팔을 잡았다.

"네가 알아야 할 게 몇 가지 있어. 우선 난 널 죽이지 않을 거야. 엘리와 뉴익도 마찬가지고."

"솔깃하긴 하지만 말이야."

요정이 엘리에게 윙크하며 중얼거렸다.

"하지만…… 예언은요! 제 운명은요!"

"운명은 바꿀 수 있어, 탬윈. 누구든지. 숲을 지날 때 다른 길을 택할 수 있는 것처럼 인생에서도 다른 길을 택할 수 있단다. 내 오빠 멀린도 그랬잖니. 멀린의 시작이 어땠는지 잘 생각해봐. 멀린은 집도 기억도 이름조차도 없이 해안에 떠밀려 온 소년이었어. 하지만 결국 새로운 길을 찾았지."

리아는 뉴익을 돌아보았다.

"내 말이 맞지, 뉴익?"

"아마 맞을 거야. 멀린은 가끔 탬윈보다 더 멍청한 짓을 했거든."

요정이 투덜거렸다.

엘리는 자신의 메리스를 보고 활짝 웃었다.

리아가 이어 말했다.

"그리고 예언은 가능한 미래에 대한 추측이자 암시일 뿐이야. '어떤 인생을 살 것인가?' 하는 수수께끼의 단서일 뿐이라고. 심지어 잘못된 단서일 수도 있어."

리아는 손가락으로 은색 곱슬머리를 돌돌 말며 잠시 생각에 잠겼다.

"아발론은 인간과 다른 모든 생명체가 자유롭게 공존할 수 있는 세계야. 네가 그런 세계에 종말을 가져올 운명인지 아닌지는 두고 봐야 해. 네 운명은 많은 부분 너에게 달렸단다. 네 선택에 달렸어. 잊지 마. 멀린처럼 네 안에도 빛과 어둠이 함께 있다는 걸."

리아는 맑은 샘물을 한 모금 마셨다.

"이제 네가 알아야 할 다른 이야기를 해줄게. 멀린의 지팡이를 지키는 자는 마법사의 진정한 후계자일 수도 있고 아닐 수도 있단다."

"하지만…… 스크리가 아니면 대체 누구죠?"

"그건 지팡이에 손을 내면 알 수 있어. 진짜 후계자가 지팡이를 만지면 경이로운 일이 일어날 거야."

엘리가 활짝 웃었다.

"코에리아 대사제님도 그렇게 생각하셨어요."

리아는 반짝이는 눈으로 엘리를 보았다.

"정확한 추측이었어. 다른 것들도 잘 맞혔고."

늙은 여인은 탬윈의 팔을 꼭 잡았다.

"네가 궁금해할 만한 이야기를 한 가지 더 해줄게. 네 아버지에 관한 이야기란다."

탬윈은 숨이 턱 막혔다.

"제 아버지요?"

"네 아버지는 멀린과 할리아의 아들 크리스탈루스 에오피아였어."

탬윈의 눈이 나무 벽처럼 흐릿하게 빛났다.

"그러니 네 본명은…… 탬윈 에오피아야."

리아는 잠시 말을 멈추고 고개를 끄덕였다.

"난 네 아빠를 잘 알았단다. 아발론에서 가장 용감한 탐험가였지! 너도 알겠지만 크리스탈루스는 아발론 별의 비밀을 알아내려다 죽었어. 그 실체를 알아내려다가. 하지만 네가 모르는 이야기가 있단다. 크리스탈루스는 슬픔으로 괴로워하다가 죽었어. 플레임론 공주였던 아내 할로나와 하나밖에 없는 자식을 잃어버렸거든. 그 자식이 바로 너야, 탬윈."

탬윈의 목구멍이 가문비나무 껍질처럼 꺼끌꺼끌해졌다.

"하지만 왜요? 우리를 왜 잃어버렸는데요?"

리아가 한숨을 쉬었다.

"종족 간 증오심 때문에. 폭풍의 전쟁에 기름을 부었던 바로 그 감정이지. 네가 태어난 직후 몇몇 플레임론은 너와 네 부모를 죽이려 했단다. 네 엄마가 인간 혈통과 결혼한 게 신성 모독이라고 생각했거든. 플레임론들은 한밤중에 너희 집을 공격해 잿더미로 만들어 버렸어. 네 엄마는 다행히 너를 데리고 무사히 도망쳤지만, 네 아빠가 무너진 벽에 깔리는 걸 봤기 때문에 그 자리에서 죽었다고 생각했단다. 하지만 네 아빠는 살아남았어! 살고자 하는 의지가 강했으니까."

리아의 얼굴이 갑자기 더 늙어 보였다.

"이후 네 부모는 가혹한 운명의 장난에 맞닥뜨렸단다. 화재 직후 네 엄마가 자취를 감춰 버리는 바람에 크리스탈루스와 다른 이들은 너와 네 엄마가 공격을 받았을 때 죽었다고 생각했어. 그사이 네 엄마는 불타는 절벽에 꼭꼭 숨었지. 유일한 가족인 너를 지키려면 다른 이와 전혀 접촉하지 않은 채 농민으로 살아야 한다고 믿은 거야. 나중에는 네 엄마도 크리스탈루스가 살았다는 걸 알게 됐지만, 그때는 크리스탈루스

394

가 이미 파이어루트를 떠나 별을 향해 마지막 탐험을 떠난 후였단다."

"그래서 다시 만나지 못한 거군요."

"맞아. 안타깝게도 그렇게 된 거야."

엘리는 몸을 기울여 탬윈에게 다가갔다.

"유감이야. 가족을 잃는 게 어떤 느낌인지 나도 잘 알아."

탬윈은 그저 입술만 깨물었다.

리아는 은색 곱슬머리를 뒤로 휙 넘겼다.

"하지만 너희 둘 다 가족이 남아 있잖아. 그걸 잊지 말아야지. 엘리, 너에게는 뉴익 삼촌이 있어. 장담컨대 뉴익은 정말 최고의 친구란다."

산봉우리 요정이 의자에서 꿈틀거렸다. 요정 얼굴 가장자리가 빨갛게 물들었다.

"흠."

"탬윈, 너에게는……."

"형이 있어요. 아직 살아 있다면요."

"맞아. 그리고 한 명 더 있어."

리아는 탬윈의 손목을 쓰다듬으며 다정하게 탬윈을 바라보았다.

"너에게는 고모가 있어. 정확히 말하면 고모할머니지만 그러면 내가 너무 늙어 보이니까! 원한다면 앞으로 날 리아 고모라고 부르렴."

지금껏 들은 이야기에 마음이 무거웠지만 탬윈은 활짝 웃었다.

리아는 가장 가까운 별빛 통로를 슬쩍 보았다. 리아가 손짓하자 파란 날개 요정들이 탁자에 있던 접시, 그릇, 컵을 모두 정리했다.

"이런, 벌써 밤이구나! 어린 친구들은 잘 시간이야. 내일 파이어루트로 떠나기 전에 푹 쉬어야지."

리아의 눈길이 뉴익에게로 옮겨 갔다.

"우리 늙은이들은 몇 세기 동안 어떻게 지냈는지 수다나 떨어볼까?"

"흠, 옛날에 비해 엄청 따분했어. 이 녀석들이 내 삶을 즐겁게 해주려고 애쓰고 있으니 그나마 다행이지."

뉴익이 탬윈과 엘리를 향해 작은 팔을 흔들었다.

그때 탬윈의 옷 주머니 안에서 뭔가가 움직였다. 앙상한 날개에 이어 쥐처럼 생긴 얼굴이 모습을 드러냈다. 초록 눈이 밝게 빛났다.

"밤이라고 했어? 일어날 시간이군! 그래, 야야야."

탬윈은 배티 래드의 머리를 쓰다듬었다.

"맞아, 넌 나가서 식사할 시간이야."

엘리는 감탄하며 고개를 내저었다.

"구울라카와 싸우고 안개에 뒤덮이고 저녁 식사를 하는 동안 한 번도 안 깨고 내내 자다니."

"우이우이, 나난 이제 나가서 내 저녁거리를 찾아 먹을 거야."

탬윈은 작은 생명체의 머리를 계속 쓰다듬며 다시 리아를 돌아보았다. 리아는 아주 흥미롭다는 듯 배티 래드를 살펴보고 있었다. 탬윈이 설명했다.

"얘는…… 친구예요. 이 녀석이 저를 선택했어요."

"그렇구나. 왜 그랬을까?"

리아가 즐거운 목소리로 말했다.

"가기 전에 한 가지 더 여쭤보고 싶은 게 있어요."

리아가 고개를 끄덕이자 탬윈이 이어 말했다.

"별 말이에요. 아직도 이해가 안 가요. 폭풍의 시대가 끝나고 멀린이 마법사의 지팡이에 다시 불을 밝혔을 때, 멀린은 대체 저 위까지 어떻게 올라간 건가요? 별들을 어떻게 되살린 거예요?"

리아는 다시 한번 까르르 웃었다. 안개 나무 안에서 종이 울리는 것 같았다.

"맙소사, 정말 네 아빠랑 똑 닮았구나! 하지만 지금은 그 질문에 답해줄 수가 없단다."

리아는 탬윈 쪽으로 고개를 숙였다.

"대신 이것만 얘기해줄게. 멀린은 바질가라드라는 강력한 용의 도움을 받아 별까지 올라갔어. 바질가라드는 훌륭한 전사이자 좋은 친구였단다."

탬윈 주머니에 있던 작은 생명체는 위대한 용의 이름을 듣자마자 겁에 질려 비명을 지른 뒤 옷 주름 속으로 다시 쏙 들어갔다. 탬윈이 아무리 달래도 배티 래드는 그 안에서 바들바들 떨기만 했다.

"저도 궁금한 게 있어요. 혹시…… 호수 여인님 오빠인 멀린은 아직 살아 있나요?"

엘리가 물었다.

리아는 슬픈 미소를 지었다.

"응, 살아 있어. 아마 영원히 살 거야. 하지만 아쉽게도 아발론에서는 아니야. 필멸의 땅 지구에서 생긴 문제들로 요즘 눈코 뜰 새 없이 바쁘거든. 거기도 문제가 이만저만이 아니더라고! 그러니 아발론은 우리가 직접 구해야 해."

리아가 옹이 의자에서 일어났다. 덩굴을 엮어 만든 가운이 별빛 줄기에 반짝였다.

"아침 일찍 떠나기 전에 삼림 지대 아침상을 푸짐하게 차려줄게. 그런 다음 너희는…… 멀린의 지팡이를 찾으러 가야 해. 그리고 찾아야만 해. 주술사보다 먼저! 이 일에 정말 많은 게 달렸단다."

리아는 빛나는 날개를 퍼덕거렸다.

"지팡이를 찾을 때까지 이 말을 잘 생각해보렴.

멀린의 진짜 지팡이를 찾아라,

그러면 후계자를 찾을 것이니.

어둠의 아이의 형제처럼

별빛은 견뎌낼 것이다."

탬윈이 말을 하려 입을 열자 리아가 손을 들어 막았다.

"질문은 그만."

탬윈은 미소를 머금고 리아를 바라보았다.

"네, 리아 고모."

32

스크리의 하강

스크리는 거대한 날개를 뒤로 접은 채 아래로 돌진했다. 바람이 얼굴을 때리며 찰랑거리는 머리카락을 뒤로 날렸다. 노란색 테두리가 쳐진 눈이 가늘어졌다. 스크리는 발톱으로 지팡이를 꽉 잡았다. 그러고는 독수리 종족의 날카로운 울음소리를 냈다. 그 울음소리가 의미하는 건 단 하나뿐이었다.

죽음.

들쭉날쭉한 분화구 가장자리까지 거의 다 올라온 두 침입자가 그 자리에 얼어붙었다. 먹잇감들은 늘 그랬다. 스크리는 속으로 미소를 지었다. 저녁거리로 절벽 토끼를 잡을 때처럼 이번 사냥도 무척이나 쉬울 것이다.

키가 작고 통통한 침입자가 겁에 질려 비명을 지르며 새까맣게 탄 바위 뒤로 몸을 던졌다. 바로 옆 화염 분출구에서 불과 연기가 뿜어져 나왔지만, 침입자는 아랑곳하지 않고 그 자리에 그저 웅크리고 있었다.

또 다른 침입자의 반응은 달랐다. 도망치거나 숨거나 가만히 서 있거나 두려움에 굳어 버리지 않았다. 아니, 이 침입자는 곧장 활을 뽑아 화살을 끼웠다.

스크리는 방향을 틀지 않았다. 운동거리를 찾아 혹은 독수리 종족 고기를 찾아 이 위까지 올라온 플레임론 궁수를 마주하는 건 처음이 아니었다. 이 속도라면 궁수가 활을 쏘기도 전에 궁수에게 닿을 수 있 었다. 설령 활을 쏜다고 하더라도 궁수는 움직이는 표적을 맞히지 못할 것이다. 스크리의 공격에서 살아남아 활을 다시 쏘지도 못할 것이다. 플 레임론은 허세가 심한 종족이었지만 그 어떤 플레임론도 영역을 지키려 는 독수리 사내의 적수는 되지 않았다.

궁수가 활을 쐈다. 예상대로 피하기 쉬운 화살이었다. 스크리는 한쪽 날개를 살짝 들어 옆으로 비스듬히 날았다. 바람이 깃털을 펄럭이고 화 살은 쌩하니 지나갔다.

스크리는 다시 아래로 돌진했다. 마음속에서 분노가 차올랐다. 스크 리는 이전보다 더 크게 울었다. 연기 자욱한 절벽을 가로질러 울음소리 가 메아리쳤다.

두 번째 화살이 빠르게 날아오는 게 보였다. 그렇지만 때는 이미 늦 었다. 누구인지 몰라도 이 궁수는 아주 영리하고 민첩했다. 스크리가 첫 번째 화살을 피하려 비스듬히 나는 순간 두 번째 화살을 쏘아 올린 것이다. 화살은 스크리가 방향을 튼 쪽으로 곧장 날아왔다.

스크리는 날개 관절 바로 위에 화살을 맞고 극심한 고통에 울부짖었 다. 추락을 멈추려 몸을 돌렸다. 하지만 오른쪽 날개 전체가 화끈거렸 다. 날개를 들 수가 없었다. 다시 균형을 잡을 시간이 부족했다.

눈앞에서 돌탑이 빙글빙글 돌았다. 들쭉날쭉한 절벽이 너무도 가까 웠다! 그 마지막 순간 스크리는 자신이 절벽에 세게 부딪치리라는 걸 알았다. 너무 세게 부딪쳐 살아남지도 못하리라는 걸 알았다.

스크리는 눈을 떴다. 어두운 하늘밖에 보이지 않았다. 밤하늘은 연기로 자욱했다. 스크리는 바닥에 등을 대고 누워 있었다. 여전히 파이어 루트에 있었고…… 여전히 살아 있었다. 침입자의 실수였다! 화살을 쏜게 누구든 녀석은 기회가 있을 때 스크리를 죽였어야 했다. 침입자는 이번 일을 후회하게 될 것이다. 스크리가 반드시 그렇게 만들 것이다.

스크리는 문득 자신이 인간 모습으로 돌아왔음을 깨달았다. 땅에 떨어진 뒤 인간의 몸으로 변했으리라. 옆에는 날개 대신 팔이 있었다. 그리고 발톱 대신 다리가 있었다.

발톱! 갑자기 지팡이가 떠올랐다. 지팡이를 잃어버렸다!

스크리는 공격자에게 들키지 않도록 조용히 몸을 일으키려 했다. 그런데 오른팔을 움직이는 순간 강렬한 통증이 몰려왔다. 스크리는 비명이 나오려는 걸 겨우 참았다. 그때 피가 묻은 채 팔꿈치 위에 묶여 있는 나무껍질 헝겊이 눈에 들어왔다. 이상했다. 화살을 쏴놓고 왜 시간을 들여 상처를 치료해줬을까?

그런 건 중요하지 않다. 지팡이부터 찾아야 했다. 스크리는 이를 악물고 통증을 견디며 힘겹게 일어나 앉았다.

"일어났구나."

키가 크고 호리호리하면서도 강인해 보이는 여자가 말했다. 화살을 쏜 녀석이었다! 여자는 화염 분출구 옆에 앉아, 쌀쌀한 밤공기에 차가워진 손을 녹이고 있었다. 여자의 눈은 플레임론 눈처럼 이글거리는 주황색이 아니었고 눈꼬리가 위를 향하지도 않았다. 여자의 눈은 불빛을 받아 밝은 녹색으로 빛났다.

스크리는 또다시 느껴지는 강렬한 통증에 인상을 찌푸리며 몸을 완전히 일으켜 앉았다. 파도가 휩쓸고 지나가듯 현기증이 났지만 단단히 균형을 잡았다. 스크리의 눈이 바쁘게 지팡이를 찾았다. 스크리의 지팡이를.

바로 그때 스크리 눈에 여자의 귀가 보였다. 위쪽이 뾰족한 요정 귀였다! 스크리는 요정을 본 적이 없었다. 파이어루트에는 요정이 살지 않았으니까. 하지만 몇몇 요정이 화산과 보석 동굴을 탐험하러 이 영토에 왔다는 이야기는 들어본 적이 있었다. 스크리는 침입자가 명사수 요정일 가능성을 전혀 고려하지 못한 자기 자신을 자책했다.

다음 순간 지팡이가 보였다. 지팡이는 요정 다리 옆 잿빛 땅 위에 놓여 있었다. 겨우 스크리의 키 정도 거리만큼 떨어져 있었다. 빨리만 움직이면……

"그러지 마."

여자가 단호하게 말했다. 여자는 눈 깜짝할 사이에 자리에서 일어났다. 플레임론에게서는 본 적 없는 속도와 품위였다. 여자는 일어나자마자 어깨에서 활을 빼내 새 화살을 끼우고 스크리의 가슴을 겨눴다.

"네가 허튼짓을 하면 나는 너한테 화살 하나를 더 써야 해, 독수리 종족."

"그 아이 말대로 하는 게 좋아."

다른 목소리가 말했다.

스크리가 돌아보니 뚱뚱한 소인처럼 생긴 남자가 뒤뚱뒤뚱 걸어오고 있었다. 경질 나무 옹이처럼 툭 튀어나온 남자의 코가 빛나는 노란색 물질에 뒤덮여 반짝거렸다. 노란색 물질은 꼭 말라붙은 꿀 같았다.

"무서워질 필요가 있는 순간에는 아주 무시무시해지는 아이거든! 정말, 진짜, 끔찍할 정도로."

402

스크리는 고개를 흔들었다. 이상한 말을 주절거리는 이 멍청이 때문이기도 했고 다시 몰려오는 현기증 때문이기도 했다. 스크리는 여자 요정을 돌아보았다.

"내 지팡이로 뭘 하려는 거야, 이 비겁한 녀석아?"

여자의 초록 눈이 번득였다.

"가져갈 거야."

"안 돼! 너 따위한테 빼앗기려고 그 긴 시간 동안 지팡이를 지킨 게 아니야."

스크리가 소리쳤다. 팔과 머리가 욱신거렸다.

"그렇다면 정말 널 쏘는 수밖에 없어."

여자가 활시위를 당겼다.

스크리는 있는 힘을 다해 자리에서 겨우 일어났다. 그러고는 화살촉을 정면으로 바라보며, 강하게 저항하는 태도로 여자 앞에 섰다. 머리는 지끈거리고 다리는 부러진 잔가지처럼 힘이 없었지만 스크리는 흔들리지 않으려 애썼다.

"너 누구야? 리타 고르의 노예야?"

스크리가 물었다.

여자의 눈빛이 처음으로 흔들렸다. 여자는 입술을 깨문 뒤 살짝 쉰 목소리로 대답했다.

"내가 누구인지는 중요하지 않아. 믿을지 모르겠지만 난 네가…… 네가 살았으면 좋겠어. 죽지 않은 걸 확인했으니까 이제 지팡이를 가져갈 거야."

스크리가 다시 입을 열기도 전에 뚱뚱한 소인이 손을 저었다.

"지팡이를 구워 갈 거라고? 안 돼, 로와나. 나뭇조각이 얼마나 뾰족

403

한데!"

소인은 갑자기 인상을 쓰며 손가락으로 귀를 후볐다.

"잠깐. 지팡이를 가져간다고 한 건 아니지?"

여자는 암울하게 고개를 끄덕였다.

"로와나! 좀 헷갈린 거 아니야? 멀린의 마법 지팡이를 훔치는 게 아니라 사용한다고 했잖아."

여자는 초록 눈을 번득이며 소인을 노려보았다.

"계획이 바뀌었어요, 심. 난 그 저주받은 흰색 호수로 돌아갈 거예요. 지팡이를 가지고요."

그 순간 몇 가지 일이 동시에 일어났다. 스크리는 밀려드는 현기증을 무시한 채 앞으로 돌진했다. 여자 요정은 화살을 쐈다. 심은 고통에 울부짖었다.

33

벌집

탬원과 엘리는 우드루트 숲을 가로질러 아침 내내 힘차게 걸었다. 호수 여인이 보낸 경쾌한 비행사를 따라 가장 가까운 관문으로 이동했다. 이 작은 생명체는 어두운 나뭇가지와 그늘진 나무뿌리 사이에서 밝게 빛났다. 촛불처럼 은은한 날개 빛을 보고 두 여행자는 생명과 별의 연약한 본질을 떠올렸다.

둘은 아무 말 없이 숲속을 걸었다. 쉽게 대화를 시작할 수는 있었다. 달콤한 삼나무 향에 관해, 고약한 스컹크 잡초 냄새에 관해, 향긋한 딜 냄새에 관해. 사방에 깔린 분홍색 부겐빌레아 꽃에 관해 이야기할 수도 있었다. 수없이 많은 부겐빌레아 꽃잎이 강을 거슬러 올라가는 연어의 지느러미처럼 물결쳤다.

하지만 둘은 대화할 생각조차 하지 못했다. 어젯밤 호수 여인과의 경이로운 만남 이후 생각할 거리가 너무도 많아졌다. 호수 여인의 정체는 밝혀졌지만, 여인의 신비로운 방식은 이제 막 드러나기 시작했을 뿐이었다. 둘은 삼나무와 마가목으로 울창한 숲을 터벅터벅 걸었다. 벌들이 얼마 남지 않은 꿀을 찾아 인동덩굴 주변에서 윙윙거렸다. 그 옆을 지나는 둘의 머릿속도 윙윙거렸다.

끝없이 이어지는 질문이 머릿속을 가득 채웠다. 탬윈의 질문은 주로 '정말 운명을 바꿀 수 있는가'에 관한 것이었다. 어둠의 예언 속 아이가 아발론에 종말을 가져온다는 사실을 이 땅에 사는 모든 생명체가 아는데, 탬윈에게 무슨 희망이 있다는 것일까? 엘리는 이 무시무시한 비밀을 지켜줄까? 자신에 관해, 그리고 서서히 나타나기 시작한 자신의 이상한 힘에 관해 아는 게 거의 없는데, 탬윈이 어떻게 다른 운명을 상상할 수 있을까? 물론 혈통을 생각하면 어느 정도 희망은 있었다. 탬윈의 혈통에는 크리스탈루스, 할리아, 리아, 심지어 멀린까지 포함돼 있었다. 하지만 탬윈의 혈관에는 플레임론의 피도 흘렀다. 그러니 아발론 전역을 두려움에 떨게 하는 호전적인 성향도 물려받았을 것이다. 게다가 탬윈에게는 문제를 일으키는 특별한 재능까지 있었다.

엘리는 곤히 잠든 뉴익을 어깨에 태우고 걸으며 다른 질문을 떠올렸다. 리아의 메리스였던 뉴익을 메리스로 삼을 자격이 엘리에게 정말 있을까? 리아는 왜 엘리가 멀린의 진정한 후계자를 찾아 승리하도록 도울 수 있다고 생각했을까? 사실은 오만한 리니아의 말이 맞았다. 엘리는 그저 땅의 요정 노예였던 고아일 뿐이었다. 이 모든 역할도 운 좋게 얻어낸 것뿐이었다. 엘리가 무슨 수로 강력한 주술사를 상대하겠는가? 그 주술사는 생명체 수백을 노예로 만들고, 숲을 무참히 파괴하고, 거대한 댐을 지어 자유롭게 흐르는 강을 막아 버렸다. 하지만…… 엘리를 들여다보던 호수 여인의 눈빛에는 분명 무언가가 있었다. 엘리는 어떻게든 도움이 되고 싶었다.

암녹색 삼나무 숲에 들어섰을 때 뉴익이 몸을 뒤척였다. 엘리는 팔을 들어 뉴익의 작은 손을 꼭 잡았다.

"어젯밤에 늦게 잤어?"

"흠, 나이가 드니까 새벽까지 수다 떨기도 너무 힘들어."

요정이 늘어지게 하품하며 말했다.

"당신도 일어났으니 말인데, 리니아랑 다른 일행은 어떻게 됐을까? 호수 근처에는 없었잖아."

"홀라랑 같이 덩그러니 남겨졌으니 리니아 기분이 영 좋지 않았을 거야. 개박하 요정 무리보다 더 미쳐서 날뛰었을걸."

뉴익의 색깔이 즐거운 복숭아색으로 바뀌었다.

탬원이 갑자기 멈춰 서는 바람에 엘리는 하마터면 탬원과 부딪칠 뻔했다. 탬원의 맨발이 삼나무 열매 사이에 놓인 벌집 바로 위에서 멈춰 있었다. 탬원은 특유의 민첩성을 십분 발휘해, 회색 벌집을 밟아 뭉개기 전에 뒤로 껑충 물러났다. 그러다가 뾰족한 나뭇가지에 뒤통수를 찧고 말았다.

"아야."

탬원은 연약한 두피를 문지르며 신음했다. 그러고는 슬쩍 엘리를 쳐다봤다. 탬원 얼굴이 옆에 있는 뉴익처럼 새빨개졌다.

"참지 말고 웃어!"

엘리의 눈이 장난스럽게 반짝였지만, 엘리는 고개를 내저었다.

"됐어."

"적어도 벌집을 밟지는 않았잖아."

탬원이 변명하자 뉴익의 걸걸한 목소리가 반박했다.

"밟은 거나 마찬가지지. 물이 콸콸 흐르는 목욕탕과 험준한 길도 구분 못 하는 오합지졸에 합류했으니 말이야."

탬원은 살짝 인상을 찌푸렸다.

"일리 있는 말이야, 늙은 요정님."

"당연하지."

뉴익이 보라색 눈을 치켜뜨며 몸 색깔을 어두운 회색으로 바꾸었다.

"내가 한 가지 더 얘기해줄게. 아니, 두 가지."

엘리가 입술을 오므렸다.

"좋은 소식이야, 나쁜 소식이야?"

"물론 나쁜 소식이야. 메리스가 좋은 소식 전하는 거 봤어?"

뉴익은 엘리 어깨 위에서 자세를 고쳐 앉고 헛기침을 한 번 한 뒤 경쾌한 비행사를 가리켰다. 경쾌한 비행사는 삼나무 숲 너머 우뚝 솟은 가문비나무 주변에서 날개를 파닥이고 있었다.

"첫째, 바로 저기에 관문이 있어."

탬윈이 인상을 찌푸렸다.

"그게 나쁜 소식이야?"

뉴익이 투덜거렸다.

"아직 저 관문에서 살아남은 건 아니잖아. 네 형과 멀린의 지팡이도 찾지 못했고, 그 둘이 아직 파이어루트에 있는지도 확실하지 않아."

엘리는 불안한 듯 곱슬머리 한 가닥을 손가락으로 돌돌 말았다.

"두 번째 소식은 뭔데?"

"흠. 내가 일일이 얘기해줘야 하니, 이 멍청이들아? 별도 내가 직접 보여줘야 해?"

엘리와 탬윈은 동시에 위를 올려다보았다. 이리저리 엮인 삼나무 가지 사이로 마법사의 지팡이에서 남은 별들이 보였다. 아침에 호수를 떠날 때 별 세 개 중 하나가 빠르게 흐려지고 있었는데, 지금은 그 별이 사라지고 없었다. 이제 별이 두 개밖에 남지 않았다!

탬윈은 가슴에서 느껴지는 통증에 얼굴을 찌푸렸다. 또 다른 별이, 평생 봐온 또 다른 빛이 사라져 버렸다. 탬윈은 작은 소리로 욕을 내뱉었다.

"마지막 별 두 개가 사라지기 전에 어떻게 임무를 다 해내지?"

"벌집에 온 걸 환영해."

뉴익이 중얼거렸다.

일행은 삼나무 숲을 지나, 향 나는 양치식물이 뒤섞인 구역을 가로질러, 우뚝 솟은 가문비나무를 향해 힘차게 걸었다. 가문비나무는 커다란 바위 한 쌍 옆에 서 있었다. 바위 사이에서 동그란 초록색 불꽃이 희미하게 빛났다. 위대한 나무 깊은 곳에서 솟아오른 불꽃이었다.

탬윈이 관문으로 다가가는데 뭔가가 목 뒤로 철퍼덕 떨어졌다. 잘 익은 배였다! 뒤를 돌아보지 않아도 누가 던졌는지 알 것 같았다.

탬윈은 목과 어깨뼈 사이로 과즙을 뚝뚝 흘리며 투덜거렸다.

"헤니, 이 나쁜 자식."

"이히 이히 후후후하. 나인 줄 알았구나! 엄청 웃기다!"

탬윈은 몸을 한 번 부르르 떤 뒤 엘리에게 눈짓했다.

"난 정말 저 녀석을 죽여 버리고 싶어. 그런데…… 그러면 삶이 너무 따분할 것 같아."

하지만 엘리는 농담할 기분이 아니었다. 엘리가 헤니에게 물었다.

"리니아랑 페얼린은 어디 있어?"

헤니는 양배추 잎만큼이나 커다란 손을 허공으로 들어 올렸다.

"몰라. 호수 여인이 너희를 어디로 데려갔었는지는 모르지만…… 너희가 사라지자마자 쿵쿵거리며 가 버렸어. 우후 이히, 그렇게 화난 모습은 처음이었어! 후후하하, 불같이 화를 냈지. 계획이 다 물거품이 됐다느니, 이번 생은 망했다느니, 그런 말을 중얼거리더라고."

헤니는 빨간 헤드밴드를 바로잡았다. 그러고는 잠시 어울리지 않게 진지한 표정을 지었다.

"초록 수염 아가씨가 많이 그리울 거야. 입을 삐죽 내밀던 모습, 고함치던 모습, 전부 다. 같이 있는 동안 정말 즐거웠어."

"난 안 그랬어, 훌라. 그런 즐거움은 다른 곳에나 퍼뜨리라고 해."

뉴익의 알록달록한 몸에서 암녹색 핏줄이 나타났다. 뉴익은 한숨을 쉰 뒤 덧붙였다.

"왠지 다시 만날 것 같은 기분이 드는군."

"어디로 갔을까?"

엘리가 가문비나무 줄기에 어깨를 기대며 물었다.

"무슨 상관이야? 벨라미르에게 돌아갔나 보지, 뭐."

탬윈이 말했다.

엘리가 인상을 찌푸렸다.

"그럴지도. 호수 여인을 만나는 임무에 실패했으니 공동체로 돌아가는 건 수치라고 생각할 거야. 하지만 벨라미르라고?"

엘리가 고개를 젓자 풍성한 갈색 곱슬머리가 통통 튀었다.

"완벽한 짝이긴 하지."

엘리의 어깨에서 요정이 투덜댔다.

탬윈은 바위 사이에서 신비롭게 탁탁거리는 동그란 초록색 불꽃을 살피며 엘리에게 다가갔다.

"네가 나가고 나서…… 그 둘이 이야기를 더 나눴어. 벨라미르가……."

"그러셨겠지. 근데 너도 그 자리에 있었잖아! 아니면 둘이 내 욕을 하는 동안 넌 그냥 앉아서 멜론만 먹었니?"

엘리가 화를 내며 쏘아붙였다.

"네 욕을…… 그래, 좀 하긴 했어. 그런데 그러고 나서……."

"관문으로 안 들어갈 거야? 마지막 별이 사라질 때까지 계속 싸우기만 할래?"

뉴익이 말했다.

엘리는 탬윈을 한번 노려본 뒤 관문을 향해 돌아섰다.

"지금 가."

엘리는 초록색 불꽃을 가만히 들여다보았다. 불꽃에서 희미하게 달콤한 송진 냄새가 났다. 마법 냄새, 그리고 엘라노 냄새가 났다. 엘리는 생각에 잠긴 채 말했다.

"한 달 전 관문으로 들어갔을 때 나는 머드루트를 떠날 생각뿐이었어. 영원히! 다시는 그곳으로 돌아가고 싶지 않아. 그 지긋지긋한 땅의 요정! 거기로 돌아가는 건 생각조차 하기 싫어."

뉴익이 낮게 소리를 냈다.

"흠. 그렇다면 그곳은……."

엘리도 탬윈도 뉴익의 다음 말을 듣지 못했다. 바로 그 순간, 헤니가 아주 위험하고 멍청하면서도 매우 재미있는 행동을 했기 때문이었다. 불타는 관문 안으로 다른 사람들을 밀어 버릴 기회가 얼마나 자주 오겠는가?

34

머드메이커

가장 먼저 불꽃이 탁탁거리는 소리가 크게 들렸다. 다음 순간 갑자기 초록색 빛의 강이 나타났다. 강은 끝없이 고동치며 더욱더 깊은 곳으로 흘러갔다. 달콤한 송진 냄새…… 번쩍이는 초록색 빛과 진갈색 광선…… 시간이 갈수록 강해지는 송진 냄새…… 깊은 숨소리…… 삶, 죽음, 부활은 모두 냄새, 소리, 살아 있는 나무와 연결되었다. 마침내 새로운 빛이 점점 커졌다. 시끄럽게 탁탁거리는 소리…… 그리고 다시 초록색 불꽃.

탬윈, 엘리, 뉴익, 헤니는 관문 밖으로 돌진했다. 서로의 몸 위로 떨어지면서 이리저리 뒤엉켜 정신이 없었다. 이 팔다리가 누구 팔다리인지 알아내는 데만 한참이 걸렸다. 잠시 후 넷은 자신들이 드넓은 갈색 진흙 밭 한가운데 누워 있다는 사실을 깨달았다.

완만한 갈색 평원이 사방으로 끝없이 펼쳐졌다. 진흙에 뒤덮인 나무 그루터기처럼 불룩 솟은 흙더미 수십 개만이 중간중간 흩어져 있었다. 그중 한 흙더미 옆 바닥에 관문이 놓여 있었다. 희미하게 빛나는 불꽃이 갈색 무더기 아래쪽을 날름날름 핥았다. 짙은 구름이 하늘을 완전히 뒤덮는 바람에 머리 위에서는 별 하나도 보이지 않았다.

"머트루트잖아!"

엘리가 절망스럽게 소리쳤다. 진흙에서 손을 들어 올리자 요란하게 철썩거리는 소리가 났다.

"말도 안 돼! 이럴 리 없어. 아니야……."

이글거리는 주황색으로 변한 뉴익이 어깨에서 진흙 덩어리를 털어냈다.

"맞아. 흠. 머드루트를 떠올리면 위험하다고 했잖아. 특히 옆에 훌라가 있을 때는! 이제 파이어루트에서 한참 멀어졌어."

훌라가 뒤엉킨 몸 아래에서 깔깔 웃었다.

"이히, 알아. 하지만 훌라 마을과는 가까워졌지. 너희한테 내 사촌들을 소개해줄게!"

탬윈은 헤니의 커다란 손을 찾아 홱 잡아당겼다.

"이런 머리에 똥만 찬 멍청이 같으니! 넌 곱스켄의 털북숭이 엉덩이만도 못한 놈이야. 전부 죽을 뻔했잖아!"

"우후 우후, 알아. 다음에는 더 잘할게. 약속해. 이히히히 우후 이히."

탬윈의 눈이 이글이글 타올랐다. 탬윈이 헤니 손을 얼마나 세게 잡아당겼는지 헤니는 공중으로 휙 날아올라 진흙으로 철퍼덕 떨어졌다.

"험준한 길에서 나왔을 때 널 죽여 버리지 않은 건 엄청난 실수였어. 이번에는…… 아야!"

헤니의 자유로운 손에서 작은 진흙 덩어리 하나가 튀어나와 탬윈 입 속으로 곧장 날아왔다. 탬윈은 기침을 하며 진흙을 뱉어낸 뒤 훌라에게 달려들었다. 헤니는 자지러지게 웃느라 겨우 서 있으면서도 옆으로 몸을 움직여 달려드는 탬윈을 피했다. 탬윈은 주르륵 미끄러져 축축한 진흙에 그대로 엎어졌다.

413

"이히 이히 후후하하하하! 평소보다 훨씬 웃겨, 덜렁이."

엘리가 힘겹게 자리에서 일어났다. 진흙이 발 위로 줄줄 흘러 종아리까지 쌓였다.

"그만해, 탬원. 헤니한테 허비할 시간 없어. 지팡이를 찾아야 하잖아. 별이 더 사라지기 전에."

"알아, 알아. 이 머저리부터 죽이고 바로 가자!"

탬원은 헤니 머리에 진흙 덩어리를 던졌다. 진흙은 표적 한가운데 박힌 화살처럼 훌라의 둥근 눈썹 한가운데 철퍼덕 떨어졌다. 헤니가 눈을 닦으려는 순간 탬원이 헤니를 덮쳤다. 둘은 다시 진흙탕에 빠져 이리저리 구르고 발길질했다. 사방으로 진흙이 튀었다.

"귀엽군. 진흙 싸움이라니."

뉴익이 으르렁거렸다.

갑자기 뭔가가 허공을 가르고 쌩 날아와 가장 가까운 흙더미 옆을 스친 뒤 엘리 발 옆에 툭 떨어졌다. 창이었다! 한쪽으로 구부러진 창은 엘리 다리 정도 길이밖에 되지 않았다. 딱딱한 도자기로 만든 손잡이가 흐릿하게 빛났다. 엘리는 온몸이 얼어붙어 숨을 쉴 수가 없었다. 땅의 요정이었다!

엘리는 이런 창을 본 적이 있었다. 땅의 요정이 마을을 공격했을 때였다. 그때 엘리는 부모님을 둘 다 잃었다. 이후 6년간 노예로 살면서도 이런 창을 수없이 보았다. 그때 엘리는 별빛 하나 들지 않는 더러운 구덩이에서 힘들게 노역을 했다. 마침내 그곳에서 탈출한 뒤에도 돌풍이 불 때마다 창이 날아오는 소리가 들렸다. 누군가 갈비뼈를 만질 때마다 뾰족한 창끝에 찔리는 느낌이었다. 끊임없이 투덜대는 뉴익을 어깨에 태우고 다니면서 비로소 그 기억이 잊히기 시작했다. 그런데 지금 땅의 요정의 창이 바로 옆 땅에 내리꽂혔다!

엘리는 비명을 질렀다. 진흙에서 뒹굴던 탬윈과 헤니가 즉각 싸움을 멈추었다. 진흙 더미가 되어 버린 탬윈이 일어나 앉자마자 또 다른 소리가 평원 위로 울려 퍼졌다. 고함 소리와 울부짖는 소리가 끔찍하게 뒤섞였다. 이 영토에 사는 생명체 대부분은 이 소리를 들으면 필사적으로 도망쳤다. 이 소리는 땅의 요정의 함성 소리였다.

탬윈과 헤니는 진흙으로 뒤덮인 채 비틀비틀 일어섰다. 거의 동시에 전투가 시작되었다. 창이 연달아 날아왔다. 그중 하나가 탬윈의 진흙 투성이 귀를 스쳤다. 헤니는 새총을 꺼내 주머니에 넣어 온 조약돌을 장전하려 했다. 하지만 그 전에 땅의 요정 하나가 소리를 지르며 뒤에서 헤니를 공격했다. 키는 비슷했지만 힘은 땅의 요정이 훨씬 셌다. 땅의 요정의 팔은 근육질이었고 들쭉날쭉한 이빨은 상대의 살을 찢어 버리기에 안성맞춤이었다. 땅의 요정은 헤니의 얼굴을 무자비하게 때리고 어깨를 물어뜯었다. 헤니는 고통에 울부짖었다. 요정은 손가락 세 개짜리 더러운 손으로 헤니를 움켜쥐고 목을 물기 시작했다.

바로 그때 탬윈이 땅의 요정의 옆구리를 뺑 찼다. 얼마나 세게 찼는지 요정의 뼈 몇 개가 우지끈 쪼개졌다. 땅의 요정은 울부짖으며 허공에서 한 바퀴를 돌아 땅에 쿵 떨어졌다. 탬윈은 곧바로 요정의 다리를 잡고 몸을 빙 돌린 다음 달려오는 땅의 요정 둘을 향해 휙 던졌다. 조준은 완벽했다. 첫 번째 요정은 몸부림을 치며 전속력으로 동료들을 들이받아 납작하게 때려눕혔다.

"가자! 기회가 있을 때 다시 관문으로 들어가야 해."

엘리가 소리쳤다.

"뉴익이랑 먼저 가! 내가 뒤를 봐줄게."

엘리는 고마운 눈빛으로 탬윈을 흘끗 보았다. 진정한 우정 같은 게 느껴졌다. 엘리는 요정을 들고 동그란 초록색 불꽃을 향해 전력으로 질주했다.

탬윈은 진흙을 철벅거리며 헤니에게 달려갔다. 훌라의 어깨에서 피가 철철 흘렀다. 탬윈은 훌라를 일으켜 세워 엘리 쪽으로 밀쳤다. 땅의 요정 몇 명이 더 내려왔다.

셀 수 없이 많은 창이 허공을 가르고 쌩 날아왔다. 엘리가 아까보다 더 크게 비명을 질렀다. 우람한 팔 한 쌍이 탬윈 목을 감싸고, 누군가 탬윈 옆구리를 들이받았다. 탬윈은 한쪽 무릎을 꿇고 주저앉으면서도 몸을 비틀어 목을 감싼 팔에서 빠져나왔다. 그런 다음 땅의 요정 하나를 붙잡았다. 땅의 요정 전사는 온몸을 꿈틀거렸지만 머리카락이 잡혀 탬윈을 물 수는 없었다. 창 세 개가 날아오는 순간 탬윈은 땅의 요정을 들어 올렸다. 창끝이 가슴에 꽂히자 요정은 끔찍한 비명을 내질렀다.

탬윈은 몸을 획 돌려 엘리를 보았다.

"안 돼! 다그다 님이시여, 안 돼요!"

엘리는 관문 옆에 널브러져 있었다. 눈은 맥없이 구름을 바라보고 있었고, 초록색 불꽃은 엘리의 곱슬머리를 핥고 있었다. 부러진 창 자루가 갈비뼈 밖으로 튀어나와 있었다. 상처에서 피가 서서히 스며 나와 사제복을 물들였다. 그 옆에 뉴익이 무릎을 꿇고 앉아 있었다. 핏빛으로 변한 뉴익은 걷잡을 수 없이 바들바들 떨고 있었다.

바로 그 순간 낯선 느낌이 탬윈을 휘감았다. 분노도, 슬픔도, 살고자 하는 의지도 아니었다. 그것은 그 감정들에서 시작되었다. 더 깊고 풍성하고 강하고 거친 무언가에서 시작되었다.

힘. 탬윈은 폭발 직전의 화산이 된 기분이었다. 용암이 아니라, 설명할 수 없는 어떤 힘이 터져 나올 것 같았다. 그 힘은 핏줄을 따라 흐르고 심장과 함께 고동치고 폐 안에서 부풀어 올랐다. 더 많은 땅의 요정이 창을 치켜들고 쿵쾅거리며 달려왔지만 탬윈은 두렵지 않았다. 앞으로 무슨 일이 닥치든 탬윈은 준비되어 있었다.

그 힘은 뼈, 근육, 살을 지나 표면으로 올라왔다. 피부의 땀구멍 하나하나로 빛을 내뿜으려는 별을 집어삼킨 기분이었다. 그 힘은 거칠고 생기 있게 온몸으로 퍼졌다.

피부가 탁탁거리더니 움직이기 시작했다. 아니, 피부가 아니라 온몸을 뒤덮은 진흙이 움직였다.

가장 가까이 있던 땅의 요정이 갑자기 공포에 질려 울부짖었다. 탬윈이 뒤로 돌자 등에서 뭔가가 떨어져 땅으로 철퍼덕 내려앉았다. 딱정벌레였다! 거대한 회색 털북숭이 딱정벌레가 단검처럼 날카로운 집게발을 딸깍거리며 진흙 위를 기어갔다.

탬윈이 다시 움직이기도 전에 등에서 또 다른 딱정벌레가 떨어졌다. 그다음은 팔뚝에서 떨어졌다. 목, 가슴, 허벅지에서 더 많은 딱정벌레가 떨어졌다.

"으악, 이것들은 어디서 나온 거야?"

탬윈이 역겹다는 듯 신음을 내뱉었다.

탬윈이 격렬하게 몸을 흔들자 열다섯에서 스무 마리 정도가 땅으로 우수수 떨어졌다. 탬윈은 머릿속으로 더 심란한 질문을 떠올렸다.

내가 느낀 게 고작 이거였을까? 등에서 떨어져 나오는 딱정벌레 떼?

그사이 땅의 요정들은 고함을 지르기 시작했다. 욕을 하는 게 분명했다. 하지만 그 불쾌한 목소리의 어조는 아까와 사뭇 달랐다. 땅의 요정들은 두려워하고 있었다. 벌써 진흙 평원을 가로질러 사방으로 흩어지고 있었다. 이제 땅의 요정은 공격자가 아니라 공격을 받는 입장이 되었다.

딱정벌레가 그렇게 무서운가?

탬원은 마지막 딱정벌레를 팔에서 털어낸 뒤 딱정벌레들이 기어가는 모습을 지켜보았다. 딱정벌레는 땅의 요정을 쫓는 대신 집게발로 진흙을 파 땅속으로 들어갔다. 조금 징그러울지는 몰라도 별로 위험해 보이지 않았다.

땅의 요정들이 왜 겁을 먹었을까?

탬원은 엘리에게 돌아섰다. 피에 흠뻑 젖은 채 축 늘어진 몸을 보니 당혹스러운 감정은 사라지고 또 다른 감정이 밀려왔다. 비통함. 속이 뒤틀렸다.

탬원은 엘리 옆에 무릎을 꿇고 앉아 녹갈색 눈을 가만히 들여다보았다. 그 눈은 이제 텅 비어 보였다. 엘리는 분명 함께 지내기 쉬운 상대는 아니었다. 하지만 그건 탬원이 자초한 일이기도 했다. 엘리가 아끼는 하프를 부숴 버린 건 정말이지 멍청한 짓이었다. 탬원은 엘리에게 제대로 사과하지도 못했다. 이제…… 영영 사과할 수 없게 되었다.

탬원은 뉴익이 늘 앉아 있던 엘리의 어깨를 바라보았다. 호수 여인의 정체를 알았을 때, 그리고 여인의 충성스러운 메리스가 누구였는지 알았을 때, 종달새처럼 즐겁게 웃던 엘리의 웃음소리가 들리는 듯했다. 누가 뭐래도 엘리는 아발론을 진심으로 사랑했다! 최근 들어 탬원은 엘리에게서 새로운 면도 보았다. 불같은 성격과 거친 말투 너머 무언가가…… 탬원의 마음을 끌었다.

엘리는 죽지 말아야 했어!

탬원이 주먹으로 허벅지를 내리치자 뉴익에게 진흙이 튀었다. 하지만 요정은 아무 말도 하지 않았다.

탬윈은 뒤에서 뭔가가 움직이는 소리를 듣고 고개를 돌렸다. 헤니가 평소답지 않게 침울한 표정으로 책상다리를 하고 앉아 있었다. 탬윈은 훌라가 어떤 일에 관해서든 그렇게 진심으로 슬픈 표정을 짓는 걸 본 적이 없었다. 처음에는 헤니가 자기 어깨 때문에 속상해한다고 생각했다. 헤니 어깨는 심하게 찢어져 피투성이가 되어 있었다. 하지만 헤니는 엘리를 빤히 쳐다보고 있었다. 탬윈은 궁금했다. 혹시 우리를 여기로 데려온 걸 후회하고 있을까?

탬윈은 얼굴을 찡그리며 다시 엘리를 돌아보았다.

처음엔 아빠, 그다음은 엄마, 그다음은 스크리. 이제 엘리까지!

모든 게 명확해졌다.

어둠의 예언 속 아이와 가까워지면 누구든 결국 이렇게 되는 거야.

탬윈은 엘리 손을 살포시 잡았다. 아직 온기가 남아 있었다. 엘리 손을 살짝 움켜쥐는데…… 숨이 턱 막혔다. 맥박! 아주 약하지만 분명 맥박이 뛰고 있었다.

탬윈은 뉴익의 팔을 잡았다.

"아직 살아 있어! 뉴익, 내 말 들려? 아직 살아 있다고! 살릴 방법이 없을까? 우리가 할 수 있는 일 없어?"

늙은 요정의 핏빛 몸이 더 어두워졌다.

"없어. 너무 늦었어. 이제는 무슨 수를 써도 엘리를 살릴 수 없어. 치유 약초를 산더미로 가져와도 안 돼."

"틀렸어, 고대 요정."

뉴익, 탬윈, 헤니 모두 낯선 목소리에 깜짝 놀랐다. 공통어였지만 언어라기보다 음악에 가까운 억양이었다. 목소리는 아주 부드러웠다. 마치

419

덩치 큰 누군가가 귓속말을 하는 것 같았다. 하지만 크든 작든 눈앞에는 아무도 보이지 않았다.

"누구세요?"

탬윈이 쉰 소리로 말했다.

"곧 보게 될 거란다. 머드메이커를 보게 될 거야."

목소리가 낭랑하게 속삭였다.

뉴익의 몸이 놀라운 황금색으로 번쩍인 뒤 다시 빨간색으로 되돌아왔다.

관문 옆에 있던 그루터기 모양 흙더미의 꼭대기가 갑자기 불룩 튀어나왔다. 옆면에서 잔물결이 일더니 펄펄 끓는 걸쭉한 갈색 스튜처럼 거품이 나기 시작했다. 다음 순간 흙더미가 서서히 길어지며 크고 곧게 자라났다. 헤니 키와 탬윈 키를 넘어 계속해서 자랐다. 마침내 탬윈 키의 두 배 가까이 다다랐을 때 어깨처럼 보이는 부분에서 둥근 머리가 솟아났다. 움푹 꺼진 커다란 눈은 다른 신체 부위와 똑같은 진갈색이었다. 가느다란 곡선이 열려 입이 되었다. 그러는 동안 양옆에서 날씬한 팔네 개가 나왔다. 커다란 손에는 인간 남자 팔뚝만큼이나 길고 우아한 손가락이 세 개씩 달려 있었다.

생명체는 엘리 옆에 모여 있는 세 남자를 내려다본 뒤 기다란 손가락 여러 개를 구부렸다. 이번에는 확실히 여자 목소리가 들렸다.

"우리는 거의 모습을 드러내지 않는단다. 하지만 다른 메이커는 언제든 반갑게 맞이하지."

뉴익이 다시 한번 놀라운 노란색으로 번쩍였다.

탬윈은 어리둥절한 표정으로 뉴익을 슬쩍 바라보았다. 하지만 요정은 탬윈을 무시한 채 머리 위로 우뚝 솟은 거대한 갈색 생명체만 올려다보왔다.

"난 맬록의 남쪽 끝 관문을 지키는 이센위 가문의 엘로니아란다. 그리고 이쪽은 우리 가문의 다른 머드메이커들이야."

엘로니아는 커다란 손 하나를 흔들며 속삭였다.

일행이 돌아보니 높다란 갈색 형체 수십 명이 평원을 가로질러 성큼 성큼 우아하게 걸어오고 있었다. 머드메이커가 넓고 평평한 발을 디딜 때마다 요란하게 철썩거리는 소리가 났다. 머드메이커들은 이내 관문을 둥글게 둘러싸고, 산들바람에 흔들리는 포플러나무처럼 살랑살랑 몸을 흔들었다.

"당신은 엘리를 살릴 수 있나요? 살릴 방법이 있다고 했죠?"

탬원이 엘리 손을 더 꽉 잡으며 애원했다.

"방법이 있지. 하지만 너도 메이커로서 이미 방법을 알잖니."

엘로니아가 대답했다.

"전 몰라요! 그런데 엘리가 죽어가요! 전 그저 스톤루트에서 온 탬원일 뿐이에요. 일거리가 있을 때만 황무지 길잡이로 일해요. 다른 건 알고 싶지 않으실 거예요."

탬원은 인상을 썼다.

엘로니아는 거대한 몸을 숙여 탬원 바로 위까지 머리를 내렸다. 커다란 류트에서 가장 낮은 음을 내는 줄처럼, 목소리가 가늘게 떨렸다.

"아니. 너는 메이커란다, 마법사 혈통이여. 그렇지 않고서야 어떻게 조금 전 진흙에 생명을 불어넣었겠니?"

탬원은 머리가 빙빙 도는 것 같았다.

"제가요? 생명을요? 진흙에요?"

"딱정벌레 말이야, 이 바보야. 정말 그 정도로 멍청한 거야?"

뉴익이 투덜거렸다.

"그래."

탬윈이 말했다. 그러고는 다시 머드메이커를 향해 고개를 들었다.

"엘리를 살리려면 어떻게 해야 하는지나 얘기해주세요! 다른 건 나중에 들을게요."

엘로니아가 팔 두 개를 뻗어 탬윈을 돌려세웠다. 탬윈은 관문의 깜빡이는 불꽃과 엘리를 등지고 섰다. 엘로니아는 부드럽게 탬윈의 머리를 왼쪽으로 살짝 돌렸다.

"저쪽에 할라드의 비밀의 샘이 있어. 우리 가문 머드메이커와 너 같은 진정한 메이커만이 정확한 위치를 알지. 그 샘물은 네 친구를 치유할 수 있단다! 하지만 최대한 빨리 가야 해. 지금 이 순간에도 네 친구의 생명은 흙 속으로 꺼지고 있으니까."

"서둘러!"

뉴익이 소리쳤다. 뉴익의 몸이 빨간색과 주황색으로 물결쳤다.

탬윈은 끝없이 펼쳐진 완만한 진흙탕을 내다보며 마른침을 꿀꺽 삼켰다. 뭘 해야 하는지 알았지만, 정말 할 수 있을지는 자신이 없었다.

35

비밀의 샘

탬윈은 숨을 깊게 들이쉬고 달리기 시작했다. 둥글게 선 머드메이커들이 탬윈이 지나가도록 길을 내주었다. 어설프게 발을 쿵쿵 내디딜 때마다 종아리까지 진흙 속으로 푹푹 빠졌다. 커다란 갈색 눈 수십 개가 쳐다보고 있다는 사실이 너무도 부담스러웠다. 이제 머드메이커도 탬윈의 실체를 알게 될 것이다. 탬윈은 그저 멍청한 덜렁이일 뿐이었다.

하지만 탬윈은 알고 있었다…… 탬윈은 사슴처럼 달려야 했다. 반드시! 엘리를 살릴 마지막 기회였다. 유일한 기회였다.

쿵, 철썩, 쿵, 철썩 하는 소리가 계속해서 이어졌다. 앞으로 나아가기가 힘들었다. 방법은 몰랐지만 탬윈은 분명 골짜기에서 사슴처럼 뛴 적이 있었다. 하지만 적어도 그때는 땅이 단단했다. 여기는 단단한 게 하나도 없었다! 모든 게 그저 푹신하기만 했다. 한 발 한 발이 고역이었다. 스무 걸음밖에 걷지 않았는데 벌써 허벅지가 아팠다. 어떻게 해야 빠르고 우아한 수사슴으로 변해 껑충껑충 달릴 수 있을까?

넌 무엇이든 바꿀 수 있어, 탬윈. 전부 다! 숲길도 인생길도.

호수 여인 리아의 말이 퍼뜩 떠올랐다. 리아는 아주 가까이 있는 것 같았다. 뉴익이 리아 어깨에 탔던 것처럼 리아도 탬윈 어깨에 타고 있는 것 같았다.

탬윈은 터벅터벅 걸었다. 쿵, 철썩. 진흙이 발가락 사이로 줄줄 흐르고, 발바닥에 들러붙고, 발목과 종아리를 두껍게 뒤덮었다. 이 속도라면 절대 치유의 샘에 제때 도착하지 못할 것이다!

탬윈은 사슴이 달리는 모습을 상상하려 필사적으로 노력했다. 사슴은 너무도 쉽고 빠르게 껑충껑충 뛰었다. 거의 공기 속을 달리는 것 같았다. 아니, 공기가 되어 달리는 것 같았다. 산들바람의 일부가 되어. 공기처럼 가볍게.

탬윈은 골짜기에서 솜털에 뒤덮인 흰 씨앗과 경주하던 일을 떠올렸다. 속도가 점점 더 빨라졌다. 발이 한결 가벼워진 듯, 달리기가 쉬워졌다. 탬윈은 몸을 깊이 숙였다. 목을 길게 늘이고 팔을 앞으로 쭉 뻗었다.

바람에 날리는 씨앗처럼. 바람처럼.

늘이고…… 뻗고…… 바람처럼 가볍게 달렸다. 무릎이 뒤로 구부러졌다. 걸음이 더 길고 강하고 확실해졌다. *늘이기.* 갑자기 손이 땅에 닿는 게 느껴졌다. 아니, 땅에 닿는 게 정말 손이었을까? *뻗기.* 허리가 목처럼 길게 당겨졌다. *달리기.* 코가 길어지면서 턱과 합쳐졌다. 크고 예민한 귀가 가지처럼 뻗은 뿔 바로 뒤쪽 머리에 납작하게 눌렸다.

탬윈은 사슴이었다!

탬윈은 우아하고 강하게 진흙 평원을 가로질러 달렸다. 발굽이 가볍게 땅에 닿은 뒤 곧장 다시 허공으로 뛰어올랐다. 껑충껑충, 스르르, 껑충껑충, 스르르. 탬윈은 바람에 털이 휘날리는 것을 느끼며 평평한 지대를 질주했다.

잠시 후 축축한 진흙과는 전혀 다른 새로운 냄새가 났다. 냄새라기보다는 희미하게 따끔거리는 느낌에 가까웠다. 탬윈은 그 냄새가 무엇인지 단번에 알아차렸다. 공기 중에 떠다니는 은밀한 마법의 손길이었다.

탬윈은 냄새를 따라 오른쪽으로 방향을 틀었다. 머드루트 남쪽 지역이 모두 그렇듯, 그쪽에도 주요 지형지물 하나 없이 완만한 평원만이 펼쳐졌다. 나무도 없고 언덕도 없었다. 흙더미로 위장한 생명체도 더 이상 없었다. 머드메이커는 어떤 종족일까? 어떤 이상한 힘을 지녔을까?

갈색, 갈색, 갈색. 구름 낀 하늘조차 이 땅의 색을 닮아 있었다. 그 짙은 구름 뒤에는 별이 두 개밖에 남지 않은 마법사의 지팡이가 있었다. 탬윈은 아발론이 살아남을 가능성이 엘리가 살아남을 가능성보다 클지 궁금했다.

탬윈은 마법의 냄새를 따라 평원을 성큼성큼 달렸다. 냄새가 점점 더 강해졌다. 이제 코뿐 아니라 목구멍, 폐, 심지어 발굽까지도 따끔거렸다. 냄새는 더욱더 짙어져, 마침내 젖은 풀이나 촉촉한 양치식물 잔가지처럼 거의 씹어 삼킬 수 있을 정도가 되었다.

하지만 샘은 어디에도 보이지 않았다! 물의 흔적조차 없었다. 끝없이 펼쳐진 진흙 평원뿐이었다.

탬윈은 속도를 늦춰 빠른 걸음으로 걸으며 온 힘을 다해 냄새에 집중했다. 왼쪽으로 갔다가 약간 오른쪽으로 갔다가 다시 왼쪽으로 움직였다. 이상하게 따끔거리는 느낌이 더욱더 강해졌다.

갑자기 주변 공기가 일렁였다. 마치 투명한 커튼 사이로 곧장 들어간 것 같았다. 바로 앞 땅이 살짝 꺼져 있었다. 몇 초 전까지 아무것도 없던 자리가 움푹 파여 있었다. 탬윈은 커다란 귀를 치켜세웠다. 물이 졸졸 흐르는 소리가 또렷이 들려왔다. 샘이었다!

탬윈은 소리가 들리는 곳으로 껑충껑충 뛰어갔다. 샘은 그저 아발론 깊은 곳에서 새롭게 솟아나는 웅덩이일 뿐이었다. 작은 웅덩이 그 이상도 이하도 아니었다. 하지만 다른 희망은 없었기에 탬윈은 모든 의혹을 밀어냈다.

탬윈은 웅덩이 가장자리를 돌며 샘을 자세히 살펴보았다. 탬윈이 걷는 동안 허리는 위로 구부러지고 목은 짧아지고 발굽은 평평해졌다. 얼마나 매끄럽게 변신했는지 탬윈은 완전히 사람이 될 때까지 자신이 변하고 있다는 사실조차 알아채지 못했다. 탬윈은 여전히 콧속에서 따끔거리는 마법 냄새를 맡으며 작은 샘 옆에 무릎을 꿇고 앉았다.

탬윈은 벨트에 묶여 있던 물통 끈을 풀었다. 작은 석영 종에 손이 스치자 부드럽게 딸랑거리는 소리가 났다. 스톤루트의 바위투성이 언덕을 다시 볼 수 있을까? 탬윈은 샘에 물통을 넣고 물을 가득 채웠다. 그런데 뚜껑을 닫기 직전, 강한 충동이 탬윈을 사로잡았다. 탬윈은 샘물을 한 모금을 꿀꺽 마셔보았다.

샘물의 맛에 탬윈의 눈이 번쩍 뜨였다. 이것은 물이 아니었다! 이 액체는 목구멍, 가슴, 지친 다리 안에서 톡톡 튀었다. 수많은 감정이 몸속에서 폭발했다. 둔 타라 설원 위 산등성이를 처음 올랐을 때 느꼈던 흥분. 물살에 갇힌 초록목오리를 구하러 얼음장 같은 강물에 머리부터 뛰어들었을 때 느꼈던 충격. 나선형 열매 라콘을 베어 물고 맑은 별빛을 맛봤을 때 느꼈던 전율. 이보다 훨씬 많은 감정이 바로 그 순간 탬윈을 휩쓸고 지나갔다.

탬윈은 물통을 닫았다. 그런 다음 다리에 전해진 새 힘을 느끼며 웅덩이에서 돌아섰다. 탬윈은 일렁이는 커튼 사이로 나와 달리기 시작했다. 성큼성큼 뛰기 시작했다. 달리는 사슴처럼 다시 껑충껑충 뛰기 시작했다.

탬윈은 아까보다 더 빨리 달렸다. 발굽은 질척거리는 땅을 겨우 스치기만 했다. 탬윈은 수사슴처럼 빠르게, 바람처럼 우아하게, 미끄러지듯 나아갔다. 오래지 않아 둥글게 선 머드메이커 무리가 보였다.

내가 너무 늦었나? 너무 오래 걸렸나?

탬윈은 무리를 향해 껑충껑충 달려가 속도를 늦췄다. 발굽은 손발이 되고 탬윈은 인간의 몸으로 곧게 섰다. 탬윈이 다가가자 우뚝 솟은 생명체들이 길을 내주었다.

탬윈은 원 안으로 들어섰다. 가장 먼저 보인 것은 몸에 창이 꽂힌 땅의 요정이었다. 그 호전적인 짐승들이 한 짓을 떠올리기만 해도 관자놀이가 분노로 쿵쾅거렸다. 다음으로 보인 것은 깜빡이는 관문 옆에 앉아 있는 뉴익, 헤니…… 그리고 엘리였다. 탬윈은 엘리 옆에 무릎을 꿇고 앉아 뉴익의 맑은 보라색 눈을 바라보았다. 냉소로 가득하던 뉴익의 눈은 분명 다른 무언가로 채워져 있었다. 희망 같은 것이었다.

엘로니아의 가느다란 손가락 하나가 탬윈의 어깨에 닿았다. 엘로니아는 경쾌하고 낭랑한 목소리로 속삭였다.

"넌 역시 메이커야. 이제 네 친구 입과 상처에 아주 천천히 샘물을 부어주렴."

탬윈은 조심스럽게 엘리 머리를 앞으로 기울여 마법의 물 몇 방울을 입 안에 떨어뜨렸다. 그러고는 잠시 기다렸다가 몇 방울을 더 먹여주었다. 그런 다음 옆구리 밖으로 튀어나온 창 밑동에 살살 물을 부었다. 곧바로 쉭 하는 소리와 함께 거품이 일더니 샘물이 솟아올라 상처 주변으로 튀었다. 험준한 길 아래에서 얼핏 본 크리스틸리아의 흰 간헐천이 떠올랐다. 샘물이 옷에 튀자 놀랍게도 핏자국이 감쪽같이 사라졌다.

엘리 몸에서 갑자기 경련이 일어났다. 엘리는 고개를 들고 기침을 토

해내더니 다치지 않은 쪽으로 몸을 돌렸다. 그와 동시에 창 자루가 꿈틀거리며 밖으로 뽑혀 나와 진흙 위로 철퍼덕 떨어졌다. 헤니는 창을 집어 들고 경이롭다는 듯 뚫어져라 쳐다봤다.

엘리가 눈을 떴다. 힘없이 눈을 깜빡이며 초점을 맞추려 애썼다. 찢어진 옷 사이로 옆구리에 난 깊은 상처가 보였다. 엘리는 상처가 작아지고 아물고 사라지는 모습을 놀란 눈으로 지켜보았다.

엘리가 몸을 떨며 뉴익을 돌아보았다.

"어떻게…… 어떻게 된 거야?"

"흠. 너 때문에 놀라서 내 수명이 몇 세기 줄었어. 별일은 아니야."

"하지만…… 상처는? 창이……."

"탬원이 너한테 물을 먹여줬어. 바보치고는 대처가 나쁘지 않았지."

늙은 요정이 거칠지만 다정한 목소리로 말했다.

"덜렁이치고는 괜찮았어."

헤니가 덧붙였다.

탬원의 입꼬리가 살짝 올라갔다. 그때 탬원 머릿속에 뭔가가 떠올랐다. 탬원은 물통을 들고 홀라에게 다가가 찢어진 어깨에 샘물 몇 방울을 떨어뜨려 주었다. 갑자기 쉭 하는 소리가 나더니 흰 액체가 부글부글 끓어올랐다. 이내 헤니 얼굴에 웃음꽃이 활짝 피었다. 헤니의 어깨는 완전히 치유되었다.

헤니는 믿을 수 없다는 듯 커다란 손으로 상처 부위를 토닥거렸다.

"후후 이히히히. 넌 너무 착해서 탈이야, 탬원."

탬원은 물통을 닫았다.

"아니, 그렇지 않아. 언젠가 널 내 손으로 직접 죽이려고 살려두는 것뿐이야."

헤니는 미친 듯이 웃으며 진흙 위를 데굴데굴 굴렀다.

"우후 우후 이히히히! 그것참 좋은 생각이다."

마침내 엘리가 일어나 앉았다. 엘리는 가슴에 창 세 개가 꽂힌 땅의 요정을 보고 숨을 헉 들이쉬었다.

"누가 죽인 거야?"

탬윈이 암울하게 대답했다.

"내가. 이 녀석 동료들한테 도움을 좀 받았어."

엘리는 곱슬머리를 흔들며 혼란스러운 듯 고개를 내저었다.

"그 물은…… 대체 뭐였어?"

그때 문득 주변을 둘러싼 머드메이커 무리가 엘리 눈에 들어왔다. 엘리의 몸이 뻣뻣하게 굳었다.

"저건 누구야?"

"내가 대답해줄게."

엘로니아가 속삭였다. 엘로니아는 기다란 팔 네 개 가운데 두 개를 흔들었다.

"우리는 이셴위 가문 머드메이커란다. 맬록 아래 지역에 살지. 처음부터 늘 그랬어."

"머드메이커. 부모님이랑 머드루트에 사는 동안 당신 종족은 한 번도 본 적이 없어요."

엘리가 경이에 찬 목소리로 말했다.

엘리를 둘러싼 키 큰 형체들이 둥근 머리를 까닥이며 자기들끼리 쑥덕거렸다.

엘로니아가 깊게 울리는 목소리로 속삭였다.

"우리는 쉽게 찾을 수 없는 종족이니까. 암, 그렇고말고. 널 치유해준 물도 마찬가지야. 오래전 머드메이커의 어린 딸 할라드가 그 물을 발견했단다. 그때 할라드는 땅의 요정에게 무참히 공격을 받았어. 노예로 끌려가지도 못할 정도로 심하게 다쳤지."

엘리가 갑자기 움찔했다. 엘로니아는 말을 멈추고 한참 동안 커다란 갈색 눈으로 엘리를 바라보았다. 그러고는 다시 말을 이었다.

"죽기 직전의 상태였던 할라드는 거품이 이는 물웅덩이 가장자리로 힘겹게 기어갔어. 그 웅덩이에서 나오는 마법의 물에는 아발론에서 가장 강력한 물질이 풍부하게 들어 있었단다."

"엘라노."

엘리와 탬원이 동시에 말했다.

"맞아, 엘라노. 할라드가 그 물을 마시자 온몸의 상처가 순식간에 아물었어. 그날 이후 5세기가 넘도록 수많은 이야기와 노래가 할라드의 비밀의 샘을 칭송했단다. 하지만 그 샘은 마법으로 숨겨졌기 때문에 오직 머드메이커만이 정확한 위치를 찾을 수 있어."

엘로니아는 탬원 쪽으로 허리를 숙였다. 엘로니아의 목소리가 갑자기 진지해졌다.

"혹은 우리 영토로 온 진정한 메이커만이."

36
바보 같은 짓

탬윈은 천천히 자리에서 일어났다. 수사슴으로 변해 재빠른 발굽과 다리로 껑충껑충 뛰다가 다시 사람으로 돌아오니 이상할 정도로 어색했다. 탬윈은 한참 위에 있는 엘로니아의 얼굴을 올려다보았다.

"이제 얘기해주세요. 메이커가 대체 뭐예요?"

탬윈, 엘리, 뉴익, 헤니를 둘러싼 채 우뚝 솟아 있던 머드메이커 무리가 술렁거렸다. 머드메이커들은 기다란 팔을 하늘로 치켜들고 열정적으로 귓속말을 주고받았다. 탬윈은 그 모습을 보며 가문비나무 고목이 모여 있는 숲을 떠올렸다. 크고 시커먼 가문비나무들이 폭풍에 흔들리는 것 같았다.

엘로니아가 허리를 더 숙이자 갈색 몸이 좌우로 흔들렸다. 엘로니아는 풍부하고 낭랑한 목소리로 속삭였다.

"네 질문에 대답해줄게. 하지만 그러려면 씨앗 이야기부터 시작해야 해. 처음에는 오로지 그것뿐이었으니까. 씨앗은 전부이자 유일했고, 현재이자 미래였으니까."

엘로니아는 드넓게 펼쳐진 진흙 평원을 둘러보았다.

"맨 처음 세상에는 멀린의 마법 씨앗이 있었어. 심장처럼 고동치는 씨앗이었지. 그 씨앗에서 위대한 나무가 솟아났고, 아발론의 신성한 요소를 지닌 거대한 일곱 영토가 생겨났단다.

땅, 탄생의 진흙.

공기, 숨 쉴 자유.

불, 빛의 불꽃.

물, 성장의 수액.

생명, 영혼의 결실.

명암, 별과 공간.

신비, 지금 그리고 언제나."

엘로니아의 움푹 꺼진 눈이 하늘을 향했다.

"이 모든 건 다그다와 로리란다의 선물이야. 모두……."

"엘라노 안에 들어 있죠."

탬윈이 말했다.

"맞아. 그런데 이 모든 요소가 들어 있는 물질이 한 가지 더 있어."

우뚝 솟은 생명체가 말했다.

"바로 맬록의 진흙이야."

탬윈은 놀라움을 감출 수 없었다.

"제가 방금 밟고 달린 그 진흙요?"

"그래."

엘로니아가 대답했다.

"진흙 싸움을 하며 집어 던졌던 그 진흙요?"

헤니가 덧붙였다.

"그래."

엘로니아가 다시 대답했다. 이번에는 속삭임이 조금 더 거칠게 들리는 듯했다.

엘로니아가 이어 말했다.

"이 영토가 처음 생겼을 때 멀린은 직접 이곳으로 왔어. 그러고는 머드메이커에게 위대한 마법사의 힘을 줬지. 암, 그랬고말고."

엘리가 일어나 탬윈 옆에 섰다.

"어떤 힘을요? 저희한테 얘기해주실 수 있나요?"

엘로니아의 눈이 반짝거렸다.

"진흙에서 새로운 생명체를 만들어내는 힘. 그런 힘은 오직 머드메이커에게만 있단다. 우리는 그 힘으로 여러 생명체를 만들었어. 아프리쿠아의 거대한 엘레파운트부터 맬록 위쪽 덩굴 숲까지. 경쾌한 비행사는 이제 모든 영토에 퍼져 살고 있지."

"경쾌한 비행사요?"

탬윈이 물었다. 탬윈은 숲속에서 길을 안내해주던 연약한 생명체, 주름진 날개가 황금빛으로 고동치는 생명체를 떠올렸다.

"그 녀석들도 우리가 만들었어. 잃어버린 핀카이라에 살던 경쾌한 비행사가 어떻게 생겼는지 멀린이 우리한테 알려줬거든. 멀린이 설명한 대로 똑같이 만든 거야."

지금껏 엘로니아 목소리는 작게 속삭이는 음악 같았다. 그런 목소리가 더욱더 작아졌다.

"생명체를 만들려면 열 가지가 필요해. 일곱 요소와 그 요소를 하나로 합쳐줄 진흙, 충분한 시간, 그리고 한 가지가 더 있지. 바로 멀린의 마법이야. 그 모든 게 있어야만 새로운 생명체를 만들 수 있단다."

탬윈이 혀를 깨물었다.

"그럼 그 딱정벌레는……."

"마법사의 힘을 가진 자만이 만들 수 있었겠지."

엘로니아는 손가락 여러 개를 우아하게 움직였다. 마치 보이지 않는 하프를 연주하는 것 같았다.

"네게는 그런 힘이 있단다, 스톤루트에서 온 탬윈아. 멀린이 처음 맬록에 다녀간 이후 수 세기 동안, 살아 있는 생명체를 만들 수 있는 자가 온 적은 없었어. 그래서 땅의 요정이 네게서 도망친 거야! 네가 마법사인 줄 알고 말이야."

탬윈은 인상을 찌푸렸다.

"하지만…… 딱정벌레라니요. 그것들은 그냥 작고 못생긴 벌레일 뿐이잖아요."

"흠. 머드메이커에 비하면 너도 아주 작고 못생겼어."

뉴익이 반박했다.

엘리가 키득키득 웃더니 탬윈 어깨에 손을 올렸다.

"네가 정말 새로운 생명을 만들었다면, 딱정벌레라고 해서 그냥 무시해 버리면 안 돼."

"내가 만들고 싶어서 만든 게 아니라니까."

탬윈이 항의했다.

엘로니아의 가느다란 손가락이 탬윈의 턱을 잡고 고개를 들어 올렸다. 탬윈은 엘로니아 눈을 빤히 들여다보았다.

"넌 너 자신을 받아들여야 해. 네 안에 멀린의 진정한 후계자가 살지도 모르니까."

템윈은 그 말을 듣고 숨이 턱 막혔다. 자신의 실체를 떠올린 템윈의 얼굴빛이 갑자기 어두워졌다. 템윈은 엘리와 눈빛을 주고받은 뒤 고개를 가로저었다. 땅 위로 진흙이 떨어졌다.

"잘못 생각하셨어요."

하지만 머드메이커는 손끝으로 템윈의 턱을 톡톡 두드리기만 했다.

"때가 되면 너도 알게 될 거야."

엘리가 템윈 어깨를 꽉 잡았다.

"엘로니아 말이 맞는다면? 네가 예언 속 아이가 아니라 후계자라면? 혹은…… 둘 다라면?"

"바보 같은 소리 하지 마! 어떻게 아발론의 가장 큰 불운인 동시에 가장 큰 희망이 될 수 있겠어?"

엘리는 입술을 오므리고 생각에 잠겼다.

"나도 몰라. 하지만 확실히 알아낼 방법은 한 가지 있어. 네 형이랑 네 형이 지키는 지팡이를 찾아서 만져보면 돼. 잡아보면 돼! 리…… 아니, 호수 여인이 얘기한 것처럼."

템윈은 다시 고개를 저었다. 이마에 주름이 생겼다.

"절대 안 돼. 모르겠어, 엘리? 그건 너무나 위험한 짓이야! 내가 정말 종말을 가져올 아이라면 지팡이를 만지기만 해도 무시무시한 힘이 터져 나올 거야. 무슨 일이 생길지 아무도 몰라. 좋은 일이 아닌 것만은 확실해! 우리뿐 아니라 아발론 전체에 말이야."

뉴익의 색깔이 약간 어두워졌다.

"전에도 얘기했지만, 여기서 계속 싸우든 멀린의 지팡이를 찾으러 가든 선택은 너희 자유야."

엘리는 산봉우리 요정을 보며 활짝 웃었다.

"네 말이 맞아. 내가 죽었다가 살아나자마자 네 심술도 돌아왔구나."

"흠. 그래야 너도 살아 있는 기분이 들잖아, 이 녀석아."

엘리는 다시 탬원에게 돌아섰다.

"살아 있는 기분 얘기가 나와서 말인데……."

엘리가 밝은 얼굴로 탬원에게 미소 지었다.

"고마워."

창피하게도 탬원의 얼굴이 발그레해졌다.

"아, 뭐, 별거 아니야."

탬원은 목을 가다듬었다.

"그건 그렇고, 이거 너 가져."

탬원이 물통을 내밀었다.

"내가 망가뜨린 하프만큼 멋진 물건은 아니지만 너한테 쓸모가 있을 지도 모르니까."

"뭐? 진심이야? 이 물은 엄청나게 강력한 물질이잖아."

두 사람 위에서 머드메이커들이 커다란 갈색 머리를 끄덕였다.

탬원은 물통을 엘리 손에 쥐여주었다.

"진심이야, 엘리. 너라면 분명 이 물로 좋은 일을 해낼 거야."

엘리는 놀라고 고마운 표정으로 탬원을 바라보았다. 엘리의 눈길이 창에 꽂힌 땅의 요정에게 옮겨갔다. 엘리 얼굴에서 온기가 싹 사라졌다. 엘리는 망설이다가 입을 열었다.

"가장 먼저 바보 같은 짓을 해야겠어."

탬원은 믿을 수 없다는 듯 숨을 헉 들이쉬었다.

"설마 땅의 요정을?"

엘리는 천천히 고개를 끄덕였다.

"네가 날 살려낸 후로 뭔가가 달라졌어. 이제는 땅의 요정이 그렇게 밉지 않아. 지금 내가 느끼는 가장 큰 감정은…… 갈망이야. 이 모든 살상을 멈추고 싶은 갈망. 코에리아 말처럼 땅의 요정을 이해하고 싶은 갈망. 미친 짓인 건 알지만 시도는 해봐야겠어. 내가 이성을 되찾기 전에."

머리 위에서 머드메이커들이 다급하게 속닥거렸다.

"하지만 땅의 요정이 너희 부모님을 죽였잖아."

탬윈이 부드럽게 말했다.

"맞아. 땅의 요정은 그렇게 할라드 부모님과 다른 이들도 죽였을 거야. 셀 수 없이 많이!"

엘리는 그 말을 끝으로 땅의 요정에게 성큼성큼 다가갔다. 그 요정은 유독 못생겨 보였다. 충혈된 채 밖으로 불룩 튀어나온 눈, 입 안 가득 삐뚤빼뚤하게 난 이빨, 더럽고 새카만 머리카락. 엘리는 허리를 숙여 피투성이 몸 가까이 다가갔다. 요정이 옅게 숨을 쉬는 모습이 보였다. 엘리의 결심이 더 단호해졌다.

후회할 일은 생기지 않기를.

엘리는 요정을 굽어보며 생각한 뒤, 축 늘어진 입 안으로 샘물 몇 방울을 떨어뜨렸다.

땅의 요정이 몸을 뒤척이며 우람한 팔을 마구 흔들었다. 그러면서 고통스러운 신음을 내뱉었다.

"상처에도 조금 부어줘야 해."

탬윈이 이를 악물고 말했다.

엘리는 탬윈 말대로 했다. 잠시 후 창이 쑥 뽑혀 나와 진흙투성이 땅위로 툭 떨어졌다. 땅의 요정은 상처가 채 아물기도 전에 손가락 세 개짜리 손으로 상처 부위를 만져본 뒤 벌떡 일어나 앉았다. 그러고는 멍

437

하니 엘리 얼굴을 쳐다보았다. 뒤이어 엘리 옆에 있는 탬윈과 주위를 둘러싼 커다란 형체들을 발견한 땅의 요정은 깜짝 놀라 비명을 지르며 두 머드메이커 사이 틈새로 얼른 달려 나갔다. 그 자리에 모인 이들은 땅의 요정이 평원을 가로질러 도망치는 모습을 조용히 지켜보았다. 땅의 요정은 두 다리를 휘청이고 두 발을 철퍼덕거리다가 마침내 시야에서 사라졌다.

엘리는 천천히 길게 숨을 들이쉰 뒤 탬윈을 돌아보았다.

"바보 같은 짓이라고 했지?"

그러자 엘로니아가 팔 몇 개를 흔들며 속삭였다.

"그렇지 않아. 물론 네가 어리석은 걸 수도 있어. 암, 그렇고말고. 하지만 너도 메이커일지 몰라. 다른 의미에서 말이야."

엘리는 엘로니아 눈 속에 있는 맑은 갈색 웅덩이를 가만히 들여다보았다.

"감사합니다."

"별말씀을, 맬록의 딸이여."

뉴익의 색깔이 검은색 테두리가 쳐진 이글거리는 주황색으로 바뀌었다. 뉴익은 관문 가장자리로 걸어갔다.

"파이어루트로 가려면 서둘러……."

휙! 죽은 나뭇잎 뭉치처럼 작고 너덜너덜한 형체가 초록색 불꽃 밖으로 튀어나왔다. 형체는 위로 날아올랐다가 급하게 방향을 틀어 머드메이커 머리를 피했다. 초록빛이 형체를 에워싸고 있었고, 한쪽 끝에서는 점 두 개가 반짝이고 있었다.

"배티 래드!"

탬윈이 소리쳤다. 탬윈은 옷 주머니를 만져보았다. 비어 있었다. 머드루트에 도착한 후 너무 많은 일이 일어나는 바람에 탬윈은 작은 짐승이 사라진 것도 알아채지 못했다.

"관문에서 날 잃어버린 거야?"

"아니야, 인간. 저 헤니후가 우리를 밀쳤을 때 바닥에 떨어졌어!"

배티 래드는 가쁜 숨을 몰아쉬며 탬윈 팔뚝에 내려앉았다. 그러고는 날개 끝으로 쥐처럼 생긴 얼굴을 닦아냈다.

"우이우이우, 정말 울렁거리는 여행이었어."

탬윈은 배티 래드의 커다란 찻종 모양 귀를 쓰다듬었다.

"똑똑한 녀석! 엘리가 머드루트 얘기를 해서 우리가 여기 온 줄 알았구나."

"그래, 야야야. 그런데 인간! 내가 너를 따라 여기로 오기 전에 누군가 관문 밖으로 나왔어. 귀가 뾰족한 요정 소녀였는데 뭔가를 들고 있더라고."

탬윈은 조급해하는 엘리와 뉴익의 표정을 보고 퉁명스럽게 고개를 끄덕였다.

"괜찮아, 배티 래드. 나중에 얘기해줘. 늦기 전에 지팡이부터 찾아야 하니까."

탬윈이 배티 래드를 주머니에 넣으려고 하자, 배티 래드가 미친 듯이 날개를 퍼덕거렸다.

"내 말이 그 말이야, 인간! 그 요정 소녀가 나무 지팡이를 들고 있었다니까. 그리고 자랑스럽게 혼잣말로 이렇게 말했어. '멀린의 지팡이를 찾았다.'"

"멀린의 지팡이? 확실해?"

"그래, 그래, 인간. 완전히 확실해!"

엘리가 탬윈을 정면으로 마주 보았다.

"혹시라도 이 말이 사실이라면……."

"알아. 확인해봐야겠어."

탬윈은 마른침을 꿀꺽 삼켰다. 초록색 불꽃에서 나온 빛이 탬윈의
눈에서 깜빡거렸다.

"그럼 스크리는 어떻게 된 거지?"

관문 가장자리에 서 있던 뉴익이 낮게 소리를 냈다.

"흠. 아발론이 어떻게 될지부터 걱정해야 할걸."

37

음악으로 만든 벌꿀 술

탬윈은 불꽃이 탁탁거리는 소리를 들으며 관문 밖으로 떨어졌다. 그러다가 우뚝 솟은 가문비나무 뿌리에 발이 걸려 땅으로 쿵 넘어졌다. 수년간 쌓인 침엽 넉분에 다행히 바닥은 푹신푹신했다. 진한 수액 냄새가 코를 찔렀다. 그 냄새는 침엽이 아니라 초록색 불꽃 안 어딘가에서 흘러나왔다. 탬윈은 언젠가 꼭 다시 그곳으로 가보고 싶었다.

옷 주머니에서 성난 고함 소리가 들려왔다. 탬윈은 히죽히죽 웃으며 말했다.

"미안, 배티 래드. 이번 여행에서도 잘 살아남았구나."

쥐처럼 생긴 작은 얼굴이 눈에서 선명한 초록빛을 내뿜으며 주머니 밖으로 삐져나왔다.

"착지에서는 살아남지 못할 뻔했어, 인간. 전혀전혀! 네가 내 머리 위로 떨어졌잖아."

탬윈이 뭐라고 대답하기도 전에 엘리가 관문 밖으로 걸어 나왔다. 허리에는 할라드의 비밀 샘물이 담긴 물통이 매달려 있었고 팔에는 뉴익이 안겨 있었다. 늙은 요정의 몸이 여러 가지 초록빛을 내뿜으며 부르

441

르 떨렸다. 관문을 지나오며 우드루트에 생각을 집중했기 때문이리라. 마지막으로 헤니가 불꽃을 뚫고 폴짝 뛰어나왔다. 얼마나 신이 났는지 눈이 잔뜩 부풀어 올라 둥근 눈썹에 거의 닿을 듯했다.

탬윈과 엘리는 즉시 주변을 둘러보며 배티 래드가 얘기한 요정 소녀를 찾기 시작했다. 그리고 그보다 더 중요한 지팡이를 찾기 시작했다! 하지만 관문 옆에 서 있는 쌍둥이 바위와 키 큰 가문비나무, 그 너머 울창한 우드루트 숲 말고는 아무것도 보이지 않았다. 나무 위로 높이 솟은 잔디 언덕에도 사람의 흔적은 보이지 않았다.

탬윈은 실망스러운 마음에 배티 래드의 찻종 모양 귀 한쪽을 손가락으로 툭 퉁겼다.

"아무도 없잖아. 누가 지팡이 들고 가는 걸 본 게 확실해?"

"완전 완전히 확실해, 인간!"

"흠. 시간만 낭비했군! 야생 박쥐 말을 들으면 이렇게 되는 거야. 네가 야생 박쥐인지 뭔지 모르겠지만."

뉴익이 투덜거렸다.

배티 래드의 눈이 관문보다 밝게 타올랐다. 하지만 배티 래드는 이해할 수 없는 고함만 내지를 뿐 아무 말도 하지 않았다.

엘리는 입술을 깨물었다.

"처음으로 리니아가 보고 싶네! 리니아라면 미래를 보고 지팡이가 어디 있는지 알려줄 수 있을 텐데."

"쳇, 난 차라리 탬윈이 만든 진흙 딱정벌레를 한 그릇 먹어치우겠어."

요정이 쏘아붙였다.

"에이, 왜 그래? 난 초록 수염 아가씨가 그리운데."

헤니가 반박했다.

"잠깐. 배티 래드가 누구를 봤는지는 모르지만, 우리가 놓친 걸 수도 있어. 포기하고 파이어루트로 가기 전에 빠르게 한번 둘러보자."

탬윈이 말했다. 탬윈은 허리를 낮게 숙이고 발자국이나 다른 흔적을 찾아보았다.

"어쩌면……."

"저기 봐! 저 위에."

엘리가 소리쳤다.

엘리는 잔디 언덕을 가리켰다. 밑에 있는 나무숲에서 형체 하나가 나타났다. 하지만 그 형체는 요정 소녀도 아니었고 지팡이를 들고 있지도 않았다. 탬윈은 언덕 꼭대기를 가로질러 위풍당당하게 걸어가는 형체를 지켜보다가 갑자기 숨이 턱 막혔다. 아는 얼굴이었다. 롯의 마을 밖에서 몸을 따뜻하게 하기 위해 배설물 더미 안으로 들어갔던 그날 밤 기억이 아직도 생생했다. 그 얼굴도 그만큼 생생히 기억났다.

"음유시인……."

그 순간 음유시인이 쾌활하게 몸을 흔들었다. 그러자 옆으로 자라는 수염이 별빛에 반짝였다. 음유시인은 챙이 넓고 꼭대기가 한쪽으로 축 늘어진 모자를 벗었다. 그곳, 음유시인의 대머리 위에 푸르스름한 눈물방울 모양 생명체가 앉아 있었다. 탬윈은 그 생명체를 아주 잘 기억했다.

"무세오가 있어."

엘리가 경이에 찬 목소리로 속삭였다.

"이히 이히, 저 낡고 못생긴 모자 아래 계속 앉아 있느라 파랗게 변한 게 분명해."

헤니가 낄낄거렸다.

뉴익의 몸이 파랑과 분홍이 섞인 오묘한 색으로 변했다. 뉴익은 혼잣말로 중얼거렸다.

"설마……."

바로 그때 무세오가 콧노래를 시작했다. 깊게 떨리는 소리가 일행의 귀로 들어와 뼈를 흔들고 가슴속에서 메아리쳤다. 전에도 그랬듯 탬원은 약간 어지러웠다. 무세오의 콧노래는 음악으로 만든 벌꿀 술처럼 탬원의 몸 위로 쏟아져 수많은 감정을 휘저었다. 탬원이 휘청거렸다. 엘리는 여전히 뉴익을 팔에 안은 채 탬원에게 어깨를 기댔다. 둘은 서로를 지탱해주었다.

음유시인은 한쪽으로 축 늘어진 모자를 들고 머리에 무세오를 앉힌 채 계속해서 산비탈을 거닐었다. 콧노래가 점점 커지면서 음유시인이 낮고 아름다운 목소리로 노래하기 시작했다. 전부 또렷하게 들리지는 않았지만 탬원은 이런 노랫말을 들었다.

나무 속 세계, 끝없는 바다 너머에는
거대한 비밀이 숨어 있다네.
수많은 보물이 숨어 있다네.

하지만 진실한 자만이
아발론의 비밀을 볼 수 있지,
그 천 개의 숲을.

마지막 구절이 탬원의 마음속에 울려 퍼졌다.

저게 무슨 뜻일까? 호수 여인은 알려주지 않았지만 저 늙은 음유시인은 얘기해줄지도 몰라.

"어서 와. 저 음유시인한테 가보자! 요정 소녀나 지팡이를 봤을지도 몰라."

엘리가 균형을 잃지 않도록 조심스럽게 옆으로 물러서며 탬윈이 말했다.

일행은 허리까지 자란 양치식물 숲을 뚫고 언덕을 향해 경쟁하듯 달려갔다. 발밑에서 은색등담비 가족이 허둥지둥 도망치고, 커다란 고슴도치가 가시투성이 공처럼 몸을 웅크렸다. 일행은 이내 느릅나무가 뒤얽힌 숲으로 들어섰다. 가느다란 나뭇가지 여기저기에 빨갛고 노란 이끼가 끼어 있었다. 오르막길이 시작되었다. 아침 별빛이 산비탈 나뭇가지를 뚫고 내려왔다.

탬윈은 나뭇가시를 헤치고 밖으로 나갔다. 그러고는 잔디로 뒤덮인 비탈에 올라 이리저리 둘러보며 음유시인을 찾았다. 아무것도 보이지 않았다. 노랫소리도, 잊히지 않는 무세오의 콧노래도, 더 이상 들리지 않았다.

"아발론이여, 맙소사, 어디로 갔지?"

탬윈이 말했다.

엘리가 뉴익을 든 채 나무숲에서 모습을 드러냈다. 엘리는 머리에 붙은 느릅나무 잎사귀를 한 움큼 떼어냈다.

"보여?"

"아니."

"이봐, 덜렁이, 꼭대기까지는 내가 먼저 갈 거야."

헤니가 잔디밭으로 튀어나오며 소리쳤다.

탬윈이 달리기는커녕 대답도 하기 전에 헤니가 언덕 위로 돌진했다. 헤니는 비탈에 난 작은 골짜기를 폴짝 뛰어넘더니 갑자기 멈춰 섰다.

"후이, 이리 와서 이것 좀 봐!"

헤니가 있는 곳으로 달려간 일행은 그 자리에 얼어붙었다. 꿀색 머리를 길게 땋은 요정 소녀가 피투성이가 된 채 골짜기 안에 벌러덩 누워 있었다. 얼굴과 팔에는 베인 자국이 있고 뾰족한 귀 한쪽은 거의 잘려나가 있었다. 깊게 파인 옆구리 상처에서 피가 줄줄 흘렀다. 소녀는 기다란 활 옆에 쓰러진 나무처럼 꼼짝 않고 누워 있었다.

탬윈과 엘리는 침통한 눈빛을 주고받았다. 요정은 아주 고통스럽게 죽은 것이 분명했다.

"이 여자야. 그래, 야야야!"

흥분한 배티 래드가 주머니 밖으로 떨어지며 재잘거렸다.

"그런데 지팡이가 없네. 지팡이도 확실히 본 거지?"

탬윈이 물었다.

"확실히 봤어, 야야야."

탬윈은 방금까지 음유시인이 서 있던 언덕 꼭대기를 올려다보았다.

일부러 우리를 여기로 이끈 건가?

엘리가 요정을 내려다보았다.

"대체 무슨 일이 있었던 걸까?"

탬윈은 골짜기 아래 깊은 곳을 가리켰다. 구울라카 한 마리가 투명한 날개를 넓게 펼친 채 죽어 있었다. 커다랗게 휜 부리 바로 위에서 화살 하나가 머리 밖으로 튀어나와 있었다.

"저것들이 이 요정을 공격하고 지팡이를 빼앗아 간 게 틀림없어."

탬윈이 암울한 표정으로 말했다.

"이 요정한테 정말 지팡이가 있었다면 말이지. 지금 우리한테는 네 주머니 속에서 횡설수설하기만 하는 이 멍청이의 주장밖에 없어."

뉴익이 반박했다.

배티 래드의 초록 눈이 번득였다.

"나는 결코 절대 횡설수설하지 않아. 절대절대절대."

탬윈은 엉망이 된 요정 소녀를 보며 얼굴을 찡그렸다.

"나무숲에서 잔디밭으로 나오자마자 공격받았을 거야. 화살을 한 발이라도 쏜 게 대단해."

"조준도 아주 잘했어."

헤니의 목소리가 평소답지 않게 푹 가라앉았다.

엘리는 골짜기 안으로 들어가 몸을 숙이고 요정 손을 잡았다.

"잠깐만! 아직 살아 있어."

엘리는 재빨리 허리에 묶어둔 물통 끈을 풀었다. 그러고는 죽어가는 요정의 입에 친천히 물을 부었다. 잘려 나간 귀와 다른 상처에도 물을 더 떨어뜨렸다. 요정 소녀가 갑자기 날카로운 숨을 몰아쉬더니 두 눈을 깜빡거렸다. 요정은 옆구리 상처가 완전히 아물기도 전에 힘겹게 일어나 앉았다.

"넌…… 누구야?"

요정이 떨리는 목소리로 물었다.

"난 엘리고 이쪽은 뉴익이야. 얘는 탬윈, 저쪽은 헤니."

요정은 몇 번 더 눈을 깜빡였다.

"네가…… 네가…… 내 목숨을 구해줬구나."

갑자기 요정이 얼굴을 찌푸렸다.

"그냥 죽게 놔두지 그랬어."

엘리가 갈색 곱슬머리를 흔들며 단호히 말했다.

"아니야, 그런 말 하지 마."

요정이 짙은 녹색 눈으로 엘리를 바라보았다. 두 눈이 뿌예졌다.

"진심이야. 난 아발론에서 가장 사악한 악마야. 내 얘기를 듣고 직접 판단해봐."

요정은 두 다리를 빙 돌려 앉은 뒤 골짜기 옆면에 몸을 기댔다.

"내 이름은 브리오나야. 우리 할아버지는……."

"네 할아버지의 젊은 시절 모습을 똑 닮았구나."

뉴익이 끼어들었다. 산봉우리 요정은 깜짝 놀란 브리오나의 표정을 무시한 채 이어 말했다.

"네 할아버지는 다른 역사가보다 훨씬 현명한 요정이야. 특별할 정도는 아니지! 하지만 적어도 백 년 전쯤 나를 찾아와 고대 역사에 관해 물어볼 정도의 머리는 있었어. 그래, 트레시미르는 어떻게 지내?"

뉴익은 자신의 작은 머리카락 뭉치를 긁적였다.

브리오나가 속삭이듯 대답했다.

"돌아가셨어. 아직 살아계신다면 곧 돌아가실 거야."

뉴익의 맑은 보라색 눈이 딱딱하게 얼어붙는 것 같았다.

"무슨 사연인지 얘기해봐, 브리오나. 전부 다."

브리오나는 고개를 끄덕였다. 피가 엉겨 붙은 머리카락이 뾰족한 귀를 스쳤다.

"할아버지와 나는 납치를 당했어. 고향인 엘 우리엔에서 붙잡혀 가 노예가 됐어."

엘리가 몸을 떨었다.

"누가 그런 짓을 했어?"

브리오나는 오랫동안 엘리를 바라보았다. 마치 다른 시공간을 보는 듯했다.

"두 손이 창백한 주술사. 이름은 몰라. 그 주술사가 노예를 부려 댐을 짓고 있어. 크리스틸리아 물을 완전히 막을 정도로 커다란 댐을."

엘리와 탬윈은 서로를 쳐다보았다. 호수 여인의 뿌연 수정에서 본 장면이 떠올랐다.

"할아버지는 너무 심하게 맞았어. 거의 죽을 정도로. 주술사는 할아버지 목숨을 살리려면 내가…… 내가……."

"멀린의 지팡이를 훔쳐 와야 한다고 했구나. 맞지?"

탬윈이 주먹을 움켜쥐며 요정의 말을 끝맺었다.

"맞아. 난 라나윈의 불타는 분화구로 갔어. 심이랑 같이."

요정은 의아해하는 뉴익의 눈빛을 읽고 고개를 끄덕였다.

"맞아, 오래전에 멀린을 알았던 바로 그 심. 난 심의 도움을 받아 지팡이를 찾으려 했어. 심은 이제 거인이 아니야. 이유는 모르지만 몸집이 아주 작아졌거든. 귀도 잘 안 들리게 됐고."

산봉우리 요정은 꿈틀거리며 엘리 팔에서 나와 잔디 위에 섰다.

"흠. 설마 더 멍청해지지는 않았겠지."

브리오나 눈에서 처음으로 슬픔과 후회가 아닌 다른 감정이 번뜩 나타났다가 사라졌다.

"맞아. 심은 바보 같아. 하지만 아주 충직해. 정말이지 심을 속이고 싶지는 않았어."

"지팡이를 지키던 독수리 사내는 어떻게 됐어?"

탬윈이 물었다.

브리오나의 얼굴이 창백해졌다.

"그 녀석은 겁이 없고 고집스러웠어. 그리고……."

"우리 형이야. 형을 해쳤어? 형한테 화살을 쐈어?"

탬원은 브리오나를 뚫어져라 쳐다봤다.

브리오나는 고개를 돌렸다.

"대답해!"

브리오나는 다시 천천히 탬원을 돌아보았다.

"그 녀석이 우리한테 달려들었어. 우리를 죽이려 했다고. 쏠 수밖에 없었어! 하지만 녀석은 아직 살아 있어. 그것만은 확실해."

탬원은 짧은 녹색 잔디에 발을 꾹 내디뎠다.

"그래야 할 거야."

브리오나는 입술을 깨물었다.

"녀석은 끝까지 날 막으려 했지만 난 녀석에게 또 화살을 쏠 수가 없었어. 그래서 그냥 녀석 가까이에 화살을 쏴 비켜서게만 했어. 아직 몸이 약해서 넘어질 거라는 걸 알았거든. 난 그 틈을 타 지팡이를 들고 관문으로 돌아갔어."

탬원이 목구멍 깊은 곳에서 으르렁거렸다.

"네 주인에게 돌아갔겠지. 하지만 네 주인은 너를 속였어. 자기 새를 보내 널 마중한 거야. 그러고는 지팡이를 빼앗았지! 네 덕분에 이제 그 주술사는 아발론을 장악하는 데 필요한 모든 걸 갖췄어. 아니, 아발론을 파괴하는 게 목적이라면 그 준비까지 모두 마쳤어."

브리오나는 무릎 사이로 머리를 떨궜다.

"그러니까 난 죽어 마땅하다고 했잖아."

탬원은 브리오나를 가만히 내려다보았다. 그러다가 서서히 얼굴을 펴고 주먹을 풀었다.

"아니야. 너는 그저…… 누군가의 목숨을 구하려 한 것뿐이야."

엘리는 다 안다는 듯한 표정으로 탬원을 쳐다보았다.

"넌 그 마음을 아주 잘 알지."

"맞아."

탬윈의 뺨에 새로운 빛깔이 감돌았다.

"브리오나, 넌 멍청해. 정말 바보 같아."

탬윈은 한숨을 지었다.

"난 그 마음도 아주 잘 알아."

탬윈은 허리를 펴고 잔디 언덕 꼭대기를 바라보았다. 사라지는 연기의 흔적처럼 희미한 구름 몇 조각이 하늘을 가로질렀다. 저 위에서 쌩쌩 부는 바람 소리가 들리는 것 같았다. 흰 호수 근처에서 고통스럽게 신음하던 바람 소리도 들리는 것 같았다.

"여기서 주술사의 댐까지 그리 멀지 않지?"

브리오나가 침울하게 대답했다.

"응, 몇 시간만 걸으면 돼."

탬윈이 말했다.

"어느 쪽인지 알려줘."

브리오나의 몸이 뻣뻣하게 굳었다.

"어쩌려고?"

"지팡이를 되찾아야 해. 하얀 손이 엘라노 수정을 만들기 전에."

"안 돼! 혼자서는 상대 못 해."

"그거야 두고 봐야지."

엘리가 손을 뻗어 요정 소녀가 일어나도록 도와주었다.

"얘 고집도 자기 형 못지않을걸."

탬윈이 입을 열려고 하자 엘리가 탬윈 입술에 손가락을 가져다 댔다.

"나도 갈 거야. 설득하려고 하지 마."

"하지만······."

"나도 간다고, 이 멍청이야."

탬윈은 한숨을 쉬었다.

"알았어. 너는, 뉴익?"

산봉우리 요정이 자줏빛으로 변했다.

"모든 게 엉망이 될지도 모르는데 나더러 너희만 보내라고? 절대 안 되지."

"너는, 배티 래드?"

"난 안 싸워, 인간. 구울리와카 새랑은 안 싸운다고."

탬윈은 고개를 끄덕였다.

"사리 분별 되는 녀석이 드디어 나타났네. 보고 싶을 거야, 친구."

탬윈은 작은 친구의 찻종 모양 귀를 쓰다듬었다.

배티 래드는 탬윈을 향해 인상을 찌푸렸다.

"나 안 떠나, 인간! 안 싸운다는 것뿐이야. 난 계속계속 네 주머니 속에 있을 거야. 그래, 그래, 야야야."

탬윈은 고개를 내저으며 헤니를 돌아보았다. 헤니는 죽은 구울라카 부리 안에 조약돌을 던져 넣고 있었다.

"너는? 떠나고 싶으면 그냥 떠나도 돼."

훌라는 깜짝 놀라 탬윈을 빤히 쳐다보았다.

"떠나라고?"

"우리는 분명 싸워야 할 거야. 그것도 치열하게. 이번에는 정말 죽을 수도 있어."

헤니는 이마에 두른 빨간 헤드밴드를 비비 꼬며 잠시 생각에 잠겼다.

"재미있겠군."

"아니야."

탬윈이 단호하게 말했다. 탬윈은 성큼성큼 잔디를 가로질러 가 헤니 어깨에 두 손을 올렸다.

"이건 재미있지 않아. 너도 깨닫기 시작했잖아. 아발론에서 삶과 죽음 의 차이를 이해하는 훌라는 아마 너뿐일 거야! 헤니, 훌라는 남의 싸움 에 끼어드는 종족이 아니야. 따라오지 마."

헤니는 턱을 쑥 내밀었다.

"아발론의 벌룬베리를 다 준다고 해도 이런 기회를 놓칠 순 없어."

탬윈은 더 얘기해봐야 소용없다는 사실을 인정하고 헤니를 놓아주었 다. 그런 다음 다시 브리오나에게로 돌아섰다.

"어느 쪽이야?"

브리오나는 요정답게 우아하고 재빠른 동작으로 활과 화살통을 집 어 들었다.

"직접 보여줄게. 나도…… 데려가 준다면."

둘의 눈길이 마주쳤다. 탬윈은 천천히 고개를 끄덕였다.

"가자."

"드디어 출발하는군."

뉴익이 엘리 어깨에 다시 올라앉아 투덜거렸다.

일행은 다 함께 언덕 위로 나아갔다. 시원한 잔디가 발목을 스쳤지만 탬윈은 알아채지 못했다. 탬윈의 시선은 다시 하늘을 향해 있었다. 흩 어지는 구름을…… 그 너머 마법사의 지팡이를.

이제 별이 하나밖에 남지 않았다. 그 별은 고통스러운 상처처럼 힘겹 게 고동쳤다.

38

날개 달린 죽음

협곡 가장자리 석탑의 그림자 깊숙한 곳에서 망토 쓴 주술사는 그저 어둠 속 검은 얼룩 같았다. 창백하고 매끄러운 손만이 빛을 받아 눈에 보였다. 그 손은 애정을 주듯 조심스럽게 무언가를 쓰다듬었다. 울퉁불퉁한 나무 지팡이였다.

주술사의 가느다란 손가락이 지팡이를 따라 미끄러지며 나뭇결과 소용돌이무늬 하나하나를 스치고 지나갔다. 자루에도 옹이 진 꼭대기에도 마법의 흔적은 보이지 않았다. 특별한 점도 전혀 없었다. 하지만 주술사는 작게 쉭쉭거리는 웃음을 내뱉었다.

"너는 나에게 힘을 숨길 수 없다, 멀린의 지팡이여! 나는 지금도 네 힘이 느껴진다. 음, 그래."

주술사는 적의 목을 조르듯 지팡이 자루를 움켜쥐었다.

"이렇게 강력한 마법 도구를 파괴하는 것이 안타깝기는 하지만, 나는 너를 파괴할 것이다. 음, 그래! 너를 가지고 간단한 일 한 가지를 해결한 후에 말이다."

주술사는 망토 쓴 머리를 치켜들고 하늘을 살폈다. 스무 마리도 넘는 구울라카가 저 위에서 빙빙 돌고 있었다. 피처럼 새빨간 발톱과 부리가 별빛 속에서 번쩍거렸다. 구울라카는 날개 달린 죽음이었다. 투명에 가까운 형체가 머리 위를 날아다니며 온 하늘을 뒤덮었다. 분노에 찬 울음소리가 협곡과 댐, 거대한 흰색 호수를 가로질러 메아리쳤다.

날카로운 바람이 새보다 더 크게 울부짖으며 몰아쳤다. 주술사는 머리를 덮은 모자가 벗겨지지 않도록 망토 목깃을 꽉 움켜쥐었다.

"망할 놈의 바람 같으니. 머지않아 나는 네 주인이 될 것이다."

주술사는 계속해서 하늘을 올려다보았다. 구울라카를 지나, 바람에 흩날리는 붉은 먼지 소용돌이를 지나, 저 멀리 별을 쳐다보았다. 주술사가 너무도 잘 아는 별자리에 별이 하나밖에 남아 있지 않았다. 그마저도 벌써 약하게 깜빡이고 있었다. 주술사는 모자 아래에서 기대에 찬 미소를 지었다.

"나의 주인님이신 리타 고르 님이 저 위에서 멋지게 일을 해내셨구나. 음, 그래. 그리고 이 아래에서는 내가 멋지게 일을 해냈지! 조금만 있으면 뿌리와 가지를 포함한 아발론 전체가 우리 차지가 될 것이다."

할렉이 육중한 몸을 이끌고 탑 아래 노천광에서 올라와 주술사에게 다가갔다. 묵직한 신발이 피로 얼룩져 있었다. 한 발 한 발 걸을 때마다 무기들이 부딪쳐 쨍그랑거렸다. 할렉은 탑의 그림자 바로 앞에서 멈춰 섰다.

"원하시던 대로 다 준비됐습니다, 주인님."

"댐도?"

"네, 주인님. 돌 한 줄만 더 놓으면 됩니다."

할렉은 댐 꼭대기를 향해 고갯짓했다. 수많은 말, 늑대, 황소, 사슴, 소인이 사슬에 묶인 채 죽을힘을 다해 거대한 바윗덩어리를 끌고 있었다. 눈은 공허하고 얼굴은 수척했다. 다리가 두 개든 네 개든, 아니면 앞발이 퉁퉁 부은 밤색 암말처럼 세 개뿐이든, 다를 것은 없었다. 감독관이 날카롭게 채찍을 휘두를 때마다 노예들은 지친 허리를 더욱더 깊이 숙였다.

"거의 끝났습니다."

그림자 속 목소리가 으르렁댔다.

"그러면 아직 다 준비된 게 아니지 않느냐, 나의 할렉아?"

전사는 초조한 듯 턱에 난 기다란 흉터를 문질렀다.

"아…… 네, 주인님."

"내 배는?"

"그건 확실히 준비됐습니다. 제가 직접 점검했습니다."

할렉은 협곡의 이쪽 면과 댐이 만나는 곳 근처 호숫가를 가리켰다.

"색깔은 어떠냐?"

"백합처럼 새하얗습니다, 주인님. 말씀하신 그대로입니다."

사각거리는 소리가 나더니 모자를 뒤집어쓴 주술사가 그림자 밖으로 나왔다. 주술사는 발아래 붉은 바위에 지팡이 끝을 문지르며 거친 목소리로 말했다.

"새하얀 배. 음, 그래, 멀린이 탔던 배와 똑같구나. 아주 잘했다, 나의 할렉아. 아주 좋아."

넓적한 얼굴에서 긴장이 살짝 풀렸다. 할렉이 물었다.

"노예들은 어떻게 할까요? 댐이 완성된 후에 말입니다."

모자 아래 어둠 속에서 눈 한 쌍이 위협적으로 번득였다.

"내가 일일이 얘기해줘야 하느냐? 죽여라. 덩치 큰 말부터 경쾌한 비행사까지 전부 다."

할렉이 열정적으로 고개를 끄덕였다.

"네, 주인님."

주술사는 뒤로 돌아 호수로 이어진 길을 걸어 내려가기 시작했다. 그러다가 잠시 멈춰 섰다.

"그 늙은 요정은 특별히 고통스럽게 죽여라. 끊임없이 신음하고 피를 흘리며 나를 아주 귀찮게 하더구나. 손녀가 말을 듣지 않을까 봐 지금 껏 살려뒀지만 이제는 더 이상 쓸모가 없다."

협곡 가장자리에 또다시 돌풍이 휘몰아쳤다. 노천광에서 먼지가, 협곡을 따라 깨끗이 잘려 나간 숲에서 나뭇가지와 나무껍질 조각이 날아왔다. 하지만 이번에 주술사는 바람이 부는 걸 알아채지도 못한 듯했다. 주술사는 창백한 손 하나에 지팡이를 움켜쥐고, 머리 위에서 깜빡이는 별을 향해 다른 손을 들어 올렸다. 그러고는 한마디를 내뱉었다.

"지금이다."

주술사는 자신을 기다리는 호수와 새하얀 배를 향해 자신 있게 성큼성큼 걸어갔다.

협곡 반대쪽 가장자리, 댐 끝부분 근처에는 이상한 조합의 첩자 무리가 버려진 통나무 더미 사이로 밖을 내다보고 있었다. 나뭇가지를 움켜쥔 튼튼한 손가락, 바람에 흔들리는 갈색 곱슬머리, 그림자 속에서 빛나는 눈을 제외하면 일행은 아무에게도 보이지 않았다. 하늘을 빙빙 도는 구울라카들도 일행을 보지 못했다. 탬윈, 엘리, 뉴익, 헤니, 브리오나는 댐의 바위만큼이나 꼼짝 않고 가만히 있었다.

탬윈은 댐 꼭대기로 이어진 경사로에서 가장 가까운 곳에 쭈그리고 앉아 있었다. 4백 년 넘게 살다가 베어진 커다란 소나무의 가지와 침엽이 탬원을 숨겨주었다. 탬원의 검은 눈이 노예들을 살폈다. 건장한 사내들이 채찍을 휘두르는 동안 노예들은 댐을 가로질러 돌과 뼈대를 옮겼다. 배티 래드도 옷 주머니에서 이 광경을 지켜보았다. 꼿꼿이 선 귀가 분노로 새빨개졌다.

"끔찍해."

엘리가 중얼거렸다. 엘리는 산산조각 난 솔송나무 뿌리 밑에 무릎을 꿇고 앉아, 경사로 옆 공터에 흩어져 있는 투박한 톱과 도끼, 다양한 도구를 살펴보았다. 협곡 가장자리 옆에는 망아지 사체도 있었다. 망아지의 등은 채찍을 맞아 깊게 패여 있었다.

"불쌍한 동물들! 저 노예들은 이런 취급을 받을 이유가 없어."

"노예 중에 인간은 없어. 저것 봐. 인간만 채찍을 들고 있잖아."

엘리 어깨에 앉은 뉴익이 덧붙였다. 뉴익의 몸은 망아지 등에 말라붙은 피처럼 온통 빨간색과 갈색으로 뒤덮여 있었다.

"이유가 뭘까?"

엘리는 나뭇가지에 붙어 있던 마지막 껍질 조각을 긁어내 바닥에 내던졌다.

뉴익은 엘리 어깨 위쪽으로 걸어 올라가 둥근 몸을 엘리 귀에 가져다 댔다.

"흠. 그 이유는 누구보다 네가 더 잘 알 거야. 이 땅의 생명체는 웬만하면 같은 종족을 노예로 삼지 않아. 노예로 삼더라도, 어떻게든 노예는 자신과 다르다고 주장하지. 열등하다고 말이야. 그래야 억지로 일을 시킬 수 있으니까."

"그냥 잔인한 행위를 즐기는 노예 감독관도 있어."

브리오나가 느릅나무 줄기 뒤에서 쓸쓸하게 말했다. 브리오나는 할아버지의 흔적을 찾아 댐 건너편을 열심히 살폈지만 아무 성과도 거두지 못했다.

헤니는 브리오나 옆에 앉아 고개만 내저었다. 이 상황이 마음에 들지 않는다기보다는 노예를 부리는 것 자체가 이해되지 않았다. 그게 대체 무슨 재미일까?

탬원은 통나무 그림자 안에서 벗어나지 않은 채 일행에게 살금살금 다가갔다.

"좋아. 계획을 말해줄게."

그러고는 자신 없는 표정으로 엘리를 흘끔 쳐다보았다.

"대단한 계획은 아니지만 이게 최선이야."

탬원은 목을 가다듬었다.

"우리가 해야 할 일은 세 가지야. 노예들을 풀어주는 일, 주술사가 수정을 만들지 못하도록 막는 일, 그리고 지팡이를 되찾는 일."

"한 가지 더 있어."

브리오나가 활시위를 만졌다.

"난 할아버지를 찾아야 해."

엘리는 그 옆에 무릎을 꿇고 앉아 요정 어깨에 손을 올렸다. 그러고는 허리에 묶어둔 물통을 톡톡 두드리며 말했다.

"내가 도와줄게. 이걸로."

암울했던 브리오나의 표정이 살짝 누그러졌다. 엘리를 마주 보는 브리오나의 눈에 희망이 비쳤다.

탬원이 이어 말했다.

"그래서 계획은 이거야. 너희 둘은 내가 주의를 끌 때까지 기다려. 그런 다음 댐 위로 달려가는 거야. 노예들을 최대한 많이 풀어줘. 우리가

459

소란을 피울게. 채찍을 들고 있는 인간을 조심해야 해. 아마 다른 무기도 있을 거야."

"아니야. 인간은 총 열두 명인데, 단검을 들고 다니는 몇 명을 제외하면 나머지는 채찍밖에 없어. 주술사는 인간이 너무 강해지는 걸 원하지 않는 것 같아. 무기를 지닌 인간은 할렉뿐이야."

브리오나가 탬윈의 말을 바로잡았다. 이마 가득 깊은 주름이 파였다.

"할렉?"

"주술사의 심복이야. 참나무 둥치만큼이나 몸집이 커. 그리고……"

브리오나 목소리가 잠시 작아졌다.

"아주 악랄해."

탬윈은 암울하게 고개를 끄덕였다.

"화살은 몇 개 남았어?"

브리오나는 화살통을 확인해보지도 않고 대답했다.

"충분해."

"그럼 난 뭘 할까?"

헤니가 기대에 찬 눈빛으로 작은 가슴을 쿵쿵 두드렸다.

탬윈은 호수 반대편을 가리켰다.

"저기 댐 아래에 있는 배 보이지? 분명 하얀 손의 배일 거야. 호수 여인은 멀린이 새하얀 배를 타고 깊은 물로 나아가 지팡이로 엘라노를 끌어당겼다고 했어. 그러니까 헤니 너는 저 배를 가라앉혀야 해."

헤니 얼굴에 함박웃음이 퍼졌다.

"진짜 재미있겠다."

"혹시 모르니까 새총도 준비해와."

헤니가 낄낄거렸다.

"그거야 당연하지, 덜렁이."

엘리가 탬윈 어깨를 쿡 찔렀다.

"넌 어떻게 주의를 끌 건데?"

탬윈이 한숨을 쉬었다.

"가장 먼저 떠오른 방법은 가짜 불을 만드는 거였어. 스톤루트에서 나뭇조각으로 만들었던 불 말이야."

엘리 눈이 짓궂게 반짝였다.

"그래. 그때 내가 널 거의 죽일 뻔했지."

탬윈이 검고 긴 머리카락을 흔들며 고개를 내저었다.

"그때만 그런 건 아니었잖아."

다음 순간 탬윈의 얼굴에서 장난기가 싹 사라졌다.

"하지만 그때 성공한 건 나뭇조각이 작았기 때문이었어. 숲에서 구울라카에게 공격받을 때 다시 시도해봤는데 오래 가질 못하더라고."

"그날 이후 새로 알게 된 사실들이 있잖아."

엘리가 말했다.

탬윈은 고개를 내저었다.

"그거로는 부족해. 그런 속임수를 제대로 쓸 수 있는 건 진짜 마법사뿐이야."

"그런 '환영'이겠지. 환영이 너처럼 실재한다는 걸 깨닫지 못하면 그 기술은 영원히 어린아이 장난으로만 남을 거야."

뉴익이 호통쳤다. 뉴익은 이제 짜증스러운 황록색으로 변해 있었다.

"마음대로 생각해. 어쨌든 거기에 기대를 걸 순 없어."

탬윈이 받아쳤다.

"내가 할 수 있는 최선의 방법은 협곡 가장자리를 뛰어다니며 미친 듯이 소리를 지르는 거야. 그러면 구울라카를 댐에서 멀리 떨어뜨릴 수 있어."

엘리가 얼굴을 찡그렸다.

"그러면 구울라카가 너한테 가잖아! 그건 자살행위야."

헤니가 턱을 쓰다듬었다.

"잠깐 흥미진진하기는 하겠네."

엘리는 단호했다.

"그것도 아주 잠깐! 다른 방법을 생각해봐."

탬윈의 주머니 안에서 작은 목소리가 재잘거렸다.

"제바알, 인간. 다른 방법을 생각해보면 안 될까?"

탬윈은 어깨를 으쓱했다.

"어떤 방법? 시간이 없어. 더 좋은 생각도 안 떠오르고."

엘리가 이마에서 곱슬머리 몇 가닥을 밀어내며 말했다.

"잠깐만. 저 새 언어로 말을 해보는 건 어때? 겁을 주는 거야! 네가 용한테 했던 것처럼. 기억 안 나?"

탬윈은 확신이 서지 않는다는 듯 코를 찡그렸다.

"그때는 스무 마리가 아니라 한 마리였잖아! 그리고 나는 용의 언어를 이미 알고 있었어. 이건……."

"성공할 수도 있어. 너도 살 수 있고."

엘리는 탬윈의 팔을 꼭 붙잡았다.

산봉우리 요정이 어깨 위에서 투덜거렸다.

"적어도 1~2분은 더 살 수 있겠지."

탬윈은 사나운 새들을 올려다보며 날카로운 울음소리에 귀를 기울였다.

"뭐…… 성공할 수도 있긴 하지."

엘리는 격렬하게 고개를 끄덕였다.

"그럼 한번 해봐. 구울라카를 멀리 보내놓고 지팡이를 찾으러 가는 거야."

"한 번에 하나씩 하자."

탬윈은 퉁명스럽게 말하며 엘리 손을 밀어냈다.

사실 탬윈은 이미 지팡이를 생각하고 있었다.

엘리 말이 맞아. 지팡이는 내가 찾으러 가야 해. 나 아니면 누가 그걸 되찾겠어?

하지만 탬윈은 주술사보다 지팡이가 더 무서웠다. 자신이 지팡이를 만지면 무슨 일이 벌어질지 너무도 두려웠다. 엘리에게 그 얘기를 어떻게 하겠는가?

"저기 봐."

브리오나가 협곡 반대쪽 가장자리를 가리켰다. 회색 망토를 둘러쓴 형체가 지팡이를 들고 물가를 향해 거침없이 걸어 내려가고 있었다.

"그 주술사야. 배로 가고 있어!"

탬윈은 의심을 밀어내고 하늘을 올려다보며 집중하려 애썼다. 핏빛 발톱과 단검처럼 날카로운 부리, 바람을 타는 투명한 날개에 집중했다. 타고난 분노, 증오, 상대를 죽이고 싶어 하는 강한 욕구에 집중했다.

탬윈은 흐릿하게 보이는 구울라카 대열을 바라보며 온 생각을 집중했다. 그러면서 마음속으로 다급하게 외쳤다.

멀리 날아가! 아주 멀리. 여기 있으면 너희는 죽어!

갑자기 날카로운 울음소리가 새로이 터져 나와 허공을 갈랐다. 구울라카들이 발톱을 내두르며 더 빨리 날아다녔다. 혼란스러운 듯했다. 아니, 겁에 질린 듯했다. 하지만 댐을 떠나지는 않았다!

탬윈은 협곡 건너를 흘끗 보았다. 주술사가 멈춰 서 있었다. 주술사는 변화를 감지하고 하늘을 살폈다.

탬윈이 재촉했다.

멀리 날아가. 가장 가까운 관문으로. 지금이 너희가 도망칠 수 있는 유일한 기회야!

더 큰 혼란이 일었다. 새들이 사납게 울어댔다.

가! 지금 당장. 전부 다 죽기 전에!

갑자기 구울라카 몇 마리가 대열을 이탈해 우드루트 숲 쪽으로 쏜살같이 날아갔다. 날카로운 울음소리가 바람을 타고 흰 호수와 깨끗이 잘려 나간 나무숲을 가로질러 메아리쳤다. 더 많은 구울라카가 방향을 틀어 도망쳤다. 치명적인 부리와 발톱이 더 많이 따라갔다. 이내 댐 위 하늘에는 구울라카가 거의 보이지 않게 되었다.

"효과가 있어!"

엘리가 소리쳤다. 엘리는 너무 흥분한 나머지 통나무 사이 은신처에서 뛰쳐나갈 뻔했다.

"흠. 처음에는 보통 누구나 운이 좋지."

뉴익이 중얼거렸다.

"그냥 속임수였어."

탬윈이 뉴익에게 윙크를 했다. 탬윈은 엘리의 사제복 소매를 잡아당겼다.

"지금이야. 가자!"

일행은 일제히 자리에서 일어나 댐 꼭대기로 이어진 경사로를 달려 올라가기 시작했다. 한 노예 무리 맨 앞에 묶여 있던 종마가 일행을 발견했다. 커다란 말은 히힝 울며 뒷다리로 일어서더니 격렬한 발길질로 사슬을 끊어냈다. 근처에 있던 늑대, 개, 당나귀, 사슴, 매가 하던 일을 멈추고 무슨 일인지 알아보려 고개를 돌렸다. 더 많은 노예가 구조대를 발견하고 목소리를 높였다. 아우우, 히호, 빼액, 으르렁.

인간들은 깜짝 놀라 욕을 하며 채찍을 휘둘렀다. 하지만 노예의 저항은 점점 커지기만 했다. 건장한 곰 한 마리는 사슬의 연결 고리를 뚝 부러뜨리고 인간 둘을 향해 돌진했다. 어미 늑대는 새끼들을 묶어놓은 줄을 이빨로 끊어 버리고 할렉에게 달려들었다. 할렉은 브리오나 할아버지의 축 처진 몸을 어깨에 들쳐 업고 막 댐 위로 올라오던 참이었다. 이내 댐 전체가 혼돈에 휩싸였다. 소인은 망치를, 말은 발굽을, 염소는 머리를 이리저리 휘둘렀다. 모두 반란을 위해 함께 싸웠다.

바로 그때 저 멀리 호숫가에서 망토 쓴 형체가 지팡이를 옆으로 던지고 두 손을 머리 위로 들어 올렸다. 형체는 솟구치는 바람 속으로 분노에 찬 말을 쏟아내기 시작했다.

39

이상한 만남

 탬윈은 댐 위로 달려가 싸움에 뛰어들었다. 바로 뒤에서 엘리가 따라왔다. 엘리의 한쪽 팔에는 선홍색 공처럼 보이는 뉴익이 안겨 있었다. 브리오나는 촉이 흑요석으로 된 화살을 활시위에 건 채 뒤를 따랐다. 헤니는 새총으로 노예 감독관 한 명의 눈을 정통으로 맞힌 뒤, 사슴, 말, 당나귀, 늑대, 염소가 날뛰는 아수라장 속으로 재빨리 사라졌다.

 몇몇 노예가 목과 다리를 묶어둔 사슬에 뒤엉켜 발버둥 치는 모습이 보였다. 탬윈은 붉은 수염 소인이 떨어뜨린 무거운 돌망치를 집어 들었다. 그러고는 날뛰는 동물들 사이를 헤치고 나아가며 사슬을 내리쳐 연결 고리를 끊어내기 시작했다. 한 방 한 방 휘두를 때마다 망치가 기세등등하게 댕댕 울렸다. 그러는 사이 억지로 어둠을 밝히던 경쾌한 비행사 무리가 노천광 밖으로 나왔다. 경쾌한 비행사들은 빛나는 원형 불꽃처럼 탬윈 주위에 모여, 탬윈을 방해하려 다가오는 인간의 얼굴로 용감히 달려들었다.

 탬윈이 풀어주는 데 유독 애를 먹은 노예는 검은 암말이었다. 암말은 할렉의 칼날에 왼쪽 뒷다리를 너무 깊게 베여 고통스럽게 절뚝거렸

466

다. 그러면서도 사슬에서 풀려나자마자 새 수십 마리를 묶어둔 나무 기둥을 발로 차 쓰러뜨렸다. 밧줄이 풀리면서 까마귀, 부엉이, 두루미들이 일제히 하늘로 날아올랐다. 새들은 기분 좋은 소리를 내며 날개를 퍼덕거렸다.

한편 엘리와 브리오나는 밧줄을 풀고 목 사슬을 떼어내며 노예들을 협곡 가장자리로 몰았다. 혼란 속에서 이내 둘은 헤어졌다. 엘리는 목에서 피를 흘리는 염소 옆에 무릎을 꿇고 앉아 치유의 물로 염소를 되살리려 했다. 그러느라 뒤에서 단검을 휘두르며 달려오는 인간을 미처 보지 못했다.

브리오나는 그 모습을 보았다. 화살 하나가 쌩하고 허공을 갈랐다. 인간은 엘리로부터 겨우 몇 발자국 떨어진 자리에서 숨을 거두었다. 브리오나 마음에 안도감이 밀려왔다. 동시에 끔찍할 정도로 속이 메스꺼웠다. 자신을 공격했던 구울라카와 살짝 익혀 먹었던 짐승을 제외하고, 브리오나가 다른 생명체를 죽인 건 이번이 처음이었다.

브리오나는 떨리는 호흡을 가다듬고 다시 엘리에게 다가갔다. 그때 성난 울음소리가 폭풍처럼 하늘을 가득 채웠다. 브리오나는 위를 올려다보았다. 심장이 얼어붙는 것 같았다. 그 소리는 브리오나가 너무도 잘 아는 소리였다.

"구울라카야!"

주술사의 부름을 받고 돌아온 죽음의 새들이 폭동을 일으킨 노예 무리를 향해 빠르게 날아왔다. 구울라카는 댐으로 달려들며 거칠게 울어댔다. 발톱과 부리가 허공을 갈랐다. 그 밑에서 노예와 감독관들이 일제히 싸움을 멈추었다. 댐 위로 침묵이 내려앉았다. 울부짖던 바람조차 숨을 죽였다.

467

사슴 한 쌍을 풀어주다가 깜짝 놀란 탬윈은 주술사의 탑 가까이 서서 하늘을 올려다보았다. 그러고는 다시 새들에게 생각을 집중했다.

돌아가. 돌아가라고! 안 그러면 너희는……

탬윈은 생각을 멈추었다. 구울라카는 탬윈 말에 귀를 기울이지 않았다. 아니, 탬윈 목소리를 듣지도 못했다. 탬윈의 능력보다 강력한 마법이 소통을 방해하고 있었다!

탬윈은 뒤를 돌아보았다. 호숫가 붉은 바위 위에 주술사가 서 있고, 그 옆 땅바닥에 지팡이가 놓여 있었다. 주술사는 두 팔을 치켜들고 주문을 외우며 새들을 부르고 있었다. 모자 달린 망토에 얼굴이 가려졌지만 탬윈은 주술사가 격노했음을 단번에 알았다. 주술사의 목소리는 분노로 떨렸고 주술사의 말에서는 죽음이 느껴졌다.

구울라카가 돌아오는 것을 확인한 할렉이 가장 먼저 다시 싸움을 시작했다. 할렉은 한 손으로 넓죽한 칼을, 다른 손으로 못 박힌 방망이를 휘두르며 앞에 있는 노예 무리를 헤치고 나아갔다. 노예 감독관과 몸싸움을 벌이던 커다란 불곰의 머리가 할렉의 몸짓 한 번에 싹둑 잘려 나갔다. 빼빼 마른 늑대 두 마리와 어린 황소 한 마리는 할렉이 몇 걸음을 더 떼기도 전에 죽어 버렸다. 구울라카의 날카로운 울음과 노예의 고통스러운 비명 위로 할렉의 성난 고함이 울려 퍼졌다.

브리오나는 할렉을 보고 새 화살을 메겼다. 조금 전 할렉을 봤을 때는 어깨 위에 축 늘어진 할아버지도 보였다. 난리 통 속에서 둘을 놓쳤다가 다시 찾았는데 이번에는 할아버지가 보이지 않았다. 할아버지는 어떻게 된 걸까? 아직 살아계실까? 날카로운 요정 눈으로도 할아버지를 찾을 수가 없었다. 하지만 할아버지를 죽기 직전까지 때린 야만인은 찾아냈다. 브리오나는 단호한 표정으로 할렉의 가슴을 겨눴다.

화살을 쏘기 직전, 무언가가 뒤에서 브리오나를 강타했다. 겁에 질린 수망아지가 족쇄에 발이 걸려 휘청이다가 브리오나와 부딪친 것이다. 브리오나는 돌 위로 쿵 엎어졌다. 화살이 허공으로 휙 날아가 흰 호수로 곤두박질쳤다. 활은 브리오나 손에서 벗어나 동물들 발밑으로 미끄러졌다.

구울라카가 댐으로 내려오고 채찍이 허공을 가르자 노예들은 공포에 질려 우왕좌왕했다. 말 한 무리가 우르르 도망치면서 작은 동물 여럿이 발굽에 깔리고 다른 동물들도 밧줄과 사슬에 끌려갔다. 소인 몇 명과 수사슴 한 마리는 호수로 뛰어들어 도망치려 했는데, 구울라카는 그들을 끝까지 쫓아 생명의 흔적이 보이지 않을 때까지 맹렬히 공격했다. 이내 수면에서 붉은 웅덩이가 생겨나더니 회미하게 빛나는 흰색 파도 속으로 녹아들었다. 파도는 협곡 벽을 무심히 철싹였다.

노예의 반란은 참패로 돌아갔다. 죽은 생명체와 죽어가는 생명체가 사방에 널브러져 있었다. 구울라카의 분노를 마주한 몇몇 노예는 투신자살을 선택했다. 그들은 호수가 아니라 그 반대쪽 바위투성이 협곡 아래로 몸을 던졌다. 수많은 노예가 싸우고 또 싸웠지만, 대부분은 자유를 되찾을 희망이 없음을 이미 알고 있었다.

계속해서 싸우는 무리 안에 탬윈이 있었다. 탬윈은 묵직한 칼처럼 망치를 휘두르며 노예 감독관 하나를 기절시키고 또 다른 감독관을 호수로 밀어냈다. 하얀 물 위에 서서 거친 숨을 몰아쉬는데 갑자기 주술사가 눈에 들어왔다.

망토 쓴 형체는 마지막 남은 돌밭을 지나 물가로 내려가고 있었다. 한 손으로는 모자를 움켜쥐고 다른 손으로는 멀린의 지팡이를 들고 있었다. 어두운 망토가 검게 그은 돛처럼 바람에 펄럭였다. 주술사 주위로 흙먼지가 소용돌이쳤다. 조금만 있으면 주술사는 흰 배에 닿을 것이다. 배는 아직도 물 위에 떠 있었다!

태원은 얼굴을 찡그렸다. 헤니가 배를 가라앉히는 임무를 잊어버린 것일까? 홀라라면 충분히 그럴 수 있었다. 아니면 아예 댐을 건너지 못한 것일까? 어느 쪽이든 결과는 똑같았다. 이제 주술사를 막을 수 있는 건 태원뿐이었다.

태원은 하늘을 흘끗 보았다. 구울라카의 흐릿한 날개 너머, 날카로운 빨간 발톱 너머, 별 하나가 보였다. 그 별은 힘없이 반짝이며 태원의 기회만큼이나 빠르게 사라지고 있었다.

이마에 난 상처에서 피가 흘러 눈으로 들어갔다. 태원은 피를 닦아냈다.

내가 먼저 배에 도착할 수 있을지도 몰라! 지팡이를 만질 일만 안 생기기를 바라자.

태원은 달리기 시작했다. 그때 갑자기 머리 위에서 요란한 울음소리가 들렸다. 태원이 고개를 들기도 전에 구울라카 무리가 아래로 내려왔다. 킬러 새 세 마리가 동시에 태원에게로 내려앉아 무자비하게 태원을 할퀴고 물어뜯었다.

태원은 망치를 힘껏 휘둘러 구울라카 한 마리를 쳐냈다. 어디를 맞혔는지는 알 수 없었다. 구울라카는 뼈 부러지는 소리와 함께 발 옆 돌바닥으로 쿵 떨어졌다. 그러면서도 피투성이 발톱으로 계속해서 태원을 공격했다. 태원도 멈추지 않고 거칠게 망치를 휘둘렀지만, 공격자를 보면서 효과적으로 싸우지는 못했다. 태원이 할 수 있는 일이라고는 팔을 마구 흔들며 죽지 않도록 애쓰는 것뿐이었다.

하지만 그거로는 부족했다. 커다랗게 흰 부리가 눈과 손과 목을 찌르고 투명한 날개가 사방에서 때려댔다. 탬윈은 휘청이다가 털썩 무릎을 꿇었다. 무거운 망치를 휘두르느라 팔이 아팠다. 목 옆으로는 피가 흘렀다. 일어나려 했지만 일어날 수가 없었다. 탬윈은 주술사를 막을 기회가 사라져 버렸음을 알았다.

발톱 하나가 귀 바로 아래 뺨을 할퀴었다. 탬윈은 뒤로 넘어지며 망치를 떨어뜨렸다. 구울라카는 가까워진 죽음을 감지하고 미친 듯이 울어댔다. 탬윈의 눈에는 오로지 발톱과 부리와 피밖에 보이지 않았다.

또 다른 울음소리가 어렴풋이 들려왔다. 그리 날카롭지 않으면서 더 깊은 소리였다. 탬윈은 그 소리를 어디에선가 들어본 적이 있었다. 갑자기 온몸에 전율이 일었다.

저건 독수리 종족의 목소리야.

"스크리!"

날개 달린 전사가 분노를 내뿜으며 구울라카를 덮쳤다. 구울라카는 상대가 누구인지 알아채지도 못했다. 스크리는 동에 번쩍 서에 번쩍 하며 발톱을 휘두르고 다리를 차고 은빛 날개를 철썩였다. 얼마나 빨리 움직이는지, 깃털로 덮인 몸은 투명한 구울라카만큼이나 눈으로 보기 힘들었다.

새들은 고통과 혼란 속에서 비명을 질렀다. 한 마리는 발톱을 위로 한 채 댐 위로 떨어졌다. 다른 한 마리는 스크리 날개에 맞아 목이 부러지면서 뚝 하는 날카로운 소리와 함께 비명을 멈추었다. 세 번째 구울라카는 댐 옆으로 굴러 흰 호수에 철퍼덕 떨어졌다.

탬윈과 스크리의 눈길이 마주쳤다. 동생은 비틀거리며 자리에서 일어나고 형은 거대한 날개를 쫙 펼친 채 바로 위 허공을 맴돌았다. 둘의 시선은 마치 단단한 물체 같았다. 끊어지지 않는 밧줄이 두 형제를 묶

471

어놓은 듯했다. 그 순간 다른 건 아무것도 중요하지 않았다. 서로에게서 떨어져 지낸 7년이라는 긴 시간, 각자 견뎌내야만 했던 수많은 고난과 의심, 격렬하게 이어진 댐 위에서의 전투. 그 모두가 전혀 중요하지 않았다.

탬윈이 느낀 여러 감정은 단 한 단어로 합쳐졌다.

"스크리."

"안녕, 탬."

스크리가 땅으로 내려오려는 순간 바로 뒤에서 흐릿하고 불그스름한 형체가 나타났다. 탬윈이 형체를 알아챘을 때는 이미 너무 늦었다!

또 다른 구울라카 두 마리가 분노에 찬 비명을 내지르며 스크리의 등을 쾅 들이받았다. 스크리는 통제력을 잃고 허공에서 빙글빙글 돌았다. 치명적인 부리와 발톱들이 스크리를 향해 돌진했다. 스크리는 격렬하게 날개를 퍼덕이며 균형을 잡으려 애썼다. 하지만 시간이 없었다.

탬윈은 돌덩어리 하나를 집어 들고 구울라카에게 던졌다. 하지만 돌은 빗나갔다. 그사이 킬러 새들은 공중에서 일제히 스크리에게 달려들었다. 수많은 발톱이 스크리의 얼굴을 베고 노란색 테두리가 쳐진 눈을 찔러댔다. 구울라카 한 마리가 뒤로 물러서더니, 스크리 가슴에 부리를 박아 심장을 뜯어낼 준비를 했다.

"안 돼!"

탬윈이 소리쳤다.

난데없이 화살 하나가 쌩 날아와 구울라카 부리를 관통했다. 얼마나 강력하고 정확했는지, 화살은 구울라카의 머리를 곧장 뚫고 나가 다른 구울라카의 가슴에 꽂혔다. 두 공격자는 마지막으로 날카로운 비명을 지른 뒤 댐 위로 힘없이 툭 떨어졌다.

스크리는 깜짝 놀라 허공을 맴돌며 자신을 구해준 궁수를 돌아보았다. 브리오나가 싸움판 한쪽 끝에 서서 활을 내리고 있었다. 스크리의 입이 떡 벌어졌다. 요정 소녀의 표정은 괴로움으로 가득했지만 몸만은 자랑스럽게 꼿꼿이 서 있었다.

"이제 빚은 다 갚았어."

브리오나가 만족스러운 목소리로 외쳤다.

"아직 멀었어."

스크리가 쏘아붙였다. 날개 통증과 함께 화가 치밀어 올랐다.

브리오나는 뒤로 휙 돌아 치열하게 싸우고 있는 인간과 노예 무리 속으로 다시 뛰어들었다. 독수리 사내는 은빛 날개를 활짝 펴고 미끄러지듯 내려와 탬윈 옆에 착지했다. 둘은 또다시 한참 동안 서로를 바라보았다.

마침내 스크리가 입을 열었다.

"내 동생, 골치 아픈 일에 휘말렸구나."

탬윈이 암울하게 고개를 끄덕였다.

"너한테 엄청 불리한 상황이지?"

또 고개를 끄덕였다.

"희망도 거의 없고?"

또 고개를 끄덕였다.

스크리의 날개가 동생 어깨를 스쳤다.

"옛날 생각나네."

탬윈이 히죽거렸다.

"나를 찾는 데 이렇게 오래 걸리다니. 나한테도 날개가 나는지 보려고 기다린 거야?"

473

독수리 눈이 가늘어졌다.

"아니. 누가 지팡이를 훔쳐갈 때까지 기다렸나 봐. 그런데 그 도둑이 나를 다시 너한테 데려다줄 줄은 생각도 못 했어. 그건 그렇고 지팡이는 어디 있어? 어디 있는지 알아?"

탬원은 망토 쓴 주술사를 가리켰다. 주술사는 이제 거의 배에 도착해 있었다.

"저기. 가서 찾아와, 스크리. 아직 시간이 있어. 하지만 조심해야 해! 저 사람은 주술사야."

빼앗긴 지팡이를 보자 독수리 사내의 눈이 반짝거렸다. 스크리는 다시 동생을 보며 말했다.

"같이 가자! 저 사람이 마법을 쓴다면 우리 둘이 함께 상대해야 해. 내가 지팡이를 못 빼앗으면 네가 빼앗아."

"안 돼, 스크리. 난 지팡이를 못 만져. 만질 수 없어."

탬원의 목구멍이 뜨거워졌다. 목에 난 상처 때문만은 아니었다.

"지금은 겸손할 때가 아니야, 탬! 너는……."

"나는 어둠의 예언 속 아이야. 내가 지팡이를 만지면 끔찍한 일이 벌어질지도 몰라."

탬원이 쉰 소리로 말했다.

스크리가 노란색 테두리 쳐진 눈을 가늘게 뜨고 탬원을 바라보았다.

"말도 안 되는 소리 하지 마. 내가 멀린의 진정한 후계자가 아닌 것처럼 너도 어둠의 아이가 아니야!"

탬원은 숨이 턱 막혔다.

"멀린의 후계자가…… 아니야?"

독수리 사내가 인상을 썼다.

"아니야. 나도 그러길 바랐지만. 그 말도 해봤어. '나는 멀린의 진정한 후계자다.' 그런데 아무 일도 안 일어났어! 난 그냥 지팡이를 지키는 수호자인가 봐. 실수나 저지르는 걸 보면 아주 형편없는 수호자지만."

스크리 얼굴에 그림자가 스치는 듯했다.

탬윈은 형의 날개 끝을 꼭 잡았다.

"형이 무슨 일을 했든 내가 한 짓만큼 멍청하지는 않을 거야."

스크리는 앓는 소리를 냈다.

"그거야 곧 알게 되겠지. 일단 가서 지팡이부터……."

"으으, 이런 더러운 독수리 종족 같으니!"

형제는 몸을 돌려 할렉을 마주했다. 할렉의 한쪽 손에 들린 못 박힌 방망이에서 신선한 피와 털 뭉치가 뚝뚝 떨어졌다. 다른 손에 들린 넓죽한 칼은 끝이 조금 부러지긴 했지만 여전히 위험하게 번득였다. 단검 두 개와 양날검은 벨트에 매달려 있었다.

할렉은 죽은 구울라카의 발톱을 뻥 차며 으르렁거렸다.

"네놈이 방금 내 구울라카를 죽이는 걸 봤다. 아주 대단하고 용감해진 기분이지? 그럼 진짜 적수는 어떻게 상대하는지 한번 볼까?"

턱에 난 흉터가 보라색으로 빛났다. 할렉은 얼굴을 찡그리며 스크리의 날개 깃털에 침을 뱉었다.

"덤벼, 이 독수리 종족아! 왜? 무서워?"

노란 눈이 번득였다. 스크리는 탬윈에게 조용히 말했다.

"먼저 가, 탬! 뭐라도 하고 있어. 이 오거 같은 놈부터 처리하고 금방 따라갈게."

탬윈은 괴로워하며 망설였다. 전사 두 명에게서 댐 아래 호숫가로 시선을 옮겼다. 주술사가 하얀 배에 올라타려 하고 있었다.

"어서 가!"

스크리가 허리를 숙여 할렉의 첫 번째 공격을 피하며 탬윈에게 재촉했다.

탬윈은 돌 위로 맨발을 쿵쿵 디디며 내달렸다. 반대편 경사로에 가까워지면서, 물가로 내려갈 시간이 부족하다는 사실을 깨달았다. 주술사는 탬윈이 도착하기도 전에 호수로 나가 버릴 것이다. 도저히 주술사를 막을 방법이 없었다!

아니, 딱 하나 있었다. 탬윈은 댐 옆면으로 방향을 틀어 배 바로 위에 자리를 잡았다. 주술사가 한쪽 다리를 들어 배에 발을 들여놓으려는 순간, 탬윈이 높은 벽 아래로 뛰어내렸다.

탬윈은 다리를 차며 허공을 날았다. 귓속에서 바람이 울부짖었다. 주술사는 머리 위에 뭔가가 있음을 느끼고 위를 올려다보았다. 바로 그 순간 탬윈은 주술사 위로 곧장 떨어졌다.

40

희미한 심장 박동

　용감한 말, 수사슴, 암사슴, 늑대 수십 마리가 댐 위에서 전 주인과의 전투를 이어갔다. 채찍이 허공을 가르고, 목소리가 울부짖고, 발톱이 붉은 바위를 할퀴었다. 피가 강처럼 철철 흘렀다. 구울라카가 절반 이상 죽어 있었는데, 대부분은 브리오나 화살에 맞아 죽은 것이었다. 더 많은 구울라카는 부상을 당한 채 땅에 떨어져 있었다. 구울라카의 도움이 없으면 인간의 싸움 실력은 노예들과 비슷했다. 노예들은 무기가 없는 대신 더욱더 맹렬히 싸웠다.

　격렬한 전투가 계속되는 사이 황금색 별빛이 하늘을 밝혔다. 댐 꼭대기에 있는 생명체들은 목숨을 걸고 싸우느라 줄지어 빛나는 광선을 감상하지 못했다. 별빛 광선은 붉은 바위 협곡 벽을 따라, 깨끗이 잘려 나간 경계 숲을 따라, 거대한 흰색 호수의 거친 파도를 따라 길게 이어졌다. 협곡 맨 꼭대기 흰 간헐천의 가장 높은 물보라에서 메마른 프리즘 골짜기의 가장 깊은 도랑까지, 온 세상에 불그스름한 금빛이 닿았다. 생명체들은 이날의 끝이 자유나 죽음 둘 중 하나라는 걸 알고 있었다.

　댐 한쪽 끝에서는 강력한 전사 둘이 싸우고 있었다. 하나는 방망이와 칼을 휘둘렀고 다른 하나는 튼튼한 날개와 발톱을 휘둘렀다. 상처 여러 곳에서 피가 흘렀지만 둘 다 막상막하였다.

"이리 와서 싸워, 이 비겁한 새야!"

할렉이 외쳤다. 덩치 큰 인간은 머리 위에서 맴도는 스크리를 베려 풀쩍풀쩍 뛰었다.

"왜 그래, 늙은이? 벌써 지쳤어?"

스크리는 팔이 닿지 않는 거리에서 날개를 퍼덕이며 할렉을 조롱했다. 그러면서 달려들 공간이 생기기만을 기다렸다.

할렉은 으르렁거리며 독수리 사내의 머리를 향해 방망이를 던졌다. 스크리는 가볍게 피했다. 그러고는 무기가 다시 댐 위로 떨어지기도 전에 씩씩대는 전사를 향해 몸을 던졌다.

할렉은 준비가 되어 있었다. 거구치고는 놀라울 정도로 빠르게 휙 돌아 양날검을 뽑았다. 그런 다음 좁은 칼날을 스크리 가슴에 무자비하게 내질렀다. 빗나갔다. 하지만 깃털로 뒤덮인 독수리 사내의 다리를 베는 데는 성공했다.

스크리는 고통으로 얼굴을 찌푸리며 댐에 내려앉았다. 하지만 조금도 쉬지 않았다. 땅에 발이 닿자마자 번개 같은 속도로 다친 다리를 휙 돌려 찼다. 발톱 하나가 할렉의 허리를 스치며 벨트를 끊었다. 단검 두 개가 땅으로 떨어졌다. 할렉이 아래를 내려다보는 순간 스크리는 앙상한 날개 끝을 힘껏 돌려 전사의 턱을 세게 쳤다.

할렉은 잠시 아찔해 휘청거렸다. 승기를 잡은 스크리는 할렉에게 달려들었다. 하지만 할렉은 재빨리 회복해 옆으로 피한 뒤 칼 두 개를 동시에 휘둘렀다.

스크리는 할렉의 두 팔을 옆으로 차냈다. 양날검이 돌 위에 쨍그랑 떨어졌다. 전사는 분노에 찬 포효를 내뱉으며 양날검을 주우려 허리를 숙였다. 독수리 사내는 기회를 포착했다. 복수심에 울부짖으며 할렉에게 몸을 던졌다. 그런데 발톱 하나가 바닥에 쓰러진 구울라카의 투명 날개에 걸려 버렸다. 스크리는 균형을 잃고 앞으로 고꾸라졌다.

스크리가 몸을 돌리기도 전에 커다란 그림자가 스크리를 덮쳐왔다. 스크리는 할렉 얼굴을 올려다보았다. 할렉의 큰 입이 분노로 말려 올라갔다.

"넌 그저…… 재수 없는 새일 뿐이야. 진짜 인간도 아니라고!"

할렉이 거칠게 숨을 몰아쉬며 비웃었다.

스크리는 얼굴을 찡그렸다. 그러면서 황금색 눈을 양쪽으로 획획 움직여 도망갈 틈을 찾았다. 하지만 빠져나갈 방법이 없었다! 완전히 궁지에 몰려 버렸다.

할렉은 칼 두 개를 높이 치켜들었다. 단단한 이두박근이 잔뜩 수축하며 적의 가슴에 칼을 꽂을 준비를 했다. 할렉은 칼을 힘껏 들어 올린 뒤 아래로 곧장 내리꽂았다.

"죽어라…… 으악!"

할렉이 한쪽 무릎을 꿇으며 옆으로 쓰러졌다. 양날검이 돌 위로 미끄러졌다. 스크리는 곧바로 몸을 굴려 벌떡 일어났다. 그러고는 언제든 하늘로 날아오를 준비를 하며 할렉을 마주 보고 섰다. 할렉이 다시 몸을 일으키려는 순간 누군가 스크리에게로 허둥지둥 다가왔다. 스크리를 구해준 땅딸막한 전사였다.

"심, 이 땅딸보 아저씨! 대체 어떻게 한 거예요?"

작아진 거인은 탬윈이 떨어뜨린 돌망치를 들어 보였다.

"파란 똥? 뭐 그런 무기가 다 있어? 저 녀석 무릎을 때린 이 망치보다

479

도 끔찍하네."

스크리는 포기한 듯 눈을 굴렸다. 그러면서도 계속해서 할렉을 주시했다. 할렉은 다리를 심하게 절고 있었다.

"여기까지 당신을 데려온 보람이 있네요."

심이 의아한 듯 커다란 코를 찡그렸다.

"연회까지 망신을 챙겨왔다고? 그게 무슨 말도 안 되는 소리야? 어쨌든 네가 날 여기까지 데려와 줘서 정말 기뻐. 네 뾰족한 발가락으로 내 엉덩이를 붙잡고 오긴 했지만 말이야. 확실히, 분명히, 완전히."

독수리 사내가 날개로 심의 흰 더벅머리를 헝클어뜨렸다.

"아팠다면 미안해요."

"파란 똥? 내가 잘못 들었기를 바랐는데."

심은 불쾌한 표정으로 주변 땅을 둘러보았다.

갑자기 할렉이 으르렁대며 다시 앞으로 돌진했다. 스크리는 재빨리 심을 옆으로 밀어내고 공중으로 날아올라 건장한 전사를 발톱으로 할퀴었다. 목숨을 건 결투가 다시 시작되었다.

브리오나는 마침내 할아버지를 찾았다.

할아버지는 댐 한가운데에서 깨진 돌덩이에 등을 대고 가만히 누워 있었다. 브리오나는 죽은 늑대를 폴짝 뛰어넘어 할아버지에게 달려갔다. 희망에 찬 심장이 쿵쾅거렸다. 브리오나는 자신을 둘러싼 혼돈은 까맣게 잊은 채 활을 떨어뜨리며 할아버지 옆에 무릎을 꿇고 앉았다.

노쇠한 몸은 너무도 작아 보였다. 가늘게 말라붙은 핏자국이 덥수룩한 흰 수염 사이로 이어졌다. 강풀로 지은 초록색 요정 옷은 너덜너덜 해지고 피로 얼룩졌지만, 여전히 희미한 레몬밤 향기를 품고 있었다.

브리오나는 조심스레 할아버지 손을 잡았다. 아직 따뜻했다! 하지만 온기가 빠르게 사라지고 있었다. 어슴푸레 빛나는 호수 위로 돌풍이 지나가듯, 빠르게 도망치고 있었다. 맥박은 느껴지지 않고 숨소리도 전혀 들리지 않았다. 죽은 지 얼마 되지 않았거나 죽음의 문턱까지 간 것 같았다.

"할아버지…… 죽지 마세요, 할아버지."

브리오나는 할아버지 위로 몸을 숙였다. 눈조차 깜빡일 수 없어 눈이 바짝 말라 있었다.

브리오나는 고개를 들어 댐 위를 가득 메운 전투 현장을 둘러보았다. 싸움, 대학살, 죽음이 사방에 널려 있었다. 용기도 있었다. 도망치거나 죽지 않은 노예는 적어도 자기 힘으로 꿋꿋이 버티는 중이었다. 용감한 매 한 마리가 날개로 노예 감독관 얼굴을 때리는 사이 새끼 사슴이 재빨리 도망쳤다. 엘리는 어디 있을까? 엘리가 가지고 있는 치유의 물 조금이면 할아버지를 되살릴 수 있을지도 모른다. 브리오나도 그 물로 되살아났으니까.

"어디 있어, 엘리?"

브리오나는 아수라장 속으로 목소리를 높였다. 가서 찾아볼까 생각했지만…… 아니다. 할아버지 곁을 떠날 수는 없었다. 지금도, 앞으로도, 절대.

요정 소녀는 숨이 턱 막혔다. 어쩌다 이렇게 됐을까? 자신이 없는 사이 할렉과 주술사가 할아버지에게 무슨 짓을 한 걸까?

"할아버지를 두고 떠나다니, 저는 왜 이렇게 멍청할까요, 할아버지? 제 잘못이에요. 전부 제 잘못이에요!"

브리오나는 할아버지 머리를 들어 올려 가슴에 꼭 끌어안았다. 할아버지 손을 꼭 움켜쥐었다. 예전에 채찍을 맞아 생긴 상처가 싸우는 동안 다시 벌어졌다. 상처에서 피가 흘러 옷 뒤쪽을 선명하게 적셨다.

"정신 차리세요, 할아버지. 돌아오세요…… 제발요."

할아버지에게서 생명의 흔적은 보이지 않았다. 손이 거의 차가워졌다. 전설적인 숲의 요정 역사가 트레시미르가 발아래 돌처럼 꼼짝 않고 누워 있었다. 요정들 말에 따르면 트레시미르는 엘 우리엔 숲에 사는 모든 나무의 이름을 댈 수 있었다. 긴 세월 동안 나무가 알아온 모든 풍경, 소리, 냄새에 관해 이야기할 수 있었다. 트레시미르가 죽으면 요정족의 손실은 어마어마할 것이다.

브리오나가 느낄 상실감은 그보다 훨씬 더 클 것이다. 트레시미르는 브리오나의 유일한 가족이었다. 가장 친한 친구였다.

브리오나의 할아버지였다.

"브리오나!"

시끄러운 전투 소리 위로 엘리 목소리가 울려 퍼졌다.

요정 소녀는 뒤를 돌아보았다. 새로운 희망이 얼굴에 차올랐다.

엘리는 죽은 늑대를 피해 서둘러 달려와 두 요정 옆에 무릎을 꿇고 앉았다. 엘리와 브리오나는 눈빛을 주고받았다. 눈빛만으로도 마음이 전달되었다. 엘리는 뉴익을 내려놓았다. 트레시미르를 보는 순간 뉴익의 검붉은 몸 색깔이 더욱 짙어졌다. 잠시 후 엘리는 물통을 열고 늙은 요정의 입속으로 귀한 물을 흘려 넣었다.

엘리는 트레시미르 머리를 조심스레 뒤로 기울여 물을 삼키도록 도와주었다. 요정의 바짝 마른 혀가 물을 전부 흡수해 버린 듯했다. 엘리는 물을 조금 더 부었다. 덥수룩한 흰 수염으로 물이 튀었다. 엘리는 브리오나처럼 간절한 마음으로 숨을 죽이고 기다렸다.

아무 일도 일어나지 않았다.

엘리는 비밀의 샘에서 떠온 물을 요정의 입속으로 더 흘려 넣었다. 여전히 아무 일도 일어나지 않았다.

할아버지의 살이 브리오나 손안에서 점점 더 차가워졌다. 브리오나는 할아버지 손을 더 꽉 움켜쥐었다. 할아버지가 되살아나지 않을 수도 있다는 생각을 받아들이고 싶지 않았다. 아직 눈에서는 눈물 한 방울 흐르지 않았다.

엘리는 늙은 요정 가슴에 머리를 대고 심장 소리를 들었다. 그렇게 한참을 기다렸다. 희미한 심장 박동, 그거면 되었다. 포효와 외침과 울부짖음 위로 그 소리만 들리면 되었다.

하지만 아무 소리도 들리지 않았다. 엘리는 마침내 고개를 들고 천천히 뉴익을 돌아보았다. 맑은 보라색 눈은 곧바로 그 의미를 이해했다. 엘리는 브리오나를 향해 고개를 돌렸다.

"미안해……."

브리오나는 엘리를 가만히 바라보았다. 사실일 리 없었다. 그럴 리 없었다. 브리오나는 할아버지의 축 늘어진 손을 자신의 얼굴로 가져와 뺨에 대고 꾹 눌렀다. 그리고 울음을 터뜨렸다.

41

뻥 뚫린 구멍

탬원은 주술사 어깨 위로 곧장 떨어졌다. 발밑에 깔린 버섯처럼 주술사를 깔아뭉갰다. 지팡이가 주술사 손에서 날아가 붉은 바위 위를 미끄러지더니 물가로 굴러떨어졌다.

그 순간 맑은 정신으로 바위에 누워 있던 탬원은 지금이 지팡이를 되찾을 절호의 기회라는 사실을 깨달았다. 울퉁불퉁한 나무 막대기가 새하얀 배 바로 옆에 떨어져 있었다. 지금 달려가 지팡이를 잡으면 주술사를 막을 수 있었다.

하지만 탬원은 망설였다.

내가 지팡이를 만지면 무슨 일이 벌어질까? 지팡이의 힘이…….

주술사가 몸을 일으켜 앉고는 머리를 흔들었다. 주술사의 머리는 여전히 회색 망토 모자로 가려진 상태였다. 주술사는 탬원을 보고 흙과 자갈을 사방으로 튀기며 벌떡 일어섰다. 그런 다음 재빠른 동작으로 지팡이를 주워 들었다. 주술사는 찰싹이는 호수 물 옆에 서서 전리품을 높이 들어 올렸다. 머리 위에서 바람이 울부짖었다. 모자 아래 두 눈이 감히 자신을 공격한 이 어리석은 녀석을 무섭게 노려보았다.

주술사는 피부가 매끈하고 손톱이 깔끔하게 다듬어진 창백한 손 하나를 탬윈 쪽으로 뻗었다. 탬윈이 움직이기도 전에 뜨거운 불덩이가 탬윈의 몸 전체를 훑고 지나갔다. 탬윈은 고통스럽게 소리쳤다. 뇌, 가슴, 팔다리 안에서 불꽃이 타올랐다.

내 몸이 타고 있어! 활활 타고 있어!

주술사는 고통에 몸부림치는 탬윈을 태연히 지켜보았다. 그렇게 몇 초가 지났다. 창백한 손이 마침내 아래로 툭 떨어졌다. 주술사 목구멍에서 만족스럽게 낄낄거리는 소리가 흘러나왔다. 탬윈은 바위 위로 털썩 쓰러졌다. 불꽃은 사라졌지만 머리가 멍해 움직일 수가 없었다.

"너는 누구냐? 어찌 감히 내 계획을 방해하려 드느냐?"

탬윈은 힘없이 일어나 앉았다. 아직도 눈 뒤가 너무나 뜨거워 인상을 찌푸렸다. 탬윈이 쏘아붙였다.

"당신 계획은 아발론을 파괴하는 거잖아."

"그렇지."

모자 아래에서 주술사가 고개를 끄덕였다. 주술사는 하늘을 올려다보았다. 마법사의 지팡이 별 하나가 마지막 빛을 깜빡였다.

"음, 그래. 멀린의 아발론은 끝나고 새로운 시대가 시작될 것이다."

"내 생각은 좀 다른데."

주술사는 지팡이 끝을 배 옆 바위에 문질렀다.

"네 생각이 어떤지는 관심 없다! 얘기해보아라, 불쌍한 녀석아. 너는 누구냐?"

근육과 뼈 하나하나가 여전히 불타는 듯했지만 탬윈은 허리를 곧게 세웠다.

"당신과 싸워 당신을 막으려는 수많은 이 중 하나다."

모자 아래에서 쉰 목소리가 키득거렸다.

"그게 가능하다고 생각하느냐? 글쎄, 내 생각은 좀 다르구나."

주술사는 높게 쉭쉭거리는 웃음을 터뜨렸다.

"네가 그 예언 속 후계자로구나. 하! 멀린이 고작 이 정도였다니! 내 엄지손톱만큼도 마법을 쓸 줄 모르는 어중이떠중이 소년이라."

탬윈은 주먹을 움켜쥐었다.

"난 진정한 후계자가 아니야. 그래도 당신을 막을 거야."

"그래? 그럼 얘기해보거라. 발아래 달팽이처럼 널 뭉개 버리기 전에. 역사상 가장 위대한 마법사를 어떻게 물리칠 계획이냐?"

탬윈은 주먹으로 손바닥을 내리쳤다.

"당신은 위대한 마법사가 아니야! 폭군, 노예 감시자, 인간 형상을 한 전염병 그 이상도 이하도 아니라고."

쉭쉭거리는 소리가 허공으로 솟아올라 바람 속으로 사라졌다.

"그렇게 생각한다 이거지? 아니, 네가 틀렸다! 지금은 내 이름을 밝힐 수 없지만…… 머지않아 나는 역사상 가장 강력한 마법사가 될 것이다. 음, 그래. 한 가지 더 알려주마, 불쌍한 달팽이야. 조만간 나는 위대한 해방자로 추앙받을 것이다. 마침내 인간의 우월성을 깨닫고 그 이상을 바탕으로 새로운 세계를 세운 해방자. 내가 인류의 진정한 구원자로 여겨질 날이 반드시 올 것이다."

"그런 날은 절대 오지 않아!"

탬윈은 말을 더 이으려다가 갑자기 멈추었다. 저 위에서 인간과 곰이 피투성이가 된 채 댐 옆으로 떨어지고 있었다. 반대편에서는 노예가 된 생명체 수십이 계속해서 자유를 위해 싸우고 있었다.

탬윈은 다시 주술사를 돌아보았다.

"당신이 정말 강력한 마법사나 위대한 해방자라면 이름을 숨기지는 않겠지. 망토 아래 얼굴을 감추지도 않을 테고."

바람이 더 크게 울부짖으며 흰 호수에서 물보라를 일으켰다. 바위투성이 호숫가와 배 위로 물방울이 쏟아졌다. 바람이 주술사를 휩쓸고 지나가며 망토 끝을 잡아당겼지만, 주술사는 댐처럼 단단하고 꼿꼿하게 서 있었다.

"너는 곧 죽을 목숨이니 너에게는 내 얼굴을 보여주겠다, 보잘것없는 마법사여. 보아라, 해방자의 얼굴을!"

주술사는 모자를 뒤로 젖혔다.

탬원은 겁에 질려 입을 떡 벌렸다. 지금껏 본 얼굴 중 가장 심하게 훼손된 얼굴이었다. 산 사람보다는 시신의 얼굴에 더 가까워 보였다. 한때 귀였던 작은 덩어리에서 턱까지 대각선으로 깊고 들쭉날쭉한 흉터가 나 있고, 흉터 중간에서는 코가 한 뭉텅이 떨어져 있었다. 오른쪽 눈이 있어야 할 자리에는 움푹 꺼진 구멍밖에 없고, 구멍 안은 부어오른 핏줄과 딱지로 가득했다. 한쪽 입은 불에 타 꽉 닫힌 채 입술 없이 상처만 남아 있었다. 불꽃보다 강력한 무언가에 피부는 대부분 녹아 버린 상태였다.

옆에서 파도가 호숫가를 때리는 동안 주술사는 눈꺼풀 없는 한쪽 눈으로 탬원을 살폈다. 한참 뒤 흉터 진 입이 빈정대며 말했다.

"내 얼굴을 잘 보았느냐! 자세히 보거라. 난 원래 이렇게 잘생긴 얼굴이 아니었다. 아니었고말고! 이건 선물이었다. 음, 그래. 아발론 역사상 가장 사악한 놈이 준 선물이었지."

탬원은 여전히 충격에서 헤어나지 못한 채 작게 속삭였다.

"그게 누군데? 누가 당신을 이렇게 만들었어?"

"멀린."

탬원은 주술사 얼굴을 쳐다보기 힘든 듯 얼굴을 찌푸렸다.

"그럼…… 당신이 멀린을 화나게 했나 보지."

"아니!"

주술사가 소리치며 지팡이를 쿵 내리치자 바닥에서 돌조각이 튀어 올랐다.

"나는 폭풍의 전쟁에서 누구 편도 들지 않았다. 하지만 그 위대하고 현명하신 멀린은 내가 적의 편에 섰다고 생각했지. 그놈은 나를 믿지 않았다. 투아하의 후손이자 자신의 사촌인 나를! 그래서 내가 물건을 교환하러 플레임론 상인과 곱스켄 무리를 몰래 만났을 때 우리를 공격했다."

주술사는 복수심에 가득 차 가늘게 찢어진 입 안에서 이를 갈았다.

"나만이 유일한 생존자였다. 하지만 나는 살고자 한 대가로 수 세기 동안 끔찍한 고통에 시달려야 했다. 음, 그레."

주술사는 탬원 쪽으로 몸을 숙였다.

"네 주인은 그날 두 가지 실수를 저질렀다. 하나는 쿨위크라는 젊은 수련 마법사였던 나를 공격한 것이다. 다른 하나는 더 끔찍한 실수였다. 바로 나를 살려둔 것이지."

쿨위크는 지팡이를 치켜들었다. 이른 저녁 별빛 속에서 지팡이가 음울하게 반짝였다.

"멀린이 지팡이를 두고 떠난 건 아주 어리석은 짓이었다. 이제 나는 바로 그 지팡이를 이용해 멀린의 세상을 바꿔 버릴 것이다. 그렇게 내 복수를 완성할 것이다."

"엘라노 수정을 만들려는 거지?"

탬윈이 불쑥 말했다.

눈꺼풀 없는 눈이 조금 더 크게 떠졌다.

"달팽이치고 아주 똑똑하구나. 하지만 그걸 왜 만들려 하는지는 모르겠지."

탬윈은 고개를 저었다. 길고 검은 머리카락이 어깨에 스쳤다.

"아니, 알아."

탬윈은 주술사가 계획을 얘기하길 바라며 거짓말을 했다.

"하지만 엘라노는 생명을 만드는 물질이지 파괴하는 물질이 아니야. 당신은 결국 실패할 거야."

쿨위크 목구멍 깊은 곳에서 낄낄거리는 소리가 났다.

"아무것도 모르는구나! 음, 그래. 내게는 순수한 엘라노 수정에 관한 위대한 계획이 있다. 아주 위대한 계획이."

쿨위크는 가늘게 찢어진 입을 아래로 축 늘어뜨리며 삐죽삐죽 얼굴을 찡그렸다.

"불행히도 너는 내 계획의 결실을 살아서 보지 못할 것이다."

쿨위크는 공중에서 지팡이를 돌렸다. 울퉁불퉁한 나무 위에서 별빛이 춤을 췄다. 쿨위크의 희고 가는 손가락 사이에서도 마찬가지였다.

"엘라노는 그 누구도 제대로 이해하지 못할 정도로 강력하다. 내 평생의 원수조차 엘라노를 완벽히 이해하지는 못했다. 내 댐의 돌들을 연결하고 단단히 붙인 것은 이 호수 물이었다. 물 안에 든 엘라노였다. 그것도 아주 적은 양이었지! 만약 수정이 통째로 내 손에 들어온다면……아니, 그건 네놈이 상관할 바가 아니다."

쿨위크는 흰 배를 향해 돌아섰다. 녹아내린 흉터투성이 피부가 엘라노 호수에서 나오는 빛을 반사해 기괴하게 반짝였다.

"죽이기 전에 너에게 선물을 하나 주마. 너는 내 힘의 결정체가 만들어지는 걸 목격하게 될 것이다! 그런 다음 멀린의 지팡이가 내 무릎 위에서 부러지는 모습을 보게 될 것이다. 음, 그래. 나는 오래전 네 주인이 내게 던진 바로 그 불덩이로 너를 태워 버릴 것이다. 하지만 네 주인과는 달리 일을 망쳐 버리는 실수는 저지르지 않을 것이다."

쿨위크는 손등에서 벌레를 튕겨내는 듯한 동작을 취했다. 갑자기 허공에서 밧줄 여러 개가 나타나, 하늘을 나는 덩굴처럼 탬윈을 둘둘 감았다. 단검을 잡기는커녕 밧줄을 피할 시간도 없었다. 탬윈은 눈 깜짝할 사이에 온몸이 꽁꽁 묶이고 말았다.

쿨위크는 조용히 낄낄댔다. 그러고는 한 손에 지팡이를 든 채 작은 배 안으로 발을 들여놓았다. 그런데 쿨위크의 발이 배 바닥에 닿는 순간, 뚝 부러지는 소리와 첨벙 물 튀기는 소리가 요란하게 들렸다. 나무판자 하나가 통째로 떨어져 나왔다! 쿨위크의 발이 배 바닥을 뚫은 것이다. 물이 쏟아져 들어오며 배를 집어삼키기 시작했다.

"빌어먹을 멀린!"

주술사가 욕을 했다. 주술사는 불안하게 흔들리며, 배나 호수 안으로 넘어지지 않으려 안간힘을 썼다.

잘했어, 헤니. 내가 괜히 널 의심했다.

탬윈이 생각했다. 탬윈은 밧줄을 풀려 애를 쓰며 거칠게 몸을 흔들었다. 하지만 팔 하나도 꿈쩍할 수가 없었다.

계속해서 저주를 퍼붓던 쿨위크는 마침내 배 밖으로 몸을 빼냈다. 망토 아래쪽이 무릎까지 흠뻑 젖었다. 쿨위크는 화를 내며 흰 손가락을 배에 찌르고 주문을 외웠다. 쿨위크가 손을 들어 올리자, 호수에서 팔 하나 떨어진 높이까지 배가 떠올랐다. 바닥에 난 구멍으로 물이 폭포처림 쏟아졌다.

쿨위크는 허공에 배를 띄운 채 또 다른 주문을 내뱉고 손가락을 살짝 돌렸다. 떨어진 나무판자가 물 밖으로 나와 배 바닥에 달라붙었다. 쿨위크는 손을 던져 배를 다시 호수 위로 철퍼덕 떨어뜨렸다.

쿨위크는 탬윈을 향해 휙 돌아섰다.

"유치한 장난을 많이도 준비했구나!"

그러고는 또 다른 명령을 외치며 배 쪽으로 손짓했다. 탬윈은 공중으로 떠올라 배 안으로 던져졌다. 배 벽에 머리를 쾅 부딪히면서 나뭇조각이 뺨에 박혔다. 탬윈은 배 뒤쪽 한가운데로 굴러떨어졌다.

물이 튄 주술사의 흉측한 얼굴이 썩어가는 살처럼 번들거렸다. 주술사는 뱃머리에 올라타, 휘파람 같으면서도 더 걸걸한 소리를 냈다. 배가 물 위를 미끄러지듯 빠르게 나아가기 시작했다. 빛나는 파도가 배 옆을 찰싹찰싹 때렸다.

탬윈은 보이지 않는 목소리에 이끌리듯 어두워지는 하늘을 올려다보았다. 주술사도 똑같이 했다. 둘은 별자리에서 하나 남은 별을 바라보았다. 그 별은 마지막으로 깜빡인 뒤 빛을 잃었다. 다른 별 수백 개가 주변을 둘러싸고 있었지만 하늘에는 뻥 뚫린 구멍이 생겨 버렸다. 이유는 알 수 없었지만 탬윈은 별 하나를 넘어서는 무언가가 사라졌음을 직감했다. 빛보다 밝고 하늘보다 큰 무언가가.

주술사 손에서 지팡이가 몸을 떠는 듯 보였다. 울퉁불퉁한 나무 깊은 곳에서 절망에 찬 신음 소리가 낮고 길게 들려왔다.

주술사가 만족스러워하며 혀를 찼다.

"이런, 이런. 이제 확실히 나의 시대가 왔구나."

주술사는 젖은 신발 앞부분으로 꽁꽁 묶인 탬윈을 뻥 걷어찼다.

"마법사의 지팡이가 죽은 것이 한낱 상징일 뿐이라는 착각으로 너자신을 위로하지 말거라. 그것은 상징이 아니다! 그 별들의 종말은 리타고르 님과 나의 새로운 시작을 의미한다. 이제 무슨 일이 생기든 우리는 반드시 승리할 것이다."

엘리는 생명 없는 할아버지 몸과 브리오나를 더 이상 볼 수가 없었다. 그래서 고개를 가로저으며 자리에서 일어났다.

사방에서 격렬한 싸움이 이어지고 있었다. 다만 양쪽 모두 수는 줄어들었다. 수많은 노예가 댐 밖으로 도망쳐 협곡 절벽 어딘가에 몸을 숨겼다. 남은 노예 대부분은 심하게 다쳤거나 여전히 목숨을 걸고 싸우는 중이었다. 계속 싸우는 무리 중에 독수리 사내가 있었다. 독수리 사내는 엄청나게 강력한 날개를 펄럭이며 날아올랐다가 다시 댐 위로 떨어져 덩치 큰 남자와 싸웠다. 남자는 피투성이가 된 넓죽한 칼을 무자비하게 휘둘렀다. 독수리 사내는 간신히 버티고 있는 듯 보였다.

엘리는 생각했다.

저 독수리 사내가 스크리인가? 하지만 어떻게…….

"저 위를 봐."

뉴익이 소리쳤다. 뉴익은 죽은 요정을 받치고 있는 깨진 돌덩이 위에 올라가 있었다. 작은 손이 수평선 바로 위 하늘을 가리켰다.

엘리는 고개를 들어 하늘을 보았다. 코에리아와 리아가 너무도 중요하게 생각하는 별자리의 마지막 별이 힘없이 깜빡이다가…… 빛을 잃었다. 그 자리에 단단해 보이는 어둠이 들어섰다. 마치 거대하고 시커먼문이 쾅 닫힌 것 같았다.

"저게 무슨 의미일까?"

브리오나 목소리였다. 엘리는 브리오나를 바라보며 잠긴 목소리로 말했다.

"글쎄. 너는 알아, 뉴익?"

늙은 산봉우리 요정은 회색과 검은색으로 고동칠 뿐 아무 말도 하지 않았다.

엘리는 요정 소녀의 얼굴을 가만히 살폈다. 브리오나 얼굴에는 고통의 주름이 새로 새겨져 있었다. 다음 순간 엘리는 브리오나 등에 난 채찍 자국에서 피가 흐르는 것을 발견하고 부드럽게 말했다.

"너무 늦게 오는 바람에 너희 할아버지는 살리지 못했지만…… 너는 도와줄 수 있어. 등에 난 상처 치료해줄게."

엘리는 물통을 톡톡 두드렸다.

브리오나는 고개를 저었다. 뺨에 묻은 얼룩이 별빛을 받아 흐릿하게 빛났다. 브리오나는 할아버지의 손을 가슴에 꼭 끌어안고 말했다.

"이건 내 어리석음과 부끄러움의 흔적이야. 이 흉터도 다른 흉터도…… 평생 지니고 살 거야."

엘리는 입술을 깨물며 고개를 돌렸다. 반짝이는 호수 물로 시선을 옮기자 배 위에 서 있는 주술사가 눈에 들어왔다. 왠지 모르게 얼굴이 기괴해 보였다. 마치 가면을 쓴 것 같았다. 주술사는 지팡이 끝을 물속에 담그고 있었다. 이상한 일이 벌어지는 중이었다.

엘리는 온몸이 얼어붙었다. 배 뒤쪽에 탬윈이 꽁꽁 묶인 채 누워 있었다! 그때 눈부신 섬광이 일었다. 그와 동시에 엘리의 마지막 희망이 마법사의 지팡이처럼 완전히 사라졌다.

493

42

물과 불

호수 위에서 파도가 반짝였다. 저녁 별빛 때문이기도 하고, 물속에 든 강력한 마법 때문이기도 했다. 하얀 배가 댐 가운데 근처 깊은 물로 고요하게 미끄러져 나아갔다. 주술사는 뱃머리에 서서 자신 있게 고개를 끄덕였다. 주술사가 손가락을 튕기자 배가 즉각 멈추었다. 작은 파도가 배 옆면을 톡톡 두드렸다. 물로 이루어진 손가락 수백 개가 기대에 차 북을 두드리는 것 같았다.

탬윈은 온몸이 너무 꽉 묶여 숨을 쉬기가 힘들었다. 주술사의 입이 함박웃음에 가깝게 뒤틀렸다. 주술사 뒤로 협곡을 가로지르는 거대한 돌 댐이 보였다. 치열한 전투가 계속되고 있었다. 그 아수라장 속에서 스크리의 은빛 날개가 언뜻 보였다. 스크리는 할렉의 칼 위에서 날개를 퍼덕이고 있었다.

"이제 새로운 시작이다."

쿨위크가 배 한쪽으로 조금 더 가까이 다가가며 말했다.

쿨위크는 호수 물만큼이나 하얗게 빛나는 두 손으로 지팡이를 꽉 움켜쥐었다. 그런 다음 조심스레 지팡이를 물 위에 수직으로 세웠다. 지팡이 끝이 파도에서 겨우 손 하나 떨어진 높이까지 내려왔다. 쿨위크는 하나밖에 없는 눈으로 울퉁불퉁한 나무에 집중하며 주문을 외우기 시작했다.

잘 들어라, 나무의 영혼 엘라노여.
마법을 찾아라, 지팡이 오니알레이여.

쿨위크는 지팡이 끝을 천천히 호수 속에 담갔다. 지팡이가 물에 닿는 순간, 그 주위에서 하얀색 잔물결이 거품을 내기 시작했다. 잔물결은 더 많은 거품을 내뿜으며 빠르게 커졌다. 이내 지팡이 주변 물은 펄펄 끓는 우유처럼 거세게 부글부글 끓었다.

쿨위크는 격렬히 흔들리는 지팡이를 꽉 잡았다. 지팡이 꼭대기에서 빛나는 흰색 알갱이가 나타나기 시작했다. 알갱이는 빠르게 커지고 밝아졌다. 수정 같은 중심부에서 파란빛과 초록빛이 은은하게 반짝였다.

수정이다!

탬윈은 밧줄 아래에서 몸부림쳤다. 조금만 더 움직이면 풀려날 것 같았다. 배를 홀쭉하게 만들어 오른팔을 살짝 구부렸다. 손가락이 산지기 단검의 손잡이를 스쳤다.

조금만 더……

찾았다! 손잡이에 닿았다. 탬윈은 손잡이를 움켜쥐고 칼집에서 단검을 조금씩 빼내 위를 향해 기울였다. 그런 다음 톱질을 하듯 칼날을 앞뒤로 움직였다.

마침내 밧줄을 끊기 시작했지만 탬윈은 자신이 너무 늦었음을 알았다. 지팡이 꼭대기에서 수정이 빠르게 부풀어 오르고 있었다. 벌써 리아가 나뭇잎 부적에 넣어둔 수정만큼이나 커졌다.

탬윈은 미친 듯이 단검을 움직였다. 조금만 더 하면…….

"드디어 해냈다! 나는 멀린과 동등하다. 그리고 조만간 멀린보다 우월해질 것이다."

쿨위크가 자부심에 가득 찬 목소리로 말했다. 거친 바람이 울부짖으며 목소리를 더 크게 울리는 듯했다.

쿨위크는 호수 위로 지팡이를 들어 올렸다. 곧바로 거품이 사라졌다. 쿨위크는 배 안에 자랑스럽게 선 채 만족스러운 표정으로 가늘게 찢어진 입꼬리를 핥았다. 그러고는 의기양양하게 지팡이에서 수정을 뽑아내 높이 치켜들었다.

수정이 별빛에 번쩍였다. 눈부신 섬광 속에는 깊은 마법과 놀라운 힘이 담겨 있었다.

그 순간 탬윈 머릿속에서 해야 할 일이 번뜩 떠올랐다. 탬윈은 몸을 감싼 밧줄을 계속해서 자르며 수정을 향해 온 생각을 집중했다. 주술사가 뭔지 모를 계획을 음미하는 동안 탬윈은 자신만의 계획을 세웠다.

불. 지난번 불 환영은 처참히 실패했다. 그래서 구울라카에게 다시 써먹을 시도조차 하기 싫었다. 하지만 이번에는 실패하면 안 된다. 절대로! 탬윈은 수정을 뚫어져라 쳐다보며 그 모든 밝기, 그 모든 빛을 오롯이 받아들였다.

탬윈은 뉴익의 말을 떠올렸다. *환영은 너처럼 실재하는 거야, 탬윈.* 탬윈은 황무지에서 불을 피우는 기술을 떠올렸다. 한 번도 배운 적 없지만, 나무와 불꽃의 성질을 통해 자연스레 알게 된 기술이었다. 탬윈은 몸속에서 타오르던 이상한 불덩이도 떠올렸다. 그 불덩이는 아빠와 엄마가 준 선물이었다. 마법사와 사슴 여인 사이에서 태어난 아빠, 이글거리는 주황색 눈으로 어린 탬윈을 따뜻하게 해주던 엄마.

타올라라! 불처럼 밝게. 별처럼 밝게!

탬윈은 수정에게 명령했다.

수정이 불꽃에 휩싸였다. 가짜 불꽃이었지만 충분히 진짜 같았다. 쿨위크는 깜짝 놀라 소리치며 애지중지하던 수정을 떨어뜨렸다. 그리고는 수정이 호수로 떨어지기 전에 다시 냉큼 집어 들었다. 흉터 난 얼굴이 공포로 가득 찼다.

타올라라! 불꽃이 되어라. 불이 되어라.

탬윈은 더욱더 열심히 집중했다. 불쏘시개에 붙은 불꽃을 불 듯, 본능적으로 길게 공기를 불어 넣었다. 그러는 동시에 밧줄 아래에서는 온 힘을 다해 단검을 움직였다.

쿨위크가 수정을 잡는 순간 물 위로 돌풍이 불어 가짜 불꽃에 부채질을 했다. 불길이 쿨위크 머리 위까지 높게 치솟아 흉터 난 얼굴을 핥았다. 쿨위크는 또다시 소리를 지르며 수정을 놓쳤다. 그리고는 고통스러운 비명과 함께 수정을 향해 곧장 돌진했다.

너무 멀었다! 배가 급격하게 기울었다. 탬윈은 몸을 기대 배를 더 흔들었다. 바로 그 순간 단검이 밧줄을 갈랐다. 탬윈은 체중을 잔뜩 실어 배 벽으로 몸을 던졌다.

배가 뒤집혔다. 쿨위크가 배 밖으로 고꾸라졌다. 첨벙하는 소리가 비명을 집어삼켰다. 탬윈도 하얀 물속으로 곤두박질쳤다. 숨을 쉬려 허우적대며 다시 수면으로 올라왔을 때는 이미 배에서 멀어진 뒤였다. 탬윈은 아직 손에 쥐어져 있던 단검을 칼집에 꽂았다. 그때 옆에 둥둥 떠 있는 지팡이가 눈에 들어왔다.

탬윈은 팔을 뻗다가 멈칫했다. 탬윈이 지팡이를 만지면 모든 게 수포로 돌아갈지도 모른다. 하지만 지팡이를 잡지 않으면······ 손가락이 떨렸다. 하마터면 지팡이를 만질 뻔했다. 탬윈은 망설였다. 뒤에서 쿨위크가 허우적대며 욕하는 소리가 들렸다. 쿨위크는 뒤집힌 배 쪽으로 첨벙대며 헤엄쳐 갔다.

탬윈은 숨을 깊게 들이쉬고 지팡이를 잡았다. 나무 자루를 꽉 움켜쥐자 뼛속에서 희미하게 떨리는 힘이 느껴졌다. 하지만 그게 다였다. 재앙은 일어나지 않았다. '어둠의 불꽃'이라는 이름을 쓰고 어두운 운명을 타고난 아이라도 마법사의 지팡이를 잡을 수는 있는 모양이었다.

문득 어떤 생각이 탬윈의 머리를 스쳤다. 아주 빨리 움직인다면 시간은 충분할지도 몰랐다.

탬윈은 있는 힘껏 물장구를 치며 댐을 향해 헤엄쳤다. 한 손으로 지팡이를 움켜쥐고 다른 쪽 팔로 힘차게 물을 밀어냈다. 그러면서 엘리, 스크리, 브리오나, 뉴익, 헤니, 남아 있는 노예들, 가능한 한 모든 생명체에게 필사적으로 생각을 보냈다.

댐 밖으로 나가! 무슨 수를 써서라도 나가. 당장!

탬윈은 뒤를 흘끗 돌아보았다. 쿨위크는 물에 흠뻑 젖은 채 뒤집힌 배 위로 올라가려 애를 쓰고 있었다. 하지만 선체가 미끄러워 계속해서 호수에 빠졌다. 한 손밖에 쓰지 못해 매우 불편한 듯 보였다. 다른 손은 주먹을 쥐고 있었다.

아직 수정을 가지고 있어!

탬윈은 더 세게 물장구쳤다. 미쳐 날뛰는 물고기처럼 숨을 헐떡이며 물을 갈랐다. 분노에 찬 쿨위크의 고함 소리가 뒤에서 들려왔다. 탬윈은 돌아보지 않았다.

탬윈은 어두운 그림자 속으로 헤엄쳐 들어갔다. 거대한 돌 댐이 별을 가리며 머리 위로 불쑥 솟았다. 탬윈은 한 팔 한 팔 저어 마침내 딱딱한 돌에 다다랐다. 가쁜 숨을 몰아쉬며 물 밖으로 지팡이를 치켜들었다. 그런 다음 물이 뚝뚝 떨어지는 지팡이 끝으로 댐을 가리킨 뒤 아까 들었던 주문을 외웠다.

잘 들어라, 나무의 영혼 엘라노여.
마법을 찾아라, 지팡이 오니알레이여.

쿨위크가 저주를 퍼부으며 주문을 외우는 소리가 들렸다. 마법 같은 무언가가 탬윈의 팔을 잡고 허공으로 들어 올렸다.

탬윈은 지팡이를 움직이려 안간힘을 썼다. 진정으로 옳은 일을 하려 애를 썼다. 가라앉지 않으려 발버둥 치며 젖 먹던 힘까지 쥐어짜 지팡이를 끌어당겼다. 팔이 조금 움직였다. 그리고 조금 더 움직였다.

갑자기 마법이 풀렸다. 탬윈은 팔을 앞으로 내던졌다. 멀린의 지팡이 끝이 댐 벽을 내리쳤다. 불꽃이 비처럼 쏟아졌다.

그 순간 여러 가지 일이 동시에 벌어졌다. 돌벽이 부르르 떨리며 휘기 시작했다. 우르릉하는 소리가 구조물 깊숙한 곳 어딘가에서 시작돼 빠르게 커지더니 떠들썩한 포효로 변했다. 지팡이에서는 빛나는 흰색 가루가 생겨났다. 마치 지팡이가 별빛 서리를 맞은 것 같았다.

돌 사이 접착력이 조금씩 약해지자 댐은 더 이상 버티지 못했다. 거대한 호수의 물이 돌덩이를 밀며 틈새로 스며 나와 협곡 가장자리를 따라 흘렀다. 마침내 탈출을 시도한 것이다. 엄청난 양의 물과 돌이 한 곳으로 쏟아져 나오며 댐이 무너졌다. 탬윈은 휘몰아치는 물 폭탄 속에서 성난 강에 던져진 도토리처럼 이리저리 휩쓸렸다.

탬윈은 자신이 곧 협곡 바닥에 떨어져 죽을 것임을 알았다. 하지만 거품과 물보라가 이는 거친 물살을 타고 프리즘 골짜기로 떠내려가면서, 자신이 성공했다는 사실도 깨달았다. 탬윈은 죽겠지만 그와 함께 쿨위크도 죽을 것이다. 쿨위크의 계획도 모두 물거품이 될 것이다.

탬윈은 더 빠르게 아래로 곤두박질쳤다. 거대한 파도가 탬윈을 덮쳐 팔다리로 찰싹찰싹 때리고 사방으로 휘휘 돌려댔다. 탬윈은 점점 더 세지는 힘에 끊임없이 맞고 던져졌다.

그때 무언가가 옷과 살을 뚫고 탬윈을 찔렀다. 칼 같았다. 아니, 어쩌면…… 발톱일지도 몰랐다.

43

어둠의 불꽃

이틀 뒤 우드루트 깊은 숲속에서 탬윈은 우뚝 솟은 너도밤나무 아래
서 있었다. 가지마다 잎사귀가 가득 매달려 마치 물결치는 초록색 강이
줄기에서 흘러나오는 것처럼 보였다. 줄기 자체도 너무나 거대해서 탬윈
만 한 인간 열 명이 양팔을 쭉 뻗어 둘러싸도 모자랄 정도였다. 숲의 요
정들은 이 나무가 엘 우리엔에서 가장 오래된 나무라고 믿었다.

조금 전 브리오나는 탬윈에게 이 나무 이름을 알려주었다. 엘나 레브
람. '깊은 뿌리, 오랜 기억'이라는 뜻이었다. 불룩하고 비비 꼬인 뿌리 사
이사이에 위대한 숲의 요정 학자, 스승, 시인들이 묻혔다. 고목 껍질이
어린나무처럼 여전히 매끈하게 빛나는 이유가 바로 이것 때문이라고 생
각하는 이도 있었다.

오늘 탬윈이 지켜보는 가운데 그 뿌리는 또 다른 시신을 받아들였다.
숲의 요정 종족이 사랑하는 역사가 트레시미르였다. 요정 수백 명이 너
도밤나무 주변 숲을 가득 메웠다. 모두 짙은 녹색 옷을 입고 말없이 장
례식을 지켜보았다. 숲의 요정 아홉 명이 땅속으로 시신을 내렸다. 이들
은 각각 숲의 요정 나침반의 아홉 개 점을 상징했다. 실버플룸 꽃, 월계

수 뿌리, 떡쑥 풀잎을 엮어 만든 수의로 여러 겹 싸여 있었음에도 불구하고 늙은 요정은 너무나 작아 보였다.

브리오나는 바람 한 점 없는 산등성이의 나무 한 그루처럼 꼿꼿하게 무덤 옆에 서 있었다. 마침내 할아버지 시신이 뿌리 사이에 놓이자 브리오나는 우아하게 몸을 숙여 시신 위에 신선한 독미나리 화환을 올렸다. 독미나리 화환을 선택한 이유는 추억처럼 달콤한 향과 그리움처럼 씁쓸한 향이 동시에 나기 때문이었다.

브리오나 옆에는 엘리가 암울한 표정으로 서 있었다. 어깨에 앉은 암회색 산봉우리 요정도 같은 표정이었다. 심은 근처에 있는 굵직한 나무 뿌리에 앉아 이따금씩 주먹코로 떨어지는 눈물을 닦았다. 지금은 헤니조차 우울해 보였다. 헤니의 헤드밴드에는 댐에서 구해준 부엉이의 깃털이 꽂혀 있었다.

시커먼 양토가 무덤 안으로 쏟아져 비옥한 흙더미가 만들어졌다. 요정들은 노래를 부르기 시작했다. 피어오르는 안개보다 부드러운 목소리가 숲을 가득 채웠다. 요정의 목소리는 트레시미르 삶의 다채로운 실을 엮어, 주변을 둘러싼 단풍만큼이나 알록달록하고 선명한 발라드를 완성했다. 그 노래는 트레시미르의 삶을 기리는 동시에 죽음을 애도했다.

탬윈은 하얀 엘라노로 반짝거리는 지팡이를 손에 쥔 채 가만히 노래를 들었다. 그러면서 잠깐이라도 늙은 요정을 더 잘 알았으면 좋았겠다고 생각했다. 탬윈은 한 손을 어깨로 가져가 스크리 발톱에 찔린 상처를 문질렀다. 구출되는 순간에 느꼈던 모든 감정이 여전히 생생했다. 발톱에 잡힌 느낌, 죽지 않을 거라는 놀라움, 댐이 파괴되었다는 엄청난 안도감, 마침내 터져 나온 호수 물이 프리즘 골짜기 아래로 콸콸 흘러 강의 무지개로 흩어지는 모습을 봤을 때의 경이로움. 그 강은 수많은 땅에 물과 색깔을 되돌려놓을 것이다.

하지만 탬윈은 안전하게 구출된 후에도 걱정을 멈출 수 없었다. 쿨위크의 악행이 끝나지 않은 것만 같았다. 쿨위크는 무너진 댐 아래에서 살아남았을까? 순수한 엘라노 수정을 아직도 가지고 있을까?

"여기 있었구나, 내 동생."

탬윈은 뒤를 돌아보았다. 인간 모습을 한 스크리가 윗옷을 벗은 채 잎이 무성한 너도밤나무 가지 아래로 몸을 숙여 다가왔다. 노란색 테두리가 쳐진 눈이 잠시 동생을 응시하다가 희미하게 빛나는 지팡이로 시선을 돌렸다.

탬윈은 스크리에게 지팡이를 내밀었다.

"도로 가져갈 때도 되지 않았어?"

스크리는 콧등을 긁었다.

"아니, 탬. 당분간은 네가 갖고 있어. 나는 이제 지팡이 없는 삶에 익숙해지고 있거든."

스크리가 반쯤 웃으며 말했다.

탬윈은 얼굴을 찡그렸다.

"웃기시네! 늘 그랬지만 나한테는 형 속이 빤히 다 보여. 형하고 엘리……."

"나하고 엘리는 네가 머리 없는 트롤만큼이나 멍청하다고 생각해."

스크리가 말을 맺었다.

"탬, 너는 댐을 산산조각 내면서 두 눈을 꼭 감고 있었겠지만 난 아니야! 난 네가 한 일을 똑똑히 봤어."

"지팡이가 한 일이겠지."

"네 손에서."

스크리는 목소리를 낮춰 거칠게 속삭였다.

"확실하지는 않지만 내가 그 긴 시간 동안 지팡이를 지킨 건 다 너를 위해서였던 것 같아."

탬윈은 고개를 저었다.

"난 그렇게 생각 안 해. 그럴 리 없어."

"마음대로 생각해. 하지만 나한테 지팡이를 돌려주려고는 하지 마. 지난 이틀간 난 새끼 새보다 자유로워진 기분이었어! 드디어 내 임무를 끝마친 것처럼."

스크리는 주먹을 불끈 쥐었다.

"지금 내 손에 쥐고 싶은 건 댐에서 만난 그 빌어먹을 칼잡이의 목뿐이야. 겁쟁이! 절호의 기회를 잡았는데 놈이 호수 속으로 뛰어들어 도망쳐 버렸어."

"언젠가 다시 만날지도 몰라."

"그놈은 안 그러길 바라는 게 좋을 거야."

요정의 노래가 갑자기 끝났다. 천상의 선율이 몇 초간 나뭇잎 사이를 맴돌았다. 다음 순간 요정들이 브리오나를 따라 짙은 녹색 구름처럼 숲을 가로질렀다. 요정들은 가장 깊은 숲으로 흘러 들어가는 반짝이는 개울 앞에서 걸음을 멈추었다.

개울가를 따라 송진 양초가 줄줄이 늘어서 있었다. 탬윈과 스크리가 지켜보는 가운데 요정들은 양초를 하나씩 들고 불을 붙여 넓고 둥근 잎사귀에 올려놓았다. 탬윈은 요정 이야기에서 이 의식에 관해 들었던 기억이 났다. 잃어버린 핀카이라 시대부터 이어진 '불꽃의 행진' 의식이었다.

탬윈은 다른 것도 알아보았다. 양초를 올려놓은 잎사귀가 컵월 관목 잎사귀였다. 컵월 관목은 스톤루트 개울가에서 1년 내내 자라는 나무였다. 보아하니 우드루트에서도 마찬가지인 듯했다. 잎사귀 모양을 보니 벨트에 달아둔 작은 석영 종이 떠올랐다. 탬윈은 종을 내려다보았다. 종이 기나긴 여정에서 살아남았다는 사실에 무척이나 기뻤다.

탬윈은 옷 주머니를 토닥거렸다. 주머니에서 쌕쌕 코 고는 소리가 들렸다. 배티 래드 역시 이 여정에서 살아남았다. 물론 호수에서 수영한 이후 감기에 걸려 지난 이틀간 끊임없이 재채기하기는 했지만, 별난 성격과 빛나는 눈은 전혀 약해지지 않았다.

요정들은 둥근 잎과 양초를 조심스레 개울에 띄웠다. 개울물은 아주 천천히 양초를 실어 날랐다. 마치 하나의 불덩이에서 수많은 불꽃이 날아온 것 같았다. 양초는 개울 아래로 흘러 나뭇가지 사이 어두운 공간으로 들어갔다. 작은 불꽃은 더 높게, 조금 더 밝게 타오르다가 그림자 속으로 사라졌다.

요정들은 느리고 침울한 선율의 노래를 다시 부르기 시작했다. 이번에는 목소리가 너무 작아 겨우 몇 마디밖에 들리지 않았다.

켜진 양초 하나, 꺼진 양초 하나,
아침에 뜬 별.
인생과 사랑은 얼마나 짧은가,
태어남과 동시에 죽어 버리는구나.

탬윈은 문득 언덕에서 본 수염 난 음유시인을 떠올렸다. 그 음유시인의 노래가 탬윈 일행을 브리오나에게로 이끌었고, 그 덕분에 탬윈은 지팡이를 되찾았다. 의도된 만남이었을까? 아니면 그저 이상한 우연이었을까?

　요정들이 계속해서 노래를 이어갔지만, 탬윈의 마음속에서는 음유시인 목소리가 들렸다. 언덕에서 들은 노래가 또다시 들렸다. 그 노래는 알쏭달쏭한 구절로 끝이 났다. *그 천 개의 숲을.* 배설물 더미 근처에서 처음 만났을 때 들은 노래도 다시 들렸다. 아발론에 관한 묘사가 뇌리에서 떠나지를 않았다.

> 일부는 하늘이오, 일부는 땅이오,
> 일부는 부드럽게 부는 바람인 세상.

　탬윈은 스크리를 돌아보았다. 스크리는 양초가 아니라 요정들을 보고 있었다. 특히 한 요정을 보고 있었다. 브리오나는 노래를 멈추고 고개를 숙인 채 초연하고 조용하게 서 있었다. 개울에 양초를 띄우려 허리를 구부리면서, 채찍에 맞아 생긴 상처가 다시 벌어진 상태였다. 긴 머리카락이 여전히 빛났지만, 등을 가로질러 거칠게 물든 빨간 자국은 가려지지 않았다.

　스크리는 동생의 눈길을 느끼면서도 브리오나에게서 눈을 떼지 않았다. 스크리가 목을 가다듬었다.

　"뭐…… 생각보다…… 그리 나쁜 애는 아닌 것 같아."

　탬윈은 새어 나오는 웃음을 숨기려 애쓸 뿐 아무 말도 하지 않았다.

　"활도 잘 쏘고."

　탬윈은 고개를 끄덕였다.

　"미모는 말할 것도 없고."

　"그렇지. 요정이니까."

스크리가 가볍게 말했다. 그러고는 갑자기 이마를 탁 쳤다.

"아발론이여, 맙소사, 내가 지금 무슨 생각을 하는 거야? 댐에서 싸울 때 머리가 어떻게 됐나 봐! 쟤는 나를 싫어해. 나도 쟤를 싫어해야 정상이고."

스크리는 잠시 말을 멈추고 혀를 씹었다.

"그런데 한편으로는 쟤를 싫어하고 싶지 않은 마음도 들어. 그냥 왠지…… 도와주고 싶어."

"도와줘."

스크리는 간절히 그러고 싶었다. 갑자기 스크리의 표정이 굳었다.

"쓸데없는 소리 하지 마! 쟤랑 가장 길게 대화를 나눈 건 쟤가 하늘에서 나를 떨어뜨린 직후였어."

탬윈은 형의 근육질 어깨에 손을 얹었다.

"브리오나가 형한테 무슨 짓을 했든, 그건 다 할아버지를 구하기 위해서였어."

스크리의 턱이 약간 풀렸다.

"그건 그래. 하나뿐인 가족을 구하기 위해서라면 누구든 무모한 일도 마다하지 않을 테니까."

"맞아. 동생을 관문으로 밀어 넣는 일도 마다하지 않지."

스크리는 살짝 미소를 지었다.

"가서 말 좀 걸어봐."

"난 말재주 없어, 탬."

"그럼 아무 말도 하지 마. 옆에 있어주는 것만으로도 큰 도움이 될 거야."

독수리 사내는 인상을 찌푸리며 동생을 마주 보았다.

"이런 일을 그렇게 잘 알면 네가 직접 가보지 그래?"

탬윈은 눈을 반짝이며 말했다.

"형, 브리오나한테 필요한 건 내 마법이 아니라 형의 마법이야."

탬윈은 잠시 스크리를 바라보다가 나무뿌리 무덤 쪽으로 고개를 기울였다. 엘리가 침통한 표정으로 아직 그 자리에 서 있었다.

"그리고 나는 다른 할 일이 있어."

스크리는 히죽거리며 고개를 내저었다.

"우리 둘 다 참 형편없다."

탬윈은 스크리에게서 멀어지며 뒤를 흘끗 돌아보았다.

"형제는 형제인가 봐."

탬윈은 지팡이로 균형을 잡으며 비비 꼬인 뿌리 위를 걸어갔다. 그러면서 엘리를 생각했다. 제멋대로 뻗은 곱슬머리부터 시작해 너무도 많은 점이 호수 여인 리아를 떠오르게 했다. 그 둘은 무척이나 닮아 있었다. 단순히 외모만 그런 것이 아니었다.

엘리 어깨에 앉은 뉴익이 먼저 고개를 들었다. 뉴익의 색깔이 조금 포근해지더니, 회색 바탕에 분홍색 소용돌이가 일었다. 뉴익이 퉁명스럽게 말했다.

"엘리리아나, 손님이 왔어."

그러고는 가짜로 정중하게 인사하며 덧붙였다.

"위대한 환영 마술사 탬윈 에오피아 님 아니십니까?"

탬윈은 활짝 웃으며 뉴익의 말을 바로잡았다.

"위대한 사기꾼이지. 하지만 네 덕분에 많이 배우고 있어."

"흠. 배우는 속도가 느려도 너무 느리군."

엘리의 얼굴은 여전히 암울했지만, 녹갈색 눈동자는 탬윈을 보고 한결 밝아졌다. 엘리는 탬윈 손 바로 위에서 지팡이를 감싸 쥐었다. 두 사람의 손가락이 닿을 듯 말 듯 했다. 엘리는 다 안다는 표정으로 말했다.

"그것 봐. 네가 지팡이를 만져도 나쁜 일은 일어나지 않았잖아."

"네 말이 맞았어."

탬윈이 인정했다.

"앞으로 그 말을 많이 하게 될 거야. 우리랑 계속 같이 지낼 생각이라면 말이야."

뉴익이 쏘아붙였다.

엘리는 자기도 모르게 미소를 지었다.

"뉴익, 너는 정말 구제 불능이야!"

산봉우리 요정의 색깔이 기분 나쁜 고동색으로 변했다.

"내가 아니라 너한테 많이 하게 될 거란 뜻이었어, 엘리리아나."

엘리는 고개를 가로저었다. 곱슬머리가 사방으로 통통 튀었다. 엘리는 물통을 두드리며 탬윈에게 물었다.

"몸은 좀 어때? 싸우면서 생긴 상처는 다 아물었어?"

탬윈은 길고 깊게 숨을 들이쉬었다.

"거의. 그런데 그 주술사 생각이 머릿속에서 떠나지를 않아. 마지막 별이 사라졌을 때 이런 말을 했거든. '그 별들의 종말은 리타 고르 님과 나의 새로운 시작을 의미한다.' 그리고 이런 말도 했어. '이제 무슨 일이 생기든 우리는 반드시 승리할 것이다.'"

엘리의 표정이 갑자기 다시 암울해졌다.

"별! 그게 무슨 뜻일까?"

아무도 대답하지 않았다.

엘리는 울퉁불퉁한 지팡이 꼭대기를 톡톡 두드렸다.

"그래도 이 지팡이가 아직 너한테 있어서 다행이야. 지팡이 주인이 된 기분이 어때?"

탬윈은 하얗게 반짝이는 자루를 바라보며 입술을 깨물었다.

"내 생각에는 누구도 지팡이 주인이 될 수 없는 것 같아. 심지어 멀린 도."

탬윈은 얼굴을 찌푸렸다.

"게다가 난 여전히 어둠의 예언 속 아이잖아. 벌써 잊었어?"

"당연히 안 잊었지, 이 바보야! 하지만 리아가 운명은 선택할 수 있다고 했잖아. 댐에서 일어난 일을 생각해봐."

"운이 좋았을 뿐이야."

"운이 좋기는!"

엘리가 화를 내며 얼굴을 붉혔다. 탬윈은 또 눈을 맞을까 봐 덜컥 겁이 났다. 다행히 엘리는 탬윈에게 얼굴만 들이밀며 말했다.

"내가 얘기했지. 어둠의 예언 속 아이인 동시에 멀린의 진정한 후계자도 될 수 있다고. 호수 여인 말대로라면 둘은 형제 같은 관계야. 너 자신의 형제. 충분히 가능한 얘기라니까."

탬윈은 늙은 너도밤나무 뿌리 사이 부드러운 이끼에 지팡이 끝을 비틀어 꽂았다.

"아니야! 그건 말도 안 돼."

엘리는 탬윈을 노려보았다.

"원로들의 팔꿈치 같으니, 탬윈! 확인은 해봤어? 지팡이를 잡고 그 말을 해봤냐고."

"아니. 안 할 거야."

"그러면서 어떻게 그렇게 확신해?"

"그만해, 엘리!"

탬윈이 소리쳤다. 숲에 있는 모두가 그 소리를 듣고 탬윈을 돌아보았지만 탬윈은 개의치 않았다.

"마지막으로 얘기할 테니까 똑똑히 들어! 내가 후계자일 가능성은 눈곱만큼도 없어. 그러니까 '나는 멀린의 진정한 후계자다'라는 말은 할 필요도 없는 거야."

지팡이에서 눈부신 초록빛 섬광이 터져 나와 숲을 가득 메웠다. 그 불빛은 탬윈이 손을 움직이기도 전에 작은 녹색 불꽃 수천 개로 변해 시끄럽게 탁탁거렸다. 별처럼 밝게 빛나는 불꽃이 나뭇잎 사이로 솟아올랐다. 그와 동시에 지팡이에서는 하얀 엘라노 가루가 지글거리며 증기를 뿜은 뒤 자루 속으로 녹아들었다.

탬윈은 지팡이를 물끄러미 내려다보았다. 안에서 빛이 나는 것 같았다. 그때, 관문 안에서 본 것과 똑같이 고동치는 초록빛이 일곱 가지 룬 문자 모양으로 연달아 나타났다. 놀랍게도 탬윈은 문자의 의미를 곧바로 이해했다.

가장 먼저 나타난 문양은 변신을 상징하는 나비였다. 뒤이어, 하늘로 날아오르는 매 한 쌍이 나타났다. 날개 끝이 맞닿은 매 두 마리는 마음의 유대를 상징했다. 다음은 자유와 보호를 상징하는 금이 간 돌, 그다음은 진정한 이름의 힘을 상징하는 검이었다. 다음으로 나타난 원 안의 별은 시공간 도약을 가능하게 하는 숨겨진 연결 고리를 상징했다. 용의 꼬리는 모든 생명의 가치와 생명을 없애는 일의 위험성을 상징했다. 마지막으로 눈 모양 룬 문자가 신비한 빛을 내며 나타났다. 눈은 사물의 표면 아래와 개인의 영혼을 잘 들여다보는 일의 중요성을 상징했다.

탬윈은 천천히 고개를 들어 엘리를 쳐다보았다.

"네 말이 또 맞았나 봐."

엘리는 종달새 같은 쾌활한 소리로 까르르 웃었다.

"리아가 한 말 기억나? '멀린처럼 네 안에도 빛과 어둠이 함께 있단다.' 이름이 '어둠의 불꽃'인 아이에게 딱 맞는 조언이었어."

엘리는 탬윈의 팔뚝을 꽉 움켜쥐었다.

탬윈은 멋쩍게 미소를 지었다. 옆을 슬쩍 보니 브리오나가 다른 숲의 요정처럼 놀란 눈으로 탬윈을 지켜보고 있었다. 스크리는 브리오나와 멀지 않은 곳에서 활짝 웃고 있었다. 헤니는 빛나는 초록 별을 잡으러 너도밤나무 위로 올라갔다가 탬윈이 안 보는 사이 탬윈 머리에 새똥 한 덩어리를 던졌다.

뉴익이 만족스러운 말투로 말했다.

"흠. 우리의 친구이자 선택받은 자인 리니아가 지금 여기 있었으면 참 좋았을 텐데! 하찮은 짐꾼을 어떻게 생각해야 할지 몰라 많이 당황했을 거야."

가까운 뿌리에 커다란 엉덩이를 대고 앉아 있던 심이 다 안다는 표정으로 고개를 끄덕였다.

"전에도 이런 걸 본 적이 있어. 멀린에게도 똑같은 일이 일어났지."

작은 거인은 탬윈을 가만히 바라보았다.

"확실히, 분명히, 완전히 장담할 수는 없지만…… 너는 멀린을 많이 닮은 것 같아. 그러니까 조심해. 멀린은 미친 짓을 정말 많이 했거든!"

탬윈은 낄낄거리며 고개를 끄덕였다.

"맞다, 한 가지만 부탁해도 될까?"

심의 분홍색 눈이 기대에 차 부풀어 올랐다.

"작은 몸집이 커졌다가, 슬프게도 다시 작아졌는데, 그걸 다시 크게

512

만들 수 있는 마법을 알게 된다면, 나 좀 도와줄래?"

탬윈은 심의 부탁을 정확히 이해하지 못했지만 다시 한번 고개를 끄덕였다.

"이제 뭘 할 거야?"

엘리가 부드럽게 물었다.

탬윈은 한참 동안 엘리를 바라보다가 하늘을 향해 고개를 들었다. 머리 위로 늘어진 나뭇잎과 나뭇가지 너머를 쳐다보는 것 같았다. 아예 하늘 너머를 쳐다보는 것 같았다.

탬윈은 조용하지만 단호하게 말했다.

"저 위로 올라갈 거야. 별이 있는 곳으로! 아버지가 시도했던 방법이든, 오래전 멀린이 마법사의 지팡이 별을 밝힐 때 썼던 방법이든……."

탬윈은 계속 위를 쳐다보며 지팡이를 단단히 움켜쥐었다.

"방법을 찾을 거야, 반드시. 그리고 다시 별을 밝힐 거야. 그 주술사가 또 나쁜 짓을 저지르기 전에."

탬윈은 목소리를 낮추고 활짝 웃었다.

"저 위로 올라가면 별 사이를 달려보고 싶어."

엘리는 코에리아 대사제를 떠올렸다. 수증기 가득한 목욕탕에서 함께 곰곰이 생각했던 비밀을 떠올렸다. 멀린의 진정한 후계자를 찾는 방법. 처음에는 그 짧은 문장들이 도무지 이해되지 않았다. 특히 마지막 문장이 그랬다. 이제 드디어 그 문장이 맞는 말처럼 느껴졌다. *별빛은 견뎌낼 것이다.*

엘리는 미소를 지었다. 코에리아와 자기 자신에게 보내는 미소였다.

하지만 심은 전혀 다른 반응을 보였다. 심은 처음으로 탬윈이 하는 말을 알아듣고 고개를 절레절레 흔들었다.

"내가 말했지? 정말 제정신이 아니라니까!"

탬윈은 시선을 내려 엘리와 눈을 맞췄다.

"그 전에 다른 할 일이 있어. 중요한 일이야."

엘리는 눈썹을 치켜 올렸다.

"무슨 일인데?"

"너한테 새 하프를 만들어주는 일."

엘리가 웃었다.

"그래, 그래야지! 천 개의 숲 같으니, 그래야 하고말고."

우드루트 숲속 빈터에서 멀리 떨어진 어느 지하 동굴, 어둠 속에서 불빛 하나가 약하게 타올랐다. 하얀 불빛은 암흑에 짓눌려 힘없이 흔들렸다. 마치 오래전 버려진 모닥불의 마지막 남은 석탄이나 끝없는 밤을 홀로 견디는 양초 같았다.

하지만 이것은 석탄도 양초도 아니었다. 수정이었다.

엘라노 수정은 하얀빛과 은은한 파란빛, 초록빛으로 일렁이며 돌 받침대 위에 놓여 있었다. 수정은 아주 작지만 격렬하게 고동치며 두꺼운 어둠의 장막을 밀어냈다. 중심부에서 빛줄기가 뿜어져 나와 동굴 벽과 찢어진 거미줄, 그리고 주술사의 끔찍한 흉터투성이 얼굴 위에서 깜빡거렸다.

쿨위크는 수정을 노려보았다. 움푹 꺼진 눈구멍이 분노로 가늘어졌다.

"빌어먹을 수정 같으니! 시키는 대로 하거라. 음, 그래. 안 그러면 가만두지 않을 것이다!"

수정은 고작해야 조금 더 밝게 빛날 뿐이었다.

"내 말대로 하란 말이다."

주술사는 으르렁거리며, 깔끔하게 정돈된 손가락을 말아 주먹을 쥐었다.

"넌 내게 복종해야 한다! 어서 어두워져라. 내 뜻을 따라라. 어찌 감히 내 주문을 거부하느냐? 내 마법을? 아발론에서 가장 강력한 이가 나라는 걸 정녕 모르느냐?"

"아니, 너는 가장 강력한 이가 아니다."

누구 것인지 알 수 없는 가냘픈 목소리가 가장 어두운 동굴 모퉁이에서 탁탁거렸다.

쿨위크는 그 목소리를 듣고 숨이 턱 막혔다. 몸을 홱 돌려 점점 더 시커메지는 모퉁이를 마주 보았다. 갑자기 그 자리에서 지글거리는 소리가 났다. 녹은 용암이 바다로 흘러 들어갈 때 나는 소리 같았다.

지글거리는 소리가 더 커지자 쿨위크는 벌벌 떨며 몸을 곧추세웠다. 하얀 수정조차 불안스레 깜빡였다. 천천히, 아주 천천히, 어둠 속에서 형체가 생기기 시작했다. 연기보다 어두운 나선형 형체가 수증기로 이루어진 뱀처럼 똬리를 틀었다.

바로 그때 묵직한 문이 덜컹 열리며 건장한 곱스켄 하나가 동굴로 불쑥 들어왔다. 곱스켄은 한 손에 횃불을, 다른 손에는 창을 들고 있었다. 곱스켄이 입을 열려는 순간, 지글거리는 똬리가 검은 번개처럼 재빠르게 곱스켄 목을 내리쳤다. 곱스켄의 몸과 잘린 머리가 바닥으로 떨어졌다. 앞을 보지 못하는 눈 두 개가 횃불로 굴러가 불꽃을 껐다. 살이 타는 악취가 방 안을 가득 메웠다.

검은 똬리가 탁탁거렸다.

"우리는 방해도 실패도 용납하지 않는다."

주술사가 창백한 손을 초조하게 비비며 소리쳤다.

"오셨습니까! 미처 예상…… 생각 못 했습니다."

나선형 형체가 쿨위크 쪽으로 둥둥 떠오며 쏘아붙였다.

"뭘 말이냐, 쿨위크? 나를 이렇게 금방 보게 되리라는 거? 내가 벌써 이렇게 멀리 올 정도로 강해졌으리라는 거? 나를 너무 과소평가하는구나, 쿨위크."

똬리가 복수심에 가득 차 탁탁거렸다.

"아…… 아닙니다. 절대 그렇지 않습니다."

주술사가 반박했다.

어두운 존재는 점점 더 가까이 다가왔다. 형체가 동굴 바닥에 닿을 때마다 탁탁거리는 소리가 나며 돌 위에 까맣게 탄 자국이 생겼다.

쿨위크는 한 걸음 뒤로 물러섰다. 하지만 쿨위크가 다시 입을 열기도 전에 똬리가 맹렬히 돌진했다. 쿨위크는 비명을 지르며 그 자리에 얼어붙었다. 씰룩거리는 한쪽 눈을 제외하고는 꼼짝도 하지 않았다. 나선형 형체는 손가락 하나 간격만 떨어뜨린 채 쿨위크 목을 감쌌다.

"저…… 저는 한 번도 주인님을 의심한 적이 없습니다."

주술사는 겁에 질려 몸을 떨며 쉰 소리로 말했다.

지글거리는 그림자가 쿨위크 목 주위를 천천히 돌았다. 한참 뒤 그림자가 다시 말했다. 돌벽 안에서 목소리가 메아리쳤다.

"살고 싶다면 그래야지, 나의 총아 쿨위크야."

주술사는 마른침을 꿀꺽 삼켰다.

한없이 시간이 흘렀다. 다음 순간 똬리는 순식간에 쿨위크에게서 떨어져, 빛으로 고동치는 수정을 향해 다가갔다.

"쿨위크, 지금부터 너에게 진정한 힘을 보여주마."

주술사는 목을 문지르며 온순하게 고개를 끄덕였다.

어두운 그림자가 더 큰 덩어리로 합쳐져 거의 단단해 보일 정도가 되었다. 암흑 한 묶음이 수정 옆 허공에 매달려 있는 것 같았다.

"나는 가장 먼저 이 수정을 오염시킬 것이다. 그런 다음 이걸 이용해 우리 적을 모두 물리칠 것이다. 마지막으로 이걸 사용해 이 세상을 정복할 것이다."

똬리 속 깊은 곳에서 으르렁대고 지글거리는 웃음소리가 흘러나왔다.

"그리고 다른 세상도 정복할 것이다."

주술사는 손톱을 물어뜯으며 떨리는 목소리로 겨우 말했다.

"알겠습니다, 주인님."

하나의 세상이 죽고 또 다른 세상이 태어난다. 어두운 동시에 밝은 시간, 기적의 순간이다.

안개로 뒤덮인 핀카이라 땅에서 오랫동안 잊힌 섬이 갑자기 발견된다. 아이들은 죽음의 군대를 물리치고, 명예를 잃은 자는 마침내 날개를 얻는다. 무엇보다 놀라운 기적은 멀린이라는 젊은 마법사가 진짜 이름을 얻은 것이다. 올로 에오피아, 수많은 세상과 수많은 시간을 사는 위대한 인간. 하지만 핀카이라는 구원받는 즉시 사라진다. 영원히 정령 세계의 일부가 되어 버린다.

바로 그 순간 새로운 세상이 나타난다. 마법의 거울 속 여정에서 멀린이 구해 온 씨앗, 심장처럼 고동치는 씨앗에서 태어난다. 이 세상은 나무다. 이 위대한 나무는 땅과 하늘, 필멸과 불멸, 움직이는 바다와 영원한 안개를 잇는 다리다.

이 세상의 풍경은 거대하고, 경이와 놀라움으로 가득하다. 이 세상의 주민은 높은 하늘 별처럼 널리 퍼져 있다. 이 세상의 본질은 희망과 비극과 신비다.

이 세상의 이름은 아발론이다.

-음유시인 윌레니아의 〈아발론 역사〉 속 유명한 머리글. '심장처럼 고동치는 씨앗에서 태어나다'라는 제목으로 널리 알려졌다.

0년

멀린이 심장처럼 고동치는 씨앗을 심는다. 나무 한 그루가 태어난다. 아발론의 위대한 나무다.

개화의 시대

1년

가지각색의 생명체가 새 세상으로 이주한다. 혹은 신비롭게 나타난다. 아마도 맬록의 신성한 진흙에서 태어났으리라. 개화의 시대, 아발론 1년이 시작된다.

1년

사파이어빛 눈동자 엘런과 엘런의 딸 리아논이 새로운 신념으로 '모두를 위한 공동체'를 세우고 초대 사제가 된다. 공동체의 사명은 살아 있는 모든 생명체를 조화롭게 하고, 모든 생명을 지탱하고 유지하는 위대한 나무를 보호하는 것이다. 새로운 신념은 일곱 가지 신성한 요소에 집중한다. 엘런은 이 요소를 '전체를 이루는 일곱 가지 신성한 부분'이라고 불렀다. 일곱 요소는 땅, 공기, 불, 물, 생명, 명암, 신비다.

2년

위대한 정령, 지혜의 신 다그다가 꿈속에서 엘런과 리아를 찾아온다. 다그다는 아발론에 서로 다른 뿌리 일곱 개가 있고, 각각의 뿌리에는 독특한 풍경과 주민이 있으며, 두 사람의 새 신념은 결국 모든 뿌리로 뻗을 것임을 알려준다. 엘런과 리아와 초기 추종자들은 다그다의 도움을 받아 잃어버린 핀카이라로 여정을 떠난다. 멀린의 오랜 친구 심도 몇몇 거인을 이끌고 동행한다. 일행은 그 유명한 거인의 춤 현장, 거대한 원형 돌무더기를 찾아가, 다 함께 신성한 돌들을 아발론으로 옮겨 온다. 원형 돌무더기는 스톤루트 영토 한가운데 다시 세워져, 새로운 주거지 중심에 자리한 위대한 신전이 된다. 위대한 신전은 모두를 위한 공동체에 헌정된다.

18년

모두를 위한 공동체는 흔히 '드루마디안'이라고 불린다. 잃어버린 핀카이라에 있는 드루마 숲을 기념하는 용어다. 드루마디안은 이 해에 첫 번째 사제 집단을 만든다. 이 집단에는 한쪽 귀의 류, 트릴링 종족 마지막 생존자 크웬, 그리고 놀랍게도 오거 종족의 골칫거리 바드 카타가 포함된다.

27년

멀린이 아발론으로 돌아온다. 아발론의 신비를 탐험하기 위해서, 무엇보다 사슴 여인 할리아와 결혼하기 위해서. 둘은 올라나브람 위쪽 높은 산봉우리, 빛나는 별 아래에서 결혼식을 올린다. 이 지역은 일곱 뿌리-영토에서 아발론 나무둥치 아래쪽이 실제로 보이는 유일한 장소다. (나무둥치는 일렁이는 바다에서도 보이지만, 이 이상한 장소는 보통 위대한 나무의 뿌리로 여겨지지 않는다.) 멀린은 일곱 영토에서 가장 높은 이 산꼭대기를 '할리아의 봉우리'라고 이름 짓는다. 둘은 이곳에서 충절과 사랑을 맹세한다. 하늘 높이 솟아오른 협곡 독수리가 결혼을 선언하고, 오래전 핀카이라에서 열린 대표자 회의 이후 가장 다양한 생명체가 결혼식에 참석한다. 다그다의 은총으로 정령 셋도 합류한다. 멀린 어깨에 올라앉은 용감한 매 트러블, 결혼식 내내 엘런 옆을 지킨 현명한 음유시인 카이르프레, 사슴 사내이자 할리아의 헌신적인 오빠 에르먼. 소인 여왕 우르날다, 그랜드 엘루사로 알려진 거대한 흰 거미, 어릿광대 붐벨리, 거인 심, 겁나 러블리한 생명체 밸리맥, 그리고 불을 뿜는 용 여왕 귀니아와 새끼들도 이날 행사에 참석한다. 결혼식 진행은 모두를 위한 공동체 설립자인 엘런과 리아, 한쪽 귀의 류 사제, 트릴링 크웬 사제가 맡는다. 바드 카타도 초대를 받지만, 바드 카타는 결혼식을 보는 대신 오거와 싸우러 가기로 결정한다. 전설에 따르면 위대한 정령 다그다와 로리란다 역시 결혼식에 찾아와 신혼부부에게 영원한 축복을 내렸다고 한다.

27년

멀린과 할리아의 아들 크리스탈루스 에오피아가 태어난다. 수년간 축하가 이어진다. 특히 장난을 사랑하는 홀라와 요정들이 열렬히 축하를 보낸다. 갓난아기 때 뽀뽀를 하려는 거인 심에게 짓눌릴 뻔한 적도 있지만, 크리스탈루스는 잘 살아남아 건강한 아이로 성장한다. 마법사의 힘이 종종 세대를 건너뛰기 때문에 크리스탈루스는 마법을 쓰지 못한다. 하지만 마법사 혈통 덕분에 장수는 보장받는다. 크리스탈루스는 아기 때부터 유달리 탐험을 좋아한다. 그리고 사슴처럼 빠르고 우아하게 움직이지는 못해도, 엄마를 닮아 달리기를 무척 좋아한다.

33년

퍼거스라는 젊은이가 신비로운 '험준한 길'을 발견한다. 스톤루트와 우드루트 영토를 연결하는 길이다. 전설에 따르면 퍼거스는 이상한 흰색 암사슴을 따라가다가 이 길을 발견했다고 한다. 사실 그 암사슴은 출생과 번영과 부활의 신 로리란다였을지도 모른다. 전설에 따르면 이 길은 한 방향으로만 이어진다. 그게 어느 방향인지, 왜 한쪽으로만 이어지는지는 아직 명확하지 않다. 이 길을 찾았다는 여행자도 거의 없고, 그나마 있는 몇몇 여행자의 주장도 믿을 만하지 않다. 그래서 대부분은 이 길이 실재하는지조차 확신하지 못한다.

37년

엘런이 죽는다. 엘런은 필멸의 삶에 감사하고, 사랑하는 음유시인 카이르프레를 정령의 땅에서 마침내 다시 만날 수 있음에 매우 기뻐한다. 위대한 정령 다그다가 거대한 수사슴 모습을 하고 아발론으로 직접 찾아와 엘런을 사후 세계로 안내한다. 모두를 위한 공동체 대사제 자리는 리아가 물려받는다.

51년

숲의 요정 세렐라가 마법의 관문을 이용한 일곱 영토 여행법을 발견한다. 세렐라는 숲의 요정 최초의 여왕이 되고, 이후 오랜 시간에 걸쳐 이 위험한 기술에 관해 많은 사실을 밝혀낸다. 세렐라는 이렇게 말한다. "관문 추적으로 여행하기는 어려우나, 그것으로 죽기는 너무도 쉽다." 세렐라는 여러 차례 워터루트 원정을 이끌다가, 마침내 물의 요정 식민지 크르 세렐라를 설립한다. 하지만 섀도루트로 떠난 첫 번째 원정이 완전한 실패로 끝나면서 세렐라는 목숨을 잃는다.

130년

우드루트 위쪽 지역에서 끔찍한 마름병이 시작돼, 생명을 훑고 지나가는 족족 모두 죽여 버린다. 리아는 이 일이 사악한 정령 리타 고르의 소행이라 생각하고 멀린에게 도움을 요청한다.

131년

마름병이 퍼지면서 우드루트 숲속 나무와 살아 있는 생명체들을 파괴한다. 멀린은 리아와 리아의 믿음직스러운 동료 사제 '한쪽 귀의 류'를 데리고 놀라운 여정을 떠난다. 자신만 아는 관문을 통해 위대한 나무 깊숙한 곳으로 들어간 것이다. 일행은 그곳에서 커다란 지하 호수를 발견한다. 호수에는 새하얀 마법 물이 가득했다. 이 호수 물은 워터루트 위쪽에 있는 크리스틸리아의 흰 간헐천으로 올라와, 프리즘 골짜기에서 일곱 빛깔 띠로 쪼개진다. 그런 다음 여러 장소로 흘러가 주변 모든 것에 물과 색깔을 가져다준다. 멀린은 이 하얀 물이 농도 짙은 엘라노에서 마법의 힘을 얻는다는 사실을 리아와 류에게 알려준다. 엘라노는 아발론에서 가장 강력한 동시에 가장 이해하기 어려운 마법 물질이다. 이 수액은 위대한 나무의 뿌리 깊은 곳에서 만들어져 신성한 일곱 요소를 하나로 결합한다. 멀린은 엘라노를 '이 세상에 생명을 주는 진정한 힘'이라고 부른다. 멀린은 커다란 지하 호수에서 지팡이 도움을 받아 작은 엘라노 수정을 구한다. 이 지팡이의 이름 '오니알레이'는 옛 핀카이라 언어로 '은혜의 정령'이라는 뜻이다. 멀린, 리아, 류는 우드루트로 돌아와 마름병 근원지에 수정을 내려놓는다. 엘라노의 힘 덕분에 마름병은 점점 약해지다가 마침내 사라진다. 그렇게 우드루트 숲은 완전히 치유된다.

132년

대사제 리아가 추종자들에게 '위대한 나무에 생명을 주는 본질적인 나무 수액' 엘라노를 소개한다. 얼마 후 한쪽 귀의 류가 자신의 걸작 '시클로 아발론'을 출판한다. 이 책에는 일곱 가지 신성한 요소, 나무 속 관문, 엘라노 설화에 관해 류가 알아낸 모든 지식이 기록된다. '시클로 아발론'은 아발론 전역에서 드루마디안을 위한 기본서가 된다.

192년

할리아가 조상의 고향이자 전설 속 장소인 카펫 카에로츨란을 마지막으로 다녀온 뒤 숨을 거둔다. 깊은 슬픔에 빠진 멀린은 들쭉날쭉한 스톤루트 산 높은 곳으로 올라가 몇 달간 동생 리아를 포함해 아무하고도 말하지 않는다.

193년

멀린이 마침내 산에서 내려온다. 하지만 그것은 오로지 아발론을 떠나기 위함이다. 멀린은 소중한 친구들에게 자신은 다른 세계에서 새로운 도전에 전념해야 한다고 말한다. 필멸의 땅 지구에 있는 브리타니아에서 아서라는 젊은이를 가르쳐야 한다는 것이다. 멀린은 자세한 이야기는 하지 않은 채 지구와 아발론의 운명이 서로 뒤엉켜 있다는 사실만 넌지시 알린다.

237년

훌륭한 탐험가가 된 크리스탈루스가 워터루트에 에오피아 지도 제작 학교를 설립한다. 크리스탈루스는 시공간 도약 마법을 상징하는 고대 문양, 원 안의 별을 학교 상징으로 선택한다.

폭풍의 시대

284년

아발론에서 가장 유명한 별자리 '마법사의 지팡이' 별들이 돌연 어두워진다. 이 별자리에 있는 별 일곱 개는 마법사와 지팡이가 진정한 힘을 갖도록 해준 전설 속 일곱 노래를 상징한다. 그런데 그 별들이 하나씩 자취를 감춰 고작 3주 만에 모두 사라진 것이다. 별 연구가들은 이 현상이 아발론의 불길한 미래를 예고한다고 입을 모은다. 폭풍의 시대가 시작되었다.

284년

파이어루트 영토에서 소인과 용 사이에 전쟁이 발발한다. 시작은 '불꽃이 이는 보석'의 지하 동굴을 둘러싼 분쟁이었다. 두 종족은 수 세기 동안 서로 협력하며 보석을 채취하고 보존했지만, 이 단합은 결국 깨지고 만다. 숙련된 소인들은 보석을 신성하게 여기기 때문에 오랜 시간에 걸쳐 신중히 채취하고 싶어 한다. 반면 용과 플레임론 동맹은 보석으로 얻을 수 있는 모든 부와 권력을 당장 이용하고 싶어 한다. 싸움이 격렬해지며 다른 종족까지 전쟁에 휩쓸린다. 평화를 사랑하는 일부 요정 집단 역시 영향을 받는다. 소인, 대부분의 요정과 인간, 거인, 독수리 종족이 동맹을 맺고 용, 플레임론, 어둠의 요정, 탐욕스러운 인간, 곱스켄과 맞선다. 그사이 약탈자 오거와 트롤은 혼란을 틈타 이득을 취한다. 심해지는 갈등 속에서 공기 요정, 머드메이커, 몇몇 무세오만이 중립을 지킨다. 홀라는 그저 이 모든 상황을 즐기기만 한다.

300년

전쟁이 악화해 아발론 일곱 영토 전체로 퍼진다. 드루마디안 원로들은 폭풍의 전쟁의 본질을 논의한다. 이 전쟁은 오직 아발론만의 문제인가? 아니면 정령 사이에서 일어나는 더 큰 전쟁의 일부일 뿐인가? 사악한 정령 리타 고르의 목적은 온 세상을 지배하는 것이고, 로리란다와 다그다 동맹은 모든 종족에게 선택의 자유를 주고자 한다. 그 둘은 오랜 세월 끊임없이 충돌했다. 하지만 아발론 주민 대부분에게 그런 문제는 무의미하다. 아발론 주민에게 폭풍의 전쟁은 그저 투쟁과 고난과 슬픔의 시간이다.

413년

아발론 종족 간에 벌어지는 전쟁의 잔혹함과 점점 경직되어 가는 공동체에 깊은 환멸을 느끼고, 리아가 대사제 자리에서 물러난다. 리아는 아발론의 외딴 지역으로 떠나고, 이후 아무도 리아 소식을 듣지 못한다. 어떤 이는 리아가 멀린과 다시 함께하기 위해 필멸의 땅 지구로 떠났다고 생각한다. 다른 이는 리아가 홀로 떠돌다가 죽었다고 생각한다.

421년

머드메이커 아이 할라드가 땅의 요정 무리의 공격을 받아 크게 다친다. 할라드는 안전한 곳을 찾아 거품이 이는 물웅덩이 가장자리로 기어간다. 그러자 기적적으로 상처가 치유된다. 할라드의 비밀의 샘은 이야기와 노래로 유명해지지만, 그 위치는 철저히 숨겨져 알쏭달쏭한 존재인 머드메이커만이 알게 된다.

472년

물 용 최고 지도자 벤데짓이 평화를 요청한다. 하지만 첫 번째 조약전날 몇몇 용이 반란을 일으킨다. 끔찍한 전투가 이어지고 그사이 벤데짓은 살해당한다. 전쟁은 다시 격렬해진다.

498년

이른 봄, 나무에 막 꽃이 피기 시작할 무렵, 플레임론과 용 군대가 스톤루트를 공격한다. '메마른 봄 전투'로 수많은 마을이 파괴되고 셀 수 없이 많은 목숨이 희생된다. 드루마디안의 위대한 신전마저 불에 타 버린다. 드루마디안은 주볼다와 세 딸이 이끄는 산속 거인 무리의 도움을 받아 침입자를 겨우 물리친다. 전투가 한창일 때, 멀린의 오랜 친구 심이 적을 깔아뭉개, 주볼다의 큰딸인 본로그 마운틴 마우스를 구해준다. 본로그가 감사 인사로 뽀뽀를 하려 하자 심은 비명을 지르며 산속으로 도망친다. 본로그 마운틴 마우스는 자신에게 창피를 준 심을 혼내주려 하지만 끝끝내 심을 찾지 못한다. 심은 수년간 꼭꼭 숨어 지낸다.

545년

신비로운 마법사 호수 여인이 우드루트의 가장 깊은 숲속에서 처음 모습을 드러낸다. 호수 여인은 날개 달린 작은 생명체 '경쾌한 비행사'를 일곱 영토 전역으로 보내 평화를 요청한다. 하지만 아무도 호수 여인 말을 귀담아듣지 않는다.

693년

위대한 마법사 멀린이 마침내 브리타니아에서 돌아온다. 멀린은 '끝없는 불의 전투'에서 어둠의 요정과 용의 마지막 동맹을 물리친다. 플레임론은 마지못해 항복한다. 곱스켄은 패배를 감지하고 일곱 영토의 먼지역으로 뿔뿔이 흩어진다. 드디어 평화가 찾아온다.

성숙의 시대

693년

호수 여인이 '일렁이는 바다 조약'을 만든다. 땅의 요정, 오거, 트롤, 곱스켄, 체인질링, 죽음의 몽상가를 제외한 모든 종족이 대표자를 앞세워 조약에 서명한다. 폭풍의 시대가 끝나고 성숙의 시대가 시작된다.

694년

멀린이 아발론에 절대 돌아오지 않겠다고 선언한 뒤 또다시 사라져버린다. 멀린은 새로운 마법사가 나타날 가능성은 매우 낮지만, 다른 마법사가 나타나지 않는 한 아발론의 다양한 종족은 스스로 정의와 평화를 찾아야 한다고 엄숙하게 이야기한다. 멀린은 아발론에 마지막 이별 선물을 주기 위해 위대한 용 바질가라드의 도움을 받아 별에 올라간다. 그러고는 오래전 갑자기 어두워지면서 끔찍한 폭풍의 시대를 예고했던 마법사의 지팡이 별자리의 별 일곱 개를 마법으로 다시 밝힌다.

694년

멀린이 떠나고 얼마 뒤 호수 여인이 오싹한 예언을 한다. 그 예언은 '어둠의 예언'으로 널리 알려진다. 예언에 따르면, 언젠가 아발론의 모든 별이 서서히 어두워져 1년 내내 완전히 가려지고, 그해에 한 아이가 태어난다. 그 아이는 훗날 인간과 그 외 종족, 불멸과 필멸의 생명체가 똑같이 공유하는 유일한 세상 아발론에 종말을 가져온다. 호수 여인은 오직 멀린의 진정한 후계자만이 아발론을 구할 수 있다고 덧붙인다. 하지만 마법사의 후계자가 누구인지, 어둠의 예언 속 아이를 어떻게 물리칠 수 있는지는 더 이상 언급하지 않는다. 일곱 영토 주민들은 궁금해한다. *어둠의 예언 속 아이는 누구일까? 멀린의 진정한 후계자는 과연 누구일까?*

717년

크리스탈루스는 마법사 혈통 덕분에 유달리 긴 생을 살며, 아발론 뿌리의 여러 지역을 탐험한 최초의 인물로 유명해진다. 그런 크리스탈루스가 이번에는 위대한 나무의 심재를 최초로 다녀온다. 크리스탈루스는 심재 안에서 일곱 영토로 이어진 관문을 발견한다. 하지만 나무 위로 올라가는 길은 어디에도 없다. 크리스탈루스는 언젠가 심재로 돌아가 저 위로 올라갈 방법을 찾으리라 다짐한다. 그렇게 별까지 올라가리라 다짐한다.

842년

우드루트 영토 외딴 지역에서 늙은 스승 한완 벨라미르가 대담한 발상으로 명성을 얻는다. 새로운 농업과 공예 기술을 통해 농장을 더 생산적으로 만들고, 마을 주민에게 더 편하고 여유로운 생활을 선사한 것이다. 벨라미르는 '올로 벨라미르'라고까지 불리기 시작한다. 아발론이 탄생하고 멀린이 올로 에오피아라는 이름을 얻은 이후 그렇게 칭송받은 이는 벨라미르가 처음이다. 벨라미르는 칭찬을 겸손히 물리치지만, 번영 아카데미는 날로 번창한다.

900년

벨라미르의 가르침이 계속해서 널리 퍼진다. 숲의 요정과 여러 종족은 인간이 아발론에서 특별한 역할을 한다는 주장에 분노하지만, 벨라미르를 지지하는 인간은 점점 더 많아진다. 추종자가 늘어나면서 벨라미르의 명성은 다른 영토까지 뻗어 나간다.

985년

어둠의 예언대로 아발론 별들이 서서히 가려진다. 많은 이가 두려워하는 어둠의 해가 시작된다. 이 시기에 아기가 태어나면 어둠의 예언 속아이가 될 수 있다는 두려움에, 파이어루트의 플레임론 주거지를 제외한 모든 영토가 1년간 출산을 금지한다. 소인이나 물 용 같은 종족은한발 더 나아가 이 해에 태어난 아이를 모두 죽여 버린다. 드루마디안추종자들은 일곱 영토 전역에서 그 무시무시한 아이와 멀린의 진정한후계자를 찾으려 노력한다.

985년

온 세상을 뒤덮은 어둠 속에서도 크리스탈루스의 탐험은 계속된다. 크리스탈루스는 플레임론 영토로 떠난다. 외부인, 특히 인간 혈통은 그곳에서 한 번도 환영받은 적이 없다. 크리스탈루스 일행은 플레임론 영토에 도착하자마자 공격을 받고, 생존자는 모두 포로로 잡힌다. 하지만크리스탈루스는 정체불명 친구의 도움을 받아 무사히 탈출한다. 어떤이는 크리스탈루스를 도운 친구가 플레임론 공주 할로나라고 주장한다. 반면 다른 이는 여러 정황을 미루어 볼 때 크리스탈루스의 협력자는독수리 여인이라고 주장한다. 크리스탈루스와 구조자는 어둠의 예언을무시한 채 결혼을 하고 아이를 갖는다. 하지만 출산 직후 아내와 갓 태어난 아들이 사라진다.

987년

아내와 아이를 잃은 슬픔으로 괴로워하던 크리스탈루스가 가장 야심 찬 원정길에 오른다. 위대한 나무의 몸통과 가지로 올라가는 길을 찾는 여정. 하지만 진짜 목적은 그보다 훨씬 더 위험했다는 주장도 있다. 아발론 별들의 거대한 수수께끼를 풀고자 했다는 것이다. 아니면 정말 사랑하는 여인을 찾아 떠난 것일까? 목적이 무엇이든 크리스탈루스는 성공하지 못하고 원정 중에 목숨을 잃는다. 기나긴 삶과 수많은 탐험이 마침내 종지부를 찍는다.

1002년

어둠의 해 이후 17년이 지났다. 일곱 영토에서 여러 가지 문제가 생기기 시작한다. 인간과 다른 생명체 사이에 싸움이 잦아진다. 스톤루트, 워터루트, 우드루트 위쪽 지역에 극심한 가뭄이 들고 사방이 이상한 회색빛으로 변한다. 눈에 거의 보이지 않는 킬러 새 구울라카가 주민들을 공격한다. 조금씩 자라나는 사악한 힘이 어렴풋이 느껴진다. 많은 이는 이 모든 현상을 어둠의 예언 속 무시무시한 아이가 살아남아 힘을 얻고 있다는 증거로 받아들인다. 주민들은 오래전에 떠난 마법사나 멀린의 진정한 후계자가 나타나 아발론을 구해주기를 간절히 기원한다.

1002년

연말까지 가뭄이 더 심해지고, 주요 별자리인 마법사의 지팡이 별들이 빛을 잃기 시작한다. 어둠의 해를 제외하고 이런 일이 일어난 것은 폭풍의 시대 초기인 아발론 284년 이후 처음이다. 왜 이런 일이 일어나는지, 어떻게 멈춰야 하는지, 아무도 알지 못한다. 하지만 주민 대부분이 두려워하는 이유는 마법사의 지팡이가 사라지는 것이 오직 한 가지만을 의미하기 때문이다. 아발론의 종말.

-9권 끝-

멀린9 아발론의 위대한 나무

1판 1쇄 인쇄 2021년 4월 1일
1판 1쇄 발행 2021년 4월 15일

지은이 | 토머스 A. 배런
펴낸이 | 김영곤
펴낸곳 | (주)북이십일 아르테

키즈융합부문 이사 | 신정숙
융합사업2본부 본부장 | 이득재
웹콘텐츠팀 | 장현주 김가람
교정교열 | 쟁이랩_JANGYLAP
해외기획팀 | 정영주 이윤경
영업마케팅 본부장 | 김창훈
영업팀 | 허소윤 윤송 이광호
마케팅팀 | 정유진 김현아 진승빈
제작팀 | 이영민 권경민

출판등록 | 2000년 5월 6일 제406-2003-061호
주소 | (우 10881) 경기도 파주시 회동길 201(문발동)
대표전화 | 031-955-2100 **팩스** | 031-955-2151
이메일 | book21@book21.co.kr

(주)북이십일 경계를 허무는 콘텐츠 리더

아르테팝 채널에서 도서 정보와 다양한 영상자료, 이벤트를 만나세요!
페이스북 facebook.com/21artepop   트위터 twitter.com/21artepop
인스타그램 instagram.com/21artepop   홈페이지 artepop.book21.com

ISBN 978-89-509-9382-5 04840
책값은 뒤표지에 있습니다.